Grave
Höllenschwur und Knochenflut

Man erzählt sich, dass **Henriette Dzeik** auf einem Floß treibend von Nixen gefunden, von Hexen entführt und in einem Schloss, das an goldenen Ketten hing, von Feen aufgezogen wurde. Sie kämpfte gegen den Drachen, der diesen schönen Käfig bewachte, und erlangte schließlich durch einen Deal mit einem verrückten Flaschengeist die Freiheit. Heute lebt sie mit ihrer dämonischen Familie in einem minimalistischen Palast, wo sie auf Papier all ihre Träumereien wahr werden lässt.

Weitere Bücher der Autorin im Loomlight-Verlag:

Flame 1
Feuermond und
Aschenacht

Flame 2
Dunkelherz und
Schattenlicht

Flame 3
Flammengold und
Silberblut

Flame 4
Nebelsturm und
Racheglut

Flame 5
Sonnentod und
Sternensturz

Für mehr Informationen über Henriette Dzeik und ihre Bücher folgt der Autorin auf: **www.instagram.com/henriettedzeik/**

Mehr über unsere Bücher und Autor:innen auf: **www.loomlight-books.de**

HENRIETTE DZEIK

GRAVE

Höllenschwur und Knochenflut

LOOMLIGHT

Für meine Tochter,
die in diesem Schreibprozess
mein Geheimnis war.

Was ihr wissen solltet, bevor ihr mit diesem Buch beginnt

Um die Unterwelt ranken sich viele Legenden, doch nicht alle Geschichten wurden niedergeschrieben. Denn manche Wahrheiten sind so gefährlich, dass kein Wesen – tot oder lebendig – es je wagte, sie festzuhalten. Deshalb flüstern die Daimonen und Verdammten bis heute, der Teufel selbst hätte seine Seele niemals verkauft. Dabei ist er einen Handel mit Styx eingegangen, der Göttin des Totenflusses, welcher die Unterwelt neunmal umfließt und die Essenz des Grauens in sich trägt. Wenngleich der König die schöne Persephone, das Mädchen des Frühlings, stahl, sich nach der Sonne sehnte, die sie in ihrem Herzen trug, war die Dunkelheit trotzdem seine Sprache. Und so zwang er sie zu einem Leben in der Finsternis, in der sie nicht mehr blühte, sondern verkümmerte.

Hades konnte nichts anfangen mit etwas – jemandem, der so zerbrochen war. Verstanden fühlte er sich in den Armen von Styx, mit der er seit jeher eine Verbindung hatte. Sie war eine mächtige Göttin und aus diesem Grund verhasst. Man schwieg über ihre Existenz, hoffte, sie würde auf diese Weise in Vergessenheit geraten. Die anderen Herrscher der

Unterwelt fürchteten, wozu sie imstande war, würde sie eines Tages die Schwärze ihres Flusses verlassen.

In Hades' unglücklicher Ehe sah Styx ihre Chance, umgarnte ihn mit Worten, versprach ihm einen Erben, den seine Gattin ihm noch immer nicht geschenkt hatte. Obwohl Hades seine Frau Persephone begehrte, sie das Licht war, das er besitzen, aber nicht berühren durfte, vereinigte er sich mit Styx. Bald darauf trug sie sein Kind in sich und verlangte von Hades, Herrscherin über das Reich der Schatten zu werden. Hades willigte ein, doch während Styx' Schwangerschaft fortschritt, überkamen Hades Zweifel, denn er hörte die Verlorenen lauter als üblich wispern. Sie erzählten ihm, dass dieser Erbe mehr Macht erlangen – und eines Tages den Thron aus Knochen besteigen würde.

Einige Monate zogen ins Land, und während Styx weitere Forderungen stellte, bereute Hades seine Untreue, suchte Zuflucht bei seiner sanftmütigen Gemahlin, von der er bald erfuhr, dass sie ebenfalls in anderen Umständen war. Erleichterung durchströmte den König der Unterwelt. Er wollte einen Erben. Doch nicht um jeden Preis. Schließlich hatte er sich nie nach jemandem gesehnt, der ihm ebenbürtig war.

Noch vor ihrer Niederkunft suchte Hades Styx im Reich der Schatten auf und tötete sie. Im Anschluss befahl er den Rachegöttinnen, ihren Leichnam zu beseitigen. Die drei Schwestern taten wie ihnen geheißen, brachten Styx zum Friedhof im Reich des Nebels und der Nacht. Sie legten die Göttin des Totenflusses in eines der ausgehobenen Gräber, aber ehe sie Styx mit der ersten Schaufel Erde bedeckten, registrierten sie eine Regung. Das Kind in ihrem Bauch hatte überlebt.

Ungeachtet der Tatsache, dass auch auf sie eine Strafe

wartete, sollte Hades jemals von dieser Tat erfahren, schnitten die Erinnyen Styx' Sohn aus ihrem Leib. Und während der Kokytos in wenigen Schritten Entfernung klagte, tauften sie den Jungen auf den Namen Grave.

Prolog

LEBENDIGER TOD

GRAVE

Nicht wenige behaupten, der Tod sei still.

Einsam.

Bedeutungslos.

Etwas, das ich nicht bestätigen kann. Denn wer genau hinhört, vernimmt seinen unverwechselbaren Klang, den Rhythmus, den man lediglich zwischen Rauch, Feuer und Dunkelheit finden kann. Als wäre er der Herzschlag, den man beim Betreten der Hölle verloren hat. Mit dem einzigen Unterschied, dass sich nun ein vereintes Pulsieren in unser aller Brust bewegt.

Hier unten ist jeder von uns ein Sklave der Dämmerung. Ein Diener der Uhr aus Flammen, deren Zeiger ihren eigenen Willen besitzen. Deshalb ist die Unterwelt ein Ort der Verbundenheit – nicht der Einsamkeit. Und das sage ich, obwohl ich selbst mein Leben lang unsichtbar war.

Schließlich bin ich der vergessene Schwur, den mein Vater einst der Hölle gab.

Ich bin der Erbe des Knochenpalastes, über dem die Harpyien hungrig und nach Blut lechzend ihre Kreise ziehen.

Doch noch viel mehr bin ich das schwarze Wasser, die

Essenz des Styx, welcher die Verstorbenen zu ihrer letzten Ruhestätte trägt.

Mein Name ist Grave – und ich bin der Bastard der Unterwelt.

1

PLÄNE DER NACHT

GRAVE

Durchscheinende Finger streifen meine Arme, doch in dieser Nacht bin ich nicht hier, um die Toten zu tragen. Eine geflügelte Silhouette bewegt sich über mir, was die Frage aufwirft, ob es eine Harpyie auf dem Weg zum Palast aus Knochen oder eine der Erinnyen ist. Ich hoffe auf Ersteres, weil ich Meg, der Rachegöttin, die mich vor zwanzig Jahren aus dem Leib meiner Mutter hob, versicherte, das Reich der Schatten heute nicht zu verlassen. Dabei sollte sie es besser wissen, schließlich zählen in der Unterwelt lediglich Taten und keine Versprechen. Auf die Worte von Daimonen und Verdammten sollte niemand vertrauen. Und obwohl jeder andere vor Megaira, der Zornigen, und ihren beiden Schwestern erzittert, haben die Erinnyen in mir nie Furcht ausgelöst.

Meine Macht als Antrieb nutzend, gleite ich zügiger durch den schwarzen Fluss, dem Ruf folgend, der uns alle ins Zentrum lockt. Gleichzeitig erfasst ein erneutes Vibrieren meine Brust. Es ist, als wäre die Hölle – womöglich auch der Erdkern selbst – in Bewegung. Die Unterwelt hat sich verändert, als Hades starb. Ungeachtet der Tatsache, dass Nyx' Söhne Hypnos und Thanatos versucht haben, es zu vertuschen, konnte ich sein

Ableben spüren. Den Teil seiner Kraft, der daraufhin ohne mein Einverständnis durch meine Adern floss.

Seit diesem Tag vor wenigen Monaten sind die dunklen Rhythmen und Klänge kaum noch zu vernehmen. Als wäre das Herz, das wir uns alle teilten, verstummt. In manchen Momenten hätte ich dem Mythos des stillen Todes deshalb beinahe zugestimmt, würde nicht zu jeder Stunde das gedämpfte Wispern der Verlorenen an meine Ohren dringen. Sie fordern mich dazu auf, seinen Platz einzunehmen. Ignorieren meine Antwort, dass ich den König hasste. Ich fühle mich mit der Unterwelt verbunden, bin die Essenz des Styx, und trotzdem will ich dieses Erbe nicht. Ich will nichts, was einst mit Hades in Berührung war. Zu sehr lebt in mir die Erinnerung des gebrochenen Schwurs, der nur so lange hielt, bis er meiner Mutter eine Klinge ins Herz gerammt hat.

Als ich mein Ziel erreiche, ist die Silhouette über mir verschwunden. Ich umfasse den mit schwarzem Moos überzogenen Holzpfahl, welcher den Steg stabilisiert. Achtsam taste ich mich voran, und als ich die Oberfläche der Finsternis durchbreche, schlägt eine Welle über mir zusammen, während meine Brust – mein gesamter Körper – erneut vibriert. Ich spucke die dunkle Flüssigkeit des Acheron aus, die bereits dabei war, meinen Hals hinabzukriechen, und blinzele einige schwere Tropfen fort.

Es existieren fünf Flüsse in der Unterwelt – neben dem Styx, der ein Teil von mir ist, als giftig und unverwundbar machend zugleich gilt, gibt es den Acheron, in welchem ich mich in diesem Moment befinde. Er durchfließt das Zentrum des Hades und ist ebenso wie der Styx ein Totenfluss. Der Pyriphlegethon hingegen führt Feuer und Blut statt Wasser. Der Fluss des Wehklagens ist der Kokytos, aus welchem die

Toten im Reich des Nebels und der Nacht trinken, das den Urgöttern Nyx und Erebos untersteht und im Nordosten der Unterwelt liegt. Erlösung und Fluch ist die Lethe, deren lockende Substanz Vergessen bringt.

Von meinem Versteck unter dem Steg beobachte ich, wie sich eine goldene Gondel, die – anders als die schwarzen Gefährte – für die Lebenden bestimmt ist, lautlos nähert. »Willkommen daheim.« Die Stimme, die vor Ironie trieft, ordne ich Thanatos zu. »Wollen wir darum wetten, was Mutter Miststück dieses Mal geplant hat?«

»Ich setze zehn Drachmen auf die Herrschaft über die Unterwelt«, knurrt Hypnos, der über das Reich des ewigen Schlafes regiert.

»Zehn Drachmen?«, spottet sein Bruder. »Damit können wir nicht einmal zwei Zyklopen zu einer Runde ›Pyriphlegethon oder stirb‹ herausfordern.«

»Man stirbt in beiden Fällen«, mischt sich eine weitere Person ein. »Es besteht nicht wirklich eine Wahl.« Ich höre, wie die drei aussteigen, und lege den Kopf in den Nacken. Durch den Spalt zwischen den Holzbrettern erkenne ich Lachesis, eine der Schicksalsgöttinnen.

»Klar, aber Zyklopen denken nicht weiter als vom Blut bis zur Ader, von daher ...«, erwidert Thanatos unbeirrt und schlendert über den Steg. Lachesis hält abrupt inne. Als ihre kornblumenblauen Iriden mich fixieren, halte ich die Luft an.

Ja ... Die Schicksalsgöttin, auch ‚Moire‘ genannt, und ihre beiden Schwestern Klotho und Atropos wissen, wer ich bin. Schließlich ist Letztere dafür verantwortlich, den Lebensfaden der Sterbenden zu durchtrennen. Deshalb ist ihnen nicht entgangen, dass der Leib meiner Mutter auf dem Friedhof zurückblieb, ihre Seele sich auf eine neue Reise begab, während ich meinen ersten Atemzug Höllenluft nahm. Die Einzigen, für die meine Existenz neben den Moiren kein Geheimnis ist, sind die Rachegöttinnen Megaira, Alecto und Tisiphone sowie der ehemalige Fährmann Charon, dem Hades einige Jahre nach Styx' Tod die Herrschaft über das Reich der Schatten im Südosten der Unterwelt zusprach.

»Vermutlich hat Nyx herausgefunden, dass Hades tot ist«, äußert sich Hypnos. »Kommst du, Lissy? Oder willst du über dem schwarzen Fluss Wurzeln schlagen?« Die kornblumenblauen Augen reißen sich von mir los, ehe die Moire sich leichtfüßig zum Ende des Stegs bewegt. Ihre langen dunklen Haare wehen hinter ihr her.

»Es war nur eine Frage der Zeit«, brummt Thanatos. »Die Illusion, die Apate um seine Gemächer gesponnen hatte, war schon seit Wochen dabei zu verblassen.«

»Außerdem hat er wirklich schlimm gerochen«, murmelt Lachesis. »Nichts, was man auf lange Sicht verbergen kann.«

»Nicht vor einer Schnüfflerin wie Mutter Miststück.« Hypnos schnaubt belustigt, ehe er wieder ernst wird. »Es war ein Fehler, nicht die Stellung im Palast zu halten.«

»Die Ursache für den Zerfall der Hölle zu finden, hat Priorität. Wir können nicht überall sein«, rechtfertigt sich Thanatos. »Jeden Tag spüre ich, wie meine Macht schwindet. Als würde ich versuchen, durch einen Schleier nach meiner Kraft zu greifen.«

»Die Welt ist in Bewegung. Alles verändert sich«, bestätigt Lachesis eindringlich.

»Ich find's gruselig, wenn du das mit deiner Schicksalsgöttinnen-Stimme sagst«, erwidert Thanatos. Hypnos' Lachen, das folgt, klingt bereits weit entfernt.

Ich tauche ein Stück unter, sodass die nun seichten Wellen

des Acheron meine Nasenspitze berühren. Aufmerksam mustere ich meine Umgebung, bevor ich mich am Rand des Stegs emporziehe. Die Sohlen meiner zerschlissenen Stiefel geben ein Knarzen von sich, sobald sie das Holz berühren und ich mich aufrichte. Zusätzlich erklingt ein leises Zischen, als die Hitze, die seit Hades' Ableben an mir haftet, mein mit Löchern übersätes Shirt und meine Hose trocknet. Dann setze ich mich in Bewegung, als wäre es selbstverständlich, mich derart offen zu zeigen. Als hätte ich nicht den Großteil meines Lebens im Reich der Schatten zwischen den Todesfeen oder in der Schwärze des Styx verbracht.

Obwohl ich denke, dass ich den Sprung nicht schaffe, nehme ich Anlauf und hechte von der fahrenden Gondel in Richtung Kaimauer. Mein Mund öffnet sich zu einem Laut der Überraschung, als meine Knie hart auf dem heißen Stein aufschlagen und ich mit der Stirn gegen eine Hauswand stoße. Für einen Moment tanzen schwarze Punkte vor meinen Augen und ich kneife mehrmals die Lider fest zusammen. Unkoordiniert suche ich mit meinen Händen Halt, als ich das Gleichgewicht verliere und beinahe in den Acheron stürze. Erleichterung durchflutet mich, als ich einen Knauf fassen kann, welcher zur Befestigung der Gondeln dient. Angespannt atme ich aus, ehe ich auf die Füße komme, was nicht verhindert, dass meine Beine zittern, obwohl ich von Meg gelernt habe, dass die Hölle kein Ort ist, an dem man mit Schwäche überleben kann. Und manchmal frage ich mich, ob ich überhaupt am Leben – oder lediglich eine der verlorenen Seelen bin, die dazu verflucht sind, in den dunklen Gewässern ihre Ewigkeit zu fristen.

Sobald ich meine Balance zurückgewonnen habe, setze ich einen Fuß vor den anderen, bewege mich eilig über die Kaimauer, während ich spüre, wie die Platzwunde an meiner Stirn heilt. Es ist nicht das erste Mal, dass ich das Reich der Schatten verlasse, wenngleich Megaira darauf besteht, dass ich noch zu jung bin, um mich in der Hölle zu bewegen oder Styx' Erbe anzutreten. Für gewöhnlich ist es Tisiphone, die Mitleid mit mir hat und mich nach draußen schmuggelt, um mir die Unterwelt zu zeigen. Und manchmal lässt sie sich erweichen, berichtet mir ein wenig mehr von meiner eigenen Geschichte, die mir fremd und so weit entfernt wie der Tartaros erscheint.

In ihren Erzählungen erwähnt sie, dass ich eigentlich der Sohn des Königs bin und im Palast aus Knochen aufwachsen sollte. Von Tisiphone weiß ich allerdings auch, dass das Schicksal seine Meinung ändern kann. Und dass ich aus diesem Grund nur ein vergessener Bastard bin. Ein neugieriger noch dazu, wie sie mich häufig neckt. Alecto, die Unerbittliche im Trio der Rachegöttinnen, wirft daraufhin stets ein, dass Neugierde und Beharrlichkeit gute Eigenschaften sind, weshalb ich nicht mit meinen Fragen aufhöre. Nicht selten glaube ich sogar, dass niemand die Legenden der Unterwelt besser kennt als ich, obwohl ich mich meist nur wie ein Zuschauer fühle. Doch heute möchte ich mehr, als nur aus einem der Fenster der Schattenburg zu schauen. Ich will den Knochenpalast erkunden und womöglich sogar einen Blick auf Hades werfen.

Ich biege auf den großen Vorplatz ein und erklimme mit wild klopfendem Herzen die Treppenstufen, welche von Skulpturen gesäumt werden, auf denen einige Harpyien sitzen. Sobald ich die beiden Wächterdaimonen am Eingang erreiche, ziehe ich den Brief hervor, den ich mit einem recht stümperhaften Wachssiegel versehen habe, und halte ihn vor mich. »Eine Nachricht von der Göttin der Nacht an den König der Unterwelt«, sage ich mit leiser, aber fester Stimme. Gleichzeitig richte ich meinen Blick demütig zu Boden, genau wie Tisiphone es mich gelehrt hat. Sie hat mir außerdem eingebläut, mich außerhalb des Schattenreichs wie ein Geist zu bewegen und niemals Aufmerksamkeit zu erregen.

»Beeil dich, Botenjunge«, spricht einer der Daimonen nach wenigen Sekunden und tritt zur Seite.

Meine Beine setzen sich in Bewegung, als wüsste ich tatsächlich, wo sich mein Ziel befindet. Gleichzeitig durchzuckt mich Überraschung, dass sie mir einfach Einlass gewähren. Vermutlich vermittelt mein Erscheinungsbild nicht unbedingt den Eindruck, als hätte ich Ärger im Gepäck. Vor allem Alecto brummt häufig, dass sie nicht weiß, wie viel Essen sie mir noch bringen soll, damit ich nicht mehr wie eine verhungerte Vogelscheuche aussehe. Doch nach einigen von Tisiphones Erzählungen fühle ich mich auf eine gute Weise anders. Vielleicht, weil sie mich in ihnen größer erscheinen lässt, als ich es in Wahrheit bin. Als ich es jemals sein werde. Dann rügt Meg ihre Schwester und behauptet, sie hätte zu viel Fantasie. Im Stillen stimme ich ihr jedes Mal zu, und trotzdem genieße ich die Momente, in denen ich es mir zu denken erlaube, dass ich mehr als bloß ein Bastard bin.

Deshalb straffe ich die Schultern, werfe keinen Blick zurück, laufe stattdessen über den dunkelroten Samt, der den gesamten Boden bedeckt und aussieht wie ein Meer aus Blut. Verschlungene Kreise überziehen die Wände des Palastes und zeigen keineswegs die Knochen, die er nach außen hin trägt. Die Muster wirken wild und unzähmbar, als wären sie lebendig und das Chaos selbst.

Laut Tisiphones Beschreibung müsste der linke Gang in den Thronsaal führen, doch mich lockt die Treppe auf der rechten Seite. Erneut scheinen meine Füße ihrem eigenen Willen zu folgen. Kurz darauf erklimme ich die Stufen. Auch sie sind von Samt überzogen, der sich weich unter meinen Sohlen anfühlt. Meine Handinnenflächen sind schweißnass, trotzdem lasse ich meine

Fingerspitzen über das vergoldete Geländer gleiten. Vermutlich ist es das Kostbarste, was ich je berührt habe.

Am oberen Treppenabsatz angekommen, stoppe ich unschlüssig, mustere meine Umgebung, die nach wie vor aus dunkelroten und goldenen Farben besteht. Aus Zeichen, Kreisen, Mustern und Chaos. Aus Kronleuchtern und Kerzen, die Funken sprühen. Die dunklen Rhythmen, die schwermütigen Klänge, welche man überall in der Hölle vernehmen kann, vibrieren hier derart stark in meiner Brust, als wollten sie meinen Herzschlag mit ihrer Finsternis verführen.

»Hallo.«

Eine Stimme unterbricht meine Gedanken und ich zucke heftig zusammen. Gleichzeitig reiße ich meine Lider auf, von denen ich bis zu diesem Zeitpunkt nicht einmal bemerkt habe, dass ich sie geschlossen hatte. In etwa zehn Schritten Entfernung, vor einem wehenden Vorhang, der die Sicht auf einen Balkon aus Knochen freigibt, steht ein Mädchen. Neben ihr liegt Kerberos, der Höllenhund. Ich kenne ihn aus Tisiphones Erzählungen, doch jetzt, wo ich ihn von Nahem sehe, denke ich, dass sie in ihren Beschreibungen untertrieben hat. Er ist riesig. Einen seiner drei Köpfe hat er gehoben, beobachtet mich aufmerksam. Und obwohl er in dieser Sekunde einen friedlichen Eindruck macht, erscheint es mir, als wäre ich seine Beute, die er taxiert. Reglos harre ich an Ort und Stelle aus, denn ich bezweifle, dass er sich nach wie vor so ruhig verhalten würde, wenn ich den Abstand zwischen dem Mädchen und mir verringere.

Während sie mit schräg gelegtem Kopf meine Antwort abwartet, begegne ich zum ersten Mal ihren Augen. Das eine ist aschgrau, das andere hat die Farbe von Bernstein. Es ist faszinierend, und je länger ich hinschaue, desto sicherer bin ich mir, dass ich mich nicht mehr abwenden kann. Als wäre ich in einer Art Zauber *gefangen. Gleichzeitig wehen die Vorhänge des Balkons stärker ins Innere des Palastes, bis der Windhauch ihren kurzen schwarzen Locken schmeichelt, sodass die einzelnen Strähnen sanft ihr Gesicht umschweben.*

»Mein Name ist Flame. Kerberos und ich wollten gerade Suchen und Finden spielen. Möchtest du uns Gesellschaft leisten?« Meine Brauen schnellen überrascht in die Höhe und ich frage mich, ob es eine Falle ist. Ich weiß, wer sie ist. Einer der Gründe, aus dem Hades meine Mutter getötet hat. »Wie heißt du?«, bohrt sie weiter, und nun zucken meine Mundwinkel. Vielleicht, weil ich trotz des Schmerzes, der an mir nagt, meine Neugierde in ihr entdecke.

»Niemand.« Ich erstarre, als Flügelschlagen ertönt und Megaira an meiner Seite landet. Eine Hand an meinen Rücken gelegt, schiebt sie mich vorwärts, weg von der Treppe, in die entgegengesetzte Richtung des Mädchens. »Er ist niemand, Prinzessin.« Flame mustert mich, als würde sie mich mit ihren einschüchternden Augen fragen, ob die Rachegöttin die Wahrheit sagt. Krallen bohren sich in mein Schulterblatt und ich bringe ein Nicken zustande.

»Ich schulde Euch einen Gefallen, wenn Ihr unseren Besuch gegenüber dem König und der Königin unerwähnt lasst.« Nie zuvor habe ich gesehen, dass Meg vor jemandem den Kopf neigt, doch sie tut es vor der Prinzessin, von der Tisiphone flüstert, dass sie meinen Platz gestohlen hat.

Flame kniet sich neben den Höllenhund, der kurz darauf einen seiner Köpfe in ihren Schoß bettet. »Kerberos und ich sind gut darin, Geheimnisse zu bewahren«, murmelt sie leise, als würde sie gegen eine Regel verstoßen. Der Rachegöttin scheint ihre Antwort als Absicherung zu genügen, denn sie bedeutet mir, auf ihren Rücken zu klettern, ehe sie an eines der hohen Fenster tritt. Ich folge ihrer Aufforderung, schaue lediglich ein letztes

Mal zurück, bevor Meg auf die Fensterbank springt, in die Knie geht und sich abstößt. Fast bilde ich mir ein, dass die Lippen der Prinzessin stumme Worte des Glücks formen. Als würde sie mir an einem verfluchten Ort etwas Gutes wünschen. Erst als wir über den Vorplatz des Palastes fliegen, Megs Schwingen mich vor den Blicken der Wächterdaimonen schützen, fällt mir auf, dass ich keinen einzigen Ton von mir gegeben habe. Vielleicht bin ich tatsächlich der Geist, der Tisiphone mich bittet zu sein.

»Du solltest froh sein, dass du nicht an ihrer Stelle bist«, spricht Megaira gegen den heißen Wind, der dafür sorgt, dass meine Kleidung unangenehm an meinem Körper klebt. »Der König der Unterwelt ist unberechenbar.«

»Und du solltest am besten wissen, dass auch die Toten Ohren haben«, erwidere ich, beobachte die durchscheinenden Gliedmaßen, die im Acheron treiben. »Ich wollte nur ein einziges Mal den Palast betreten.«

»Dort bist du nicht willkommen.«

»Aber was würde passieren, wenn Vater mich sieht? Wenn er nicht glauben würde ...« Ich schlucke, weil meine Kehle plötzlich trocken ist.

»Du würdest sterben, ebenso wie Styx.«

Als ich von der Seite angerempelt werde, blinzele ich die Erinnerungen fort und stoße denjenigen, der gegen mich geprallt ist, zurück, sodass er mit einem Laut der Empörung in den Acheron fällt. Ja, ich sehe nach wie vor aus wie ein Herumtreiber, aber ich bin nicht der schmächtige Junge von damals. Und mittlerweile weiß ich auch, dass ich mehr als nur ein Geist bin. Schließlich bin ich in jener Nacht nicht in diesem Grab gestorben.

Ich überwinde die letzten Meter zum Vorplatz und schaffe es, mich zwischen den Anwesenden bis zu einer der größeren

Statuen vorzukämpfen, stabilisiere mich am Unterarm des steinernen gehörnten Wesens und steige zu ihm auf den Sockel.

Mehrere Wächterdaimonen, welche die dunkelblaue Lederkluft des Reichs des Nebels und der Nacht tragen, trennen die Menge von Nyx, der Urgöttin der Nacht, die an der Eingangsschwelle des Knochenpalastes steht. Ihr Gemahl Erebos sowie die anderen Herrscher, zu denen Charon, Hypnos und Thanatos gehören, stehen ein wenig abseits. Ihre Mienen sind vollkommen starr, sodass ich nicht in ihnen lesen kann. Lediglich Tartaros, der über das Reich des grausamen Todes regiert, ist nicht gekommen. Dafür halten sich die drei Schicksalsgöttinnen ganz in der Nähe auf, während Megaira, Tisiphone und Alecto mit ihren ausgebreiteten Schwingen, die dem Gefieder von Raben gleichen, auf den Geländern der Balkone aus Knochen verharren. Ihre Haare sind leuchtend rot wie eine Warnung, und es sind Alectos elektrisierende Iriden, die mich als Erstes finden, doch in ihnen liegt keinerlei Regung. In der Öffentlichkeit habe ich mit nichts anderem gerechnet. Sie stehen im Dienst der Göttin der Nacht, werden gefürchtet als ihre todbringenden Vollstreckerinnen. Doch dass in Wahrheit auch sie unruhig sind, erkenne ich an Tisiphones zuckenden Flügeln und dem angespannten Zug um Megs Mund.

Es ist seit geraumer Zeit kein Geheimnis, dass Nyx die Macht an sich reißen will. Allerdings konnte sich niemand von uns das Beben erklären, das die Unterwelt vor wenigen Stunden erfasste und uns glauben ließ, der Hades würde über unseren Köpfen zusammenstürzen. Und es liegt nahe zu vermuten, dass die Göttin der Nacht etwas damit zu tun hat, weil Alecto gestern sah, wie sie die Hölle verließ. Nicht über die Felsspalte, vor der seit einigen Wochen zu jeder Zeit die Zyklopen wachen, sondern über ein Portal, das Helena für sie erschaffen hat. Die Magierin stammt aus derselben Blutlinie wie Hekate und bedeutet für gewöhnlich Ärger, weil sie dunkle Zauber ausübt. Es ist besser, sie zu meiden, allerdings auch nicht überraschend, dass Nyx sich mit ihr umgibt, während sie offenbar dabei ist, sich ihren eigenen Hofstaat aufzubauen. Manchmal denke ich, dass meine Zeit, die Hölle zu verlassen, schon lange gekommen ist. Gleichzeitig bin ich der Styx und somit ein Teil der Unter- und nicht der Oberwelt. Ich wüsste nicht einmal, was mich hinter den Grenzen des Hades erwartet. Und ob ich überhaupt gehen könnte.

Von dem Turm der Feueruhr ertönt ein tiefer Klang, vermutlich Helenas Werk. Erst als sich eine gespenstische Stille über den Vorplatz des Palastes legt, realisiere ich, dass zuvor Stimmengewirr geherrscht hat. Keiner der Versammelten gibt nunmehr ein Geräusch von sich, und als ich einen Blick über die Schulter werfe, entdecke ich, dass sich auf dem Acheron die Gondeln stauen, voll besetzt mit den Daimonen, die ihre Reiche verlassen haben, um dem Ruf der Harpyien ins Zentrum zu folgen. Die Anspannung, die über uns liegt, ist heiß und schwer, als hätte man die Luft um uns herum mit dem Pyriphlegethon getränkt.

»Bewohner der Hölle«, ergreift Nyx das Wort, als ich meine Zähne bereits so fest aufeinandergebissen habe, dass mein Kiefermuskel schmerzhaft zuckt. Kurz wandern meine Augen zu ihren Söhnen, und nun bin ich mir ziemlich sicher, Abscheu in Thanatos' Zügen zu lesen. Wobei auch Hypnos nicht sonderlich begeistert wirkt. Im selben Moment trifft mich Charons Blick. Er runzelt die Stirn, als würde er überlegen, ob ich eine Todessehnsucht hege, weil ich mich auf diesem Platz aufhalte oder weil ich mich der Anweisung der Erinnyen widersetzt habe. Er würde sein Wort niemals gegen das der drei Schwestern stellen, die mich großgezogen haben. Allerdings ist der Grund dafür nicht Furcht, sondern die Tatsache, dass er Tisiphone den Hof macht und ... tja, dem ehemaligen Fährmann der Toten wurde es nicht in die Wiege gelegt, wie man eine Frau umwirbt. Erst vergangene Woche hat er ihr ein geflochtenes Armband aus dem Haar einer tausend Jahre alten Todesfee geschenkt, was einerseits ein mächtiger Talisman, andererseits einfach nur eklig ist. Zumal eine Feuerspinne ihre Eier darin abgelegt hatte und die Kleinen mit dem Schlüpfen nicht lange warteten.

»Poseidon starb vor über zweihundert Jahren«, zerrt Nyx' schnarrende Stimme mich zurück in die Gegenwart. »Sein Tod leitete den Zerfall des Herrschergeschlechts der alten Welt ein. Hades, der König der Unterwelt, ist seinem Bruder nun gefolgt.« In meinen Ohren breitet sich ein Rauschen aus, als würde eine weitere Welle des Acheron über mich schwappen. Warum lässt die Urgöttin es klingen, als wäre es erst kürzlich geschehen, nicht schon vor Monaten? Glaubt sie das wirklich oder gehört es zu ihrem Plan? »Doch das ist nicht alles.« Nyx' Stimme wird lauter, um bis in den letzten Winkel der Hölle zu dringen. »Vergangene Nacht bin ich in das Verlies eingedrungen, in welchem die neuen Götter Zeus gefangen hielten.« Sie macht eine Pause, um ihren Worten noch mehr Gewicht zu verleihen. »Ich bin hier, um euch zu verkünden, dass ein neues Zeitalter anbricht. *Ich* habe es eingeleitet, als mein Speer Zeus' Herz durchbohrte.« Langsam begreife ich, was das Beben vor wenigen Stunden ausgelöst hat. Zeus – der einstige König der Götter – ist tot.

Zustimmendes Gemurmel ertönt, allerdings entgeht mir nicht, dass es von Nyx' Garde sowie von den Hohedaimonen und ihren Familien kommt, die auf ihrer Seite stehen. Neben den Toten, die in die Unterwelt einkehren, leben hier Götter, Urgötter. Daimonen und einige magische Kreaturen, wie die Zyklopen, Harpyien oder Todesfeen. Die Daimonen selbst unterteilen sich in verschiedene Gruppierungen – so gibt es die Hohedaimonen, die im Zentrum des Hades zu Hause sind, und die niederen Daimonen, welche in den Reichen der einzelnen Herrscher wohnen. Es existieren auch Kreuzungen aus Tieren und Daimonen oder solche, die aus einer Verbindung mit einer Gottheit hervorgegangen sind und aus diesem Grund zur Hälfte von daimonischem und zur anderen Hälfte göttlichen Blutes sind. Ein Beispiel hierfür sind Hypnos und Thanatos, deren Vater nicht der Urgott Erebos ist.

»Das Ende von Kronos' Söhnen ist nun besiegelt", frohlockt Nyx. »Ebenso wie die Titanen müssen die Olympier ihren Rückzug antreten.«

Erneutes Gemurmel, und ich habe nicht das Gefühl, dass die niederen Daimonen begeistert sind. Es ist ein offenes Geheimnis, dass die Bewohner der Unterwelt vor Veränderungen zurückschrecken. Womöglich ist es auch die Tatsache, dass wir alle das drohende Unheil gespürt und gesehen haben, wie die Hölle auseinanderfällt – ihren einstigen Glanz verliert. Nyx' Rede, wenngleich sie so eingenommen von sich selbst ist, dass sie es nicht bemerkt, ist der Moment, den viele gefürchtet haben. Obwohl sie behauptet, ein neues Zeitalter einzuläuten, bedeutet das – zumindest in ihren Händen – eher einen Untergang.

Nyx' lässt ihren Blick über die Menge schweifen. Eine Strähne ihres schwarzen Haars hat sich aus dem strengen

Dutt gelöst, der ihre markanten Gesichtszüge betont. »Aber das Ende geht auch Hand in Hand mit einem Anfang. Und der Anfang sind die Urgötter und ihre Elemente: Gaia, die Mutter Erde; Uranos, der Himmel; Pontos, das Meer; Thalassa, die See; Aither, das Licht; Hemera, der Tag; Erebos, die Finsternis und ich – die Nacht. Wir sind das einzige göttliche Geschlecht, dem es bisher tatsächlich gelungen ist, die Ewigkeit zu überdauern.« Ein siegessicheres Lächeln umspielt nun ihre Lippen, und aus den Augenwinkeln nehme ich wahr, dass Tisiphones Flügel ein weiteres Mal zucken. »Als die zweitälteste Urgöttin sehe ich mich in der Pflicht, Hades' Erbe anzutreten. Und ich versichere jedem Einzelnen, der heute hier anwesend ist, dass uns Großes erwartet. Ein Teil der Hölle mag mit Hades gestorben sein und wir sollten es als ein Zeichen betrachten. Als ein Zeichen dafür, dass die Unterwelt sich erhebt. Wir haben lang genug in den Armen der Erdgöttin gelebt. Ich werde euch in eine Zukunft führen, in der wir nicht mehr übergangen werden.«

Die Hohedaimonen pfeifen zustimmend. Ich bin mir sicher, dass sie die Tragweite von Nyx' Worten nicht einmal annähernd begreifen. Sie spricht von einem Krieg mit der Oberwelt, während die Hölle im Sterben liegt. Sie ist der Meinung, dass ihr mehr zusteht als ein Leben in der Unterwelt. Dass sie als Urgöttin zu Höherem geboren wurde, als umgeben von Daimonen und den Seelen der Toten in Vergessenheit zu geraten. Zwar ist Nyx nicht zu unterschätzen, schließlich hat sie Jahrtausende überdauert, doch an diesem Punkt spricht Größenwahn aus ihr – und eine Sehnsucht, die sie vermutlich seit einer Ewigkeit in sich trägt: unermessliche Macht zu erlangen und Herrscherin über diese Welt zu werden. Allerdings ist ihr Einschätzungsvermögen durch ihre Gier getrübt. Denn ja, es gibt eine Armee – die Krieger leben unter der Herrschaft von Tartaros, der sich seinen Namen mit dem tiefsten Punkt der Unterwelt teilt, im Reich des grausamen Todes, doch ich bezweifle, dass sie der Göttin der Nacht folgen werden. Tartaros besitzt seinen eigenen Kopf, und von dem, was ich mitbekommen habe, hat er sich sogar Hades' Willen kaum gebeugt.

»Was ist mit den neuen Göttern?«, ruft jemand sehr Mutiges – oder sehr Dummes – Nyx zu. Andererseits ist es eine berechtigte Frage, schließlich kamen sie zu Zeiten des heißen Krieges von einem fernen Planeten auf die Erde und kämpften an der Seite von Poseidon gegen seinen Bruder Zeus und gegen Chaos. Poseidon starb in dieser Schlacht – ebenso sein Verbündeter Okeanos, der Titan des Urstroms, der aus der urgöttlichen Linie von Uranos abstammt. Die neuen Götter hingegen überlebten und teilten die Oberwelt unter sich in sechs Reiche auf. Seitdem gab es zwar einige Schwierigkeiten, über deren Details ich nicht gänzlich im Bilde bin, weil die Informationen, die von der Erde in die Unterwelt fließen, stets einen langen Weg hinter sich haben. Allerdings bezweifle ich, dass die neuen Götter sich Nyx einfach so ergeben werden.

»Die neuen Götter sind Eindringlinge. Sie gehören nicht hierher.«

»Und die Prinzessin?«, ruft ein Weiterer aus der Menge. »Was ist mit Hades' Tochter? Sie ist die rechtmäßige Erbin.«

»Fehler«, murmele ich kaum hörbar. Diese Frage wird ihn heute Nacht den Kopf kosten. Vermutlich wird Meg den Job erledigen. Mehr als einmal habe ich die Rachegöttinnen gefragt, warum sie es tun. Weshalb sie für Nyx arbeiten. Ihre Antwort lautete, dass die Grenzen zwischen Recht und Unrecht an einem Ort wie der Hölle stets verschwommen sind.

Und dass man immer die Nähe der potenziell größten Gefahr suchen sollte, weil Überleben auf diese Weise funktioniert.

»*Flame*«, spuckt Nyx den Namen förmlich aus, »ist nicht hier. Sie hat längere Zeit dort oben als in unseren Reihen gelebt. Außerdem hat meine Schwester Gaia, die mein Ohr in der Oberwelt ist, mir zugeflüstert, dass Hades kein lebendes Kind besitzt.« Ein überraschtes Raunen geht durch die Menge. »Persephone hat den König damals hintergangen.« Interessant. Offenbar hat Nyx die Wahrheit über die vermeintliche Erbin der Unterwelt herausgefunden. Mit der Zeit erfährt man viele Dinge, wenn man der Styx ist und den Gesprächen der Mitfahrenden in den schwarzen und goldenen Gondeln lauscht, die glauben, dass sie ungestört sind und der Totenfluss nichts mit ihren Geheimnissen anzufangen weiß.

Keine Kenntnis hingegen hatte ich über das Bündnis zwischen Nyx und Gaia, von der ich annahm, dass sie sich in einem Schlaf befindet. Doch gleichzeitig beruhigt es mich, dass beide irren. Schließlich gibt es mich.

2

WIR HABEN EINEN DEAL

LACHESIS

Obwohl ich mir die größte Mühe gebe, kann ich nicht aufhören, ihn anzuschauen. Er ist groß gewachsen, breitschultrig und hat dennoch einen athletischen Körperbau. Sein schwarzes Haar ist kurz geschoren und an seinem rechten Lid befindet sich eine Narbe, die ihm etwas Verwegenes verleiht. Sein Gesicht ist so symmetrisch, als hätte Aphrodite es vor ihrem Tod selbst gezeichnet, und seine Iriden haben die Farbe des Styx, mit dem einzigen Unterschied, dass ein dunkelroter Zirkel beide Pupillen umgibt.

Der Sohn des Hades ist jemand, der heraussticht, der anders wirkt. Da hilft es auch nichts, dass er sich halb hinter der Statue verbirgt. Denn ich sehe ihn. Klarer und deutlicher als je zuvor. Ihn und das Geheimnis, das meine Schwestern und ich bewahren, seit wir das Leben in Styx' Leib gespürt haben, das entgegen Hades' Willen nicht in dem Grab auf dem Friedhof im Reich des Nebels und der Nacht starb. Für die Zukunft der Hölle war es wichtig, dass die Essenz des Totenflusses weiterbesteht. Falsch wäre es gewesen, den unschuldigen Jungen in den Tod zu schicken. Trotzdem sorgt seine Anwesenheit dafür, dass noch einmal alles anders wird. Und dass er vielleicht die Lösung ist, nach der

Hypnos, Thanatos, meine Schwestern und ich monatelang gesucht haben. Ich weiß nicht, ob es tatsächlich der Wille des Schicksals oder Ironie ist, dass stets die Kinder der Hölle, die Erben der Finsternis, Heilung bringen.

Seit ich durch die Lücke zwischen den Holzbrettern im Steg in seine Augen geblickt habe, ist es, als würden die Pfade des Schicksals tanzen. Da ist so viel, das ich plötzlich ... erkenne, was zuvor im Nebel lag. Ich bin keine Seherin, was ich verspüre, sind Vorahnungen. Doch nach unserer Begegnung vor Nyx' Ansprache bin ich mir fast sicher, in welche Richtung wir uns bewegen. Es ist nicht länger, als würde ich im lockenden, aber trüben Wasser der Lethe fischen. Dennoch fällt es mir schwer einzuschätzen, wer Grave wirklich ist, und welche Absichten er verfolgt. Auf welcher Seite er in Wahrheit steht, wo er für so lange Zeit zurückgezogen lebte – genau wie seine Mutter zu ihren Zeiten. Zudem wurde er von den Rachegöttinnen aufgezogen, die Nyx dienen. Meine Schwestern und ich vermeiden den Kontakt zu ihnen, weil wir sehr verschieden sind. Einzig über Thanatos weiß ich, dass er sich manchmal mit Alecto herumtreibt. Allerdings bezweifle ich stark, dass es dabei um gemeinsame Interessen geht. Überhaupt bezweifle ich, dass bei dieser Art von Treffen besonders viel geredet wird.

»Aber die Unterwelt ist von einer Krankheit befallen!«, wird eine weitere Stimme aus der Menge laut. »Was werden wir dagegen unternehmen?«

»Dass die Unterwelt von einer Krankheit befallen ist, ist ein albernes Gerücht.« Nyx' Stimme hallt derart laut über den Platz, dass ich kaum merklich zusammenzucke. Als hätte Hypnos es gespürt, wirft er einen Blick über die Schulter, lässt ihn über mich gleiten. Ich kann nicht verhindern, dass meine Knie dabei weich werden.

»Dann hat sich ein böser Zauber der Hölle bemächtigt!«, ruft ein anderer Daimon. »Es ist, als würde uns jemand sämtlicher Kräfte berauben! Jeden Tag werden wir schwächer.« Bei seinen Worten bricht ein Tumult aus, die Masse nähert sich dem Palast, sodass Nyx' Garde beginnt, die Menge zurückzudrängen. Sie sind zwar in der Unterzahl, doch aus dem Augenwinkel registriere ich, dass Helena ihre Hände bewegt, silberne Fäden spinnt, die in Richtung jener wandern, die gegen Nyx rebellieren. Es fällt mir schwer, nicht die Nase zu rümpfen. Magierinnen zählen ebenfalls nicht zu der Gesellschaft, die ich mir freiwillig aussuchen würde. Ich bin noch keiner ihrer Art begegnet, die tatsächlich edle Absichten hegte.

»Meine Krönung findet in drei Feuermonden statt«, ignoriert die Urgöttin die Proteste. Anschließend wendet sie sich ab und bedeutet den Herrschern der anderen Reiche, ihr in den Palast zu folgen. Als würde sie glauben, dass dieser tatsächlich ihr gehört. Als hätte irgendwer außer ihr alledem zugestimmt. Dass sie Zeus getötet hat, klingt wie ein böser Traum. Somit ist keiner der drei Herrschergötter der alten Welt mehr am Leben. Allein aufgrund ihrer Gier hat die Urgöttin die Erde aus dem Gleichgewicht – uns alle in Gefahr gebracht.

Ich schlucke schwer, während ein dumpfer Schmerz hinter meinen Schläfen pocht. Mir ist bewusst, dass es meinen Schwestern ebenso ergeht – ihr Schulterblatt brennt und juckt, das wie meines mit dem Mal des Lebensbaums versehen ist. Seit Hades' Tod ist unsere Macht nicht mehr, wie sie einst war. Und keine von uns versteht, weshalb wir es nicht kommen sahen. Warum wir das Problem – ungeachtet der Tatsache, dass Monate vergangen sind – noch immer nicht gelöst haben. Es quält mich, weil ich mich durch die Gabe, die Klotho, Atropos und ich teilen, verantwortlich fühle.

In den Geschichten und Legenden dieser Zeit werden wir als Spinnerinnen bezeichnet. Was wir spinnen, sind die Lebenstage, bis das Schicksal entscheidet, einen Lebenstag in einen Todestag zu verwandeln. Klotho ist der Geburt und der Entstehung am nächsten, während ich spüre, welche Rolle jeder von uns zu erfüllen hat. Atropos hingegen ist mit dem Ende verbunden und wird deshalb auch ›die Todesmoira‹ genannt, wenngleich sie selbst diesen Titel verabscheut.

Ein wenig erscheint es mir deshalb, als hätte ich versagt. Eine Schicksalsgöttin sollte nicht vom Schicksal überrumpelt werden. Finger schieben sich unter mein Kinn, heben es sanft an, sodass ich in Hypnos' zitronengelbe Iriden blicke. Strähnen seines mittelbraunen Haars fallen ihm in die Stirn und es juckt in meinen Fingern, sie zur Seite zu streichen. »Sieh mit deinen Schwestern in Hades' Gemächern nach, ob euch irgendetwas auffällt, das für uns wichtig sein könnte. Wir treffen uns anschließend in eurem Haus«, raunt er in mein Ohr, ehe er sich rasch zurückzieht und den anderen in den Palast folgt. Es ärgert mich selbst, dass ich seine Berührung noch Sekunden später spüre, ihm hinterherstarre, während er kein einziges Mal zurückschaut.

Es ist Atropos, die mich schließlich aus meinem tranceartigen Zustand reißt, ihre Hand auf meine Schulter legt. Gemeinsam rufen wir den Nebel, wechseln den Ort innerhalb eines Wimpernschlags, wozu in der Hölle nur Tartaros, meine Schwestern und ich in der Lage sind. Der König der Unterwelt besaß diese Fähigkeit auch, und ich frage mich, ob sie auf seinen Sohn übergegangen ist.

Wir landen im Empfangsbereich von Hades' Gemächern.

Rasch kontrolliere ich, dass die Flügeltür verschlossen ist. Klotho und Atropos sichern die Türen rechts und links von uns ab, hinter welchen sich ein Baderaum sowie ein Waffenzimmer befinden. Dann drücke ich die Klinke herunter, die zum Schlafgemach führt. Die Zauber, die Eindringlinge zu Lebzeiten des Königs ferngehalten haben, wirken nicht mehr, und auch Apates Illusion, welche die Daimonin der Täuschung, die in der Oberwelt lebt, kurz nach Hades' Tod webte, um die Neuigkeit vor Nyx zu verbergen, ist verblasst. Der Geruch von Kräutern und Fäulnis tränkt die Luft, als wir über die Schwelle treten. Übelkeit steigt in mir auf, als ich daran zurückdenke, wie meine Schwestern und ich versucht haben, den Verwesungsprozess von Hades' Körper zu verlangsamen. Auch Atropos neben mir würgt, presst ihren Unterarm über Mund und Nase, während Klotho gänzlich unbeeindruckt in den Raum läuft. Gleichzeitig frage ich mich zum ersten Mal, ob die Göttin der Nacht auch bei Hades' Tod ihre Finger im Spiel hatte.

»Der Leichnam ist fort«, informiert Klotho uns. Mein Magen rumort und ich presse meine Faust auf die Stelle, um ihn zu beruhigen. Erleichterung flutet mich, weil ich ihn nicht noch einmal sehen muss. Es war ein Anblick, den ich nie vergessen werde. Ich gebe mir einen Ruck und folge Klotho. Das Schlafgemach ist ordentlich hergerichtet, außer dem Geruch erinnert nichts an das, was hier geschehen ist.

»Weshalb hat Nyx ihn fortbringen lassen?«, erkundigt Atropos sich erstickt, die nun ebenfalls zögerlich ein paar Schritte in unsere Richtung macht.

»Weil er so furchtbar stank«, erwidert Klotho trocken. »Wie die Ratten bei den Feuergruben.«

Ich schüttele den Kopf, wenngleich ich ihr nicht gänzlich

widersprechen kann. »Aufgrund der Gerüchte, die mittlerweile selbst die toten Seelen in jeden Winkel der Hölle tragen: dass die Unterwelt von einer Krankheit befallen ist.« Ich trete ans Fenster, hebe den Vorhang nur einen winzigen Spalt an, um einen Atemzug zu nehmen. Luft, die nicht nach Tod, Verwesung und Hoffnungslosigkeit auf der Zunge schmeckt. »Die Daimonen werden rastlos, obwohl sie für gewöhnlich nichts aus der Fassung bringt. Hätte irgendwer bei einem Trauerzug einen Blick auf Hades erhascht ...« Nachdenklich schüttele ich den Kopf. »Das hätte Panik ausgelöst. Die Falten und die Flecken des Alters.« Ernst mustere ich meine Schwestern. »Denn wir werden nicht älter. Niemand von uns. Ich habe noch keinen Gott, Daimon oder sonst ein überirdisches Wesen kennengelernt, das nicht bis zu seinem Tod das Abbild ewiger Jugend war.«

»Aber es kann nichts Ansteckendes sein«, erwidert Klotho gelassen. »Schließlich sind wir nicht gealtert.« In unsere Richtung macht sie eine Geste mit ihren Fingern, als würde sie uns erschrecken wollen. »Obwohl wir den Greis berührt haben.«

»Haha«, antwortet Atropos, die sichtlich fröstelt und es für einen Moment aufgibt, Mund und Nase zu bedecken, um sich über die Arme zu reiben, auf denen sich eine Gänsehaut gebildet hat. »Sehr witzig, Toto.«

»Ich hasse es, wenn du mich so nennst.« Unsere Schwester rümpft die Nase. »Wir sind keine Babys mehr.«

Ich räuspere mich, um die beiden zur Ordnung zu rufen. »Hypnos will, dass wir uns hier umschauen.«

»Und wir machen immer, was Hypnos will«, brummt Klotho. »Weil du ihn magst.«

»Weil es das Richtige ist«, korrigiere ich sie, wende mich

ein wenig ab und ignoriere, dass meine Wangen heiß werden. »Wir sind die Schicksalsgöttinnen und verantwortlich für die Zukunft der Hölle. Außerdem tragen wir selbst den Beweis, dass etwas nicht stimmt, auf unserem Schulterblatt.«

Bei meinen Worten und der Erinnerung, dass womöglich auch unsere Zeit abläuft, stößt Klotho ein abgrundtiefes Seufzen aus. »Na schön«, murmelt sie leise, woraufhin wir uns in Hades' Gemach verteilen. Was Hypnos vorhin meinte und wonach wir suchen, sind nicht zwingend physische Beweise. Wir sind hier, um zu spüren. Deshalb schließe ich meine Augen, fahre mit den Fingerspitzen über die Wand, die Hitze ausstrahlt, über eine Vase, deren erhabene Muster sich wie Schlangen winden, ehe ich weiterwandere und über das Kopfende des Bettes und eines der Kissen streiche.

»Es ist frisch bezogen«, spricht Atropos meinen Gedanken aus und ich öffne die Lider.

»Ich wette, das war diese Hexe Helena.« Missmutig schaut Klotho sich um.

»Sie ist eine Magierin, keine Hexe«, wirft Atropos ein.

Klotho rollt mit den Augen. »Wo ist da der Unterschied?« Sie hebt den Schürhaken an, der am Kamin lehnt, und riecht daran. »Wie neu«, stellt sie fest. »Sie haben diesen Raum blitzblank geputzt, keine einzige Spur hinterlassen. Diese Helena kennt unsere Kräfte. Das war Absicht.«

»Ich weiß nicht«, überlegt Atropos. »Vielleicht wollten sie auch generell nicht, dass neugierige Augen zu viel sehen. Natürlich müssen wir in Erfahrung bringen, was Nyx vorhat, was ihre Pläne sind. Doch was soll Hades' Leichnam damit zu tun haben? Er ist tot. Schon lange fort. Für was sollte er ihr noch nützlich sein?«

Nachdenklich kaue ich auf meiner Unterlippe. »Es ist

trotzdem nicht gut. Überhaupt nicht gut. Ich meine, wir haben gar keine Ahnung, was passiert ...« Ich zwicke mir in den Nasenrücken, um mich zu beruhigen. »Er sollte richtig bestattet werden.«

»Vielleicht macht Nyx das ja«, überlegt Klotho achselzuckend. »Weniger Arbeit für uns.«

»Mh«, bringe ich undeutlich hervor und kneife die Lider zusammen, als mir auf dem Teppich, der mit floralen Ornamenten verziert ist und trotz der roten Farbe nicht so recht in diese Räumlichkeiten passen mag, ein Funkeln ins Auge sticht. Gerade will ich mich danach bücken, als ohne Vorwarnung die Tür auffliegt und ein Wächterdaimon, der die Lederkluft des Reichs des Nebels und der Nacht trägt, hereinstürmt. In der rechten Hand hält er eine gezückte Klinge. Ich erstarre und frage mich, ob er uns tatsächlich angreifen würde, obwohl wir zum inneren Kreis gehören. Oder gehörten? Viele Dinge ändern sich mit Hades' offiziellem Tod.

Mein Herz sackt mir in die Magengrube, die Zeit scheint mit einem Mal langsamer zu laufen. Doch Atropos macht einen Schritt nach vorn. Immerhin ist sie der Ansicht, dass man mit Worten alles lösen kann. Ein leiser Schrei entweicht Klotho. Da sie einen anderen Blickwinkel hat als ich, erkennt sie vor mir, dass der Daimon seinen Dolch auf Atropos richtet. Zumindest sorgt es dafür, dass ich mich aus meiner Starre befreie, den Nebel rufe und meine Schwester packe. Ein Brennen breitet sich auf meinem Unterarm aus, als die Klinge mich in ihrem Flug streift, während ich Atropos und mich zum Fenster bringe. Wir materialisieren uns in dem Moment, in dem sich der Dolch in das Gemälde gräbt, welches die Lethe zeigt.

»Zum Haus«, befehle ich Klotho und Atropos, doch bevor wir uns gemeinsam in den schützenden Nebel hüllen, taucht eine weitere Gestalt hinter unserem Angreifer auf. Ein Knacken ertönt, dann sackt der Wächterdaimon zusammen. Es ist Grave, der hinter ihm steht und die Tür ins Schloss drückt.

»Meine Damen«, grüßt er uns mit einer angedeuteten Verbeugung. Dabei blinzelt er uns zu und verzieht seinen linken Mundwinkel zu einem schiefen Lächeln.

»Was tut *er* hier?«, will Klotho wissen. »Er ist doch, für wen ich ihn halte, oder?«

»Ich habe ihn vorhin getroffen«, raune ich ihr zu.

»Ihn *getroffen*?«, wiederholt sie ungläubig.

»Zufällig«, zische ich zurück. »Am Steg.« Na ja, eigentlich unter dem Steg. »Auf dem Weg zu Nyx' Ansprache.«

Klotho zieht ihre Brauen zusammen. »Aha. Wenn die Hölle untergeht, kommen selbst die Bastarde hervorgekrochen.« Meine Schwester ist eine nachtragende Göttin. Ihrem Tonfall entnehme ich, dass sie ihm sein Verhalten bei unserer letzten Begegnung nicht verziehen hat. Wir haben nur ein Mal aktiv den Kontakt zu Hades' Sohn gesucht. Für lange Zeit haben die Erinnyen ihn im Reich der Schatten versteckt, aber eines Tages trat er das Erbe seiner Mutter an. So trafen wir ihn am Südufer des Styx. Zu einem richtigen Gespräch kam es allerdings nicht, denn der Fluss wehrte sich gegen uns, schlug hohe Wellen mit seinem Wasser, das entweder vergiftet oder Unverwundbarkeit und Heilung bringt. Im Vorhinein weiß man es nie. Wie eine lockende Frucht, die reif und süß aussieht, verheißungsvoll riecht, doch im ersten Bissen, nach welchem es bereits zu spät ist, bitter schmeckt.

Grave schnalzt mit der Zunge, ehe er zu dem Gemälde

schlendert und den Dolch mit einem Ruck herauszieht. »Sieht so der Dank aus, den man seinem Retter entgegenbringt?« Dann streicht er mit der Hand, aus der Schwärze in das Bild dringt, über die Leinwand, bis nichts mehr an den Schaden erinnert, den die Klinge angerichtet hat.

Ich versuche mir nicht anmerken zu lassen, dass seine Gabe mich fasziniert, trete stattdessen an den Daimon heran, fühle mit zwei Fingern seinen Puls, wenngleich das Knacken bereits alles verraten hat. »Er ist tot.«

Seufzend lässt Grave sich auf den samtüberzogenen Stuhl fallen. »Ich war ein bisschen grob mit ihm, schon klar«, erwidert er auf meinen vorwurfsvollen Blick. Wie zur Verdeutlichung lässt er den Dolch in seinen Schoß fallen und hebt in einer unschuldigen Geste beide Hände. »Aber besser er als wir, oder?«

»Er spinnt«, raunt Atropos.

»Was hast du erwartet?«, gibt Klotho zurück, fast so, als wäre Grave nicht anwesend. »Aufgewachsen unter der Hand der drei Rachegöttinnen. Natürlich ist er ein Wildling.«

Sie zeigt auf Graves zerschlissene Kleidung. Sein Kiefer zuckt, doch nur kurz, ehe er amüsiert lächelt. »Und trotzdem habt ihr Schweigen über diesen Wildling bewahrt.« Er beginnt, den Dolch zwischen seinen Fingern zu drehen. »Meg hatte recht. In der Unterwelt wird man als potenzielle Bedrohung nur am Leben gelassen, wenn man nützlich ist.« Er lacht leise. »Und was wäre die Hölle ohne den Styx, der zufällig ich bin.«

»Der Wächterdaimon hätte dennoch nicht sterben müssen«, lenke ich zum eigentlichen Thema zurück. »Wir hatten alles unter Kontrolle und gehen für gewöhnlich etwas ... unauffälliger vor.«

»So unauffällig, dass der Daimon zu Nyx gerannt und ihr

Bericht erstattet hätte, sobald ihr im Nebel verschwunden wärt?«, fragt Grave spöttisch zurück.

»Auf demselben Stuhl hat übrigens Hades' Leichnam gesessen«, versucht Klotho ihn aus der Fassung zu bringen, weil er mit seiner Antwort einen Nerv getroffen hat. Sie ist diejenige von uns, die einen Hang zum Morbiden hat, obwohl sie nach außen hin und in Anwesenheit Fremder meist vorgibt, unterwürfig und schüchtern zu sein. Ihrer Ansicht nach ist es wichtig, zwei Gesichter zu haben.

»Auch wenn ich dein Handeln nicht gutheißen kann, hast du in diesem Punkt recht«, wirft Atropos wie immer diplomatisch ein. »Wir danken dir.« Überrascht lupft Grave eine Braue, ehe er den Kopf schüttelt und sich noch weiter zurücklehnt. »Wir sollten aufbrechen«, murmelt meine Schwester an uns gewandt. »Bevor noch mehr ungebetene Besucher auftauchen.«

»Autsch«, kommentiert Grave. »Dabei dachte ich gerade noch, dass wir eine Verbindung haben.«

»Ich meinte den Wächterdaimon«, rechtfertigt Atropos sich rasch, und ich beobachte, wie Röte ihren Hals hinaufkriecht.

Grave mustert uns der Reihe nach. Der rote Zirkel um seine Pupillen ist irritierend und faszinierend zugleich. »Ich habe Fragen, bevor ihr geht.«

»Was für Fragen?«, feuert Klotho umgehend zurück.

»Warum und wie Hades gestorben ist, was bei allen Zyklopen mit der Unterwelt nicht stimmt, aus welchem Grund Nyx freie Bahn gelassen wird und was genau ihr beispielsweise in diesem Zimmer treibt.«

»Das alles hat dich doch vorher auch nicht interessiert«, stellt Klotho mit zu Schlitzen verengten Lidern fest. »Woher der Sinneswandel? Spionierst du für deine Ziehmütter, die für Nyx arbeiten?« Sie schnaubt. »War die Rettung vor dem Wächterdaimon inszeniert, um unser Vertrauen zu erschleichen? Wir sind nicht dumm, Sohn des Hades.«

Dieses Mal ist es ein zufriedenes Lächeln, das an Graves Mundwinkeln zupft. »Nun gibst du also zu, dass ihr meine Rettung nötig hattet.« Klotho macht einen drohenden Schritt in seine Richtung, doch ich ziehe sie eilig zurück. Wir sind keine Kriegerinnen, was Klothos Temperament sie manchmal vergessen lässt. Es war für uns nie nötig, Kampftechniken zu erlernen, wo der Nebel uns wie kaum sonst jemandem in der Unterwelt gehorcht.

»Und ich dachte immer, dass die Schicksalsgöttinnen ausgeglichene Wesen sind«, kommentiert Grave und trommelt mit den Fingern seiner freien Hand auf das schwarze Holz der Armlehne. »Wenngleich ich zuvor die Umgebung des Styx und das Reich der Schatten bevorzugt habe, sind einige Dinge passiert, die mich vermuten lassen, dass es hier bald ungemütlich wird. Die Daimonen sind unruhig, die Unterwelt ist kaum wiederzuerkennen. Die Trommelschläge, die dunklen Rhythmen, welche die Hölle lebendig machten, sind mit Hades' Tod nahezu gänzlich verstummt.« Sein Blick gleitet über die Einrichtung des Schlafgemachs. »Das ist euch sicher nicht entgangen. Außerdem hat mir Nyx' kleine Ansprache zu denken gegeben. Offensichtlich ist sie ganz versessen darauf, Hades' Platz einzunehmen. Sie will seine Macht ... und das Problem ist, dass ich spürte, wie sie – oder zumindest ein Teil davon – in mich floss, als er ging. Ich besitze also etwas, das die Urgöttin will.«

»Aber was möchtest du von uns?«, fragt Atropos, die ihre Höflichkeit niemals ablegen würde.

»Ich will, dass ihr mir helft, es wieder loszuwerden. Meine Aufgabe ist der Styx. Das andere ... will ich nicht.«

Abwehrend verschränkt Klotho die Arme vor der Brust. »Warum bittest du nicht die Erinnyen um Rat? Schließlich hast du uns in all den Jahren noch nie aufgesucht.«

»Erstens sehen es Meg, Alec und Tisi nicht gerne, wenn ich mich herumtreibe ... mich einmische. Sie denken, es bringt mich in Gefahr.« Ich runzele die Stirn, weil es mich überrascht, dass er vor uns eine Schwäche der Rachegöttinnen preisgibt. »Zweitens fungieren sie nicht als Nyx' Beraterinnen. Sie führen lediglich die Befehle der Urgöttin aus und sind nicht in alles eingeweiht. Drittens habe ich vorher keinen Kontakt gesucht, weil für mich kein Grund bestand. Ich hatte alles im Griff und bin unter dem Radar geblieben. Doch die Situation hat sich – offensichtlich – geändert. Ich habe keine Ahnung, was ich mit Hades' Kräften soll. Und wie der König der Unterwelt überhaupt sterben konnte. Ich meine, jemand muss ihn ermordet haben, er wird nicht von allein umgefallen sein.« Er seufzt, klingt dabei genervt und angespannt zugleich. »Ihr seid die Schicksalsgöttinnen. Ihr solltet also in der Lage sein, mir zu sagen, was hier gerade geschieht.« Sein Blick richtet sich direkt auf mich. »Du hast etwas gesehen. Vorhin am Steg. Ich habe es in deinen Augen erkannt.«

Nun spüre ich auch die Aufmerksamkeit meiner Schwestern auf mir, während meine Gedanken rasen. Meine Haut juckt, und ich versuche im Bruchteil von Sekunden die richtige Entscheidung zu treffen, ohne uns und unser Vorhaben zu gefährden ... bei welchem ich mir sicher bin, dass wir Grave brauchen werden. Es ist verwunderlich, dass er uns nicht schon früher in den Sinn gekommen ist. Andererseits war er all die Jahre untergetaucht ... wie ein Geist, der sich stumm und unsichtbar durch den Styx bewegte.

Tief atme ich durch und straffe die Schultern. »Wir treffen eine Vereinbarung«, sage ich selbstbewusst und ignoriere Klothos protestierenden Laut. »Wenn die Rachegöttinnen dein Wohlergehen wirklich über ihren Dienst für Nyx stellen, sollen sie einige Dinge für uns in Erfahrung bringen.«

Graves Iriden, welche das Wasser des Totenflusses spiegeln, durchbohren mich förmlich, und es erscheint mir, als würde der rote Zirkel um seine Pupillen auflodern. »Du willst also, dass sie einen Verrat begehen.«

Ich hebe eine Braue, gebe mich kühl, wenngleich Hitze durch mein Innerstes kriecht und ich mich frage, ob die Flammen der Hölle ihm nun ebenso wie die verlorenen Seelen dienen. »Tun sie das nicht sowieso, indem sie deine Existenz seit zwei Jahrzehnten verbergen?« Ich ziehe den Vorhang, der ein wenig zurückgerutscht war, zu. »Sie werden die Fassade von Nyx' Vollstreckerinnen nicht auf ewig aufrechterhalten können. Es wird nicht mehr lange dauern ...« Meine Augen huschen durch den Raum und ich spüre das vertraute Vibrieren in meiner Brust, das sich in meinem Körper ausbreitet, wie immer, wenn ich eine Vorahnung habe. »Wir alle müssen irgendwann unsere Karten zeigen – ob wir wollen oder nicht. Denn die Hölle verändert sich. Du fühlst es, Sohn der Styx. Ebenso wie wir.«

Graves rechtes Lid zuckt und er verschränkt die Arme vor der Brust. »Wie lauten eure Forderungen?«

Leise atme ich aus, um mir meine Erleichterung nicht anmerken zu lassen. »Sie sollen herausfinden, wo Hades' Leichnam aufbewahrt wird. Und uns etwas von ihm bringen.«

»Wie einen Finger?«, fragt Grave interessiert.

Klotho kichert. »Nein.«

»Eher etwas von seiner Kleidung«, schaltet Atropos sich ein. »Noch besser wäre ein Schmuckstück. Der König der Unterwelt trug stets Ringe. Ein Haar ginge womöglich auch.«

»Ich bin mir nicht sicher, ob da noch besonders viele Haare waren«, merkt Klotho an.

Grave runzelt die Stirn. »Weshalb sollte er keine mehr haben?«

»Er war ein Greis«, erkläre ich und mache eine Handbewegung, die Klotho verstummen lässt. Vorwurfsvoll schaut meine Schwester mich an, als hätte ich diese Tatsache nicht teilen dürfen. Doch Grave muss merken, dass wir bereit sind, uns mit ihm in der Mitte zu treffen. »Seine Haut war runzlig und von dunklen Flecken übersät. Er ist als alter Mann gestorben.«

»Das ist ... unmöglich.«

»Niemand von uns hat eine Erklärung dafür. Aber wir müssen es in Erfahrung bringen. Denn was auch immer die Ursache für Hades' Tod ist, hat auch den Zerfall der Hölle eingeleitet.« Bei meinen Worten prickelt und schmerzt mein Schulterblatt, die Verbindung zu Grave, welche ich am Steg entdeckt habe, und gleichzeitig die Erinnerung, dass sich die Zeiger der Feueruhr nicht zu unseren Gunsten bewegen.

»Und das Aufspüren seines Leichnams wird dabei helfen?«, hakt Grave nach.

»Unter anderem.«

»Es wäre außerdem hilfreich, wenn du uns einen Gegenstand von Helena bringen könntest«, überlegt Atropos.

»Wollt ihr eine Art Voodoo-Zauber sprechen?« Grave reibt sich über seinen Hinterkopf, aber ich kann nicht benennen, ob er es aus Unbehagen tut. Es ist nicht leicht, ihn zu lesen.

»Ganz genau«, bestätigt Klotho, wenngleich es Unsinn ist. Wir beherrschen weder Licht- noch Dunkelmagie.

»Um unsere Forderungen zusammenzufassen«, rufe ich meine Schwester indirekt zur Ordnung, »wir wollen, dass du über die Erinnyen herausfindest, wo Hades' Leichnam hingebracht wurde. Zusätzlich benötigen wir ein Schmuckstück von ihm oder etwas von der Kleidung, die er am Leib trägt. Wie Atropos bereits sagte, wäre auch ein Gegenstand von Helena nützlich. Und jedes Detail zu Nyx' konkreten Absichten bringt uns weiter.«

»Also sollen sie auch Informationen für euch sammeln?« Grave erhebt sich langsam und schlendert ums Bett, ehe er sich an einen der Pfosten lehnt. Mein Blick folgt ihm und bleibt wieder an dem Funkeln im Teppich hängen, nach welchem ich mich vorhin bücken wollte, bevor der Wächterdaimon uns störte. Ich vermute, dass es sich dabei um einen Stein handelt. Aufregung und Erleichterung fluten mich, weil wir einen ersten möglichen Hinweis haben.

»Ja«, bestätige ich eilig, als Atropos mir ihren Ellenbogen in die Rippen rammt. »Aber verrate nicht, dass sie all das für uns tun. Sie sollen glauben, dass sie allein dir damit helfen.«

»Das gefällt mir nicht.«

»Ich verstehe die Gründe, aus denen du uns aufgesucht hast. Ich glaube dir. Aber die Rachegöttinnen ... Selbst wenn sie ihre Hände für dich ins Feuer legen, können wir nicht darauf vertrauen, dass sie uns nicht verraten würden.«

Klotho nickt. »Sie schützen dich. Für dich sind sie mehr bereit zu geben.«

»Unterstütze uns dabei, Antworten zu finden und die Unterwelt zu heilen. Im Gegenzug helfen wir dir, Hades'

Macht loszuwerden, sollte es am Ende nach wie vor das sein, was du willst.«

Grave stößt sich von dem Pfosten ab und kommt auf mich zu, bleibt dicht vor mir stehen. »Weshalb sollte ich meine Meinung ändern, Lachesis?« Er mustert mich.

»Das Schicksal hat einen starken Willen. Nur wenige schaffen es, ihm zu entkommen.«

»Ich laufe nicht davon.«

»Du bist nicht der Erste, der das denkt«, murmelt Klotho.

»Ich habe dir bereits eine deiner Fragen beantwortet. Dir einen Vertrauensvorschuss gegeben, indem ich dir erzählt habe, wie Hades starb.« Ich strecke Grave meine Hand entgegen. »Wirst du deinen Teil der Abmachung erfüllen?«

»Wir haben einen Deal.« Dann schlägt er ein. Elektrisierende Wellen durchzucken mich, machen mir bewusst, dass ich einen Handel mit dem Sohn des Teufels eingegangen bin.

3

KEIN VERSPRECHEN

NERO

Der Pegalux landet lautlos an der Grenze zu dem Wald, welcher den Eingang zur Unterwelt umschließt. Es ist Nacht und ich lege den Kopf in den Nacken, um die hohen Bäume zu mustern, die bedrohlich über mir aufragen. Nachdem das überirdische Wesen die mächtigen Schwingen dicht an seinem Körper gefaltet hat, schlucke ich schwer und rutsche von seinem Rücken. Kurz stütze ich mich ab, weil meine Beine sich von der ungewohnten Höhe weich anfühlen. »Danke«, raune ich, streiche einmal durch die seidige Mähne. Wenn Sterne eine Essenz besäßen, würde man sie in den silbernen Strähnen dieser außergewöhnlichen Geschöpfe finden.

Tief atme ich durch, taste nach den Schlaufen meines Rucksacks, die nicht da sind. Ich reise ohne Gepäck, trage lediglich einen Dolch und einen Kompass bei mir. Ob ich weiß, was ich hier tue? Wohl kaum. Als Anführer der Halbgötter sollte ich unerschütterlich sein, und trotzdem habe ich mich in den letzten Monaten selbst verloren. Seit die Todesfee in unserer Stadt im Dschungel auftauchte, ihr Kuss vierhundert von uns mit einem Fluch belegte und in einen Schlaf versetzte. Ich war einer von ihnen, kann die Dunkelheit, die sich wie die Hydra um meinen Hals schlang, noch immer spüren. Obwohl ich nicht bei Bewusstsein war, konnte ich dennoch ... fühlen.

Schwärze.

Verzweiflung.

Angst.

Die Angst ist auch heute meine Begleiterin, um die ich nicht gebeten habe. Sie lähmt mich innerlich. Aber äußerlich darf ich sie niemandem zeigen. Schließlich sollte ich als Anführer gegen meine Furcht bestehen. Dabei erscheint es mir nicht mehr, als wäre ich noch für diesen Platz gemacht. Die besorgten Blicke, die meine Zwillingsschwester Juna mir an jedem Tag nach meinem Erwachen zuwarf, bestätigen diesen Verdacht. Sie wird wütend sein, wenn sie mein Fehlen bemerkt, doch ich weiß auch, dass sie die Stellung halten wird. Womöglich besser, als ich es zurzeit kann.

Momentan befindet sich der Großteil der Halbgötter in Delphi. Vor drei Monaten sind wir zum Mittelpunkt der Erde gereist, um den neuen Göttern in einem Kampf beizustehen, und obwohl wir alle Überlebende sind, verfolgen uns die Schatten der Erinnerungen aus dieser düsteren Zeit.

Ich werfe einen Blick über die Schulter, bevor ich den ersten Schritt über die unsichtbare Grenze wage, welche der Waldrand darstellt. Der Pegalux, ein geflügeltes Lichtwesen, mit dem man sogar das Universum durchqueren kann, schnaubt hinter mir und weicht zurück, während die dunklen Bäume, die Vorboten des Hades, mich verschlucken. Da ich die Unterwelt nie zuvor betreten habe, kann ich nur hoffen, den Eingang tatsächlich zu finden, anstatt mich in dem unbekannten Gebiet zu verirren. Auch wenn ich der Ältere von uns beiden bin, kann ich in dieser Sekunde Junas tadelnde Stimme hören, dass ich kein Narr sein und auf der Stelle umkehren soll. Dass ich sie nicht schon wieder im Stich lassen darf.

Ursprünglich sollte unser Aufenthalt in Delphi lediglich vorübergehend sein, doch nach den Schrecken, die sich im Halbgottlager ereignet haben, scheint derzeit kaum jemand daran interessiert zu sein, in den Dschungel zurückzukehren. Und ich sehe ein, dass wir den Ortswechsel brauchen, um uns zu erholen. Allerdings schlafen sechs von uns nach wie vor, konnten den Fluch der dunklen Fee nicht brechen. Um an der Seite der neuen Götter zu kämpfen, mussten wir sie mit wenigen Wachen zurücklassen. Trotzdem habe ich nicht vergessen. Ich habe jeden Tag an sie gedacht. Das Archiv von Delphi auf den Kopf gestellt und mit Persephone, der ehemaligen Königin der Unterwelt, gesprochen – unermüdlich nach einer Lösung gesucht. Ich schulde es diesen sechs schlafenden Halbgöttern, ein Heilmittel für den Fluch zu beschaffen, welchen der Kuss ausgelöst hat. Nicht nur, weil ich der Anführer bin und es in meiner Verantwortung liegt, sondern auch, weil ich einer von ihnen sein könnte. Jeder der vierhundert Halbgötter, die in die Fänge der Todesfee gerieten, könnte nach wie vor schlafen. Es ist ein Gedanke, der mich in den meisten Nächten nicht zur Ruhe kommen lässt.

In der Ferne vernehme ich ein deutliches Knacken und halte inne, um zu lauschen. Was auch immer hier draußen herumschleicht, will im Gegensatz zu mir nicht verhindern, gehört zu werden. Und ungeachtet der Tatsache, dass ich von hohen Bäumen umgeben bin, erscheint es mir, als könnte ich mich nirgendwo verstecken. Doch wir alle existieren mit unseren Daimonen. Jeder trägt ein Geschöpf der Finsternis in sich. Davor fürchte ich mich mehr als vor den Monstern dieses Waldes.

Ich zücke meinen Dolch und laufe weiter. An Ort und Stelle auszuharren, nicht in Bewegung zu bleiben, ist der größte Fehler, den man in einer solchen Situation begehen kann. Die Geräusche um mich herum werden lauter, als hätten die Schutzzauber der Felsspalte, welche den Eingang zum Hades bildet, meine Anwesenheit, den Eindringling, gespürt. Und vielleicht hört man sie bis in die Unterwelt, sodass die Toten im Styx bereits auf mich warten. Aber es soll mir recht sein, solange ich mich auf dem richtigen Weg befinde.

Mit meiner freien Hand kontrolliere ich, dass der Kompass, den Persephone mir bei unserem letzten Gespräch gegeben hat, nach wie vor in meiner Hosentasche ist. Seine Oberfläche ist komplett schwarz, als wäre sein Glas mit Ruß bedeckt. Doch die ehemalige Königin versicherte mir, dass er in der Unterwelt funktioniert. Auch jetzt bilde ich mir ein zu spüren, wie er wärmer wird. Adrenalin flutet mich bei dem Gedanken, dass ich es tatsächlich schaffen kann. Dass ich mit dem Heilmittel nach Hause zurückkehre. Doch dafür muss ich eine Todesfee fangen. Und sie bluten lassen.

LACHESIS

Meine Hand liegt am Rücken meiner Frau, deren weizenblondes Haar selbst in der Dämmerung golden schimmert. Ich habe Kore, das Mädchen des Frühlings, zur Königin der Unterwelt gemacht. Vielleicht, weil sie nach frischem Gras, Morgentau und Blumen riecht, deren Knospen sich schüchtern unter den wärmenden Sonnenstrahlen öffnen. Vielleicht, weil ich will, dass sie sich auch mir gegenüber öffnet. Und weil ich mich hingezogen fühle zu ihrem Licht, das in der Lage ist, gegen die Dunkelheit in mir aufzubegehren.

Sie trägt ein samtgrünes schulterfreies Kleid, das ihre zierliche

Gestalt umschmeichelt. Ich streiche ihr volles Haar zur Seite und presse meine Lippen auf ihren rasenden Puls. »Du bist wunderschön, Persephone.« Ihre Lippen bewegen sich nicht für eine Antwort. Sind nach wie vor so blutrot wie der Saft der Granatapfelkerne, die ich sie zwang zu schlucken, damit sie an mich gebunden ist. An die Unterwelt. Vor uns liegt nun die Ewigkeit – und ich weiß, dass sie nicht bis ans Ende unserer Tage schweigen wird.

»Nicht mehr weit«, raune ich ihr zu und schiebe sie vorwärts durch das gusseiserne Tor, welches den Eingang zu dem Garten bildet, den ich für sie angelegt habe. Ein Teil des Frühlings in meinem Reich. Ich kontrolliere, dass die schwarze Augenbinde nicht verrutscht ist, ehe ich sie auf den rechten Weg lotse. Wir passieren mehrere Blumenbeete, wo es nach Krokussen, Narzissen, Tulpen, Primeln und Schneeglöckchen riecht, bevor wir einen Pfad betreten, der von den verschiedensten Obstbäumen gesäumt wird. Saftige Kirschen, Mirabellen, Aprikosen, Quitten und Orangen. An einem anderen Tag werde ich Persephone darunter zeichnen lassen, das Bild in unseren Gemächern aufhängen. Ich will, dass ihr Licht in jeden Winkel der Unterwelt dringt, jeder ihre Schönheit sieht.

Nie zuvor habe ich etwas besessen, das meine erste Wahl gewesen ist, habe immer hinter meinen Brüdern gestanden – die Unterwelt statt dem Himmel erlangt. Doch all das verliert an Bedeutung, während ich ihr Profil betrachte. Ihre hohen Wangenknochen, ihre feine Nase und die gerade Linie, die Kinn und Kiefer miteinander verbindet. Alles an ihr wirkt feminin und elegant, und in Augenblicken wie diesem fühlt es sich an, als könnte ich mich ihrer niemals würdig erweisen. Dabei bin ich dazu bereit, ihr genauso viel zu geben, wie sie es bereits für mich getan hat.

Wir folgen den verschlungenen Pfaden, tief hinein in den Garten, der von außen betrachtet nicht so undurchsichtig wirkt, wie er in Wahrheit ist. Und ein Teil von mir fantasiert davon, wie Persephone lachend vor mir über die blühenden Flächen läuft, sich spielerisch von mir jagen lässt. Das hier ist unser Ort – unser gemeinsamer Platz.

Sanft halte ich Persephone an, als wir die beiden Statuen erreichen, die sie und mich zeigen. Kurz richte ich meinen Hemdkragen und drehe einmal an meinen Manschettenknöpfen, unterdrücke die aufwallende Nervosität, die mir vor meiner ersten Begegnung mit Persephone fremd war. Dann löse ich ihre Augenbinde, streiche zärtlich über ihre Wange, während sie aus ihren aschgrauen Iriden zu mir aufsieht. Ihr Blick wandert zu den beiden Statuen vor uns. Ich trete hinter sie, lege meine Hände an ihre Hüfte. »Ich verstehe, wie du dich fühlst – gefangen in der Hölle.« Ihre Atmung beschleunigt sich und ich ziehe sie enger an mich. »Als meine Brüder die Erde unter sich aufteilten und ich lediglich die Unterwelt bekam ... Für lange Zeit war ich sehr zornig. Doch irgendwann begann ich, das Licht in der Dunkelheit zu sehen, die Schönheit in Dingen, die eigentlich verkommen und verloren sind. Ich beschloss, etwas Lebendiges an einem Ort der Toten zu erschaffen.«

»Was hast du getan?«

»Die Hölle beherbergt eine verborgene Stadt – die Spiegelstadt. Dort befindet sich der Lebensbaum, das wahre Zentrum und der Ursprung der Unterwelt.« Mit dem Daumen fahre ich über den Stoff ihres Kleides, das sich zusammen mit dem heißen Wind bewegt, der einzige Hinweis darauf, dass wir uns in dieser Sekunde nicht unter freiem Himmel befinden. »Ich habe dem Baum des Lebens mein Herz geschenkt – mein Dasein der Unterwelt verschrieben.«

»*Du besitzt kein Herz*«, wispert Persephone.

»*Mein Herz ist die Unterwelt.*« *Ich trete hinter ihr hervor, ergreife ihre Hand, sodass wir uns den Statuen gemeinsam nähern.* »*Doch ein Teil davon gehört auch dir.*« *Ich führe unsere verschränkten Finger an meine Lippen und küsse sie.* »*Deshalb habe ich den Garten hier – und unsere Statuen genau an dieser Stelle errichtet. Sie verbergen den Eingang zur Spiegelstadt.*« *Ernst schaue ich in ihre aschgrauen Iriden, frage mich, ob diese Augen mich jemals lieben werden.* »*Ich will, dass du den Weg zu meinem Herzen kennst.*«

»Lachesis.« Etwas Nasses rinnt über mein Handgelenk und ich spüre, dass ich mich winde, obwohl ich mich in Persephones Garten befinde, der mehr Fluch als Geschenk gewesen ist.

»Was bei allen Harpyien ist hier los?« Die Stimme gehört einem Mann. Hypnos. Er ist wütend. Nicht sanft und schmeichelnd, wie Hades es zu seiner Königin war. Zumindest an jenem Tag im Garten. Es ist kein Geheimnis, dass ihre Geschichte kein gutes Ende nahm. Dass Persephone nicht fähig war, ihn zu lieben, und Hades sie dafür bestrafte – sie misshandelte, bis Hekate den Zauber, der sie an die Hölle band, aufhob und ihr die Flucht in die Oberwelt gelang.

»Nimm ihr den Manschettenknopf ab«, befiehlt Klotho.

»Ich versuche es ja!«, erwidert Atropos aufgebracht. »Ihre Hand ist zu verkrampft.«

Sie reden weiter durcheinander, ihre hellen Stimmen vermischen sich mit der tieferen, die Schmetterlinge in meinem Bauch verursacht. Ich spüre, dass ich hochgehoben werde, weil die unbequeme Lehne des Stuhls nicht mehr in meinen Rücken drückt. Kurz darauf knarzen die Stufen unserer Treppe, und dann ist die vertraute Matratze meines Bettes unter mir. Hypnos streicht über meine Hand. Schmerzvoll keuche ich auf, sobald meine Finger sich öffnen und der Aufprall des Rubins erklingt, den ich aus dem Schlafgemach des Königs mitgenommen habe, als dieser zu Boden fällt.

Beim dritten Versuch gelingt es mir, die Schwere, die auf mir lastet, abzustreifen. Hektisch richte ich mich auf. Hypnos' Gesicht ist so dicht vor meinem, dass unsere Nasenspitzen sich beinahe berühren. Ich schaue in seine zitronengelben Augen und atme flach ein. Nur ein einziger Zug, der dafür sorgt, dass meine Brust sich vor Sehnsucht zusammenzieht. Er riecht nach frischer Minze und dem Rauch der Höllenfeuer. Ein Duft, den ich mit Stille und Dunkelheit verbinde – weil er mich nur in den Schatten liebt.

Die Wahrheit versetzt mir einen Stich. Ich rutsche vor ihm zurück und entdecke meine Schwestern im Türrahmen. Atropos mustert mich besorgt, während Klotho mich mit gehobener Braue angrinst, ehe sie zu mir schlendert und sich auf die andere Seite des Bettes fallen lässt.

»Bist du okay?«, zieht Hypnos meine Aufmerksamkeit wieder auf sich. Sein Blick tastet mich ab und jagt gleichzeitig einen Schauer über meinen Rücken. Vorsichtig ergreift er meine Hand und dreht sie leicht, sodass wir das angetrocknete Blut auf der Innenfläche betrachten. In der Mitte erkennt man nach wie vor den Abdruck des Manschettenknopfes.

Ich will auf Hypnos' Frage mit Ja antworten, allerdings gelingt mir lediglich ein Krächzen, was mehr an seiner Berührung als an meiner Erschöpfung liegt. Schließlich räuspere ich mich und nicke dabei.

»Was hat es mit diesem Stein auf sich?«, hakt er nach. Ich verstehe nicht, weshalb er mich nach wie vor nicht loslässt. Es würde mir dabei helfen, wieder klarer zu denken.

»Manschettenknopf«, korrigiert Atropos leise und nähert sich, setzt sich auf die äußerste Kante der Matratze.

»Er gehörte Hades«, bringe ich hervor. »Ich habe ihn in seinen Gemächern gefunden.«

»Weshalb hast du ihn angefasst?«

Klotho stößt ein Schnauben aus. »Du hast Lachesis doch darum gebeten, sich dort umzuschauen.«

»Ist schon in Ordnung. Ich habe etwas gesehen, das uns weiterbringt.« Ich verziehe die Lippen. »Hades' Leichnam war nicht mehr da. Sie müssen ihn fortgebracht haben. Sein Gemach war wie leer gefegt. Nicht einmal ein Staubkorn war zu finden.«

»Bis auf den Manschettenknopf«, klinkt Klotho sich wieder ein.

»Er muss beim Entfernen seiner Kleidung abgefallen sein«, überlegt Atropos.

»Und außer ihm gibt es keinen Hinweis? Euch ist nichts Verdächtiges aufgefallen?«

Nervös nage ich an meiner Unterlippe. Ich habe keine Ahnung, wie Hypnos auf Grave reagieren wird. Aber es wird Zeit, dass ich ihm alles erzähle. Nie zuvor habe ich so lange ein Geheimnis vor ihm gehabt.

»Du hast *was* getan?« Unglaube schwingt in seiner Stimme mit, als ich mit der Vereinbarung ende, die Grave und ich getroffen haben. Hypnos rauft sich die Haare, bis sie vollkommen zerzaust sind. »Bei Kronos' Knochen. Hades und Styx haben einen Sohn. Und du bist einen Handel mit ihm eingegangen?«

Ich schlucke. »Wir sind auf seine Hilfe angewiesen. Ich habe es gesehen. Ohne ihn können wir es nicht schaffen.«

»Du weißt nicht, ob er auf unserer Seite steht.«

»Er steht zumindest nicht auf Nyx' Seite«, halte ich dagegen.

Seufzend schüttelt Hypnos den Kopf. »Und Charon wusste wirklich Bescheid?«

Ich hebe eine Schulter. »Er lebt im Reich der Schatten, ebenso wie Grave.«

Klotho rückt ein wenig näher und beugt sich in unsere Richtung. »Da das nun geklärt ist: Was genau hast du gesehen, als du Grave am Steg begegnet bist, und was hat dir Hades' Manschettenknopf gezeigt?«

»Ich bin mir nicht sicher, ob hier irgendetwas geklärt ist«, brummt Hypnos. »Ich kann nicht fassen, dass du ihn auf dem Weg zum Palast bemerkt und mir nichts gesagt hast.« Als ich von der Begegnung am Steg berichtet habe, hat Hypnos mich angeschaut, als hätte ich ihn betrogen. Es ist absurd, dass ich mich auf eine Art schuldig fühle, die nichts mit unserer Freundschaft zu tun hat. Doch genau das sind wir für alle. *Freunde.* Schon so lange, ungeachtet der Tatsache, dass Hypnos genug Gelegenheiten gehabt hätte ... wenn er wollte – was offensichtlich nicht der Fall ist. Am liebsten würde ich einen frustrierten Schrei ausstoßen. Stattdessen beiße ich mir auf die Innenseite meiner Wange, bis sich ein metallischer Geschmack in meiner Kehle ausbreitet.

»Bevor ich ihn im Wasser des Acheron getroffen habe, bin ich ihm noch nie derart nah gewesen«, erkläre ich und konzentriere mich auf die Frage meiner Schwester. »Vermutlich haben wir deshalb nicht in Betracht gezogen, dass er in das hier ... involviert ist.«

»Er war unsichtbar«, stimmt Atropos zu.

»Ich habe in seine Augen gesehen und den Lebensbaum erblickt.«

Scharf zieht Klotho die Luft ein. »Er ist mit uns verbunden?«

»Bitte was?« Hypnos umfasst meine Hand noch fester. Erst jetzt bemerke ich, dass er sie noch immer hält. Verlegen ziehe ich sie zurück und umarme mich selbst.

»Ich konnte mir keinen wirklichen Reim darauf machen, bis ich den Manschettenknopf berührt habe. Es war eine Erinnerung von Hades an Persephone.« Ernst mustere ich meine Schwestern und Hypnos. »Das mag jetzt verrückt klingen, aber die Hölle, wie wir sie kennen – die dunklen Rhythmen und Klänge, das, was die Unterwelt für uns so lebendig macht –, ist Hades' Werk. Weil er dem Lebensbaum sein Herz vermacht hat.«

»Ich habe stets angenommen, dass der Lebensbaum das Zeichen von euch Schicksalsgöttinnen und etwas rein Symbolisches ist«, wirft Hypnos ein. »Ich meine, wart ihr jemals dort? Wo soll dieser Baum sein?«

Klotho räuspert sich, und es ist deutlich, dass auch sie überrumpelt ist. »Wir stehen in Kontakt mit dem Lebensbaum. Aber für gewöhnlich ist er –«

»In unseren Gedanken«, beendet Atropos ihren Satz.

»Ihr kennt ja den Garten, den Hades Persephone einst schenkte.«

Hypnos schnaubt. »Bitte nicht der Garten. Zu viele Mythen der Unterwelt haben damit zu tun. Außerdem – hast du ihn dir seit Hades' Tod mal angeschaut? Er besteht nur noch aus wild wuchernden Pflanzen und dichtem Buschwerk.«

»Spielt keine Rolle. Ein Gegenstand – in diesem Fall der Manschettenknopf – speichert immer die wichtigste Erinnerung des einstigen Trägers.« Hypnos' Proteste ignorierend, rutsche ich von der Matratze des Bettes und beginne auf und ab zu laufen. »Hades nahm Persephone mit in den Garten und erzählte ihr, dass in der Unterwelt eine verborgene Stadt existiert. Er nannte sie ›die Spiegelstadt‹. Dort soll sich der Lebensbaum befinden, der sein Herz in sich trägt. Doch er wollte Persephone zeigen, dass es zum Teil auch ihr gehört. Aus diesem Grund errichtete er den Garten an der Stelle, über die man in die Spiegelstadt gelangt. Der Eingang liegt bei den beiden Statuen, die das Königspaar zeigt.«

»Das Königspaar?«, hakt Klotho nach.

»Persephone und Hades.«

»Ich wusste gar nicht, dass es solche Statuen gibt.«

»Sie sind gut versteckt, in den Tiefen des Gartens.«

Hypnos' Augen verfolgen jeden meiner Schritte. »Okay, aber wie sind die Spiegelstadt und Hades' Herz mit unserer Mission, die Unterwelt zu retten, verknüpft?«

Ich halte inne, wende mich ihm und meinen Schwestern zu. »Die Lösung ist so einfach: Die Unterwelt stirbt, weil Hades tot ist. Sein totes Herz befindet sich im Lebensbaum.«

»Das heißt, der Lebensbaum stirbt auch«, wispert Atropos und reibt sich über ihr Schulterblatt. Wir alle tragen das Mal des Lebensbaumes auf der Haut. Doch anders als früher werden die goldenen filigranen Linien von schwarzen Adern zerfressen. »Aber Grave ...«

»Ich glaube, dass er den Baum heilen kann«, murmele ich.

Klotho überschlägt lässig ihre Beine. Ihre Finger hingegen zittern kaum merklich, als auch sie nach ihrem Schulterblatt tastet. Ich verstehe, dass sie Angst hat, selbst wenn keine von uns es vor der anderen zugeben würde. Schließlich wissen wir, dass ein vorgeschriebenes Schicksal unausweichlich ist. »Glaubst du, dass auch er sein Herz geben muss?«

»Vielleicht. Ich weiß es nicht.« Nachdenklich sauge ich an meiner Unterlippe. »Du hast beobachtet, was er mit dem Gemälde gemacht hat. Ich verstehe seine Gabe nicht.

Allerdings ist sicher, dass er über außergewöhnliche heilende Kräfte verfügt.«

»Beim Styx weiß man nie, ob er heilt oder tötet«, merkt Hypnos an.

»Also, wie lautet der Plan?«, fragt Klotho. »Wie gehen wir jetzt vor? Warten wir vorerst nur auf die Informationen, die Grave über die Rachegöttinnen für uns beschafft?«

»Wir können es uns nicht leisten, lediglich zu warten.« Ich verschränke meine Arme hinter dem Rücken und lehne mich an die Wand, von welcher der Putz abbröckelt. »Wir müssen den Eingang zur Spiegelstadt öffnen und versuchen, zum Lebensbaum zu gelangen.«

»Aber wenn wir Grave brauchen ... Wie sollen wir ihn überzeugen, uns zu begleiten?« Atropos kneift sich in den Nasenrücken. »Er wird uns niemals helfen, wenn er ahnt, dass wir hinter seinem Herz her sind.«

»Er will in der Unterwelt leben – genau wie wir. Unsere Bedingung, ihm zu helfen, ist daran geknüpft, dass er uns unterstützt, die Hölle zu heilen.« Ich wende mich an Hypnos, der sich mit den Ellenbogen auf den Knien abgestützt hat und seine Stirn massiert. »Was hat Nyx eigentlich im Palast von euch gewollt? Und wo ist Thanatos?«

Seufzend richtet er sich auf. »Thanatos ist direkt zum Reich des grausamen Todes gereist, um mit Tartaros über die neuesten Entwicklungen zu sprechen. Was Nyx betrifft ... Sie hat geredet, als wäre alles in trockenen Tüchern. Als hätte sie tatsächlich Anspruch auf den Thron der Unterwelt. Das übliche arrogante Urgötter-Geschwafel. Außerdem hat sie geschildert, wie sie die Daimonen im Zaum halten will, die sich widersetzen.« Hypnos verzieht das Gesicht. In dieser Sekunde bin ich froh, dass Thanatos und er das komplette

Gegenteil von ihrer Mutter sind. Sie teilen nicht ihre Ansicht, dass die Leben von Hohedaimonen und gewöhnlichen Daimonen einen unterschiedlichen Wert besitzen. Und im Gegensatz zu Nyx, die für den Erhalt und die Ausweitung ihrer Macht vor nichts zurückschreckt, sind sie nicht nur auf ihren eigenen Vorteil bedacht. Sie haben das Wohlergehen der gesamten Hölle im Sinn.

»Ist sie euch auf die Schliche gekommen, dass ihr Hades' Tod vertuscht und sie an der Nase herumgeführt habt?«

Hypnos hebt einen Mundwinkel. Seine zitronengelben Iriden blitzen auf, der einzige Hinweis, dass er nicht allein von einer Urgöttin abstammt, sondern zur Hälfte ein Daimon ist. »Du meinst wohl eher, *wir* haben sie an der Nase herumgeführt ... Schließlich habt ihr dabei geholfen.«

Klotho gibt einen abfälligen Laut von sich. »Wir leben in den Schatten. In einer heruntergekommenen Hütte nahe den Feuergruben. Niemand denkt an uns. Du und Thanatos hingegen, die ein gepflegtes Leben mitten im Zentrum führen ...«

»Klotho«, sage ich, um ihre Stichelei zu stoppen. Mir ist bewusst, dass sie Hypnos lediglich provozieren will. Doch ihre Worte sorgen dafür, dass mein Herz schmerzt, weil es ein wunder Punkt ist. Hypnos hat schon immer gesagt, dass er sich niemals eine Frau an seiner Seite gestatten würde, zu groß wäre die Gefahr, dass Nyx sie tötet. Vielleicht komme ich ihm aus diesem Grund gelegen. Weil man mich leicht verbergen kann. Unsere Macht mag einzigartig und besonders sein, doch die Dienerinnen des Schicksals führen seit jeher ein bescheidenes Dasein. Vielleicht auch deshalb, weil manche uns fürchten, niemand dem Leben und dem Tod so nah ist wie wir. Wir sprechen lediglich, wenn wir dazu aufgefordert werden.

Wir zeigen uns nur, wenn man nach unserer Anwesenheit verlangt.

Allerdings währt unsere Gabe nicht ewig, denn alle siebenhundert Jahre werden aus einer göttlichen Verbindung Drillinge geboren, die das Mal des Lebensbaumes auf dem Schulterblatt und die Gabe des Schicksals in sich tragen. Unsere Kräfte versiegen, sobald diese Zeit abgelaufen ist, doch wir sind weiterhin unsterblich.

Hypnos räuspert sich und reißt mich aus meinen Gedanken. »Nyx hat kein Wort zu den Umständen von Hades' Tod verloren.«

»Es war leichtsinnig, seinen Leichnam in seinen Gemächern liegen zu lassen«, murmelt Atropos unbehaglich und reibt sich über ihre Arme.

»Nyx war Thanatos und mir gegenüber kein bisschen feindselig, nahezu freundlich. Falls das ein Begriff ist, den man mit der Urgöttin in Verbindung bringen kann. Sie hat uns sogar angeboten, bei ihrer Krönungszeremonie hinter ihr zu laufen.« Er verdreht die Augen. »Absurd.«

Nachdenklich zeichne ich mit dem Fingernagel verschlungene Kreise auf die Wand hinter mir. »Es kann nur einen Grund für ihr Verhalten geben: Sie will etwas von euch.«

»Ganz genau.«

Seine Worte sorgen dafür, dass Klothos Kopf herumruckt. »Was will die Urgöttin, das sie sich nicht einfach nehmen kann?«

»Geduld ist nicht ihre Stärke. Hat es euch nicht gewundert, dass die Zeremonie erst in drei Feuermonden stattfinden soll?« Unsere ungeteilte Aufmerksamkeit liegt nun auf Hypnos. Er steht auf und stellt sich an das Fenster mit dem vergilbten Glas. »Sie hat sich nach Hades' Langzepter erkundigt.«

Meine Augen weiten sich. »Ohne die Königswaffe kann sie sich nicht krönen lassen.«

»Offenbar weiß sie nicht, wo das Zepter ist.«

»Aber wenn Nyx danach sucht –«

»Tun wir es auch«, beendet Hypnos meinen Satz.

»Wow«, murmelt Klotho. »Als hätten wir nicht schon genug zu tun.«

Innerlich stimme ich ihr zu. Allerdings spreche ich es nicht aus, schließlich will ich daran glauben, dass wir die Hölle am Ende heilen und vor Nyx beschützen können. »Also reise ich durch den Nebel in die Oberwelt, um uns Informationen zu beschaffen und mit Persephone zu sprechen«, sage ich entschlossen.

Hypnos richtet sich auf. »In die Oberwelt?«

Ich nicke. »Zwar glaube ich nicht, dass Nyx in ihrer Ansprache gelogen hat, aber ... wir sollten uns vergewissern, dass Zeus tatsächlich tot ist. Außerdem will ich Persephone bezüglich der Spiegelstadt befragen, und mich interessiert, was mit den Leichnamen der anderen beiden Herrschergötter geschehen ist. Ob sie wie Hades' Körper unauffindbar sind.«

»Sollen wir dich begleiten?« Klotho mustert mich besorgt, ungeachtet der Tatsache, dass ich von uns diejenige bin, die bisher am häufigsten die Hölle verlassen hat.

»Nein. Ihr haltet hier die Stellung, falls Grave bezüglich Nyx etwas herausfindet. Noch dazu könnt ihr Hades' Garten erkunden und die Statuen suchen.«

»Sollten sie es durch das Gestrüpp schaffen«, wirft Hypnos ein.

»Du kannst uns helfen«, erwidert Klotho schnippisch. »Oder hast du Angst? Womöglich spukt Hades' Geist dort herum.«

Atropos, die lange zu alldem geschwiegen hat, verzieht ihr Gesicht. »Nicht unwahrscheinlich. Wenn er nach wie vor nicht richtig bestattet wurde ...«

»Thanatos und ich überwachen Nyx' Schritte. Es kommt uns gelegen, dass sie uns gerade um sich haben will. Außerdem werden wir Informationen zum Zepter sammeln. Thanatos will Tartaros zu der Waffe befragen.«

»Jemand könnte sie aus Hades' Gemächern gestohlen haben«, mutmaßt Klotho.

»Hm.« Für einen Moment hängen wir unseren Überlegungen nach, bis Hypnos wieder das Wort ergreift. »Ich habe Thanatos versichert, dass ich nachkomme, sobald wir gesprochen haben. Tartaros und er warten auf Neuigkeiten.«

Atropos versteht als Erste, erhebt sich und zieht Klotho mit sich, die mir einen vielsagenden Blick zuwirft und die Tür hinter sich zuzieht. Da sie schief in den Angeln hängt, lässt sie sich nicht gänzlich schließen. Ein Grund, warum Hypnos für gewöhnlich vorbeikommt, wenn meine Schwestern unterwegs sind. Ich warte, bis ich höre, wie sie die knarzenden Treppenstufen hinablaufen, ehe ich mich von der Wand abstoße. Kurz darauf ertönt das Klicken einer weiteren Tür, was bedeutet, dass sie auf unsere Terrasse getreten sind. Ich laufe auf Hypnos zu, während seine Augen über meinen Körper wandern, bis ich vor ihm stehe. Ich weiß selbst nicht, weshalb meine Wangen nach all der Zeit noch immer heiß werden, und schaue verlegen aus der vergilbten Scheibe auf den Styx.

»Ob er in diesem Moment dort draußen ist?«

Bei seinem grimmigen Tonfall entweicht mir ein leises Lachen. »Er ist kein Tier, Hypnos.«

Er stößt einen Laut aus, der verdeutlicht, dass er davon

nicht überzeugt ist. »Es gefällt mir nicht, dass du mit ihm allein warst.«

Langsam wende ich meinen Blick vom Totenfluss ab und versinke in seinen zitronengelben Iriden, die mehr Dinge mit mir anstellen, als ich beschreiben kann. »Warum?«, wispere ich.

Ich sehe, wie er die Zähne aufeinanderpresst, und ahne instinktiv, dass er mir wohl niemals die Antwort geben wird, die mein törichtes Herz und ich gerne hören würden. Dafür müsste ich nicht mal mit der Gabe des Schicksals gesegnet sein.

Hypnos überbrückt mit einem Schritt den letzten Abstand zwischen uns, hält seine Hand mit der Innenfläche nach oben. Mein Körper verselbstständigt sich, und ohne Zögern lege ich meine Hand in seine. Ich würde es immer wieder tun, auch wenn meine Seele dabei jedes Mal ein bisschen stirbt. Seine raue Haut und die vertraute Berührung, die gleichzeitig ein Geheimnis birgt, jagen einen Schauer über meinen Rücken.

»Wann brichst du auf?«, raunt er.

»Sobald in der Oberwelt der Morgen graut.«

Ich beobachte, wie er schluckt, ehe er meine Haare hinter meine Schulter streicht und seine freie Hand in meinen Nacken gleitet, meinen Kopf zurückneigt. Dann senkt er seine Lippen auf meine.

Sanft und fordernd.

Aber ohne ein Versprechen.

Trotzdem lasse ich mich fallen.

Und er fängt mich auf.

Zumindest für diesen Moment.

4

DIE GÖTTER LIEBEN DICH

NERO

Seit der Fluch der Todesfee von mir abgefallen ist, fürchte ich die Dunkelheit. Die ersten Tage habe ich auf einem der Gesichtstürme der Gropura verbracht. Meine Beine baumelten in die Tiefe, während ich in den Himmel starrte, dem strahlenden Blau gar nicht nah genug sein konnte, um der Finsternis in mir zu entfliehen. Als hätte die Fee meine Adern in die Schwärze des Styx getaucht. Manchmal – wenn ich es schaffe einzuschlafen – höre ich nach wie vor das Summen, mit dem sie uns lähmte, bevor sie uns küsste.

»Fuck.« Gerade rechtzeitig gelingt es mir, mich zu fangen, damit ich nicht am Rand des Gefährts abrutsche, auf den ich bereits einen Fuß gestellt hatte, um an Land zu springen. Die gute Nachricht ist, dass Persephones Kompass funktioniert. Nachdem ich es an den beiden Zyklopen vorbeigeschafft hatte, welche den Eingang zur Hölle bewachen, konnte ich auf einer der goldenen Gondeln in Richtung Südosten fahren. Die schwarzen hingegen, so hat es mir die ehemalige Königin erklärt, sind für die Toten bestimmt. Kurz sammele ich mich, ehe ich mich abdrücke und zumindest nur wenige Zentimeter tief im Flusswasser lande.

»Verschwinde«, knurre ich, als sich eine weiße

durchscheinende Hand nach mir ausstreckt, und erreiche in zwei Schritten das Ufer. Asche wirbelt durch die Luft, die kleinen Partikel legen sich wie der Schnee in der Oberwelt auf meine Stiefel. Um mich abzusichern, werfe ich einen weiteren Blick auf den Kompass, dessen Glas nicht länger rußverschmiert ist. Der Zeiger aus Feuer weist mir die Richtung, weshalb ich mich nach rechts wende und loslaufe. Den Fluss lasse ich hinter mir, während die Asche des Ufers einem steinernen Weg weicht.

Ich folge der vorgegebenen Richtung, registriere, dass der Pfad mich auf eine Brücke führt. Als ich über die Brüstung schaue, erkenne ich unter mir eine Schlucht, in der sich schattenartige Wesen wie Schlangen bewegen. Aus Erfahrung weiß ich, dass in der Welt, in der ich lebe, auch Nebel und Rauch tödlich sein können. Aus diesem Grund achte ich darauf, in der Mitte der Steine zu bleiben, und kneife die Augen zusammen, als ich eine Treppe entdecke, über der ein Baum wächst. Er besitzt einen breiten Stamm, der von dichten Wurzeln überzogen ist, die beim Näherkommen lederartig wirken.

Ich halte inne, mustere meine Umgebung, höre auf die Stille, der ich nicht traue. Der Kompass, dessen Zeiger nun stärker lodert, verrät mir, dass ich den Eingang des Reichs der Schatten gefunden habe. Lautlos zücke ich meinen Dolch und lasse meinen Wegweiser in meine Hosentasche gleiten. Dann erklimme ich die Stufen, und die Geräusche meiner Stiefelsohlen verhöhnen die Vorsicht, die ich zuvor walten ließ. Gerade überlege ich, ob der Baum eine Täuschung ist, weil sich links und rechts der Treppe ebenfalls die Schlucht erstreckt und verborgen bleibt, was mich dahinter erwartet, als ohne Vorwarnung ein Schlangenkopf auf mich zurast.

Die lederartigen Wurzeln?

Sind keine Wurzeln.

Das Maul der Schlange ist weit aufgerissen, ihre Zähne blitzen auf und die gespaltene Zunge schnellt hervor, berührt beinahe meine Wange, als ich in letzter Sekunde ihren Kopf abschlage. Womöglich hätte ich vor meinem Aufbruch das Kurzschwert als Waffe wählen sollen. Aber dafür ist es nun zu spät.

Als der Kopf zu Boden fällt und ihr Leib sich zuckend windet, denke ich in einer Sekunde des Hochmuts, dass es erstaunlich leicht gewesen ist. Doch ich werde schnell in die Realität zurückgeholt, als sich zwei weitere Schlangen um mich winden – an meinem linken Arm und rechten Bein zerren, sodass ich mich unfreiwillig auf den Abgrund zubewege. Als eine von ihnen nach mir schnappt, hechte ich in die entgegengesetzte Richtung, pralle hart mit meiner Schulter auf einen der Steine. Die Schlange zischt, als mein Gewicht sie trifft. Ich rolle mich ab, und noch während ich mich wieder aufrichte, schlitze ich ihren Bauch auf und ramme meinen Dolch in ihre Schnauze. Fauchend zuckt sie zurück – und stürzt in die Schlucht. Langsam wende ich mich ab.

Die gute Nachricht ist: Es wartet nur noch eine Gegnerin auf mich.

Die schlechte lautet: Ich habe keine Waffe mehr. Nicht nur in diesem Kampf, sondern überhaupt – ich bin in der Unterwelt und mir bleiben lediglich meine Kräfte. »Schön«, flüstere ich, balle meine Hände zu Fäusten und beschwöre meine Macht. Ich bin der Sohn des Kronos und Enkel der Gaia. Ich werde mit einer verfluchten Schlange fertig.

Ich fletsche meine Zähne, weil es mich mehr Anstrengung

kostet, als ich zugeben will, und ich eine Weile nicht mehr trainiert habe.

Als die dritte Schlange erneut zischend auf mich zurast, ergreife ich von ihr Besitz, sodass ich nicht länger nur meine eigene Perspektive sehe – sondern auch die des Reptils. Ihr Sichtfeld ist schmaler, wird nicht gefüllt mit Farben. Sie spürt, dass etwas nicht stimmt, stoppt in ihrer Bewegung und richtet den Kopf leicht auf. Ein Beben erfasst ihren Körper, der sich gegen mich wehrt, während ich mich an ihn gewöhne. Als sie leicht zurückweicht, ihre Bauchschuppen über den Boden gleiten, um zum nächsten Angriff überzugehen, übe ich Druck nach hinten aus, sodass sie sich mir nicht nähern kann. Schweißperlen bilden sich auf meiner Stirn und ich weiß, dass ich es rasch beenden muss. Sie zischt und faucht, doch ich zwinge sie mit ihren wellenförmigen Bewegungen rückwärts. Sie windet sich ein weiteres Mal – der letzte Versuch, sich gegen das Fremde in ihr zur Wehr zu setzen. Ein leises Grollen verlässt meinen Mund und Schmerz fährt durch meinen Kopf, als ich uns über die Kante bringe. Dann fallen wir. Mein Magen sackt in Richtung Boden. Übelkeit überkommt mich, gleichzeitig wirbele ich mit der Schlange umher. Ihr Sichtfeld ist so verschwommen, dass ich die Umgebung nicht erkenne. Sonderbare Schemen umwabern mich, ehe die Furcht vor dem Aufprall mein Innerstes mit Grauen füllt.

Heftige Zuckungen erfassen meine Arme und Beine. Keuchend atme ich ein, reiße die Augen auf. Erleichterung flutet mich, weil meine Sicht nicht mehr doppelt ist. Ich gestatte mir einige Sekunden, bis mein rasender Puls sich beruhigt. Dann komme ich von den Knien, auf die ich zwischenzeitlich gesunken war, auf die Füße.

Ich bin kein Fan meiner eigenen Macht. Meine Zwillingsschwester Juna und ich teilen uns die Fähigkeit, die wir von unserer Großmutter erhalten haben, können das Element Erde beeinflussen. Ich bin zudem in der Lage, die Körper von Tieren, einigen magischen Wesen und Menschen zu übernehmen. Bei Halbgöttern, Göttern und Titanen funktioniert meine Kraft hingegen nicht. Schon einige Male hat Juna gesagt, es wäre ungerecht, dass ich eine weitere Gabe erhalten habe. Wenn ich könnte, würde ich sie dankend an meine Schwester abtreten. Das Gefühl, in einen anderen Körper zu gehen, ist jedes Mal, wie einen Teil von mir zu verlieren. Und manchmal denke ich, dass ich vielleicht nicht zurückfinde. Das ist der Grund, weshalb ich die Grenzen meiner Macht nicht erforsche, es nie bis zum Äußersten ausreize. Noch dazu erscheint es mir falsch, in ein anderes Geschöpf einzudringen und es zu unterwerfen.

In der Unterwelt hatte ich geplant, diese Fähigkeit einzig bei einer Todesfee anzuwenden. Bei derjenigen, die in unserer Siedlung im Dschungel aufgetaucht war, konnte ich es nicht versuchen, weil sie mich zuerst erwischte. Schlussendlich waren es die Söhne des Sonnengottes Helios, die sie mit ihren Kräften erledigten. Sie ist im Licht verbrannt, allerdings hatte zu diesem Zeitpunkt auch niemand eine Ahnung, dass ihr Blut den Fluch umkehrt.

Ich wische meine Hände an meiner Hose ab, ehe ich die Stufen ein zweites Mal erklimme. Wo sich die Schlangen zuvor um den Baum gewunden haben, klafft in der Mitte nun ein Loch, aus welchem Schatten dringen. Die Hitze, die der Kompass ausstrahlt, wird nahezu unerträglich – als würde das Material sich durch den Stoff meiner Kleidung brennen. Mein Arm hebt sich wie von selbst, und als ich die Dunkelheit berühre, erfasst mich ein Sog, dem ich nichts entgegensetzen kann und will. Schließlich bringt er mich näher ans Ziel.

GRAVE

Ich mochte diese Schlangen. Ich mochte sie wirklich verdammt gern. Und deshalb bin ich sauer. Was bei allen toten Seelen der Unterwelt stimmt mit diesem Typ nicht, der den Geruch der Oberwelt verströmt? Was macht er in der Hölle – und in meinem Reich?

Schön, eigentlich ist es Charons Reich. Ich wollte der Angelegenheit nur einen dramatischen Klang verleihen. Bastarde herrschen selbstverständlich über keine Ländereien. Sie gehören höchstens in den Styx.

Außerdem ist mir unerklärlich, was für eine Gabe der Fremde besitzt, mit welcher er das Reptil bezwingen konnte, ohne es überhaupt zu berühren. Ein Haufen Fragen schwirrt durch meine Gedanken und ich weiß, dass ich sie bald stellen kann. Er wird nicht mehr weit kommen. Doch bevor ich ihn aufhalte, will ich sehen, was ihn hierhergelockt hat.

Mühsam unterdrücke ich ein Gähnen. In der vergangenen Nacht habe ich aufgrund des Bebens, das die Unterwelt erfasste und welches offenbar durch Zeus' Tod ausgelöst wurde, kaum geschlafen. Nyx' Ansprache, die ein hohles Gefühl in meiner Magengrube hinterlassen hat, gefolgt von dem Treffen mit den Moiren, die mir mehr Gefallen abgeschwatzt haben, als ich an einem anderen Tag akzeptiert hätte, und das anschließende Gespräch mit Meg, Alec und Tisi haben mich ausgelaugt. Vielleicht nagt aber auch lediglich das schlechte Gewissen an mir, weil ich ihnen nichts von dem Deal mit den Schicksalsgöttinnen erzählt habe. Es gefällt mir nicht, meine Ziehmütter anzulügen, die mir immer helfen würden –

auch wenn sie sich dabei selbst in Gefahr bringen. Sie haben sofort zugestimmt, Ausschau nach Hades' Leichnam zu halten und mehr über Nyx' Pläne in Erfahrung zu bringen. Über die Beschaffung eines Besitztums von Helena und Hades habe ich nichts gesagt. Sobald die Rachegöttinnen herausgefunden haben, wo der ehemalige König der Unterwelt aufbewahrt wird, werde ich ihn selbst aufsuchen. Denn ich bin mir sicher, dass Meg und die anderen bei dieser Forderung misstrauisch geworden wären. Sie vertrauen mir, aber sie sind nicht naiv.

Aus der Ferne mustere ich den Fremden. Er hat schwarzbraunes Haar und bewegt sich mit einer Geschmeidigkeit fort, die verrät, dass er über die Körperbeherrschung eines Kämpfers verfügt. Er ist groß gewachsen – höchstens einen oder zwei Zentimeter kleiner als ich. Ich habe keine Ahnung, weshalb es mich so sehr stört, dass ich sein Gesicht noch nicht gesehen habe, nicht weiß, welche Farbe seine Augen haben. In dieser Sekunde wirbelt er herum, als hätte er meinen bohrenden Blick gespürt, doch ich weiche rechtzeitig in die Schatten zurück, von denen es in diesem Reich, das düster und trostlos ist, genügend gibt. Mittlerweile laufen wir seit über einer Stunde, und es ist mir unerklärlich, wie er sich zurechtfinden kann. Schließlich bezweifle ich, dass er jemals hier gewesen ist. Also bleibt nur die Möglichkeit, dass ihm jemand das Schattenreich beschrieben hat. Vorhin konnte ich zwar etwas in seiner Hand erkennen, das einem Kompass glich, aber ich habe noch nie gehört, dass so etwas in der Unterwelt funktioniert.

Ein Schnauben entweicht meiner Kehle, als ich endlich begreife, was sein Ziel ist. Eigentlich bin ich weit genug weg, trotzdem dreht er sich erneut um. Er sucht seine Umgebung ab, doch die Schatten schützen mich weiterhin – im Gegensatz zu ihm. Einen Moment warte ich, ehe ich ihm wieder folge.

Wir befinden uns nun im Territorium der Todesfeen. Es war ein Fehler von ihm herzukommen.

Die meisten Todesfeen leben am Nebelsee, in der zerfallenen Schlossruine, die sich dahinter erhebt. Ihre weißen Haare bilden einen Kontrast zur Dämmerung und ihrer schwarzen Haut. Ihre nahezu durchsichtigen, membranartigen Flügel sprechen von einer Zerbrechlichkeit, die Täuschung ist. Das vertraute Summen vibriert in meinen Gedanken, je mehr wir uns nähern, trotzdem vermitteln sie den Eindruck, keinen Eindringling zu bemerken.

Vier der Todesfeen verharren reglos über dem See, drei schweben am Ufer und eine entdecke ich an der südlichen Ecke des Schlosses, die der Fremde nun ansteuert. Ob ihm klar ist, dass er eine Todesfee nicht mit bloßen Händen bezwingen kann? Es eigentlich unmöglich ist, ihrem Kuss zu entkommen, der dich verflucht und in einen Schlaf versetzt, wenn du nicht durch und durch göttlich bist? Selbst wenn ich eine Begegnung mit den Todesfeen nicht als angenehm bezeichnen würde, können sie mir nichts anhaben. Insbesondere seit Hades' Macht in mich gedrungen ist, weichen die Wesen des Schattenreichs vor mir zurück, als hätte ich die Plage.

Der Fremde hat Glück, dass die Todesfeen sich meist in einem Dämmerzustand befinden und lediglich in wenigen Stunden der Nacht aktiv werden. Allerdings hat er nicht einmal einen Rucksack bei sich, und seine Kleidung sieht nicht aus, als würde er weitere Waffen darunter verbergen. Zum ersten Mal kommt mir die Überlegung, dass er sich womöglich auf einem Selbstmordkommando befindet. Und vielleicht würde ich ihn den Todesfeen nicht verwehren, wenn ich keine Fragen an ihn hätte.

NERO

Das Summen in meinem Kopf bereitet mir eine Gänsehaut der unangenehmen Art, hat jedoch nicht dieselbe Wirkung wie damals in der Halbgottsiedlung. Vielleicht habe ich eine Art Immunität entwickelt, weil ich schon einmal von einer Todesfee erwischt wurde. Oder es liegt daran, dass es aussieht, als würde diejenige, die ich ausgewählt habe, schlafen. Auch die Feen über dem nebelverhangenen See wirken, als hätte sie ihr eigener Fluch getroffen.

Die Todesfee im Dschungel kam immer nur bei Nacht heraus, weshalb ihr Verhalten Sinn ergibt. Andererseits herrscht in der Unterwelt ewige Dämmerung. Daher habe ich keine Ahnung, wie sie in der Hölle die Tageszeiten spüren. Persephone sagte mir, dass sich zumindest im Zentrum des Hades eine Feueruhr befindet, doch davon sind wir hier weit entfernt.

An einem knorrigen Baum, dessen Äste sich bis über den See neigen, bleibe ich stehen. Leicht öffne ich meine Jacke, kontrolliere, dass ich die beiden mit Korken verschlossenen Phiolen zum Auffangen ihres Blutes nach wie vor bei mir trage. Fest presse ich die Lippen aufeinander, als ich meine Fingerkuppe an der winzigen Klinge verletze, die ich mitgebracht habe, um den Schnitt zu setzen. Vielleicht hatte ich so etwas wie eine Vorahnung, dass ich meinen Dolch nicht lange behalten würde.

Ich rolle meine schmerzenden Schultern zurück, während ich das geisterhafte Schloss fixiere, das wie eine Illusion in den Himmel ragt. In dieser Sekunde frage ich mich zum ersten Mal, ob die Götter, Daimonen, Zyklopen und anderen Geschöpfe der Hölle es als Strafe ansehen, an diesem Ort zu leben.

Kein Licht und keine Hoffnung.

Dämmerung zu jeder Stunde des Tages.

Ich glaube nicht, dass ich es auf Dauer ertragen könnte. Vor allem nicht seit dem erzwungenen Schlaf. Selbst jetzt spüre ich überdeutlich den kalten Schweiß, der mir im Nacken klebt und mich zum Umdrehen überreden will. »Bald«, murmele ich mir selbst zu, schließe meine Jacke und fahre einmal mit der Hand über die Rinde des Baumes. Ich will die aufkeimende Panik ersticken, indem ich etwas Lebendiges berühre, doch an dem vertrockneten Stamm, aus dem ebenso der Tod spricht, werde ich nicht fündig.

Langsam lasse ich meinen Arm sinken, nehme tiefe Atemzüge, während ich mich gleichzeitig auf meine Gabe und auf die Unglück bringende Fee konzentriere. Mein Aufeinandertreffen mit den Schlangen und die Tatsache, dass ich seit zwei Tagen keine Sekunde geruht habe, wirken sich nicht vielversprechend auf meine Kraftreserven aus. Vielleicht hätte ich eine Rast einlegen sollen. Andererseits kann ich diesen Ort gar nicht schnell genug wieder hinter mir lassen.

Vollkommen erstarrt schwebt die Todesfee wenige Zentimeter über dem Boden vor einem Fenster. Einzelne Mauersteine sind rundherum herausgebrochen, sodass es eine unkenntliche Form angenommen hat. Spinnen haben ihre Netze darübergespannt, als wäre ein Maler darauf bedacht gewesen, einen passenden Hintergrund für das düstere Wesen zu schaffen. Ich werfe einen letzten Blick zu den anderen Todesfeen, die ebenfalls reglos sind. Dann schließe ich die Augen, gebe mich meiner persönlichen Hölle, der Dunkelheit, hin.

Mit meiner Kraft taste ich nach dem Geschöpf, das sich anders anfühlt als die Schlange. Als würden meine Gedanken sich durch etwas Schweres bewegen. Ich packe alles, was an

Energie geblieben ist, um in die Todesfee zu dringen, mache mich darauf gefasst, ihre Essenz zu spüren. Mein eigener Körper zuckt und ich reiße die Lider in Erwartung zweier Sichten wieder auf. Stattdessen fährt ein durchdringender Schrei in meinen Kopf. Es würde mich nicht wundern, würde mein Schädel in dieser Sekunde bersten.

Das Kreischen flaut nicht ab, und ich erkenne, dass die Todesfee nicht länger erstarrt – sondern ihr Gesicht mir zugewandt ist. Einzelne Haarsträhnen hängen über ihre eingefallenen Wangen, während sie zu sich kommt. Scheinbar sind auch ihre Schwestern erwacht, die aus den Fenstern der Ruine gleiten. Die Todesfeen, die sich über dem See befanden, schweben ebenfalls in meine Richtung. Langsam, aber unaufhaltsam. Als wäre es vollkommen ausgeschlossen, dass ich entkomme.

Mein Kiefer knirscht, weil ich die Zähne derart fest aufeinanderbeiße. Mein einziger Gedanke ist, dass ich nicht noch einmal geküsst werden will. Ich mache zwei Schritte zurück, mein Verstand rast in einem Tempo, das mir Schwindel verursacht. Sieht ganz so aus, als würde ich mehr als nur zwei Phiolen mit dem Blut der Todesfeen zurück in die Oberwelt bringen.

Ich sinke auf ein Knie, grabe beide Hände in den dunkelgrauen Boden. Ein Grinsen umspielt meine Lippen, als ich Gaia spüre. Diese Macht ist mir vertrauter als die meines Vaters. Ich weiß, dass ich mich auf sie verlassen kann. Erde fließt über meine Finger, während meine Umgebung bebt. Risse fressen sich durch den Untergrund, bis sich ein Sandwall auftürmt und sich aus den feinen Körnern Skulpturen bilden. Meine Arme zittern vor Anstrengung, als ich ein Schwert erschaffe und es erhärten lasse, bis es so fest ist wie Gestein.

Sobald mich die erste Todesfee erreicht, erhebe ich mich, obwohl das Summen und Kreischen mich beinahe sofort wieder in die Knie zwingt. Ich wirbele mein Schwert zweimal in der Hand, ehe ich mich auf sie stürze, meinen Kriegern aus Sand gleichzeitig den Befehl erteile anzugreifen. Mit Schritten, welche den Boden noch stärker beben lassen und Wellen auf der Wasserfläche unter dem Nebel verursachen, bilden sie eine Mauer hinter der ersten Todesfee. Sie ist mir mittlerweile so nah, dass ich ihre Augen erkenne. Genau wie damals in der Halbgottsiedlung sind sie so durchscheinend wie ihre Flügel. Sie machen den Eindruck, als wäre sie blind, doch dem widerspricht, dass sie zielstrebig auf mich zuschwebt. Beinahe wirkt ihr Gesichtsausdruck zornig, weil ich noch nicht vor Furcht erstarrt bin. Automatisch wandert mein Blick zu ihren langen Fingern. Bis heute konnte ich nicht vergessen, wie sich jeder einzelne auf meine Schulter gelegt hat, bevor ihre Lippen mich berührten und ich für drei Monate schlief.

»Sei kein Feigling«, knurre ich. In dieser Sekunde ist kein Platz für meine Ängste der Vergangenheit. Dann stürze ich mich auf sie. Das Schwert ist stumpfer als eine normale Waffe, trotzdem gelingt es mir im ersten Hieb, ihre Hand abzuhacken, als sie ihre Finger nach mir ausstreckt. Ich ducke mich seitlich an ihr vorbei, ehe ich erneut zuschlage. Es entsteht ein sonderbarer Tanz, weil ich nicht erwartet habe, dass sie sich auch schneller bewegen kann.

Als sie plötzlich direkt vor mir ist, ihre Haarspitzen mein Gesicht berühren und sie mit einem Fauchen ihren Mund öffnet, lasse ich mich zurückfallen und rolle mich ab. Mein Atem geht keuchend, als ich wieder in den Stand komme, allerdings wage ich es nicht, mich nach meinen Kriegern umzudrehen. Es kostet mich mehr Kraft als üblich, die Erde zu lenken, und ich frage mich, ob es an den Todesfeen oder der Unterwelt liegt.

Erneut greife ich an und weiche ihr gleichzeitig aus. Schwarzes Blut tropft aus ihrem Armstumpf auf den Boden, wo es verschwendet ist. Kein Laut des Schmerzes dringt aus ihrer Kehle. Vermutlich ... fühlt sie gar nichts. Und vielleicht ist auch nichts dazu in der Lage, sie zu erschöpfen. Kurz verfluche ich, dass ich keinen Heliossohn mitgenommen habe, aber verbrannt hätte sie mir auch nichts genützt.

Ein Grollen sammelt sich in meiner Kehle, als ich versuche, die Schwertspitze in ihre Brust zu rammen. Nutzlos rutscht sie an ihr ab. Hektisch will ich einen weiteren Wall aus Sand formen. Doch alles, was ich zustande bringe, ist ein kläglicher Riss in der Erde. Zur Not könnte ich ein Grab für die Todesfeen erschaffen. Würden sie dadurch sterben? Benötigen sie Luft zum Atmen?

Das Geschöpf streift mich und ich weiche automatisch zurück, pralle mit dem Rücken gegen den Baum, dessen Rinde sich in meine Kleidung brennt. Es ist zu heiß in der Unterwelt. Meine Muskeln und Sehnen bereiten mir ein unangenehmes Stechen, als ich mein Schwert herumwirbele und den Knauf mit voller Wucht gegen ihre Schläfe donnere. Es vergrößert den Abstand zwischen uns, allerdings vermittelt die Todesfee nicht einmal ansatzweise den Anschein, als würde sie das Bewusstsein verlieren.

Die Anstrengung verursacht mir Übelkeit, die sich wie ein Stein in meinen Magen legt. Ich ignoriere meine Erschöpfung, so wie ich es immer getan habe. Als Halbgott überlebt man nicht anders. Wieder hole ich aus, treffe abermals ihre Schläfe, drehe uns dabei so, dass sie mit dem Rücken gegen den Baum gepresst ist. Mit dem Unterarm drücke ich gegen ihre Kehle.

Meine Brust hebt und senkt sich heftig, und ich verfluche mich selbst, weil ich in ihre durchscheinenden Augen sehe und mich dabei ein schlechtes Gewissen überkommt. Ich habe ihre Hand abgehackt wie ein wildes Tier. Und genau so fühle ich mich, nachdem ich drei Monate allein mit meinen Daimonen in meinem Kopf eingesperrt war. Manchmal denke ich, dass nicht mehr viel von mir übrig ist. Mein Kiefer knackt. Ja, ich habe eine menschliche Seite. Doch es ist die göttliche, die dafür sorgt, dass ich mich nicht ergebe.

Ich hole ein drittes Mal mit dem Knauf des Schwertes aus. Ihre Lider flattern und ich trete von ihr zurück, als sie zu Boden fällt. Meine Waffe lasse ich zeitgleich los, als hätte ich mich wie an der Rinde des Baumes verbrannt. Saure Galle kriecht meine Kehle hinauf, als ich mich neben den reglosen Leib hocke, meine Jacke öffne und die erste Phiole entkorke. Da ich es nicht über mich bringe, ein weiteres Mal ihren Armstumpf anzuschauen, greife ich nach der winzigen Klinge und setze einen schmalen Schnitt an ihrem Hals, ehe ich das Glas an ihre Haut halte. Schwarzes Blut sammelt sich in dem Behälter, und kurz darauf fülle ich auch den zweiten damit, bevor ich beide zurück in die Innentasche meiner Jacke gleiten lasse. Meine Hände wische ich an meiner Hose ab. Die Augen der Todesfee sind nach wie vor geschlossen. Mein Herz hat sich schon lange nicht mehr so schwer angefühlt. Doch es ist kein Geheimnis, dass man stirbt, wenn man in einer Welt wie dieser Gnade walten lässt.

»Wer bin ich?«, murmele ich. Dann strecke ich die Hand aus, um nach dem Pochen in ihrer Brust zu tasten. Aber da ist nichts. Vielleicht, weil sie ein Wesen des Todes ist. Stolpernd komme ich auf die Füße, besinne mich darauf, weshalb ich hier bin. Ich schulde dieser Todesfee nichts. Eine ihrer Art hat meine Heimat angegriffen, mir und vierhundert weiteren Halbgöttern Monate unseres Lebens gestohlen. Es war notwendig – ich brauche dieses Blut für die sechs, die nach wie vor in der verborgenen Stadt im Dschungel schlafen.

Ich mache einen Schritt zurück, merke dabei, dass ich taumele. »Fuck«, flüstere ich. Wenngleich ich es mir nicht eingestehen will, bin ich heute weit über meine Grenzen hinausgegangen. Und ich kann nicht einschätzen, ob ich den Weg zurückschaffe. »Ich muss«, knurre ich. In den letzten vierundzwanzig Stunden habe ich mehr mit mir selbst geredet, als ich es sonst mit anderen tue. Es ist bekannt, dass ich für gewöhnlich schweigsam bin. Außer Juna versucht eigentlich kaum jemand, ein Gespräch mit mir zu beginnen, das sich nicht um die Belange der Halbgötter dreht. Doch jetzt kann ich die Stille nicht ertragen.

Meine Umgebung wankt, obwohl die Krieger aus Sand nach wie vor die anderen Todesfeen fernhalten. Die Frage ist nur, wie lange – und vor allem: wie viel Land ich bis dahin gewinnen kann. Vielleicht sorgt die Ermüdung dafür, dass ich halluziniere. Plötzlich sehe ich überall das Blut der Fee. Ich mache einen weiteren Schritt zurück, trete in die schwarze Flüssigkeit, die über den Boden rinnt und wie ein kleiner Strom ihren Körper umfließt. Ich blinzele, und in der nächsten Sekunde schlingt sie sich um ihren Arm, gleitet daran hinab und bildet einen Strudel. Meine Augen weiten sich, als das schwarze Blut weicht und die Hand der Todesfee sich neu gebildet hat. Als wäre sie die ganze Zeit dort gewesen.

»Das ist es doch, was du wolltest.«

Ich fahre herum, verliere beinahe das Gleichgewicht. Blitze zucken am Rande meines Sichtfeldes. Dennoch erkenne ich den Mann, der höchstens zwei Meter entfernt von mir steht.

»Du musst dich verlaufen haben. In der Hölle hat ein Gewissen keinen Platz.«

Meine Lippen bewegen sich, aber meine Kehle ist trocken und ich bringe keinen Ton hervor. Ich frage mich, ob die schwarzen Pupillen, welche von roten Zirkeln umrandet sind, ebenfalls meiner Fantasie entsprungen sind. Sie leuchten und er wirkt wie der Teufel, von dem ich weiß, dass er gestorben ist. Sein Haar ist kurz geschoren und sein Gesicht zu schön. Vielleicht doch ein Daimon, dessen Waffe die Verführung ist. Denn sein stechender Blick zieht mich an, will, dass ich mich nähere, obwohl mein Verstand, den ich in meinem Zustand kaum noch hören kann, mich vor ihm warnt. Und wieder überlege ich: Ist das hier echt oder halluziniere ich?

Der Teufel neigt seinen Kopf leicht zur Seite. »Du glaubst auch, dass die Götter dich lieben, nicht wahr?«

»Warum?«, bringe ich undeutlich hervor. Meine Stimme klingt verwaschen. Dann geben meine Beine unter mir nach.

5

ZWEI SPIELEN DIESES SPIEL

NERO

Der Untergrund, auf dem ich liege, ist weich, nicht der harte Boden, den ich erwartet habe. Meine Hand ballt sich zu einer Faust. Zwischen meinen Fingern fühle ich ein seidiges Laken. Verwirrt runzele ich die Stirn. Meine Umgebung riecht frisch und rauchig zugleich.

»... will er hier?«

»... bei den Todesfeen gefunden ...«

»Bist du dir wirklich sicher, dass er aus der Oberwelt stammt?«

Langsam werden die fremden Stimmen lauter. Mein Bein zuckt, aber ich schaffe es nicht, mich aufzurichten. Eigentlich ist nur eine Stimme fremd. Die andere kenne ich. *Das ist es doch, was du wolltest.* In rasender Geschwindigkeit laufen die letzten Ereignisse vor meinem inneren Auge ab. In mir ist nach wie vor eine tiefe Erschöpfung und ich kann mich nicht überwinden, die Augen aufzuschlagen.

»Woher denn sonst?«

»Vielleicht ist er ein Spitzel von Nyx, die an Informationen kommen will.«

»Jetzt wirst du paranoid.«

»Du bist nicht wachsam genug. Bring ihn in den Kerker.«

»Dort war seit Jahrhunderten niemand mehr. Die Hälfte der Zellen steht unter Wasser.«

»Weißt du, der Sinn eines Verlieses ist, dass die Gefangenen es nicht zu bequem haben ...«

»Du bist ja heute ein richtiger Sonnenschein.«

Für einen Moment herrscht Schweigen. »Was machst du jetzt mit ihm?«

»Mal sehen.«

Der Mann, den ich nicht zuordnen kann, seufzt. »Du wirst unvorsichtig, Grave.« *Grave.* Mein Mund bewegt sich lautlos, ehe ich mir derart heftig auf die Unterlippe beiße, dass ich Blut schmecke. Der Teufel mit den sonderbaren Fähigkeiten. »Die vergangenen zwanzig Jahre bist du davongekommen, aber Zeiten ändern sich. Nyx ist eine Urgöttin und nicht zu unterschätzen. Wenn du auffliegst, wirst du nicht der Einzige sein, auf den Jagd gemacht wird. Die Rachegöttinnen und ich stecken genauso tief drin.«

»Wir sind im Reich der Schatten sicher.«

»Weshalb ist er dann so leicht reingekommen? Wir müssen die Schutzvorkehrungen erhöhen.«

»Ich kümmere mich darum. Außerdem ist Nyx noch nicht gekrönt. Wir haben drei Feuermonde, um sie zu stoppen. Und sie ist nicht im Besitz von Hades' Kraft. Sie mag mächtig sein, über ein großes Reich herrschen und eine Magierin auf ihrer Seite haben. Aber die Unterwelt gehorcht ihr nicht.«

Es zischt und klingt, als würde jemand ein Feuer entfachen, ehe ein Holzscheit fällt und leises Knistern ertönt. Erst jetzt bemerke ich, dass sich auf meinem Körper eine Gänsehaut gebildet hat. Ich friere, obwohl die Luft, die mich umgibt, angenehm warm ist.

»Vielleicht ...« Der andere Mann wirkt nicht gänzlich überzeugt. »Ich habe vorhin mit Tisiphone geredet –«

»Hast du, ja?«, hakt der Teufel belustigt nach. »Mit oder ohne Präsent? Was war es dieses Mal?«

»Lass das komische Gesicht. Der Talisman war kein richtiges Geschenk, sondern nur zu ihrer Sicherheit gedacht. Eine Aufmerksamkeit unter Freunden.«

»Und ich dachte schon, du würdest Tisi nun offiziell umwerben.«

»Sei nicht albern.« Genervt atmet der Fremde aus, allerdings macht sein Unterton den Eindruck, als wäre er verlegen.

In der Halbgottsiedlung wurde stets viel getratscht. Dass es in der Unterwelt ebenso zugeht, hätte ich allerdings nicht vermutet. Irgendwie nimmt es ein wenig von ihrem Schrecken.

»Was ich sagen wollte: Deine Mütter kommen in zwei Tagen für eine Lagebesprechung vorbei. Über die Anwesenheit des Eindringlings werden sie nicht erfreut sein. Bis dahin müssen wir alles über seine Absichten erfahren.«

»Ich kümmere mich darum.«

»Sollte er versuchen, das Zimmer oder die Burg zu verlassen –«

»Holen ihn die Schatten.«

»Sehr lustig.« Schritte beginnen sich zu entfernen. »Hochmütiger kleiner Scheißer.«

»Das habe ich gehört, Charon.« Sofort speichere ich den Namen ab. Der Fährmann der Toten.

»Solltest du auch. Ich haue mich aufs Ohr.«

Einige Sekunden herrscht Stille, bevor ein Scharren durch den Raum fährt, als würde jemand etwas zuschieben. Das Geräusch sorgt dafür, dass ich mich ruckartig aufrichte und die Lider aufschlage. Einige Male blinzele ich, darauf wartend, dass meine Umgebung sich scharf stellt. Ich befinde mich auf einem Bett, das mit schwarzen Laken bezogen ist. Rechts von mir entdecke ich ein hohes Fenster, in der Mitte des Raumes steht ein Tisch mit drei Stühlen. Von der Decke hängen Totenköpfe, und es wirkt, als würden sie Licht beherbergen. In der rechten Ecke, schräg gegenüber vom Bett, prasselt ein Feuer in einem offenen Kamin. Außerdem gibt es einen Schrank und eine Kommode. Alle Möbel sind aus grobem Stein gehauen, und über die Wände bewegen sich Schatten, deren Quelle ich nicht ausmachen kann. Mein Blick wandert weiter, bis er an Grave hängen bleibt. Er lehnt an etwas, das mir wie eine steinerne Schiebetür erscheint. Als seine Augen auf meine treffen, leuchtet der Ring um seine Pupillen auf.

»Eisblau«, murmelt er und schlendert zum Tisch, packt einen der Stühle und zieht ihn zu mir ans Bett. Entspannt lässt er sich auf die Sitzfläche fallen, legt seine Stiefel auf der Matratze ab und überschlägt die Knöchel. Leicht rutsche ich nach hinten, sodass mein Rücken gegen das Kopfende stößt.

»Du siehst besorgt aus«, merkt er an. Seine Lippen verziehen sich zu einem Lächeln, das seine Zähne aufblitzen lässt. »Aber ich versichere dir, dass an mir nichts klein ist.«

Ich starre ihn an und sein Grinsen wird breiter. »Du brauchst auch keine Angst zu haben, dass du wie die Totenköpfe an der Decke endest. Die sind nur ein Scherz von Alecto. Sie hat einen eigenartigen Humor.«

Nach wie vor verhält er sich so ungezwungen, dass ich mich frage, ob es Taktik ist. Während ich ihn von Nahem betrachte, wird mir klar, dass ich noch nie ein Gesicht gesehen habe, das derart symmetrisch ist. Beinahe bin ich froh über die Narbe an seinem rechten Lid. Er ist nicht vollkommen makellos.

»Ich bin Grave. Aber das hast du ja bereits gehört, als du dich schlafend gestellt hast.« Ich spüre, wie Wärme meinen Hals hinaufkriecht, doch meine Miene bleibt ausdruckslos. »Wie ist dein Name?«

»Hm«, macht der Teufel nach einigen Sekunden unzufrieden. »Nicht sehr gesprächig. Und kühl für jemanden, der Mitleid mit einer Todesfee hatte. Aus Erfahrung kann ich dir versichern, dass sie dich nicht verschont hätte, wären die Rollen anders verteilt gewesen.«

Es gelingt mir nicht länger, seinem Blick standzuhalten. Ich schaue an mir hinab und registriere, dass ich nicht mehr meine Hose und meine Jacke trage. Mein Kopf ruckt wieder in Graves Richtung. »Wo ist meine Kleidung?«

Seufzend erhebt er sich und schlägt die dünne Decke zurück. Halbmondförmige Male überziehen meine Oberschenkel. »Zwei der Schlangen haben dich gebissen. Sie waren giftig. Ich habe dich geheilt – keine große Sache.« Grave klaubt etwas vom Boden auf und wirft meine Kleidung aufs Bett, ehe er sich wieder setzt.

Kurz schließe ich die Augen. Deshalb habe ich mich bei den Todesfeen so sonderbar gefühlt. Es war nicht allein Entkräftung, sondern auch das Schlangengift. Es erleichtert mich, wenngleich ich nicht fassen kann, dass ich die Bisse nicht bemerkt habe, weil ich so sehr auf mein Ziel fixiert war. Fest beiße ich meine Zähne aufeinander, als ich in der Innenseite meiner Jackentasche nach den Reagenzgläsern taste – und sie nicht finde.

Langsam wende ich mich Grave zu. Sein Lächeln ist erloschen. »Du bekommst sie wieder – vielleicht«, antwortet er, als hätte ich die Frage in meinem Kopf laut gestellt. »Zuerst will ich einige Dinge von dir erfahren. Danach entscheide ich, ob und zu welchen Bedingungen ich dir das Blut zurückgebe.« Mit den Fingern trommelt er auf die Lehne des Stuhls. »Außerdem stehst du in meiner Schuld. Du hast meine Schlangen getötet und ich habe für dich die Todesfee und deine Bisswunden geheilt.« Er beugt sich ein wenig in meine Richtung. Ich weiche nicht zurück, obwohl mein Verstand mir sagt, dass ich dem Teufel nicht zu nahe kommen sollte. »Ich fürchte, dass ich dich nicht so leicht gehen lassen kann.«

Seine Worte schnüren mir die Kehle zu. Ich will aufstehen und mich anziehen, aber meine Gliedmaßen sind schwer wie das Gestein, aus welchem die Möbel gefertigt wurden. Die Vorstellung, dass er mich hierhergetragen und meine Wunden versorgt hat, ich in diesem Bett liege, anstatt auf einer Pritsche im Verlies, bereitet mir Unbehagen. Ich stehe tatsächlich in seiner Schuld. Keine Ahnung, wann ich mich zuletzt derart verletzlich gefühlt habe. Es nach außen hin ... gezeigt habe. Selbst nach meinem Erwachen aus dem monatelangen Schlaf habe ich umgehend meine Aufgaben übernommen. So getan, als wäre ich noch immer der Alte. Als wäre ich ungebrochen aus der Erfahrung hervorgegangen. Lediglich Juna hat gemerkt, dass etwas anders war.

»Bin gleich wieder da.« Grave reißt mich aus meinen Gedanken, als er die Tür aufschiebt und nach draußen verschwindet.

Fluchend lasse ich meinen Kopf zurücksinken, ehe ich mich mühselig auf die Bettkante quäle. Für einen Moment ziehe ich in Betracht nachzusehen, wie weit der Boden entfernt wäre, würde ich aus dem Fenster springen. Es kratzt an meinem Ego, dass nicht einmal ein Gitter davor angebracht ist. Aber wenn ich ehrlich mit mir selbst bin, fehlt mir die Kraft.

Schmerz durchzuckt meinen Arm, als ich nach meiner Hose

greife und es schaffe, sie überzustreifen. Die weiche Matratze ist verlockend, dennoch zwinge ich mich aufzustehen. Ich schleppe mich zum Tisch in der Mitte und lasse mich auf den Stuhl fallen, von dem aus ich die Tür im Blick habe. Mein Kiefermuskel zuckt, als Grave erneut den Raum betritt. Flach lege ich meine Hände auf die Tischplatte, um sie nicht zu Fäusten zu ballen. Er soll nicht wissen, dass seine Anwesenheit Unruhe in mir auslöst. Und noch andere Dinge, die ich nicht eindeutig zuordnen kann.

Er stellt einen Teller vor mir ab, der mit etwas gefüllt ist, das wie Eintopf aussieht. Noch dazu ein Glas Wasser, von dem der Duft einer Kräutermischung ausgeht. Misstrauisch mustere ich das Essen sowie das Getränk. Meine Nasenflügel blähen sich. Es riecht verdammt gut und mein Magen knurrt.

»Da ist nichts aus Hades' Garten drin«, informiert mich Grave. Meine Brauen ziehen sich zusammen. Sind meine Gedanken derart offensichtlich? Abgesehen von meiner Zwillingsschwester haben andere für gewöhnlich Schwierigkeiten, mich zu lesen. Diese ganze Situation ... ich verstehe sie nicht. Trotzdem greife ich nach dem Löffel und fange an zu essen.

Erst jetzt realisiere ich, wie ausgehungert ich wirklich war, und schere mich nicht darum, dass ich mir die Zunge verbrenne. Nach nicht einmal drei Minuten ist der Teller leer und auch das Glas folgt in wenigen Zügen. Die Flüssigkeit schmeckt wie ein Kräutersud, obwohl sie farblos ist. Als ich fertig bin, schiebe ich beides von mir und schaue wieder in die nahezu schwarzen Augen des Teufels.

Abermals überkommt mich das schlechte Gewissen, als ich an das Blut der Todesfee und die Halbgötter denke, die nach wie vor schlafen – mit dem Fluch belegt sind. Früher hätte ich niemals die Speisen und Getränke eines Unbekannten aus der Hölle zu mir genommen. Ich hätte auch nicht zugelassen, derart erbärmlich im Bett zu liegen, während er sich danebenhockt und mir die Regeln erklärt. Ich hätte meine Macht gerufen, ihn überwältigt, das Gegengift gefunden und mich auf die Reise in den Dschungel begeben. Es klingt so leicht. Aber jetzt gerade ... ist es das nicht.

»Warum –«, beginne ich, doch Grave, der mir gegenüber Platz genommen hat, setzt bereits zu einer Antwort an.

»Ah. Du sprichst wieder«, kommentiert er. »Nun gut: Erstens, du suchst dir ausgerechnet den Moment, in welchem etwas Großes und sehr Gefährliches vor sich geht, aus, um einen Trip in die Unterwelt zu starten. Ohne Proviant, Verstärkung oder eine vernünftige Waffe. Und dann stürzt du dich auf eine Schar Todesfeen, ziehst ihren Zorn auf dich. Ist das ein sonderbares Experiment, bei dem du testest, wie lange du überleben wirst? Oder hattest du möglicherweise sogar vor zu sterben?«

»Wovon bei allen Harpyien redest du?«

Er hebt eine Schulter. »Ich nahm an, dass du noch ein wenig verwirrt bist und unsere Unterhaltung von vorhin fortsetzen willst.« Er bedenkt mich mit einem vielsagenden Blick. »Als ich meinte, dass du glaubst, die Götter würden dich lieben, wolltest du wissen, warum. Das eben war meine Antwort darauf.«

Mir wird klar, dass der Typ ein Arsch ist. Ein arroganter Arsch. Da hatte Charon recht. Allerdings ... wirkt er einschüchternd, wie er sich auf abgestützten Ellenbogen zu mir lehnt. Bevor die Todesfee mich erwischt hat, war ich ähnlich muskulös gebaut, doch nun habe ich einiges an Kraft eingebüßt. Und an Selbstbewusstsein. Offensichtlich. Ich habe gelernt, dass ich nicht so unbesiegbar bin, wie ich mich zuvor stets gefühlt habe. Grave wurde diese Lektion scheinbar noch nicht erteilt. Oder er konnte es besser wegstecken als ich. *Reiß dich zusammen,* maßregele ich mich selbst. »Warum hast du mir geholfen?«, bringe ich laut hervor.

»Geholfen ...« Grave lacht leise und fährt sich mit einer Hand durch sein schwarzes, kurz geschorenes Haar. »Niemand in der Unterwelt hilft dir, das solltest du dir merken. Ich habe lediglich dafür gesorgt, dass du nicht stirbst. Tot kannst du mir keine Fragen beantworten.« Er mustert mich. »Du siehst nach wie vor erschöpft aus.«

Ich sehe seit Monaten erschöpft aus, würde ich am liebsten erwidern, allerdings verkneife ich es mir. Ich tue das oft – stumme Fragen stellen und stumme Antworten geben. Außerdem will ich nicht noch mehr Schwäche vor ihm zugeben.

Grave reibt sich über die Augen, was dafür sorgt, dass ich ihn genauer mustere. Schatten liegen darunter, ähnlich wie jene, die sich rastlos über die Wände bewegen. Ich begreife, dass auch er müde ist.

»Du solltest eine Runde schlafen. Wir führen die Unterhaltung morgen fort.« Er erhebt sich und läuft zum Ausgang, im Türrahmen bleibt er jedoch stehen und dreht sich noch einmal um. »Mein Zimmer ist gegenüber – falls du dich nachts fürchtest.« Er blinzelt mir zu und ich schlucke, weil er damit unwissentlich einen wunden Punkt getroffen hat.

Ich beobachte, wie er den Flur überquert. »Weshalb glaubst du, dass ich nicht versuchen werde zu fliehen?«, rufe ich ihm hinterher.

In seinem Raum angekommen, zieht er sein Shirt aus und wirft es über einen Sessel. »Du willst dieses Blut. Noch eine Begegnung mit den Todesfeen hältst du nicht durch. Du bist darauf angewiesen, dass ich es dir zurückgebe.« Dann verschwindet Grave aus meinem Sichtfeld. Kurz darauf höre ich das Prasseln von Wasser. Da auch er mich nicht mehr sehen kann, sacke ich in mich zusammen, lasse den Kopf in meine Hände sinken und massiere mit den Handballen meine Stirn.

Tot kannst du mir keine Fragen beantworten.

Als könnte ich seine Worte auf diese Weise vertreiben, fluche ich leise und raffe mich ebenfalls auf. Ich schaffe es zum Bett und unter die Decke. Die Matratze und die weichen Laken umfangen mich wie eine Umarmung. Es ist absurd, dass ich mich zum ersten Mal seit einer Ewigkeit in einer liegenden Position geborgen fühle. Die Monate davor habe ich überwiegend im Sitzen geschlafen – oder gar nicht. Die meiste Zeit des Tages hatte ich aus diesem Grund nichts als Nebel im Kopf. Es war, wie nur halb am Leben zu sein. Als wäre es den Daimonen, mit denen ich Monate verbracht habe, gelungen, mich auszusaugen.

Mit einem leisen Seufzen schließe ich die Augen und spüre im selben Moment, wie auch das Licht, welches von den Totenköpfen ausging, erlischt.

Ich befinde mich im Saal der Tänzer, wo Mikos, ein Sohn des Hephaistos, die Todesfee zuletzt gesehen hat. Wie jedes Mal ist es, als würden mich die zahlreichen Wächterfiguren zwischen den Säulen beobachten. Einige Fliesen sind lose oder bröckeln, verbergen die Geräusche meiner Stiefel nicht. Ich wirbele den Dolch zwischen meinen Fingern, während meine Sinne nach dem Geschöpf tasten, das die Halbgottsiedlung seit Wochen heimsucht.

»Wo bist du?«, murmele ich und passiere die verblassten

Malereien, welche Geschichten aus der hinduistischen Mythologie erzählen.

Ohne Vorwarnung wird die Stille von einem Summen durchbrochen, das dumpf und gleichzeitig so intensiv ist, dass mir mein Dolch beinahe aus der Hand gleitet. Ich wirbele herum. Nun erklingt ein Kreischen, das mir bis ins Mark geht. Das Gesicht der Todesfee ist direkt vor meinem, ihre Haare berühren meine Wange.

Ich will die Macht meines Vaters rufen, doch es gelingt mir nicht.

Ich will meinen Dolch heben, doch es gelingt mir nicht.

Ich will sie von mir stoßen, doch es gelingt mir nicht.

Stattdessen halte ich still, schreie innerlich, während sie ihre Lippen auf meine presst.

Der stumme Schrei brennt nach wie vor in meiner Kehle, als ich in eine sitzende Position fahre. Eiskalter Schweiß rinnt meinen Nacken hinab und über meine Wirbelsäule. Meine Finger, die ich in die Decke gegraben habe, zittern unkontrolliert. Mein Herz fühlt sich an, als würde es jeden Moment aus meiner Brust springen, und mein Puls rast schwindelerregend in meinen Ohren. Ich flüchte förmlich aus dem Bett, verheddere mich in der Decke und lande auf den Knien. Schmerz empfinde ich dabei nicht, rappele mich wieder auf und taumele ans Fenster. Gierig atme ich die Luft ein. Sie ist warm und bringt mir keine Linderung. Ich weiche zurück, meine Augen suchen den Raum ab, aber ich kann keine Tür entdecken, die in einen Waschraum führt. Schweiß rinnt nach wie vor über meinen Körper, und ich hebe mein Shirt an, um meine Stirn abzutrocknen. Es nützt nicht viel, weil der Stoff bereits durchtränkt ist.

Angewidert ziehe ich das Shirt aus, lasse es achtlos

zu Boden fallen. Bevor sich mein Verstand einschaltet, überquere ich den Flur und stehe kurz darauf in dem Raum, der Grave gehört. Ich sollte umdrehen, andererseits ist er selbst schuld – er hat mir ein Zimmer zugewiesen, mich nicht in eine Zelle gesteckt. Er kann nicht ernsthaft glauben, dass ich es nicht einmal versuchen würde ... Und was auch immer in dem Kräuterwasser war, das er mir gebracht hat, scheint zu helfen. Ich bin nicht mehr so entkräftet wie bei meiner Ankunft im Reich der Schatten.

Statt in den Baderaum zu gehen, den ich rechts von mir vermute, steuere ich auf den Sessel zu, auf welchem seine Kleidungsstücke liegen. Davor sinke ich auf ein Knie und lausche meiner Umgebung. Das Rasen meines Pulses ist leiser geworden, und ich vernehme entspannte Atemzüge, die zu Grave gehören. Ich taste alles ab, fasse in jede Tasche, allerdings stoße ich nicht auf die mit dem Blut der Todesfee gefüllten Phiolen. Lautlos erhebe ich mich, laufe zu einer Kommode und öffne die Schubladen, werde aber auch dort nicht fündig. Mein Blick wandert weiter, bleibt an dem Bett hängen, auf welchem ich die Umrisse einer Gestalt erkenne. Für eine Sekunde spiele ich mit dem Gedanken, die Truhe direkt am Bett zu durchsuchen, komme jedoch schnell wieder davon ab. Ich bezweifle, dass er dabei nicht aufwachen würde. Noch einmal schaue ich mich um, entdecke eine Jacke, die an der Wand hängt. Auch in ihren Taschen werde ich nicht fündig, was frustrierend ist. Andererseits hätte es mich auch gewundert, wenn er das Druckmittel gegen mich nicht richtig versteckt hätte.

Ich sollte in Betracht ziehen, ihn zu töten. Doch nur ein Feigling würde es versuchen, während er schläft. Noch dazu hat er mich verschont, als ich in einer Position war, in der ich mich nicht verteidigen konnte. Es kommen noch weitere Nächte. Ich weiß, dass ich das Gegenmittel zurückbekomme – es wiederbeschaffen *muss.* Ich schulde es den Halbgöttern, ihrer Zukunft und auch mir. Ich will mir selbst beweisen, dass ich meinen Aufgaben als Anführer gewachsen bin. Dass ich für die Halbgötter da bin, obwohl ich einen Teil von mir verloren habe.

Gerade will ich mich zurückziehen, um den Rest der Burg zu erkunden, wie Charon dieses Gebäude genannt hat, als ich eine weitere Tür entdecke. Sie befindet sich links vom Fenster und ist recht tief, weshalb der Knauf mir nicht sofort aufgefallen ist. Ich werfe einen schnellen Blick über die Schulter. Grave rührt sich nicht. Offenbar lag ich vorhin mit der Beobachtung richtig, dass auch er erschöpft ist.

Mein Arm streckt sich wie von selbst aus und ich drehe an dem Knauf. Ich halte die Luft an, doch die Tür gibt kein Knarzen von sich. Rasch trete ich ein und schließe sie hinter mir, als sich Fackeln an den Wänden entzünden. Eine Wendeltreppe führt nach unten und eine nach oben. Ich greife eine der Fackeln und entscheide mich, die Stufen zu nehmen, die hinaufführen.

Es erscheint mir, als würde ich eine Ewigkeit laufen, bis ich den Treppenabsatz erreiche und in einen Turm gelange. Meine Augen weiten sich überrascht. Ich hätte nicht damit gerechnet, dass mich ein Atelier erwartet. Auf einem Tisch steht eine Staffelei und überall im Raum verteilt befinden sich Gemälde. Der Maler hat keine Farben verwendet, lediglich Schwarz. Viele Bilder stellen Schatten dar, ähneln jenen an der Wand meines Zimmers. Auf anderen erkenne ich den See und das zerfallene Schloss, in welchem die Todesfeen leben. Doch am meisten stechen die Zeichnungen hervor, die einen Friedhof zeigen. Auf einigen sieht man zugewucherte

Mausoleen und Gräber, deren Steine schief aus dem Boden wachsen. Am meisten Aufmerksamkeit erregt ein Bild, auf welchem eine Frau vor einem ausgehobenen Grab liegt. Sie ist schön, obwohl sie nur aus schwarzen Pinselstrichen besteht. Neben ihr kniet eine geflügelte Göttin, zwei weitere ragen schräg hinter ihr auf. Da sie zu dritt sind, vermute ich, dass es sich um die Erinnyen handelt. Allerdings muss ich zwei Mal hinschauen, ehe ich realisiere, dass sie etwas aus dem aufgeschnittenen Bauch der am Boden liegenden Frau heben. Der Kopf und die kleinen Arme des Babys sind beim genaueren Betrachten auszumachen. Das Gesicht hat es verzerrt und den Mund zu einem Schrei geöffnet. Die Darstellung wirkt so real, dass ich den Laut förmlich hören kann und sich die Haare in meinem Nacken aufstellen.

»Morbide«, murmele ich. Wer denkt sich so etwas aus?

Während ich mich in Bewegung setze und weitere Abbildungen von Grabsteinen passiere, schießt mir ein Name durch den Kopf. *Grave.* Ruckartig halte ich inne, werfe einen Blick zurück. Ob diese Zeichnung seine Geschichte ist? Plötzlich erinnere ich mich daran, dass Charon die Erinnyen erwähnte. Die Zeichnungen scheinen die Bestätigung für ihre Verbindung zu Grave zu sein. Das ist eine wichtige Information, gleichzeitig bin ich nicht unbedingt scharf darauf, noch hier zu sein, wenn sie eintreffen. Ich kenne die Legenden über die Göttinnen, welche die personifizierte Rache sind. Und keine davon löst das Verlangen in mir aus, ihnen zu begegnen.

Ich trete an die Rundbögen, die über dem Geländer in Hüfthöhe beginnen und entdecke eine Art Terrasse. Ich zögere nicht lange und klettere durch einen der Bögen. Risse fressen sich durch die Steine, und ich überlege, ob sie stabil genug sind, um sie zu betreten, aber dafür ist es bereits zu spät.

Achtsam gehe ich einige Schritte, bevor ich mich der neuen Umgebung widme und der Ausblick jegliche Luft aus meiner Lunge presst. Es ist, als könnte ich den Himmel dieses Reiches berühren. Meiner Einschätzung nach befinde ich mich am höchsten Punkt der Burg. Sie hat zahlreiche Türme, Einbuchtungen und Balkone, über die sich dunkle Pflanzen schlingen, ähnlich den schwarzen Ranken, die Persephone erschaffen kann, seit sie ihre Kräfte des Frühlings gegen etwas Dunkleres eingetauscht hat. Die rußigen Steine sind so schief und versetzt angeordnet, dass ich mich ernsthaft frage, weshalb dieses sonderbare Konstrukt noch nicht zusammengestürzt ist.

Ich trete näher an die Kante der Plattform, fürchte nicht, wie weit es in die Tiefe geht. Das Reich der Schatten erscheint mir in dieser Sekunde endlos, und ich hätte nicht gedacht, dass etwas derart Farbloses so atemberaubend sein kann. In der Ferne glaube ich das Schloss der Todesfeen zu erahnen, und noch weiter dahinter liegt ein halbkreisförmiges Gebirge, welches sich höher als die Burg in Richtung Himmel reckt. Ansonsten besteht die Landschaft aus großen und kleinen Seen, steinernen Brücken, Hügeln, Steilklippen und Stränden. Überall bewegen sich die Schatten, und ich habe gehört, dass es die Toten sind, welche dieses Reich als ihre letzte Ruhestätte wählen. Auch einige Harpyien erkenne ich am Himmel. Ich würde gerne erfahren, ob noch weitere Wesen außer ihnen und den Todesfeen hier leben.

»Ich sagte ja – du glaubst, die Götter lieben dich.«

Erschrocken fahre ich herum und sehe Grave, der sich mit beiden Unterarmen an das Geländer lehnt. Die ruckartige Drehung sorgt dafür, dass ich für einen Moment aus dem

Gleichgewicht gerate und mich hastig einen Schritt vom Abgrund entferne.

»Am besten nicht runterfallen«, kommentiert Grave. »Ich will dich nicht umsonst gerettet haben.« Dann stützt er eine Hand ab und springt durch den Rundbogen. Trotz seiner Statur sind seine Bewegungen geschmeidig. Genau wie ich trägt er lediglich eine Hose, die tief auf seiner Hüfte hängt, als wäre sie in der falschen Größe geschneidert worden. Aus irgendeinem Grund fällt es mir schwer, ihn anzusehen, weshalb ich wieder nach vorn schaue und einzig aus den Augenwinkeln registriere, dass er neben mich tritt. Dabei streift er meine Schulter und ich weiche zur Seite. Die kurze Berührung hinterlässt dennoch ein Kribbeln auf meiner Haut.

»Du hast dich nur schlafend gestellt, oder?« Ich habe schon seit sehr langer Zeit keine Verlegenheit mehr empfunden – bis ich in die Unterwelt gekommen bin. Unbehaglich reibe ich mir über den Nacken und starre wieder in die Ferne.

»Mhm«, kommentiert Grave. Ich spüre überdeutlich, wie er mich von der Seite mustert. »Ich wollte herausfinden, ob du versuchen würdest, mich umzubringen. Gut zu wissen, dass es nicht der Fall ist. Aber ich dachte mir schon, dass du zu nett bist.«

Mein Kopf ruckt ungewollt in seine Richtung. Grave lächelt, als würde es ihm Zufriedenheit schenken. »Zu nett?!«

»Mhm«, macht Grave erneut, und die Weise, auf die er es betont, lässt mein Innerstes brodeln. »Zugegeben, deine Suche nach dem Blut in meinem Zimmer war auch nicht besonders kreativ. Aber immerhin konntest du allein aufstehen. Nach deiner Ohnmacht gestern ... da war ich mir nicht sicher, wie lange ich dich pflegen muss ...«

Meine Zähne knirschen. Es kostet mich die größte

Selbstbeherrschung, nicht meinen Arm auszustrecken und ihn in den Abgrund zu stoßen. Nachdem ich einmal tief durchgeatmet habe, besinne ich mich eines Besseren und schlage einen übertrieben höflichen Ton an. »Wollen das denn viele? Dich umbringen, meine ich.«

Er hebt eine Braue. »So in der Art.«

»Tatsächlich? Ich kann mir überhaupt nicht vorstellen, wieso.« Ich schenke ihm das arrogante Grinsen, das für gewöhnlich seine Mundwinkel ziert. *Zwei können dieses Spiel spielen,* verraten ihm meine Augen.

»Dabei hast du meine Zeichnungen so genau betrachtet – ich hätte dich für schlauer gehalten.«

GRAVE

Fuck. Warum habe ich das gesagt? Schlimm genug, dass er meine Zeichnungen überhaupt angeschaut hat – ich es zugelassen habe. Als hätte er in mein Innerstes geblickt. Weil ich endlich will – nachdem ich den Großteil meines Daseins mit den Toten im Styx und den Schatten dieses Reiches verbrachte –, dass jemand erkennt, wer ich wirklich bin. Dabei weiß ich, dass es ein gefährliches Verlangen ist. Ich hätte die Geschichte, welche die Leinwände erzählen, nicht bestätigen dürfen. Weshalb ausgerechnet vor diesem Fremden? Warum will ich, dass *er* mich sieht? Vielleicht werde ich tatsächlich leichtsinnig. *Die vergangenen zwanzig Jahre bist du davongekommen, aber Zeiten ändern sich.*

Das Lächeln, welches seine eisblauen Augen strahlen ließ, verschwindet aus seinem Gesicht und die Stimmung schwingt um. Wind und Schatten fahren durch sein schwarzbraunes Haar und der Hintergrund der Dämmerung kollidiert mit seiner hellen Haut. Er wirkt, als wäre er aus der Oberwelt –

oder auch vom Olymp – in die Hölle gefallen. Selbst die Narben, welche seine Brust und Schultern bedecken und von vergangenen Kämpfen sprechen, erwecken den Eindruck, als hätten Engel sie gezeichnet. Seine dichten dunklen Brauen sind zusammengezogen, wie vorhin, während er mich mustert, als würde er genauso wie ich versuchen, zu verstehen.

»Es tut mir leid«, raunt er schließlich. »Dass ich in deine Räumlichkeiten eingedrungen bin.« Er vergräbt seine Hände in den Hosentaschen. »Es geht mich nichts an.«

Für eine Weile halten wir dem Blick des anderen stand und mir entgeht nicht, dass er wieder als Erstes wegschaut – in die Ferne zu den Steilklippen blickt, wo ich an manchen Tagen Stunden verbringe.

»Du kannst es wiedergutmachen«, antworte ich.

»Was schwebt dir vor?«

»Verrate mir deinen Namen.«

Seine Mundwinkel zucken. »Nero.«

PROPHEZEIUNG DER SEHERIN VON DELPHI

Hört: Wie der Gesang der See verklingt.
Fühlt: Wie Feuer zu Eis gefriert.
Seht: Wie die Finsternis den letzten Blitz verschlingt und
ein Abgrund im Universum entsteht.
Er öffnet die Pforte zum ewigen Nichts, während schützende
Schwingen sich über uns legen. Es sind die Seele der Welt und
der Anbeginn der Zeit, die ihre Wache antreten. Doch finden
sie keine Erben, müssen Himmel, Hölle und Meere sterben.

6

DIE KREATUR,
DIE ICH EINST WAR

ARACHNE

Meine Neugierde und das brennende Verlangen, all das nachzuholen, was ich während meines Daseins als Spinne verpasst habe, werden mein Untergang sein. Wobei ich mich frage, ob man an einen tieferen Punkt als zu dem Verlies am Grund des Meeres gelangen kann, in dem ich mich in dieser Sekunde befinde. Einst wurde es errichtet, um Zeus und Chaos von der Erde und den Menschen fernzuhalten, denn beide sind derart zerstörungsbringend, dass sie nie wieder das Sonnenlicht erblicken sollten.

Selbst ich spüre in dieser Sekunde die erdrückende Macht des schwarzen Diamanten, mit dem die Wände ausgekleidet sind. Als würde mich seine Magie gefangen nehmen, obwohl ich unschuldig bin. »Viertausend Meter unter der Wasseroberfläche«, hatte Chaos zu mir gesagt, der diesem Verlies entkommen ist und mittlerweile auf unserer Seite steht. Seine Versuche, mir die Reise hierher auszureden, und auch die zweifelnden Blicke der anderen, allen voran Hunter, haben sich in mein Gedächtnis gebrannt.

Obwohl ich wie jeder von uns mit Schrecken konfrontiert wurde, die mich auf ewig heimsuchen werden, habe ich das Gefühl, dass ich von den meisten wie etwas Zerbrechliches behandelt werde. Vielleicht liegt es an meiner Größe und an meiner schmalen Gestalt, die keine Gemeinsamkeit mit der Spinne haben, zu der ein Fluch mich gemacht hatte. Einzig meine langen schwarzen Haare, die von weißen Fäden durchzogen sind wie Spinnweben, erinnern daran. Trotz Hunters Beschützerinstinkt, der von der alten Linie der Drakon abstammt und die Gestalt eines Drachen annehmen kann, habe ich mich nicht davon abhalten lassen hierherzukommen.

Es gibt so viel, das ich erleben will.

Es gibt so viel, das ich sehen will.

Die schönen und die grausamen Dinge, zu denen auch dieses Verlies gehört.

Dieser Körper ist meine zweite Chance, meine Zukunft, und der Fluch meine Vergangenheit.

Ich kann laufen und sprechen.

Ich kann reden, lachen weinen und ... einfach Ich sein. Wenngleich ich noch herausfinden muss, wer diese neue Version von mir ist. Schließlich bin ich längst nicht mehr das Mädchen, das vor Hunderten von Jahren versuchte, sich mit Athene zu messen. Heute wüsste ich es besser, als die Eitelkeit einer Göttin zu verletzen.

»Arachne.« Mein Blick schnellt nach vorn, und gerade sehe ich noch, wie Herakles um die Ecke verschwindet. Anders als Iason, der auf mich wartet und meinen Namen gesagt hat. Die beiden Helden, welche früher auf der Argos gesegelt sind und genauso vergessen sein sollten wie ich, haben in der großen Schlacht wie viele andere die Seite der neuen Götter gewählt. Womöglich wären sie mittlerweile in ihre Heimat, zum Palast der Titanen, zurückgekehrt, hätte unser Schicksal keine so unvorhersehbare Wendung genommen. In einem vollkommen sorglosen Moment, in welchem wir eigentlich feiern wollten, wurde von Ava, der Seherin von Delphi, eine Prophezeiung gesprochen. Worte, die erklären, weshalb die Erde in jener Nacht wankte. Denn wenn wir die Weissagung richtig deuten, sind alle drei einstigen Herrschergötter tot. Die Säulen, die diese Welt zusammenhielten.

Poseidon starb bereits vor über zweihundert Jahren, zu Zeiten des heißen Krieges, und Hades ist ihm vor wenigen Monaten gefolgt. Zeus hingegen sollte am Leben sein. Entkräftet – ja. Aber dennoch am Leben. Um seinem Tod auf den Grund zu gehen, sind wir hier. In diesem Verlies.

Plötzlich ist es, als würde mich ein eiskalter Strom umfließen und ich reibe mir fröstelnd über meine Arme. Erst in dieser Sekunde kann ich ansatzweise nachvollziehen, wie es für Chaos gewesen sein muss, hier eingesperrt zu sein. Lebendig begraben unter Tonnen von Wasser und schwarzem Gestein. Kein Wunder, dass er nach seinem Entkommen auf Rache aus war, bevor die Liebe einen Teil seines Zerstörungsdrangs gezügelt hat.

»Arachne.« Heftig zucke ich zusammen, als Iason ein weiteres Mal meinen Namen sagt. Seine hellgrauen Augen mustern mich besorgt, stellen mir die stumme Frage, ob ich hier warten oder gar umkehren will.

»Ich komme«, bringe ich eilig über die Lippen. Das Letzte, was ich will, ist ihn und Herakles aufzuhalten, nachdem ich mich förmlich aufgedrängt habe, sie zu begleiten.

Kurz darauf schließe ich zu Iason auf. Als wir die Treppe, die augenscheinlich hinab in den eigentlichen Gefängnistrakt führt, erreichen, überläuft mich ein weiterer eisiger Schauer. Tief atme ich durch und dränge meine Angst zurück. Entschieden setze ich einen Fuß vor den anderen, wobei es mir nach wie vor wie ein Wunder erscheint, zwei Beine zu haben. Wie die Erfüllung eines lang ersehnten Wunsches.

»Und?«, fragt Iason an Herakles gerichtet, während er mir über eine weggebrochene Stufe hilft. »Ist Zeus tatsächlich tot?« Ich richte meinen Blick nach vorn, erkenne die Aschehaufen auf dem Boden, die offenbar einst die Streben der Zelle waren.

»Schwer zu sagen«, erwidert Herakles, der vor einer Pritsche kniet. »Sollte er es sein, so ist der Leichnam fort.«

»Gibt es etwas Schöneres, als schlechte Neuigkeiten zu überbringen?«, brummt Herakles, der auf mich stets einen missmutigen Eindruck macht.

»Immerhin können wir Neuigkeiten überbringen«, meint Iason. »Stell dir vor, Zeus wäre quicklebendig in seiner zerstörten Zelle gewesen …« Er macht eine dramatische Pause. »In der Vergangenheit hatte ich eine Begegnung mit ihm und seinen Blitzen. Es ist mir nicht als angenehmes Erlebnis in Erinnerung geblieben.«

Während wir die Stufen des Sandpalastes erklimmen, der im Herrschaftsgebiet der neuen Götter liegt, und die beiden weiter über Zeus reden, schwirrt mir erneut die Prophezeiung durch den Kopf. Himmel, Hölle und Meere werden sterben, wenn keine Erben für die Throne gefunden werden, welche die drei Brüder leer hinterlassen haben. Zwar habe ich nicht an den Worten der Seherin und an Zeus' Tod gezweifelt, doch die verwaiste Pritsche zu erblicken … die Streben zu sehen, welche zu Staub zerfallen sind …

Noch immer ist mein Körper von einer Gänsehaut bedeckt. Jemand muss vor uns dort gewesen sein. Der Gott der Blitze ist nicht von allein gestorben. Auch die Vorstellung, dass jemand seinen Leichnam mitgenommen hat, löst Unbehagen in mir aus. Warum? Was hat all das zu bedeuten?

Unsere Schritte hallen von den Wänden wider, als wir den Eingangsbereich hinter uns lassen und den Korridor durchqueren, der von zahlreichen Gemälden gesäumt wird. Obwohl die Gänge mir mittlerweile vertraut sein sollten, erscheint mir dieser Ort nach wie vor wie ein Labyrinth. Würde Hunter, der als Drakon über einen ausgezeichneten Orientierungssinn verfügt, mich nicht so häufig begleiten, hätte ich mich schon unzählige Male verlaufen.

Alle Augen der Anwesenden richten sich auf uns, als Herakles, bei dem ich vermute, dass er seine Kräfte manchmal unterschätzt, die Doppeltür zum Speisesaal mit einem Knall aufstößt. Da die Aufmerksamkeit mir unangenehm ist, zupfe ich nervös an meinem Rock, den ich seit den Feierlichkeiten und Avas Prophezeiung trage. Automatisch betrachte ich dabei meine Hände, denn in Momenten wie diesem ist es stets, als würde jemand die Zeit anhalten. Ich kann jeden einzelnen Finger bewegen und den Stoff meiner Kleidung spüren. Ich stecke in *meiner* Haut – und nicht in dem klobigen behaarten Leib der Spinne.

»Wie ist es gelaufen?«, fragt Hunter, der an meiner Seite aufgetaucht ist, sanft meinen Unterarm umfasst und mich in Richtung der großen Tafel lotst, an welcher die anderen Bewohner des Sandpalastes sitzen und bereits wieder wild durcheinanderreden. Manchmal überfordert es mich, so viel Gesellschaft zu haben, und dann vermischen sich die vielen Stimmen zu einem einheitlichen Summen.

»Wir wurden nicht vom Blitz getroffen«, spreche ich das Erste aus, was mir in den Sinn kommt. Kurz verziehe ich mein Gesicht, weil die Antwort albern klingt.

»Das sehe ich«, kommentiert Hunter grinsend und rückt einen Stuhl für mich zurecht, damit ich Platz nehmen kann.

»Ich habe in den vergangenen Wochen so vielen Gesprächen gelauscht, dass ich gar nicht mehr weiß, welche Gedanken zu mir und welche Worte zu jemand anderem gehören«, murmele ich.

»Und wenn man zu häufig in Herakles' Gesellschaft ist, kommt nichts Gutes dabei heraus«, wirft Flame ein und blinzelt mir zu. Mit einem Dolch, dessen Klinge einzelne Funken versprüht, die sich in Regentropfen aus Asche verwandeln, ritzt sie etwas in die Oberfläche des Tischs. Insgeheim nenne ich sie stets das Feuermädchen, weil alles an ihr die Hitze und die Flammen verkörpert, von der sie die Erde befreit hat.

»Hey«, beschwert Iason sich und lässt sich ebenfalls auf einen Stuhl fallen. »Das mit Zeus und den Blitzen stammte von mir.« Nachdenklich reibt er sich über den Hinterkopf. »Was ich sehr passend und humorvoll finde.«

»Dein Humor ist zusammen mit der Argos im Meer versunken«, mischt Herakles sich ein und wirft sich eine Handvoll Trauben in den Mund, ignoriert dabei geflissentlich Flame, da zwischen den beiden irgendeine Fehde herrscht. Gedanklich mache ich mir die Notiz, endlich Genaueres über Herakles' und Iasons Abenteuer nachzulesen. Der Sandpalast verfügt über eine riesige Bibliothek, doch vermutlich wird es eine Weile dauern, bis ich wieder zum Vergnügen lesen kann. Schließlich müssen wir uns erst der Realität stellen, woran uns Hale – einer der neuen Götter, dem der Sandpalast gehört – erinnert, indem er in die Hände klatscht und unsere Aufmerksamkeit auf sich lenkt. Er befindet sich am Ende der Tafel. Neben ihm ist Persephone, die ehemalige Königin der Unterwelt.

»Zeit für eine Lagebesprechung.« Sein Blick wandert über Iason, Herakles und mich, ehe seine Stirn sich in Falten legt. »Allerdings sind wir nicht vollzählig.«

Flame steht auf und zieht Dark, ihren Partner, mit sich hoch. »Wir holen Mortem und die anderen Drakon.«

Abermals werde ich von Nervosität geflutet und meine Fingernägel graben sich durch den Stoff meines Rocks in meine Oberschenkel.

»Bald kannst du ein Bad nehmen und dich umziehen«, raunt Hunter mir zu, der meine Geste anders gedeutet hat. Und obwohl ich mich mittlerweile nach einem Bad sehne, werden meine Gedanken in dieser Sekunde nicht davon bestimmt. Stattdessen sehe ich pechschwarze Iriden vor meinem inneren Auge, die mir eine Gänsehaut bereiten. Dennoch nicke ich, weil es leichter ist, als meine wahre Gefühlslage zu erklären. Gleichzeitig werde ich von einem Scheppern gerettet, das aus einiger Entfernung an mein Ohr dringt.

»Entschuldigt – aber ich kann mich nicht erinnern, Euch hereingebeten zu haben«, hören wir Fergus, Hales Berater, zetern.

Hale seufzt abgrundtief. »Was ist jetzt schon wieder los«, murmelt er und durchquert in großen Schritten den Saal.

Während er aus unserem Sichtfeld verschwindet, kehren Flame und Dark zurück. Mortem ist direkt hinter ihnen und ein Schauer rinnt über mein Rückgrat, weil seine Anwesenheit mir Unbehagen bereitet. Er ist der Drakongott der Toten, der ursprünglich über Elysion, die Insel der Seligen, herrschte. Eine Art Paradies, in das ein jeder Drakon einzieht, sobald er stirbt.

Mortem selbst ist ziemlich einschüchternd und der Grund für meine innere Unruhe, seit Flame seinen Namen fallen gelassen hat. Instinktiv weiche ich seinem Blick aus, als er mir gegenüber Platz nimmt. Im Gegensatz zu den anderen seiner Art, deren Pupillen sich lediglich bei der Wandlung verformen, sind seine immer reptilienartig – und schwarz wie Pechstein. Sein Haar ist so dunkel wie seine Augen, bloß an den Spitzen erinnert es an den Mond. Sein gesamter Körper ist mit Tätowierungen überzogen, die eine Karte von Elysion zeichnen.

Der Tod von Zeus, der das Ende des Herrschergeschlechts der alten Welt einläutete, hat ihn aus Elysion auf die Erde geholt. Als Ava die Prophezeiung sprach, ist auf dem Meer vor dem Sandpalast die Insel der Seligen erschienen. Umgeben von einem Sturm und den tosenden Wellen wurde Mortem in die Luft gerissen und sein Körper von einem Blitz erhellt. Avas Weissagung hat ihm die Aufgabe als Anbeginn der Zeit zugeschrieben. Chaos, die Seele der Welt, und der Drakongott sind nun die Säulen, welche die Welt aufrechthalten, bis die Erben für Himmel, Hölle und Meere gefunden werden. In jener Nacht gelang es Dark und Hale nur mit Mühe, Mortem an Land zu holen. Außerdem war er bewusstlos, aber langsam scheint er wieder zu Kräften zu kommen. Allerdings ist er bisher vielmehr ein stummer Beobachter und spricht eigentlich nur mit dem Feuermädchen.

»Was haben wir verpasst?«, fragt Flame, die Hales Fehlen sofort bemerkt. Aufmerksam huschen ihre Augen durch den Raum. Eines hat die Farbe von Asche, das andere gleicht dem Nektar der alten Götter, ist golden mit rubinroten und saphirblauen Tupfern.

Wie zur Antwort kehrt Hale zurück, neben ihm läuft eine fremde Frau. »Lachesis«, sagt Persephone überrascht. Offenbar kennen sie sich.

»Sie ist eine der drei Schicksalsgöttinnen«, erklärt Flame, die meinen fragenden Gesichtsausdruck bemerkt hat. Mortem hat sich uns ebenfalls zugewandt und ich ziehe den Kopf ein, als ich seinen Blick auf uns spüre.

»Na«, begrüßt Flame Lachesis, sobald sie unseren Tisch erreicht. »Ist in der Unterwelt die Hölle los?«

Bei ihren Worten prustet Hunter neben mir in sein Glas Wasser und spritzt mich damit nass. Auch Mortem treffen einige Tropfen, doch er verharrt vollkommen reglos, macht keine Anstalten, sie fortzuwischen. Sonderbar. Sein Verhalten ist sonderbar und nicht vorhersehbar.

»Wir haben einen Gast aus der Unterwelt«, bestätigt Hale und winkt den Halbgott Cato und Sohn des Okeanos sowie die Seherin von Delphi, die in einiger Entfernung auf einer Chaiselongue gesessen haben, zu uns heran. Dann bietet er Lachesis einen Platz an. »Offenbar waren die Geschehnisse in der Nacht der Prophezeiung bis in die Hölle zu spüren.«

LACHESIS

Die Luft in der Oberwelt ist anders. Leichter. Kühler. Nicht von Rauch durchtränkt. Und trotzdem vermisst ein Teil von mir bereits die Unterwelt.

Oder Hypnos, raunt Klothos wissende Stimme mir zu. Obwohl sie nicht hier ist, weiß ich ganz genau, was sie sagen würde, wenn sie in dieser Sekunde an meiner Seite wäre.

Der Abschied von meinen Schwestern und von Hypnos ist mir nicht leichtgefallen. Sobald ich die Hölle verlasse, ist es stets, als würde uns ein ganzes Universum trennen. Ein eigenartiges Gefühl der Leere, als hätte ich ein Stück von mir dabei vergessen. Dennoch weiß ich, dass das hier wichtig ist. Für eine Zukunft, die nur der Lebensbaum kennt.

»Wir sollten uns kurz auf den gleichen Stand bringen, bevor Iason und die anderen berichten, was sie im Verlies vorgefunden haben«, holt Hale, der Gott der Hoffnung und des Lichts, mich aus meinen Gedanken.

»Eher, was wir nicht vorgefunden haben«, wispert eine Frau mit langem tiefschwarzem Haar und so blasser Haut, dass es wirkt, als würde auch sie aus der Hölle stammen. Die weißen Fäden in ihrem Haar sehen aus wie frisch gewebt, und ich bin mir sicher, dass sie die ehemalige Spinne Arachne ist. Doch ihr Äußeres erscheint zerbrechlich und zart – das komplette Gegenteil der Kreatur, die sie einst war.

»Kann man ihr vertrauen?«, murmelt der Mann, der neben ihr sitzt. Seine turmalingrünen Iriden, die sich in dieser Sekunde reptilienartig verformen, bezeugen, dass er zur Art der Drakon gehört.

Unbehagen flutet mich, weil deutlich ist, dass er mich meint. Deshalb fühle ich mich wie ein unwillkommener Gast, bis Flame ihm ein »Ja« zuzischt. »Sie hat uns bereits zwei Mal geholfen.« Kurz ziehe ich in Erwägung, so zu tun, als hätte ich von dem Austausch nichts mitbekommen, aber dann trifft mich ihr Blick und ich lächele ihr dankbar zu. Anschließend rolle ich meine Schultern zurück und nehme automatisch eine aufrechtere Haltung ein, ehe ich mich wieder Hale zuwende und nachhake, was in der Oberwelt geschehen ist. Ob die Erde, genau wie die Hölle, vor wenigen Nächten gebebt hat.

Es ist die Seherin von Delphi, die auf meine Fragen eingeht und meine Vermutungen – und meine Befürchtungen – bestätigt. Mir auf einer Pergamentrolle die Prophezeiung zeigt, die sie gesprochen hat. Tief atme ich durch, bevor ich berichte, was sich bei uns zugetragen hat. Dabei schweift meine Aufmerksamkeit mehr als einmal zu Persephone. Zum einen, weil ich überlege, wann sich der passende Zeitpunkt für ein Gespräch unter vier Augen ergibt, und andererseits darüber nachdenke, wie sie meine Anwesenheit empfindet. Wie es für sie ist, ein Stück ihrer Vergangenheit vor sich zu sehen. Doch aus ihrer Miene kann ich keine Gefühlsregung ableiten. Es gibt Gerüchte, dass Hades sie so sehr gebrochen hat, dass sie, außer ihren schmerzenden Narben, die ihr Gesicht bedecken, nichts mehr spürt.

»Also war Zeus' Körper nicht mehr in seiner Zelle?«, vergewissert sich Flame bei Arachne, nachdem ich Nyx' Ansprache auf dem Platz vor dem Knochenpalast wiederholt habe und alle für einen Moment in Schweigen verfallen sind. »Hat die Urgöttin ihn tatsächlich getötet und mitgenommen?«

»Wir haben keinen Leichnam gefunden«, bestätigt Arachne.

»Auch kein Blut oder Hinweise auf einen Kampf«, ergänzt der Mann, von dem ich im Gesprächsverlauf erfahren habe, dass er Iason ist. Den Geschichten zufolge hatte er genau wie Herakles den Palast der Titanen für seine Ewigkeit auserwählt – ein abgeschiedener Ort, an dem die vergessenen Titanen, Götter und Helden leben.

»Von Hades' Körper fehlt ebenfalls jede Spur.« Innerlich zucke ich zusammen, als der Satz über meine Lippen kommt. Es ist mir unangenehm, vor Persephone über Hades zu reden, obwohl ihre Miene kühl und ausdruckslos ist.

»Was ist damals mit Poseidons Leichnam passiert?«, wende ich mich an den Titan Prometheus. Er ist mit Apate, Hypnos' und Thanatos' Halbschwester, verlobt, die uns dabei geholfen hat, Hades' Leichnam mit einer Illusion zu verbergen. Da die Daimonin, die nun ein Leben in der Oberwelt führt, nicht in dem Versammlungssaal anwesend ist, gehe ich davon aus, dass sie sich mit ihrer gemeinsamen Tochter in ihre Gemächer zurückgezogen hat.

»Ich habe ehrlich gesagt keine Ahnung. Okeanos, der Titan des Urstroms, der mit ihm zusammen starb, erhielt eine Wasserbestattung. Doch an Poseidon kann ich mich nicht erinnern.«

»Falls Poseidon beigesetzt wurde, war ich nicht dabei«, meint auch Dark.

»Bei allen Gorgonen«, wispert Arachne. »Bin ich die Einzige, die es gruselig findet, sollte jemand alle Leichname der Herrschergötter der alten Welt gesammelt haben?«

»Nicht irgendwer. Nyx.« Zum ersten Mal, seit sie zur Begrüßung meinen Namen ausgesprochen hat, meldet sich Persephone zu Wort. »Aber ihre Krönung wird keinerlei Bedeutung haben.«

»Was meinst du damit?«, hakt der Drakon mit den turmalingrünen Iriden nach, der scheinbar Schwierigkeiten hat, alle Informationen zu verdauen.

»Die Prophezeiung spricht eindeutig davon, dass Zeus', Hades' und Poseidons Erben gefunden werden müssen. Die drei Säulen dieser Welt sind weggebrochen und sollen wiederhergestellt werden.«

»Doch wenn die Göttin der Nacht sich den Platz einfach nimmt?«

»Ich glaube nicht, dass es so leicht ist«, wirft Flame ein. »Nyx mag sich selbst als jemanden sehen, der vom Schicksal erwählt wurde, aber sie ist mit keinem der drei ehemaligen Herrschergötter blutsverwandt.« Sie runzelt die Stirn. »Tatsächlich hat Hades überhaupt keine Nachfahren.«

Herakles lacht. »Vielleicht bist du die Erbin.«

»Nein«, antworten Flame und ich gleichzeitig.

»Das ist so nicht ganz richtig«, murmele ich, als sich die Aufmerksamkeit aller Anwesenden wieder auf mich richtet. »Dass Hades keine Nachfahren besitzt.« Für einen Moment überlege ich, ob es ein Fehler ist, andererseits ist es kaum möglich, Graves Existenz zu verschweigen. Vor allem dann nicht, wenn es bereits eine Prophezeiung über ihn gibt und er uns näher an unser Ziel bringt. Schließlich ist das hier größer als die Hölle, weil auch Himmel und Meere – und somit die gesamte Erde – betroffen sind. Deshalb hole ich tief Luft und erzähle den Anwesenden von Styx' und Hades' Sohn, der Anspruch auf den Thron der Hölle hat.

Nachdem ich mein Wissen über Grave geteilt habe, legt sich ein schweres Schweigen über uns. In den meisten Gesichtern lese ich Fassungslosigkeit – vielleicht, weil Hades' Besessenheit von Persephone über die Grenzen der Hölle hinaus bekannt war. In dieser Hinsicht war er das komplette Gegenteil seines Bruders Zeus, der stets die Gesellschaft mehrerer Frauen bevorzugte. Vermutlich erscheint es aus diesem Grund nahezu unmöglich, dass Hades sich mit einer anderen Göttin eingelassen hat.

Zwischen Flame und der ehemaligen Königin der Unterwelt findet ein stummer Blickwechsel statt. Leicht bewegt Persephone den Kopf, signalisiert damit, dass sie nichts von alledem wusste.

Da niemand den Eindruck erweckt, das Wort ergreifen zu wollen, räuspere ich mich. »Um es auf den Punkt zu bringen«, versuche ich meine Gedanken zu ordnen. »Die drei Herrschergötter der alten Welt sind tot. Jemand hat ihre Leichname eingesammelt – zumindest definitiv die von Zeus und Hades. Wir nehmen an, dass Nyx dahintersteckt. Nun ist aber die Frage, was sie mit ihnen will ...« Unschlüssig nage ich an meiner Unterlippe, bis mir einfällt, was ich bisher unerwähnt gelassen habe. »Ich habe außerdem eine Vereinbarung mit Grave geschlossen. Er wird über die Rachegöttinnen herausfinden, wohin Hades' Körper gebracht wurde und was Nyx' Pläne sind – vor allem in Bezug auf die Magierin Helena.«

Flames Brauen schnellen in die Höhe. »Ein Handel mit Hades' Sohn. Ich hoffe, der Preis war nicht zu hoch.«

Ein flaues Gefühl breitet sich in meinem Bauch aus. »Warum sagen das alle?«

»Es ist kein gutes Zeichen, dass Nyx eine Hexe auf ihrer Seite hat. Schon gar nicht, wenn diese Dunkelmagie praktiziert«, merkt Persephone an. »Aus welchem Grund hat sie die Krönung erst in drei Feuermonden angesetzt?«

»Hypnos sagte, sie sei auf der Suche nach dem königlichen Zepter. Dem Herrschaftssymbol der Unterwelt.«

»Das Zepter wurde von Hephaistos geschmiedet«, überlegt Prometheus. »Genau wie der Dreizack von Poseidon und Zeus' Donnerkeil.«

»Für den Kampf gegen die Titanen«, ergänzt Chaos, der bisher geschwiegen hat, und reibt sich über sein Kinn. Ich bin ihm noch nie derart nah gewesen, und bei seinen Bewegungen, die raubtierhaft wirken, würde ich am liebsten mehr Abstand zwischen uns bringen, als der Tisch, an dem wir sitzen, mir bietet. »Die drei Brüder banden einen Teil ihrer Macht an die Gegenstände und man nannte sie fortan ›die Königswaffen‹. Damals brauchte es ein starkes Himmelsereignis, um ihre Kräfte freizusetzen. Es war eine hybride Sonnenfinsternis, wenn ich mich richtig erinnere.«

»War es«, stimmt Prometheus ernst zu. »Auch ich erinnere mich daran, obwohl ich sie lediglich aus der Ferne beobachtet habe.«

»Ich kann gar nicht glauben, wie alt ihr alle sein müsst, um das miterlebt zu haben.« Feixend lehnt der Halbgott Cato sich zurück und legt seinen linken Arm um die Seherin, die ihren Kopf an seine Schulter lehnt.

»Du solltest froh darüber sein«, antwortet Hale. »Es würde uns sehr viele Stunden in der Bibliothek kosten, hätten wir dieses Wissen nicht durch einige Anwesende.«

Prometheus schnaubt. »Fühlt sich nicht wie ein Kompliment an, auf diese Weise nützlich zu sein.«

»Doch wo könnten sich Zepter, Dreizack und Donnerkeil nun befinden?« Flame stößt einen Fluch aus, als sie mit ihrem Dolch an der Tischkante abrutscht und in der letzten Sekunde verhindert, sich mit der glühenden Klinge zu schneiden.

»Und woher hat Nyx Kenntnis davon, welche Rolle diese Königswaffen womöglich spielen?«, ergänzt Herakles.

»Ist ein Zepter überhaupt eine Waffe?«, erkundigt sich Iason. »Mir scheint, Hades hat wie immer den Kürzeren gezogen.«

»Wie auch der Donnerkeil und der Dreizack besitzt das Zepter magische Kräfte«, erklärt Persephone. »Für denjenigen, dem es gehorcht, kann es durchaus eine tödliche Waffe sein.« Ihr Blick wandert durch den Saal. »Und zu dem Warum: Wie Lachesis bereits sagte, ist das Zepter das Herrschaftssymbol der Unterwelt – so wie der Dreizack für die Meere und der Donnerkeil für den Himmel. Aber es könnte auch noch einen anderen Grund geben, aus dem Nyx danach sucht. Schließlich ist es nicht so leicht, Urgötter zu töten – mithilfe der Königswaffen ist es möglich. Okeanos – beispielsweise – ist Zeus' Donnerkeil zum Opfer gefallen. Und er stammt in der Linie der Urgötter von Uranos ab.«

Zustimmendes Gemurmel erklingt und Prometheus

räuspert sich. »Es ist kein Hexenwerk, dass Nyx von alldem erfahren hat. In den Archiven von Delphi gibt es zahlreiche Aufzeichnungen darüber, was mit der Erde passiert, wenn die drei Herrschergötter sterben.«

Hale nickt und reibt sich über die Augen, kann seine Erschöpfung nicht verbergen. »Es hatte durchaus seine Gründe, warum wir das Unterwasserverlies erschufen und uns dazu entschieden, weder Zeus noch Chaos zu töten.«

Letzterer gibt ein Schnauben von sich. »Hätte ich gern gesehen, wie ihr das versucht.«

»Ich nicht«, raunt die rothaarige Frau, die neben ihm sitzt und sanft seine Hand umschließt, woraufhin seine Gesichtszüge weicher werden.

»Seit dem Kampf der Titanen gegen die Olympier haben verschiedene Seherinnen über die Jahrhunderte hinweg Weissagungen über die Herrschergötter der alten Welt gesprochen«, erklärt Prometheus. »Die Königswaffen spielten dabei oft eine zentrale Rolle. Eine von ihnen besagte, dass Donnerkeil, Dreizack und Zepter im Falle des Todes von Poseidon, Hades oder Zeus zum Ursprung der Macht des jeweiligen Gottes zurückkehren, um eines Tages in die Hände der Erben überzugehen. Nur bei den Nachfolgern können sie ihre Kräfte vollständig entfalten.« Er runzelt die Stirn und seufzt. »Rückblickend ist es vermutlich ein wenig töricht, dass wir uns nicht richtig auf diese Situation vorbereitet haben. Allerdings hielt zumindest ich es für recht unwahrscheinlich, dass alle drei Brüder sterben.«

»Wählten die meisten Halbgötter deshalb ein zurückgezogenes Leben im Dschungel?«, fragt die Seherin, die den Titan aufmerksam beobachtet.

»Ja«, bestätigt Prometheus. »Einige Inhalte der Prophezeiungen wurden von Delphi aus in die Welt getragen. Gerade anfangs haben sie unter den Göttern für Aufruhr gesorgt. Viele nahmen an, dass mit den Erben Halbgötter gemeint sind. Abkömmlinge von Zeus, Poseidon und Hades. Eine Zeit lang wurde eine regelrechte Jagd auf sie veranstaltet.«

»Und es wurden immer weniger Halbgötter gezeugt«, murmelt Cato. »Aber Grave ist kein Halbgott ... wenn er der Sohn von Styx und Hades ist, die beide durch und durch göttlich sind.«

»Es kommt in der Geschichte nicht selten vor, dass sinnlose Morde begangen wurden, weil jemand fehlgeleitet war«, merkt Prometheus an, während ich überlege, ob es im Umkehrschluss bedeutet, dass die Mütter von Poseidons und Zeus' Erben ebenfalls Göttinnen sind.

»Also müssen wir lediglich diese Königswaffen lokalisieren und die Erben finden«, meint Iason. »Klingt fast nach einem Kinderspiel.«

Flame schnaubt belustigt, während ich den Mut fasse, mich direkt an Persephone zu wenden. Es ist schwierig, sich nicht auf die zornigen Narben zu konzentrieren und sie mit dem Mädchen in Einklang zu bringen, das Blumen im Haar trug, die den Duft des Frühlings verströmten, während ihr heutiges Antlitz ein Abbild der Dunkelheit und der Unterwelt ist, der sie eigentlich den Rücken zugekehrt hat. »Vielleicht können wir noch ein Gespräch unter vier Augen führen?«, bitte ich die ehemalige Königin. Für das Überleben der Hölle hoffe ich, dass Hades ihr nicht nur den Weg zu seinem Herzen gezeigt hat, sondern sie womöglich auch weiß, wo sich das Zepter – der Ursprung seiner Macht – befindet.

7

SCHMERZ ODER LUST

ALECTO

Die Spitze meines Stiefels verhakt sich in einer der zahlreichen Wurzeln, die sich wie ein Spinnennetz über den Boden fressen. Ich stolpere nach vorn und schlucke den Fluch, der auf meiner Zunge liegt, herunter. Meine Handinnenflächen schaben auf, als ich mich an einem der Grabsteine abfange. Er ist mit Moos bewachsen, was die einstige Schrift darauf unkenntlich macht.

Manchmal denke ich, dass ich diesen Friedhof besser als meine beiden Schwestern kenne, doch heute Nacht flutet Nervosität meine Adern. Vielleicht, weil ich bald selbst unter einem dieser Steine liegen werde, sollte man mich erwischen. Schließlich stehe ich als eine der Erinnyen im Dienst der Urgöttin, und meine Absichten sind mit Verrat gleichzusetzen. Seit Nyx' Verkündung vor dem Knochenpalast hatten meine Schwestern und ich keine ruhige Minute. Zum einen, weil wir immer neue Aufträge von der Urgöttin bekommen, zum anderen, weil die Daimonen unruhig sind und es zum ersten Mal seit einer Ewigkeit in der Geschichte der Hölle Aufstände gibt. Trotzdem haben wir unser Versprechen gegenüber Grave nicht vergessen – herauszufinden, wohin Hades' Leichnam verschwunden ist und mehr über Nyx' Pläne in Erfahrung zu bringen. Er ist zu einem Teil der Grund, weshalb wir nach wie vor für sie arbeiten. Es ist wichtig, nah an der größten Bedrohung zu sein. Dennoch haben wir die Göttin der Nacht auch unterschätzt. Schließlich hat sie ungeachtet ihrer Hetzreden seit Jahrhunderten in derselben Position verharrt, und ich glaube, weder Tisi, Meg noch ich wären auf die Idee gekommen, dass sie die Unterwelt verlassen würde, um Zeus zu töten. Mit dieser törichten Handlung hat sie womöglich das Ende der Hölle heraufbeschworen. Um das zu wissen, muss ich nicht einmal in den Kopf von einer der Schicksalsgöttinnen schauen. Mir ist nicht entgangen, dass Lachesis Grave während Nyx' Ansprache beobachtet hat, und ich frage mich, ob die Moiren etwas mit Graves Interesse an Hades' Leichnam zu tun haben.

Rasch gehe ich hinter einem der höheren Grabsteine in Deckung, als ich die Stimmen von Nyx und der Magierin Helena vernehme. Darauf bedacht, dass man nicht einmal meinen Atem vernimmt, presse ich meinen Mund an meine rechte Schulter. Die Urgöttin glaubt, dass meine Schwestern und ich uns in diesem Moment im Reich des grausamen Todes aufhalten, in Wahrheit sind lediglich Megaira und Tisiphone dort. Für gewöhnlich haben jene, die zu Nyx' engerem Kreis gehören und für sie arbeiten, keine besonders lange Lebensdauer. Mit uns kommt sie zurecht, weil wir ihre Aufträge ohne Zögern und ohne Fragen ausführen. Weil wir die Maske von grausamer Gleichgültigkeit perfektioniert haben. Dabei ist es uns nicht egal, was mit der Hölle passiert. Wir sind nicht daran interessiert, in einen sinnlosen Krieg gegen die Oberwelt zu ziehen.

Als Nyx und die Magierin, von der ich nicht weiß, was

ich von ihr halten soll, da sie förmlich aus dem Nichts in Nyx' Reihen aufgetaucht ist, dem Pfad nach links in Richtung der Mausoleen folgen, erhebe ich mich langsam aus meiner geduckten Haltung. Der tief hängende Nebel bietet mir und meiner dunklen Kleidung Schutz, allerdings leuchten meine roten Haare wie ein Warnsignal, weshalb ich mir die Kapuze tiefer ins Gesicht ziehe.

Ihre Stimmen sind nun leiser, die gesprochenen Worte kann ich nicht länger verstehen. Rasch schlängele ich mich zwischen zwei knorrigen Bäumen hindurch und unterdrücke einen angeekelten Laut, als ich versehentlich durch ein Spinnennetz laufe. Das haarige kleine Biest, das daraufhin auf meiner Schulter landet, schnippe ich mit Daumen und Zeigefinger in die Finsternis. Dann folge ich dem Weg, welcher rechts von Nyx' und Helenas Pfad verläuft. Schon oft haben wir beobachtet, wie die beiden sich davonschleichen, allerdings meist ins Zentrum des Reichs des Nebels und der Nacht, das weder meine Schwestern noch ich jemals betreten haben. Deshalb hatte ich nie angenommen, dass neben den Toten andere Geheimnisse auf dem Friedhof lauern, der mir so vertraut ist. Ob Hades' Leichnam in einem der Mausoleen untergebracht ist? Ich kann es mir kaum vorstellen, da der Friedhof sich so nah am Eingang des Reiches befindet, zwar abschreckend – aber nicht gut verborgen ist.

Ich passiere die Tür zu einem unterirdischen Grab-kammersystem und knicke erneut auf einer Wurzel um. Verärgert beiße ich auf meine Unterlippe, kann nicht glauben, wie unachtsam ich ausgerechnet heute bin. Allerdings habe ich in den vergangenen Nächten nie mehr als zwei Stunden am Stück geschlafen, noch dazu auf den Vorsprüngen der Fassade des Knochenpalastes. Ein lächerliches Symbol, eine Mahnung der Urgöttin, dass ihre Vollstreckerinnen jene beseitigen werden, welche gegen ihre Ankündigung, die neue Herrscherin zu werden, aufbegehren. Nun ja, für die Betroffenen mag es wohl weniger lächerlich wirken, schließlich haben meine Schwestern und ich einen gewissen Ruf.

»Was ist euer Ziel?«, wispere ich so leise, dass nur der Nebel es hören kann. Mittlerweile sind wir derart tief vorgedrungen, dass ich nicht einmal mehr das Rauschen des Kokytos vernehme. Die Äste der Bäume streichen wie knochige Finger mein Gesicht, verfangen sich in meinen Haaren, als wollten sie verhindern, dass ich der Hexe und der Urgöttin folge. Als sich eine der Wurzeln bewegt und um meinen Fußknöchel schlingt, keimt eine ungeahnte Panik in mir auf. Spielen meine Sinne mir einen Streich? Nichts auf diesem Friedhof sollte lebendig sein.

»Halt still.« Beim Klang der vertrauten Stimme höre ich augenblicklich auf, mich zu wehren. Gehorche ihm, obwohl ich mir nach jedem Zusammensein mit ihm einrede, er hätte keine Macht über mich. Ich ziehe die Kapuze leicht zurück und schaue über die Schulter. Es überrascht mich nicht, dass Thanatos, Nyx' Sohn und Hypnos' Bruder, hinter mir kniet. Beinahe bilde ich mir ein, einen Schmerzenslaut zu vernehmen, als er die Wurzel mit der Klinge seines Dolches durchtrennt. Sofort bringe ich zwei Schritte Abstand zwischen uns, ehe ich herumwirbele.

Meine abwehrende Haltung, von der wir beide wissen, dass sie nur Fassade ist, hindert ihn nicht daran, sich aufzurichten, meine Hüfte zu packen und gegen die Rückseite eines breiten Stammes zu pressen, mich mit seinen Armen einzukesseln. Ich bin genauso groß wie er, dennoch fühle ich mich zerbrechlich, wenn er mich hält. Als wäre er fähig, mich zu fangen, obwohl ich Flügel besitze.

Thanatos ist schön – wie viele Daimonen es sind. Die äußere Hülle lockend, eine Tarnung, damit man leichter in ihre Falle geht. Seine Haare haben die Farbe von dunklem Schlamm, ebenso seine Augen, wenngleich seine Iriden in manchen Momenten wirken, als wären sie in Bewegung. Er trägt die schwarze Lederkluft des Reichs des grausamen Todes, obwohl er über das des friedlichen Todes herrscht. Wenngleich dieser Name ebenso Täuschung ist. Ich lebe lange genug in der Unterwelt, um zu wissen, dass nichts am Sterben romantisch oder friedvoll ist.

Wie von selbst wandert meine Hand von dem warmen Leder über seinen Hals, der sich überraschend kühl anfühlt, während sich auf meiner Stirn Schweißperlen bilden. Mit den Fingerspitzen streiche ich über seine Ohrmuschel, von der ein Stück fehlt. Bis heute hat er mir nie verraten, was geschehen ist. Der Nebel umgibt uns, nähert sich, lässt uns glauben, dass wir allein sind.

»Was tust du hier?«, wispere ich, bekomme eine Gänsehaut, als die erste Schwade meine Haut berührt. Leicht neigt Thanatos den Kopf zur Seite, mustert mich und wägt meine Stimmung ab. Vermutlich überlegt er, weshalb ich heute weniger widerspenstig bin als sonst. Und auch ich kann mir nicht erklären, aus welchem Grund ich mich in dieser Sekunde so sehr danach sehne, mich an ihn zu lehnen. Womöglich ist dieses Verlangen normal, in Zeiten, in denen alles auseinanderfällt. Niemand kann mit Sicherheit sagen, wie lange uns allen – und der Unterwelt – noch bleibt, sollten wir Nyx nicht stoppen und die Ursache für das Sterben der Hölle finden.

»Ich hatte mich darauf gefreut, dich heute in Tartaros'
Reich zu treffen. Du kannst dir meine Überraschung sicherlich
vorstellen, als nur Megaira und Tisiphone aufgetaucht
sind, wo ihr doch für gewöhnlich wie Pech und Schwefel
aneinanderklebt.«

»Wir ... *kleben* nicht aneinander«, gebe ich stirnrunzelnd
zurück und straffe automatisch die Schultern. »Ich bin
durchaus in der Lage, unabhängig von meinen Schwestern
zurechtzukommen.«

Thanatos hebt eine Braue, und es ärgert mich, weil er
weiß, dass er mich mit dieser Geste provoziert. Wenngleich
von uns drei Erinnyen Megaira als ›die Zornige‹ bezeichnet
wird, ist es keine besondere Kunst, mich zur Weißglut zu
treiben. Tisiphone hingegen nennt man ›die Vergeltende‹
und mich ›die Unerbittliche‹. Ich bin stur und weiche keinen
Schritt zurück. Außer vor Thanatos – hätte ich nur nicht
diesen verfluchten Baum im Rücken. Der Daimon ist mir auf
unerklärliche Weise unter die Haut gekrochen, und ich habe
keine Ahnung, wie ich mich jemals wieder von ihm befreien
soll. Er hat Dinge in mir ausgelöst – *Stopp!* Innerlich rufe ich
mich zur Ordnung. Manche Sätze sollte man nicht einmal im
Stillen denken. Denn dein Geist wird sich stets vor deinem
Körper ergeben. Und dein Körper kann weitermachen, selbst
wenn dein Geist dir eine andere Geschichte erzählt.

»Das ist das Einzige, was du herausgehört hast?« Thanatos
beugt sich vor, presst seine Lippen auf die Stelle, unter der
mein Puls verräterisch rast. »Du ignorierst mich seit zwei
Wochen, Alecto.«

Mein voller Name aus seinem Mund jagt einen Schauer
über meinen Rücken. »Hast du die Tage gezählt?« Ich lächle
spöttisch, als sein Gesicht dicht vor meinem verharrt.

»Ich habe kein Interesse daran, mit dir zu spielen.«

»Tatsächlich? Dabei hat es auf mich immer exakt diesen Eindruck gemacht.« Jedes Aufeinandertreffen zwischen uns ist ein Spiel. Gleicht einem Kräftemessen zwischen ihm und mir. Wir sind beide ehrgeizig – und schlechte Verlierer.

Mit dem Knöchel seines Zeigefingers hebt Thanatos mein Kinn. »Jede Partie endet irgendwann – egal wie gut sie ist. Mir gefällt der Nervenkitzel, aber mittlerweile will ich erfahren, was danach geschieht. Deshalb schlage ich vor: alle Karten auf den Tisch.«

»Du folgst mir in Nyx' Reich, weil du ... *reden* willst?«

»Mhm«, brummt er und fährt mit dem Daumen über meine Unterlippe. Sofort schnellt meine Zunge hervor, leckt über seine raue Haut, ehe ich an ihm sauge. Sein Blick verdunkelt sich und der Nebel um ihn herum wirkt wie ein Portal, das ihm ermöglicht, aus einer anderen Welt in diese treten, um Rache zu nehmen. Sobald er seinen Daumen zurückziehen will, halte ich ihn mit den Zähnen fest, schenke ihm ein raubtierhaftes Lächeln. Doch als er sich blitzschnell zu der empfindlichen Stelle meines Halses beugt und hineinbeißt, lasse ich ihn stöhnend los. »Ich frage mich, weshalb du zwischen den Gräbern herumschleichst, wo ich in Wahrheit derjenige bin, der an diesem Ort nicht willkommen ist.«

Bei seinen Worten ist es, als würde man meinen Kopf in den Pyriphlegethon tauchen. Scham überkommt mich und ich schubse ihn von mir, umrunde den Stamm und eile zurück zum Weg. Vergeblich suche ich die Umgebung ab, gleichzeitig dämmert mir, dass ich versagt habe. Nyx und die Hexe sind mir entwischt.

ATROPOS

eine Stunde später

»Tu doch etwas!«, zischt Klotho mich zwischen zusammengebissenen Zähnen an.

»Ich versuch's ja«, flüstere ich wie so oft in einem besänftigenden Tonfall zurück. Es ist, als wäre der Garten, den Hades einst Persephone schenkte, lebendig. Denn ungeachtet der Tatsache, dass er seit dem Tod des Königs nicht mehr blüht, haben die Pflanzen ihren eigenen Willen. Einen, der uns daran hindert, durch das gusseiserne Tor zu treten.

Lachesis ist zu wichtigen Gesprächen in die Oberwelt gereist, während Hypnos und Thanatos die Urgöttin im Auge behalten. Klotho und ich hingegen kämpfen mit verfluchten Ranken. Bereits zum dritten Mal legen wir uns nun mit dem Garten an, der mittlerweile zu unserem Gegner geworden ist. Heute befinden wir uns östlich des üblichen Eingangs, probieren es an einer Hecke, wo das Glück genauso wenig auf unserer Seite ist. Klothos Axt liegt geschlagen am Boden, meine Schwester selbst wird von den Pflanzen in einer Umklammerung gehalten.

»Au!« Ich taumele von der Hecke zurück, als ein Dorn über meine Wange kratzt. Unsanft lande ich auf den Steinen am Ufer des Acheron.

»Du musst sie durchschneiden!«, befiehlt Klotho mir.

»W-w-was?« Unbeholfen komme ich wieder auf die Füße, umfasse jedoch das Heft des Messers fester, mit dem ich mich immerhin nicht geschnitten habe.

»Du. Musst. Diese. Biester. Durchschneiden«, wiederholt sie übertrieben langsam. »Das Teufelszeug lässt mich nicht gehen.«

Zögerlich nähere ich mich. »Aber was ist, wenn es ihnen wehtut?«

»Atropos!«

»Schon gut!« Ich ermahne mich selbst, mich zusammenzureißen, und eile zu Klotho. Ohne länger zu zögern, packe ich eine der störrischen Ranken und durchtrenne sie mit der Klinge.

»Wie sollen wir jemals in diese Spiegelstadt und zum Lebensbaum gelangen, wenn wir es nicht einmal in den Garten schaffen?«, brummt Klotho verärgert. Ich schweige, fahre mit meiner Arbeit fort, weil ich keine Antwort habe. Kurz darauf ist Klotho frei, stolpert aus der ungewollten Umarmung. Rasch bringt sie drei Schritte Abstand zwischen sich und die Hecke. Gerade will ich ihr folgen, da schlingen sich zwei Pflanzen um meine Taille und ziehen mich tiefer ins Gebüsch. Verzweifelt winde ich mich, und als ich den Blick hebe, bückt meine Schwester sich gerade, um ihre Axt aufzuheben. Nun ergreift aus einem anderen Grund Furcht von mir Besitz.

»Vorsicht!«, brülle ich so laut, dass meine Bauchmuskeln sich verkrampfen. Klotho schnellt zurück in den Stand, wirbelt herum. Helena und ein Mann, der die dunkelblaue Lederkleidung von Nyx' Garde trägt, haben auf einer Gondel beinahe unser Ufer erreicht. Der Gesichtsausdruck der Magierin verheißt nichts Gutes.

»Nicht!«, rufe ich, um Klotho daran zu hindern, zu mir zu eilen. »Nicht«, flüstere ich leiser, weil ich weiß, dass sie mich auch so versteht. »Du würdest mich nicht rechtzeitig befreien. Und was nützt es, wenn sie uns beide kriegen?«

»Wir haben nichts Falsches getan. Sie haben keinen Grund –«

»Die Urgöttin braucht keinen Grund«, unterbreche ich meine Schwester. Ich werfe einen Blick hinter sie, wo Helena beginnt, zwischen ihren Fingern silberne Fäden ihrer Magie zu spinnen. »Geh«, dränge ich meine Schwester. »Bevor es zu spät ist.«

Sie flucht und ich bin dankbar, dass es eines der wenigen Male ist, bei denen sie auf mich hört. Der Nebel der Unterwelt verschlingt sie vor meinen Augen. Automatisch will ich ihr folgen, doch die verzauberten Pflanzen halten mich fest, graben ihre Dornen tiefer in meine Haut. Ich stöhne, als Blut über meine Arme fließt. Übelkeit überkommt mich, weil ich Verletzungen und Schmerz nicht gewohnt bin. Schwindel sorgt dafür, dass meine Gedanken sich drehen. Meine Lider flattern und ich keuche, als eine große Hand, deren Innenfläche rau ist, sich auf meinen Bauch legt. Ich spüre, wie die Ranke nachgibt, und schaue in grüne Augen, bevor ich das Bewusstsein verliere.

Als ich das nächste Mal zu mir komme, liege ich auf einem weichen Untergrund. Schlamm rinnt zwischen meinen Fingern hindurch. Dass ich mich nach wie vor am steinigen Ufer des Acheron befinde, kann ich auf diese Weise ausschließen. Es gelingt mir nicht, meine Augen zu öffnen, jedoch zucke ich zusammen, als mein Oberkörper aufgerichtet wird und etwas Nasses meine Lippen benetzt.

»Arym.« Helenas Stimme dringt wie aus weiter Ferne zu mir. Mein Kiefer wird sanft, aber bestimmt, auseinandergedrückt, sodass ich einige Schlucke trinke. »Wir haben keine Zeit für eine Rast. Nyx wird uns beide einen Kopf kürzer machen.«

»Sie wird bei unserer Ankunft auch nicht erfreut über eine ohnmächtige Schicksalsgöttin sein, die so entkräftet ist, dass sie nicht reden kann.« Kurz darauf werde ich hochgehoben und mein Geist driftet erneut davon.

Ich winde mich, will endlich von den Pflanzen fortkommen, deren unbarmherzige Dornen mich stechen. Wild werfe ich mich umher, wehre mich gegen die Umklammerung. Ein leiser Schrei dringt aus meiner Kehle, als ich nicht auf den erwarteten Widerstand treffe und ohne Vorwarnung falle. In der Luft drehe ich mich, schlage hart auf Händen und Knien auf. Mein Nacken knackt bei dem Aufprall und ich reiße die Augen auf, während mir für einige Sekunden die Luft wegbleibt. Meine Finger graben sich in orientalisch bemalte Kacheln, die von Rissen durchfressen werden.

»Welche habt ihr gekriegt?« Nyx' schneidender Tonfall versetzt all meine Sinne in Alarmbereitschaft. Es gelingt mir, mich aufzurichten, ehe ich herumfahre, dabei beinahe das Gleichgewicht verliere. Hektisch blinzele ich, um meine Sicht zu schärfen. Ich stehe neben einem Altar, auf welchem ich gelegen haben muss. Vier Stufen führen zu ihm hinauf. Der restliche Raum ist leer. Vereinzelt brechen Wurzeln durch die Wände und den Boden, als wäre der kleine Saal mit der Wildnis verwachsen. Die Decke ist gewölbt, wird von düsteren Malereien verziert. Durch Nyx' Auftauchen vermute ich, im Reich des Nebels und der Nacht zu sein. Meine Umgebung gleicht einer Kirche. Ich wusste nicht, dass in der Unterwelt eine heilige Stätte existiert.

»Atropos.« Die Urgöttin spuckt meinen Namen förmlich aus. Auf der zweiten Stufe hält sie inne und überragt mich dennoch um wenige Zentimeter. »Die Nutzloseste eures Dreiergespanns.«

Leicht hebe ich mein Kinn, neige nicht meinen Kopf, wie

es üblich ist. »Wenn du eine Unterredung wünschst, hättest du meine Schwestern und mich in den Palast bestellen können«, sage ich kühl.

Nyx' dunkle Augen wandern über mich, dabei verzieht sie angewidert den Mund. »Geben wir tatsächlich vor, dass ihr, die Schicksalsgöttinnen, mir – der neuen Herrscherin – dient?«

Wäre ich Klotho, hätte ich erwidert, dass sie keine Herrscherin ist. Stattdessen zwinge ich meine Lippen zu einem neutralen Lächeln. »Wir haben dir keinen Grund gegeben, an unserer Loyalität gegenüber der Krone der Hölle zu zweifeln. Tatsächlich ist es so, dass du uns noch nie aufgesucht oder um unsere Unterstützung gebeten hast.« Mehr als einmal habe ich gehört, wie sie zu ihrem Gatten sagte, dass nur Narren und Schwächlinge auf unsere Fähigkeiten vertrauen.

Ich zucke zusammen, als Nyx' Hand hervorschnellt und mein Kinn packt. Ihre Finger graben sich derart fest in meine Haut, dass sie vermutlich blaue Male hinterlassen. »Für deine Lüge sollte ich dir die Zunge herausschneiden.« Sie spricht von Folter und klingt dennoch derart emotionslos, dass ein Schauer meine Wirbelsäule hinabrinnt. »Bist du wirklich so töricht, zu glauben, ich wüsste nicht, dass ihr Hypnos und Thanatos geholfen habt, Hades' Tod vor mir zu verbergen? Dass ihr in seine Gemächer geschlichen seid und eine meiner Wachen getötet habt?« Die Urgöttin drückt noch fester zu und ich keuche. Im Augenwinkel nehme ich eine Bewegung wahr. Mein Blick huscht nach rechts, wo ich Helena und den Daimon aus Nyx' Garde entdecke. Beide sind wie erstarrt, doch mir entgeht nicht, dass er eine Braue gehoben hat, als würde ihn die Vorstellung, ich hätte jemanden umgebracht, amüsieren.

Mit einem verächtlichen Laut lässt Nyx von mir ab und wendet sich an die anderen beiden Anwesenden. »Ich überlasse sie dir, Arym. Du besitzt mehr Geduld als ich, und ich will sie nicht brechen, bevor wir die nötigen Informationen aus ihr herausgeholt haben.« Sie schreitet die Stufen hinab und läuft in Richtung Ausgang. Sofort schließt Helena sich ihr an. »Ich will den Blutzauber probieren, von dem du gesprochen hast. Und eine Truppe soll den Garten durchkämmen. Ich muss erfahren, was es dort so Interessantes gibt, dass die Moiren unbedingt hineinwollten.« Die Tür aus dunklem Holz schlägt hinter der Urgöttin und der Magierin zu und ich zucke erneut zusammen. Die Kerzen, welche den Saal erhellen, flackern durch den erzeugten Wind.

Schritte erklingen, erinnern mich an den Daimon. »Warte«, bringe ich hervor. Gleichzeitig taste ich nach dem Nebel, der mich an jeden Ort – Hauptsache fort von hier – bringen kann.

Der Daimon lacht leise, instinktiv weiche ich vor ihm zurück. »Helena hat dich mit einem Zauber belegt.« Er neigt den Kopf leicht zur Seite, mustert mich – vielleicht sogar ein wenig gelangweilt, als wäre ich eine zu leichte Beute. »Natürlich könntest du rennen.« Noch einmal gleitet sein Blick über meinen gesamten Körper. »Aber ich bin schneller als du. Ich würde dich immer einholen.« Mit dem Knöchel seines Zeigefingers streicht er über meine Haut – über die Stelle, an welcher die Dornen den Stoff meines Oberteils durchtrennt haben. »Es gibt zwei Arten, auf die ich dich zum Reden bringen kann«, raunt er dicht an meinem Ohr. »Schmerz oder Lust. Was wählst du?«

8

KUSS MIT FOLGEN

NERO

Finger umschließen meinen Oberarm und ich spanne mich an, bis Graves Geruch in meine Nase steigt. Es ist erschreckend, wie mühelos ich ihn zuordnen kann. Sein Duft ist eine Mischung aus Sandelholz und etwas, das mich an schwarzen Pfeffer erinnert. »Sieht nicht unbedingt bequem aus«, kommentiert er. Ich schlage die Augen auf und brauche einen Moment, um mich zu erinnern, dass ich mich in seinem Bett befinde. Mit dem Oberkörper lehne ich in der Ecke am rechten hinteren Pfosten. Meine Beine sind ausgestreckt und berühren Graves Füße, der wiederum entspannt neben mir sitzt und mir sein Gesicht zugewandt hat. Seine Wimpern sind lang und dicht und die roten Ringe um seine Pupillen leuchten auf, als unsere Blicke sich begegnen. »Als würden Feuer und Eis aufeinanderprallen.« Hitze schießt durch meinen Körper. In meinen Ohren rauscht es und ich bin unsicher, ob die Worte seinen Mund verlassen haben oder sie meinen eigenen Gedanken entsprungen sind. Ich rolle meine Schultern zurück und lockere meinen verspannten Nacken. Meine Hände fahren über meine Brust. Ich kann mich nicht erinnern, wann ich zuletzt nicht schweißgebadet aufgewacht bin. Nicht einmal die Todesfee hat mich in meinen Träumen heimgesucht.

»Ich habe dir keine Körperteile abgeschnitten, keine Sorge. Das spare ich mir für später auf.« Mein Blick schnellt zurück zu Grave, der mir ein schiefes Grinsen schenkt. Eilig lasse ich meine Hände sinken, die daraufhin die weichen Laken berühren. Innerlich spule ich ab, was in der Nacht passiert ist. Wie ich mich in dieses Zimmer schlich, die Treppe und den Turm mit den Zeichnungen entdeckte. Die Plattform, auf der man beinahe das gesamte Schattenreich sehen konnte. Wie Grave zu mir trat und ich ihm meinen Namen verriet. Danach haben wir für sehr lange Zeit geschwiegen, bevor wir in seine Räumlichkeiten zurückkehrten. Noch immer spüre ich die schwere Müdigkeit, die mich dabei überkam. Er bot mir sein Bett an, obwohl ich wenige Meter von meinem eigenen Schlafplatz entfernt war. Ich nahm wortlos an und kann mir nicht erklären warum – warum ich diese Nähe will.

»Das war auch nicht meine Befürchtung«, antworte ich verzögert, stütze mich auf meinen Fäusten ab und rutsche aus der Ecke hervor, bis ich neben ihm lehne. Mein Kopf sinkt gegen das Gestein, welches die Wärme der Unterwelt gespeichert hat.

»Du vertraust mir«, stellt Grave fest. Er klingt ein wenig überrascht, ehe er mit der Zunge schnalzt. »Was habe ich dir gesagt?«

»Dass mir in der Hölle niemand hilft.« Ich seufze. »Zumindest nicht aus selbstlosen Gründen.«

»Mhm«, brummt Grave und nickt zufrieden. »Jetzt müsstest du das angeeignete Wissen nur noch umsetzen.«

Ich rolle mit den Augen. »Gibt es nichts, was du zu tun hast?«

»Du entspannst dich nicht besonders oft, oder?«, erkundigt sich Grave und gähnt herzhaft, bevor er seinen Dolch vom

Nachttisch nimmt und beginnt, ihn spielerisch zwischen den Fingern zu drehen.

»Es ist nicht unbedingt so, dass ich es mir leisten kann«, erwidere ich. All die Verantwortung, die auf meine Schultern drückt und mir seit meinem Erwachen zu groß erscheint. Als müsste ich unter ihr zusammenbrechen. »Und du?«, frage ich zurück, um von mir abzulenken. Von der Tatsache, dass mein Leben aus den Fugen geraten ist. Und ich im Bett eines Höllenbewohners sitze, anstatt das Weite zu suchen. Es mich nicht einmal kümmert, dass er neben mir eine Waffe hält.

Grave seufzt, als würde er mich durchschauen. »Ich habe durchaus wichtige Dinge zu erledigen – wenn ich will. Manchmal entscheide ich mich einfach, es nicht zu tun.« Erneut richtet er seinen stechenden Blick auf mich. »Außerdem bist du jetzt hier – und bringst mich irgendwie auf dumme Ideen.«

Mein Magen zieht sich auf sonderbare Weise zusammen. Vermutlich, weil die letzte Mahlzeit mir eine Ewigkeit entfernt erscheint. Ich schlucke und mein Gesicht wird so warm wie die Steine an meinem Kopf. In Wahrheit ist mir bewusst, dass meine körperliche Reaktion nicht auf Hunger zurückzuführen ist.

Um mich abzulenken, rufe ich mir in Erinnerung, was Charon zu Grave gesagt hat. Dass die Sicherheitsvorkehrungen erhöht werden müssen. Außerdem hatte er Sorge, ich wäre von Nyx geschickt worden. Sie ist die Urgöttin, die über das Reich des Nebels und der Nacht regiert. Offenbar sind sie dieser nicht freundlich gesinnt. Was mich nicht wundert, schließlich steht in der Unterwelt Zwietracht auf der Tagesordnung. Allerdings muss ich zugeben, dass dieser Ort nie greifbar für mich war. Als wäre er in Wahrheit nicht mehr als eine

Legende. Geschichten, die jemand gesponnen hat, um ein Leben nach dem Tod zu erschaffen.

»Nun, ich hoffe, du wirst nicht plötzlich wieder schweigsam«, reißt Grave mich aus meinen Gedanken. »Ich habe vor, die Antworten auf meine angekündigten Fragen einzufordern.«

»Was würdest du denn unternehmen, sollte ich entscheiden, stumm zu bleiben?« Ich habe einen Tonfall gewählt, der nicht nur provozierend ist.

Langsam lässt Grave die Klinge in seinen Schoß sinken und wendet mir seinen Oberkörper gänzlich zu. »Ich höre die Einladung aus deinen Worten heraus, Nero. Und ich glaube nicht, dass du wirklich schon bereit bist, sie auszusprechen.« Er schenkt mir ein Lächeln, bei dem seine Zähne in der Dämmerung seines Zimmers aufblitzen. Eine Gänsehaut kriecht über meine Arme, hinauf zu meinem Nacken, wo sich jedes einzelne Haar aufstellt. Nicht wegen seiner Worte, sondern aufgrund der Art und Weise, wie mein Name über seine Lippen gekommen ist. Es ist erst das zweite Mal, dass er ihn gesagt hat. Diesen Klang werde ich niemals vergessen.

»Ich lebe in der Hölle und du dort oben«, fährt er fort. »Uns trennen Welten. Weshalb solltest du Geheimnisse vor mir haben?«

Weshalb solltest du Geheimnisse vor mir haben?

Es hört sich so leicht an. Und womöglich ... ist es das auch?

»Und trotzdem hast du mich darauf hingewiesen, dass ich dir nicht trauen kann.«

»Und trotzdem tust du es«, feuert Grave zurück. In dieser Sekunde wirkt er ernst. Anders. Wie auf der Plattform, welche über dieses Land ragt. Nachdem ich die Zeichnungen entdeckt und den Schrei vernommen hatte, der eigentlich nur durch schwarze Pinselstriche auf einer Leinwand existiert. »Trotzdem habe ich auch dir einen Teil von mir gezeigt«, raunt Grave, als wäre dasselbe Bild vor seinen Augen. Er richtet den Blick wieder nach vorn und hebt den Dolch auf. Seine Fingerspitzen streichen unermüdlich über das scharfe Metall. »Ich sehe dich. Ungeachtet der Schatten dieses Reiches sehe ich dich. In Farben, welche die Dämmerung in Wahrheit nicht zu bieten hat.«

»Warum ...« Ich stoppe, als meine Stimme ihren Dienst versagt, und räuspere mich leise. »Warum bist du dir derart sicher, dass ich aus der Oberwelt stamme?«

»Ich rieche den Himmel an dir. Die Erde und das Meer. Freiheit. Sonnenstrahlen, wenngleich sie noch nie meine Haut berührt haben.«

»Oh«, murmele ich mehr zu mir selbst. Freiheit – symbolisiert das die Oberwelt für jene, die unter der Erde leben? ... *wenngleich sie noch nie meine Haut berührt haben.* In seinen Worten schwang eine Sehnsucht mit, von der ich nicht einschätzen kann, ob er tatsächlich bloß von einem Ort gesprochen hat. Als wäre er vielmehr auf der Suche nach einem Gefühl. Und irgendwie ... verstehe ich das. »Was willst du erfahren?«, bringe ich unsere Unterhaltung zurück auf – hoffentlich – sicheres Terrain. Wo es mir nicht erscheint, als würden Blitze in meiner Brust knistern. In diesem Moment bin ich froh, dass Grave nach wie vor die gegenüberliegende Wand anstarrt.

»Was genau bist du? Was sind das für Fähigkeiten, die du besitzt?«

»Ich bin ein Halbgott.«

»Halbgott«, wiederholt Grave interessiert. »Bin nie zuvor einem begegnet. Jedenfalls keinem lebendigen.«

»Und du?«

Er lacht leise. »Ich bin kein Halbgott.«

»Ein Daimon?«, hake ich nach.

»Nein«, erwidert er sanft. »Meine Eltern waren beide von göttlichem Blut.«

Waren. Also sind sie tot. »Stammten sie aus der Unterwelt?«

Grave schnalzt mit der Zunge. »Ich bin dran. Du hast noch nicht über deine Fähigkeiten gesprochen.«

Ich beiße auf die Innenseite meiner Wange. Den zweiten Teil seiner Frage hatte ich absichtlich überhört. »Jeder Halbgott erbt einen Bruchteil der Kräfte der göttlichen Linie, von der er abstammt«, erkläre ich schließlich.

»Und was hat dir das beschert?«

Ich schnaube belustigt. »Ich kann das Element meiner Großmutter beeinflussen.«

Plötzlich wird Grave sehr still. Er hat gesehen, was ich aus der Erde am Schloss der Todesfeen geformt habe. »Du bist mit Gaia verwandt?« Ich nicke knapp. Seine Reaktion überrascht mich nicht. Weder meine Großmutter noch mein Vater waren besonders beliebte Götter. Schließlich haben beide mehrfach sinnlose Kriege begonnen und hatten dabei stets die Ausweitung ihrer eigenen Macht im Sinn – ganz gleich zu welchem Preis. »Und deine Eltern waren ...«

»Meine Mutter war ein Mensch, mein Vater Kronos.«

Als Grave am Dolch abrutscht, schnellt meine Hand vor und meine Finger schließen sich um das Heft. »Spiel nicht mit einer Waffe, wenn du unkonzentriert bist.«

»Dominant«, murmelt Grave. »Und gute Reflexe.«

»Ich bin nicht unfähig, nur weil du mich gestern in einem schwachen Moment erwischt hast«, stelle ich klar.

»Unfähigkeit ist das Letzte, woran ich gedacht habe, als

ich dich zum ersten Mal sah.« Er faltet die Hände im Schoß. Bei seinen nächsten Worten ist der Humor aus seiner Stimme verschwunden. »Hast du irgendwie ... Kontakt zu Gaia?«

Langsam lege ich den Dolch beiseite. »Du meinst, ob ich mit ihr kommuniziere?«

»So ungefähr, ja.«

»Ich habe noch nie mit Gaia gesprochen. Ich fühle lediglich ihre Macht, sobald ich ihr Element benutze.« Ich überlege, wie ich es treffender beschreiben kann. »In diesen Momenten spüre ich einfach ihre Gegenwart.«

Für einige Sekunden herrscht Schweigen und ich halte – warum auch immer – den Atem an. »Aber du verfügst über weitere Kräfte, nicht wahr?«, hakt Grave nach. »Was du am Eingang zum Schattenreich mit den Schlangen gemacht hast ... Dasselbe hast du bei der Todesfee versucht, oder? Aber bei ihr funktionierte es nicht.«

Ich verziehe das Gesicht. Es gefällt mir nicht, darüber zu reden. Das Zurückgreifen auf diese Fähigkeit löst seit jeher Unbehagen und Schuld in mir aus. »Ich kann die Körper von Tieren und Menschen übernehmen. Bei magischen Wesen funktioniert es in den meisten Fällen auch. Bloß bei der Todesfee ist es mir nicht gelungen.«

»Wie ist das ... wenn du Gebrauch von dieser Fähigkeit machst?«

Ich hebe eine Schulter. »Ich sehe zwei Perspektiven – meine und die andere. Ich bin drin und irgendwie dazwischen. Ein bisschen gefangen ...« Ich unterbreche mich selbst, um nicht noch mehr zu verraten. Im Prinzip ist mir bewusst, dass ich bereits zu viel gesagt habe. Schon immer war ich kontrolliert – zu beherrscht, würde man Juna fragen. Es ist eine vollkommen neue Erfahrung, dass die Worte beinahe ohne mein Zutun meinen Mund verlassen. Und dass ich es nicht einmal richtig bereue.

Ich verschränke meine Arme vor der Brust, streiche unauffällig über die Stelle, unter der mein Herz schlägt. Schneller als sonst. Als wollte es, dass ich sein Pochen höre, es nicht ignoriere.

»Klingt nicht sonderlich behaglich«, kommentiert Grave. Sein Versuch, die Stimmung aufzulockern, bringt mich zum Lächeln. Doch kurz darauf verschwindet es aus meinem Gesicht. Denn eigentlich kenne ich ihn nicht. Ich könnte all das vollkommen falsch deuten. Woher soll ich tatsächlich einschätzen können, wie sein Tonfall und seine Aussagen gemeint sind?

»Was mich allerdings am meisten interessiert: Was erhoffst du dir von dem Blut der Todesfee?« Er schnaubt, als würde er sich an etwas erinnern. »Falls du auf der Suche nach einem Talisman bist ... das Blut ist nicht die Lösung dafür.«

»Ähm«, bringe ich irritiert hervor. »Du glaubst, ich würde für einen Talisman in die Hölle reisen?«

»Kann ich ja nicht wissen, auf welche Gedanken Oberweltler so kommen.«

Ich schüttele den Kopf. »Bei dir klingt es, als wären wir eine sonderbare Spezies.«

»Für uns seid ihr das auch ... Exoten. Die bereits über das Meer gesegelt sind.« Er dreht an dem schwarzen Ring, den er am Daumen trägt. »Bist du schon mal über das Meer gesegelt?«

Ich kann das erneute Zucken meiner Mundwinkel nicht verhindern. »Ja, Grave. Ich bin bereits auf einem Schiff gefahren. So wie dich die Gondeln der Unterwelt bestimmt schon tausend Mal über die fünf Flüsse gebracht haben.«

»Nicht unbedingt, nein«, erwidert er. »Für gewöhnlich bin ich unter ihnen.« Als ich nachhaken will, was das bedeutet, unterbricht er mich mit einer Handbewegung. »Der Grund, aus dem du in die Hölle kamst und dir das Blut der Todesfeen beschafft hast. Ich möchte ihn erfahren.«

Seufzend ziehe ich ein Knie an und stütze meinen Unterarm darauf ab. »Hier ist die Kurzfassung: Es gibt mehr Halbgötter als mich. Wir lebten in einer Siedlung. Die neuen Götter sandten Hekate, Persephone und Hale, den Gott der Hoffnung, zu uns, um unsere Hilfe gegen eine Göttin zu erbitten, die ihnen von ihrem Heimatplaneten Viridi zur Erde gefolgt war. Kurz nach Hekates und Persephones Eintreffen begann eine Todesfee unsere Siedlung heimzusuchen.«

Grave runzelt die Stirn. »Eine Todesfee in der Oberwelt? Das ist ungewöhnlich.«

»Mhm«, bestätige ich grimmig. »Sie erwischte vierhundert von uns.«

Die Matratze bewegt sich, als Grave sich mir gänzlich zuwendet. »Auch ... dich?«

»Auch mich.«

»Menschen sterben beim Kuss einer Todesfee.«

»Aber wir sind zur Hälfte göttlich. Uns hat es lediglich in einen tiefen Schlaf versetzt.« Etwas von dem vertrauten Grauen breitet sich in meiner Brust aus. Ich konzentriere mich darauf, gleichmäßig zu atmen und meinen Ängsten keinen Platz zu machen. »Nachdem die Todesfee getötet wurde, erwachten dreihundertneunundsechzig der Halbgötter, die sie geküsst hatte.«

»Darunter du«, versichert sich Grave.

»Richtig. Nur siebenundzwanzig schliefen weiterhin.« Ich schlucke schwer. »Wir dachten, vielleicht brauchen sie nur etwas Zeit ...« Es dauert einen Moment, bis ich es schaffe weiterzusprechen. »Ziva, diejenige, gegen die wir den neuen Göttern zu Hilfe kommen sollten, drang in unsere Siedlung ein und richtete ein Massaker an. Sechs der siebenundzwanzig überlebten das Blutbad. Aber sie sind nach wie vor nicht wach.« Ernst schaue ich in die dunklen Pupillen, die von dem ungewöhnlichen roten Kreis umgeben werden. »Das ist mein Grund – ich bin in die Unterwelt gereist, um ein Heilmittel aufzutreiben.«

Der Blick, den Grave mir daraufhin zuwirft, sorgt dafür, dass sich Kälte in meinen Adern ausbreitet.

»Von welcher Zeitspanne reden wir hier? Wie lange schlafen sie bereits?«

»Seit ungefähr sieben Monaten.«

»Und du? Wie lange hast du geschlafen?«

»Drei Monate«, bringe ich hervor.

»Hm ...«

»Was ›hmm‹?«, hake ich ungeduldig nach.

»Hat dich danach ein Heiler untersucht?«

Sofort denke ich an Phyllis, eine Tochter des Asklepios, die bei Zivas Angriff ermordet wurde. »Ja«, bestätige ich knapp. »Wieso fragst du? Hältst du mich für verrückt?«

»Nein. Aber ich denke, dass du entkräftet bist. Hat dir niemand aufgetragen, dich auszuruhen?

Ich schnaube. »Ich habe drei Monate geruht. Man sollte meinen, dass das genügt.«

»Es ist keine Erholung, in einem Fluch gefangen zu sein«, antwortet Grave ernst. »Das Auftauchen der Todesfee, dein Schlaf und das Erwachen, was mit Sicherheit nicht leicht gewesen ist. Dann noch das Massaker ... Und ich vermute, im Anschluss habt ihr noch neben den neuen Göttern gekämpft?«

»Ja. Wir mussten alles dafür tun, um dem ein Ende zu bereiten.«

»Und weshalb konnte niemand sonst in die Unterwelt reisen?«

»Weil ich ihr Anführer – und verantwortlich bin. Wir haben unsere Zelte mittlerweile an einem anderen Ort aufgeschlagen. Doch diese sechs Halbgötter und einige Wachen sind nach wie vor in der Siedlung.« Mein Blick bohrt sich in seinen. »Ich könnte dort noch immer liegen.«

»Es ist unvernünftig, dass du allein gekommen bist. Für gewöhnlich würde ich das wohl nicht sagen, aber du kannst von Glück reden, dass ich dich gefunden habe.« Geräuschvoll atmet er aus, sein Atem kitzelt meine Wange. Leicht weiche ich vor ihm zurück, obwohl ich mich eigentlich zu ihm beugen will. Ich weiß selbst nicht, weshalb ich dem Drängen widerstehe. Vielleicht, weil diese sonderbare Anziehung Furcht und auch ein wenig Misstrauen in mir auslöst. Als wäre er doch ein Daimon – oder der Teufel.

»Wie bist du auf die Idee gekommen, dass das Blut ein Heilmittel ist?«, reißt Grave mich aus meinen Überlegungen.

»Nach dem Sieg über Ziva hatte ich drei Monate, um zu recherchieren. Ich sprach viel mit Persephone und sie nahm mich mit in eine Bibliothek, die ich auf der Suche nach Antworten durchkämmte. In einem Bereich über die Unterwelt, wo auch die Wesen aufgelistet waren, die in der Hölle leben, stieß ich auf einen Absatz über die Todesfee.« Ich räuspere mich, ehe ich die Schrift zitiere. »,Die Todesfee ist ein Geschöpf des Todes, des Hades, in der Unterwelt. Sterblichen raubt sie ihren Herzschlag, den sie selbst nicht besitzt, während sie die Unsterblichen meidet. Jene, die nur zu einem Teil göttlich sind, zwingt sie in einen ewigen Schlaf.

Heilung von der Fee findet man lediglich in ihrem Ende – durch die Aufhebung ihres Fluches – oder in ihrem *eigen* schwarzen Blut.‹«

»Ziemlich pathetisch.« Grave runzelt die Stirn. »Abgesehen davon, dass sie keine Geschöpfe des Hades sind. Schließlich leben sie im Reich der Schatten, nicht im Zentrum.«

»Der erste Teil der Schrift spielt auch nicht unbedingt eine entscheidende Rolle.« Abwartend mustere ich ihn. »Bringt ihr Blut Heilung?«

Mit einer Hand fährt Grave sich durch sein kurz geschorenes Haar. Ich folge der Bewegung seiner Muskeln. »Ich habe nie davon gehört«, gibt er schließlich zu und mein Herz rutscht mir in die Magengrube. »Es gibt Erzählungen aus längst vergangenen Zeiten, in denen die Herrscher über die verschiedenen Reiche der Unterwelt eine Art Wettstreit hatten, sich gegenseitig auszuschalten.«

»Das ist die Vergangenheit?«

»In diesem Ausmaß – ja.« Er lässt seine Hand sinken, streift dabei meine Finger. Dieses Mal zucke ich nicht vor der Berührung zurück, was dafür sorgt, dass das Ziehen sich nun an einem anderen Ort als meiner Brust ausbreitet. Für einige Sekunden schließe ich die Augen, ringe um Beherrschung und mit dem Chaos in mir. Seit dem Kuss der Todesfee habe ich mich verändert – zu sehr verändert. So sehr, dass ich seitdem manchmal in die andere Richtung schaue, wenn ich einen Spiegel passiere.

»Was erfährt man noch aus diesen Erzählungen?«, flüstere ich. Mein einziger Gedanke in dieser Sekunde ist, dass ich aus Graves Bett verschwinden muss. Wegen der Nähe, diesem ... Geruch, den Gedanken in meinem Kopf und meinem Körper, der einen eigenen Willen hat.

»In einer heißt es, dass der damalige Herrscher über das Reich des friedlichen Todes die anderen mit dem Blut einer Todesfee vergiftete.«

»Aber dafür gibt es keinen Beweis«, halte ich dagegen.

Grave hebt eine Braue. »Gibt es den denn für deine Schrift?« Er schüttelt den Kopf. »Es tut mir leid. Ich habe nie gehört, dass ausgerechnet das Blut einer Todesfee ein Heilmittel ist. Noch dazu heißt es in der Aufzeichnung ›in ihrem eigen schwarzen Blut‹. Weshalb hast du nicht das Blut der Fee abgefüllt, die getötet wurde?«

Fuck. So habe ich die Worte nicht interpretiert. Ich beginne, meine Stirn zu massieren, hinter der sich ein pochender Schmerz ausbreitet. »Die Todesfee wurde von den Helios-Söhnen in der Sonne verbrannt.«

»Und Persephone ...« Mir entgeht nicht, dass der Name der ehemaligen Königin der Unterwelt holprig über seine Lippen kommt. »Wusste sie nicht, was zu tun ist?«

»Sie hatte keine Erfahrung mit Todesfeen. Sie war sich lediglich sicher, dass sie aus dem Reich der Schatten stammen. Meiner Kenntnis nach hat sie während ihrer Zeit in der Hölle im Palast im Zentrum gelebt.« Ich kann Persephone keinen Vorwurf machen. Es war großzügig von ihr, mir überhaupt zu helfen. Dennoch fühlt es sich in dieser Sekunde an, als würde ich fallen. Was, wenn diese Reise umsonst gewesen ist?

»Ich verstehe, dass du das nicht hören willst, und ich habe keine Ahnung, ob du es bereits in Betracht gezogen hast: ein siebenmonatiger Schlaf ... Das ist eine sehr lange Zeit. Nicht jeder Geist übersteht das unbeschadet. Womöglich ist es der Grund, aus dem die sechs verbleibenden Halbgötter nicht erwachen.«

»Du hast recht«, erwidere ich kalt und bringe endlich die

Kraft auf, von dem trügerisch weichen Laken zu rutschen, auf dem ich mich viel zu sicher gefühlt habe. »Das will ich nicht hören.«

»Vielleicht war der göttliche Anteil in ihrem Blut nicht mächtig genug«, redet Grave ungefragt weiter.

»Das ist nicht ihre Schuld.« Verärgert umrunde ich das Bett. »Es ist allein meine Schuld, wenn ich keinen Weg finde, sie zurückzubringen.«

»Nero.« Blitzschnell erhebt sich Grave, steht eine Sekunde später vor mir und versperrt mir den Weg. Seine Hände legen sich um meine Oberarme, packen mich regelrecht, als würde er mich zusammenhalten, obwohl ich ihn von mir stoßen will. »Du und ich, wir sind unsterblich«, raunt er mir zu. Wenn wenigstens ein verfluchtes Stück Stoff zwischen seinen Händen und meiner Haut wäre, würde die Berührung weniger in mir auslösen. »Doch manchmal gibt es keinen Weg zurück. Manchmal ... ist es einfach vorbei.« Ich presse meine Zähne derart fest aufeinander, dass mein Kiefer knirscht. »Dann muss man loslassen. Die Seelen vom Styx forttragen lassen. Und weitermachen.« Er umfasst mein Kinn, hebt es an. Es ist, als würden die Ringe um seine Pupillen anfangen, sich in einem ewigen Kreis aus Feuer zu bewegen. »Du bist der Anführer der Halbgötter, aber du kannst nicht jedem Halbgott das Leben retten. Wenn sie und ihr Geist den Fluch wie du überstanden hätten, wären sie zu sich gekommen. Es gibt Situationen, in denen man sich selbst retten – und nach vorn schauen darf.« Er tritt noch einen Schritt näher. »Du befindest dich nicht in einem Schlaf, Nero. Du bist hier mit mir und du bist wach.« Er drückt noch einmal meine Oberarme und ein Blitz schießt durch meine Brust, bis sich ein Vibrieren in meinem gesamten Körper ausbreitet. »Du solltest deine Zeit nutzen, bis es auch für dich eines Tages kein Zurück mehr gibt.«

Ich schlucke, alles in meinem Kopf dreht sich. Ich muss an Junas Worte denken – auch sie war der Ansicht, dass den Schlafenden nicht mehr zu helfen ist. Dass es ein Selbstmordkommando wäre, in die Unterwelt zu den Todesfeen zu reisen. Dass wir die Wachen abziehen sollten. Dabei ist uns beiden klar, dass sie mich niemals aufgegeben hätte. »Es ist in Ordnung, wenn du nicht daran glaubst«, sage ich. »Aber ich werde dennoch nichts unversucht lassen.«

Grave hebt eine Braue. »Auch, wenn du sie mit dem Blut vergiftest, anstatt zu helfen?« Sein Blick schweift zu den schweren Vorhängen und den hellen Staubkörnern, die sie umschweben. »Obwohl das vielleicht ein Geschenk wäre.«

»Was soll das heißen?!«

»Sieben Monate in einem Fluch gefangen sein ... Du weißt besser als ich, wie sich das anfühlt. Ich wette, man sehnt sich nach dem Ende. Danach, dass es endlich aufhört.«

Ich weiche zur Seite. »Du bist krank.«

»Nein. Ich sage die Wahrheit, mit der offensichtlich bisher niemand zu dir durchgedrungen ist.«

»Sieben Monate sind nichts in der Unsterblichkeit«, erwidere ich, dränge mich an ihm vorbei. »Nicht viel mehr als ein Wimpernschlag.« Ich stoppe, atme tief durch. »Es ist aushaltbar.« Die Lüge schmeckt bitter auf meiner Zunge. Ich kenne die Sehnsucht zu sterben. Das Verlangen, dem Grauen seiner persönlichen Hölle zu entkommen. Als würde man sich dafür die Haut von den Knochen schälen – wenn man sich bewegen könnte. »Ich brauche einen Moment«, sage ich, als ich Graves Präsenz wieder direkt hinter mir spüre. Dann steuere ich den Durchgang an, wo ich den Baderaum vermute.

Es fühlt sich an, als wäre ich erneut in dem dunklen Traum gefangen, während ich meine Hose abstreife und hinter die steinerne Trennwand unter die Dusche trete. Ich drehe den Hahn auf, welcher von Rost überzogen wird, und stöhne erleichtert auf, als mich kaltes Wasser trifft. Ich halte mein Gesicht unter den Strahl, bevor ich systematisch beginne, meinen Körper zu reinigen. Es tut gut, die Spuren der Reise abzuwaschen und meinen Kopf zu klären. Mit den Fingern fahre ich über die hellen Abdrücke, die an die Schlangenbisse erinnern, empfinde allerdings keinen Schmerz. Anschließend stehe ich eine Weile regungslos da, lasse das Wasser auf meinen Nacken prasseln, konzentriere mich allein auf dieses Geräusch, das in Kombination mit der Kälte die Panik zügelt, die dabei war, von mir Besitz zu ergreifen. Als ich den Hahn wieder zudrehe, verwandelt das Prasseln sich in ein Tropfen, bis Stille einkehrt. Ich schaue an mir hinab, meine Augen folgen der Narbe, die von meinem Brustbein über meinen Bauch verläuft. Die Erinnerung an einen Kampf mit Ares, der versuchte, mich aufzuschlitzen. Was ihm irgendwie auch gelungen ist. Nur getötet hat es mich nicht. Ich neige den Kopf in den Nacken, starre an die Decke. Wenn die Vergangenheit eines gezeigt hat, dann, dass ich verflucht zäh bin.

Vor meinem inneren Auge ziehen die letzten Wochen vorbei und ich kräusele die Lippen. »Götter«, murmele ich. »Wann bist du so verdammt schwermütig geworden?«

»Und seit wann führst du Selbstgespräche?« Mein Kopf fährt herum, aber neben mir ist bloß die Trennwand. »Handtuch und Klamotten liegen auf der Kommode«, informiert mich Grave, ehe seine Schritte sich entfernen.

KLOTHO

»Verfluchter Sohn eines Höllenzyklop«, knurre ich, als ich von der Gondel springe und halb im Fluss lande. Unentwegt schimpfend – denn darin bin ich richtig gut – raffe ich meinen Rock und wate ans Ufer. Sobald ich den Hauptpfad erreiche, schlüpfe ich aus meinen Stiefeln und kippe das Wasser aus. Als beide entleert sind, richte ich mich wieder auf und strecke meinen schmerzenden Rücken.

Ich habe keine Ahnung, wohin plötzlich alle verschwunden sind. Nachdem Helena und dieser widerwärtige Wächterdaimon aufgetaucht sind, habe ich mich umgehend auf die Suche nach Hypnos und Thanatos gemacht, doch beide waren unauffindbar. Lachesis ist noch nicht in die Unterwelt zurückgekehrt, und plötzlich fühle ich mich so ... hilflos. Meine Schwestern und ich – wir sind immer zu dritt. Oder wissen zumindest exakt, wo die anderen sich aufhalten. Deshalb ist es jetzt so, als hätte ich einen Arm verloren. Oder beide Beine – auch wenn sie mir in dieser Sekunde bleischwer erscheinen.

In den vergangenen Stunden bin ich so häufig durch den Nebel gegangen, dass mir schwindelig ist und ich stechende Kopfschmerzen verspüre. Obwohl ich es für gewöhnlich als lästig empfinde, ist es in dieser Sekunde eine Wohltat, meine Füße zu benutzen – ungeachtet der Tatsache, dass mein schlechtes Gewissen an mir nagt, weil ich Atropos zurückgelassen habe. Der logische Teil in mir sagt zwar, dass ich sie niemals rechtzeitig befreit hätte und sie uns am Ende beide mitgenommen hätten, trotzdem fühle ich mich wie ein Feigling. Gerade ärgere ich mich über mich selbst, dass ich sofort zu Hypnos und Thanatos rennen wollte, anstatt Atropos auf eigene Faust zu folgen. Dann wüsste ich jetzt wenigstens, wohin sie gebracht wurde. Wobei es eigentlich nicht schwer zu erraten ist: vermutlich ins Reich des Nebels und der Nacht. Andererseits ist es ein großes Gebiet und ich kenne mich an diesem Ort nicht aus. Ganz im Gegensatz zu den Rachegöttinnen, weshalb ich nun auf dem Weg zu ihrem Sprössling bin.

»Ich hasse diesen Pfad«, murre ich, während ich über die steinerne Brücke schreite und geflissentlich ignoriere, wie steil es in die Tiefe geht. Aber immerhin sind die Schlangenbiester heute nicht zugegen, die normalerweise die Pforte zum Schattenreich bewachen. Ich erklimme die Stufen und bleibe vor dem Baum stehen. Aus dem Loch, welches in der Mitte klafft, dringen die Schatten, und als ich die Hand ausstrecke, sie berühre, ziehen sie mich in ihren Sog.

Bevor die Erinnyen dieses Reich als Graves Zufluchtsort auserkoren haben, bin ich mit meinen Schwestern häufiger hier gewesen. Dennoch lande ich hart auf den Knien und unterdrücke einen Schmerzenslaut. Rasch rappele ich mich auf und klopfe die Erde ab. Kurz orientiere ich mich, aber es dauert nicht lange, bis ich die Burg, deren schwarze Steine krumm und schief aufeinanderliegen, hinter den Hügeln entdecke. Den wenigen Besuchern, welche sich in dieses Reich verirren, fällt es vermutlich überhaupt nicht auf, doch wer es wagt, hinter die zahlreichen Schatten zu blicken, erkennt eine wundervolle Landschaft. Gebirgszüge, schwarze Bergseen, Steilklippen, Küsten mit dunklem Sand ... Die Umgebung wirkt schroff, nicht unbedingt einladend, gleichzeitig aber so vielfältig, als könnte jeder hier seinen Platz finden. Alles ist im Einklang mit der lichtlosen Dämmerung.

Auf der Mitte der letzten Brücke, die über den Wassergraben führt, welcher die Burg umgibt, bleibe ich stehen und ringe nach Luft. Ein bisschen peinlich, da ich lediglich zügig gelaufen und nicht gerannt bin. Misstrauisch betrachte ich die Türme, die weit in den Himmel der Hölle ragen. Sollte Grave – genau wie Hypnos und Thanatos – nicht anzutreffen sein, habe ich noch keine Idee, was als Nächstes zu tun ist. Ich bin keine Kriegerin. Und abgesehen von meiner Gabe besitze ich auch keine magischen Fähigkeiten. Mehrmals habe ich meine Sinne nach Atropos ausgestreckt, doch ich kann sie einfach nicht finden. Ebenfalls Helenas verfluchtes Zauberwerk, daran hege ich keinerlei Zweifel.

Mit der Handinnenfläche stoße ich wenige Minuten später gegen das Tor, das mit einem Knarzen nachgibt, ehe ich nach vier Schritten die Flügeltüren erreiche und sie öffne. Auch hier: keinerlei Widerstand. Grave und Charon, die dauerhaft an diesem Ort leben, fühlen sich überraschend sicher – ohne jegliche Schutzmechanismen. »Arrogant«, flüstere ich vor mich hin und nehme die Treppe, der bereits zwei Stufen weggebrochen sind, nach oben. Ich habe nicht den blassesten Schimmer, ob das gerade der richtige Weg ist, allerdings glaube ich, in der Ferne ein Klappern und Poltern zu vernehmen.

Ich folge dem lauter werdenden Geräusch, und als ich an der Schwelle eines Raumes, der wohl die Küche darstellt, stehen bleibe, traue ich kaum meinen Augen. Grave ist barfuß, trägt lediglich eine zerschlissene Hose, die – zumindest für meinen Geschmack – zu tief auf seinen Hüften hängt. In aller Seelenruhe schneidet er einen Laib Brot, während ein mir fremder Mann am Fenster steht und einen Schluck aus einer Tasse nimmt. Ich bin mir sicher, dass Grave mich mittlerweile gehört hat, denn der Fremde wirbelt zu mir herum und durchbohrt mich mit eisblauen Augen. Ich spüre sofort, dass er nicht von hier ist.

»So sieht es also aus, wenn man einen Handel mit dir eingeht. Anstatt deinen Teil der Abmachung zu erfüllen, amüsierst du dich mit ...« Ich halte inne und mustere den Mann. Er wirkt überrumpelt und Röte kriecht über seine Wangen.

»Mit meinem Gast«, vollendet Grave meinen Satz, der endlich den Anstand besitzt, mir seine Aufmerksamkeit zu schenken.

Ich lächele süßlich. »So nennt ihr das also heutzutage.«

»Gib mir einfach das Blut und dann verschwinde ich«, mischt der Fremde sich ein und tritt an Grave heran.

»Autsch.« Ich hebe eine Braue. »Und er will nicht einmal zum Frühstück bleiben.«

»Nein«, erwidert Grave, ohne ihn anzusehen. »Ich sagte doch bereits, dass du zuerst deine Schulden begleichen musst. Drei Gefallen, um genau zu sein.«

»Interessant«, kommentiere ich und greife mir einen Apfel, beiße hinein und hoffe, dass er nicht vergiftet ist. »Ja, wirklich. Ich wünschte, ich hätte Zeit, diesem Drama beizuwohnen. Aber vielleicht solltest du deine eigenen Schulden begleichen, ehe du die von anderen einforderst.« Ich nehme einen weiteren Bissen, da ich jetzt erst realisiere, wie hungrig ich bin.

»Was willst du, Klotho?«

»Ich will, dass du die Rachegöttinnen herbestellst.«

Grave beginnt zu lachen. »Bist du dir sicher? Mit deiner Einstellung überlebst du ihre Gegenwart nicht.«

»Ich bin mir sicher«, zische ich zurück. »Meine Schwester wurde auf Befehl der Urgöttin entführt. Sie macht Jagd auf uns. Sie ... will etwas von uns. Und ich hoffe für die Erinnyen, dass sie wissen, was.«

9

VON EINEM
ALBTRAUM VERFÜHRT

ATROPOS

drei Stunden zuvor

Natürlich könntest du rennen. Aber ich bin schneller als du. Ich würde dich immer einholen. Meine Brust bebt, als ich einatme und streift dabei seinen Oberkörper. Meine Stirn berührt sein Schlüsselbein und ich schließe die Augen. Selbst wenn er als Mitglied von Nyx' Garde nicht dafür ausgebildet wäre, zu jagen und zu töten – ich mache drei Schritte, für die er vermutlich lediglich einen braucht. *Es gibt zwei Arten, auf die ich dich zum Reden bringen kann. Schmerz oder Lust. Was wählst du?*

Es fühlt sich an, als würden wir bereits Minuten in dieser Position verharren, und ich bin wie erstarrt. Es beschämt mich, dass ich bereits so sehr mit Furcht gefüllt bin, dass ich jede Frage beantworten würde. Fest presse ich die Lippen zusammen und schüttele den Kopf. Reflexartig hebe ich die Arme und stoße ihn von mir. Obwohl er sich kaum einen Zentimeter von der Stelle rührt, wirbele ich herum und sprinte in die entgegengesetzte Richtung. Dabei reiße ich eine Vase von ihrem Sockel, schleudere sie hinter mich, ohne zurückzublicken. Als ich die Tür hinter dem Altar vor ihm erreiche, kann ich mein Glück kaum fassen. Beim Aufreißen erwartet mich zwar keine Freiheit, dennoch drücke ich sie hinter mir zu, verriegle sie und eile die staubigen Stufen hinab, von denen ich nicht weiß, wohin sie führen.

Für einen kurzen Moment weitet sich meine Lunge und ich denke, dass ich mehr aushalte – zu mehr fähig bin –, als ich mir oft selbst zutraue. Wenn man eine von drei Schwestern ist, kann man sich stets an jemanden anlehnen, auf jemand anderen verlassen – man ist nie auf sich gestellt. Auf eine Situation wie diese ... bin ich nicht vorbereitet. Mir wurde noch nie Gewalt angedroht. Außer von Klotho. Wenn ich ungefragt ihre Kleidung geliehen habe. Aber das hier ... das hier ist anders.

»Verdammt«, wispere ich, ärgere mich, dass meine Stimme bricht. Mit der Schulter pralle ich gegen die Wand, weil ich nicht aufgepasst habe und die Treppe sich windet. Ein Wimmern dringt aus meiner Kehle, als ich mit dem linken Fuß umknicke. Gerade rechtzeitig gelingt es mir, mich abzufangen, ehe ich die letzte Stufe erreiche und meine Augen sich auf den Raum richten, der sich vor mir erstreckt.

Sobald ich mich an die Lichtverhältnisse gewöhnt habe, erkenne ich, dass es ein Mausoleum sein muss. In der Mitte befindet sich ein hoher Grabstein, dessen Inschrift so sehr mit Spinnweben bedeckt ist, dass ich sie nicht entziffern kann. Von oben höre ich, wie die Tür splittert. Ich frage mich, was er in der ganzen Zeit getrieben – und ob er mir womöglich absichtlich einen Vorsprung gelassen hat.

Hektisch blicke ich mich um. Einige Platten der in den Wänden eingelassenen Gräber sind herausgebrochen und am Boden zerschellt. Bevor ich es mir anders überlegen kann, humpele ich zum dritten Grab in der zweiten Reihe und krieche hinein. Ich hielt es für leer, bis ich gegen einen

Knochen stoße. Fest beiße ich mir auf die Unterlippe und schmecke Blut. Meine Fingernägel schaben über den Stein und ich bin so auf mein Vorankommen konzentriert, dass ich mit der Stirn gegen die Mauer pralle. Eine Träne der Verzweiflung rinnt über meine Wange, weil mein Unterbewusstsein aus irgendeinem irrationalen Grund dachte, ich könnte durch dieses Grab entkommen. Als sich Schritte nähern, rolle ich mich zusammen, packe einen der Knochen und halte die Luft an. Mehrere Sekunden geschieht nichts. Aber dann spricht er und bringt mein Herz zum Stehen.

»Der Staub verbirgt deine Fußabdrücke nicht.« Langsam hebe ich den Kopf und sehe, wie er vor der Öffnung auf ein Knie geht und sich mit dem Ellenbogen abstützt.

Meine Lippen beben. Blut tropft auf mein Kinn, das ich trotzig hervorschiebe. »Ich war schneller als du.«

Er hebt eine Braue. »Ich habe dich eingeholt.«

»Aber nun bin ich hier drin. Und du kannst mir nicht folgen. Die Öffnung ist zu schmal.«

Leicht neigt er den Kopf, mustert das Innere. »Es ist sehr schön, Atropos, dass du bereits dein Grab gewählt hast. Doch du wirst heute nicht sterben. Komm heraus.«

»Aber wehtun willst du mir«, wispere ich. »Warum sollte ich herauskommen?«

»Du hättest auch Lust wählen können.«

»Ich will keines von beidem. Weder Lust noch Schmerz.« Bei meinen Worten blitzen seine Augen auf. Ich habe ihn herausgefordert. Erschaudernd kauere ich mich noch enger zusammen, beobachte, wie er sich erhebt. Ein Klirren ertönt, verrät, dass er seinen Waffengürtel abstreift. Ich keuche, als er sich mit den Armen zuerst durch die Öffnung schiebt und auf mich zurobbt. Mein Rücken drängt sich gegen die Wand und meine Augen huschen unstet umher. Es vergeht viel zu wenig Zeit, bis er seine Hand nach mir ausstreckt. Ich stoße den Knochen in seine Richtung, doch er packt ihn, sodass er in seinem Griff zerbricht. Weitere Tränen rinnen über meine Wangen und ich presse meine Lippen noch fester zusammen. Ich hasse den metallischen Geschmack in meinem Mund. Trotzdem werde ich nicht betteln. Egal, was passiert: Ich. Werde. Nicht. Betteln.

»Du wehrst dich so sehr, dabei nahm ich immer an, eine Moire würde ihr Schicksal akzeptieren.«

»Das ist *nicht* mein Schicksal«, bringe ich hervor. »Und richtig: Ich *bin* eine Schicksalsgöttin. Du solltest mir mit Respekt begegnen.«

Der Daimon schnaubt. »Tut mir leid. Aber du kannst mich weder verzaubern, verfluchen noch deine Gabe mit der Macht der Urgöttin messen. Du kannst mir nichts bieten, mit dem du meinen Respekt verdienen würdest.«

Ich schlucke schwer. Staubkörner der Vergänglichkeit tanzen um seine dunkelgrünen Augen. »Ich vermute, dass auch eine Empfindung wie Mitgefühl dir fremd ist.«

»In der Unterwelt zählt nur Überleben. Egal zu welchem Preis.« Ohne Vorwarnung packt er meinen Knöchel und zieht mich näher zu sich. Zischend atme ich aus. Wegen der Verletzung und weil seine andere Hand sich auf meinen Schenkel legt, wo mein Rock nach oben gerutscht ist. »Wie ich sehe, hast du dir Schmerz bereits allein verursacht. Erstaunlich, dass du dir vorhin mit deinem eigenen Dolch keine Wunde zugefügt hast.«

Ich will seine Hand wegschlagen, komme aufgrund meiner Position allerdings nicht an ihn heran. »Fass mich nicht an«, fauche ich.

Er mustert mich abschätzend. »So ... hilflos«, kommentiert er dann. »Jemand hätte dir beibringen sollen, dich zu verteidigen. Stattdessen warst du nie mehr als hübsches Beiwerk im Thronsaal.«

Ich erstarre. »Ich kann mich nicht erinnern, dich jemals im Palast gesehen zu haben.«

»Nun ... ich habe dich gesehen. Und jedes Mal wurdest du vom Nebel umhüllt, der dich jetzt nicht rettet. Es ist ein Fehler, sich lediglich auf eine Gabe zu verlassen.« Dann packt er mich an den Kniekehlen, zieht an mir und rutscht gleichzeitig zurück.

Hektisch versuche ich, irgendwo Halt zu finden, doch ich bin seiner Kraft ausgeliefert. Ein Schrei entfährt mir, als ich aus der Öffnung gleite und damit rechne, auf dem Boden aufzuschlagen. Stattdessen umschließen seine Finger meine Hüfte, ehe er mich über seine Schulter wirft. Ich würge, weil er meinen Magen trifft. Vielleicht wird mir aber auch übel, weil ich erst jetzt realisiere, dass ich in einem Grab gelegen habe. In Staub, der einst zu jemand Lebendigem gehörte. Ebenso wie der Knochen, den ich gehalten habe.

Wieder würge ich, saure Galle brennt in meiner Kehle. Hilflos kneife ich die Lider zusammen, gebe mein Bestes, nicht komplett die Nerven zu verlieren. Dabei habe ich keine Ahnung, was ich tun soll. Der Daimon wird keine Gnade walten lassen. Er empfindet kein Mitleid. Es kümmert ihn nicht, dass ich schwächer und ihm ausgeliefert bin. Vermutlich beflügelt ihn meine Furcht. Schließlich gehört er der Garde der Urgöttin an, welche den Ruf hat, grausam und skrupellos zu sein. Bevor Hades' Macht schwand, setzten sie Nyx' Willen im Reich der Nacht durch, sorgten dort für Schrecken, doch nun hält sie offenbar nichts mehr hinter diesen Mauern.

Ich taumele, als der Daimon mich wieder auf meine Füße stellt. Zwar kenne ich durch Helena seinen Namen, doch ich weigere mich, ihn zu benutzen. Blinzelnd schaue ich mich um, registriere, dass er mich nicht zurück in den Hauptsaal gebracht hat. Stattdessen befinden wir uns in einem karg eingerichteten Raum mit zwei Pritschen. Er lotst mich zu der linken, wobei ich nach wie vor humple. Kurz darauf geben meine Beine unter mir nach.

Mein Blick wandert an mir hinab, über die Schlieren aus Staub, die meine Kleidung bedecken, und den Schmutz, der an meiner Haut klebt. »Ich muss mich waschen und umziehen.«

Der Daimon lacht und ich erkenne, dass die Farbe seiner Iriden wechselt, zwischen einem hellen und dunklen Grün.

»Ich scherze nicht.«

»Hier gibt es keinen Waschraum oder sonstige Annehmlichkeiten«, informiert er mich. »Das hättest du dir überlegen müssen, bevor du in das Grab gekrochen bist.« Er klopft seine eigene Kleidung ab, dabei halte ich mir rasch meinen Unterarm vor Mund und Nase, um nichts davon einzuatmen. »Weshalb zierst du dich so? Man erzählt sich, dass du und deine Schwestern in einer heruntergekommenen Scheune nahe den Feuergruben wohnt.«

Er streckt seine Hand nach meinem Gesicht aus, und dieses Mal gelingt es mir, sie wegzuschlagen. »Es ist ein Haus«, zische ich ihn an. »Und ich habe dich bereits darauf hingewiesen, dass ich nicht von dir berührt werden will.«

»Ah«, macht er und lässt sich auf die Pritsche mir gegenüber sinken. »Weißt du, viele Frauen hätten Lust gewählt.«

Ich schnaube. »Ich bezweifle, dass du bei deinem Benehmen Erfahrung mit Frauen hast. Und ungeachtet der Tatsache, dass du es ›Wahl‹ nennst, ist es keine freie Entscheidung, aus Furcht das womöglich kleinere Übel zu wählen.«

Der Daimon besitzt die Dreistigkeit, sich entspannt zurückzulehnen und ein Bein anzuziehen. »Ich sehe, du hast eine Menge zu sagen. Was gut ist, denn damit habe ich schon halb erreicht, was ich wollte.«

»Was soll das heißen?«

»Angst lockert die Zunge. Ich wollte, dass du Angst hast, Atropos.« Er verschränkt die Arme vor der Brust. »Erzähle mir, was ich wissen will, und du wirst kein Problem haben – zumindest nicht mit mir.«

»Außer Nyx verlangt es.«

»Außer Nyx verlangt es«, bestätigt er, ohne zu zögern.

Ich seufze und reibe mir über die Stirn, zucke dabei heftig zusammen. An der Stelle, an welcher ich mich gestoßen habe, hat sich eine beachtliche Beule gebildet. »Warum hat Nyx meine Schwestern und mich nicht für ein Gespräch vorgeladen? Weshalb ... das hier?«

»Warum wolltet deine Schwester und du fliehen?«, fragt der Daimon zurück, doch es ist offensichtlich, dass er darauf keine Antwort erwartet. »Ihr steht nicht auf der Seite der Urgöttin«, fügt er hinzu. »Dein Gesichtsausdruck, als die Magierin und ich dich holen kamen, hat alles verraten. Du wirktest wie jemand, der etwas zu verbergen hat.«

Ich hebe mein Kinn. »Aus welchem Grund denkst du, dass Nyx tatsächlich die Oberhand gewinnen kann? Das Reich des grausamen Todes hat die meisten Krieger, verfügt über die größte Armee. Tartaros würde sich niemals der Urgöttin anschließen.«

Er hebt eine Braue. »Woher willst du wissen, wie viele *wir* sind?«

Ich schlucke, rutsche auf der Pritsche zurück und umschlinge meine Beine mit beiden Armen.

»Also – es heißt, die Moiren sehen Schicksale. Ist es Nyx' Schicksal, Königin der Unterwelt zu werden?«

Ich lache freudlos. »Wirklich? Das ist es, was sie wissen will?« Es sollte mich eigentlich nicht überraschen. Ich spare es mir auch, ihn darauf hinzuweisen, dass die Gabe des Schicksals nicht funktioniert, wie er es sich vermutlich vorstellt. Wir sind keine Seherinnen, wie sie einst im Tempel von Delphi lebten.

Der Daimon mustert mich abwartend und ich schüttele den Kopf. »Nein. Nyx wird nicht herrschen.«

»Warum?«

»Weil ich es sage. Es ist ihr nicht vorherbestimmt.«

»Wer hätte das gedacht ...«, murmelt er, und ich bin mir nicht sicher, ob ich diese Worte hören sollte. Langsam streckt er sein Bein, stützt seine Ellenbogen auf den Knien ab und beugt sich in meine Richtung. »Eine Schicksalsgöttin, die lügt.«

»Ich lüge nicht«, fauche ich. Es ist lediglich meine Überzeugung, die ich bis tief in meine Knochen spüre.

»Nun gut«, sagt der Daimon viel zu sanft. »Nehmen wir an, ihr würde etwas fehlen, um zu herrschen.«

Ich löse die Umarmung, die ich mir selbst gegeben habe, lasse meine Hände sinken und grabe meine Fingernägel in das Holz der Pritsche. »Was zum Beispiel?«

»Die Macht der Hölle ... die Kraft des Feuers und die Fähigkeit, die Toten zu befehligen.«

»Du redest von der Kraft, die der ehemalige König der Unterwelt besaß.«

»Die Macht, die ihm nach wie vor innewohnen sollte. Und nun stell dir vor, dass sie ... einfach nicht da ist.«

Meine Gedanken rasen und Klothos Stimme hallt durch meinen Kopf. *Der Leichnam ist fort.* »Sein ... Körper ist nicht da?«, hake ich nach. War es womöglich doch nicht Nyx, die ihn aus seinen Gemächern stahl? Hat noch jemand seine Finger im Spiel?

»Oh, der Körper ist da«, erwidert der Daimon ungerührt. »Bloß seine Macht nicht.« Er beugt sich noch mehr in meine Richtung, dabei zwinge ich mich, nicht zurückzurutschen. »Und da fragt man sich natürlich, wo sie sich stattdessen befindet.«

Meine Kehle ist staubtrocken, und zwar nicht wegen des Grabs, in dem ich gelegen habe. Er verrät mir Nyx' Absichten. Selbst wenn ich mir unsicher bin, ob ich ihn verstanden habe. Sie hat also den Leichnam. In diesem Leichnam sollten Hades' Gaben sein. Die Urgöttin wollte sie sich nehmen – bloß wie?

Außerdem hat mir Nyx' kleine Ansprache zu denken gegeben. Offensichtlich ist sie ganz versessen darauf, Hades' Platz einzunehmen. Sie will seine Macht ... und das Problem ist, dass ich spürte, wie sie – oder zumindest ein Teil davon – in mich floss, als er ging. Ich besitze also etwas, das die Urgöttin will.«

Anders als der Daimon glaubt, brauche ich keine Schicksalskräfte, um dieses Rätsel zu lösen. Nyx kann Hades' Macht nicht an sich reißen, weil bereits jemand anders sie hat.

Grave.

Ich räuspere mich, was mehr wie ein Krächzen klingt. »Wie wurde denn versucht, die Kräfte zu übertragen?«

»Nekromantie.«

Sein Blick fesselt mich. Mir ist klar, dass er mich lesen will. Doch anders als mein Innerstes habe ich meine Gesichtszüge in diesem Moment im Griff. »Was genau bedeutet das?«

Er seufzt. »Das tut nichts zur Sache. Es geht darum, dass es nicht funktioniert. Und ich will erfahren, weshalb.«

Er hat mir schon zu viel verraten. Tief atme ich durch, schließe Frieden mit dem Gedanken, dass ich dieser Kirche vermutlich nicht mehr entkommen werde. Natürlich kann ich hoffen – auf meine Schwestern, Hypnos und Thanatos. Aber ob sie mich rechtzeitig finden? Nyx wird mich jedenfalls nicht freiwillig ziehen lassen – nicht mit den Informationen, über die ich nun verfüge. Außerdem existiert nach wie vor Helenas Zauber, der mich an diesen Ort bindet.

»Atropos«, reißt der Daimon mich aus meinen Überlegungen.

»Ich habe keine Ahnung, aus welchem Grund es nicht funktioniert. Vielleicht, weil die Urgöttin etwas erzwingen will, was nicht für sie bestimmt ist.«

»Für wen ist es dann bestimmt?«

»Jemanden, der nicht zerstören will. Jemanden, der die Hölle retten und nicht nur seine eigene Gier stillen will.« Ich weiß nicht, ob Grave so jemand ist. Aber er wurde vom Schicksal erwählt – genau für diese Zeit geboren. Und für gewöhnlich sind jene, welche die Macht nicht wollen, die, die sie verdienen. Bei denen sie am besten aufgehoben ist.

»Bist du dir sicher?«

»Ja«, erwidere ich, ohne zu zögern. Ich werde Grave nicht verraten. Laut Lachesis ist er der Schlüssel zum Lebensbaum. Womöglich kann er Hades' Herz retten.

»Ich meinte, ob du dir sicher bist, dass du so spielen willst.«

»Ich spiele nicht«, antworte ich kühl, wenngleich ich das Beben in meiner Stimme nicht gänzlich verbergen kann. Trotzdem erinnere ich mich, dass wir alle eine Aufgabe zu erfüllen haben. Und meine ist es, dem Schicksal zu dienen. Mich von ihm statt meiner Furcht leiten zu lassen.

»Von mir aus.« Er erhebt sich. »Ich habe dir versichert, dass du kein Problem mit mir haben wirst – wenn du mir erzählst, was ich wissen will.« Mit schräg geneigtem Kopf mustert er mich von oben herab. »Was du nicht getan hast.« Er bewegt sich in Richtung Tür. »Wirklich ärgerlich.«

»Was passiert jetzt?«, bricht es aus mir hervor, obwohl ich fortan schweigen wollte.

»Wir sind wieder am Anfang. Da du mehr als deutlich gemacht hast, dass du meine Berührungen nicht willst, gehe ich davon aus, dass du Schmerz wählst.« Mit der Schulter lehnt er sich gegen die Tür und umfasst den Knauf. »Wir befinden uns im hintersten Bereich des Friedhofs im Reich des Nebels und der Nacht. Es ist das Gebiet der Incubi. Von ihnen hast du bestimmt gehört.« Die Incubi sind eine Untergattung der Daimonen. Im Gegensatz zu Arym, von dem ich vermute, dass er ein niederer Daimon war, bis er in Nyx' Garde aufgenommen wurde, besitzen Incubi magische Fähigkeiten. Man sagt, dass ihre Art vor sehr langer Zeit aus der Vereinigung zwischen einer Hexe, die Dunkelmagie praktizierte, und einem Daimon hervorging. Sie verursachen Albträume, die manche vor Furcht sterben lassen, und nähren sich vom seelischen Schmerz und der Angst ihrer Opfer.

»Nach der Begegnung mit einem von ihnen werden wir sehen, ob du nach wie vor nichts weißt.« Er öffnet die Tür und tritt hinaus. »Bis morgen, Atropos. Ruhe ein wenig, denn dich erwartet keine erholsame Nacht.«

Obwohl in der Unterwelt stets Dämmerung herrscht, entwickelt man ein Gefühl für die Zeit. Deshalb spüre ich, dass die Nacht hereingebrochen ist, als ich meine Augen aufschlage. Ich bin tatsächlich eingeschlafen, wenngleich ich mich dagegen gewehrt hatte. Ich liege seitlich auf der Pritsche und lausche auf die Geräusche meiner Umgebung. Noch kann ich nichts Ungewöhnliches vernehmen, aber ich ahne, dass es eine trügerische Stille ist.

Langsam richte ich mich auf und rolle meine Schulter zurück, die von der unbequemen Position schmerzt. Als ich aufstehe, registriere ich erleichtert, dass zumindest mein Knöchel keine Beschwerden mehr verursacht. Probeweise laufe ich einige Male in dem Raum auf und ab, ehe ich am Türknauf drehe und überrascht zurückweiche, als die Tür aufschwingt. Irgendwie hatte ich erwartet, dass sie abgesperrt ist. Andererseits spielt es keine Rolle, da ich die Kirche sowieso nicht verlassen kann.

Ich trete nach draußen und finde kurz darauf den Weg zurück in den Hauptgang. Ich laufe über die wenigen Stufen und schlängele mich zwischen den Säulen hindurch, welche den Mittelgang einrahmen. In den Fenstern brennen nun Kerzen und ich greife eine von ihnen, umklammere sie fest. Ich habe keine Ahnung, was mich erwartet. Die Incubi leben ausschließlich im Reich des Nebels und der Nacht. Ein einziges Mal habe ich erlebt, wie einer von ihnen in den Knochenpalast geholt wurde. Hades folterte ihn, um an Informationen zu gelangen, und es war kein schöner Anblick. Ich hatte Mitleid mit ihm. Doch ich bezweifle, dass es jenem, den ich erwarte, ebenso geht.

»Vielleicht stimmen die Geschichten nicht«, murmele ich vor mich hin. »Weshalb sollte er mir etwas tun?« Weil Daimonen immer hungern – nach Leid. Und stets geneigt sind, sich ihren Trieben hinzugeben.

Ich beiße meine Zähne zusammen, um sie daran zu hindern aufeinanderzuschlagen, und entferne mich von den Säulen.

Vor einem der hohen Fenster bleibe ich stehen. Zögerlich stelle ich die Kerze wieder ab. Mit den Fingerspitzen fahre ich über das Glas, das mein Spiegelbild zeigt. Meine blasse Haut wirkt nahezu durchscheinend, während meine glatten schwarzen Haare über meine Schultern bis zu meinen Hüften fallen. Meine Augen, die eigentlich braun sind, wirken schwarz. Wie seelenlose Abgründe. Und vielleicht bin ich auf dem Weg, meine Seele zu verlieren. Ich weiß nicht, wer ich nach dieser Nacht sein werde.

Meine Lippen bewegen sich. »Ich habe keine Angst.«

Es ist eine Lüge.

Weshalb habe ich all das nicht kommen sehen? Weshalb ... war ich nicht vorbereitet? *So ... hilflos. Jemand hätte dir beibringen sollen, dich zu verteidigen. Stattdessen warst du stets nie mehr als hübsches Beiwerk im Thronsaal.* In dieser Sekunde sehne ich mich sogar nach *seiner* Gesellschaft. Er wäre mir lieber als ein Incubus. Womöglich sollte ich mich wieder in dem Grab verkriechen und hoffen, dass mich der albtraumhafte Daimon nicht findet.

Ich streiche über das zerflossene Kerzenwachs und beobachte, wie es auf meiner Haut trocknet. Es spannt, bis es bröckelt und die einzelnen Krümel zurück auf das Fensterbrett fallen. Ein leichter Luftzug streift meinen Nacken, und ich zwinge mich, meine Schultern nicht anzuziehen. Stattdessen hebe ich langsam den Blick, schaue in das Glas. Den Schrei, der in meiner Kehle aufsteigen will, schlucke ich herunter.

Direkt hinter mir steht ein Mann, mustert unser Spiegelbild – genau wie ich. Er ist ungewöhnlich schön. Markante Züge, hohe Wangenknochen, perfekt geschwungene Brauen, helle Augen und blondes Haar, das ihn wie einen Engel und kein Wesen der Hölle erscheinen lässt. Zuerst denke ich, er wäre eine Illusion. Doch dann hebt er eine Hand. Berührt mit seinen Fingerspitzen meine Wange und streicht mein Haar zurück. Ich bin wie erstarrt, als er sich nach vorn beugt und mit seinen Lippen über die Länge meines Halses fährt, dabei tief einatmet. »Dass sie mir eine Göttin überlassen ...«, raunt er.

Schauer rieseln meine Wirbelsäule hinab, die Härchen auf meinen Armen stellen sich auf. Seine Hände wandern zu meiner Taille, drehen mich sanft zu sich. Irgendwo in meinem Hinterkopf erinnert mich eine Stimme daran, dass Incubi ebenfalls Künstler der Verführung sind. Ich hefte meine Augen auf seine Brust, doch er schiebt seine Finger unter mein Kinn, sodass ich ihn ansehen muss. Beinahe kann ich es nicht ertragen – weil sein Antlitz keinen Zweifel daran lässt, dass er kein irdisches Wesen ist. Der Incubus ist Perfektion. Mit seinem Abbild konnte ich umgehen, ihm allerdings direkt gegenüberzustehen – keinen einzigen Makel an ihm zu entdecken ... ist beinahe zu viel. Ich atme flach, trotzdem betört mich sein Duft, als hätte Helena auch ihn mit einem Zauber belegt. Es kostet mich meine gesamte Kraft, aufrecht zu bleiben und nicht an ihn zu sinken.

Der Incubus lächelt wissend und entblößt eine Reihe spitzer Zähne. Sie sollten mich abstoßen, stattdessen spüre ich, wie ich sein Lächeln erwidere. In seinen Armen ist alles so ... leicht. Als könnte ich jeden Moment davonschweben. Zum ersten Mal, seit ich in diese Kirche gebracht wurde, habe ich keine Angst. Offenbar stimmen die Geschichten nicht. Sanft umfasst er meine Hand, führt sie an seine Lippen und haucht einen Kuss auf meine Haut. Ein Kribbeln breitet sich von dieser Stelle über meinen Arm und in meinem gesamten Körper aus. Aus der Ferne glaube ich, sanfte Klavierklänge zu vernehmen. Er fängt an, uns langsam im Takt der Musik zu wiegen. Ich schaue ihn an, will so gern meine Hände nach ihm ausstrecken und sein Gesicht berühren – mich vergewissern, dass es echt ist. Dass er echt ist. Vielleicht schlafe ich noch immer auf der Pritsche und träume das hier nur. Denn ich habe mit Schrecken gerechnet, dabei empfinde ich nichts als Geborgenheit.

Er dreht uns schneller und von dem Tempo wird mir schwindelig, weil ich nicht aufhören kann, in seine Augen zu schauen. Sie sind ungewöhnlich hell für einen Daimon – als spiegelten sie das Sonnenlicht. Und wer sehnt sich in der Dämmerung der Unterwelt nicht nach etwas Licht?

Wieder neigt er sich zu mir, legt seine Lippen an meinen Hals. Meine Haut brennt leicht, doch ich verstehe nicht, wieso. Ich bin wie berauscht, meine Umgebung wankt, obwohl wir uns nicht schneller bewegen. Punkte tanzen in meinem Sichtfeld und ich bekomme nicht ausreichend Luft. Die Zunge des Incubus fährt über meinen Hals, seine Hände graben sich fester in meine Taille. Ich stöhne. Hitze sammelt sich in meiner Mitte, und auf der Suche nach Linderung fange ich an, mich zu winden. Meine Fingernägel krallen sich in seine Brust, und nun sinke ich gegen ihn. Meine Beine geben unter mir nach, doch er hält mich. »Mehr«, wispere ich. Ich will mehr von diesem Rausch, der mir mein Bewusstsein raubt.

In einer fließenden Bewegung zieht mich der Incubus fester an sich und ich dränge mich ihm bereitwillig entgegen. Mein Unterleib prickelt, sodass ich meine Schenkel aneinanderreibe, während mein Kopf zurückrollt. Ich fühle mich nicht nur lebendig, sondern frei. Und ich will, dass es niemals aufhört. Womöglich ist er tatsächlich ein Engel, der mit einem Incubus vertauscht wurde.

»Es gibt keine Engel«, raunt er mir zu, und ich realisiere,

dass ich die Worte laut ausgesprochen habe. »Doch wer braucht schon den Himmel, wenn man das hier haben kann? Wenn ich *dich* haben kann.« Er hebt mich hoch. Der Nebel in meinen Gedanken lichtet sich ein wenig, als ich das kalte Gestein des Altars unter mir spüre. Dieses Mal verstärken seine Lippen das Brennen an meinem Hals. Es ist, als würde ich in meinen Adern ein Knistern hören, das stetig lauter wird. Bilder ziehen an meinem inneren Auge vorbei, und bald darauf winde ich mich aus einem anderen Grund.

Vor dem Knochenpalast wütet ein Kampf, die Stufen, die vom Acheron zum Eingang führen, sind mit Blut besudelt. Das Klirren von Metall durchzuckt mich, während ich durch die Menge haste und versuche, meine Schwestern zu finden. Immer wieder rufe ich ihre Namen, weiche mehrmals dem Hieb eines Schwertes aus. Ein brennender Pfeil gräbt sich in denjenigen, der neben mir gelaufen ist, und der Geruch nach verbranntem Fleisch steigt mir in die Nase. Hustend halte ich meinen Arm vor den Mund. Meine Augen tränen, doch ich halte abrupt inne, als ich ein Schluchzen vernehme, das ich unverkennbar Klotho zuordne. Allerdings ... weint Klotho nie. Ich entdecke sie am Fuße einer der Statuen und eile in ihre Richtung. Ich achte nicht länger auf das, was um mich herum geschieht, pralle gegen jene, die meinen Weg kreuzen, stoße sie von mir und stürme weiter, als wäre ich unverwundbar.

»Nein«, wispere ich, sobald ich neben Klotho in die Knie gehe und erkenne, wen sie mit ihrem Leib abschirmt. Lachesis starrt mit leerem Blick in den Himmel, an dem die Harpyien kreisen. »Lachesis.« Ich rüttele an ihren Schultern. Ein Laut der Verzweiflung kommt über meine Lippen, als ich das Blutrinnsal entdecke, das aus ihrem Mund und über ihr Kinn läuft. »Wir müssen sie –« Es gelingt mir nicht, den Satz zu beenden, weil ein Ruck durch meinen Körper fährt. Ich würge und keuche, bis ich

realisiere, dass ein Pfeil aus meiner Brust ragt und es nun der verbrannte Geruch meiner eigenen Haut ist, der mir in die Nase steigt. Das Brennen frisst sich durch meinen gesamten Körper, als hätte man meine Adern in die Flammen des Pyriphlegethon getaucht. Ich schreie, als Schwärze statt Feuer mich verschlingt. Mein Oberkörper krümmt sich, doch statt in den erwarteten Stein des Sockels der Statue graben sich meine Finger in Erde.

Langsam hebe ich den Blick, Tränen strömen unaufhörlich meine Wangen hinab. Den Schmerz in meinem Inneren kann ich keine Sekunde länger ertragen. Wurzeln kriechen vor mir über den Boden, gehören zu dem größten Baum, den ich jemals gesehen habe. Sein Stamm ist so breit, dass meine Schwestern und ich uns alle an den Händen fassen und die Arme ausstrecken müssten, und selbst dann ... wüsste ich nicht, ob wir ihn gänzlich umschließen könnten. Das Holz scheint zu vibrieren, als wäre es lebendig. Dagegen spricht, dass es von schwarzen Adern des Todes durchzogen wird. Mein Blick wandert weiter nach oben, zu Ästen und Blättern, die in einem strahlenden Gold im Licht der Dämmerung glänzen. Doch die Schwärze kriecht unaufhörlich vorwärts, während das Pochen und Vibrieren immer schwächer werden. Ich würge erneut, als ich begreife, dass ich tatsächlich dem Tod in die Augen schaue. Dem Tod der Unterwelt.

Ich spüre, dass ich allein zwischen den Wurzeln kauere, die Musterungen von verbrannter Kohle aufweisen. An einigen Stellen blitzen Knochen hervor, als hätte der Baum ein Skelett. Der Schmerz wird roher und stechender, wie eine stumpfe Klinge, die sich zwischen meine Schulterblätter gräbt.

Ich presse meine Hände an meine Schläfen, falle gleichzeitig nach vorn. Die raue Oberfläche einer Wurzel reißt die Haut an meinem Schlüsselbein auf. Ein Sog erfasst meine Brust, bereitet mich darauf vor, dass bald nichts mehr von mir übrig ist. Ich *schreie lauter, und nun ist es mein Mund, aus dem Blut rinnt. Ich will, dass es aufhört. Dass dieser Schmerz, der mehr ist, als eine Seele ertragen kann, nachlässt. Dass das Grauen nicht länger seine Krallen in mich schlägt. Viel lieber will ich sanft vom Tod gehalten werden. Schließlich gibt es keine Zukunft. Für niemanden von uns. Ich habe … Angst. Nackte Angst vereint sich mit der Qual. Deshalb schreie ich. Bis ich keine Stimme mehr habe und mir sicher bin, dass die Haut an meinem Schulterblatt weggeätzt wird.*

10

PROBLEM GELÖST

ATROPOS

»Arym.« Ich erwache mit seinem Namen auf meinen Lippen. »Arym.« Das Wort ist nicht mehr als ein heiseres Krächzen. Warum sage ich es? Wie sollte er mir helfen? Zögerlich höre ich in mich hinein. Mein gesamter Körper ist Schmerz, dennoch werde ich beinahe von Erleichterung durchströmt, weil das Brennen verschwunden ist und die Qual nicht schlimmer wird. Mein linkes Schulterblatt spüre ich nicht länger, worüber ich froh bin.

Schwerfällig öffne ich die Lider, rechne damit, die Wurzeln des Lebensbaumes zu erblicken. Stattdessen sehe ich das Innere der Kirche. Dann registriere ich die Berührung an meinem unteren Rücken und verkrampfe. Eine Träne löst sich aus meinem Augenwinkel und bahnt sich ihren Weg meine Wange hinab. Ich versuche zur Seite zu robben, werde jedoch aufgehalten, als zwei Hände meine Taille umschließen. Ich spüre raue Schwielen und weiß instinktiv, dass es nicht die des Incubus sind, dessen Haut samtweich gewesen ist. »Arym«, flüstere ich.

»Ich bin hier.«

»Ist bereits Tag?«

»Nein.«

Ich schiebe meine Hände unter mich, um mich aufzurichten, doch meine Arme geben zitternd unter mir nach. »I-ich …« Zaghaft befeuchte ich meine Lippen. In meinem Kopf herrscht ein dumpfes Pochen. »I-ich will aufstehen.«

Arym schnaubt, ehe ich seine Schritte vernehme und er einen Arm unter meinem Bauch, den anderen unter meinem Schenkel platziert und mich vom Altar hebt. Ich halte mich an seinem Unterarm fest, wundere mich über die Position, in der er mich trägt. Meine Augen weiten sich, als ich einen verdrehten Leib am Boden entdecke. »Ist das …« Ich schlucke. »Habe ich ihn getötet?«

»Nein«, erwidert er. Bald darauf spüre ich die Pritsche unter mir. »Nein«, wiederholt Arym, als ich mich auf den Rücken drehen will. »Dein Schulterblatt …« Meine Haut schabt über das Holz, als ich mich leicht bewege. So merke ich erst jetzt, dass ich nur noch meinen Rock und nicht länger mein Oberteil trage. »Rühr dich nicht«, weist er mich an. Wenig später hockt er sich neben mich, stützt mit einer Hand meinen Nacken und hält einen Wasserschlauch an meine Lippen. Gierig trinke ich.

»Das genügt. Sonst übergibst du dich wieder.«

Ich runzele die Stirn. Ich kann mich nicht erinnern, mich übergeben zu haben. »Weshalb tust du das? Damit ich besser reden kann?« Ich huste und meine Lunge brennt. »Musstest du abbrechen, weil ich sonst vor Angst gestorben wäre?«

»Was ist das auf deinem Schulterblatt?«, ignoriert er meine Fragen.

»Warum trage ich kein Oberteil mehr?« Umständlich taste ich nach meinem Rücken und zucke zusammen, weil ich dem geschundenen Mal zu nahe gekommen bin. Schmerz fährt durch meinen Hals, als ich hinter mich blicke und erkenne, dass die schwarzen Adern sich mittlerweile weiter ausgebreitet haben. Sie verlaufen bis zu meinem rechten Schulterblatt und seitlich hinab zu meiner Taille.

»Dein Hals ist verletzt, weil der Incubus sich an dir gelabt hat«, erklärt Arym tonlos und sorgt dafür, dass ich mich wieder flach hinlege. Den Versuch, meine Hand an die Stirn zu heben, unterbindet er ebenfalls, weshalb ich einen schwachen protestierenden Laut von mir gebe. Ich bin zu erschöpft, um überrascht zu sein, als er seinen Daumen an meine Schläfe legt und kreisend darüberstreicht, das Pochen mit dieser Geste lindert. Ich verstehe seine Beweggründe nicht, doch der Schmerz in mir wird schwächer. Vor Erleichterung fühlen sich meine Sehnen und Muskeln ganz schwer an.

»Was ist das auf deinem Schulterblatt?«, hakt er zum zweiten Mal nach.

»Ich bin eine Schicksalsgöttin«, murmele ich. »Meine Schwestern und ich sind mit dem Lebensbaum verbunden. Das ist sein Mal auf meinem Rücken.«

»Der Lebensbaum ist etwas Symbolisches. Eine Legende.«

»Der Lebensbaum ist die Essenz der Unterwelt«, beharre ich.

Für eine Weile schweigt er. »Das Mal ... Sah es schon immer so aus?«

Er verstärkt den Druck mit seinem Daumen. Dabei stoße ich einen Laut der Dankbarkeit aus, weil es so wohltuend ist. »Erkennst du noch die goldenen Linien?«

Ich spüre, wie er sich über mich beugt. »Kaum.«

»Einst bestand der Lebensbaum nur daraus.«

»Die Krankheit, die angeblich die Unterwelt befallen hat ... Das ist kein Gerücht, das die Söhne der Urgöttin gestreut haben, um ihre Position zu schwächen?«

»Nein«, antworte ich schläfrig. »Du kannst mich foltern.

Du kannst mich sogar töten, Arym. Ich bin längst dem Tode geweiht. Und du bist es auch. Selbst Nyx ...« Mein Geist schweift in die Ferne. »Sie ist nicht dazu bestimmt, die Unterwelt zu retten. In ihr schlägt das falsche Herz. In ihr fließt nicht das Blut, das Heilung bringt.«

Als ich das nächste Mal die Augen aufschlage, fühlt mein Kopf sich besser an. Meine Kehle hingegen brennt noch immer wie Feuer. Ich schlucke und unterdrücke ein Wimmern. Nach wie vor liege ich auf dem Bauch. Mühsam schiebe ich die Hände unter meine Brüste. Bei diesem Versuch gelingt es mir, mich nach oben zu stemmen. Ich schaffe es in eine sitzende Position und stelle meine Füße vorsichtig auf den Boden. Meine Stiefel stehen neben der Pritsche, aber ich kann nicht die Kraft mobilisieren, sie überzustreifen.

»Komm schon«, knurre ich, balle meine Hände zu Fäusten und stütze mich am Holz ab. Mein Körper protestiert, sobald ich stehe. Meine Beine werden nicht lange durchhalten. Dennoch gelingt es mir, die Tür zu erreichen und sie zu öffnen. Mein Herz stolpert, denn dahinter entdecke ich Arym, der an der gegenüberliegenden Wand lehnt. Wir starren einander an und ich beobachte, wie der Grünton seiner Iriden in viel zu schneller Abfolge wechselt. Den Widerspruch dazu bilden seine unnachgiebige Haltung und der kühle Ausdruck in seinem Gesicht, der seine Grausamkeit nicht verbirgt. Als mich ein Luftzug streift, verschränke ich meine Arme vor der Brust. »Was jetzt?«, frage ich.

Seine Hand ruht am Griff seines Kurzschwerts. »Wir warten.«

»Worauf?« Ich mache einen Schritt in seine Richtung und übersehe den Absatz hinter der Tür. Ich versuche noch, an der Skulptur links von mir Halt zu finden, rutsche jedoch daran ab. Der Boden kommt näher und ich bereite meinen geschundenen Körper auf einen schmerzhaften Aufprall vor. Ohne Vorwarnung schlingen sich Finger um meinen Oberarm, gleichzeitig packt eine warme Hand meine Taille. Arym richtet mich auf und ich ziehe scharf die Luft ein. Wortlos lenkt er mich in einen Raum, der mir zuvor verborgen geblieben war, weil ein bestickter Teppich davorhängt.

»Wow«, murmele ich, während ich das Gemach mustere. Es wirkt regelrecht ... königlich. Alles ist in edlen Rot- und Goldtönen gehalten, sodass man sich nicht traut, etwas zu berühren. Es ist herrschaftlicher als Hades' Räumlichkeiten im Knochenpalast. »Wer hat hier gelebt?«

»Irgendeine Familie von Hohedaimonen. Sind seit Hunderten von Jahren tot.« Sofort muss ich an die Gräber denken, die sich vermutlich direkt unter uns befinden. Ein unbehaglicher Schauer überläuft mein Rückgrat.

»Also hast du gelogen«, stelle ich nüchtern fest. »Es gibt Annehmlichkeiten.«

»Ja«, erwidert er ungerührt und führt mich in das angrenzende Zimmer, in welchem sich eine vergoldete Wanne sowie ein bodenlanger Spiegel befinden, dessen Glas vergilbt ist und dunkle Flecke der Zeit aufweist. »Du kannst dich erfrischen. Anschließend bleibst du hier, bis ich dich hole.«

»Wirst tatsächlich du es sein oder ein weiterer Incubus?«

Der Muskel an seinem Kiefer zuckt. »Ich.«

»Arym.« Als sein Name über meine Lippen kommt, registriere ich, wie er sich kaum merklich versteift. »Was passiert hier? Das ... Entspricht das noch Nyx' Anordnung?«

Für einige Sekunden herrscht ein Schweigen, das sich wie ein schwerer Mantel um mich legt. »Du bleibst hier, bis ich zurückkomme«, wiederholt er dann. Rückwärtsgehend entfernt er sich.

Seufzend trete ich vor den Spiegel und betrachte meinen Rücken. Tränen steigen mir in die Augen, weil sich das Mal so sehr verändert hat. Einst war es voller Leben und nun symbolisiert es den Tod. Die schwarzen Adern fressen sich mittlerweile über meinen gesamten Rücken, als wollten sie an jeden Betrachter eine Warnung aussenden. Die Dunkelheit auf mir wirkt unaufhaltsam, und ich fürchte mich vor dem Tag, an dem sie sich auch in meinem Inneren ausbreitet. Die Unterwelt bietet den besten Nährboden, denn sie braucht weder Wasser noch Sonnenlicht, um zu gedeihen. Ich vermisse die zarten goldenen Linien, die mir stets wie ein Kunstwerk auf meinem Schulterblatt erschienen. Ich war stolz, dem Lebensbaum zu dienen. Doch in dieser Sekunde begreife ich, dass ich meiner Bestimmung nicht länger gewachsen bin.

Langsam drehe ich mich und betrachte mich von vorn. Meine nackten Füße, den Rock, der bis knapp über meine Knöchel reicht, meinen Bauch, der noch die Abdrücke der Pritsche aufweist, und meinen Hals, an dem getrocknetes Blut klebt. Leicht neige ich meinen Kopf, erinnere mich an das Brennen, das ich verspürte, als der Incubus sein Gesicht an meinem Hals vergrub. Betörend ... zumindest am Anfang, bis er mich in meine persönliche Hölle brachte. Ich wirbele herum, kann den Anblick nicht länger ertragen.

Erschrocken keuche ich, als ich Arym entdecke, der nach wie vor an der Schwelle steht. Es sollte mich nicht wundern, schließlich habe ich keine Schritte gehört, die sich entfernten. Andererseits habe ich mich unbeobachtet gefühlt. Ich will ihn fragen, ob noch etwas ist, bringe es allerdings nicht über mich.

Poch, poch, poch, höre ich meinen eigenen Herzschlag

überdeutlich in meinen Ohren. Er starrt mich unverhohlen an, und in dieser Sekunde würde ich beinahe alles für einen Blick in seinen Kopf riskieren. Ich verharre reglos, wenngleich mein Oberkörper unbedeckt ist. Nach einem Moment wendet er sich ab und geht. Als ich das Geräusch des Wandvorhangs vernehme, atme ich aus.

Ich schaue an mir hinab. Ekel überkommt mich bei der Vorstellung, wie der Incubus mich gehalten hat. Mit abrupten Bewegungen entledige ich mich meiner restlichen Kleidung. Sobald ich mein Bein hebe, um in die Wanne zu steigen, protestieren meine Muskeln derart heftig, dass ich beinahe in die Knie gehe. Leise stöhne ich, weil ich mich zwei Mal stoße – an der Hüfte und am Ellenbogen –, bis ich endlich sitze und beide Hähne aufdrehe. Dann lasse ich meinen Kopf gegen die Stütze sinken, gestatte mir, die Augen zu schließen. Ich halte meine Füße unter die Öffnung und genieße das Prasseln des Wassers auf meiner Haut. Lediglich an Bauch und Armen brennt es leicht von den Kratzspuren, von denen ich annehme, dass ich sie mir selbst zugefügt habe, während ich weggetreten war.

Bevor es überlaufen kann, drehe ich das Wasser ab und beginne, den Staub und die Schlieren wegzuschrubben. Mittlerweile stört mich der Schmutz, den mein Besuch in dem Grab hinterlassen hat, weniger als die Erinnerung an die Berührungen des Incubus. Obwohl das Wasser und meine Umgebung warm sind, bemerke ich den kalten Schweiß in meinem Nacken – nicht nur wegen des albtraumhaften Daimons, sondern noch viel mehr aufgrund dessen, was ich gesehen habe. Den sterbenden Lebensbaum, ungeachtet der Tatsache, dass ich den Beweis auch auf meinem Rücken trage. *Hades nahm Persephone mit in den Garten und erzählte ihr, dass in der Unterwelt eine verborgene Stadt existiert. Er nannte sie ›die Spiegelstadt‹. Dort soll sich der Lebensbaum befinden.*

Vor einigen Stunden nahm ich noch an, ich würde diese Kirche – oder was auch immer dieses Bauwerk nun verkörpern soll – nie verlassen. Doch etwas ist anders mit Arym, seit er den Incubus getötet hat. Noch immer begreife ich das Warum nicht. Er wollte diese Schmerzen für mich. Er wollte, dass ich rede, damit er Nyx helfen und ihren Plänen dienen kann.

Es fällt mir schwer, mich zu konzentrieren, trotzdem gehe ich gedanklich noch einmal alles durch. Als ich nach der Begegnung mit dem Incubus auf dem Altar erwachte, lag ich auf dem Bauch. Seinen späteren Fragen nach zu urteilen, hatte Arym den Lebensbaum betrachtet. Ich erschauere, weil ich die raue Innenfläche seiner Hand nach wie vor spüren kann. Es ist ein wohliges Gefühl, das den kalten Schweiß in meinem Nacken erträglicher macht. Ein Lächeln zupft an meinen Mundwinkeln, ehe ich bei meiner Reaktion auf diese verschwommene Erinnerung erstarre.

»Nein«, flüstere ich in den leeren Raum. Arym hat mich verschont – zumindest für diesen Moment. Aber es gibt keine Garantie, dass diese Entscheidung endgültig ist. *Die Krankheit, die angeblich die Unterwelt befallen hat ... Das ist kein Gerücht, das die Söhne der Urgöttin gestreut haben, um ihre Position zu schwächen?*

Ich kann mir sehr gut vorstellen, dass Nyx ihre Untertanen restlos davon überzeugt hat, sie wäre imstande, die nächste Königin der Unterwelt zu sein. Jegliche Bedenken in ihrer Garde verspottet werden – weil niemand einen Beweis gesehen hat, der das Gegenteil bezeugt. Der Anblick des mit schwarzen Adern zerfressenen Mals auf meinem Rücken hat Aryms Überzeugungen womöglich ins Wanken gebracht. Ihm gezeigt, dass es nicht die Geschichten hysterischer Narren sind, die den Untergang der Hölle fürchten, der das Leben eines jeden Einzelnen kosten wird.

Ich halte meine Nase zu und tauche einmal gänzlich unter, ehe ich die Wasseroberfläche wieder durchbreche und mich am Wannenrand abstütze, um auszusteigen. Die Fliesen unter meinen nackten Füßen sind glatt und ich halte mich noch einen Augenblick fest, bis keine schwarzen Punkte mehr in meinem Sichtfeld tanzen. Sobald ich meinem Kreislauf über den Weg traue, sammele ich meinen Rock vom Boden auf und kehre in den Hauptraum zurück. Ein Handtuch konnte ich in der Nähe der Wanne nicht entdecken, sodass ich auf und ab laufe, um an der warmen Luft zu trocknen. Dabei schweifen meine Überlegungen immer wieder zu Arym. Obwohl ich größere Probleme habe, gelingt es mir nicht, mich von den wechselfarbigen grünen Iriden zu lösen. Vielleicht, weil Nähe mir fremd ist und all diese widersprüchlichen Eindrücke auf mich einprasseln.

Ich stoppe und atme tief durch. »Es ist nicht schlimm«, murmele ich. Schließlich bleibt mir nicht verborgen, was im Geheimen zwischen Lachesis und Hypnos ist. Und auch Klotho verschwindet ab und an, selbst wenn sie glaubt, es falle mir nicht auf. Nur ich habe niemanden außer meinen Schwestern. Mir ist bewusst, dass es mehr ist, als andere haben. Und ich bin auf ewig dankbar, mein Schicksal mit ihnen zu teilen. Aber in manchen Momenten sehne ich mich nach etwas – jemand – anderem. »Ich mag ihn nicht einmal«, nuschele ich und reibe mir über meine Arme. »Denke ich.« Nach allem, was passiert ist, *sollte* ich es nicht tun.

Seufzend mustere ich den Rock, den ich auf das Bett geworfen habe. Graue Schlieren ziehen sich über den rauen

Stoff. Ich habe keine Ahnung, wie viel Zeit mir bleibt, weshalb ich ihn nicht in der Wanne gewaschen habe. Es widerstrebt mir, ihn anzuziehen. Nicht zwingend wegen dem Grab, sondern aufgrund der Erinnerungen, die ihm anhaften.

Unschlüssig schaue ich mich genauer in dem Raum um, bevor ich zu einer der Kommoden trete und nacheinander die Schubladen öffne. In einer von ihnen finde ich Kleidungsstücke, die nicht zu Staub zerfallen, als ich vorsichtig mit den Fingerspitzen darüberstreiche. Ich nehme ein Shirt und eine Hose an mich, ziehe beides über. Erstaunlich schlicht in Anbetracht der Tatsache, dass es das Gemach von Hohedaimonen war. Die Hose muss ich an den Beinen viermal umkrempeln und ebenso den Bund umschlagen, doch mit dem Endergebnis kann ich leben.

Nachdem ich den Raum weiter erkundet habe, jedoch nichts Spannendes entdecke, sinke ich auf das Bett. Im Sitzen spannt mein Rücken mehr als im Liegen oder Stehen. Früher konnte ich das Mal des Lebensbaumes nicht auf diese Weise spüren. Es war ein Teil von mir, doch nun erscheint es mir wie ein Fremdkörper. Unruhig erhebe ich mich wieder und trete ans Fenster. Der Nebel hängt derart tief, dass ich kaum etwas erkenne. Frustriert wende ich mich ab und laufe zu dem Teppich, welcher die Tür verbirgt. Vorsichtig hebe ich ihn an und linse hindurch. Von meinem Standpunkt aus kann ich Arym nicht ausmachen. Sein Name geistert mühelos durch meinen Kopf, und mir wird bewusst, dass sich seit meinem Erwachen auch für mich etwas verändert hat. Bloß ... was? Fast erscheint es mir, als wäre da ein Bruchstück, an das ich mich nicht erinnern kann.

Mein Blick wandert zu meinen nackten Füßen. Ich entscheide, nur kurz in das Zimmer mit den Pritschen zu gehen, wo nach wie vor meine Stiefel stehen. Lautlos schiebe ich mich hinter dem Wandvorhang hervor und husche über den Flur. Allerdings gibt die Tür des kleineren Raumes beim Öffnen ein Knarzen von sich und ich beiße mir auf die Unterlippe. Einen Atemzug lang halte ich inne, doch da Arym nicht mit seinem kalten Gesichtsausdruck auftaucht, entspanne ich mich. Meine Finger zittern, als ich mich setze und in meine Stiefel schlüpfe.

Ich habe meine Kräfte überschätzt. Es kostet mich mehrere Anläufe, die Stiefel zu schnüren. Schmerz schießt durch meinen Kopf, sobald ich mich wieder aufrichte. Erneut tanzen dunkle Punkte vor meinen Augen. Von einer plötzlichen Sturheit ergriffen, laufe ich dennoch los. Meine Erschöpfung spielt keine Rolle: Mein Körper *muss* gehorchen. Und ich muss einen Weg hier raus finden, auch wenn dieser nicht an Helena vorbeiführt. Gerade denke ich darüber nach, ob es etwas nützen würde, eines der Fenster einzuschlagen, als ich das Geräusch von Schritten vernehme, die ich nicht Arym zuordne. Instinktiv halte ich den Atem an und schiebe mich durch den schmalen Türspalt nach draußen, um ein weiteres Knarzen zu vermeiden. Meine Augen huschen mehrmals zwischen dem Wandvorhang und dem Flur hin und her, der in den Hauptsaal führt.

»Arym.« Beim Klang von Helenas Stimme presse ich die Lippen fest zusammen. Beinahe erscheint es mir, als hätte ich sie mit meinen Gedanken heraufbeschworen. *Du bleibst hier, bis ich zurückkomme.* Aryms Worte vibrieren durch meinen Kopf, und auch mein exzellent ausgeprägter Fluchtinstinkt will sich an die Anweisung halten. Doch aus einem mir unerfindlichen Grund tragen meine Beine mich trotzdem in die entgegengesetzte Richtung. An der Ecke bleibe ich stehen und sinke auf die Knie, ehe ich zu der Statue mittig hinter dem Altar robbe. Die Stufen, die auch auf der anderen Seite existieren, verbergen mich in dieser Position.

»Ist es euch gelungen, den Garten zu betreten?«

»Nein. Aber in meiner Haut stecken nach wie vor ein paar Dornen.« Helena schnaubt genervt. »Und was soll in diesem Garten schon sein? Die Moiren sind sonderbare Geschöpfe, wer weiß, was sie dort suchten.«

»Hat der neue Zauber Fortschritte gebracht?«

»Du bist heute so redselig, Arym. Hast du meine Gesellschaft zu schätzen gelernt, nachdem du hier mit der Schicksalsgöttin eingesperrt warst?« Es entsteht eine kurze Pause. »Ich hoffe sehr, dass du sie nicht getötet hast. Nyx schickt mich, um zu erfragen, was du aus ihr herausbekommen konntest.« Wieder folgt ein abfälliges Geräusch. »Nicht, dass ich annehme, ihre Gabe würde uns tatsächlich weiterbringen. Die Fähigkeiten der Moiren sind derart schwammig ... Auf meine Magie hingegen ist Verlass.«

»Keine Sorge – ich habe ein paar Dinge in Erfahrung gebracht.«

Ein Surren durchschneidet die Luft, das mich in Alarmbereitschaft versetzt. »*Prohibe*–« Helenas Wort endet in einem Gurgeln. Ich presse beide Hände auf meine Ohren und schließe die Lider. Mein Herz rast und meine Atemzüge werden hektischer. Um mich zu beruhigen, fange ich an, sie zu zählen, allerdings verspüre ich keine Besserung. Meine Lunge brennt, als wäre ich meilenweit gerannt.

Es kommt mir vor wie eine Ewigkeit, bis die rauen Hände, die ich nicht vergessen kann, meine Handgelenke umschließen und sie von meinen Ohren ziehen. Von meiner kauernden Haltung schaue ich in Aryms Iriden, welche in dieser Sekunde flaschengrün sind. Und aus irgendeinem Grund präge ich mir den Moment genau ein, weil ich weiß, dass sich unsere Welt ebenso schnell ändert wie die Farbe seiner ungewöhnlichen Augen, deren Ziel es ist, mich zu umgarnen. Weil er ein Daimon und jeder seiner Art in ein verführerisches Gewand gehüllt ist. Raubtiere strahlen neben Gefahr auch immer eine Anziehung aus, der man sich schwer entziehen kann – wie sonst sollten sie jemals ihre Beute fangen?

»Was hast du getan?«, wispere ich, obwohl ich es weiß. Jedes Mal, wenn in meiner Nähe jemand stirbt, ist es, als würde man jegliche Luft aus meiner Lunge pressen.

»Ich habe dein Problem gelöst«, antwortet er. Blut tropft von seinem Schwert, doch in seinem Blick erkenne ich keine Regung. »Helena hätte den Zauber niemals aufgehoben, der dich an diesen Ort band. Sie folgte Nyx bedingungslos. Aber nun ist der Bann aufgehoben und du bist frei zu gehen.«

»Und du ... du folgst der Urgöttin nicht mehr bedingungslos? *Warum?*« Meine Augen suchen die seinen ab, weil sie in Bewegung sind und ich in ihnen mehr zu lesen erhoffe als in seinem wie aus Stein gemeißelten Gesicht.

»Ich habe gesehen ... als du ...« Er runzelt die Stirn, sucht nach der treffenden Beschreibung. »Ich habe es bis in meine Knochen gespürt, als du sagtest, das Blut der Urgöttin würde keine Heilung bringen.« Nach wie vor umfasst er meine Handgelenke und stellt mich mühelos auf die Füße. »Dazu das Mal an deinem Schulterblatt ... Die Unterwelt ist tatsächlich krank. Und deine Worte verraten, dass du weißt, wer sie retten kann.«

»Aber du bist Teil von Nyx' Garde. Du hast ihr die Treue geschworen.«

»Bis vor wenigen Stunden hätte ich alles für sie getan.

Doch nicht zum Preis der Zerstörung der Hölle. Denn du hast recht, dass in diesem Falle jeder von uns dem Tod geweiht ist.« Wachsam lässt er seinen Blick durch den Saal schweifen. »Außerdem gefällt es mir nicht, zum Narren gehalten zu werden. Offensichtlich verfolgt die Urgöttin ihre Pläne ausschließlich zu eigennützigen Zwecken. Ihr Geschwätz, der Unterwelt zu Größe zu verhelfen, uns einen angemessenen Platz zu verschaffen ...«

»War nur darauf ausgelegt, eure Gier zu befeuern«, vervollständige ich seinen Satz. Sein Kiefer mahlt und ich erkenne, dass meine Aussage ihm nicht gefällt, ehe sich einer seiner Mundwinkel hebt.

Noch bevor ich wirklich wusste, wohin ich gebracht werde und was mich erwartet, habe ich in diesem Lächeln Zuflucht gefunden. Doch mein Aufenthalt in der Kirche hat mir dabei geholfen, Arym zumindest ein wenig zu lesen. Deshalb begreife ich nun, dass sein Lächeln den Großteil der Zeit Spott in sich trägt. Noch dazu weiß ich, dass er mich als das kleinere Übel gewählt hat. Keine Ahnung, weshalb mir das einen Stich versetzt.

11

DIE NATUR DER UNTERWELT

ARYM

Ich blicke auf Atropos hinab – auf die Wende, die ich nicht kommen sah. Sie schaut aus ihren dunklen Augen zurück, welche weit in die Ferne gerichtet waren, als sie über den Lebensbaum sprach. Ich bin in der Unterwelt aufgewachsen und kenne die Geschichten von dem Baum, der seine Wurzeln weit unter der Hölle geschlagen hat und uns alle nährt – der Luft, die wir atmen, Leben einhaucht. In manchen Familien ist es üblich, Gebete und Opfergaben an ihn zu senden. Meist in den ärmeren Kreisen, wo man bereits so tief gefallen ist, dass man nur noch auf eine höhere Macht hoffen kann. Ich hingegen glaubte schon immer an mich selbst – an meine eigene Kraft und daran, dass ich mir alles ermöglichen kann. Obwohl ich nichts hatte – ein Niemand war –, habe ich es in Nyx' Garde geschafft. Dieser Status war stets alles, was ich bin. Doch nun – innerhalb weniger Stunden – habe ich eine Entscheidung getroffen, die alles verändert. Ich befinde mich auf einem Weg ohne Umkehr. Denn zum ersten Mal denke ich, dass der Lebensbaum sehr viel mehr als ein Aberglaube ist. Dass da tatsächlich etwas existiert, das größer ist als wir.

»Helena hat meine Fähigkeit – und die meiner Schwestern –

infrage gestellt ...«, murmelt Atropos, die nach wie vor versucht, das Geschehene zu verarbeiten.

»Ihr Ego war angekratzt«, erwidere ich. Die Pupillen der Schicksalsgöttin sind vor Angst noch immer geweitet, und an ihrem Handgelenk spüre ich, wie ihr Puls rast. Dennoch kann ich darauf keine Rücksicht nehmen. »Wir müssen aufbrechen«, sage ich deshalb eindringlich. »Nyx wird bald misstrauisch werden, wenn Helena nicht mit Neuigkeiten zurückkehrt.« In diesem Moment wird mir bewusst, dass ich nicht einmal weiß, wohin wir überhaupt aufbrechen. Ich drehe Atropos und umfasse ihre Unterarme, führe sie vorbei am Altar und die Stufen hinab.

»Wo hast du Helena hingebracht?«

Wir durchqueren den Hauptsaal und ich öffne die Tür, schiebe die Moire ins Freie, ohne sie loszulassen. »In eines der Gräber der Gruft.« Nyx wird sowieso nicht lange brauchen, um herauszufinden, was geschehen ist, sobald sie die Kirche betritt und wir nicht länger hier sind. Atropos fröstelt, obwohl die Luft wie überall in der Hölle warm ist.

Nachdem ich die Umgebung gemustert und den vorherrschenden Geräuschen gelauscht habe, schiebe ich sie in Richtung des Waldes, wo die grauen Schwaden, die charakteristisch für dieses Reich sind, noch tiefer hängen. Aus meinem Waffengürtel zücke ich einen Dolch, dessen kornblumenblaue Klinge mithilfe des Wassers der Lethe geschmiedet wurde. Zwar ist nicht die Zeit, zu der die Incubi für gewöhnlich aktiv sind, doch ich habe nicht vor, mich allein darauf zu verlassen.

»Arym«, stoppt mich Atropos irgendwann, nachdem sie mehrmals über Wurzeln gestolpert ist und zweimal gefallen wäre, hätte ich sie nicht aufgefangen. Sie ist ungeschickt und es grenzt an ein Wunder, dass sie sich schon so lange unbeschadet durch die Hölle bewegt. »Ich kann durch den Nebel gehen«, ruft sie mir in Erinnerung. Sofort halte ich an. Da ich normalerweise niemanden um mich habe, der diese Fähigkeit besitzt, hatte ich es vergessen.

»Nur du? Oder bist du in der Lage, mich mitzunehmen?«

Unter ihren langen Wimpern, die Schatten auf ihre Wangen werfen, schaut sie mich an. »Ich kann dich mitnehmen«, wispert sie nach mehreren Sekunden des Schweigens.

»Es gibt ein Aber.«

»Ich habe nicht gesehen, wie du ...« Ihre Zungenspitze schnellt hervor und befeuchtet ihre Lippen, die in der Dämmerung glänzen. »Was ist, wenn das hier Taktik ist?«

Ernst erwidere ich ihren Blick, ihre Augen spiegeln die Schwaden, die uns umgeben. »Du meinst, dass das hier abgesprochen ist, um dein Vertrauen zu gewinnen?«

»Ich habe Helenas Leichnam nicht gesehen.«

»Wir können zurückgehen und ich zeige ihn dir«, antworte ich, obwohl mir bewusst ist, dass die Zeit nicht reicht und Atropos sich bei dem blutigen Anblick vermutlich übergeben würde. »Hör zu«, sage ich, als ich erkenne, dass ihre Lippen leicht beben, und ich mich daran erinnere, dass sie in den vergangenen Stunden vermutlich das Maximum dessen ertragen musste, was sie überhaupt aushalten kann. »Es gibt Methoden, die wesentlich schneller und effektiver sind, um dir Antworten zu entlocken. Es müsste kein kompliziertes Schauspiel daraus werden. Ich versichere dir, dass Nyx dafür die Geduld fehlt.« Ich beobachte, wie sie schluckt und dabei vermutlich an den Incubus denkt. Mein Augenlid zuckt. Ich reibe mir über die Brust, die sich sonderbar schwer anfühlt – als hätte sich ein Zyklop daraufgesetzt. Allerdings wirkt die

Schicksalsgöttin noch immer argwöhnisch. Sie hat vergessen, dass ihr Unterbewusstsein mir in einem Moment größter Angst vertraut hat. »Ich bin von niederer Herkunft, Atropos.«

»Du hast eine abfällige Bemerkung darüber gemacht, wie meine Schwestern und ich leben. *Wo* meine Schwestern und ich leben.«

Ich seufze. »Klar, dass du all diese nebensächlichen Informationen abspeicherst.«

Sofort reckt sie ihr Kinn, als würde sie durch diese Geste auf magische Weise wachsen. »Ich war schon besorgt, du wärst plötzlich freundlich geworden. Gut, dass dem nicht so ist. Ich hätte es dir nämlich nicht abgekauft.«

Mit gehobener Braue sehe ich zu ihr hinab. Ich mag es, wenn sie mir die Stirn bietet. Mehr, als würde sie vor Furcht erzittern – was für gewöhnlich die Regung ist, die ich meinem Gegenüber entlocke. »Ich bin von niederer Herkunft, Atropos«, nehme ich den Faden wieder auf. »Ich habe bis heute überlebt, weil ich egoistisch bin. Weil ich stets die Seite wählte, auf der ich meine Zukunft sah. Weshalb freiwillig auf einem sinkenden Schiff ausharren?«

»Also würdest du die Seiten jederzeit wieder wechseln?«

»Ich habe Verrat begangen. Eine Rückkehr wäre mein Todesurteil.«

»Das ist verrückt, Arym. Du hast keinen blassen Schimmer, wie unser Plan aussieht ... ob es überhaupt einen gibt.«

Ich grinse sie an. »Nun, ich nehme an, dass du und deine Schwester nicht vollkommen grundlos diesen absurden Kampf mit der Hecke geführt habt.«

»Dein spöttisches – nein, dein überhebliches Lächeln bereitet mir ein unwohles Gefühl«, stellt die Schicksalsgöttin klar.

»Mehr nicht?« Trotz der Dämmerung entgeht mir nicht, dass ihre Wangen sich rosa färben und einen Kontrast zu ihrer blassen Haut bilden. Sie zögert noch einen Moment, dann reicht sie mir zum ersten Mal ihre Hand.

»Klotho sagt stets, ich sei zu naiv. Dass ich trotz unseres Lebens in der Unterwelt mein gutes Herz bewahrt hätte.« Ihre Augen verdunkeln sich. »Ich hoffe, du nutzt mich nicht aus.« Dann werde ich von den Füßen gerissen.

ATROPOS

Ich hätte nicht gedacht, dass Arym einmal vor mir knien würde, doch in dieser Sekunde stützt er eine Hand auf dem Holz unseres Steges ab, während die andere meine Finger umschließt. Er ist nach vorn gebeugt und atmet schwer. »Du bist nie zuvor durch den Nebel gegangen, oder?« Für mich ist es nicht anders, als einen Atemzug zu nehmen, doch ich hörte bereits, dass es sehr schwindelerregend sein kann.

»Hmpf«, bringt er hervor. Dann drückt er sich vom Boden ab, wobei das Holz besorgniserregend knarzt. Taumelnd richtet er sich auf, und ich versuche ihn an der Hüfte zu stützen, was dafür sorgt, dass er mir einen irritierten Blick zuwirft. Daher lasse ich meine Arme wieder sinken.

»Wir sollten den Steg rasch verlassen. Ich bin mir nicht sicher, wie lange er dein Gewicht noch tragen kann.«

Arym stößt ein Schnaufen aus, dann setzt er sich glücklicherweise in Bewegung, sodass ich diejenige bin, die ihm hinterhereilen muss. Ich komme nicht umhin zu denken, dass er mir den Vortritt hätte lassen können. »Bei dir erscheint es immer so leicht.«

Kurz runzele ich die Stirn, bis mir einfällt, wie er erwähnte, dass ich ihm im Knochenpalast aufgefallen bin. An eine

Begegnung mit ihm erinnere ich mich hingegen nicht. Vermutlich haben meine Schwestern recht, dass ich immer zu sehr in Gedanken bin und zu Träumereien neige. »Das ist es auch. Vorausgesetzt man tut es jeden Tag.« Ich schlüpfe unter seinem Arm hindurch und schiebe mich vor ihn. »Ich zuerst. Klotho würde Futter für die toten Seelen aus dir machen.«

Arym gibt einen amüsierten Laut von sich, den ich ignoriere, während ich die Tür aufstoße und eintrete. Unser karg eingerichteter Wohnbereich empfängt uns, und ich ermahne mich selbst, mich nicht umzudrehen, um zu erfahren, welche Miene mein Begleiter aufgesetzt hat. Meine Schwestern legen keinen besonderen Wert auf eine gemütliche Atmosphäre. Ich bin die Einzige von uns dreien, die ihr Zimmer mit mehr als bloß den nötigsten Möbeln ausgestattet hat.

Ich laufe in die Mitte des Raumes und schiebe einen der drei Stühle mit den Beinen, die schief angebracht wurden, zurück an den Tisch. »Genauso einladend, wie es vom Steg aussah.«

Ich fahre herum und funkele Arym böse an. »Warte doch draußen, dann kannst du dem Styx deine unerwünschte Meinung mitteilen.«

»Meine unerwünschte Meinung?«

Ich beiße mir auf die Unterlippe. »Entschuldige.« Normalerweise ist es mir wichtig, höflich zu sein. Andererseits hat er mich entführt und ... und mir wehgetan. Oder besser gesagt: dafür gesorgt, dass mir wehgetan wird. Nur, um mich dann zu retten. Ich schüttele den Kopf, weil ich nach wie vor nicht weiß, was ich von alldem halten soll.

»Du bereust es, mich in dein Zuhause gelassen zu haben«, stellt Arym fest.

»Das habe ich nicht gesagt.«

»Musstest du auch nicht.«

Ich werfe die Hände in die Luft. »Warum entschuldige ich mich überhaupt? Deine Bemerkung war gemein.«

»Also möchtest du, dass ich lüge.« Er schaut sich übertrieben staunend um, deutet auf eine der zahlreichen Spinnweben. »Was für ein schönes Heim ihr euch geschaffen habt.«

Etwas, das Wut sehr nahekommt, keimt in mir auf, und ich stapfe an ihm vorbei die Treppe nach oben. »Klotho«, rufe ich dabei, obwohl ich mir sicher bin, dass sie nicht hier ist. Wäre sie anwesend, hätte sie längst einen dramatischen Auftritt hingelegt – Arym mit einer Pfanne angegriffen oder Ähnliches. Vermutlich ist sie in diesem Moment auf der Suche nach mir. Ich hoffe bei allen Harpyien der Unterwelt, dass ich sie aufspüre, bevor sie in Nyx' Fänge gerät. Ob Lachesis mittlerweile mit guten Neuigkeiten aus der Oberwelt zurückgekehrt ist?

Ich bin so sehr in Gedanken, dass ich mit der Schulter gegen den Türrahmen laufe und fluche, weil sich sofort ein schmerzhaftes Pochen von dem Mal auf meinem Rücken ausbreitet. Fest beiße ich die Zähne aufeinander, eile zu meinem Nachttisch und hole den Rucksack hervor, der sich darunter befindet. Kopflos beginne ich, Dinge einzupacken, von denen ich glaube, dass ich sie brauche. Zwei Röcke und zwei Oberteile, eine Pergamentrolle, Feder und Tintenfass sowie eine kleine Decke, die ich aus einzelnen Flicken zusammengenäht habe. Kurz halte ich inne, ehe ich auch den Stoffbären einpacke, den ich vor Jahren im Acheron treiben sah. Außerdem nehme ich den Dolch, der stets unter meinem Kissen liegt. Klotho hat ihn dort platziert. Sie ist der Ansicht, nie vorsichtig genug sein zu können. Früher hielt ich die Maßnahme für übertrieben, mittlerweile stimme ich ihr zu.

Mit einem endgültigen Geräusch schließe ich den Reißverschluss, lege die Kleidung, die ich in der Kirche an mich genommen habe, ab und ersetze sie durch meine eigene. Ich keuche, als ich das enger geschnittene Shirt überstreife, dessen Stoff unangenehm mein Mal berührt und an meiner Schulter hängen bleibt, weil meine Arme plötzlich so sehr beben. Ohne Vorwarnung nähern sich Schritte und ich reiße meinen Kopf nach oben, sehe Arym auf mich zukommen. War er die ganze Zeit hinter mir? Er hat mich gereizt und dann war dieses Rauschen in meinen Ohren und ich ... Ich habe wieder geträumt.

Arym bringt mich dazu, auf die Matratze zu sinken, und ich verschränke die Arme vor der Brust. »Nichts, was ich nicht bereits gesehen habe«, erinnert er mich, umfasst überraschend sanft meine Ellenbogen, bis ich zulasse, dass er mein Shirt nach unten zieht. »Wie geht es dir?«

Ich bin derart überrumpelt, dass ich nur stumm blinzeln kann, doch Arym beobachtet mich abwartend und ich reiße mich zusammen. »Es geht mir gut.«

»Wie stark sind deine Schmerzen?«, bohrt er weiter.

»Mir tut nichts weh.«

Er schnaubt. »Du stehst nach wie vor unter Schock. Aber glaub mir, dich schmerzt jeder Muskel in deinem Körper. Deine Pupillen sind nicht kleiner geworden, seit wir die Kirche verlassen haben. Du bist vollkommen erschöpft.«

»Ich habe es geschafft, uns durch den Nebel hier-herzu-tragen.«

»Du funktionierst gerade lediglich auf Adrenalin.« Er deutet auf meine Hände, die zittern. Ebenso wie meine Arme und Beine. Meine Muskeln zucken, und ich drücke meine Füße mit aller Kraft auf den Boden, um es zu stoppen. Arym, der genau verfolgt hat, was ich tue, verzieht seine Lippen. »Zehrt das veränderte Mal auf deinem Rücken ebenfalls an deinen Kräften?«

Unschlüssig hebe ich eine Schulter. Es ist definitiv so, dass ich seit Monaten mehr Schlaf als gewöhnlich benötige und vor dem Zubettgehen stets eine so bleierne Müdigkeit verspüre, dass ich meine Augen kaum noch offen halten kann. »Meine Schwestern und ich sind mit dem Lebensbaum verbunden. Wenn er fällt, folgen wir als Erstes.« Bei meinen Worten verwandelt sich Aryms Miene wieder in die vertraute steinerne Maske. Dann lehnt er sich ein Stück zurück. Nun bin ich diejenige, die jede seiner Bewegungen verfolgt. »Ich bin dir nicht gleichgültig«, stelle ich fest. Erinnerungsfetzen tauchen in meinem Kopf auf – wie Arym mich trug und mir Wasser gab, obwohl Helena zur Eile drängte. Seine Kommentare, dass ich ihm im Knochenpalast aufgefallen bin.

Fest schaue ich ihm in die Augen. »Du hast mir den Incubus geschickt, weil du es nicht über dich gebracht hast, mir selbst wehzutun.«

Der Daimon stützt sich rechts und links von meinen Schenkeln ab, ehe er sich erhebt. »Es ist eine Schwäche, Atropos, in jedem nach dem Guten zu suchen. Denn manchmal spielt dein Verstand dir Streiche und es ist in Wahrheit nicht mehr als Schatten und Rauch.« Er wendet sich von mir ab und schlendert zu der Kommode, auf welcher der ascheartige schwarze Sand des Styx ausgebreitet ist. Er befindet sich in einer gläsernen Schale, die wirkt, als wäre sie aufgrund der Wärme beschlagen. Hypnos hat sie mir aus dem Reich des ewigen Schlafes mitgebracht. Im Sand liegt eine bronzene Brosche, ein Geschenk von Klotho, und eine Schatulle, die einen herzförmigen Stein beinhaltet, welche einst ganz in der Nähe unseres Stegs trieb. Viele Dinge verirren sich in die Unterwelt – und mein Zimmer ist voll davon. Weil ich denke, dass auch sie ein zweites Leben verdient haben, während jene, zu denen sie einst gehörten, in eines der Höllenreiche einkehren.

»Weshalb sammelst du all das?«

Ich wische meine nass geschwitzten Hände an meinem Rock ab und stehe ebenfalls auf. »Die Gegenstände haben ... eine Persönlichkeit. Sie erzählen eine Geschichte.«

»Sie sprechen mit dir?«

»Nein. Aber sie lösen Erinnerungen und Gefühle aus, wenn ich an ihnen rieche, sie berühre und ... und sobald du beispielsweise dein Ohr über dieses Glas hältst, kannst du eine zarte Melodie vernehmen.« Ich schaue zu Arym, dessen Iriden in dieser Sekunde wie Smaragde glühen, und spüre, wie meine Wangen heiß werden. Für gewöhnlich betritt niemand meinen Raum. Nur Lachesis darf hinein, und Klotho, unter der Bedingung, dass sie sich nicht über meine Besitztümer lustig macht. Die Brosche war ein Versöhnungsgeschenk. »Man kann überall Schönheit entdecken, selbst an todgetränkten Orten und in Dingen, die gebrochen erscheinen.« Ich greife meinen Rucksack und schlüpfe in die Schlaufen. »Du magst das anders sehen, doch ich werde mich nicht dafür entschuldigen, dass ich so bin.« Ich laufe los. Kurz darauf höre ich, wie er mir folgt. Die Treppenstufen knarzen unter jedem seiner Schritte, während ich kein Geräusch verursache.

»Was ist jetzt dein Plan?«, fragt Arym, als ich einen der Küchenschränke öffne und einen Wasserschlauch hervorhole.

»Wir suchen denjenigen auf, der fähig ist, die Unterwelt zu heilen.« Seit dem Eintreffen in unserem Haus habe ich mehrere Optionen durchdacht und halte es für das Beste, zu

Grave zu gehen. Die Zeit läuft uns davon, und laut Lachesis müssen wir mit ihm zum Lebensbaum reisen. Außerdem ist es meine Aufgabe, ihn zu warnen. Davor, dass Nyx herausfinden will, warum Hades' Kräfte nicht auf sie übertragen werden können. Hoffentlich sichert uns Helenas Tod einen Vorsprung. Außerdem habe ich im Gefühl, dass Klotho nach meiner Entführung das Schattenreich aufgesucht hat, schließlich hat Grave einen sehr guten Draht zu den Rachegöttinnen, die sich wiederum im Nebelreich auskennen.

»Er muss sehr mächtig sein, wenn du mich zu ihm mitnimmst.« Arym mustert mich. Unter seinem intensiven Blick komme ich mir vor wie ein offenes Buch, dessen Seiten er liest. »Du glaubst, dass er mich mühelos töten könnte, würde sich herausstellen, dass ich dich angelogen habe.«

Natürlich musste ich in Betracht ziehen, den Feind möglicherweise direkt zu Grave zu führen. Andererseits fühle ich mich in Aryms Nähe beschützt – auch wenn er mich dem Incubus überließ. Trotz seiner Worte erscheint es mir nicht so, als wäre er allein darauf bedacht, seine eigene Haut zu retten. Er wirkt obendrein nicht wie jemand, der das Sterben fürchtet. »Ja«, erwidere ich. »Er wäre fähig, dich zu töten.« Schließlich besitzt Grave Hades' Kräfte – oder zumindest einen Teil davon. Für viel mächtiger halte ich allerdings Styx' Erbe, das er ebenso in sich trägt.

Für einige Sekunden starren wir einander an, während wir beide realisieren, was ich gerade preisgegeben habe. Ich wäre bereit, Arym sterben zu lassen, obwohl er mich zwei Mal gerettet hat. »Vielleicht ist dein Herz doch nicht zu weich«, murmelt er schließlich.

Ich schlucke schwer und straffe die Schultern. »Ich kenne dich erst seit zwei Tagen. Meine Loyalität gilt meinen

Schwestern, unseren Freunden und der Unterwelt.« Ich ziehe die Schlaufen meines Rucksacks fester. »Und nun möchte ich mich von meinem Garten verabschieden. Du wartest im Haus auf mich.«

Einen Moment lang rechne ich damit, dass er noch etwas sagen wird, bis er wortlos beiseitetritt. Ich steuere die Hintertür an und schlüpfe hinaus. Drei Stufen auf einmal nehmend eile ich die Treppe hinab und laufe durch den Rundbogen, der aus rostigem Metall besteht. Ranken winden sich um das Material und ich lächele, als mich der Duft unserer schwarzen Rosen und Orchideen empfängt. Wir nähren die Blumen mit dem Wasser des Styx, und in meinen Augen gedeihen sie besser als die Pflanzen in Hades' Garten – selbst zu seinen Lebzeiten. Womöglich kann Grave mit seiner Macht tatsächlich dasselbe für die gesamte Unterwelt tun.

Ich folge dem Pfad, der mich zu der kleinen Laube in der Mitte des Gartens führt, und streiche dabei über die Blütenblätter, die sich in meine Richtung neigen. Dieser Garten ist mein Ort der Ruhe, an dem ich immer zu mir selbst finde. Mein Licht in der Dämmerung, wenngleich auch er in Dunkelheit ertrinkt. Doch ich glaube nicht, dass die Düsternis stets etwas Schlechtes ist.

Mein Herz schlägt schneller, als ich unsere Laube erreiche, in der eine Schaukel steht. Davor gehe ich in die Knie und taste nach der losen Fliese, die sich darunter befindet. Erleichterung flutet mich, als ich sie anhebe und die drei in Ketten eingefassten tropfenförmigen Edelsteine an mich nehme. Es handelt sich dabei um Mondsteine. Sie werden von Generation zu Generation weitervererbt. Wir bewahren sie in diesem Versteck auf, weil sie unsere kostbarsten Besitztümer sind. Der Überlieferung nach wurden die ersten drei Schicksalsgöttinnen in einer Mondwassergrotte unter der Kraft des Vollmonds geboren. ›Moire‹, wie man uns ebenfalls nennt, bedeutet ›Teil‹, was dafür steht, dass meine Schwestern und ich eine Einheit bilden. Es heißt auch, dass unsere Vorfahrinnen verflucht und in die Hölle verbannt wurden, weil wir in der Oberwelt unter Einfluss des Mondes große Macht erlangen könnten. Ich bin mir allerdings nicht sicher, ob diese Überlieferung der Wahrheit entspricht, schließlich sind meine Schwestern und ich in der Lage, ohne Hürden in die Oberwelt zu reisen. Ich werde auch nie die Nacht vergessen, in der Klotho uns auf ein weites Feld geschleppt, die Arme ausgebreitet und den Mond angeschrien hat, dass er uns verbrennen soll. Als Lachesis sie dann daran erinnerte, dass wir keine Vampire im Sonnenlicht sind und der Mond uns stärken sollte, erwiderte Klotho, dass sie wohl den gesamten Sinn für Humor abbekommen hat.

Bei der Erinnerung daran lächele ich, hänge alle drei Ketten um meinen Hals und lasse sie unter meiner Bluse verschwinden. Aus Angst, sie zu verlieren, wage ich es nicht, sie im Rucksack zu verstauen. Anschließend schiebe ich die Fliese zurück an ihren Platz, erhebe mich und streiche meinen Rock glatt. Ein letztes Mal atme ich tief ein, lasse mich vom Geruch meiner geliebten Blumen beruhigen. Ich weiß nicht, ob und wann ich zurückkehren werde – ob das hier womöglich ein Abschied für immer ist. Neben dem vertrauten Duft steigt noch ein anderer Geruch in meine Nase. Feuer.

Ich wirbele herum, dennoch erscheint es mir, als würde es in Zeitlupe passieren. Normalerweise ist es in unserem Garten still und friedlich, nur ab und an hört man das Rauschen des Styx. Doch in dieser Sekunde vernehme ich ein unheilvolles

Klicken. Und dann sehe ich, dass sich Flammen durch die Blüten des äußersten Beetes fressen.

»Nein«, wispere ich und widersetze mich meinem Instinkt, sie zu retten. Stattdessen stürme ich aus der Laube in Richtung Haus. Ein Schrei entfährt mir und ich weiche aus, pralle mit der Hüfte gegen die Leiter, mit der Klotho die Girlanden zu unserem letzten Geburtstag aufgehängt hatte. Ich klammere mich daran fest und spüre, wie sich ein Splitter in meine Handinnenfläche gräbt. Das Klicken wiederholt sich und ich blicke auf, stolpere gleichzeitig zurück. Vor mir befindet sich ein Feuerskorpion, sein Körper nimmt den gesamten Gang ein. Er klickt ein drittes Mal mit seinen riesigen Scheren, was einen Funkenregen heraufbeschwört. Ich keuche, als einige davon meine Arme berühren, weiß aber auch, dass nur sein Stachel am Ende seines Schwanzes mich töten kann, den er in diesem Moment bereits von hinten zu mir neigt. In Ermangelung eines besseren Einfalls schnappe ich die Leiter und stoße sie in seine Richtung. Dann drehe ich mich um und renne. Bloß habe ich keine Ahnung, wohin. Links von mir sind die Flammen, hinter mir ist der Feuerskorpion und der rechte Weg endet in einer Sackgasse. Klotho wollte auf dem kleinen runden Platz, der sich dort befindet, einen Brunnen errichten, aber der Versuch ist missglückt.

Ich huste, als ich einen Schwall Rauch einatme, und sehe mich hektisch um. Tränen verschleiern meine Sicht. Die Hautpartien, die nicht von Stoff bedeckt sind, spannen unangenehm aufgrund der trockenen Hitze. Es gibt lediglich einen Ausgang, der gesamte Garten wird von einem hohen Zaun umgeben. Kurzerhand entscheide ich mich für die Stelle, an der er leicht demoliert und deshalb niedriger ist. Gerade greife ich nach einer Ranke, als mein Unterschenkel von etwas Scharfem gepackt wird. Ein Schmerzenslaut entfährt mir, unmittelbar darauf schlage ich hart auf dem Boden auf. Wieder ertönt das Klicken, woraufhin ich mich instinktiv nach rechts rolle. Im letzten Moment entkomme ich dem Stachel des Skorpions, der sich neben mir in die Erde rammt. Etwas Nasses rinnt über meinen Schenkel und ich weiß, dass es Blut ist. Panik überkommt mich, aus Angst, dass der Stachel mich erwischt hat.

Hastig springe ich auf die Füße, kann dabei förmlich spüren, wie der Stachel sich als Nächstes in meinen Rücken bohren wird, weil ich nicht schnell genug bin. Doch meine Befürchtungen treten nicht ein. Ich drehe mich um und vernehme ein fauchendes Zischen, als der Skorpion sich von mir abwendet. Arym ist hinter ihm aufgetaucht. Automatisch halte ich die Luft an, als der Stachel des Skorpions nun auf ihn zielt. Doch bevor er ihn erwischen kann, zieht er an einem Seil, von dem ich erst jetzt erkenne, dass er es um den vorderen Leib des Feuerskorpions geschlungen hat. Ein Ruck geht durch den Körper des Wesens, sodass es auf dem Rücken landet. Die wild gegeneinanderschlagenden Scheren schicken weitere Flammenfunken in meine Richtung, und ich schaffe es gerade so auszuweichen. Mit geweiteten Augen sehe ich zu, wie Arym den Schwanz des Skorpions abschlägt und die Klinge in seine Brust gräbt. Zweimal klickt es schwach, dann erschlafft der zuckende Körper gänzlich. Ich verziehe das Gesicht, als er den Stachel des Wesens gezielt abtrennt.

»Zu wertvoll, um ihn hierzulassen«, informiert er mich. Rasch streift er seine Jacke ab und wickelt ihn darin ein. Das Bündel verknotet er und befestigt sein Schwert wieder am Waffengürtel.

Nachdem mein Herzschlag sich beruhigt hat, humpele

ich zu Arym und drehe mich um. Ich versuche, nicht zu erschauern, als er den Reißverschluss des Rucksacks öffnet, um den Stachel zu verstauen. Als ich mich ihm wieder zuwende, runzelt er die Stirn. »Weshalb weinst du?«

Krampfhaft schlucke ich, um die Fassung zu bewahren. »Wir müssen nun wirklich aufbrechen. Ich kann dich noch ins Reich der Schatten bringen und ... und du musst meinen Schwestern sagen –«

»Atropos«, unterbricht Arym mich. Ohne Umschweife hebt er mich hoch und steuert den Ausgang an. Erst jetzt realisiere ich, dass die Flammen sich immer weiter ausbreiten, erbarmungslos unseren Garten zerstören, den wir über Jahre hinweg angelegt haben. Ich blicke so lange zurück, bis der Daimon unser Haus umrundet und der Garten aus meinem Sichtfeld verschwindet. In langen Schritten überquert er kurz darauf den Steg und springt auf eine der vorbeifahrenden Gondeln. Kein einziges Mal verliert er dabei das Gleichgewicht. Als unser Haus immer kleiner wird, setzt er mich ab. Dann kniet er sich vor mich, schiebt meinen Rock leicht nach oben und platziert mein Bein auf seinem angewinkelten Oberschenkel, sodass ich die Wunde betrachten kann, die bereits verschlossen ist. Lediglich das Blut, welches nun auch seine Hand bedeckt, erinnert daran, was passiert ist. »Du stirbst nicht.«

»Oh«, murmele ich.

»Er hat dich mit seinen Fängen erwischt, nicht mit seinem Stachel.«

Zittrig atme ich aus und schaue in die Augen des Daimons, der mich zum dritten Mal gerettet hat.

Seufzend nimmt er auf der Bank mir gegenüber Platz und wischt mein Blut an seiner Hose ab. »Das ist übrigens der

Grund, aus dem ich vorgehe.« Spöttisch hebt er eine Braue. »Mir wäre der Feuerskorpion aufgefallen, bevor er den halben Garten in Brand gesteckt hätte.«

»Danke.« Verlegen knibble ich am Saum meiner Bluse. »Ich habe keine Ahnung, wie der Feuerskorpion überhaupt in unseren Garten gelangen konnte. Unser Haus ist lediglich über den Styx erreichbar.«

»Höchstwahrscheinlich wird er keine der Gondeln genommen haben.«

Ich ziehe meinen Fuß zurück und richte meinen Rock. »Hast du gerade einen Scherz gemacht?«

»Ich weiß nicht – du hast nicht gelacht.«

»Weil du mich überrumpelt hast.«

Er mustert mich und ich rutsche ein wenig zurück, um seiner Präsenz zu entfliehen, was auf diesem engen Raum irgendwie zwecklos ist. »Vielleicht beim nächsten Mal«, sagt er schließlich in einem Tonfall, den ich noch nie bei ihm gehört habe. »Und zu dem Feuerskorpion: Nyx hat ihn geschickt.«

»Weiß sie bereits, dass wir fort sind?«, frage ich geschockt.

Er hebt eine Schulter. »Ich denke, dass sie ihn für deine Schwestern ausgesandt hat, nicht explizit für dich.«

Unbehagen kriecht durch meine Adern und ich verschränke meine Finger in meinem Schoß. »Das ist das erste Mal ... dass uns jemand etwas antun will. Die Hölle war stets mein Zuhause, aber nun würde ich ihr am liebsten entkommen.«

»Es ist gesund, über einen Fluchtinstinkt zu verfügen«, merkt Arym an.

Ich seufze schwer, denke an die Daimonen, welche vor dem Palast von Nyx' Garde zusammengetrieben wurden, den Wächter, welchem Grave das Genick gebrochen hat, sowie an den Incubus, Helena und den Feuerskorpion, die Arym alle zu meiner Rettung opferte. »Da ist ... *so* viel Tod.«

»Willkommen in der Unterwelt.«

12

HEIMKEHR EINER KÖNIGIN

GRAVE

»Was kann da so lange dauern?«, regt Klotho sich auf. »Sie sind beinahe zwei Tage fort.« Seit ihrem Eintreffen hat die Moire sich nicht beruhigt.

»Meine Schwester wurde auf Befehl der Urgöttin entführt. Sie macht Jagd auf uns. Sie ... will etwas von uns. Und ich hoffe für die Erinnyen, dass sie wissen, was.«

Es dauert ein wenig, bis das Gesagte zu mir durchsickert, weil ich viel mehr damit beschäftigt bin, dass Nero nach wie vor gehen will. Offenbar hat die Nacht, die wir in meinem Bett verbracht haben, nichts für ihn geändert. Bei dieser Überlegung halte ich kurz inne, ehe ich die Augen über mich selbst verdrehe. Wir haben nebeneinander geschlafen. Mehr ist nicht passiert. Abgesehen von dem Gespräch, das ... Zumindest mir erschien es, als hätten wir uns beide geöffnet. Und ich kann mich nicht erinnern, wann mir das zuletzt auf diese Weise passiert ist. Ich ... mag Nero. Götter, vielleicht habe ich zu viel Zeit allein verbracht, doch ich überlege unaufhörlich, wie viele Schulden ich noch einfordern kann, damit er nicht in die Oberwelt verschwindet.

»Grave«, faucht Klotho aufgebracht und reißt mich aus meinen Gedanken.

Ich blinzele einige Male, und ohne zur Seite zu schauen, weiß ich, dass Neros Blick auf mir ruht. »Welche von deinen beiden Schwestern? Und hast du mit eigenen Augen gesehen, dass es die Urgöttin war?«

»Atropos – und ja.« Zähneknirschend ballt Klotho die Hände zu Fäusten. »Na gut, nicht direkt. Es waren die Hexe Helena und ein Daimon aus Nyx' Garde.«

»Ah, die Schüchterne. Wirklich schade. Ich mochte sie gern.«

»Sie ist nicht tot!«

»Wenn Nyx sie in ihre Fänge bekommen hat ...« Ich verschränke die Hände hinter meinem Rücken und trete an die Öffnung im Mauerwerk. »Wie lange ist es her?«

»Etwa ... etwa drei Stunden?«

»Weshalb bist du nicht sofort hierhergekommen? Schließlich haben wir eine Art ... Übereinkunft getroffen und ziehen nun an einem Strang.« Klotho schnaubt abfällig, und weil durch meine Adern der Styx fließt, frage ich mich, warum sie nicht diese Schwester mitgenommen haben.

»Du warst nicht meine erste Wahl.«

Mit der Fußspitze klopfe ich auf den Boden. »Wenn sie vor drei Stunden gefangen wurde, weiß Nyx mittlerweile von mir.«

»Atropos wird nichts sagen.«

»Sie ist zerbrechlich. Natürlich wird sie das.«

Ich seufze schwer und beobachte, wie Klotho unermüdlich vor mir auf und ab läuft. »Das Nebelreich ist groß. Aber ich versichere dir, dass Alecto deine Schwester findet, sollte sie dort sein.« Ich verkneife mir die Aussage, dass sie wesentlich schneller gewesen wäre, hätte Klotho nicht darauf bestanden, dass Thanatos sie begleitet. Nicht, weil der Herrscher über das Reich des friedlichen Todes ein lahmes Bein oder Ähnliches hat, sondern da mir nicht entgangen ist, dass die beiden gerne Verstecken und Finden für Erwachsene spielen.

Innerlich seufze ich. Kurz nach Klothos Auftauchen sind meine Ziehmütter in der Schattenburg eingetroffen. Eine Begegnung, die im ersten Moment für Spannungen sorgte – jedoch ebenso dafür, dass die Rachegöttinnen nun in die Abmachung mit den Moiren eingeweiht sind. Positiv ist daran wohl, dass sie Nero unter diesen Umständen kaum Beachtung geschenkt haben. Während Megaira und Tisiphone weiterhin Nyx' Befehle ausführen, damit die Urgöttin keinen Verdacht schöpft, suchen Alecto und Thanatos nach Atropos. Seitdem harren wir im Reich der Schatten aus, und ich musste den Rachegöttinnen – mal wieder – mein Wort darauf geben, dass ich es nicht verlassen werde. Alles, was sie für mich getan und geopfert haben, bedeutet mir viel und ich will nicht undankbar sein, dass sie sich um mich sorgen. Doch ich bin nicht mehr der schutzbedürftige Junge von damals – und man kann sich nicht auf ewig verstecken. Das Aufeinandertreffen mit Nero hat mich daran erinnert, dass ich nicht länger ein Geist sein will. Ich möchte mich nicht mehr unsichtbar durch die Unterwelt bewegen. Es ist an der Zeit, die Schatten zu verlassen.

Klotho öffnet bereits den Mund, vermutlich, um eine weitere Schimpftirade auf mich loszulassen, als Charon den heruntergekommenen Saal im Zentrum der Burg betritt. Die Moire stürzt sich förmlich auf ihn, um Neuigkeiten zu erfahren, da er im Zentrum des Hades war. Ich nutze die Chance, nehme meine Stiefel von dem maroden Tisch in der Mitte des Raumes und erhebe mich. Die Moire attackiert den ehemaligen Fährmann mit Fragen, deren Antworten mich durchaus interessieren, dennoch drehe ich mich um und laufe zur rechten hinteren Ecke des Saals. Als ich sie erreiche, springe ich auf den Mauervorsprung darunter, der durch einen herausgebrochenen Teil der Steine gebildet wurde.

Neben Nero nehme ich Platz. Ein Bein hat er angewinkelt, das andere baumelt in die Tiefe. Er ist nicht gut auf mich zu sprechen, seit ich zum zweiten Mal deutlich gemacht habe, dass ich ihm die Phiolen mit dem Blut der Todesfee nicht geben werde. Wenngleich er sauer auf mich ist, haben die zwei Tage Erholung ihm gutgetan. Die tiefen Ringe unter seinen Augen sind leichteren Schatten gewichen, sein Blick wirkt wacher, seine Haltung aufrechter und seine Hautfarbe weniger blass.

»Neuigkeiten?«, fragt er, ohne mich anzusehen.

»Keine Ahnung«, erwidere ich wahrheitsgemäß. Natürlich hat auch er durch die mitgehörten Gespräche einige Puzzleteile zusammengesetzt. Meiner Beobachtung habe ich entnommen, dass ihn die Nachricht über Zeus' Tod am meisten schockiert hat. Dass ich Hades' Sohn bin, weiß er allerdings nach wie vor nicht. »Charon ist eben eingetroffen und ich brauchte eine Verschnaufpause von Klotho.« Zuvor habe ich lediglich ein Auge auf sie gehabt, weil ich keine Lust hatte, dass sie die Schattenburg auseinandernimmt. Wobei sie hier ehrlicherweise kaum Schaden anrichten könnte, außer, dass sie selbst in irgendein Loch fällt.

»Wann verrätst du mir, wie ich meine erste Schuld bei dir begleichen kann?«

Meine Mundwinkel zucken, auch wenn es mir einen Stich versetzt. Dabei müsste es mir egal sein. Vielleicht sollte ich ihn tatsächlich gehen lassen. Die Unterwelt ist voller Probleme und sein Platz ist nicht hier. Andererseits ...

»Warten wir ab. Du verfügst über ziemlich besondere Fähigkeiten.« Womöglich werden sie hilfreich sein. Nyx hat erwähnt, Gaia wäre auf ihrer Seite. Es kann nicht schaden, ihren Enkel auf unserer zu haben.

Das Krächzen eines Luftdaimons ertönt, der über uns zwei Kreise zieht, ehe er weiterfliegt und ich lasse meinen Blick über den Himmel schweifen. »Aus welchem Grund verstecken wir uns hier? Warum haben die Rachegöttinnen mehrfach verlangt, dass du im Schattenreich bleibst?«

»Nun ja – ich muss den Babysitter spielen, für dich und Klotho. Und die Todesfeen besänftigen. Für gewöhnlich leben wir in diesem Reich nämlich friedvoll zusammen. Zumindest, solange kein unangekündigter Besucher sie angreift, um ihnen Blut abzuzapfen.« Gestern war ich dort, habe etwas von meiner Macht in den See vor ihrer Schlossruine fließen lassen, da ich weiß, dass sie aus diesem zehren und es ihnen Kraft verleiht. Charon hält es für Torheit, dabei wissen wir beide um die Wichtigkeit dieses Bündnisses. Es ist kein Spaß, wenn die Todesfeen es auf dich abgesehen haben, ungeachtet der Tatsache, dass sie zumindest uns nicht töten können.

»Willst du meine Vermutung hören?«, erkundigt sich Nero und wendet mir sein Gesicht zu. Am liebsten würde ich erwidern, dass ich viel lieber erfahren möchte, ob das Meer in der Oberwelt die Farbe seiner Augen hat.

»Mhm«, mache ich undeutlich und starre auf meine Fingernägel, an denen sich Ränder der schwarzen Erde dieses Reiches zeigen.

»Ich denke, dass du wichtig bist – für die Zukunft der Hölle. Du scheinst im Verborgenen zu leben, bis –«

»Mein großer Auftritt gekommen ist?« Ich lache und erhebe mich gleichzeitig, weil Charons Stimme lauter geworden ist und ich nicht will, dass er die Beherrschung verliert. Es wäre verflucht ärgerlich, sollte am Ende keine der Schicksalsgöttinnen übrig bleiben, wo sie versichert haben, mir dabei zu helfen, Hades' Macht wieder loszuwerden.

Obwohl ich mich schon mehr als einmal gefragt habe, ob sie das tatsächlich können. Zumindest Klotho traue ich zu, etwas zu versprechen, das nicht der Wahrheit entspricht. Wobei auch ich gestehen muss, dass ich daran zweifle, tatsächlich zur Rettung der Unterwelt beitragen zu können.

Neros Antwort besteht aus einem Schnauben, doch ich ignoriere es. Vielleicht realisiert er irgendwann, dass ich ihn vor sich selbst und seiner Sturheit gerettet habe. In seiner Verfassung hätte er es nicht zu seiner Halbgottsiedlung geschafft – schon gar nicht allein. Ich strecke ihm die Hand entgegen. »Zum Begleichen deiner ersten Schuld fordere ich dich auf, Klotho zu besänftigen. Auf dich scheint sie am wenigsten schlecht zu sprechen zu sein.«

Für einen Moment starrt er auf meine Hand, ehe er sie ergreift und sich von mir hochziehen lässt. Die Spitzen unserer Stiefel berühren sich, und plötzlich sind wir einander – und dem Abgrund zu unserer linken Seite – verdammt nah. Seine Körperwärme fühlt sich wie eine Umarmung an. »Wirklich? Dafür verwendest du deine Schuld?«

»Mir bleiben ja noch zwei«, erwidere ich und vergrabe meine Hände in den Hosentaschen, weil ich nicht weiß, wohin mit ihnen. »Ist es wirklich so schlimm für dich? Im Schattenreich zu sein? In dieser Sekunde keine Verantwortung für die Halbgötter zu tragen?«

Neros Kiefer mahlt, und wie immer macht er einen Schritt zurück, vergisst den Abgrund. Ich packe ihn rechtzeitig und ziehe ihn in meine Richtung, stolpere dabei rückwärts, sodass wir beide im großen Saal landen. Meine Finger umschließen seine Hüfte, während er sich auf den Unterarmen neben meinem Gesicht abstützt, als könnte sein Gewicht mir etwas anhaben. Es nützt nichts, weil ich ihn nun tatsächlich an jeder

Stelle meines Körpers spüren kann. Langsam lasse ich meine Hände auf den Boden und meinen Kopf in den Nacken sinken.

»Es ist nicht schlimm«, raunt er schließlich, »hier zu sein.« Bei jedem Wort streift sein Atem mein Kinn, hinterlässt an meinem Hals eine Gänsehaut. Ich schlucke ein Stöhnen hinunter, als sich ein Ziehen in meinen Leisten ausbreitet. »Und in manchen Momenten würde ich mir gern erlauben, die Oberwelt zu vergessen.«

»Was würde passieren?«, bringe ich gepresst hervor. »Wenn du die Oberwelt vergisst?«

»Dann würde ich dich küssen.«

LACHESIS

Ich presse meinen Rücken gegen die warme Felswand und wechsle einen Blick mit Persephone und Hale, die mich in die Unterwelt begleitet haben. Noch immer kann ich kaum glauben, dass die ehemalige Königin angeboten hat mitzukommen. Vielleicht ruft die Unterwelt, jetzt, da Hades tot ist, keine Ängste mehr in ihr hervor. Obendrein ist ihr die Wichtigkeit dieser Mission sicherlich bewusst – dass Himmel, Hölle und Meere eine untrennbare Einheit bilden, deren gestörtes Gleichgewicht wiederhergestellt werden muss. Fest steht: Wir sind auf Persephone angewiesen – schließlich kennt sie den Weg zum Lebensbaum und hat mir versichert, dass der verwucherte Garten ihr Eintritt gewähren wird.

Mein Besuch in der Oberwelt dauerte etwas länger als geplant, weil die beiden auf einen Zwischenstopp in Delphi bestanden, wo die Halbgötter leben. Aufgrund der Verbindung zwischen Nyx und der Erdgöttin wollten sie mit Juna und Nero, den Zwillingen, welche Enkel der Gaia sind, sprechen. Allerdings trafen wir nur Juna an, die vermutet, dass ihr Bruder in die Hölle zu den Todesfeen gereist ist, um ein Gegenmittel zu beschaffen. Persephone schien davon nicht überrascht zu sein. Eigentlich wollte auch Juna uns begleiten, doch da ihr Bruder fort ist, muss sie nun den Platz als Anführerin einnehmen. Dabei hat sie Persephone und Hale das Versprechen abgenommen, Nero zu suchen. Bezüglich Gaia konnte sie uns kaum weiterhelfen. Sie sagte bloß, dass sie die Präsenz der Erdgöttin nicht stärker als gewöhnlich spürt und ihr letzter Kontakt vor drei Monaten war, als sie Ziva besiegten. Auch berichtete sie, dass Gaia ihr noch nie in ihrer göttlichen Form erschienen ist, sie lediglich eine allgemeine Präsenz darstellt, sobald sie das Element Erde nutzt.

»Jetzt«, murmele ich kaum hörbar, als der Zyklop, welcher die Felsspalte bewacht, ein weiteres Schnarchen ausstößt. Wenngleich Persephone und Hale in der Oberwelt fähig sind, durch den Nebel zu gehen, können sie es in der Hölle nicht. Natürlich wäre es mir möglich, uns alle zu tragen, doch die ehemalige Königin will sich ein Bild von der aktuellen Lage machen.

Hale nickt und ich laufe vor, eile geräuschlos an dem Wachposten vorbei und über den schmalen Pfad, der sich zu den Bootsanlegern schlängelt. Bevor ich diesen erreiche, werfe ich einen Blick zurück, um zu sehen, ob die beiden mir auch folgen. Die Augen des Gotts der Hoffnung weiten sich, als hätte er hinter mir etwas entdeckt, und ich wirbele zurück. Im nächsten Moment pralle ich gegen eine harte Brust. Schock rauscht durch meinen Körper, bis ich einen tiefen Atemzug nehme – frische Minze, Feuer und Rauch rieche – und in gelbe Iriden schaue.

»Hypnos«, keuche ich und schlinge meine Arme um ihn,

schmiege mich an seine Brust. Ich habe ihn so sehr vermisst. »Du hast mir gefehlt«, murmele ich. Er hingegen wirkt steif und erwidert die Umarmung nicht. Es versetzt mir einen schmerzhaften Stich, obwohl wir in der Öffentlichkeit sind und ich mit nichts anderem gerechnet habe. Enttäuscht lasse ich die Arme sinken und mache einen Schritt zurück. Hypnos starrt über meinen Kopf hinweg an mir vorbei. »Königin«, grüßt er Persephone. »Und ...« Er lässt es wie eine Frage und beinahe feindselig klingen.

»Hale«, springe ich rasch ein. »Er ist einer der neuen Götter.« Abgesehen von Dark, dem Gott der Angst und der Finsternis, und Lost, dem Gott der Vergangenheit und des Vergessens, hat Hypnos bisher keinen von ihnen kennengelernt. Normalerweise ist er nicht so ... ablehnend. »Sie sind gekommen, um zu helfen.« Ich zwicke ihm in die Seite, um ihn zu ermahnen, höflich zu sein.

»Verstärkung ist immer willkommen«, sagt er in versöhnlicherem Tonfall.

»Was machst du hier?«, wispere ich ihm zu, weil ich dachte, dass er in Nyx' Nähe bleiben wollte. Beunruhigt mustere ich unsere Umgebung, die Hölle ist so ausgestorben wie schon in den vergangenen Monaten.

»Dich abholen natürlich«, erwidert er, und mein dummes Herz vollführt bei seinen Worten einen Tanz.

»Aber woher wusstest du ...«

»Ich dachte mir, dass du vielleicht nicht allein zurückkehrst, weshalb es nahelag, dass du durch die Felsspalte kommst.«

»Ich bin nicht nur in Begleitung, sondern auch mit vielen Neuigkeiten zurückgekehrt.«

»Hier ist ebenfalls eine Menge vorgefallen«, antwortet Hypnos. »Leider.« Er wirkt sehr ernst, weshalb Unruhe in mir aufkeimt »Wir müssen zusehen, dass wir auf einer der Gondeln ins Reich der Schatten reisen.«

»Reich der Schatten«, wiederholt Persephone und wirft mir einen Blick zu. Ich neige den Kopf, um zu bestätigen, dass Grave dort lebt. »Fraglich, ob ich dort erwünscht bin.«

»Seit wann kümmert dich das?«, kommentiert Hale und lächelt Persephone auf eine Art an, von der er wohl ahnt, dass es sie zur Weißglut treibt. Trotzdem beinhaltet seine Frage auch die Erinnerung, dass die ehemalige Königin eine starke Frau ist. Er baut sie auf, ruft ihr ins Gedächtnis, dass die Meinung anderer kein Gewicht hat. Und dass er ihr den Rücken freihält.

»Sind die zwei ...«, raunt Hypnos mir zu.

»Ja«, bestätige ich. »Und es ist kein Geheimnis«, kann ich mir nicht verkneifen hinzuzufügen.

»Lissy –« Bevor er weitersprechen kann, bin ich bereits auf die nächste vorbeifahrende Gondel gesprungen. Persephone und Hale folgen, wobei der Gott der Hoffnung wild mit den Armen rudert und Persephone schadenfroh grinst, bevor sie ihm hilft. Hypnos springt zuletzt und wirft mir einen Blick zu, der verrät, dass er noch nicht fertig mit mir ist. Gut so. Ich habe nichts dagegen, wenn er einmal weniger beherrscht ist.

»Erzähl uns, was passiert ist«, fordere ich Hypnos auf. Ich nehme an, dass ich einiges verpasst habe, wo er wie selbstverständlich vom Reich der Schatten spricht, während er vor wenigen Tagen zum ersten Mal von Graves Existenz gehört hat.

Erneut mustert er Persephone, als hätte er eine Erscheinung – was nicht verwunderlich ist, da nach den Misshandlungen, welche sie durch Hades erfuhr, wohl niemand glaubte, dass sie jemals zurückkehren würde. »Nyx muss irgendetwas in Erfahrung gebracht haben«, sagt er dann und berichtet, dass Atropos entführt wurde, als Klotho und sie versuchten, in den Garten zu gelangen. Meine Beine geben unter mir nach und ich sinke auf die Bank, welche sanft im Rhythmus der Flusswellen schaukelt.

»Das verstehe ich nicht«, flüstere ich.

»Alecto und Thanatos suchen im Nebelreich nach ihr. Die Rachegöttinnen sind mittlerweile in euren Handel mit *ihm* eingeweiht.«

»Sie wissen von Grave«, kürze ich die Sache ab.

Hypnos' Augen fragen mich stumm, ob ich es für klug halte, in der Oberwelt von Hades' Sohn zu erzählen. Ich hebe eine Schulter. Wir brauchen Verbündete. Die Urgöttin können wir nicht allein bezwingen. »Und die Rachegöttinnen helfen uns?«

»Im weitesten Sinne helfen sie wohl eher Grave.«

»Was ist mit Klotho?«

»Klotho befindet sich im Schattenreich. Mit Grave, Charon und irgendeinem Halbgott aus der Oberwelt.«

»Nero«, wirft Hale ein.

Hypnos runzelt die Stirn. »Möglich, dass er so heißt.«

»Hat er das Todesfeenblut bekommen?«, erkundigt sich Persephone.

»Äh«, macht Hypnos verwirrt, doch ich unterbreche ihn mit einem Schrei, als unsere Gondel um eine Biegung gleitet und ich das Ufer zum Reich der Schatten entdecke. Ein Mann, den ich nicht kenne, trägt meine Schwester aus dem Wasser und stellt sie auf den Steinen ab.

»Er gehört zu Nyx' Garde«, zische ich.

ATROPOS

»Das hätte ich auch allein geschafft«, murmele ich, plötzlich verlegen, und starre dabei auf Aryms vernarbte Hände, die an meiner Taille ruhen, obwohl er mich bereits abgesetzt hat. Heftig zucke ich zusammen, als ich einen Schrei vernehme, den ich eindeutig meiner Schwester zuordne.

»Wir kriegen Besuch«, raunt Arym und dreht mich um, sodass ich mit dem Rücken an seiner Brust lehne und Lachesis entdecke, die mich mit weit aufgerissenen Augen anstarrt. Sobald sie nah genug ist, springt sie – Hypnos' Warnung ignorierend – ins Wasser. Als ich ihr entgegenlaufen will, hält Arym mich zurück. »Deine frisch verheilte Wunde muss nicht unbedingt mit dem Flusswasser in Berührung kommen.«

»Lachesis«, bringe ich schluchzend hervor. Sobald sie den ersten Fuß auf trockenen Boden gesetzt hat, falle ich ihr um den Hals. Noch während unserer Umarmung zieht sie mich von Arym weg. Zeitgleich schiebt Hypnos sich vor uns, als wollte er uns von ihm abschirmen. Kurz überkommt mich ein schlechtes Gewissen, doch in dieser Sekunde brauche ich die Nähe meiner Schwester. Es erscheint mir, als hätten wir uns seit einer Ewigkeit nicht gesehen. Noch dazu prasseln mit voller Wucht die Erinnerungen an meinen Aufenthalt in der Kirche auf mich ein. Gerade so kann ich mich zurückhalten, Lachesis zu sagen, dass ich dachte, wir würden uns womöglich nie wiedersehen.

Freudentränen rinnen über meine Wangen, als wir uns voneinander lösen und ich in ihre kornblumenblauen Iriden schaue, die – anders als Klothos und meine dunkelbraunen – an das Wasser der Lethe erinnern. Lachesis ist von innen und außen schön, und manchmal macht es mich wütend, dass Hypnos ihr jeden Tag ein bisschen das Herz bricht.

Ich verstehe nicht, wie man sie nicht offen lieben kann – so ehrlich und selbstverständlich sie es mit jenen wenigen tut, die ihr nahestehen.

Ich mache einen nervösen Knicks, als Persephone zu uns stößt, bei dem ich beinahe über meine eigenen Füße stolpere. Ich glaube von Arym ein belustigtes Schnauben zu hören, dabei sollte er derjenige von uns beiden sein, der Aufregung verspürt.

»Du bist unversehrt aus der Oberwelt zurückgekehrt«, stelle ich erleichtert fest, nachdem ich Lachesis noch einmal gemustert habe.

»Mit Verstärkung«, bestätigt sie. »Aber du ... du siehst ...«
Ich fühle mich bereits viel besser, wobei ich vermutlich nach wie vor ein furchtbares Bild abgebe. Meine Schwester ist nur zu höflich, um diese Tatsache auszusprechen. Außerdem wissen wir beide, dass wir diese Dinge nicht in Anwesenheit anderer bereden. Mit zusammengezogenen Brauen richtet sie ihre Aufmerksamkeit wieder auf Arym. »Ist er dafür verantwortlich?«

»Ich hatte gehofft, es würde sich bei der Lederkluft um eine Tarnung handeln, aber ich kenne dein Gesicht«, stellt Hypnos fest, der seinen Dolch gezückt hat. »Du gehörst zu Nyx' engerem Kreis.«

»Nein.« Lachesis' Proteste ignorierend dränge ich mich an Hypnos vorbei. »Er hat mich gerettet«, schiebe ich rasch hinterher. »Mehrmals.« Ich spüre, wie Arym sich versteift, als hätte ich gelogen. »Wir können ihm vertrauen«, sage ich deshalb nahezu trotzig.

»Wo ist der Beweis, dass er Nyx nicht dient?«, hakt Hypnos spöttisch nach.

»Mein Wort ist der Beweis«, antworte ich empört.

»Ich bin durchaus in der Lage, für mich selbst zu sprechen«, raunt Arym an mein Ohr, woraufhin ich erschauere und er mich leicht zur Seite schiebt. »Atropos spricht die Wahrheit. Ich stehe nicht länger im Dienst der Urgöttin.« Plötzlich erscheint es mir albern, dass ich mich wie ein Schutzschild vor ihm aufgebaut habe, weil ich so viel kleiner bin als er. Trotzdem fühlt es sich verwirrend richtig an, ihn zu verteidigen. Schließlich wäre ich ohne ihn als Futter für einen Feuerskorpion geendet.

»Und welche Garantie gibt es dafür, dass es so bleibt?«, erkundigt sich Persephone.

»Ich habe Verrat begangen. Bei einer Rückkehr zu Nyx würde ich mit dem Leben bezahlen.«

»Außer du bringst ihr wertvolle Informationen«, merkt Lachesis an. Ich bedenke meine Schwester mit einem vorwurfsvollen Blick. Hat sie denn nicht gemerkt, dass ich versuche, Arym zu beschützen?

»So ist es nicht«, wiegele ich ab. »Er hat für mich getötet.«

Jemand räuspert sich, und erst jetzt richtet sich meine Aufmerksamkeit auf den groß gewachsenen Mann mit dem blonden Haar und den hellgrünen Augen. Da Lachesis uns nach einem ihrer Besuche in der Oberwelt jeden der neuen Götter beschrieben hat, könnte es sein, dass es sich bei ihm um Hale, den Gott der Hoffnung, handelt. »Möglicherweise gibt es eine ganz einfache Erklärung für diesen überraschenden Seitenwechsel«, wirft er ein, ehe er Persephone vielsagend anschaut. »Du weißt schon ... wie bei Chaos ... Womöglich hat sich unser Daimonenfreund hier – du bist doch ein Daimon, oder? –«, allerdings redet er einfach weiter, ohne Aryms Antwort abzuwarten, »verliebt.« Zufrieden nickt er. »Passiert den besten Bösewichten.«

In meinem Kopf rattert es, bis jedes einzelne seiner Worte zu mir durchgedrungen ist. »S-so ist es auch nicht!«, wiegele ich sofort ab. Ich habe Liebe noch nie selbst erfahren, doch ich kenne Geschichten über sie. Und ich weiß, dass diese niemals damit beginnen, dass man jemandem so sehr wehtut, wie Arym es bei mir getan hat. Dennoch kann ich nicht bestreiten, dass ich mich nach ihm und seiner Nähe sehne. Ungeachtet der Tatsache, dass ich mir immer wieder sage, mein Verstand würde mir Streiche spielen, weil ich zum ersten Mal in meinem Leben solch einer verwirrenden Situation ausgesetzt bin.

»Ah«, kommentiert Hale, macht einen Schritt nach vorn und beugt sich zu mir. »Dann habe ich mich wohl getäuscht.« Im selben Moment legt sich eine mittlerweile vertraute Hand an meine Hüfte und zieht mich zurück. Hales Augen funkeln belustigt und er richtet sich wieder auf.

Lachesis und Hypnos haben die Szene misstrauisch verfolgt, während Persephone lediglich schwer seufzt. »Bloß geht es in den seltensten Fällen so gut aus wie für Chaos«, mahnt die ehemalige Königin und mustert mich ernst. »Ich spreche aus Erfahrung.« Geschickt schiebt sie sich an mir vorbei und folgt dem Pfad zum Eingang des Reichs der Schatten.

»Nimm es ihr nicht übel«, sagt Hale an mich gerichtet und heftet sich an Persephones Fersen. Ich verstehe, dass die Narben und die Vergangenheit sie gezeichnet haben. Trotzdem glaube ich nicht, dass ihre Warnung tatsächlich mir gilt. Arym hegt keine Gefühle für mich.

Lachesis' Blick huscht weiterhin aufmerksam zwischen Arym und mir hin und her, ehe sie Hypnos' Handgelenk umschließt und ihn mit sich zieht. »Wir sollten nicht länger am Fluss stehen bleiben, sondern uns im Schattenreich weiterunterhalten.« Er folgt ihr widerwillig. Ich blinzele irritiert und frage mich, ob sie sich wirklich mit Hales Erklärung zufriedengeben.

Im Gehen schaut Hypnos noch einmal zurück zu Arym. »Du solltest nicht nur den Zorn der Urgöttin fürchten. Solltest du insgeheim noch für Nyx arbeiten, kannst du dir sicher sein, dass wir dich ebenfalls nicht am Leben lassen.«

Sobald die anderen aus unserem Sichtfeld verschwunden sind, drehe ich mich langsam zu Arym und verschränke die Arme hinter meinem Rücken, sodass ich meine Ellenbogen umschlinge. »Du wirst doch nicht wieder die Seiten wechseln, oder?« Es ärgert mich, dass meine Stimme plötzlich brüchig klingt.

»Das hast du mich bereits gefragt, Atropos. Mehr als zu versichern, dass dem nicht so ist, kann ich nicht tun.« Er legt eine Hand unter meinen Rucksack und schiebt mich vorwärts. »Und dir hin und wieder aus der Klemme zu helfen ... Mir scheint, du hast eine besondere Gabe dafür, dich in Schwierigkeiten zu manövrieren.«

»Das ist eher eine neu entdeckte Fähigkeit. Für gewöhnlich geht es in meinem Leben sehr ruhig zu.« Es fällt mir schwer, mich nicht in seine Berührung zu lehnen.

»Noch etwas«, ergreift Arym abermals das Wort, als wir über die Brücke, welche von unheimlich tiefen Abgründen flankiert wird, laufen und allmählich zu den anderen aufschließen. »Ich liebe dich nicht.« Es geht so leicht über seine Lippen, als würde er über die steinernen Skulpturen vor dem Knochenpalast sprechen.

»Natürlich nicht«, bestätige ich rasch. »Schließlich verstehst du lediglich etwas von Schmerz und Lust.« Dann eile ich zu meiner Schwester und hake mich bei ihr unter, ignoriere, dass meine Wangen wie die Flammen der Feuergruben glühen.

13

EIN UNERWARTETER BESUCHER

STHENO

»Ich frage mich, wer du einmal gewesen bist.« Meine Finger sind schon ganz steif gefroren, während ich den Schnee vom Gesicht der Statue wische. Die Nase und ein Teil des rechten Wangenknochens sind abgebrochen und über die linke Gesichtshälfte hat sich hartnäckig der Frost gelegt. Außerdem umschlingen Ranken, die aus der Hecke hervorgebrochen sind, den Körper. Sie sind derart vereist und starr, dass es mir nicht gelingt, sie zu lösen. Frustriert puste ich eine der Schlangen, die sich in mein Sichtfeld geschoben hat, fort. Zischelnd zieht sie sich zurück und ich schiebe die Hände in die Taschen meines Mantels, in der Hoffnung, dass ich keinen meiner Finger verlieren werde.

Es gibt Tage, an denen ich die Hitze vermisse, die einst auf der Erde herrschte. An denen ich den Schnee und die Kälte verabscheue. Unser Anwesen, auf welchem für gewöhnlich auch meine beiden Schwestern leben, befindet sich nahe Delphi im Land der Zukunft und des Lebens. Seit Monaten herrscht in dieser Region ein ewiger Winter. Das ist auch der Grund, aus dem meine Schwestern Medusa und Euryale vor Wochen an die Ägäis reisten, wo die Temperaturen etwas gnädiger sind. Nur ich bin zu stur, unser Herrenhaus und den

Park, der es umgibt, zu verlassen. Jahrzehntelang mussten wir wie Streuner durch die Welt ziehen. Seitdem werden schaurige Legenden über uns verbreitet – die gefürchteten Gorgonen, deren Blick ihre Opfer zu Stein erstarren lässt. Deshalb bin ich nicht bereit, unser Zuhause an diese Eiszeit zu verlieren. Das ist unser Ort – an dem niemand Vorurteile gegen uns hegt. Uns niemand als Monster oder Kuriosität betrachtet. Allerdings steckt auch in den Vorurteilen ein wahrer Kern ...

Unschlüssig drehe ich mich einmal um die eigene Achse, ehe ich zwischen den Hecken entlangschreite und in der Mitte eines Zirkels, in welchem vor sehr langer Zeit zahlreiche Kräuterbeete mit Salbei, Thymian und Rosmarin angelegt waren, stehen bleibe. Sechs Statuen sind hier angeordnet, darunter ein armer Satyr, der nur versehentlich unsere Kräfte abbekommen hat. In seltenen Fällen schaffen wir es, eine Versteinerung rückgängig zu machen, doch bei diesem bedauernswerten Mann ist es uns nicht gelungen. Entschuldigend tätschele ich über seine Hörner, fasse anschließend unter seine Arme, um ihn zumindest ein wenig zu verschieben. Natürlich bewegt er sich keinen Zentimeter. Keuchend trete ich einen Schritt zurück und schüttele meine Hände aus.

Die Wahrheit ist: Ich langweile mich. Ich langweile mich wirklich ganz furchtbar. Den siebzehnten Tag in Folge verbringe ich bereits draußen und versuche, die Anordnung der Skulpturen zu verändern. Zuerst hatte ich überlegt, sie nach ihrem Versteinerungsjahr aufzustellen, bis ich mich daran erinnerte, dass Euryale die Bücher in ihrer Bibliothek stets in alphabetischer Reihenfolge sortiert. Da mir das, nachdem ich eine Nacht darüber geschlafen hatte, wie eine großartige Idee erschien, wollte ich mein Vorhaben in die Tat umsetzen. Allerdings gibt es mehrere Hindernisse: Erstens ist unsere Anlage deutlich größer als gedacht. Ich brauchte allein zwei Wochen, um die genaue Anzahl der Statuen zu erfassen. Zweitens nahm ich immer an, ein großartiges Gedächtnis zu haben, doch an die Namen mancher Versteinerter kann ich mich beim besten Willen nicht mehr erinnern. Drittens – Schnee und Frost machen es mir nahezu unmöglich, meine Pläne in die Tat umzusetzen.

Ich neige den Kopf in den Nacken und stoße einen frustrierten Schrei aus. Der Himmel starrt stumm und grau auf mich herab, trotz der Wolken kann er nicht verbergen, dass die Nacht schon bald hereinbrechen wird. Wieder ist ein Tag vergangen, an dem ich sinnlos durch diesen Park gestreift bin und nichts geschafft habe.

Verärgert wende ich mich von dem Satyr ab, um mir meinen Weg zwischen den Hecken hindurchzubahnen, als ich aus dem Augenwinkel eine Bewegung registriere. Aufregung flutet mich bei der Aussicht auf Gesellschaft, ungeachtet der Tatsache, dass es sich wohl um einen Feind handelt. Oder um eine potenzielle Verschönerung unserer Anlage. Es gibt da noch diesen einen freien Platz neben dem Springbrunnen, der so leer aussieht. Er würde sich ganz wunderbar für eine neue Statue eignen.

»Es wäre großartig, wenn du mich nicht versteinerst.«

»Nun – mit dir habe ich nicht gerechnet.« Ich wende mich dem unerwarteten Besucher zu, bei dem es sich nicht um einen Feind handelt. Eher um einen ... Verbündeten. »Ich hätte nicht gedacht, dass unsere Wege sich so bald wieder kreuzen«, antworte ich und verschränke die Arme vor der Brust. Dabei mustere ich den Mann, der etwa drei Meter entfernt von mir steht. Sein Haar ist tiefschwarz und seine Haut derart blass, dass er sich mühelos in die Umgebung einfügt, als wäre die Kälte sein bevorzugtes Element. Dunkelheit kriecht hinter seinem Rücken hervor, während er mir furchtlos in die Augen schaut. Er ist einer der wenigen, die sich das trauen. Die Sache mit der Versteinerung ist folgende: Wir müssen es schon wollen. Und gerade will ich es nicht. Es ist sehr erfrischend, mit jemandem zu sprechen, der atmet und lebt. »Bist du deines Flammenmädchens schon überdrüssig?«

»Keine Sorge, Flame ist auch hier.«

Meine Mundwinkel zucken. »Oh, du wolltest sichergehen, dass ich *sie* nicht versteinere.«

»Ich konnte nicht einschätzen, wie schreckhaft du bist.«

»Und wo ist es nun, dein Flammenmädchen?«

»Sie wartet in eurem Haus.« Er mustert mich. »Das, wie wir feststellen konnten, verlassen ist. Wohin sind deine Schwestern verschwunden?«

»Der Winter hat sie verjagt.« Ich schnaube abfällig. »Sie sind so ... empfindlich.«

Dark hebt eine Braue. »Deine Schlangen wirken auch recht erfroren.«

Ich rolle mit den Augen. »So weit kommt es noch, dass ich sie wie ein Großmütterchen mit einem Tuch abbinde.«

»Mir ist kein Großmütterchen mit Schlangenhaar bekannt«, erwidert Dark trocken.

»Das würde definitiv zu weit führen – wenn Athenes Fluch uns auch noch hätte altern lassen.« Bei meinen Worten erstarren wir beide für einige Sekunden, weil sie Erinnerungen an Ziva wecken. Sie hat ihre ewige Jugend eingetauscht, um unermessliche Macht zu erlangen. Sie hat Beeindruckendes vollbracht. Doch sie war auch ihrem eigenen Wahn verfallen, der sie grausam machte, sodass sie Tod und Verderben wie einen Mantel über der Erde webte. Und manchmal erscheint es mir auch noch Monate später surreal, dass wir überlebten. Die Geschehnisse haben uns zusammengeschweißt, ein Vertrauen geschaffen, das ich sonst nur gegenüber meinen Schwestern empfinde.

Dark verlagert sein Gewicht. Der Schnee unter seinen Stiefeln knirscht und durchbricht die Stille. Ein sonderbares Gefühl überkommt mich. Beinahe will ich ihm sagen, dass es ein Wunder ist, dass wir beide heute hier sind. Aber ich weiß auch, dass es eine Vergangenheit ist, die er hinter sich lassen will.

Die Worte, die bereits auf meiner Zunge lagen, schlucke ich herunter. Ich schlendere auf ihn zu und er bietet mir seinen Arm an, sodass ich mich unterhake. »Der Grund für dein Kommen?«, erkundige ich mich. Insgeheim vermute ich, dass es mit dem Beben zu tun hat und mit dem Blitz, welcher den schwärzesten Himmel, den ich jemals gesehen habe, vor einigen Nächten erhellte. Nur habe ich mir im Stillen gedacht, dass es dieses Mal nicht mein Problem ist.

»Es gibt da eine Angelegenheit, bei der wir deine Hilfe brauchen.«

»Oh«, schnurre ich. »Ein Abenteuer mit dem dunklen Gott – wie könnte ich dazu Nein sagen?«

HERAKLES

»Ich habe das Gefühl, dass ich sie noch weniger werde leiden können als dich«, knurre ich. Misstrauisch beobachte ich Flame, die auf dem Ohrensessel fläzt und mit dem Feuer spielt, welches sie im Kamin entfacht hat. Sie benimmt sich, als würde das Herrenhaus, von dem ich befürchte, dass es jeden Moment einstürzen könnte, ihr gehören. Einige

Feuerfunken treffen – von Flame beabsichtigt, daran besteht keinerlei Zweifel – meinen Handrücken. Fluchend weiche ich zurück.

Sie wendet mir ihr Gesicht zu und das Auge, welches die Farbe von Ambrosia, dem Nektar der Götter, hat, funkelt mir wild entgegen. Flame ist eine Nervensäge, aber manchmal auch Furcht einflößend. »Stheno ist eine ganz reizende Frau, wie Dark mir versichert hat«, erwidert sie und macht es sich noch ein bisschen bequemer. Ihr ist richtig schön warm, während ich in einiger Entfernung friere. In meinen Füßen und Händen spüre ich ein taubes Kribbeln. Die vergangenen Jahrzehnte habe ich im Palast der Titanen auf dem Othrys verbracht, und obwohl mich das ewige Leben, der Prunk und all die Annehmlichkeiten zuletzt gelangweilt haben, kann ich es nunmehr kaum noch abwarten, vorübergehend heimzukehren. Denn es ist kalt. So verflucht kalt, dass ich mir wünschte, ich hätte die Sonnenmagie von Helios, des Herrschers über den Palast der Titanen, in einem Schraubglas mit auf diese Reise genommen.

»Natürlich«, erwidere ich mit einem sarkastischen Unterton. Flame lässt es klingen, als wäre eine Frau, die sich gemeinsam mit ihren Schwestern in der Welt herumgetrieben und Leute versteinert hat, eine feine Dame. »Die drei Gorgonen sind bekanntermaßen überaus reizend.« Ich verschränke die Hände hinter dem Rücken und beginne, durch den Saal zu laufen. Hauptsächlich aus Sorge, andernfalls an Ort und Stelle festzufrieren.

Das Herrenhaus, in welchem wir uns befinden, muss einst sehr prachtvoll gewesen sein, mittlerweile ist es der Zeit zum Opfer gefallen. Feine Risse durchziehen die Säulen, Teile des Stucks an Wänden und Decke sind abgebrochen. Verzierungen, die einst golden geglänzt haben müssen, wirken verfärbt. Die Vorstellung, dass Stheno mit ihren beiden Schwestern hier allein wohnt, erscheint mir sonderbar. Als wir ankamen, war es stockfinster, keine einzige der Fackeln brannte, bevor Flame sie entfachte. Ich frage mich, ob die Gorgonen lediglich nach dem Tageslicht leben, was in diesem Bereich der Erde nicht sehr viele Stunden ergibt.

Gerade überlege ich, das Herrenhaus weiter zu erkunden, als die Tür aufgestoßen wird. Dark und die Gorgone bringen einen Schwall eiskalter Luft herein, der mich trotz Flames Gegenwart in Richtung Kamin treibt. Glücklicherweise liegt ihre Aufmerksamkeit auf der Gorgone und dem Gott. Sie erhebt sich und läuft ohne Scheu auf Stheno zu. »Dark hat in den vergangenen Monaten viel von dir erzählt. Ich freue mich, dich kennenzulernen.« Und plötzlich kann sie nett sein ...

»Dich schickt der Himmel«, antwortet die Gorgone und ergreift Flames Hand, als wäre sie eine verloren geglaubte Freundin. So dramatisch. Gleichzeitig muss ich ein Schnauben unterdrücken, weil Stheno noch nicht ahnt, dass sie mit ihrer Aussage ins Schwarze getroffen hat. Achtlos lässt sie ihren Mantel zu Boden fallen, schlendert zum Kamin und kniet sich direkt davor auf den rußigen Boden. Dann wärmt sie ihre Hände an den Flammen. »Herakles«, grüßt sie mich, ohne mich anzusehen. »Keine Sorge, heute ist nicht der Tag, an dem ich dich versteinern werde.« Tatsächlich habe ich reflexartig die Augen zusammengekniffen, als könnte ich auf diese Weise im Ernstfall ihre Kräfte abwehren. Was vollkommener Schwachsinn ist.

»Stheno«, erwidere ich knapp und rücke näher ans Feuer. Sie soll nicht glauben, dass ihre Gabe mir Unbehagen bereitet. Ich traue ihr zu, das zu ihrem Vorteil zu nutzen und unsere gemeinsame Mission – sollte sie zustimmen – so unangenehm wie möglich für mich zu gestalten.

Dennoch ist es eine Überraschung, dass sie mich mit meinem Namen anspricht, schließlich wurden wir einander nie offiziell vorgestellt. Unsere Wege haben sich zwar kurz nach der großen Schlacht in Delphi gekreuzt, doch miteinander gesprochen haben wir nie.

Dark sinkt auf den Sessel und zieht Flame auf seinen Schoß, die einen Arm um seine Schultern legt. Derweil genieße ich es, dass wieder ein Gefühl in meine Gliedmaßen zurückkehrt. In Darks Anwesenheit ist Flame wesentlich ausgeglichener, weshalb sich meine Befürchtungen, von ihrem Feuer gegrillt zu werden, verflüchtigen. Der Gorgone allerdings traue ich nach wie vor nicht, selbst wenn Dark darauf besteht, dass sie unser potenzielles Ass im Ärmel ist.

Bis auf das Prasseln im Kamin herrscht Stille, die mein Magen für ein Knurren nutzt. Ich ignoriere es, weil ich nicht annehme, dass es an diesem götterverlassenen Ort vernünftige Speisen gibt. Nach einer Weile erscheint es mir lächerlich, weiterhin zu stehen. Mit dem Rücken nehme ich zum Kamin auf dem Boden Platz. Ein Knie winkele ich an und stütze meinen rechten Ellenbogen darauf ab. Geräuschlos atme ich aus, als meine Muskeln sich entspannen. Wenig später wendet sich Stheno vom Feuer ab und verschränkt ihre Beine zu einem Schneidersitz. »Es ist angenehm, dass ihr mein Haus wärmt, aber das ist vermutlich nicht der Grund für euer Kommen«, ergreift sie das Wort.

»Wohl nicht«, antwortet Flame und versteckt ein Gähnen an ihrer Schulter. Fest presse ich meine Lippen zusammen, um ihrem Beispiel nicht zu folgen. Die letzte Nacht, die ich durchschlafen konnte, ist schon eine Weile her. Noch dazu haben wir Stunden gebraucht, um das Anwesen der Gorgonen zu finden.

»Geht die Welt gerade wieder unter?«

»So ungefähr«, antwortet Dark und trommelt mit seinen Fingern einen beunruhigenden Rhythmus auf die Armlehne des Ohrensessels, fasst dabei die Ereignisse zusammen. Er berichtet, dass alle Herrschergötter der alten Welt tot sind, die Urgöttin der Nacht Königin der Unterwelt werden will und sich mit Gaia verbündet hat.

»Ist Nyx die neue Ziva?«, erkundigt sich Stheno und kaut dabei an der Nagelhaut ihres Zeigefingers. Offenbar hat auch sie schon seit einer Weile nicht mehr vernünftig gegessen. »Bin der Urgöttin nie persönlich begegnet.«

Flame schüttelt den Kopf. »Würde ich nicht unbedingt sagen. Machthungrig, unausstehlich, aber nicht komplett wahnsinnig.«

»Was nicht ist, kann ja noch werden ...«, steuert Dark wenig hilfreich bei.

Die Gorgone runzelt die Stirn. »Und Nyx hat die Körper der drei Herrschergötter ... gestohlen?«

»Wir nehmen es an. Über Poseidons Leichnam konnten wir bisher nichts in Erfahrung bringen«, erklärt Flame. »Er ist vor über zweihundert Jahren im heißen Krieg gestorben. Es ist fraglich, ob Nyx all das so weit im Voraus geplant hat.«

Mit der Stiefelspitze zeichne ich Muster, welche die Wände im Palast der Titanen zieren, auf den rußigen Boden. »Zweihundert Jahre sind für eine Urgöttin, die seit Jahrtausenden lebt, keine beachtliche Zeitspanne.«

»Jedenfalls besteht Grund zur Sorge«, führt Dark zum eigentlichen Thema zurück. »Durch die Schicksalsgöttin wissen wir von ihrer Zusammenarbeit mit einer Magierin, und selbst wenn wir keine Ahnung haben, was sie mit den Leichnamen anstellen will, wird ihr Ziel nichts Gutes für die Zukunft der Erde bedeuten.«

»Außerdem erwähnte Nyx in ihrer Rede, die Lachesis uns übermittelt hat, dass sie das Herrschaftsgebiet der Unterwelt vergrößern und auch die Macht über die Oberwelt an sich reißen will. Sollte sie die Barriere zwischen Lebenden und Toten zerstören ...«, deutet Flame an.

Stheno nickt. »Würde das die Welt ins Chaos stürzen.« Seufzend lässt sie ihre Hand sinken und schaut zu einer der Fackeln an der gegenüberliegenden Wand. Im Licht erkenne ich, dass ihre Augen von einem dunklen Grau sind, mit einigen helleren Punkten, die sonderbar schimmern. »Also müssen in erster Linie der Erbe der Hölle und die Königswaffe aufgespürt werden, bevor sie Nyx in die Hände fallen.« Nachdenklich streicht Stheno eine ihrer Schlangen zurück, die sich über ihre Wange bewegt hat. Ich kann mir nicht wirklich vorstellen, wie es ist, lebendiges Haar zu haben. »Weshalb seid ihr so sicher, dass Nyx Hades' Zepter noch nicht besitzt?«

»Lachesis meinte, dass die Urgöttin Hypnos und Thanatos – ihre Söhne, die mit ihr auf Kriegsfuß stehen – nach dem Zepter gefragt hat. Unser Beweis, dass sie noch auf der Suche ist.«

»Hm«, macht Stheno. »Es könnte ein Ablenkungsmanöver sein. Damit sie nicht damit rechnen, dass sie ihnen in Wahrheit mehrere Schritte voraus ist.«

Dark positioniert Flame höher auf seinem Schoß, um sich weiter im Sessel zurückzulehnen. »Wäre Nyx im Besitz des Zepters, würde sie ihre Krönung nicht so lange aufschieben.«

»Verstehe«, erwidert Stheno nach einem Moment des Schweigens.

»Wirklich?«, rutscht es mir heraus, vermutlich, weil mein Gehirn nach wie vor ein wenig gefrostet ist. Ich habe nämlich noch immer Schwierigkeiten, die vielen einzelnen Bruchstücke zusammenzuschieben.

»Er ist ein bisschen langsam«, raunt Flame der Gorgone verschwörerisch zu. »Deshalb sind wir mitgekommen. Man kann ihn nicht allein losschicken.«

Ich schnaube. »Man hat bereits versucht mich umzubringen, als ich gerade einmal acht Monate alt war.« Ich bin der berühmteste Held der Antike. Selbstverständlich wäre ich ohne Dark und Flame mit der Gorgone zurechtgekommen, aber so deutlich will ich es nicht formulieren. Es wäre nicht schlau, Stheno zu provozieren, noch ehe wir aufgebrochen sind. »Ich habe die Hydra und den Nemeischen Löwen allein besiegt«, brumme ich trotzdem. Himmel, Zeus selbst hat mich in den Götterstand der Olympier erhoben. »Würde gerne sehen, wie du dich an meiner Stelle geschlagen hättest.«

»Niemand mag Angeber, Herakles«, erwidert Flame trocken. »Wirklich niemand.« Erneut wendet sie sich Stheno zu. »Du solltest in seiner Gegenwart Vorsicht walten lassen. In einer der Legenden über ihn –«, an dieser Stelle wirft sie mir einen weiteren Blick zu, »heißt es, dass er bereits in seiner Jugend einen seiner Lehrer mit einem Instrument erschlug.«

»Tatsächlich?«, hakt Stheno nach. »Was für ein Instrument war es denn?« Sie kichert, wobei ihre Schlangen für einen Moment ihren Kopf umschweben. »Ich bin auch kein großer Fan der Musik.«

Ich verdrehe die Augen. »Dann werden wir uns auf unserer Reise ja prächtig amüsieren.«

Schlagartig schwingt die kurzzeitig aufgeflammte, ausgelassene Stimmung um. »In welche Schwierigkeiten wollt ihr mich bringen?«, erkundigt sich Stheno. »Ich hoffe, es ist etwas Aufregendes, denn ich würde mein behagliches Zuhause nicht für jeden verlassen.«

STHENO

»Der Palast der Titanen klingt durchaus nach einem verlockenden Reiseziel.« Flame verzieht das Gesicht, als wollte sie widersprechen, aber Dark zwickt ihr in die Seite, woraufhin sie die Lippen aufeinanderpresst. Ich hätte wohl ahnen müssen, dass nicht nur das Zepter und der Erbe der Hölle gefunden werden müssen.

Wieder überkommt mich dieses sonderbare Gefühl, wie bereits vorhin im Garten, weil sie an mich gedacht haben. Nie zuvor war da diese Empfindung von Zugehörigkeit in mir, weil meine Schwestern und ich, seit Athene uns mit ihrem Fluch belegte und unser Antlitz in etwas Abscheuliches verwandelte, stets Verstoßene und nirgendwo gern gesehen waren.

»Herakles und meine Aufgabe ist es also, Zeus' Nachfahren und den Donnerkeil aufzuspüren«, wiederhole ich.

»Im Palast der Titanen werdet ihr auf Ava, Cato und Iason treffen. Wegen einer Verletzung, die Cato sich vor einigen Monaten zuzog, suchen sie dort einen Heiler auf, bevor sie nach Atlantis weiterreisen.«

»Für den Dreizack und den Erben des Poseidon«, murmele ich. Aus meiner Zeit in Delphi weiß ich, dass Cato ein Halbgott ist. Sein Vater war Okeanos, der zu Lebzeiten Poseidons ein enger Verbündeter des Meeresgotts war. Sie starben sogar Seite an Seite in dem heißen Krieg, bei dem die neuen Götter auf die Erde kamen. Deshalb ergibt es Sinn, dass er sich auf die Suche nach dessen Königswaffe und Erbe begibt.

»Aber warum Herakles und ich für Zeus' Nachkommen?« Es wundert mich, dass der Held noch kein einziges Mal vor meinen Schlangen zurückgeschreckt ist, selbst wenn sie in seine Richtung züngeln. »Und weshalb beginnt die Suche im Palast der Titanen?« Ich habe schon viel über diesen sagenumwobenen Ort gehört, von wo aus Kronos und seine Anhänger gegen die Olympier kämpften. Er soll sich auf dem Berg Othrys befinden, wo ich noch nie gewesen bin. Neugierde breitet sich in mir aus, lässt meine Fingerspitzen kribbeln.

»Bei meinem Aufenthalt im Palast der Titanen habe ich die vier Winde kennengelernt «, ergreift Flame wieder das Wort. »Nun ja – in ihrer menschlichen Gestalt lediglich Boreas, den Gott des Winters und der Nordwinde, und Zephyros, den Gott der Westwinde und der Frühlingsbrise ... Außerdem gibt es noch Notos, den Gott der Südwinde und des Sommerregens, sowie Euros, den Gott der Ostwinde«, erklärt sie. »Durch diese Begegnung erfuhr ich, dass die Winde vor langer Zeit dazu gezwungen waren, Zeus und seine Blitze zu begleiten. Zwar klang es nicht, als hätten sie den einstigen Göttervater besonders gemocht, doch ich nehme an, dass sie großes Wissen über ihn gesammelt haben. Womöglich sind sie ihm näher gekommen als jeder andere.«

»Ihr glaubt also, dass sie über Informationen zu Zeus' Erben und dem Donnerkeil verfügen?«

»Richtig. Allerdings ist es schwer, die Winde zu erwischen. Hier kommt Herakles ins Spiel: Er ist von großem Nutzen, da er Jahrzehnte im Palast der Titanen gelebt hat und mit ihnen vertraut ist.«

»Die vier Winde sind sehr eigen«, bestätigt Herakles. »Es kommt nicht oft vor, dass sie sich jemandem zeigen. Häufig sind sie unterwegs, weshalb ich vermute, dass sie über einen Rückzugsort außerhalb des Palastes verfügen. Als ich einmal Eos, ihre Mutter und Titanengöttin des Morgens, darauf ansprach, gab diese jedoch vor, nichts zu wissen.«

»Die Sache ist die«, klinkt Flame sich erneut ein. »Niemand redet im Palast der Titanen freiwillig oder ohne Gegenleistung. Alles hat seinen Preis.«

Dark grinst schief. »Deshalb brauchen wir dich.«

Kurz lache ich auf. »Ich bezweifle, dass sie noch besonders gesprächig sind, wenn ich sie versteinert habe.«

Neben mir rutscht Herakles unbehaglich auf seinem Platz umher. »Ich denke, es wäre besser, diese Fähigkeit nicht anzuwenden.«

»Ich meinte vielmehr deine Gabe, dich unsichtbar zu machen«, betont Dark und bezieht sich damit auf die Vergangenheit. Vor Monaten bin ich auf diese Weise einem seiner Pläne auf die Schliche gekommen. »Du bist unbestreitbar gut darin, Geheimnisse aufzudecken. Daher zweifle ich nicht daran, dass Herakles und du herausfinden werdet, was die vier Winde zu verbergen haben. Gemeinsam könnt ihr den Donnerkeil beschaffen und den Erben finden.«

»Oder die Erbin«, merkt Flame an.

»Stimmt«, gibt Dark zu. »Wir sind bisher nur von männlichen Nachfolgern ausgegangen, weil Zeus, Poseidon und Hades es auch waren.«

Nachdenklich grabe ich meine Zähne in die Unterlippe, ignoriere den metallischen Geschmack, der sich dabei in meinem Mund ausbreitet. Der leichte Schmerz leert meinen überfüllten Kopf und sorgt dafür, dass ich mich besser konzentrieren kann. »Und was sollen wir unternehmen, wenn es uns gelingt, Donnerkeil und Erben aufzuspüren?«

»Herakles ist mit allen weiteren Schritten vertraut – ihr könnt euch während der Reise austauschen.« Flame erbebt sich und streicht ihre Hose glatt. »Wir schätzen deine Hilfe wirklich sehr.«

»Aber jetzt müsst ihr weiter«, schlussfolgere ich, weil Dark sich ebenfalls erhebt. Das Feuermädchen nickt und schenkt mir ein entschuldigendes Lächeln.

»Wollt ihr direkt mit uns aufbrechen oder musst du noch etwas packen?«, erkundigt sich Dark.

»Ich brauche einen Moment, um mich auf die Reise vorzubereiten«, antworte ich. Mir entgeht nicht, dass Herakles dabei ein Stöhnen unterdrückt. Offensichtlich weiß er die Atmosphäre dieses altehrwürdigen Hauses nicht zu schätzen. Allerdings muss auch ich zugeben, dass das Gemäuer kalt und feucht ist. Ich kann mich kaum daran erinnern, wann meine Kleidung zuletzt gänzlich trocken war.

Während ich Dark und Flame zur Tür begleite, erfahre ich, dass ihr nächstes Ziel die Halbgötter sind. »Bereit für eine weitere Runde Delphi?«, fragt Dark, nachdem wir uns verabschiedet haben. Als er Flame anschaut, wirkt er trotz der Lage, in der sich die Welt wieder einmal befindet, unbeschwert.

Breit lächelt sie zurück. »Besser als Delos.« Dann werden die beiden vom Nebel verschluckt.

14

DIE SPITZE ZUNGE
EINER GORGONE

STHENO

»Es ist unhöflich, zu starren«, informiere ich Herakles, ehe ich einen weiteren großen Schluck aus dem Wasserschlauch nehme, den er mir gereicht hat. Seit Flame und Dark nach Delphi und wir in Richtung Othrys aufgebrochen sind, tut er das sehr häufig: starren. Es wundert mich, dass sich seitlich in meinem Kopf noch kein Loch gebildet hat. »Vom größten Helden der Antike hätte ich durchaus erwartet, dass er ein wenig wortgewandter ist.«

»Wir sind Fremde«, antwortet Herakles. »Und eine Zweckgemeinschaft. Was sollten wir schon zu bereden haben?«

Ich schnaube. Unhöflich. Dabei hat Flame mich beim Abschied noch gewarnt, dass er über keinerlei Manieren verfügt. »Vielleicht werde ich mich im Palast auch einmal unsichtbar machen, um dir zu folgen, damit ich all deine Geheimnisse erfahre.«

»Ich habe keine Geheimnisse«, kommt es prompt zurück.

»Weil man sie bereits niedergeschrieben hat? Wie den Mord mit dem Instrument?«

Herakles verdreht die Augen, erwidert jedoch nichts. »Eine wirklich kreative Art zu töten«, kommentiere ich, ausschließlich, um ihn zu nerven. »Aber nun zurück zu deinem Starren. Was beschäftigt dich?«

Er lässt sich Zeit mit seiner Antwort, in welcher wir aufstehen und unseren Weg fortsetzen. Da Herakles bereits vor Jahrhunderten in den Götterstand erhoben wurde, ist er in der Lage, durch den Nebel dieser Welt zu gehen. Allerdings habe ich gelernt, dass der Othrys, auf welchem der Palast der Titanen liegt, von Schutzzaubern umgeben wird, weshalb man die finale Strecke zu Fuß zurücklegen muss. Reichlich umständlich, wie ich finde, wo es doch sein Zuhause ist. »Deine Schwestern und du – ihr wurdet von Athene verflucht, richtig?«

Ich nicke, ein wenig überrumpelt, dass er ausgerechnet dieses Thema anschneidet.

»Und ich habe gehört, dass ihr nach Delphi gekommen seid, um Rache an Athene zu üben, sie schlussendlich aber versteinert habt.«

»Die Leute reden zu viel«, knurre ich und bin so abgelenkt, dass ich über einen Stein stolpere. Gerade rechtzeitig gelingt es mir, mich selbst abzufangen. Herakles kam natürlich nicht auf die Idee, mir eine Hand zu reichen. Wir befinden uns an einem langen Strandabschnitt, links von uns liegt das Meer und rechts erhebt sich eine steile Gebirgswand.

»Wenn ihr sie richtig getötet hättet, wäre der Fluch doch aufgehoben gewesen«, stellt er fest.

»Das ist keine Frage.«

»Warum habt ihr sie nicht getötet?«

Ich bleibe stehen, wende mich ihm zu. Meine Schlangen zischeln im Wind. »Du meinst, weshalb meine Schwestern und ich freiwillig dieses Antlitz wählen, das Athene für uns ausgesucht hat, damit andere vor uns Abscheu empfinden?«

»Ja.« Immerhin ist er ehrlich.

»Weil ich lieber eine tödliche Waffe bin, als mit meiner einstigen Schönheit zu betören.« Ich setze mich wieder in Bewegung. »Du solltest froh darüber sein, denn sonst könnte ich unserer Mission wohl kaum dienen. Außerdem ist es gut, nicht schön zu sein.«

»Warum?«, hakt er erneut nach.

»Weil die meisten nur dem Hässlichen und Unvollkommenen ihr wahres Gesicht zeigen.«

»Vermisst du manchmal, wie du früher aussahst?«

»Nein. Das hier bin ich. Früher wusste ich nie, wer ich war.«

»Das kenne ich«, antwortet er zu meiner Überraschung. Danach schweigen wir.

HERAKLES

»Da gehe ich nicht rein.« Stheno steht mit verschränkten Armen vor dem Ozean, funkelt mich mit ihren grauen Augen zornig an. Es kostet mich einiges an Willenskraft, nicht wegzuschauen. Ich meine, wer weiß schon, ob ihr manchmal versehentlich der Blick ausrutscht und ich im nächsten Moment schon eine Statue bin. »Ich hasse Wasser.«

»Wie wäschst du dich?«, erkundige ich mich und vergesse für eine Sekunde meinen Selbsterhaltungstrieb.

»Das ist etwas anderes.« Einige Schlangen heben fauchend ihre Köpfe, als wollten sie mir drohen.

»Ah, du meinst, *sie* mögen das Meer nicht.« Keine Ahnung, was in mich gefahren ist, aber ich frage mich, wie die Schlangen sich anfühlen. »Hast du ab und an Angst, dass sie dich in die Wange beißen? Zum Beispiel, wenn du einen Fuß in den Ozean setzt?«

»Nein. Aber dich werden sie beißen, solltest du weiterhin solchen Unsinn reden.«

»Du wolltest doch, dass ich gesprächiger bin.«

»Es besteht ein riesengroßer Unterschied zwischen einem Plappermaul und jemandem, der wortgewandt ist.«

Ich unterdrücke ein Schmunzeln, da ich mich nicht erinnern kann, dass es irgendwer je gewagt hätte, mich so zu nennen. »Du bist voreingenommen, weil Flame eine schlechte Meinung von mir hat.«

»Ich hege keine Vorurteile.« Sie weicht zwei Schritte zurück, ehe eine Welle ihre Stiefelspitzen erreicht. »Das ist doch Wahnsinn. Das Wasser ist viel zu kalt.«

»Es führt kein Weg daran vorbei. Sobald wir auf der anderen Seite sind, können wir uns umziehen.«

»Darauf wäre ich gar nicht gekommen.« Stheno schnaubt genervt. »Angenommen wir erreichen den Palast der Titanen, ohne einen Erfrierungstod zu sterben – wir haben nicht besprochen, wie wir vorgehen. Und wie du meine Anwesenheit erklärst.«

»Nun, ich habe mit Ava, Cato und Iason besprochen, dass es klug ist, nah an der Wahrheit zu bleiben. Wir erzählen, dass du und ich uns in Delphi kennengelernt haben und die letzten Monate gemeinsam auf deinem Anwesen waren.«

Stheno klappt der Mund auf. »Wir sollen ein Liebespaar spielen?«

Irritiert runzele ich die Stirn. »Nein, wir werden vorgeben, Freundschaft geschlossen zu haben.«

Die Gorgone bricht in schallendes Gelächter aus. Gut möglich, dass sie aus Angst vor dem Wasser ein bisschen wahnsinnig wird. »Niemand wird das glauben. Was sollen sie denken, was wir angeblich all die Monate getrieben haben? Karten gespielt?«

Ich verziehe das Gesicht. »Na ja ...«

»Das ist ein bescheuerter Plan.«

»Also willst du, dass wir ein Liebespaar sind?«

»Natürlich nicht! Außerdem scheinst du mir nicht besonders gut darin, Zuneigung zu bezeugen«, beschwert sie sich.

»Das kannst du überhaupt nicht wissen.«

»Du starrst mich an, als wäre ich ein sonderbares Insekt, Herakles.«

»Damit kann ich aufhören.«

Stheno seufzt schwer und mustert wieder unbehaglich den Ozean. Trotzdem macht sie einen Schritt auf die Wellen zu. »Wir wissen zu wenig übereinander. Aber wenn man bedenkt, dass wir womöglich mit anderen Dingen als Reden beschäftigt waren und du dich wirklich anstrengst ...« Ich verdrehe die Augen, weil sie es klingen lässt, als könnten wir einzig meinetwegen scheitern. »Und der Rest des Plans?«, fragt sie schließlich.

Ich biete ihr meine Hand an, die sie zögerlich ergreift. Sie fühlt sich eiskalt an, aber ich zucke nicht zurück. Sie hat recht: Es ist bescheuert, zu einem Portal tauchen zu müssen. »Die Winde sind neugierig. Und du außergewöhnlich. Ich könnte mir vorstellen, dass sie deine Nähe suchen. Ich wiederum werde, sobald die Zeit reif ist, ein paar Fragen stellen, doch nicht zu offensichtlich. Trotzdem wird dadurch ein wenig Unruhe heraufbeschworen, wodurch man reden wird – hinter verschlossenen Türen.«

»Ich werde da sein, wenn sie sich unbeobachtet und ungehört fühlen.«

»Ganz genau«, bestätige ich.

Stheno strafft die Schultern. »Schön. Wie schlimm kann es schon werden?«

Verflucht schlimm. Die Magie hält innerhalb der Mauern die Kälte fern, doch bevor wir das Portal passieren, ist sie gnadenlos. Sthenos Zähne klappern bereits, noch ehe wir überhaupt untergetaucht sind.

»Gleich müssen wir anfangen zu schwimmen«, informiere ich sie.

»Ist mir nicht entgangen.« Sie ist kleiner als ich – lediglich wenige Zentimeter –, dennoch muss sie bereits den Kopf in den Nacken legen, um über Wasser zu bleiben. Wir befinden uns in der Mitte einer Bucht, und in einiger Entfernung kann ich eine leichte Erhebung erkennen, von der ich weiß, dass lediglich der Zauberglanz ihre wahre Größe verbirgt. Der Berg Othrys, der den gleichen Namen wie das Gebirge trägt, ist mit der Zeit abgesackt, sodass nur noch die Spitze aus dem Ozean herausragt, auf welcher der Palast erbaut wurde. Und wäre da nicht die Magie, die ihn über der Oberfläche hält, wäre vielleicht auch er längst im Meer versunken.

»Ein Mensch wäre hier drin schon verendet«, bibbert Stheno neben mir und schiebt etwas beiseite, was wie eine kleine Eisscholle aussieht. Sie öffnet den Mund, um noch etwas zu sagen, als das Meer sie verschlingt. Als sie nicht sofort wieder auftaucht, strecke ich den Arm nach ihr aus und bekomme ihren Mantel zu fassen. Hustend taucht sie wieder auf.

»Du kannst nicht schwimmen«, stelle ich fest.

»Meine Kleidung ... ist bloß schwer«, keucht sie.

»Du bist unsterblich. Die Last macht dir nichts aus.«

»Alles klar, Herkules.«

»Herakles«, korrigiere ich. »Ich bevorzuge die griechische Anrede.«

Sie bringt lediglich ein Schnauben hervor, und ich ziehe sie mit einem Ruck auf meinen Rücken.

»Festhalten«, befehle ich, ehe ich zu schwimmen beginne. Ich bin mir ziemlich sicher, dass die gespaltene Zunge einer ihrer Schlangen über mein Ohr fährt, und versuche nicht darüber nachzudenken, ob die kleinen Biester giftig sind.

Als ich die Strömung spüre, weiß ich, dass ich untertauchen muss. »Luft anhalten«, kommandiere ich. Ich nehme zwei weitere Züge, dann durchbreche ich das Wasser. Anfangs ist es klar, doch je tiefer ich schwimme, desto finsterer wird es. Sthenos Finger graben sich in meinen Nacken. Sie umklammert mich so fest, dass sie vermutlich Male auf meiner Haut hinterlässt.

An dem Punkt, an dem es sich anfühlt, als würde die Dunkelheit uns nie wieder freigeben, breitet sich Wärme in meinem Körper aus und löst die Kälte ab. Sanfte Strahlen treffen uns, welche Helios', dem Titanengott der Sonne und unserem Herrscher, dienen. Ein Sog leitet mich nun, während es in meinen Ohren knackt, weil wir uns wieder in Richtung Oberfläche bewegen. Ich tippe auf Sthenos Handgelenk, um ihr zu signalisieren, dass es bald geschafft ist. Ihr Griff lockert sich daraufhin ein wenig. Dafür umfasse ich ihren Arm, weil ich weiß, was uns erwartet.

Das Ziehen wird stärker, und dann ist es, als würden wir mehrmals in einem Strudel gedreht, ehe das Wasser uns freigibt. Stheno wird nach vorn geworfen, sodass sich ihre Wange gegen meine presst und angepisst zischelnde Schlangen sich an meinem Kopf bewegen. Über meine Schulter erbricht sie einen Schwall Wasser und nimmt mehrere japsende Atemzüge.

»Nie wieder«, keucht sie. »*Nie* wieder.«

»Dann sitzt du wohl auf ewig hier fest«, erwidere ich, bevor ich abermals zu schwimmen beginne.

»Wird das ... Wird das gleich noch einmal passieren?«

»Nein«, beruhige ich sie. »Wir sind so gut wie da.«

Weil wir über Nacht gereist sind, werden wir von der Morgendämmerung empfangen. Mit kräftigen Zügen bringe ich uns durch die Lagune, welche auf der anderen Seite der Barriere liegt. Das Zentrum und unser Ziel bildet ein von acht Säulen getragener Pavillon. Eine imposante Kuppel schließt ihn vom Himmel ab und verbindet ihn gleichzeitig mit zwei Kolonnaden, welche ihn links und rechts flankieren. Stheno gibt einen ungläubigen Laut von sich, und ich erinnere mich, dass auch ich beeindruckt – vielleicht sogar ein wenig eingeschüchtert war –, als ich die Anlage zum ersten Mal sah. Alles wirkt so groß, als würden Riesen hier wohnen, doch im selben Zuge so elegant, als hätten Feen jedes einzelne der zahlreichen Zierornamente ausgearbeitet.

Durch Helios' Licht wird unsere Umgebung auf der Wasseroberfläche wie eine täuschend echte Illusion gespiegelt. Die Gorgone streckt eine Hand aus, um sie zaghaft zu berühren. »Langsam spüre ich meine Finger und Zehen wieder«, informiert sie mich. »Warum liegt hier kein Schnee?«

»Magie«, erkläre ich. »Von den Titanengöttern und Geschwistern Helios, Selene und Eos.«

»Sonne, Mond und Morgen«, stellt Stheno nachdenklich fest. »Ob sie erfreut darüber sein werden, dass du eine Gorgone in ihr Reich eingeschleppt hast?«

Ich lache und sie löst ihre Arme von meinem Hals, ehe ich sie vor mich schiebe und auf die steinerne Plattform hebe. Als sie oben ist, stütze ich mich selbst ab, um mich hinaufzuziehen. »Ich lebe seit Jahrhunderten hier und es ist meine Heimat. Aber sie sind nicht meine Eltern – es ist also ganz egal, was sie von dir halten.«

»Doch sie sind die Herrscher.«

»Glaub mir, ich habe ihnen einige Male den Hintern gerettet und genieße gewisse Privilegien.«

»War ja klar«, brummt Stheno und wringt ihre Kleidung aus, sodass sich eine Pfütze um sie herum bildet. Zugegeben, der Weg hierher ist wirklich umständlich. Andererseits haben die wenigsten Bewohner Othrys' diesen Ort nach ihrer Ankunft je wieder verlassen. Auch für mich war es das erste Mal seit Jahrzehnten. »Und was jetzt?«

»Jetzt bringe ich dich in den Gästeflügel, damit du dich in trockene Gewänder kleiden und dich ausruhen kannst. Anschließend werde ich dir das Gelände zeigen und wir können uns mit Iason, Cato und Ava auf den neuesten Stand bringen.«

»Und wo wohnst du?«

»Nicht im Gästeflügel.«

Stheno seufzt. »So funktioniert das nicht, Herakles. Wann hast du das letzte Mal eine Frau mit nach Hause gebracht?«

Verwirrt sehe ich sie an. »Weshalb hätte ich eine Frau von außerhalb mitbringen sollen? Dort drinnen –« Ich unterbreche mich selbst. »Oh.«

Die Gorgone verzieht ihre Lippen, was ihre spitzen Eckzähne aufblitzen lässt, und ich frage mich, ob sie damit womöglich Blut trinkt. »Soll unser lausiger Plan zumindest länger als nur ein paar Stunden überstehen, musst du mich in deinen Räumlichkeiten unterbringen. Niemand wird dir abkaufen, dass wir ein Liebespaar sind, wenn ich weit entfernt von dir schlafe. Schließlich ist dieser Palast riesig – oder täusche ich mich?«

Ich knirsche mit den Zähnen. Meine Gemächer bestehen aus mehreren Zimmern. Es ist ausreichend Raum für zwei. Aber ich bevorzuge es, meine Ruhe zu haben. In den letzten Wochen musste ich mir meinen Schlafplatz stets mit Iason teilen, weshalb ich nach Ruhe lechze. Zumindest, bis unsere Reise weitergeht. Dennoch verstehe ich, was sie meint. Wenn Außenstehende glauben, es sei mehr zwischen uns, fallen ein Haufen Fragen weg. »Schön«, gebe ich nach.

STHENO

Ich bin das Gegenteil von ungeschickt. Trotzdem hat Herakles meinen Ellenbogen gepackt, weil ich schon mehrmals gestolpert bin und nicht aufhören kann, unsere Umgebung in mich aufzunehmen. Alles ist so ... prachtvoll. Als hätte irgendwer seine gesamte Unsterblichkeit damit verbracht, diesen Ort zu erschaffen. Zuerst der Gang durch die Kolonnaden mit den gewaltigen Säulen und den kunstvollen Malereien, welche die Geschichte der Titanen und Götter erzählen. Das sanfte Klavierspiel, das auf magische Weise die ganze Zeit über an meine Ohren dringt und dessen Quelle ich nicht erkenne. Und nun der Teppich aus Eis, welcher sich nicht kalt anfühlt und der uns direkt vor die Pforten des Palastes führt. Von außen wirkt er wie eine kühle Schönheit, die mir keinen Einlass gewähren wird. Seine Fassade setzt sich aus Marmorplatten, Bogenpfeilern, hochragenden Säulen, imposanten Kuppeln und abgestuften Balkonen zusammen. Mystische Skulpturen brechen zwischen ihnen hervor, als wären sie die Wächter des Palastes.

»Wir sollten hier keine Wurzeln schlagen«, reißt Herakles mich aus meinen Betrachtungen und zerrt mich förmlich zwischen einem der Bogenpfeiler hindurch. Aus dem

Augenwinkel erhasche ich noch einen Blick auf ein neugieriges Gesicht, das uns von einem der Balkone beobachtet haben muss.

Der Empfangsbereich ist nicht weniger eindrucksvoll, jedoch nicht annähernd so kühl wie die Fassade. Das Innere ist überwiegend in Gold gehalten, welches das Strahlen der Kristallleuchter an der Decke verstärkt, deren Steine mich beinahe erblinden lassen. Sollte einer von ihnen auf mich herunterfallen, würde ich vermutlich an Ort und Stelle sterben. Bronzene – unbekleidete – Statuen säumen den Weg zu einer ausladenden Treppe. »Bist einer von denen du?«, raune ich Herakles zu und mustere sein Profil.

Er hat, wie die meisten Götter und Helden, makellos markante Gesichtszüge – eine ausgeprägte Kieferpartie und eine gerade, streng wirkende Nase. Seine Brauen haben den perfekten Schwung und sind wesentlich dunkler als sein blondes Haar, das er teils zu einem Knoten zusammengebunden hat. Trotz der Reise und seiner tropfnassen Kleidung geht er aufrecht, Erschöpfung sucht man in seiner Haltung vergeblich. Egal wie sehr ich mich anstrenge – ich kann keinen Fehler an ihm erkennen. Wie die Skulpturen, deren Schöpfer das Bild des Übernatürlichen erschaffen wollte. Er ist das komplette Gegenteil von mir.

»Ich habe nicht Modell gestanden«, antwortet er, als hätte ich es ernst gemeint und keinen Scherz gemacht.

Während wir die Treppe erklimmen, lässt er meinen Ellenbogen los, weshalb ich meine Hand sicherheitshalber auf das Geländer lege und erst dann meinen Kopf zurückneige, um die Etagen zu zählen. Wenn ich mich hier verlaufe, würde ich womöglich erst in einer Woche wiedergefunden werden.

»Mein Gemach liegt auf der vierten Etage im Südflügel.«

»Okay«, erwidere ich und tue so, als könnte ich damit etwas anfangen. »Was hat dieser Palast noch so zu bieten? Einen Kampfplatz für Zyklopen?«

»Die Zyklopen leben in der Unterwelt.« Innerlich stöhne ich. Ehrlich, auf dem Weg hierher hatte ich beinahe das Gefühl, er wäre ein wenig lockerer geworden, doch seit wir in der Lagune aufgetaucht sind ... Nun ja, vielleicht ist er so ernst, weil er konzentriert ist – auf unsere Mission. Etwas, das ich durchaus befürworte. »Wir haben keine Arena. Aber –«

»Klar, die feinen Helden und Titanen, die sich zur Ruhe gesetzt haben, wollen sich auch nicht mehr die Hände schmutzig machen.«

»Du sagtest mir, es sei unhöflich zu starren, allerdings ist es auch unhöflich, seinen Gesprächspartner zu unterbrechen.«

Ich schnaube. »Bist du hungrig oder musst dringend dein Geschäft verrichten? Du benimmst dich wie ein Baby, das gefüttert und gewickelt werden will.«

Herakles seufzt schwer. »Es wird wohl eine Herausforderung, die anderen Bewohner Othrys' davon zu überzeugen, dass wir ein Liebespaar sind.«

»Oh, ich bin großartig darin. In einem anderen Leben hätte ich an einem Theater gespielt.« Tatsächlich hatte ich Sehnsüchte und Träume, bevor meine Schwester Medusa die Göttin Athene erzürnte und wir alle mit Schlangenhaar endeten. Allerdings gebe ich Medusa keine Schuld für unsere Lage, denn die angebliche Göttin der Weisheit war ein Miststück, die ihre Macht missbrauchte und das Abbild ihrer Unsicherheiten anderen aufzwang.

Er wirft mir einen wenig überzeugten Blick zu und lotst mich in Richtung zahlreicher Stufen, die von der Haupttreppe abzweigen und sich leicht nach rechts winden. Irgendwann gelangen wir in einen Korridor, und nachdem wir unzählige Türen passiert haben, hält Herakles endlich an und dreht den – natürlich vergoldeten – Knauf. Kurz darauf stehe ich in einem Flur, der so breit ist, dass vermutlich vier Kentauren nebeneinander Platz finden würden. Die Wände, welche mit floralen Ornamenten überzogen sind, wirken weich, und als ich mit den Fingerspitzen darüberstreiche, fühlen sie sich tatsächlich wie Stoff an. Die Farben erscheinen so frisch, als hätte man sie erst vor wenigen Tagen gewählt. Obwohl ich weiß, wie alt der Palast der Titanen ist, konnte ihm die Zeit nichts anhaben. Vermutlich hat die Magie ihn konserviert – mumifiziert. Bei diesem Gedanken schaue ich kichernd über die Schulter. Herakles steht hinter mir, betrachtet missmutig meine Stiefel.

»Oh.« Natürlich hat er seine bereits abgestreift, ebenso wie seinen Mantel, während ich vor mich hin tropfe und Sand auf dem Teppich verstreue. »Klar«, sage ich eilig und schäle mich aus meinen Klamotten. Sobald ich fertig bin, bewegt sich Herakles' Mund einige Male, ohne dass ein Wort herauskommt. »Wohin jetzt?«, erkundige ich mich.

»Hinter der dritten Tür auf der rechten Seite liegt mein Zimmer. Du kannst aus einem der anderen Räume frei wählen.« Als ich mich abwenden will, hält er mich mit einem Räuspern auf. »Lass deine Kleidung einfach hier. Ich werde dir neue organisieren.«

»Auf dem Boden? Dem wertvollen Teppich, gewebt aus feinster –«

»Ja«, knurrt er und ich lege meine Habseligkeiten grinsend vor seine Füße. »Die Stiefel will ich allerdings behalten. Wir haben schon so viele Abenteuer miteinander erlebt.« Dann laufe ich los, entscheide mich für die dritte Tür auf der linken

Seite. Vielleicht, um ihn zu ärgern. Ziemlich sicher, um ihn zu ärgern.

HERAKLES

Wie ein Dieb schleiche ich aus meinem Gemach und schließe lautlos die Tür.

»Das ging ja schnell.« Obwohl ich schon am Tonfall erkannt habe, wer mich feixend ansehen wird, zucke ich zusammen und fahre herum.

»Du bist noch nicht länger als anderthalb Stunden hier und hast bereits eine Dame in deinen Räumlichkeiten verführt.«

Über Iasons Ausdrucksweise kann ich nur die Augen verdrehen. »Wie kommst du darauf?«

»Nun, als ich vor besagten anderthalb Stunden für eine Trainingseinheit aufgebrochen bin, warst du noch nicht da.« Erst jetzt registriere ich, dass seine Fingerknöchel bandagiert sind und Schweißperlen auf seiner Stirn glänzen. Ich hebe eine Braue. Für gewöhnlich ist er kein Frühaufsteher – zumindest nicht mehr, seit die Zeiten unserer Abenteuer hinter uns liegen. »Noch dazu bist du halb nackt.«

»Ich trage eine Hose«, widerspreche ich.

»Aber deine Begleiterin ist nackt in deinem Gemach«, kommt es sofort zurück. »Denn ich sehe über deinem Arm eine *Damen*hose, ein Bustier, ein Shirt, einen Pullover, einen Mantel und einen Slip, der bestimmt nicht dir gehört.« Iason lacht. »Habt ihr eine Weltreise unternommen, oder was?« Im nächsten Moment erstarrt er. »Herakles?« Er mustert mich prüfend. »Sag mir, dass es nicht bedeutet, was ich denke.«

Wortlos stapfe ich an ihm vorbei. Natürlich folgt er mir auf dem Fuße. Gemeinsam laufen wir den Korridor entlang und biegen nach rechts ab, wo ich die Tür zum Waschraum aufstoße und die Kleidung in einen der Kübel werfe. »Also?«, fragt Iason beinahe lauernd, als wäre das schlimmstmögliche Szenario bereits eingetreten.

»Es bedeutet nicht, was du denkst.« Ich streife meine Hose ab und nehme eine trockene von der Leine. »Durch die Anreise waren wir durchnässt, deshalb hat sie ihre Kleidung ausgezogen, bevor sie auf ihr Zimmer gegangen ist.«

Iason prustet los. Ich rechne jeden Moment mit einer Bemerkung darüber, dass ich einen widernatürlichen Ordnungs- und Sauberkeitstrieb habe. Was überhaupt nicht wahr ist. Ich mag lediglich, dass alles seinen Platz hat. Ein gutes Gefühl, wenn man sein erstes Leben damit verbracht hat, auf Reisen zu sein. »Aber nackt hast du sie dennoch gesehen.«

Genervt lasse ich mich auf einen umgedrehten Kübel sinken. »Ich habe sie lediglich indirekt gebeten –«

»Ah, das abschätzige Räuspern«, wirft Iason wissend ein.

»– nicht den Teppich vollzutropfen. Es war nicht meine Intention, dass sie *alles* auszieht.«

Mein Freund verschränkt die Arme vor der Brust. »Und sie ist wirklich da – eine der Gorgonen – in *deinem* Gemach?«

Ich verziehe die Lippen zu einer schmalen Linie.

»Nun ja, wir müssen irgendwie ihre Anwesenheit erklären«, antworte ich und reibe mir über den Nacken. »Es war ihr Vorschlag, dass wir vorgeben, ein gewisses Verhältnis ... zu pflegen.«

Iason fallen fast die Augen raus.

»Ich hielt es für eine gute Idee. Ich meine, Ava, Cato und du – ihr kennt zumindest Atlantis als euer Ziel. Euer Aufenthalt im Palast ist nicht ausschlaggebend für eure weitere Reise. Stheno und ich hingegen sind darauf angewiesen, dass alles glattgeht.

Wir können es uns nicht leisten, Misstrauen zu erregen. Stheno als meine Partnerin vorzustellen, ist eine gute Tarnung.«

»Deine Partnerin ... *soso*.«

Ich schnaube. »Mehr hast du nicht rausgehört, oder?«

»Gefällt sie dir?«

»Ob sie mir ... *gefällt*?«, frage ich irritiert. »Iason, wir sind kein richtiges Liebespaar. Wir geben es nur vor – was dem Verlangen nach Tratsch, welches an diesem Ort unstillbar ist, in die Karten spielt.« Kurz halte ich inne. »Ich hoffe, du hast bisher mit niemanden geredet.« Sollte er bereits geplaudert haben, dass ich noch versuche, eine Gorgone einzufangen, ehe ich nachkomme, wird unser Plan unglaubwürdig.

Iason seufzt. »Wir sind selbst erst gestern eingetroffen. Ava hat mir vor unserer Ankunft eingebläut, über nichts zu reden, was dich, Stheno oder die Suche nach den Erben und den Königswaffen betrifft.«

»Kluges Mädchen«, lobe ich.

»Deshalb bin ich in meinen Räumlichkeiten geblieben, habe mit Cato und der Seherin an unserem Vorgehen gefeilt. Dann bin ich in aller Herrgottsfrühe trainieren gegangen, um niemandem über den Weg zu laufen. Aber natürlich hat Klio mir aufgelauert.«

»Weil du einmal zu nett zu ihr gewesen bist.« Ich lache. »Ein Wunder, dass Kalliope dich nicht gezwungen hat, ihre Schwester zu heiraten.« Im Palast der Titanen leben neun Musen, die ein wenig ... speziell sind.

Er gibt einen empörten Laut von sich. »Ich habe ihr meine Hand gereicht, um ihr vom Boot ans Ufer zu helfen.«

»In der Welt der Musen bedeutet das eine Menge.«

»Wohl wahr. Doch nun zurück zu dir. Ich verstehe trotzdem nicht ganz, weshalb du diesem Plan zugestimmt hast. Lass mich dich als dein Freund warnen: Solltest du es dir mit Stheno verscherzen, wissen wir beide, wie es für dich endet – als Stein. Und ehrlich mal, diese ganzen Schlangen – kommst du damit wirklich klar? Wenn ihr euch in der Öffentlichkeit annähern müsst?«

»Eine von ihnen hat mich bereits geleckt.«

Iason klappt der Mund auf. »Was zur Hölle?!«

15

DER RAT DER SEHERIN

STHENO

Ich weiß nicht, wo ich bin. Und ich bin zu müde, um meine Augen aufzuschlagen. Ein wenig kraftlos bewege ich sie hinter meinen Lidern umher. Es ist also keine Überraschung, dass ich nichts als Schwärze sehe. Tief atme ich ein und ein Duft, der mich an Aprikosen und Orangenblütenblätter erinnert, steigt in meine Nase. Ich strecke mich und meine Handinnenflächen streichen über ein seidiges Laken. Stöhnend rolle ich mich auf die Seite, weil ich mich nicht erinnern kann, jemals so weich gelegen zu haben. Es ist, als würde der Stoff meinen Körper umschmeicheln. Ich reibe meine Wange am Kissen und etwas wie ein Schnurren verlässt meinen Mund, als wäre ich eine Sphinx.

Wie aus weiter Ferne vernehme ich ein Klopfen. »Alles in Ordnung dort drin?«

»Mhm.« Ich rolle mich auf die andere Seite, wende mich der Richtung zu, aus der die Stimme kommt.

»Stheno?«

Ruckartig fahre ich hoch und reiße die Augen auf, die sofort zu tränen beginnen. Ich weiß nicht, ob es dem Licht geschuldet ist, welches durch den Rundbogen fällt, oder der prunkvollen Einrichtung, die mich noch viel mehr blendet. Die Wände sind in einem intensiven Türkis gestrichen, welches durch goldene Muster, die erhaben wirken, ergänzt wird. An den Wänden hängen mehrere Gemälde, deren Rahmen ebenfalls vergoldet sind und Landschaften in widersprüchlich blassen Tönen zeigen, weshalb ich mich frage, ob es Absicht ist oder sie von der Sonne ausgeblichen wurden. Ansonsten erkenne ich einen Durchgang, der – wie ich vermute – in einen Baderaum führt, und zwei Kommoden, auf welchen verzierte Vasen mit Blumen stehen. Sie sind es wohl, die diesen Geruch verströmen.

Erneut klopft es, energischer dieses Mal, was mich an den Grund erinnert, aus dem ich hochgeschreckt bin.

Palast der Titanen.

Herakles.

Die vier Winde.

Zeus' Donnerkeil und die Suche nach seinem Erben.

Ist doch gar nicht so viel zu verarbeiten.

Ich schüttele den Kopf, um den Nebel darin zu vertreiben.

»Ja«, antworte ich und die Tür schwingt auf. Herakles steht an der Schwelle, lehnt sich mit einer Schulter gegen den Türrahmen. »Ich meinte damit nicht herein«, beschwere ich mich.

»Du hast dreizehn Stunden geschlafen«, informiert er mich. »Ich wollte sichergehen, dass du dich in der Zwischenzeit nicht mit dem Laken stranguliert hast.« Mein Blick wandert an meinem Körper hinab. Meine Beine sind tatsächlich in dem violetten Laken verheddert.

»Sehr heldenhaft von dir«, gebe ich zurück. »Aber wie du siehst, ist nichts passiert.« Ich gähne und strecke mich, wobei mein Rücken knackt. Unauffällig werfe ich einen weiteren Blick aus dem Fenster und frage mich, ob ich tatsächlich dreizehn Stunden geschlafen habe. Andererseits habe ich in unserem Herrenhaus – aufgrund meiner Unfähigkeit, ein Feuer zu entfachen und am Leben zu halten – kaum ein Auge zugetan.

Herakles lässt einen Stapel Kleidung auf das Ende des Bettes fallen. »Wir treffen uns gleich mit Cato, Ava und Iason. Im Anschluss haben Helios, Selene und Eos zu einem Tanzabend eingeladen. Die Winde sind zurzeit nicht hier, doch vielleicht können wir bereits durch ihre Mutter Eos, der Titanengöttin des Morgens, etwas herausfinden.«

»Sagtest du nicht, dass du es bei ihr schon einmal versucht hast?«

»Ja, aber möglicherweise hast du mehr Glück als ich.«

Ich gebe ein belustigtes Schnauben von mir. »Schön – ich werde meinen Charme spielen lassen.«

Herakles' blaue Augen blitzen auf. »Aber bitte nicht zu sehr.«

»Ja, ja – ich weiß. Es gibt bereits ausreichend Skulpturen in diesem Palast, die ich bei meiner Ankunft begutachtet habe.«

Leicht neigt er den Kopf. »Ich ziehe mich zurück, damit du dich zurechtmachen kannst. Brauchst du Hilfe bei ...« Er verstummt, weil ihm wohl auffällt, dass er Unsinn redet.

»Ich benötige keine Hilfe beim Frisieren, falls du das fragen wolltest.«

»Natürlich nicht.« Dann wendet er sich ab und verschwindet.

Es dauert einige Sekunden, bis ich mich überwinden kann aufzustehen. Das ist ohne jeden Zweifel das beste Bett, in dem ich jemals geschlafen habe. Auch wenn es den Eindruck vermittelt, als wäre ein König darin gestorben. Ich laufe in den Baderaum und spritze mir über dem Waschbecken kaltes Wasser ins Gesicht, ehe ich mich an den wichtigsten Stellen wasche. Da es bei Herakles nicht klang, als hätte ich endlos viel Zeit, verzichte ich auf ein Bad in der Wanne, die – wie mir auffällt – ziemlich nah an dem Rundbogenfenster steht. Misstrauisch trete ich heran, allerdings ist dieser Raum ein wenig zurückversetzt gebaut worden, sodass die Mauervorsprünge links und rechts Privatsphäre gewähren.

»Was tue ich hier eigentlich?«, murmele ich, als ich auf dem Weg zum Bett mein Spiegelbild mustere. Hätte mir jemand vor Jahrhunderten gesagt, dass ich mich eines Tages mit den Göttern verbünde, hätte ich vermutlich herzlich gelacht.

»Zehn Minuten«, ruft Herakles vom Flur.

»Du hättest mich früher wecken können«, antworte ich augenverdrehend und gehe durch, was er mir mitgebracht hat. »Das sind alles Kleider«, stelle ich empört fest. »Ich trage keine Kleider.«

»Heute Abend schon.«

Zähneknirschend entscheide ich mich für das einzige Exemplar, das nicht mit Rüschen besetzt ist. Ich bin mir unsicher, ob Herakles einfach keine Ahnung hat oder mich ärgern will. Seufzend ziehe ich es über und brauche dabei zwei Anläufe, weil es am Rücken einen tiefen Ausschnitt hat, der von mehreren feinen Fäden zusammengehalten wird. Als ich es geschafft habe, gleitet der silberne Stoff geräuschlos meinen Körper hinab, und ich muss zugeben, dass ich vermutlich nicht komplett schrecklich darin aussehe. Ich streiche meine Schlangen zurück, von denen nur einige schläfrig ihre Köpfe heben, ehe ich nach draußen trete.

Gerade will ich mich bei Herakles, der davor gewartet hat, erkundigen, ob ich barfuß gehen soll, als dieser bereits auf die am Boden aufgereihten Schuhe deutet. Ich schlüpfe in die silbernen Sandaletten, wobei ich ungeschickt schwanke, sodass Herakles sich vor mich kniet, um die Riemchen zu schließen. Dann streicht er den Saum des Kleides glatt, bevor er sich wieder aufrichtet.

»Gerade machst du den Eindruck, als wäre ein Schneider an dir verloren gegangen«, kommentiere ich, überspiele damit, dass er mich mit dieser Geste überrumpelt hat.

Er mustert mich stumm, dann nickt er und geht zur Tür. Mit der Hand an der Klinke verharrt er. »Wie genau wollen wir das anstellen?«, fragt er schließlich und wendet sich mir noch einmal zu.

Fragend hebe ich die Brauen.

»Glaubhaft zu vermitteln, wir seien ein Liebespaar ... Nicht vor Iason, Ava und Cato, versteht sich. Aber danach ...«

Einen Moment lang bin ich so irritiert, dass mein Mund sich einige Male öffnet und schließt. »Ehrlich gesagt nahm ich an, du wärst derjenige mit mehr ... Kompetenz.«

»Kompetenz?!«, echot Herakles, als hätte ich ihn damit beleidigt.

Ich runzele die Stirn. »Sicherlich bist du schon mit sehr vielen Frauen zusammen gewesen und weißt daher, wie man sich verhält.« Ich deute auf meine nicht vorhandenen Haare. »Bei mir haben die Männer nicht unbedingt ... nun ja ... Schlange gestanden.«

»Haha«, macht Herakles humorlos.

Ich werfe die Arme in die Luft. »Ist doch wahr. Du bist in diesem Fall in der Verantwortung.«

»In der Verantwortung«, knurrt er. Kopfschüttelnd wendet er sich ab und öffnet die Tür. Ich folge ihm, bevor sie mir vor der Nase zufällt.

Kurz darauf erreichen wir Iasons Gemächer, die offenbar im selben Korridor liegen.

Den Mann, der mir die Tür öffnet, habe ich in Delphi

lediglich flüchtig gesehen. Er ist – ähnlich wie Herakles – groß gewachsen und athletisch gebaut. Sein Haar ist dunkelbraun und kurz geschoren und seine Augen, die von einem hellen Grau sind, mustern mich. Ein wenig misstrauisch, aber ohne Scheu. Ich kann mir gut vorstellen, dass einige dagegen waren, um meine Hilfe zu bitten.

»Stheno.« Knapp nickt er mir zu.

»Iason«, ahme ich ihn nach. »Reizend, dich kennenzulernen.«

Er tritt zur Seite und lässt Herakles und mich herein. »Geradeaus«, murmelt dieser mir zu und ich folge seiner Anweisung. Wir gelangen in einen großen Wohnbereich, der in Cremeweiß gestaltet ist, lediglich die Möbel sind aus dunklem Mahagoni. Ansonsten zeigt er zwar den üblichen Prunk, allerdings wirkt der Raum nicht überladen mit Vasen, Mustern oder Ziergegenständen.

»Cato – lass mich durch«, beschwert sich eine Frauenstimme, die meine Aufmerksamkeit zu den beiden Säulen zieht, welche den Balkon einrahmen. Der Halbgott versucht, die Seherin mit seinem Körper abzuschirmen, als würde er nicht wollen, dass ich sie sehe. »Hör auf, albern zu sein!« Schließlich gelingt es ihr, sich auf der anderen Seite an ihm vorbeizudrängen, ehe sie auf mich zueilt. Als sie mich erreicht, nimmt sie meine Hände in ihre und ich versteife mich ein wenig. Bei Flame hat es mich irgendwie nicht überrascht und es hat sich nicht angefühlt, als würde ich etwas Falsches tun, weil auch Dark mir gegenüber unbefangen ist. Aber von Cato spüre ich definitiv Ablehnung, was sein warnender Blick bestätigt.

»Ignoriere ihn«, sagt Ava, als würde sie ebenfalls bemerken, dass er mich allein mit der Kraft seiner Gedanken von ihr fernhalten will. »Endlich weibliche Gesellschaft. Es ist so schade, dass wir uns nicht bereits im Sandpalast kennenlernen konnten. Du wärst jederzeit willkommen gewesen«, flötet sie, lässt es klingen, als wäre es nicht irgendwie sonderbar, hätte ich auf einen Besuch vorbeigeschaut. »Komm, wir setzen uns.« Sie zieht mich zu der Chaiselongue, sodass wir kurz darauf in weichen vanillegelben Polstern versinken. »Es tut mir leid, falls ich zu überschwänglich bin«, plappert Ava. »Durch meine Fähigkeiten als Seherin habe ich oft das Gefühl, jemanden schon richtig zu kennen, noch bevor wir uns das erste Mal persönlich unterhalten haben.« Sie verstummt und beobachtet mich abwartend aus ihren mandelförmigen Augen. Ihre Iriden haben eine irritierende Farbe, erinnern an orangefarbene Mohnblüten. Sie trägt ein nachtblaues Kleid und ihre Haare, die gesponnenem Gold gleichen, fallen in sanften Wellen über ihre Schultern. Ich verstehe, dass Cato sie wie einen Schatz bewacht, weil sie aussieht, als wäre sie einem Märchen entflohen.

»Das ist ... schon okay, schätze ich.«

Sie schenkt mir ein strahlendes Lächeln. Iason und Herakles nehmen auf den beiden Sesseln Platz, während Cato sich an den Kamin lehnt und die Arme vor der Brust verschränkt. »Ich glaube, er schreibt innerlich bereits den Vortrag, den er dir später über Vernunft halten wird.«

Avas Augen funkeln belustigt und sie wirft dem Halbgott eine Kusshand zu, dessen Gesichtszüge augenblicklich weicher werden, als könnte er ihr nicht böse sein. Ich frage mich, ob jemals wegen mir jemand besorgt gewesen ist, doch mir fallen lediglich meine Schwestern ein. Und obwohl unser Band mir stets genug war – schließlich gibt es in dieser Welt viele, die deutlich weniger besitzen –, habe ich in dieser Sekunde das Gefühl, in all den Jahrhunderten etwas verpasst zu haben.

»Ich hoffe, die Anreise war nicht allzu beschwerlich für

euch?«, erkundigt sich Ava. Mein Magen sucht sich genau diesen Moment aus, um laut zu knurren. »Hast du ihr gar nichts zu essen angeboten?«, wendet die Seherin sich sofort an Herakles.

»Sie hat den ganzen Tag geschlafen. Außerdem erwartet uns im Saal ein regelrechtes Festmahl. Wenn man damit durch ist, will man nie wieder in seinem Leben eine Speise zu sich nehmen.«

»Stimmt«, bestätigt Iason, der sich zurückgelehnt und die Beine überschlagen hat.

»Ich werde durchhalten«, antworte ich Ava. »Und unsere Anreise war – bis auf den letzten Teil – in Ordnung.«

Verständnisvoll verzieht sie das Gesicht. »Das Meerwasser ist furchtbar kalt.« Langsam entspanne ich mich und stütze meinen Ellenbogen auf der Rückenlehne der Chaiselongue ab. »Die Sonne geht bald unter, dann müssen wir hinunter in den Saal, aber ich hatte gehofft, dass wir uns vorher noch ein wenig austauschen könnten.«

Leicht neige ich den Kopf zur Seite. »Es klingt, als wärt ihr in Eile«, stelle ich fest. »Ist euer Aufenthalt schon bald vorbei?«

Bei meinen Worten wird Ava ein wenig blass um die Nase. Erst jetzt fällt mir auf, dass ihre Lider rosa verfärbt sind, als hätte sie geweint. »Ja, es war für uns nur ein Zwischenstopp«, erklärt sie und deutet in Richtung Cato. »Wegen einer Verletzung an seinem Arm durch ein Geschöpf, das aus dem Totenwald Viridis, dem *Nigrum Silvam*, stammte und das Ziva mit auf die Erde gebracht hatte.« Ich erinnere mich, dass Flame das erwähnte, schweige jedoch. »Da die Bewohner Viridis Helios' Einladung gefolgt sind, im Palast der Titanen zu leben, wollten wir hier mit einem ihrer Heiler sprechen.« Tief atmet sie durch. »Aber es lief nicht so gut.«

Iason schnaubt. »Cato hat ihm seinen Arm gezeigt, woraufhin der Kerl fast in Ohnmacht gefallen ist. Als hätten wir ihm Hades auf einem Silbertablett serviert.«

»Gibt es denn nur diesen einen Heiler?«, hake ich ungläubig nach, beiße mir aber sogleich auf die Zunge, als ich Ava schwer schlucken sehe. Mich überkommt das Bedürfnis, sofort das Thema zu wechseln, weil ich wirklich nicht wüsste, was ich tun sollte, wenn sie in Tränen ausbricht.

»Es gibt zwei. Aber der andere wollte nicht einmal mit uns sprechen.«

»Die neuen Götter hatten schon angedeutet, dass die Bewohner Viridis sehr abergläubisch sind, was den *Nigrum Silvam* betrifft«, merkt Cato an. »Aufgrund der Legenden wagte sich kaum jemand in seine Nähe oder wollte mit einem Teil von ihm in Berührung kommen.« Mein Blick fällt auf seine bis zum Ellenbogen aufgerollten Hemdsärmel, wo ich schwarze Haut erkenne. Sie erinnert an die verbrannte Rinde eines Baumes. Ich bewahre eine neutrale Miene, wenngleich ich mit den Legenden, die sich um den Totenwald ranken, vertraut bin. Ich verstehe, weshalb Ava in Sorge ist.

»Spürst du etwas?«, spreche ich Cato zum ersten Mal direkt an und nicke zu seinem Arm. »Seit du das dort hast.«

»Ich fühle mich wie immer.«

»Vor seiner Verletzung hat er im Styx gebadet«, klinkt Ava sich ein. »Genau wie Hunter und Flame.«

»Lebensmüde, wenn man mich fragt«, sagt Iason zu Herakles. »Auf diese Idee sind nicht einmal wir gekommen.«

»Dann hast du großes Glück gehabt.« Ich wende mich wieder an Ava und drücke ihre Hand. »Betrachte es so: Seitdem sind Monate vergangen. Bestimmt ist alles gut.«

Sie presst die Lippen aufeinander, ehe sie einen

zustimmenden Laut von sich gibt. Noch einmal schaut sie zu Cato, so, als hätte sie Schmerzen. Für einige Sekunden halten sich ihre Blicke fest, und ich überlege, wie es sein muss, die Angst zu verspüren, jemanden zu verlieren, den man auf diese Weise liebt. Unbehagen überkommt mich, weil es eine fremde Empfindung ist – und weil ich feststelle, dass ich nicht in ihrer Haut stecken will. Manchmal bin ich froh über die Art, auf die ich lebe. Ich kann mir nicht vorstellen, dass es schön ist, so viel spüren zu müssen.

Unruhig rutsche ich auf meinem Platz umher, weil es mir erscheint, als müsste ich den Wohnbereich verlassen, um den beiden Raum zu geben. Gerade, als ich ernsthaft darüber nachdenke, richtet sich Avas Aufmerksamkeit abermals auf mich. Ihre Haltung strafft sich und ich atme erleichtert aus. Sie greift nach einem der Gläser, die auf dem Tisch stehen, und trinkt einen Schluck. »Nimm dir eines, falls du durstig bist. Aber Vorsicht – das Wasser schmeckt nach Honig.«

»Nach Honig?«

»Wurde damals wohl von Kronos eingeführt«, erklärt Iason. Kronos war, bis Zeus ihn tötete, der Herr über die Zeit, Anführer der Titanen und der jüngste Sohn der Gaia und des Uranos. »Böse Stimmen flüstern, er hätte damit versucht, das Ambrosia der Götter nachzuahmen, zu dem er nach seiner Niederlage gegen Zeus keinen Zugang mehr hatte.«

»Allerdings hat es keine magische Wirkung«, sagt Ava rasch, die meinen beunruhigten Gesichtsausdruck bemerkt hat. »Du kannst es also bedenkenlos trinken.«

Ich nicke, bin aber nicht gänzlich überzeugt. Wasser, das nach Honig schmeckt, klingt ein wenig abstoßend. »Wann habt ihr vor, nach Atlantis weiterzureisen?«

»Schon morgen.«

Das bedeutet, dass Herakles und ich auf uns gestellt sind. Nervosität überkommt mich, als ich richtig begreife, was für eine Verantwortung wir zu zweit tragen.

»Habt ihr einen Plan?«, erkundige ich mich. »Wonach genau ihr zum Beispiel bei dem Erben Ausschau halten werdet?«

»Nicht wirklich«, gesteht Ava. »Wir tarnen unseren Aufenthalt als Heimatbesuch, da Okeanos – Catos Vater – vor seinem Tod ebenfalls in Atlantis lebte. Ansonsten verlasse ich mich darauf, dass meine Gabe uns zu Poseidons Dreizack und seinem Erben führen wird.«

Kurz denke ich über ihre Worte nach und komme nicht umhin festzustellen, dass Herakles und ich irgendwie ... hinterherhinken. »Es erscheint mir, als hätten Herakles und ich die schlechtesten Karten«, raune ich Ava zu. »Ich meine ... wo sollen wir bloß anfangen? Auf der Erde leben Milliarden von Göttern, Titanen, Menschen, Halbgöttern und anderen magischen Wesen. Wie sollen wir Zeus' Erben finden?«

Ihr Blick gleitet in die Ferne. Cato macht einen Schritt in unsere Richtung, wirkt, als würde jeden Moment etwas passieren, aber dann schüttelt Ava den Kopf und erhebt sich. Sie läuft in Richtung des Balkons und bedeutet mir, ihr zu folgen. Ich trete neben sie ans Geländer, und wenn man sich weit nach vorn lehnt, kann man sogar ein wenig von der Lagune erkennen, die sich auf der Palastrückseite befindet.

»Bist du dir sicher, dass Zeus tot ist?«, hake ich nach. Mir schwirrt nach wie vor der Kopf, von all den Dingen, die ich in den vergangenen vierundzwanzig Stunden erfahren habe. »Wo man seinen Körper nicht finden konnte ...«

»Er ist tot«, erwidert Ava überzeugt. »Ich hätte die Prophezeiung nicht gesprochen, wäre es anders gewesen.« Tief atmet sie durch. »Allerdings sind die verschwundenen

Leichname kein gutes Zeichen. Wir setzen darauf, dass Persephone in der Unterwelt mehr dazu in Erfahrung bringt.«

Ich mustere Ava, deren Hände auf dem Geländer zu Fäusten geballt sind. Wenn ich bereits das Gefühl habe, eine Last würde auf mir liegen – wie muss es ihr dann gehen? Sie muss alles überblicken. All die Orte des Geschehens. Und sie wirkt jung – viel zu jung für diese Bürde. »Weshalb wolltest du unter vier Augen mit mir sprechen?«, frage ich schließlich.

»Ich kann nachvollziehen, dass es sonderbar für dich ist, hier zu sein. Ich kann mich ganz genau erinnern, wie eigenartig es für mich war, plötzlich dazuzugehören – nicht mehr allein im Tempel, stattdessen mittendrin. Aber ich versichere dir, dass dieser Weg für dich bestimmt ist. Dass es kein Zufall war, dass du Dark begegnet bist und dadurch eine Verbindung zu uns entstanden ist.« Sie wendet sich mir zu, ihre Pupillen erscheinen größer als zuvor. »Ich habe dich gesehen, Stheno. Ich habe dich in diesem Palast und an Herakles' Seite gesehen. Die Suche nach Zeus' Erben und dem Donnerkeil muss hier beginnen.« Ihre Worte sind so eindringlich gesprochen, dass eine Gänsehaut über meinen Rücken kriecht.

»Warum ich?« Ich kann mir einfach nicht erklären, dass sie *mich* gesehen hat.

Ava lacht leise. »Warum wir? Das fragen wir uns alle hin und wieder.« Etwas entspannter lehnt sie sich mit der Hüfte gegen die Balustrade und hält ihr Gesicht in die Strahlen der untergehenden Sonne. »Es muss nicht von Anfang an Sinn ergeben, genauso wenig, wie man am Beginn einer Reise das Ende kennt. Meist versteht man es nicht einmal, während man sich bereits auf dem Weg befindet, sondern erst, sobald man am Ziel zurückblickt.«

Für diese Art von Gespräch bin ich noch nicht lang genug

wach. Trotzdem weiß ich irgendwie, was sie mir damit vermitteln will. Schließlich kann ich mich ganz genau daran erinnern, wie es war, als Ziva starb und sich die Finsternis, die sie mitgebracht hatte, zurückzog. Das Gefühl, es geschafft und die richtigen Entscheidungen getroffen zu haben, obwohl man zuvor die meiste Zeit dachte, durch die Dunkelheit zu irren.

»Noch dazu wissen wir von der früheren Verbindung der vier Winde zu Zeus. Ihr müsst ihnen nur folgen …«

Davon hat Flame bereits im Herrenhaus berichtet. Geräuschvoll atme ich aus. »Es klingt ganz leicht – so wie du es formulierst.«

Ava grinst. »Das ist es mit Sicherheit nicht. Zumal die Winde sich unsichtbar machen können, genau wie du.«

»Das ist vermutlich nur fair«, antworte ich, wenngleich ich bisher kein wirkliches Bild von ihnen habe.

»Denkst du, sie ahnen, dass wir etwas von ihnen wollen?«

Sie hebt eine Schulter. »Es ist auf jeden Fall nicht auszuschließen. Und ungeachtet der Tatsache, dass die Weissagungen nicht mehr in das Archiv von Delphi gebracht werden, wird es irgendwann herauskommen. Doch solange wir die Informationen zurückhalten können, sollten wir es tun. Es verschafft uns einen Vorsprung.« Sie kichert. »Stell dir nur vor, wir träfen in Atlantis ein und würden zu den Herrschern sagen: ,Wir sind nur hier, um den Dreizack des Poseidon zu stehlen.'«

»Und seinen Erben zu entführen«, ergänze ich.

16

IRDISCHE GEFÜHLE

NERO

Dann würde ich dich küssen.

Mein Kopf schwirrt noch immer, und ich frage mich, ob ich das tatsächlich gesagt habe. Die fünf Worte laufen in Dauerschleife durch meinen Kopf. Nach wie vor spüre ich, wie sich mein Körper auf seinem angefühlt hat. Wir waren uns so … *nah*. Nur mein Verstand war mir im Weg.

Der rote Ring um seine Augen leuchtet auf, erinnert mich daran, wo ich bin. Und dass wir eigentlich Fremde sind. Er ist ein Fremder, bei dem ich mich nicht fallen lassen sollte. Schließlich habe ich keine Gewissheit, was nach dem Aufprall kommt.

Wenngleich ich mich selbst ein wenig dafür hasse, stütze ich mich ab und komme auf die Füße. Das Leuchten in Graves Augen erlischt, als er realisiert, dass ich mich erneut zurückziehe. Obwohl ich erst seit wenigen Tagen im Reich der Schatten bin, erscheint es mir, als würden wir diesen Tanz seit einer Ewigkeit führen. Und immer wieder frage ich mich, weshalb er eine solche Versuchung für mich ist. Warum er Hitze und Verlangen in mir weckt, wo ich unter den Halbgöttern für etwas gänzlich Gegensätzliches bekannt bin – Kälte und Verschwiegenheit. Es zieht in meiner Brust, als ich mich zwinge, einen Schritt vor den anderen zu setzen. Sogar Charon und Klotho haben ihre Zankerei unterbrochen, und obwohl ich sie nicht direkt anschaue, spüre ich ihre bohrenden Blicke. »Autsch«, flüstert Letztere.

Stumpf starre ich die Totenkopflampe an, werfe immer wieder den Apfel, den ich aus der Küche mitgenommen habe, in Richtung Decke. Ich befinde mich auf dem Bett in dem Zimmer, das Grave mir zugeteilt hat. In seinem habe ich seit dieser einen Nacht nicht mehr geschlafen. Als dürfte ich mir Schwäche nur ein einziges Mal gestatten. Ich rede mir ein, dass ich sauer auf ihn bin, dabei habe ich während meines Aufenthalts hier wieder an Kraft gewonnen.

Von unten ertönen plötzlich das Knallen einer Tür und aufgebrachte Stimmen. »Wenn zu viele Leute in ein Geheimnis eingeweiht sind, ist es kein Geheimnis mehr – das ist euch schon bewusst, oder?!«

Grave klingt zornig und so, als würde er jeden Moment die Beherrschung verlieren, obwohl er zuvor stets kontrolliert und höchstens sarkastisch wirkte. Nicht, dass ich es ihm verübeln könnte – er hat eine Menge zu verdauen. Genau wie ich. Seit Persephone, Hale, Klothos Schwestern, Hypnos sowie ein Daimon, der einst der Göttin der Nacht diente, im Reich der Schatten aufgetaucht sind, habe ich Dinge erfahren, um die ich nicht so recht meinen Verstand wickeln kann. Grave ist der Sohn von Hades und Styx. Bis gestern hatte ich nicht einmal Kenntnis darüber, dass die Flüsse der Unterwelt eine Persönlichkeit besitzen. Und ich weiß nicht, weshalb mich diese Nachricht so überrumpelt hat, wo ich ihn doch von Beginn an für den Teufel gehalten habe.

Er ist der Erbe der Unterwelt.

Ihm gehorcht der Styx.

Und würde er es wollen, würden selbst die Toten ihm folgen.

Die Hölle ist unwiderruflich sein Platz.

Ich lasse den Apfel achtlos fallen, reibe stattdessen über meine Brust. Keine Ahnung, warum diese Wahrheiten so viel mit mir machen. Vielleicht, weil ich mir in Momenten der Stille gewünscht hatte, dass wir beide niemand sind.

»Nero?« Mein Blick schnellt nach vorn. Die Stimme ist weiblich, trotzdem hoffe ich, Grave an der Schwelle zu meinem Zimmer zu sehen. In der letzten Nacht stand ich selbst so oft an diesem Punkt, habe mit mir gerungen, den unsichtbaren Abgrund zwischen uns zu überbrücken. Mehrere Stunden habe ich reglos ausgeharrt. Juna sagte stets, dass ich jemand sei, der sich gerne selbst bestraft. Ich habe es nie verstanden. Schließlich hatte ich keine Schmerzen. Doch in der Zeit, in welcher ich an der Schwelle stand, mein Verstand mir verbot, einen Schritt nach vorn zu machen, habe ich ihr zugestimmt.

Ich höre das Geräusch von Stiefeln und blinzele mehrmals. Mein Sichtfeld ist verschwommen, weil meine Augen so trocken sind. Als würden selbst sie sich gegen jegliche Empfindung wehren.

»Darf ich?«, erkundigt sich Persephone, und ich rutsche ein Stück zur Seite, denke gar nicht darüber nach, dass es womöglich sonderbar ist, wenn sie sich an mein Bett setzt. Vielleicht haben uns die Schrecken, denen wir gemeinsam ins Auge geblickt haben, zusammengeschweißt.

»Wir hatten noch keine Gelegenheit, uns zu unterhalten.« Sie streicht ihr weizenblondes Haar zurück, bevor ihre Hand zu einer der zahlreichen Narben wandert. Doch ehe ihre Fingerspitzen sie berühren können, lässt sie den Arm sinken. Als sie damals in der Halbgottsiedlung eintraf, fuhr sie permanent ihre Narben nach. Ich habe nie gefragt, warum sie es tat. Inzwischen beobachtet man diese Geste kaum noch bei ihr. Vielleicht, weil die Schrecken der Vergangenheit nicht mehr so sehr auf ihr lasten.

»Kein Wunder«, erwidere ich mit einiger Verspätung.

»Du hast dir den besten Moment ausgesucht, in die Unterwelt zu reisen.«

Ich schnaube. »Dasselbe könnte ich von dir behaupten.« Neben den Offenbarungen über Grave habe ich unter anderem von der Prophezeiung und Zeus' Tod erfahren, davon, dass in der Oberwelt schon wieder alle ausgeschwärmt sind, während ich in der Hölle mit etwas gänzlich anderem beschäftigt gewesen bin. Sofort tauchen Graves dunkle Augen in meinem Kopf auf, die mich bei Nacht und am Tag verfolgen. »Zwar habe ich gespürt, dass etwas passiert, allerdings hätte ich nicht damit gerechnet, dass schon wieder alles –« Ich unterbreche mich, weshalb Persephone meinen Satz beendet.

»Den Styx runtergeht.« Sie hebt eine Braue. »Hat plötzlich eine ganz neue Bedeutung.«

Prüfend mustere ich sie, verschränke einen Arm hinter meinem Kopf, um eine bequemere Position einzunehmen. »Ich hätte nicht gedacht, dass du freiwillig die Unterwelt betrittst, nachdem du ihr gerade so entkommen bist.« Ich habe nie zuvor mit ihr darüber geredet, weil es mir unangemessen erschien, doch die Umstände haben sich geändert.

»Manchmal muss man Dinge tun, die man eigentlich nicht will.«

»Und er ist tot.«

»Hades ist tot«, bestätigt sie. Der Name kommt ohne ein Stolpern über ihre Lippen.

»Hale tut dir gut«, stelle ich fest und überlege, ob sie trotz der Dunkelheit, die sie durch ihre Vergangenheit umgibt, insgeheim an das Gute glaubt. An Hoffnung und an Licht –

das, was Hale ist. »Habe ich nicht kommen sehen.« Schließlich erfordert es großen Mut, sich zu öffnen, wenn man derart viel Schmerz und Enttäuschung durchlebt hat wie Persephone.

»Ich auch nicht.«

»Ist es für immer?«, erkundige ich mich.

Sie lacht. »Mein Leben hat mich zur Pessimistin gemacht. Ich glaube nicht daran. Aber ich schätze unser Jetzt.«

»Deine Worte brechen mir das Herz.« Persephones Kopf ruckt herum und sie gibt einen undefinierbaren Laut von sich, als der Gott der Hoffnung ebenfalls meinen Raum betritt. Ungefragt läuft er zum Tisch und zieht einen Stuhl zu uns. »Da unten wird es gerade ein bisschen ungemütlich.« Er mustert mich. »Siehst besser aus, Nero. Ist die Höllenluft eine Art Kur für dich?«

»Ein Reich mit ein paar Todesfeen vor der Tür ist sicherlich ein guter Ort, um sich zu erholen.«

»Oh, wir reden eher von dem, was sich *in* der Schattenburg befindet«, murmelt Persephone, und Hale lacht, jedenfalls, bis sie sich ihm zuwendet. »Und ich denke nicht, dass ich dir damit das Herz breche, schließlich wirst du nicht müde, auf die Nachfragen deines Beraters hin zu betonen, dass du eine Heirat nicht in Betracht ziehst.«

Hales Brauen schnellen in die Höhe. »Und das stört dich?« Unglaube schwingt in jeder Silbe mit. Ich rolle meine Lippen ein, um nicht schadenfroh zu grinsen, weil er aussieht, als hätte ihn ein Zyklop am Fuß gepackt und kopfüber durch die Luft geschwungen.

Persephone ignoriert seine Frage und richtet ihre Aufmerksamkeit wieder auf mich. Ihre aschgrauen Augen wirken dunkler als gewöhnlich, und ich vermute, dass sie tatsächlich ein wenig angefressen ist.

»Über was möchtest du reden?«, hake ich nach und winkle ein Bein an.

»Die schlafenden Halbgötter«, antwortet sie, was dafür sorgt, dass mein schlechtes Gewissen an mir nagt. »Grave hat mir erzählt, dass du das Blut der Todesfee bekommen hast.«

»Nicht wirklich«, gebe ich trocken zurück. »Schließlich versteckt er es vor mir. Außerdem stehe ich in seiner Schuld, weil er mir das Leben gerettet hat.« Mehr als ein Mal.

Persephone seufzt. »Wegen der Vermutung, ihr Blut könnte das Gegenmittel sein ...«, beginnt sie vorsichtig. Meine Augen verengen sich zu Schlitzen.

»Weshalb Vermutung? Es stand in dem Buch.«

Hale atmet geräuschvoll aus. »Eine Menge Dinge stehen in Büchern. Ich war dabei, wie mithilfe eines Buches ein Dschinn beschworen wurde, und das ging nicht besonders gut aus.«

Stirnrunzelnd mustere ich die ehemalige Königin. »Aber es war −«

»Die einzige Spur«, ergänzt Persephone. Meine Gedanken rasen, während ich mich gleichzeitig an das Gespräch mit Grave erinnere.

»Was erfährt man noch aus diesen Erzählungen?«, flüstere ich.

»In einer heißt es, dass der damalige Herrscher über das Reich des friedlichen Todes die anderen mit dem Blut einer Todesfee vergiftete.«

»Aber dafür gibt es keinen Beweis«, halte ich dagegen.

Grave hebt eine Braue. »Gibt es den denn für deine Schrift?« Er schüttelt den Kopf. »Es tut mir leid. Ich habe nie gehört, dass ausgerechnet das Blut einer Todesfee ein Heilmittel ist.«

Wut schnürt meine Kehle zu, doch ich schlucke sie herunter. »Du hast mich in dem Glauben gelassen, dass es funktioniert, obwohl du selbst es für unwahrscheinlich hieltest?«

Entschuldigend hebt Persephone eine Schulter. »Du brauchtest etwas, woran du dich festhalten kannst. Außerdem dachte ich nicht, dass du allein in die Unterwelt aufbrechen würdest.«

»Aber du hast mir den Kompass gegeben.« Kaum hat der Satz meinen Mund verlassen, verstumme ich. Denn als Anführer der Halbgötter kenne ich diese Taktik, von Momenten, in denen ich selbst nicht weiterwusste, es mir jedoch nicht anmerken lassen durfte. Den anderen immer wieder einen winzigen Lichtblick zu geben, damit die Stimmung nicht kippte, während ich nach einer Lösung suchte. Ich schüttele den Kopf. »Du kleine Schlange«, flüstere ich.

»Ich meinte es nur gut«, erwidert Persephone gelassen. »Du warst mit den Nerven am Ende, und ich wollte dir keine Hoffnungen machen, falls es nicht funktioniert.«

»Ich war nicht ... *am Ende*«, knurre ich. Es ist mir unangenehm, dass womöglich noch andere außer Juna gemerkt haben, wie es mir nach meinem Erwachen tatsächlich ging. Dass ich mich in der Unterwelt, wo jedes Problem so weit entfernt erscheint, gerade erst wieder zusammensetze. Außerdem gefällt es mir nicht, dass es ihr gelungen ist, mich drei Monate lang hinzuhalten, ohne dass ich es bemerkt habe. Anhand der neuen Informationen nehme ich sogar an, dass Juna und sie sich abgesprochen haben. »Was für eine Hoffnung meinst du?«

Persephone und Hale wechseln einen besorgten Blick, was mich mit den Fingern schnippen lässt. »Hey, Mom und Dad. Ich bin direkt hier.«

Hale verzieht das Gesicht. »Ich bin zu jung, um dein Vater zu sein ...«

Ich lache. »Bist du nicht ... keine Ahnung ... schon bald fünfhundert Jahre alt?«

»Das entwickelt sich in eine Richtung, die mir nicht gefällt.«
Der Gott streckt seine Beine und erhebt sich, schlendert zum
Fenster, um die Schatten zu mustern, die sich um die Burg
winden.

Persephone verdreht die Augen. »Er ist manchmal ein
wenig empfindlich.«

Ich schnaube. Tatsächlich habe ich mir über mein eigenes
Alter nie Gedanken gemacht. Seit dem Tod unserer Mutter
haben Juna und ich nie unsere Geburtstage gefeiert. Schließlich
sind wir unsterblich, es spielt keine Rolle für uns.

»Zurück zum Thema: Ich habe mit Dream gesprochen.«

»Dem Gott der Träume?«, frage ich verwundert. Ich habe
ihn in Delphi kennengelernt, wenn auch nur flüchtig.

»Genau. Er hat die Fähigkeit, durch Träume anderer
zu wandeln, sie zu verändern oder darin Botschaften zu
übermitteln.« Plötzlich erscheint es mir nicht mehr, als
würde noch ausreichend Luft in meine Lunge gelangen. »Er
hat sich bereit erklärt, gemeinsam mit seiner Partnerin Lavea
in den Dschungel zu reisen, um zu sehen, was er für die
schlafenden Halbgötter tun kann. Er wird versuchen, ihnen
in ihren Träumen den Weg zu weisen, damit sie es schaffen,
aufzuwachen.«

Fuck.

Offenbar bin ich gerade dabei, noch mehr Schulden
anzuhäufen.

»Betrachte es als Entschädigung dafür, dass du und die
anderen Halbgötter uns in Delphi im Kampf gegen Ziva zu
Hilfe gekommen seid. Sollte er Erfolg haben, sind wir quitt.«

Ich räuspere mich, gleichzeitig schwirrt mir so sehr der
Kopf, dass ich kaum fähig bin, einen klaren Gedanken zu
fassen. »Kann es wirklich so leicht sein?«

Persephone stößt einen belustigten Laut aus. »Ich habe Monate gebraucht, um auf diese Lösung zu kommen. Ich würde es nicht unbedingt als leicht bezeichnen.«

»Sind Lavea und Dream bereits aufgebrochen?«

»Davon gehe ich aus.«

Schwer schlucke ich und reibe über meine Schläfen. »Ich sollte dort sein.«

»Nein, Nero. Ich glaube, dass es manchmal schwer ist, gewisse Dinge selbst zu sehen – du hast genug getan. Du hast eine Menge durchgemacht. Und es ist in Ordnung, eine Pause einzulegen und durchzuatmen. Ich habe nach meiner Ankunft in der Halbgottsiedlung dasselbe gemacht und mich nicht dafür geschämt.«

»Du würdest unseren Kampf gegen die Todesfee als eine Pause bezeichnen?«

Ein Lächeln zupft an ihren Mundwinkeln, das ihre Narben verblassen lässt. »Es tat einfach gut, an einem anderen Ort zu sein. Das bedeutet ja noch lange nicht, dass man plötzlich faul werden muss.«

Ich hebe eine Braue. Ja ... langsam bekomme ich ein Gefühl dafür, worauf diese Unterhaltung hinausläuft. »Du willst, dass ich in der Unterwelt bleibe, weil du meine Hilfe brauchst.«

Persephone wirkt kein bisschen schuldbewusst. »Ich kann nicht bestreiten, dass du Fähigkeiten besitzt, die für unser Vorhaben durchaus nützlich sind.«

Geräuschvoll atme ich aus. »Für gewöhnlich halten sich die Halbgötter aus den Angelegenheiten der Götter raus. Der Kampf gegen Ziva war eine einmalige Angelegenheit.«

Sie macht eine wegwerfende Handbewegung. »Das haben wir hinter uns gelassen.« Plötzlich wird ihr Blick listig – und das gefällt mir nicht. »Vielleicht sollte ich dir auch erzählen, dass Flame und Dark sowie der Drakon Ladon und seine Gefährtin Fayna in Delphi sind, um deine Schwester und die anderen Halbgötter zu schützen.« Mit schräg geneigtem Kopf mustert die ehemalige Königin mich. »Wir halten also durchaus zusammen.«

Verärgert – und gleichzeitig irgendwie dankbar, weil es sich anfühlt, als hätte man eine Last von meinen Schultern gehoben – verschränke ich die Arme vor der Brust. »Um das zusammenzufassen: Du löst meine Probleme, damit du mich für etwas anderes einsetzen kannst?«

»Ich war bereits dabei, dir zu helfen, noch bevor ich ahnen konnte, dass Nyx plötzlich durchdreht, Zeus ermordet und eine neue Prophezeiung gesprochen wird.«

»Und bei was genau soll ich euch helfen?« Gerade ist mein Ego so sehr angekratzt, dass ich mir nicht vorstellen kann, irgendwem behilflich zu sein.

Persephone will zu einer Antwort ansetzen, als Lachesis sich in meinem Zimmer materialisiert. Innerlich zucke ich zusammen, äußerlich legt sich die reglose Maske über mein Gesicht, die ich gewohnt bin, vor anderen zu tragen. »Thanatos und Alecto sind eingetroffen.«

»Ich komme sofort«, antwortet Persephone, woraufhin sich die Moire in den Flur zurückzieht. »Du solltest es dir auch anhören«, sagt sie an mich gerichtet, während sie aufsteht. »Danach kannst du dir immer noch überlegen, ob du dabei sein willst.«

»Du wirst mich also nicht mit deinen schwarzen Schlingpflanzen zwingen?«

»Die hebe ich mir für unsere Feinde auf.« Sie läuft in Richtung Flur, dreht sich an der Schwelle jedoch noch einmal um. »Ich kenne Grave zwar nicht, aber ...« Persephone schenkt mir einen vielsagenden Blick. »Er hält dich nicht hier, weil er will, dass du deine Schulden – oder wie auch immer ihr es genannt habt – begleichst.«

»Mit wem hast du noch geredet?«, rufe ich ihr nach, als sie bereits um die Ecke verschwunden ist.

»Klotho ist ein furchtbares Plappermaul«, reagiert stattdessen Hale, den ich komplett vergessen hatte. »Kommst du?«

Kurz sinkt mein Kinn auf die Brust, ehe ich vom Bett rutsche und meinen Nacken knacken lasse. »Ich glaube nicht, dass ich eine Wahl habe, obwohl sie es so klingen ließ.«

»Persephone behauptet, dass sie nie richtig geherrscht hat, nur hübsches Beiwerk neben Hades auf dem Thron war, bis sie nicht einmal mehr das sein sollte, weil er sie verunstaltete. Aber wir wissen wohl beide, dass das nicht stimmt.«

»Sie ist gut in diesen Dingen«, gebe ich widerwillig zu.

Schweigend laufen wir nebeneinanderher, und ich spüre, dass Hale noch etwas anderes auf der Zunge brennt. »Raus damit.«

»Meinst du, sie will mich ehrlich heiraten?«

Ich lache, weil Hale aus Persephones Worten offensichtlich geschlossen hat, was er gerne hören wollte. »Das hat sie nicht gesagt, Kumpel.«

Egal, ob die Welt gerade untergeht oder welches Drama sich auch abspielt – es ist darauf Verlass, dass die Unsterblichen stets Zeit für irdische Probleme finden.

17

BÜNDNISSE

GRAVE

Ich grabe meine Fingernägel von unten in den eisernen Tisch, als könnte ich auf diese Weise verbergen, dass ein Sturm in mir tobt. Mit der freien Hand reibe ich über meinen Magen, der sich anfühlt, als hätte jemand einen Felsbrocken in ihm versenkt.

»Alles okay?« Leicht wende ich meinen Kopf, sehe in Klothos braune Augen, in denen ich nicht länger Abscheu lese, obwohl es mir lieber wäre. Lieber als die Tatsache, dass sie der Szene beigewohnt hat, die Nero und ich gemacht haben. Die damit endete, dass er mich wie einen Trottel am Boden liegen ließ. Ein hohles Schnauben entfährt mir. Was hatte ich auch anderes erwartet?

Was. Hatte. Ich. Erwartet?

Aus irgendeinem verfluchten Grund halte ich die Luft an, als könnte ich auf diese Weise meine Vernunft dazu zwingen, sich einzuschalten.

»Ich glaube nicht, dass du dich damit umbringen kannst.«

Ich stoße ein ungläubiges Lachen aus. »So dramatisch, Klotho. Aber keine Sorge, ich habe nicht vor, mich umzubringen.«

»Gut. Schließlich brauchen wir dich noch.« Sie mustert

mich genauer. »Es wäre auch verschwenderisch, für jemanden zu sterben, den man erst so kurz kennt.«

Ich seufze. »Schon interessant, was du alles zu wissen glaubst, wo du erst wenige Tage in der Schattenburg bist.«

Klotho macht ein würgendes Geräusch. »In dieser Zeit musste ich bereits genug schmachtende Blicke mit ansehen, das versichere ich dir.« Einen Moment schweigt sie. »In Hades' Gemach dachte ich, dass du vielleicht etwas für meine Schwester empfindest.«

»Atropos? Bist du deshalb zu mir gekommen?«, frage ich überrascht. »Mir erscheint es eher, als hätte sie ihr Herz bereits an einen Daimon vergeben.« Nicht, dass es mir besonders behagt, dass ein Mitglied aus Nyx' Garde an meinem Tisch sitzt. Zwischen Atropos und ihm sind zwei Stühle frei, und auch wenn sie ihre Haare wie einen Vorhang vor ihr Gesicht fallen lässt, entgeht mir nicht, dass sie zu ihm linst.

»Eine temporäre Geschmacksverirrung«, meint Klotho. »Kein Wunder. Sie war noch nie mit einem Mann – Hypnos und Thanatos ausgenommen – allein. Von daher ist sie leicht zu beeindrucken.« Sie rümpft die Nase. »Sogar von jemandem, der sie entführt hat.«

»Aber er hat sie in einem Stück zurückgebracht ... ihr das Leben gerettet ... uns mit Informationen versorgt.«

»Fast zu schön, um wahr zu sein«, knurrt Klotho.

»Er würde nicht weit kommen, sollte sich herausstellen, dass er gelogen hat.«

»Mag sein.« Sie reibt über ihr Schulterblatt. »Übrigens meinte ich nicht Atropos, sondern Lachesis.«

»Ah«, mache ich. »Wegen unseres Rendezvous am Steg?« Ich beobachte, wie nun auch Charon, Hypnos, Thanatos und Alecto in Richtung des Tisches schlendern, die sich zuvor als

Gruppe unterhalten haben. »Ihr fehlt ein Körperteil, um mir auf diese Weise zu gefallen.«

»Zählt das wirklich als Körperteil?«

»Klotho ...«

»Na schön. Also stehst du nur auf Männer?«

»Wieso interessiert dich das?«

Sie zuckt mit den Achseln. »Ich mag beides.«

Ich seufze erneut. »Gut, dass wir über unsere Vorlieben gesprochen haben. Wenn auch äußerst ärgerlich, dass wir uns in die Quere kommen könnten.«

»Keine Sorge. Im Gegensatz zu dir laufe ich keinen grummeligen Halbgöttern hinterher.« Sie verstummt, als die anderen Platz nehmen und wenig später Lachesis gefolgt von Persephone eintrifft. Ihr Blick streift den meinen und sie nickt mir knapp zu. Unter dem Tisch balle ich meine Finger zur Faust. Hätte man mich gefragt, womit ich am wenigsten rechne, hätte meine Antwort gelautet: dass die ehemalige Königin der Unterwelt im Reich der Schatten auftaucht.

Falsch.

Ich hätte dieses Szenario für so unwahrscheinlich gehalten, dass es mir als Antwort nicht einmal in den Sinn gekommen wäre.

Diese Frau ist der Grund, aus dem Hades meine Mutter getötet hat, flüstert eine gehässige Stimme. Ich schätze, dass es die Sehnsucht nach Rache ist, die jeder von uns irgendwie in sich trägt. Dabei sollte sie nach zwanzig Jahren längst verflogen sein. Ich bin niemand, der in der Vergangenheit leben will.

»Du solltest froh sein, dass du nicht an ihrer Stelle bist«, spricht *Megaira gegen den heißen Wind, der dafür sorgt, dass meine Kleidung unangenehm an meinem Körper klebt. »Der König*

der Unterwelt ist unberechenbar.« Megs Worte geistern durch meinen Kopf, und während ich Persephones Narben betrachte, denke ich, dass sie vermutlich recht gehabt hat. Doch als der blonde neue Gott und Nero hereinkommen, werden jegliche Überlegungen fortgefegt. Seine eisblauen Augen treffen auf meine, und ich spüre, wie mein Kiefermuskel zuckt. Fest beiße ich meine Zähne zusammen, zwinge meinen Blick auf die Mitte der Tafel.

»Was ist mit Tisiphone und Megaira?«, frage ich an Alecto gewandt, die auf der vordersten Kante ihres Stuhls sitzt, weil Thanatos seinen Arm über ihre Lehne gelegt hat.

»Sie sind bei Nyx geblieben. Ich hatte nur kurz Gelegenheit, mit Tisiphone zu sprechen. Wir haben die Suche nach Atropos abgebrochen und sind umgekehrt, als sie uns erzählte, dass Helena tot aufgefunden wurde. Eigentlich dachten wir, jemand von euch hätte die Schicksalsgöttin befreit, weil ihr nicht abwarten konntet. Mir wäre nicht in den Sinn gekommen, dass Arym dahintersteckt.«

Anhand von Thanatos' und Hypnos' Haltung erkenne ich, dass sie alles andere als begeistert über seine Anwesenheit sind. »Glaubst du, dass er hier ist, um für die Urgöttin zu spionieren?«, erkundigt sich Hypnos bei ihr. »Schließlich habt ihr gemeinsam für Nyx gearbeitet.«

Alecto lässt sich Zeit mit ihrer Antwort. »Ich kann mir nicht vorstellen, dass Nyx so ein Schauspiel aufziehen würde. Nicht ganz ihre Art. Und was Arym betrifft ...« Nun schaut sie den Daimon direkt an. »Jetzt gibt es für ihn keinen Weg zurück. Er hat Verrat begangen. Die Urgöttin würde ihn, ohne mit der Wimper zu zucken, töten.«

»Er könnte ihr erzählen, dass wir Atropos tatsächlich befreit und ihn entführt haben«, merkt Hypnos an. »So wie ich verstanden habe, gab es schließlich keine Zeugen, als Helena starb.«

»Genug.« Atropos' Stimme klingt so kalt, dass sie in meinen Ohren klirrt. »Ja, er hat Nyx' Befehle befolgt und mich entführt. Aber im entscheidenden Moment hat er das Richtige getan. Er hat mir drei Mal das Leben gerettet, als niemand sonst da war.«

»Bloß war er bei den ersten beiden Malen der Verursacher der Gefahr«, hält Klotho dagegen.

»Er hat Informationen, die wichtig für uns sind.« Atropos starrt ihre Schwester an, als wolle sie diese zum Schweigen bringen. Es ist eine Seite von ihr, die ich ihr nicht zugetraut habe. »Informationen, die uns mehr weiterhelfen als das, was die Rachegöttinnen in der bisherigen Zeit in Erfahrung bringen konnten.« Sie wendet sich an Alecto. »Oder täusche ich mich? Habt ihr mittlerweile herausgefunden, wo sich Hades' Leichnam befindet?«

»Vorsicht, Püppchen. Ich bin diejenige von uns beiden, die Krallen besitzt, und ich könnte dir innerhalb von Sekunden die Kehle aufschlitzen.«

»Mir gehorcht der Nebel«, antwortet Atropos unbeeindruckt, doch sie verbirgt ihre Hände unter dem Tisch, weshalb ich vermute, dass sie zittern. »Du wärst nicht schnell genug.«

»Arym und Helena waren schnell genug«, zischt Alecto.

»Das genügt«, gehen Persephone und Thanatos gleichzeitig dazwischen.

»Ich habe meine Gründe, Atropos – und euch – zu helfen«, ergreift Arym zum ersten Mal das Wort. Er besitzt das typische Antlitz eines Daimons, nahezu sirenenhaft schön, mit Augen, die ihren Grünton wie die Farben eines Regenbogens wechseln, über den man in der Hölle lediglich lesen kann und der eine unerreichbare Sehnsucht für uns darstellt. Ich weiß nicht, ob ich ihm traue, selbst wenn er Atropos um den Finger gewickelt hat. Sehr wohl glaube ich, dass er Nyx verraten hat, was allerdings nicht bedeutet, dass er bei uns nicht dasselbe täte, würde er darin einen Vorteil für sich wähnen. »Als ich Nyx gefolgt bin, hatte ich nicht alle Informationen«, fährt er fort.

»Sie ist so liebreizend, wer käme schon auf die Vermutung, dass sie lügt?«, fragt Thanatos sarkastisch.

»Ich hatte keine Kenntnis darüber, dass die Unterwelt tatsächlich stirbt, wir *alle* sterben werden, sollten wir nichts dagegen unternehmen – bis ich Atropos' Schulterblatt und das Mal des Lebensbaumes gesehen habe. Die dunklen Adern, die es zerfressen, wo einst die goldenen Linien waren.«

Klotho, die neben mir gerade an ihrem Wasser genippt hat, verschluckt sich und beginnt zu husten. Die anderen beiden Schwestern hingegen sind wie erstarrt.

»Wovon redet er da?«, knurrt Hypnos an Lachesis gewandt.

»Ah«, macht Arym in gespielt bedauerndem Tonfall. »Sag bloß, du wusstest nichts davon.«

Als der Daimon des ewigen Schlafes nach Lachesis' Oberteil greifen will, weicht sie ihm aus und schiebt entschieden seine Hand weg. »Lissy?«, murmelt er leise. Verletztheit schwingt in seiner Stimme mit, und ich denke, dass ich nicht bereit für das nächste Drama bin.

Ich reibe mir über die Stirn, wobei meine Aufmerksamkeit auf Nero fällt. Hitze kriecht über mein Rückgrat, als ich realisiere, dass er mich beobachtet hat. Erneut spielt sich vor meinem inneren Auge ab, wie ich am Boden lag, während er in großen Schritten den Saal verließ, ohne ein einziges Mal zurückzublicken. Wie er sich demonstrativ wegdrehte, immer wenn ich seinen Raum passierte, der sich direkt gegenüber von meinem befindet. Als würde er es mir übel nehmen, dass ich ihn vor einem Sturz bewahrt habe. Einem verdammt tiefen Fall, dessen Aufprall ich nicht hätte beiwohnen wollen. Statt eine Regung zu zeigen, wende ich mich an die Moiren. »Kann mich bitte jemand aufklären? Mir scheint, als hätte sich seit unserem letzten Gespräch in Hades' Gemächern einiges getan.«

Atropos knetet ihre Finger. Persephone und Lachesis tauschen einen Blick, was dafür sorgt, dass meine Augen zu Charon wandern. Ohne ein Wort mit ihm zu wechseln, ist für mich deutlich, dass ihm diese Sache genauso wenig gefällt wie mir.

Schließlich räuspert sich Lachesis. »Bei unserer Begegnung am Steg habe ich – wie du in Hades' Gemächern vermutet hast – etwas gesehen. Den Lebensbaum, um genau zu sein. Wir – die drei Schicksalsgöttinnen – sind mit ihm verbunden und tragen sein Mal auf unserem Rücken. Früher war es kaum sichtbar, lediglich geprägt von feinen goldenen Linien, die – wie Arym richtig sagte – nun von schwarzen Adern durchzogen werden.« Hypnos, der blass aussieht, ballt seine Hand auf dem Tisch zur Faust, als müsse er sich davon abhalten, erneut nach Lachesis zu greifen. »In Hades' Räumlichkeiten fand ich einen Manschettenknopf, der mir später eine Erinnerung zeigte.« Sie stockt, und meine Finger beginnen, ungeduldig auf die Stahlplatte zu trommeln, was sie zusammenzucken lässt.

»Was genau passierte in der Erinnerung?« In dieser Sekunde fühle ich mich wie ein Tier, das in einem Käfig sitzt.

Erneut tauschen Persephone und Lachesis einen Blick, bis die ehemalige Königin der Unterwelt nickt. »Ich sah

Persephone und Hades in dem Garten, den er für sie angelegt hat. Er verriet ihr, dass er sein Herz der Unterwelt – um genau zu sein, dem Lebensbaum – vermacht hatte. Trotzdem wollte er sie wissen lassen, dass sein Herz auch ihr gehört. Deshalb zeigte er ihr, dass sich der Eingang zum Lebensbaum – und zu seinem Herz – im Garten befindet.«

Für mehrere Sekunden herrscht so lautes Schweigen, dass ich glaube, sogar die Schatten vor den Burgmauern zu hören. »Durch Hades' Tod stirbt auch der Lebensbaum?«, verknüpfe ich die losen Enden.

Geräuschvoll atmet Lachesis aus. »Wir vermuten es. Schließlich trägt er sein Herz – sein *totes* Herz – in sich.« Charon flucht ausgiebig und fährt sich mit einer Hand durchs Haar, das bereits in alle Richtungen absteht, als hätte er mehrere Nächte nicht geschlafen.

»Also wurde er überhaupt nicht ermordet?«, hake ich, in Gedanken an das Gespräch mit den Moiren im königlichen Gemach, nach.

Unbehaglich reibt Lachesis sich über ihre Schulter. »Es fällt mir schwer zu vergessen, was du gesagt hast – dass er kaum von selbst tot umgefallen ist.«

»Das hast du nicht erwähnt«, grollt Hypnos neben ihr. Ich nehme an, die beiden werden nachher keine besonders nette Unterhaltung miteinander führen.

»Es muss einen Grund geben, aus dem er gealtert ist«, flüstert Atropos.

»Womöglich war das Herz zuerst ... beschädigt, bevor der Verfall eingesetzt hat«, überlege ich.

Lachesis' Augen weiten sich. »Du meinst, jemand war am Lebensbaum?«

Ich zucke mit den Schultern. »Kann ich nicht einschätzen.

Schließlich habe ich eben erst von diesem äußerst exklusiven Ort erfahren.« Meine Aufmerksamkeit richtet sich auf Klotho, die nicht einmal verlegen darüber aussieht, dass sie mich längst hätte einweihen können. »Deshalb habt Atropos und du also versucht, in den Garten zu gelangen.«

»Ich halte es für unwahrscheinlich«, wirft Persephone ein. »Nur Hades und ich wussten, wo der Eingang zum Lebensbaum ist.«

»Genauso unwahrscheinlich, wie die Tatsache, dass er einen Bastardsohn hat?«, erkundige ich mich trocken.

Persephone mustert mich, schweigt jedoch, was dafür sorgt, dass Charon unruhig auf seinem Platz umherrutscht. Es ist offensichtlich, dass die Anwesenheit der ehemaligen Königin ihn nervös macht.

»Vielleicht sollten wir unseren Plan besprechen, anstatt darüber zu philosophieren, was sein könnte«, merkt Arym an.

»Oh, natürlich!« Klotho lacht freudlos auf. »Es wundert mich nicht, dass du es gar nicht erwarten kannst, von unseren Plänen zu erfahren.«

»Und mich wundert es, dass du nicht in Eile bist. Zwar weiß ich nicht, wie es um dein Mal steht, doch bei Atropos breiten sich die schwarzen Adern unaufhörlich aus, bedecken mittlerweile ihren gesamten Rücken. Da ihr mit dem Lebensbaum verbunden seid, würde ich sagen: *tick tack* – die Zeit läuft ab.«

»Fuck«, murmelt irgendwer so leise, dass ich es nicht zuordnen kann.

Lachesis richtet sich kerzengerade auf, als würde sie sich für etwas wappnen. »Wir müssen zum Lebensbaum reisen und ihn heilen.«

»Da du mich dabei ansiehst, soll *ich* den Lebensbaum wohl

heilen«, stelle ich fest und frage mich, ob das ein Scherz sein soll. »Hoffentlich erwartest du nicht, dass ich auch mein Herz gebe.« Ich schnaube. »Aber sehr clever von dir, mit deinem ›Wir‹ ein falsches Teamgefühl zu schaffen – wäre fast darauf reingefallen.«

»Grave«, mahnt Lachesis leise. »Wir alle sind betroffen, nicht du allein trägst diese Last. Ich verstehe deine Abneigung gegenüber Hades. Aber das hier ist größer als dein Groll. Es geht um die gesamte Unterwelt. Den Ort, der unser Zuhause ist.« Sie schluckt schwer. »Und um die Erde selbst. Sogar Persephone ist aufgrund der Prophezeiung zurückgekehrt.« Lachesis legt ihre Hände flach auf den Tisch, als würde es sie in dem Moment des Sturms, den wir trotz der vorherrschenden Ruhe spüren, erden. »Manchmal erscheint es einem, als wäre man in der Hölle abgeschnitten. Aber in der Oberwelt kämpfen sie genauso wie wir um unser aller Überleben.« Das Unwohlsein, welches in mir schwelt, seit ich zum ersten Mal von dieser Prophezeiung gehört habe, verstärkt sich. Bisher habe ich die Bedeutung verdrängt, mich mehr damit beschäftigt, wie ich mir Nyx vom Hals halten kann. *Doch finden sie keine Erben, müssen Himmel, Hölle und Meere sterben.* Eine Gänsehaut kriecht über meinen Nacken, und ich muss mich zwingen, nicht die Schultern anzuziehen, um dieser Empfindung zu entfliehen.

»Ich habe dir gesagt, dass ich Hades' Kräfte nicht will. Und du – beziehungsweise ihr«, an dieser Stelle deute ich auf die drei Moiren, »habt mir zugesagt, dass ihr mir dabei helft, sie wieder loszuwerden.«

»Tatsächlich haben wir dir unsere Hilfe zugesagt, sollte es am Ende nach wie vor das sein, was du willst – *nachdem* du uns dabei geholfen hast, Antworten zu finden und die Unterwelt zu heilen.« Lachesis mustert mich mit hervorgerecktem Kinn. »Bisher hast du uns keine Antworten beschafft. Nun ist die Frage, ob du das zweite Wort, das du uns gegeben hast, ebenfalls brechen wirst ...«

Sie hat recht, auch wenn ich ihr nicht zustimme. Wir sind einen Handel miteinander eingegangen. »Dennoch hatte ich zu diesem Zeitpunkt keine Kenntnis über diese Prophezeiung. Und dass ich womöglich der Erbe bin, der einen Platz einnehmen muss.«

»Darüber kann man sich immer noch Gedanken machen, wenn es so weit ist«, sagt Hale, der sich mit seinem Ellenbogen auf Persephones Stuhllehne abstützt, um sich mir zuzuwenden. »Nichts ist unlösbar.«

»Du kannst herumsitzen und dich so viel weigern, wie du willst, Junge«, meint Charon schließlich. »Aber sollte die Welt tatsächlich einstürzen, fallen wir hier unten als Erstes.« Alle am Tisch außer Alecto versteifen sich. Allerdings sind der ehemalige Fährmann und die Rachegöttinnen die Einzigen, denen ich erlaube, auf diese Weise mit mir zu sprechen.

»Interessant, dass du das sagst, Charon, wo du noch vor wenigen Tagen von mir verlangt hast, das Schattenreich unter keinen Umständen zu verlassen.«

»Da hatte ich noch nicht alle Informationen, genauso wenig wie du.«

Bei seinen Worten grinst Arym träge. »Tja, wie viel sich in so kurzer Zeit verändern kann ... Also, wie erreichen wir den Lebensbaum, wenn der Garten niemanden hereinlässt?«

»Der Garten wird Persephone Einlass gewähren«, antwortet Lachesis, woraufhin Klotho irgendetwas vor sich hin murmelt, das stark nach »umsonst abgemüht« klingt. Erneut richtet die Moire ihre Augen auf mich. »Niemand kann dich zwingen. Doch durch –« Sie bricht ab, und ich bin froh, dass sie vor Persephone nicht den Namen meiner Mutter ausspricht. Lachesis räuspert sich. »Du besitzt außergewöhnliche Kräfte der Heilung, Grave. Der Lebensbaum, der wiederum uns alle am Leben hält, ist auf dich angewiesen.«

Dieses Mal knackt mein Kiefer, weil ich meine Zähne so fest aufeinanderpresse. »Aber diese Reise hängt nicht mit der Erfüllung der Prophezeiung zusammen.«

»Nicht direkt. Und dennoch ist sie wichtig.«

»Um die Prophezeiung kümmern wir uns, wenn die Zeit dafür reif ist«, merkt Persephone an. »Oberste Priorität hat der Lebensbaum.«

»Direkt gefolgt davon, Nyx aufzuhalten und Hades' Langzepter zu finden«, wirft Hypnos ein.

»Nur, weil die Urgöttin es haben will?«, spricht Nero, der die Unterhaltung zuvor lediglich schweigend verfolgt hatte. Seine Stimme klingt rau, wie an jenem Tag, als er neben mir aufwachte.

»Ja«, erwidern Nyx' Söhne, während Persephone und Hale verneinen.

»Was für ein Chaos«, brummt Arym.

»Über die Jahrhunderte hinweg wurden verschiedene Weissagungen über ein mögliches Ableben der drei Herrschergötter gemacht«, erklärt Hale. »Die sogenannten Königswaffen – also Donnerkeil, Dreizack und Zepter – spielten dabei eine wichtige Rolle. Sie sollten zu den Ursprüngen der Macht von Zeus, Poseidon und Hades zurückkehren, bis sie an die Erben weitergegeben werden.«

Thanatos massiert seine Stirn. »Ursprünge der Macht ... Geht es noch ein bisschen schwammiger?«

Hale hebt die Schultern. »So ist es mit den Seherinnen und ihren Prophezeiungen.«

»Vielleicht wissen sie es selbst nicht so genau und müssen noch ein wenig Spielraum lassen«, scherzt Klotho.

»Ah«, macht Arym währenddessen und tauscht einen Blick mit Atropos, als wäre ihnen ein Licht aufgegangen.

»Was?«, frage ich, obwohl ich eigentlich nicht scharf auf ein weiteres Geheimnis bin.

»Nyx hat die Leichname von Zeus, Poseidon und Hades in ihren Besitz gebracht.«

Atropos' Augen werden groß. »Mit Sicherheit wusste ich nur von Hades.«

Sofort reden alle wild durcheinander. »Weshalb hast du das für dich behalten?« Thanatos mustert ihn misstrauisch, ehe er sich Alecto zuwendet, die lediglich den Kopf schüttelt und sagt, dass ihre Schwestern und sie nicht eingeweiht waren.

»Scheint, als wären wir noch niedriger in Nyx' Rangordnung als angenommen«, murmelt sie. »Nur zum Töten zu gebrauchen.«

»Ich habe nichts für mich behalten. Wir sind gestern eingetroffen und haben uns erst vor einer halben Stunde versammelt, um die Lage zu besprechen.«

Persephone stützt sich mit den Unterarmen auf dem Tisch ab und lehnt sich in Aryms Richtung. »Was hat sie mit den Leichnamen vor?«

»Helena beherrschte Nekromantie – eine Form der Totenbeschwörung. Die Urgöttin wollte, dass sie mithilfe ihrer Fähigkeiten die Kräfte der ehemaligen Herrschergötter in sie lenkt.« Er schaut zu mir. »Allerdings ist es Helena nicht gelungen. Kein Wunder, da die Kräfte bereits bei jemand anderem waren.«

»Sie wollte sich eine Schicksalsgöttin schnappen, um herauszufinden, woran das liegt«, schlussfolgert Hypnos.

Atropos nickt. »Aber ich habe geschwiegen. Sie weiß nichts von Grave.«

»Und auch nicht von dieser Prophezeiung«, ergänzt Arym. »Außerdem ist die Magierin tot – was die Urgöttin in ihren Plänen zurückwirft.«

»Trotzdem sind wir nicht viel weiter als sie, da auch wir keinen blassen Schimmer haben, wo sich dieses Zepter befinden könnte.«

»Dafür wissen wir, wer der Erbe ist, und durch die Prophezeiung haben wir mehr Anhaltspunkte«, hält Lachesis dagegen. »Noch dazu haben wir bessere Verbindungen als Nyx.« Angespannt atmet sie aus. »Es gibt einen weiteren Grund, aus dem wir glauben, dass sie das Zepter unbedingt will.«

»Und der wäre?«, fragt Hypnos, dessen Miene nicht viel dunkler werden kann.

»Mit den Königswaffen kann man Urgötter umbringen«, erklärt Hale. »Zumindest haben wir damals gesehen, wie Okeanos im heißen Krieg von Zeus' Donnerkeil getötet wurde. Und er stammt aus einer urgöttlichen Linie.«

Arym verschränkt nachdenklich die Arme vor der Brust. »Ich bin mir nicht sicher, ob Nyx das weiß. So wie ich es mitbekommen habe, ist sie lediglich auf Hades' Kräfte aus und der Überzeugung, das Zepter würde diese verstärken. Außerdem ist es das Herrschaftssymbol des Machthabers der Unterwelt.«

»Wie dem auch sei«, sagt Persephone. »Wir müssen das Zepter vor ihr beschaffen.«

»Aber Nyx ist nicht die einzige Gegnerin«, mutmaßt Nero.

»Wahrscheinlich nicht, nein«, bestätigt Persephone und hält inne. »Ziemlich sicher, nein.«

Ich reibe mir übers Kinn, sodass Bartstoppeln über meine Handinnenfläche kratzen. »In ihrer Ansprache vor dem Knochenpalast deutete sie ein Bündnis mit Gaia an.«

»Tartaros ist der Auffassung, dass auch die anderen Urgötter sich erheben werden«, informiert uns Thanatos.

Persephone dreht sich zu ihm. »Weshalb ist er eigentlich nicht hier?«

»Nun, im Reich des grausamen Todes werden die Truppen mobilisiert. Falls die Sache mit Nyx weiter eskaliert, werden sie den niederen Daimonen zu Hilfe kommen.« Hypnos und er tauschen einen Blick. »Außerdem ...« Was auch immer es ist, er scheint nicht so recht mit der Sprache herausrücken zu wollen. »Tartaros spürt die Auswirkungen von dem, was in der Unterwelt geschieht«, beendet er lahm, was übersetzt wohl heißt, dass der alte Mann schwächelt.

Während ich keine besondere Bindung zu Tartaros habe, füllen sich Atropos' Augen mit Tränen. »Sobald wir beim Lebensbaum waren, wird es ihm sicherlich besser gehen.«

»Vielleicht machst du dir zuerst einmal Gedanken um dich selbst«, raunt Arym ihr zu und tippt dabei in Richtung ihres Schulterblatts, ohne es zu berühren.

»Aber wie genau soll das ablaufen?«, frage ich. »Wir marschieren in diesen Garten und landen dann wie auf magische Weise vor dem Lebensbaum?«

»So leicht wird es wohl leider nicht«, reagiert Persephone. »Es ist korrekt, dass im Garten ein Portal existiert, von welchem man in die Spiegelstadt gelangt.«

»Spiegelstadt?«, echot Arym.

Hypnos grinst. »Sag bloß, du wusstest nichts davon.«

»In dieser Spiegelstadt, welche bis auf wenige Abweichungen ein exaktes Abbild der Unterwelt ist, befindet sich der Lebensbaum. Doch es gibt einen Haken.«

»Nur einen?«, erkundigt sich Nero sarkastisch, und es ist das erste Mal an diesem Tag, dass ich ehrlich lächele. Bis ich mich daran erinnere, dass wir momentan ... Ja, was eigentlich? Im Streit miteinander sind? Für gewöhnlich bin ich nicht so dramatisch.

»Um die Spiegelstadt betreten zu dürfen, müssen wir die Knochenflut durchqueren.«

»Die Knochenflut ist nicht real«, stellt Arym fest.

»Oh, genauso wenig, wie du ursprünglich glaubtest, dass die Hölle nicht im Sterben liegt?«, erkundigt sich Atropos in zuckersüßem Tonfall.

»Was ist die Knochenflut?«, fragt Nero in die Runde.

Charon schluckt so schwer, als stecke die Klaue einer Harpyie in seiner Kehle. »Die Knochenflut, so erzählt man sich, ist der Ort, an dem die verlorenen Seelen, die in den Flüssen der Unterwelt körperlos treiben, eine Gestalt bekommen. Jene, die in keines der sechs Reiche einziehen konnten und aus diesem Grund niemals ihren Frieden finden.«

»Unter den Bewohnern der Unterwelt ist die Knochenflut gefürchteter als der Tartaros für die Oberweltler«, ergänzt Thanatos.

»Aber nur, wenn man an Schauergeschichten glaubt«, kann Arym sich nicht verkneifen.

»Ich nehme an, dass die Seelen Reisende nicht so leicht passieren lassen«, mutmaßt Nero. »Muss man gegen sie kämpfen?«

Persephone verzieht das Gesicht. »Es ist vielmehr ein Kampf gegen dich selbst. Weil sie deine dunkelsten Seiten spiegeln. Die Stellen, von denen du selbst glaubst, dass sie makelbehaftet und schlecht sind.«

»Klingt verlockend«, murmele ich. »Und wer soll – außer mir und dir, da du den Weg kennst – in diese Spiegelstadt reisen?«

Die ehemalige Königin schaut in die Runde. »Nun, die Schicksalsgöttinnen, weil sie mit dem Lebensbaum verbunden sind. Hale, denn er lässt sich nicht abschütteln.«

Der Gott grinst sie schief an und streicht ihr Haar zurück. »In Wahrheit bist du froh darüber.«

Persephone seufzt und nickt Arym zu. »Der Daimon, weil ich ihn nicht aus den Augen lassen werde und man aus Atropos' Erzählungen schließen konnte, dass er ein guter Kämpfer ist.« Dann wandert ihr Blick zum Anführer der Halbgötter. »Und Nero – sollte er sich bereit erklären. Er hat Fähigkeiten, die uns von großem Nutzen sein können.« Ich muss daran denken, wie er die Erde bewegt und die Schlangen gelenkt hat, und gebe ihr im Stillen recht, auch wenn ich keine konkrete Vorstellung habe, was uns wirklich erwartet.

»Ich werde ebenfalls mitkommen«, meldet sich Hypnos zu Wort. Lachesis runzelt die Stirn. »Das wird Nyx auffallen. Unser Verschwinden erwartet sie, nachdem sie Atropos entführen ließ, doch bei ihrem Sohn ...«

»Ich lasse dich nicht allein.« Entschlossen sieht er sie an, woraufhin Lachesis errötet und wegschaut. »Außerdem ist es für ein Versteckspiel längst zu spät.«

Klotho seufzt schwer und wendet sich an Arym, dieses Mal ohne einen feindseligen Ausdruck im Gesicht. »Auf meine Schwestern und mich hat Nyx es ja nun ganz offen abgesehen. Aber was ist mit Hypnos und Thanatos? Wenn Thanatos allein zurückbleibt, ist er dann in Gefahr?«

»Ich bin nicht allein«, hält Thanatos dagegen und zwinkert Alecto zu. »Und Charon ist ja auch noch da.«

»Ihr ist durchaus bewusst, dass ihre Söhne Zeit mit euch verbringen«, antwortet Arym und mustert Lachesis und Hypnos. »Allerdings denke ich nicht, dass sie ahnt, dass da noch eine ... nun ja ... engere Verbindung existiert.« Lachesis' Wangen glühen nun dunkelrot, während Hypnos grimmig dreinblickt. »Außerdem ist sie sich darüber im Klaren, dass die beiden nicht ihre größten Unterstützer sind. So wie ich es mitbekommen habe, will sie euch um sich haben, da sie annahm, ihr wüsstet, wo sich das Zepter befindet.«

»Wie kam sie darauf?«, erkundigt sich Thanatos.

»Ihr habt Hades' Tod vor ihr verheimlicht. Sie vermutete, dass ihr ihn als Letztes lebend gesehen und die Waffe gestohlen habt.«

Nachdem Hypnos klarstellt, nichts über den Verbleib des Zepters zu wissen, hakt Klotho nach: »Und sonst gibt es keine Spur?«

Thanatos schüttelt den Kopf. »Aber während ihr zum Lebensbaum reist, werde ich weitersuchen.«

»Lass dich dabei am besten nicht gemeinsam mit einer der Rachegöttinnen erwischen«, mahnt Arym. »An deren Loyalität zweifelt Nyx nämlich zum jetzigen Zeitpunkt nicht.«

Klotho gähnt herzhaft. »Wann brechen wir auf?«

»Je früher, desto besser.« Persephone lehnt sich im Stuhl zurück. »Morgen in den Abendstunden?«

»Meine Schwestern und ich können bei der Urgöttin für Ablenkung sorgen. Erzählen, dass es Aufstände gibt.« Alecto hebt die Schulter. »Momentan kommt es ständig zu Unruhen bei den niederen Daimonen, es ist nicht einmal gelogen.«

»Sehr gut.«

»Hätte nicht gedacht, dass wir jemals mit den Erinnyen zusammenarbeiten würden«, raunt Klotho mir zu, die wohl für einen Augenblick verdrängt hat, dass es meine Ziehmütter sind und es an dieser Situation noch das am wenigsten Ungewöhnliche für mich ist. Aber interessant, dass sie im Angesicht der Rachegöttinnen vergisst, dass sie mich nicht mag. Vermutlich schneide ich auch im Vergleich zu Arym noch gut ab.

»Wo genau werden die Leichname aufbewahrt?«, erkundigt sich Persephone bei Arym.

»Ich habe nur Kenntnis darüber, wo Hades' Körper ist. Zeus und Poseidon wurden in separate Mausoleen gebracht. Aber ich kann es ungefähr einschätzen und es Alecto beschreiben.«

»Es ist wichtig, dass Nyx sie nicht an einen Ort verlegt, wo wir sie am Ende nicht finden.«

Alecto spreizt hinter sich ihre Flügel. Sie mag es nicht, so lange still zu sitzen. »Was schlägst du vor, was mit den Leichnamen passieren soll?«

»Sie müssen eine vernünftige Feuerbestattung erhalten. Damit sie Ruhe finden und niemand auf die Idee kommt, Nekromantie oder Sonstiges an ihnen durchzuführen.«

»Und wenn man sie noch braucht?«

Persephone schüttelt den Kopf. »Davon ist in der Prophezeiung nicht die Rede. Außerdem: Tot ist tot. Selbst in der Unsterblichkeit. Und anhand von Grave lässt sich ja erkennen, dass ihre Macht bereits in die Erben geflossen ist.«

»Was eigentlich bedeuten müsste, dass dort draußen irgendwer seit über zweihundert Jahren mit den Kräften von Poseidon herumrennt.«

»Mhm«, macht Persephone nachdenklich. »Das ist nicht

unsere Aufgabe – zum Glück.« Sie seufzt. »Erst einmal heilen wir die Unterwelt – dann folgt der Rest.«

»Was, glaubst du, wird Nyx' nächster Zug sein?«, frage ich, nachdem ich den Daimon eine Weile beobachtet habe.

Sofort bohren sich Aryms grüne Augen in meine. »Nun – sie hat ihre Magierin verloren. Das bedeutet, sie muss sich eine neue beschaffen.«

»Ich kenne keine Magierin außer Helena in der Unterwelt«, überlegt Thanatos.

»Es gibt nur noch einen Hexenzirkel auf der Erde«, erklärt Persephone. »In den Schneewäldern Sibiriens.«

Ich lache. »Lass mich raten: Ihr habt schon ein paar arme Teufel dorthin geschickt.«

18

DRAKON UND SPINNE

ARACHNE

Der riesige Drache unter mir stößt ein tiefes Grollen aus, das durch meinen gesamten Körper vibriert. Als mir eisiger Wind ins Gesicht peitscht, der sich wie eintausend Nadeln auf meiner Haut anfühlt, beuge ich mich nach vorn, lege beide Arme an seinen Hals, auch wenn die schwarzen Schuppen alles andere als anschmiegsam sind. Dennoch saust das Heulen wie ein Fluch um meine Ohren, und ich presse fest die Lider zusammen. Innerlich bete ich, dass er endlich aufgeben und akzeptieren möge, dass es ein Zauber ist, der uns aufhält, und den er selbst mit der Kraft seiner mächtigen Schwingen nicht brechen kann.

Nachdem eine Ewigkeit vergangen ist – es erscheint mir, als würde die Kälte selbst die Zeit gefrieren lassen –, breitet sich ein Ziehen in meinem Magen aus, weil er zum Sinkflug ansetzt. Mit den Fingern kralle ich mich noch tiefer in seine Schuppen und zähle meine eigenen Atemzüge. Hinter mir liegt eine höllische Reise. Und sie ist noch lange nicht vorbei. Meine Zähne schlagen aufeinander, als seine Klauen sich in den Schnee graben, und ich verharre einige Sekunden in meiner kauernden Position, bevor ich mich aufrichte. Mit wackeligen Beinen komme ich in den Stand und balanciere über den ausgestreckten Flügel auf sicheren Grund. Allerdings wankt der Boden unter mir, zwingt mich beinahe sofort wieder in die Knie. Ich schlucke angestrengt, konzentriere mich darauf, die letzte Mahlzeit, die ich zu mir genommen habe, nicht vor meine Füße zu spucken. Als ich mich einigermaßen gefangen habe, schaue ich zu meinem Begleiter, der sich mittlerweile gewandelt und seine menschliche Gestalt angenommen hat. Er ist nicht der Drakon, den ich ursprünglich im Sinn hatte.

Mortems Augen funkeln in der weißen Schneelandschaft noch schwärzer als Pechstein, als er mich aus seinen reptilienartigen Iriden mustert. So ist es immer mit ihm. Er wartet, bis ich mich bewege oder das Wort ergreife. Aber vielleicht sollte es mich nicht verwundern. Schließlich ist er der Drakongott der Toten und es nicht gewohnt, unter den Lebenden zu weilen. Und er verhält sich, als wäre er sich dessen nur allzu bewusst.

»Also«, murmele ich. »Scheint, als müssten wir den Rest der Strecke zu Fuß bewältigen«, fasse ich unsere Lage zusammen. Ich hoffe, dass er nicht merkt, wie erleichtert ich darüber bin. Fliegen mit Hunter ist sanft und leicht. Fliegen mit Mortem hingegen ist rau und für meinen Geschmack zu zügellos. Als könnte er in der Luft nicht glauben, dass er tatsächlich in diese Welt gelassen wurde. Ich habe nichts dagegen, dass er an seine Grenzen geht, doch bitte nicht, solange ich auf seinem Rücken sitze. Unbehaglich verlagere ich mein Gewicht von einem Bein aufs andere, jeder Muskelstrang und jede Sehne meines Körpers fühlen sich wund an.

»Scheint so«, raunt Mortem leise, als wollte er mich nicht verschrecken. Seine Stimme hat einen sonderbaren Klang, mit einem Akzent, der vermuten lässt, dass er aus einem fernen

Land stammt. Was ja auch stimmt. Schließlich verbrachte er die vergangenen Jahrtausende auf der Insel Elysion.

»Wir waren bereits eine Nacht und einen ganzen Tag unterwegs. Vielleicht wollen wir eine kurze Rast einlegen, bevor es weitergeht?«

Wieder mustert Mortem mich stumm, und ich zwinge mich, seinen Blick gelassen zu erwidern, ungeachtet der Tatsache, dass ich innerlich ausflippe und … keine Ahnung … irgendwie jedes Mal davonlaufen will. Weil ich ihm seine äußere Ruhe nicht abkaufe – als würde ich damit rechnen, dass er sich jede Sekunde auf mich stürzt. »Es ist nicht ungewöhnlich, dass du Angst hast. Dein Instinkt verrät dir, dass ich ein Jäger bin.«

Ich hebe meine Brauen. Will er mich mit dieser Aussage besänftigen? »Ich habe keine Angst«, lüge ich. »Außerdem ist Hunter auch kein Jäger.«

»Jeder Drakon ist ein Jäger. Es ist in unserem Blut. Unsere Art hat in den letzten Jahrhunderten lediglich gelernt, sich anzupassen.«

Ich straffe meine Schultern. »Nun, da wir dasselbe Ziel vor Augen haben, gibt es wohl keinen Grund für dich, mich zu jagen.«

»Das meinte ich auch nicht.«

Frustriert grabe ich meine Fingernägel in meine Handinnenflächen. Es ist anstrengend, mit Mortem ein Gespräch zu führen. Wir reden immer aneinander vorbei. Nicht, dass wir bisher besonders viel miteinander geredet hätten. Aber in den Fällen, in denen ich es versucht habe, endete es stets sonderbar. *Er* ist sonderbar. Und das heißt eine Menge, da es von einer Frau kommt, die vor nicht allzu langer Zeit noch im Körper einer Spinne gefangen war.

Entschlossen laufe ich los, froh darüber, dass der Schnee

nicht so tief liegt, dass ich darin versinke, sondern eine Eisschicht darunter ist. Die Sohlen meiner Stiefel knirschen bei jedem Schritt, kein anderes Geräusch gesellt sich dazu. Ich schaue über die Schulter, wo Mortem nach wie vor reglos steht. »Kommst du?« Tief atme ich durch und wende mich wieder nach vorn. Kurz darauf geht er in einer dunklen Kampfmontur aus weich aussehendem Leder neben mir. Wie alle Drakon ist er groß, sodass meine Augen lediglich auf Höhe seines Oberkörpers sind und ich meinen Kopf in den Nacken legen muss, um ihn zu betrachten.

»Und du bist dir sicher, dass wir den richtigen Weg eingeschlagen haben?«

Aha. Deshalb ist er mir nicht sofort gefolgt. Er zweifelt an meinem Orientierungssinn. »Ich konnte die Spitze des Eisbergs, welcher uns von Persephone und Prometheus beschrieben wurde, aus der Luft erkennen. Vermutlich ist es dir entgangen, weil du wie von einem Daimon besessen versucht hast, die Schutzbarriere der Hexen zu durchbrechen.«

»Tatsächlich? Für mich hat es sich angefühlt, als hättest du dich die meiste Zeit auf meinem Rücken zusammengekauert. Und an meinen Schuppen gezerrt.«

»Unsinn«, halte ich dagegen. »Wegen deiner Schuppen entschuldige ich mich. Ich wusste nicht, dass sie so empfindsam sind, da sie sich den gesamten Ritt über in meine Schenkel gebohrt haben.« Fest presse ich meine Lippen aufeinander und wäre ich nicht erfroren, würde ich wohl spüren, wie sich Wärme in meinen Wangen ausbreitet. »Ich meine, deine Schuppen sind nicht gerade ... weich. Aber das weißt du sicherlich.« Ich rede so schnell, dass ich beinahe über meine eigene Zunge stolpere. Kann diese Unterhaltung noch unangenehmer werden?

»Weiche Schuppen wären in einem Kampf äußerst ungünstig«, kommentiert Mortem. Aufgrund seines Akzents kann ich nicht genau benennen, ob er sich über mich lustig macht. Allerdings glaube ich es nicht. Ich habe ihn noch kein einziges Mal lachen sehen, seit er in dieser Welt aufgetaucht ist und sie ihn aus dem Wasser gezogen haben. Vor unserem Aufbruch habe ich Flame gefragt, ob es irgendetwas gibt, das ich über Mortem wissen muss. Sie hat lediglich mit den Schultern gezuckt und erwidert, dass er ungewöhnlich ist und ich deshalb kein gewöhnliches Verhalten von ihm erwarten soll. Normalerweise kann ich mit anders gut umgehen. Auch ich bin anders. Doch Mortem ... ist mir einfach fremd.

Als die Dämmerung dem Tag das Licht stiehlt, bleibt der Drakon ruckartig stehen. »Mir scheint, dass die Nacht sich hier schneller als beim Sandpalast ausbreitet.« Sein Blick sucht unsere Umgebung ab. »Wir sollten die Rast machen, die du vorgeschlagen hast. Schließlich sehe ich in der Dunkelheit und du nicht.«

Ich korrigiere ihn nicht, auch wenn ich trotz der Aufhebung des Fluches die feinen Sinne einer Spinne behalten habe und mich sehr wohl bei Nacht zurechtfinde. Es ist etwas, worüber ich bisher mit niemandem gesprochen habe. Vielleicht, weil ich mich dafür schäme, was ich war. »Wie wäre es unter dem Felsvorsprung?«

Mortem nickt, und als wir unser Zwischenziel erreichen, seufze ich vor Dankbarkeit, weil der Unterschlupf uns vor dem eisigen Wind schützt. Meine Schultern schmerzen ebenso wie der Rest meines Körpers, und ich bin froh, den Rucksack absetzen zu können. Neben mir kniet der Drakongott sich auf den Boden, holt tief Luft, ehe er mit dem Ausatmen Feuer aus seinem Mund entweichen lässt. Schnee und Eis schmelzen augenblicklich.

»Ich wusste nicht, dass du das in dieser Gestalt kannst«, sage ich überrascht und froh zugleich, weil ich mich schon als Eisskulptur enden sah.

Erleichtert sinke ich auf den Boden, der sich sogar noch ein wenig warm anfühlt, und presse meine Hände in die Erde. Mortem nimmt den Rucksack, öffnet ihn und holt den Wasserschlauch sowie unseren Proviant heraus. Dabei frage ich mich, weshalb er beides so sonderbar zwischen seinen Händen reibt, bis ich realisiere, dass es gefroren war und er es auftaut. Anschließend bricht er ein Stück von dem Laib Brot ab und reicht es mir. Ich verschlinge es innerhalb weniger Minuten und trinke im Anschluss so hastig, dass ich mich verschlucke. Mortem lässt es unkommentiert, verhält sich allerdings wesentlich gesitteter. »Du bist viel größer als ich und diese weite Strecke geflogen. Verspürst du überhaupt keinen Hunger?«

»Nein«, antwortet er schlicht. »Auf Elysion musste niemand essen oder trinken. Es ist noch neu für mich, etwas zu mir nehmen zu müssen.«

»Das klingt traurig«, stelle ich fest. »Ich esse gern.« Und ich hatte keinerlei Probleme damit, mich wieder an normale Nahrung zu gewöhnen. »Ist es sonderbar für dich, keine Insel mehr zu sein?« Als Drakongott der Toten war sein Leben mit Elysion verwoben. Er war die Insel – so wie beispielsweise Gaia bei uns die Erde ist –, bis er durch Zeus' Tod und Avas Prophezeiung in diese Welt geholt wurde. Von seiner Vergangenheit auf Elysion spricht auch die Tätowierung, welche seine Haut bedeckt und eine Landkarte der Insel darstellt. Er ist der Anbeginn der Zeit, denn die Drakon bevölkerten diesen Planeten noch vor den Urgöttern.

Mortem lehnt sich an den Felsen, und ich beobachte, wie die Eisschicht an seinem Rücken aufgrund seiner Hitze schmilzt. Unauffällig rücke ich ein wenig näher an ihn heran. »Ich war nie nur die Insel. Ich hatte immer diesen Körper. Aber ja – es fühlt sich an, als hätte sich ein großer Teil von mir einfach aufgelöst.«

»Flame erzählte, dass Drakon auf Elysion sich nicht in ihre Drachengestalt wandeln konnten«, merke ich an. »Macht es dich froh, nun hier zu sein?«

»Das stimmt«, bestätigt er. »Ob es mich froh macht ... Ich weiß es nicht. Ich schätze, es ist eine gute Abwechslung, von Lebenden umgeben zu sein. Auch das Fliegen habe ich vermisst.« Er stützt seinen Ellenbogen auf dem Knie ab, das er angewinkelt hat, und ich rücke unauffällig noch ein bisschen näher. Er strahlt in diesem Moment so viel Wärme aus, dass die eisigen Temperaturen der Umgebung erträglicher werden. »Die Kälte, die hier vorherrscht, begeistert mich allerdings nicht.« Ich schnaube und lege mich auf die Seite. Meine Lider flattern, weil sie immer schwerer werden. »Schlaf. Ich übernehme die Wache.«

»Du musst dich auch ausruhen.«

»Ich sitze und ruhe.«

Ich gähne und schiebe beide Hände unter mein Gesicht. »Wenn du meinst.« Ein wohliges Seufzen entfährt mir, als ich seine Finger auf meinem Oberschenkel spüre und die Hitze mit einem Mal durch meine Adern fließt, mich von innen wärmt. »Was tust du da?«, bringe ich undeutlich hervor, während er beginnt, meine Beine zu massieren. Dennoch ist die Müdigkeit so schwer, dass es mir nicht gelingt, noch einmal die Augen zu öffnen.

»Wir haben eine sehr weite Strecke vor uns, die wir aufgrund der Zauber zu Fuß zurücklegen müssen. Seit du von meinem Rücken gestiegen bist, humpelst du.« Ich stöhne, als er einen schmerzhaften Punkt erwischt. »Wenn du die Verhärtung deiner Muskeln nicht löst, werden deine Beine morgen so steif sein, dass du dich nicht bewegen kannst.«

MORTEM

Ich starre in die Ferne, kann nach wie vor nicht glauben, welche Weite mich umgibt. Wie unendlich diese Welt erscheint. Es gibt Tage, an denen ich mich nach der Vertrautheit Elysions sehne, und andere, an denen es sich anfühlt, als wäre ich einer Zelle entkommen. Ich hätte nicht gedacht, dass es so sein würde ... Mir war nicht bewusst, wie sehr ich es vermisst habe, die Gestalt meines Drakons anzunehmen und die Flügel auszubreiten, den Wind zu spüren und mich treiben zu lassen. Als ich die Insel war, habe ich keine Zeit an Träumereien verschwendet, weil ich wusste, wie ich meine Ewigkeit verbringen werde. Doch nun ... nun sind da plötzlich all diese Möglichkeiten. Zumindest, wenn die Erben ihre Plätze einnehmen und Himmel, Hölle und Meere retten. Wozu der Auftrag, den Arachne und ich bekommen haben, indirekt beiträgt. Wir müssen den ältesten – und einzigen – Hexenzirkel, der noch existiert, aufspüren. Nyx' Handeln hat bewiesen, dass sie und die anderen Urgötter uns zum Verhängnis werden können. Deshalb benötigen wir die Hilfe der Hexen. Sollten die Königswaffen gefunden werden, kann man die Urgötter zwar damit töten, allerdings ist das nicht der erste Weg. Laut jenen, die schon viel länger als ich auf der Erde leben, erfüllen sie – genau wie damals Zeus, Poseidon und Hades – ihren Zweck.

Aus Erzählungen weiß ich, dass Chaos damals mithilfe einer Hexe versuchte, die Urgöttin Gaia komplett an ihr Element zu binden, als diese vor langer Zeit die Herrschaft an sich reißen wollte. Allerdings genügte die Macht einer einzelnen Hexe nicht, weshalb sie Gaia, anstatt sie gänzlich mit der Erde zu verschmelzen, lediglich in einen ewigen Schlaf versetzen konnte. Seitdem befindet ihr Körper sich in einem gläsernen Sarg unter dem Roraima-Berg. Da mittlerweile sechshundert Jahre vergangen sind und Nyx behauptet, dass Gaia ihre Verbündete ist, scheint der Zauber nachzulassen. Die anderen vermuten, dass Gaia Wachphasen hat. Der Plan zur Bekämpfung aller Urgötter lehnt sich also an Chaos' damaliges Vorhaben an: Sie sollen mit ihren Elementen verschmelzen. Damit ist gemeint, dass sie vollkommen zu ihrem Element werden und nicht länger ihren unsterblichen Körper besitzen. Auf diese Weise stellen sie keine Gefahr mehr dar und können auch nicht in ihre göttliche Gestalt zurückkehren. Voraussetzung ist allerdings, dass es Arachne und mir gelingt, den Hexenzirkel zu überzeugen.

Schnee rieselt von dem Felsvorsprung hinab und fällt in kleinen Kristallen zu Boden. Es war eine ereignislose Nacht, nur ein Fuchs verirrte sich zu unserem Unterschlupf. Doch ein Blecken meiner Zähne sorgte dafür, dass er wieder verschwand. Sonnenstrahlen berühren meine Stiefelspitzen, und obwohl der Himmel den Anbruch eines wolkenlosen Tags verspricht, spüre ich keinerlei Wärme. Vermutlich hoffen die Hexen, dass man auf dem Weg zu ihnen erfriert.

Arachne, die ihr Gesicht an meiner Seite vergraben hat, regt sich. Verschlafen blinzelnd rollt sie sich auf den Rücken. Dann schlägt sie gänzlich die Lider auf. Sie braucht einen Moment, ehe sie sich ruckartig aufrichtet. Ihr schwarzes Haar, welches von weißen feinen Fäden durchzogen wird, die an Spinnweben erinnern, ist zerzaust. Ihre Haut ist beinahe so blass wie der Schnee unserer Umgebung, und ihre Gliedmaßen wirken fragil, als könnte die Kälte sie brechen. Wenn der Gegenwind zu stark wurde, hatte ich in manchen Momenten Sorge, dass es sie von meinem Rücken weht.

»Du hättest mich nach einigen Stunden wecken sollen. Damit du auch ein wenig Schlaf bekommst.« Ihr Unterton ist vorwurfsvoll wie meistens, wenn sie mit mir spricht.

»Ich empfinde keine Müdigkeit«, versichere ich ihr.

»Was empfindest du überhaupt?«

Ich mustere sie ernst, versuche sie zu lesen und abzuschätzen, ob sie wirklich nur verärgert ist, weil ich sie nicht geweckt habe. Diese Welt ist auch deshalb schwierig für mich, weil mein Wille – anders als auf Elysion, wo selbst die Pflanzen wuchsen, wie es mir gefiel – hier kein Gewicht hat. Nicht so wie vorher und nicht so, wie ich es gewohnt bin. Nun kommt es mir vor, als müsste ich mich anpassen, aber ich weiß nicht, wie. »Es gibt nicht viele Dinge, die ich spüre«, antworte ich wahrheitsgemäß.

Mit gerunzelter Stirn streicht Arachne ihr Haar zurück und beginnt, es zu einem Zopf zu flechten. »Warum?«

»Wenn man seine Ewigkeit zwischen den Toten verbringt, auf Elysion, das nicht einmal ein Künstler mit stärker strahlenden Farben zeichnen könnte, verblasst irgendwann das, was in deinem Inneren ist.«

»Das klingt nach einer traurigen Ewigkeit.« Ihre Augen sind groß und ernst, und sonderbarerweise hat es sie besänftigt, dass ich diesen Teil von mir preisgegeben habe.

»Mein Dasein erschien mir nie traurig.« Ich stehe auf und nehme meinen Mantel, den ich in der Nacht abgestreift hatte.

Dann strecke ich ihr die Hand entgegen, um ihr auf die Füße zu helfen. Zögerlich schiebt sie ihre Finger, die schon wieder kalt sind, in meine. Anschließend klopft sie die Erde von ihrer Hose und schnürt ihre Stiefel nach. Als sie die Kapuze ihres Capes überstreift, verzieht sie das Gesicht. »Ich schätze, so bald wird es keine Möglichkeit geben, uns zu waschen.« Sie deutet auf den Fluss, der gefroren ist.

»Ich könnte das Eis schmelzen. Aber die Kälte, die uns umgibt, kann ich nicht beeinflussen. Deshalb bezweifle ich, dass dieses Bad ein Vergnügen für dich wäre.«

Eine sanfte Röte legt sich über ihre Wangen. »Es geht auch nicht um Vergnügen, sondern darum, nicht übel zu riechen.«

»Ich verfüge über einen ausgezeichneten Geruchssinn und versichere dir, dass kein unangenehmer Geruch an dir haftet.« Obwohl ich denke, etwas Nettes gesagt zu haben, presst sie ihre Lippen fest zusammen und schultert den Rucksack. Ich würde ihr anbieten, ihn für sie zu tragen, aber ich befürchte, dass ihr auch daran etwas missfallen könnte.

Sobald wir aus dem schützenden Bereich unseres Unterschlupfes treten, erschauert Arachne und zieht ihr Cape enger um sich. Ich lege eine Hand an ihre Schulter und lasse Wärme in sie fließen, während wir uns in Bewegung setzen. Für einen Moment versteift sie sich, aber dann lockern sich ihre Muskeln unter meiner Berührung. Ihre Schritte sind ein wenig steif, doch immerhin humpelt sie nicht mehr und wirkt auch nicht, als hätte sie Schmerzen. »Du bist nicht gern in meiner Nähe«, stelle ich fest, nachdem wir eine Weile gelaufen sind.

»Und das kannst du nach so kurzer Zeit bereits einschätzen?«

»Du bist mir im Sandpalast ausgewichen und hast dich an der Tafel stets auf den Platz gesetzt, der am weitesten entfernt von mir war.« Ich schaue auf sie hinab, beobachte, wie sie an ihrer Unterlippe nagt. »Außerdem ist mir nicht entgangen, dass Flame dich mehrmals gefragt hat, ob du lieber mit Hunter zu den Hexen fliegen willst.«

Angespannt stößt sie ihren Atem aus, der weiße Wolken vor ihrem Mund bildet. »Das solltest du nicht hören.«

»Dann sollte ich wohl auch keine Ohren haben.«

Sie schnaubt. »Ja, ich wäre lieber mit Hunter gereist. Du bist Furcht einflößend, Mortem. Deine Augen. Deine bohrenden Blicke. Dein Auftreten ...«

Ich hebe eine Braue. »Ich kann mich nicht erinnern, seit meiner Ankunft etwas Furchteinflößendes getan zu haben.«

»Dieses ganze Drakongott-der-Toten-Ding ...« Sie beginnt mit ihren Armen zu gestikulieren, übersieht dabei eine Erhebung in der Erde und stolpert. Gerade rechtzeitig kriege ich sie an der Kapuze zu fassen und richte sie wieder auf.

»Ich vermute, da ist sehr viel in deinem Kopf, das nicht der Realität entspricht.«

Keuchend bleibt sie stehen und zupft ihr Cape zurecht. »Du hältst mich für verrückt?«

Ein wenig. »Nein. Ich will dir nur vermitteln, dass du keine Angst vor mir haben musst. Schließlich werden wir noch eine Weile unterwegs sein. Allein.«

»Danke für die Erinnerung.«

»Gerne.«

»Ich habe nicht wirklich Danke im Sinne von ›Danke‹ gemeint«, erwidert sie und stapft erneut los.

Dass ihre Antwort keinen Sinn ergibt, schlucke ich herunter. Bei dem Rest gelingt es mir allerdings nicht. »Ich habe keine Ahnung, worüber du dich beschwerst. Ich habe dich die gesamte Strecke bis hierher getragen. Ich habe dir

Brot und Wasser aufgetaut und dich warm gehalten. Ich habe versucht, höfliche Konversation zu betreiben ...«

»Vielleicht will ich gar nicht, dass du all das für mich tust.«

Bei ihren Worten nehme ich meine Hand von ihrer Schulter und vergrabe sie in meiner Hosentasche. Im Sandpalast hat sie wesentlich sanftmütiger gewirkt, schüchtern beinahe – wovon jetzt nicht mehr viel zu erkennen ist.

»A-außerdem«, durchbricht sie irgendwann die Stille, und mir entgeht nicht, dass ihre Lippen bereits blau angelaufen sind, »nehme ich dir deine Freundlichkeit nicht ab.«

»Warum?«

»Flame hat mir erzählt, dass du sie auf Elysion festhalten wolltest.«

»Am Ende ist sie zurückgekehrt«, sage ich wahrheitsgemäß.

»Was nicht bedeutet, dass du sie nicht lieber dabehalten wolltest«, beharrt Arachne.

»Ihre Anwesenheit war eine willkommene Ablenkung zu meinem sonst so eintönigen Alltag.«

»Womöglich bist du also jemand, der Frauen raubt.«

Ich runzele die Stirn, kann nicht abschätzen, wohin dieses Gespräch führen soll. »Ich hatte nichts damit zu tun, dass Flame auf die Insel kam. Das hat sie ganz allein geschafft. Außerdem kann ich dir versichern, dass ich mich nun nicht mehr langweile. Du musst also nicht befürchten, ich würde dich ... *rauben*.« Wie absurd das klingt.

»Also warst du auf Elysion mit keiner einzigen Frau zusammen?«

Ich greife ihren Unterarm und helfe ihr über die nächste Erhebung, da sie mich anschaut und schon wieder nicht auf den Boden achtet.

»Empfindungen wie Liebe, Lust und Begierde gab es auf der

Insel nicht. Genauso wenig wie die natürlichen Bedürfnisse, zu speisen oder zu schlafen.«

Für einen Moment schweigt sie. »Und wenn du jetzt immer noch nicht hungrig oder durstig bist, verspürst du auch ... kein Begehren? Oder andere Dinge dieser Art?«

»Nein.« Ich bleibe stehen und mustere unsere Umgebung. Würde der Schutzzauber der Hexen es zulassen, könnte ich mich in die Luft erheben, um abzuschätzen, wie weit es noch bis zu dem Eisberg ist, welcher der Tarnung der Hexen dient. »Du denn?«, frage ich abgelenkt zurück.

Arachne hebt eine Schulter. »Vielleicht, wenn ich jemand Besonderem begegne. Noch ist es ...« Sie räuspert sich und starrt stur geradeaus. »In manchen Momenten ist mein Körper mir noch fremd.«

Chaos erwähnte mir gegenüber, dass sie verflucht und bis vor einigen Monaten hinter dem Antlitz einer Spinne gefangen war. »Das verstehe ich. So ging es mir nach der ersten Wandlung in meine Drakongestalt.«

Arachne wendet sich mir zu und schirmt ihre Augen mit einer Hand vor den kalten Strahlen der Sonne ab. »Es tut mir leid.« Sie lächelt leicht. »Und dieses Mal meine ich es wirklich wie ›Es tut mir leid‹.«

Ich hebe ebenfalls einen Mundwinkel. »Also habe ich etwas richtig gemacht. Mich angepasst.«

Sie verdreht die Augen. »Ja. Aber darum geht es doch gar nicht.«

»Sondern?«, hake ich nach.

»Es geht darum, du zu sein.«

»Aber wie soll das gehen? In einer Welt, über die du keinerlei Kontrolle besitzt.«

Sie zögert, ehe sich etwas, das ich wie Verständnis deuten

würde, auf ihrem Gesicht abzeichnet. »Du bist trotzdem du selbst, Mortem. Du bist nicht plötzlich jemand anderes. Auch wenn das hier nicht Elysion ist und die äußeren Umstände sich von der Insel unterscheiden.«

19

WENN NIE DER MORGEN GRAUT

ATROPOS

vierzehn Stunden zuvor

»In welcher Situation, Schwesterherz, hat er dein Schulterblatt gesehen?«

Ich ignoriere Klotho und den bissigen Tonfall, der mich für gewöhnlich verletzen würde, und drücke Lachesis an mich. Einerseits bin ich besorgt, dass sie zum Garten aufbricht, andererseits hat sie Grave und Persephone an ihrer Seite. Sie wollen noch einmal die Lage auskundschaften, bevor wir alle die Reise in die Spiegelstadt antreten. Trotz meiner Sorge weiß ich, dass Lachesis nichts geschehen wird. Außerdem bin ich mir sicher, dass sie weniger tollpatschig ist und nicht von einer Hecke gefangen wird. Und es gibt keine Magierin mehr, die ihre Fähigkeit, durch den Nebel zu gehen, blockieren könnte.

Als ich mich von Lachesis löse und den Saal durchquere, ist Arym bereits nicht mehr in Sichtweite. Ich laufe so hastig, dass ich mich im Saum meines Rocks verheddere und beinahe falle. Hitze breitet sich in meinem Gesicht aus, doch ich überprüfe nicht, ob jemandem mein Missgeschick aufgefallen ist. Im Flur angelangt, schaue ich erst nach links, wo man zu den Zimmern gelangt, die man uns zugeteilt hat, und dann nach rechts. Schließlich ist es die Richtung, in welche meine

Füße mich tragen, denn ich glaube nicht, dass Arym so früh zu Bett geht.

Die Schattenburg ist ein sonderbarer Ort. Kein Stein sitzt gerade im Mauerwerk und die Fenster und Korridore sind derart schief gebaut, dass es sich anfühlt, als würden sie sich mit jedem Schritt mit mir zusammen bewegen. An einigen Stellen fehlen die Steine gänzlich, und ich bin mir sicher, dass ein Zauber im Spiel ist, der die Burg davor bewahrt einzustürzen. Ungeachtet der Tatsache, dass Grave und Charon hier leben, vermittelt sie den Eindruck, unbewohnt und höchstens das Heim eines Geistes zu sein. Als wollte sie Graves Schicksal der letzten zwei Jahrzehnte spiegeln.

Ich biege um eine Ecke und passiere ein Gemälde, das einzig aus schwarzen Pinselstrichen besteht und wie ein Abgrund wirkt, der den Betrachter verschlingt, sollte man sich zu nah heranwagen. Müsste ich der dunklen Festung drei Eigenschaften zuordnen, wäre Gastfreundschaft ganz unten auf der Liste. Rau, unbeugsam und verschlossen wäre wohl eine treffende Beschreibung für diesen Ort. Zusätzlich macht es den Eindruck, als würden die Wege im Inneren der Burg immer länger werden und mich so daran hindern wollen, sie zu verlassen. Deshalb durchströmt mich beim Anblick der Küche Erleichterung – ein fünfeckiger Raum, welcher das pure Chaos ausstrahlt und dessen Aufbau den Anschein vermittelt, jemand hätte hier früher sonderbare Rituale durchgeführt. Bei diesem Gedanken rinnt ein Schauer über meine Wirbelsäule.

Wie von selbst beschleunige ich meine Schritte und stoße meine Hüfte an dem dreibeinigen Tisch mit den beiden Stühlen, an denen normalerweise vermutlich Charon und Grave speisen. Ich kann mir nämlich nicht vorstellen, dass die beiden vor unserem Eintreffen zu zweit den riesigen

Saal genutzt haben. Viele der Räume, in die ich einen Blick werfen konnte, schienen verlassen und so, als wären sie seit Jahrhunderten nicht mehr betreten worden. Bei einem von ihnen, der eine Sammlung alter Bücher und Schriften beherbergte, schlug mir sogar die Tür vor der Nase zu. Kein Wunder also, dass ich die Schattenburg mit Magie verbinde. Besonders viel Zeit für Erkundungen blieb mir bisher allerdings noch nicht. Meine Schwestern und ich haben unmittelbar nach unserer Ankunft ein gemeinsames Zimmer bezogen und Neuigkeiten ausgetauscht, wobei ich Lachesis mit Fragen überschüttete, um von mir abzulenken.

Meine Beine sind schwer, Erschöpfung überrollt mich, als ich die Treppe hinablaufe, die zum Ausgang führt. Sobald ich durch die breite Flügeltür trete, von welcher eine Seite fehlt, entdecke ich Aryms groß gewachsene Gestalt in einigen Metern Entfernung. Er lehnt an dem von Rissen durchzogenen Geländer und starrt auf das schwarze Wasser, welches den Burggraben füllt. Instinktiv streiche ich meinen Rock glatt, eine Geste, die mich stets beruhigt, weil ich mich dabei fühle, als würde ich mich ordnen. Als könnte ich damit jedes Problem fortwischen.

Tief atme ich ein und stelle mich neben den Daimon. Im Gegensatz zu ihm kann ich lediglich meine Hände ablegen. Um meine Ellenbogen abzustützen, müsste ich auf die Zehenspitzen gehen. Einige Schatten winden sich um meinen Körper, ehe sie weiterziehen, und ich rücke dichter an ihn heran. Arym ist stark und selbstbewusst und irgendwie passt er an diesen Ort, da er unbeugsam ist, genau wie diese Burg.

»Dich hat die Versammlung also nicht abgeschreckt. Du bist nicht verschwunden«, durchbreche ich schließlich die Stille. Das schwarze Wasser, welches geräuschlos fließt, zeigt unsere Spiegelbilder. Darin ragt er beinahe bedrohlich über mir auf, und dennoch fürchte ich seine Gegenwart nicht mehr.

»Ich denke nicht, dass ich einfach gehen könnte, wo doch der Bastardsohn des Hades am Morgen die Barriere zum Schattenreich erneuert hat. Ein wenig töricht, so lange damit zu warten.«

Zwar habe ich noch nicht gesehen, wozu Nero, der Halbgott aus der Oberwelt, fähig ist, doch auch er muss sehr mächtig sein. Schließlich ist er der Grund, weshalb die Schutzzauber nachgebessert werden mussten. »Es ist unhöflich, unseren Gastgeber so zu nennen.«

»Es ist, was er ist. Und keine Beleidigung. Kaum jemand hätte in der Unterwelt als Bastard des Königs überlebt.« Plötzlich wird die Müdigkeit so schwer, dass ich mich anstrengen muss, meine Augen offen zu halten.

»Du hast in der vergangenen Nacht keinen Schlaf nachgeholt«, kommentiert Arym, obwohl er mich kein einziges Mal angesehen hat.

Aus irgendeinem Grund nagt es an mir, dass er, seit ich Lachesis hinterhergeeilt bin, meine Nähe gemieden hat. Die Worte des Gotts der Hoffnung aus der Oberwelt haben irgendetwas mit meinem Kopf gemacht, sodass meine Fantasie sich törichte Dinge ausmalt, die niemals eintreten werden. Vielleicht habe ich mich in der Einsamkeit, die ich in manchen Momenten trotz der Gegenwart meiner Schwestern empfinde, danach gesehnt, von jemandem gerettet zu werden. Obwohl ich ihn mir wohl niemals wie Arym vorgestellt hätte. Es ist doch auch nicht allzu abwegig zu glauben, dass man nach derartigen Erlebnissen miteinander verbunden ist. Doch der einzige Zeitpunkt, in welchem Aryms kühle Maske tatsächlich verrutschte, war der Moment, als er das Mal auf meinem Schulterblatt erblickte. Ich runzele die Stirn, da mir bewusst wird, dass es außer Klotho und Lachesis nie zuvor jemand gesehen hat.

»Nicht wirklich«, antworte ich verspätet.

»Aber du hast auch nicht geredet. Darüber, was in der Kirche passiert ist.«

»Ich habe meinen Schwestern davon erzählt«, halte ich dagegen.

»Nicht alles.«

Leicht wende ich ihm meinen Oberkörper zu. »Wie kommst du darauf?«

Nach wie vor schaut er mich nicht an, verlagert nur sein Gewicht von einem Bein auf das andere. »Wenn du ihnen *alles* gesagt hättest, würde ich vermutlich nicht mehr atmen.«

»Du tust das Richtige«, flüstere ich. »Ganz gleich, ob deine Motive eigennützig oder ehrenhaft sind.« Ich schlucke. »Deine Gründe sind mir egal. Du hast Schlimmeres für mich verhindert. Ich bin hier wegen dir. Und du bist hier wegen ...« Abrupt stoppe ich mich selbst. Natürlich meine ich, dass er hier ist, weil er mich begleitet hat. Die Formulierung macht durchaus einen Unterschied.

»Ich bin noch hier wegen dir.« Bei seinen Worten weiten sich meine Augen vor Überraschung. »Weil du einige Details für dich behalten hast.«

»Nicht alle Details sind wichtig.«

»Details sind immer entscheidend«, erwidert er.

Ich hebe eine Schulter. »Womöglich bewahre ich sie auf, falls du dich einmal schlecht benimmst.«

»Erpressung?« Er klingt eher amüsiert als besorgt. Und dann sieht er zum ersten Mal auf mich herab. Seine Iriden strahlen im Licht der Dämmerung. Kadmiumgrün. Ich weiß nie, was mich erwartet, wenn ich in seine Augen schaue. »Weshalb bist du mir gefolgt?«

Für einige Sekunden bin ich von seiner Aufmerksamkeit wie erstarrt, kralle meine Nägel in das Geländer, so sehr, dass sich ein weiterer Riss durch das bereits poröse Gestein frisst. »Ich wollte mich bei dir bedanken.«

»Nun, Dank und Erpressung sind zwei Dinge, die sehr weit entfernt voneinander liegen.«

»Lass mich ausreden, Arym.« Bei der Nennung seines Namens verstummt er. Tief atme ich durch. »Ich wollte mich dafür bedanken, dass du Helena ... dass du sie getötet hast.«

»Aber das wusstest du bereits.« Er mustert mich, einer meiner Nägel splittert. »Du hast mir nicht vollständig geglaubt«, stellt er schließlich fest. »Es ist gut, nicht auf das Versprechen eines Daimons zu vertrauen.«

Hitze kriecht durch meine Adern, und ich empfinde so etwas wie Scham, auch wenn es keinen Sinn ergibt. »Die Bestätigung von Alecto und Thanatos hat mir Sicherheit gegeben.«

»Wie schön für dich.« Der Satz wirkt wie ein Peitschenhieb. »Du solltest dich jetzt zurückziehen, Atropos. Uns steht eine lange Reise bevor. Und ich denke nicht, dass ich dich auch noch vor den verirrten Seelen in der Knochenflut retten kann.«

»Warum solltest du mich auch retten?«, wispere ich. »Wo du dein Ziel längst erreicht hast.« Ich habe ihm Zutritt auf diese Seite verschafft.

GRAVE

Die Flüssigkeit, die ich in einem Zug hinabstürze, brennt in meiner Kehle. Ich unterdrücke ein Schaudern und frage mich, seit wie vielen Jahrhunderten dieses Gebräu unangetastet im Vorratsschrank stand. Womöglich habe ich mich damit vergiftet. Oder es gelingt mir auf diese Weise tatsächlich, die nervtötenden Gedanken aus meinem Kopf zu ätzen.

Mein Leben lang war ich der stille Beobachter. Ich war immer in der Kontrolle. Jeder Schritt und wem ich mich zeigte, war geplant. Aber nun ... sind hier all diese Leute. Diese neue Kraft in mir. Die Hitze und das Feuer, das sich mit der Finsternis des Styx' vermischt, obwohl ich diese eine Gabe überhaupt nicht will. Dann noch das Flüstern der Toten, das mir selbst in meine Träume folgt. Die Stimmen, die unermüdlich fordern, dass ich meinen Platz einnehme ... Ich gieße mir einen weiteren Schluck nach, kann mich aber nicht dazu überwinden zu trinken.

Ohne mich umzudrehen, registriere ich, dass sich jemand nähert. Leichte federnde Schritte, die ich einer der Moiren zuordne. Atropos oder Lachesis. Klotho hätte bereits einen Spruch abgefeuert. Es ist Erstere, wie ich feststelle, als sie neben mich tritt, mir das Glas abnimmt und trinkt. Ich bin beeindruckt, dass sie es nicht in hohem Bogen wieder ausspuckt oder würgt. Mit dem Handrücken wischt sie sich über den Mund. »Es schmeckt scheußlich«, informiert sie mich ohne einen Vorwurf in ihrem Ton.

»Ich habe es dir auch nicht angeboten.«

»Stimmt«, gibt sie zu.

Ich stelle die Flasche zurück, weil ich davon ausgehe, dass keiner von uns beiden Nachschub will. »Morgen ist ein großer Tag. Weshalb schläfst du nicht?«

Sie starrt durch das Milchglas, welches lediglich die Schemen der sich draußen windenden Schatten zeigt. »Kommen sie manchmal herein?«, fragt sie.

Ich hebe die Brauen. »Die Schatten?«

Sie nickt.

»Nein.«

»Es sind die toten Seelen, die in diesem Reich leben.« Ich schweige, warte, worauf sie hinauswill. »Vielleicht verschonen uns die Verlorenen in der Knochenflut, weil du bei uns bist und als zukünftiger König der Unterwelt erwählt wurdest.«

Ihre Worte, unschuldig gesprochen, wirken wie der Fausthieb eines Zyklopen in meiner Magengrube. »Wenn irgendwer noch einmal Begriffe wie ›Erbe‹ oder ›erwählt‹ benutzt, werde ich die gesamte Flasche dieses Todesgebräus trinken und morgen nirgendwo hingehen.«

»Das Lustige ist, dass die meisten nicht viel Begeisterung für ihr Schicksal übrig hätten. Tatsache ist aber auch, dass die wenigsten es kennen. Dir hingegen ist es nicht fremd, was bedeutet, dass du die Möglichkeit hast, das Beste daraus zu machen, selbst wenn es dir nicht gefällt.«

»Das ist in der Tat wahnsinnig lustig. Ist das die sonderbare Weisheit einer Schicksalsgöttin? Damit ich am Ende dankbar bin, für die Situation, in der ich stecke?«

Sie mustert mich aus ihren dunkelbraunen Augen. »Es könnte doch wesentlich schlimmer sein. Immerhin haben wir einen Plan. Niemand von uns ist allein. Und es ist auch noch nichts verloren.«

»Bei allen Göttern«, brumme ich. »Ich hasse deine positive Einstellung.«

Sie seufzt schwer. »Ich kann nicht schlafen, weil ich mich schrecklich aufgeregt habe.«

»Ist mir gar nicht aufgefallen.«

»Nur innerlich«, erklärt sie rasch, als wäre es eine

Todsünde, einen Gefühlsausbruch zu haben. »Jedenfalls werde ich vermutlich die ganze Nacht kein Auge zumachen.«

»Weil es dich noch immer schrecklich aufregt.«

»Nur innerlich«, bestätigt sie ein weiteres Mal.

Ich grinse. »*Das* war lustig.«

Sie verzieht das Gesicht. »Wirklich?«

»Mhm«, murmele ich und streiche eine Haarsträhne hinter ihr Ohr. Ein Räuspern ertönt, und die Moire fährt erschrocken herum. »Ah, noch ein Schlafwandler, der nicht zur Ruhe kommt«, sage ich. Mit dem Fingerknöchel fahre ich über Atropos' Wange, entferne einen dunklen Rußfleck, und ich schwöre auf den Tartaros, dass Arym ein Grollen ausstößt. »Ich gehe zu Bett. Und du solltest es auch tun, Atropos.« Ich beuge mich ein wenig näher zu ihr, sehe, wie die roten Ringe meiner Iriden sich in ihren Augen spiegeln. »Bei Nacht sollte man sich nicht mit einem Daimon herumtreiben.«

Mit einem Zwinkern richte ich mich auf und durchquere in großen Schritten die Küche, schenke Arym ein breites Lächeln, weil er wirkt, als hätte Kerberos ihm gerade ans Bein gepinkelt. Der Anblick sorgt dafür, dass meine Laune, die vor einer halben Stunde noch einen Tiefpunkt erreicht hatte, sich hebt. Es passt mir nicht, dass er mit von der Partie ist, und ich werde mir keine Gelegenheit entgehen lassen, ihm eins auszuwischen. Allerdings nicht mehr als harmlose Sticheleien, solange er mir keinen triftigen Grund gibt, etwas anderes zu tun. Die Warnung an Atropos war allerdings ernst gemeint, doch ich weiß auch so, dass sie ihr keinerlei Beachtung schenken wird.

Im Flur zwischen den beiden Türen zu Neros und meinem Zimmer bleibe ich stehen. Ich höre seine gleichmäßigen Atemzüge, habe umgehend all die Szenen vor Augen, in denen er vor mir zurückgewichen ist. In dieser Sekunde fühlt es sich an, als hätte der Höllenhund *mir* ans Bein gepinkelt. Obwohl meine Stiefelsohlen förmlich am Boden festkleben, zwinge ich mich, meinen Raum zu betreten. Im Gehen streife ich nacheinander meine Klamotten ab, laufe ins Bad und drehe den Hahn auf. Viel zu heißes Wasser trifft auf meine Haut, doch es kümmert mich nicht. Was in mir ist, schadet auch von außen nicht.

»Nur ein Mal Spaß haben«, knurre ich. In abgehackten Bewegungen beginne ich meinen Körper zu waschen. Aber egal, wie oft ich mit den Händen über mein Gesicht und meinen Kopf fahre – Neros Blick verschwindet einfach nicht. Ich habe keine Ahnung, warum seine Abneigung so sehr an mir nagt. Zwar habe ich ihn erst vor wenigen Tagen getroffen, trotzdem hatte er irgendetwas an sich, dass ich ihm einen Teil von mir, der so lange verborgen war, gezeigt habe. Statt ihn aufzuhalten, ließ ich zu, dass er die Treppen erklomm. Nicht einmal die Rachegöttinnen oder Charon kennen meine Zeichnungen. Es ist zu intim. Als könnte man über die Leinwände in meine Seele blicken. Von jemandem Ablehnung zu erfahren, der nicht einmal ansatzweise versteht, wer du bist ... Was spielt es schon für eine Rolle? Aber das hier ... Das hier ...

Mit der rechten Faust reibe ich über meine linke Brust, lasse meine Stirn gegen das Gestein sinken, während das heiße Wasser auf meinen Rücken prasselt. In dieser Sekunde stehe ich wieder im Knochenpalast, wo Megs Klauen sich in meine Schultern graben, mich daran erinnern, dass eigentlich nirgendwo in der Unterwelt ein Platz für mich vorgesehen war.

»Fuck«, murmele ich, stoße mich von der Wand ab und

schüttele meinen Kopf, als könnte ich meine Gedanken auf diese Weise geraderücken. Ich stelle das Wasser ab und atme mehrmals durch, wenngleich ich zwischen dem Nebel, der sich um mich gebildet hat, kaum Luft bekomme.

Reiß dich zusammen.

Es gibt keinen Grund, die Nerven zu verlieren.

Ich wiederhole das stumme Mantra, bis ich mich wieder im Griff habe. Vielleicht besitze ich keinen Platz, der mir zugeteilt wurde und der gemütlich auf mich gewartet hat. Aber ich besitze einen Platz, den ich mir erkämpft habe. An jedem einzelnen Tag. Es spielt keine Rolle, ob man willkommen ist, solange man sich unaufhörlich dafür entscheidet, weder einzuknicken noch zurückzuweichen.

Ich trete aus dem Duschabteil, greife mein Handtuch und trockne mich grob ab, ehe ich es mir um die Hüfte schlinge. Als ich das Bad und den Dampf hinter mir lasse, schlägt mir unverhofft kühle Luft entgegen. Womit ich ebenfalls nicht gerechnet habe, ist der Halbgott, der mit verschränkten Armen am Fenster gegenüber meinem Bett steht. Einige Male blinzele ich, überlege, ob mein Unterbewusstsein ihn irgendwie heraufbeschworen hat und ich doch die Nerven verliere. »Kann ich nicht gebrauchen«, murmele ich vor mich hin und schiebe mit meinem Fuß achtlos die Stiefel beiseite, die mir im Weg stehen.

»Was?« Neros Stimme klingt rau, als wäre er eben erst erwacht.

»›Was‹ ist schon mal ein guter Anfang«, antworte ich. »*Was* willst du hier?« Meine Finger umschließen den Bettpfosten, um mich davon abzuhalten, auf ihn zuzugehen.

Nicht noch einmal.

Ich werde mich nicht noch einmal lächerlich machen.

Ihm hinterherlaufen.

Ihm meine Hand reichen.

Durch die halb zugezogenen Vorhänge dringt das schummrige Licht der Dämmerung hinter Neros Rücken hervor, als wäre er ein verdammter Engel, der in die Hölle gefallen ist. »Ich wollte erfahren, wie der Ausflug mit Persephone und Lachesis war. Ob ihr den Garten, der zum Portal in die Spiegelstadt führt, betreten konntet.«

Ich lache, und Neros eisblaue Augen blitzen verärgert auf. Seine Haltung, die seinen kühlen Iriden gleicht, sorgt dafür, dass Zorn in mir hochkocht. »Ja, der Garten hat Persephone nicht den Zutritt verwehrt. Doch weißt du, was ich interessant finde?« Ich mache eine Pause, beobachte, wie seine Miene sich weiter verdüstert. »Du hättest sie selbst fragen können. Schließlich kennst du sie viel länger als mich.« Mit den Fingern trommele ich ungeduldig gegen die groben Schnitzereien des Pfostens. »Du bist nicht wegen des verfluchten Gartens hier.«

»Weshalb dann?« Doch es ist nach wie vor sein Gesichtsausdruck, der seinen ruhigen Tonfall Lügen straft.

»Du bist ein Feigling, Anführer der Halbgötter.« Mir ist durchaus bewusst, dass ich mit diesen Worten einen wunden Punkt bei ihm treffe. Und ich tue es mit voller Absicht.

»Du hast keine Ahnung, wer oder was ich bin«, knurrt er.

Herausfordernd mustere ich ihn. »Überzeug mich vom Gegenteil.«

Die Zeit scheint stillzustehen, und trotzdem bewegt Nero sich plötzlich in meine Richtung. »Und wie lange wird das dauern ... dich zu überzeugen?«, raunt er, als er direkt vor mir steht, seine Brust die meine berührt.

»Eine Nacht.«

»Was geschieht danach?« Sein Atem ist genauso kühl wie seine Augen auf meiner Haut.

»Wir reisen in die Spiegelstadt. Kehren wir lebend zurück, gehst du in die Oberwelt. Und wir werden einander nie wiedersehen.« Ich hebe einen Mundwinkel. »Du bist mir nichts schuldig, Nero. Die Reise unternimmst du für die ehemalige Königin, die wohl so etwas wie eine Freundin für dich ist. Ich bin fertig, den Bettler zu spielen.« Ich bin nicht Hades, der Persephone damals zwang zu bleiben. Der sie mithilfe einer List an die Hölle band. Es ist nicht wichtig, dass ein wenig von seinem Blut und seiner Macht in meinen Adern fließt.

Ich.

Bin.

Nicht.

Er.

»Dein Auftauchen war eine nette Abwechslung in meinem Dasein ewiger Dämmerung«, flüstere ich, während sein Gesicht dem meinen inzwischen so nah ist, dass seine Haarsträhnen meine Stirn streifen. »Doch ich werde nach dir auch jemand anderen zum Spielen finden.«

Ohne eine weitere Vorwarnung landen seine Lippen auf meinen. Mit solch einer Heftigkeit, dass wir beide gegen den Pfosten prallen, der daraufhin das Bett zum Wanken bringt. Und ich kann nicht verhindern, dass meine Mundwinkel sich heben, weil er dieses eine Mal tatsächlich den ersten Schritt gemacht hat.

Was würde passieren? Wenn du die Oberwelt vergisst?

Dann würde ich dich küssen.

Ich schätze, in dieser Nacht werden wir tatsächlich vergessen. Dann schiebe ich eine Hand in seinen Nacken, neige seinen Kopf zurück und erwidere den Kuss, erforsche seinen Mund, während seine Hände meinen Oberkörper erkunden. Ich stöhne, als er an meiner Zunge saugt und sich ein stetiges Pochen in meinem Unterleib ausbreitet. Unser Kuss wird unkontrollierter, als wollten wir immer mehr vom jeweils anderen nehmen – und gleichzeitig so, als würde nichts davon genügen.

Zu wenig Zeit, denke ich, ehe ich den Saum seines Shirts packe und über seinen Kopf ziehe. Nero gibt einen protestierenden Laut von sich, und ich kann nicht anders, als ihm ein amüsiertes Lächeln zu schenken. »Hör auf damit«, knurrt er mich an. In ihm scheint nach wie vor ein Zorn zu sein, den ich längst nicht mehr empfinde. Viel zu sehr bin ich damit beschäftigt, seinen Anblick in mich aufzunehmen.

»Aufhören womit?«

»Vorzugeben, mir überlegen zu sein.«

Mit dem Daumen streiche ich über seine Wange, mustere seine eisblauen Augen, die leicht glasig wirken, und seinen Mund, von dem ich nun ganz genau weiß, wie er sich anfühlt, und seine Lippen, die verlockend geschwollen sind. »Ich bin dir nicht überlegen, mein Herz. Schließlich lag ich vor dir im Staub und du bist fortgegangen.«

Mein Herz. Weshalb habe ich das gesagt?

Für einen kurzen Moment ist Nero wie erstarrt. Dann liegen seine Lippen erneut auf meinen, bedachtsamer dieses Mal – aber nicht weniger fordernd.

Mein Kopf sinkt gegen den Pfosten und ich suche hinter mir daran Halt. Mit Zügellosigkeit bin ich vertraut. Denn manchmal bin ich so ausgehungert, dass ich glaube, niemals gesättigt zu sein. Diese Sanftheit hingegen ... ist eine schöne Folter. Beinahe fühlt es sich an, als würde er mich mit seiner

Zunge streicheln. Dabei erschauere ich willenlos, während sich eine Gänsehaut auf meinem Körper bildet. Sein Name kommt aus meiner Kehle und er beginnt, meinen Hals zu küssen. Sobald er in die empfindlichste Stelle am Übergang zur Schulter beißt, ist es wie Fluch und Segen zugleich. Mein Unterleib zuckt. Es erscheint mir, als wären die Blitze vom Olymp dort eingeschlagen. Obwohl meine Finger auf unerklärliche Weise zittern, gelingt es mir, den Knopf seiner Hose zu öffnen. »Da ist noch zu viel Stoff, der uns trennt.«

Während er seine Hose auszieht, will ich mein Handtuch abstreifen, doch seine Finger umschlingen mein Handgelenk, halten mich davon ab. »Lass mich das machen.« Abwartend lasse ich meinen Arm sinken. Erst in dieser Sekunde registriere ich, dass meine Brust sich rasend schnell hebt und senkt. Als wäre ich neun Runden um die Unterwelt durch den Styx geschwommen.

Nero richtet sich auf, und ich halte instinktiv den Atem an. Seine Fingerspitzen streichen wie Federn über meine Haut, sorgen dafür, dass meine Bauchmuskeln zittern. Schließlich löst er das Handtuch, sodass wir einander unbekleidet gegenüberstehen. Und als mein Blick zum ersten Mal an ihm hinabgleitet, ich sehe, dass er mich ebenso sehr will, schießt Hitze unaufhaltsam durch meine Adern. Ich denke nicht, dass ich es ertrage, noch länger zu warten. Trotzdem harre ich reglos aus. Weil ich aufgrund seiner Worte vermute, dass er weiterhin die Führung übernehmen will.

»Bin nicht in meiner besten Form«, flüstert Nero.

Ich schnaube. Schon einmal hat er erwähnt, dass er seit dem Schlaf der Todesfee weniger kräftig ist. Aber glaubt er wirklich, dass mich das interessiert? »Du bist verflucht perfekt, Nero.« Unsere Augen finden sich, seine Iriden wirken nicht mehr eisblau. Ein dunklerer Ton hat sich hineingeschlichen, ehe er die letzten Zentimeter zwischen uns überbrückt. Und als er endlich meine Härte berührt, dabei ein Ruck durch meinen gesamten Körper geht, vermute ich, in der Hölle zu landen – wäre ich nicht längst hier.

»Wie Seide. Genau so habe ich es mir vorgestellt.«

»Es fühlt sich nicht an wie Seide«, knurre ich, und er lacht leise, während mein Innerstes nicht aufhören kann zu wiederholen, dass er sich das hier, mich – uns –, vorgestellt hat.

Nun werde ich von mehr als Hitze und Verlangen durchströmt. Eine sanfte Wärme breitet sich verbunden mit einem Ziehen in meiner Brust aus, das ich auf diese Weise zum ersten Mal in Neros Nähe empfunden habe. Sterne tanzen in meinem Sichtfeld, als sein Griff fester wird, er eine Faust um mich bildet, die er auf und ab bewegt, wodurch das Pochen zwischen meinen Lenden noch stärker, gleichzeitig lockend und unerträglich wird. Laute dringen aus meiner Kehle, die ich nicht länger kontrollieren kann. Nichts in meinem Leben war bisher so gut, wie sich mit ihm zu verlieren. Sein Mund legt sich auf meinen, verschlingt meine Geräusche, während das Gefühl seiner Lippen mich erschauern lässt. In meiner Mitte braut sich ein Sturm zusammen, und als Nero schließlich mit seinem Daumen die ersten Tropfen meiner Lust verreibt, kostet es mich meinen letzten Funken Verstand. Ich packe seine Schultern, grabe meine Finger hinein und suche an ihm Halt. Dieses Mal ist er derjenige, der an meinem Mund lächelt, und ich ahne, dass er plant, mich über meine Grenze zu bringen. Ich fluche, als er uns beide umfasst, ich ihn direkt an mir spüre. Nero beginnt, uns in einem quälenden und erlösenden Rhythmus zu bewegen. Mein Kopf sinkt willenlos gegen den Pfosten, die Reibung zwingt mich beinahe in die Knie.

»Was machst du mit mir«, wispere ich, gleite mit den Fingern zwischen seine Schenkel, um ihn zu massieren. Zu keiner Sekunde verlangsamt er seinen Rhythmus, bringt uns stetig näher zum Abgrund. Jeder Muskel in meinem Körper ist zum Zerreißen gespannt, und ich weiß, dass es ihm genauso geht, weil er sich kurz darauf in meiner Hand zusammenzieht. Heiße Flüssigkeit läuft über unsere Haut, als wir unseren Höhepunkt finden und ich denke, dass dieser Augenblick perfekt ist.

Nero küsst mich immer wieder, während wir auf die Matratze sinken und er das Laken über uns zieht. Seine Arme umschlingen mich und ich presse mein Gesicht an seinen Hals. Für eine Weile, in der sich Schwere und Frieden in mir ausbreiten, verharren wir, bevor ich mit den Lippen über seinen Kiefer und schließlich über seine Ohrmuschel fahre, was ihn erschauern lässt. »Das Gute an der Dämmerung ist«, flüstere ich, »dass der Morgen niemals graut.« Ich stütze mich auf einem Ellenbogen ab, drehe uns so, dass ich auf ihm bin, ehe ich hinabrutsche und mich zwischen seinen Beinen positioniere, um ihn an einer gänzlich anderen Stelle zu küssen. »Ich bin dran«, raune ich an ihm, und er hatte recht – es fühlt sich tatsächlich seidig an.

20

TANZ MIT DEM EIS

ARACHNE

Mittlerweile habe ich mich daran gewöhnt, Mortems Hand zu halten. Mich überkommt auch kein flaues Gefühl in meinem Magen – zumindest, wenn ich ihn nicht direkt anschaue. Doch in diesem Moment scheint er andere Pläne zu haben.

»Arachne?« Stur laufe ich weiter, obwohl ich längst nicht mehr weiß, wohin. So viel zu meinem Orientierungssinn.

»Arachne.« Mortems Stimme nimmt zum ersten Mal einen schärferen Ton an, ehe er mich ohne Vorwarnung zur Seite zieht. Gerade rechtzeitig, da einer der Bäume eine Ladung Schnee verliert. »Siehst du mich nun endlich an?«

Ich schlucke, linse schließlich durch halb gesenkte Lider zu ihm. Es fühlt sich schwer an, als hätten sich Eiskristalle an meinen Wimpern gebildet. »Was ist los?« In meinem Kopf ist nichts als Nebel und Frost. Trotz der Wärme, die Mortem über die Berührung in mich leitet, friere ich. Ich habe keine Vorstellung mehr davon, wie es ist, wenn Hände und Füße nicht mehr vor Kälte kribbeln. Nur mein Magen vollführt wieder diesen sonderbaren Tanz, sodass mir ganz übel wird.

»Du bist hungrig und hast Durst.«

»Woher willst du das wissen?«, murmele ich, während

ich meinen Kopf zur Seite neige, um tiefer in seine Iriden zu blicken. Noch immer schwarz wie Pechstein. Ich gehe auf die Zehenspitzen, nähere mich seinem Gesicht. Es sollte zumindest ein Funken Licht darin zu erkennen sein.

»Arachne.« Mortem sagt so oft meinen Namen, als hätte ich bereits vergessen, wie ich heiße.

»Ich schaue dich doch an.«

»Das merke ich. Ich besitze die Fähigkeit auch.«

Ich runzele die Stirn, und irgendwie tut selbst das aufgrund der Kälte weh. »Welche Fähigkeit?«

»Zu sehen.«

»Haha.«

Stumm starren wir einander an, dann zieht Mortem mich näher an den Stamm des Baumes, über dessen Rinde Frost kriecht. »Es könnte noch mehr Schnee herunterkommen und uns unter sich begraben.«

Mortem hebt eine Braue. »Düstere Gedanken, die dich da beschäftigen.« Schließlich nimmt er den Rucksack von seinem Rücken – eigentlich wollte ich ihn nur kurz abgeben, weil meine Schultern wirklich schmerzten, und irgendwie hat er ihn mir nicht zurückgegeben. Gleichzeitig frisst sich die Kälte nun ungehindert in meine Adern, weil er mich dafür loslassen musste. Zwischen seinen Händen taut er das Wasser für mich, und ich trinke hastig, als er es mir reicht. Danach verspeisen wir beide einige Früchte. Die Süße sorgt dafür, dass ich im Kopf ein wenig klarer werde, obgleich sie mich nicht zu sättigen vermag. Aber wenigstens verschwindet das flaue Gefühl aus meiner Magengrube. Ein Lächeln breitet sich in meinem Gesicht aus, weil ich realisiere, dass es vielleicht gar nicht an Mortem lag.

»Mir scheint, dass du deine Bedürfnisse noch schlechter

einschätzen kannst als ich«, stellt er fest, woraufhin er den Rucksack wieder schultert.

Ich zerre an den Ärmeln meines Capes, als könnte ich sie auf diese Weise verlängern. Eine Hexe müsste man sein ... »Was meinst du damit?«, frage ich abgelenkt.

»Bevor ich dir gesagt habe, dass du hungrig und durstig bist, hast du drei Mal abgelehnt. Und dann hast du so gierig getrunken, dass du dich daran verschluckt hast.«

»Vielleicht will ich nicht anhalten, aus Angst, an Ort und Stelle zu einer Eisskulptur zu gefrieren.« Mortem mustert mich stumm, ist so reglos wie zu Beginn unserer Reise. Es sorgt dafür, dass ich von einer vertrauten nervösen Energie geflutet werde, weshalb ich entgegen meinem Vorhaben weiterplappere. »Ich merke es eben oft erst genau in dem Moment, in dem ich etwas zu mir nehme.« Ich hebe eine Schulter. »Als ich noch eine Spinne war, habe ich nicht jeden Tag etwas zu essen gefunden. Manchmal aß ich nur alle paar Tage.« Keine Ahnung, warum ich es jetzt ausspreche, wo ich mich doch für meine Vergangenheit schäme. Im Sandpalast habe ich nie darüber geredet. Weil ich denke, dass es die anderen abschreckt. Vermutlich *will* ich Mortem in dieser Sekunde damit abschrecken.

»Dann werde ich dich öfter daran erinnern müssen«, erwidert er unbeeindruckt. Offenbar ist mein Plan nicht aufgegangen. Er hält mir seine Hand mit der Innenfläche nach oben hin. So macht er es die ganze Zeit, als würde er mich zu einem Tanz auffordern. Nur einmal habe ich versucht, ihm zu erklären, dass man eine Hand auch ganz normal halten kann, was ihn irgendwie verwirrt hat. Ich nehme stark an, dass ich am Ende der Reise nicht viel schlauer seine werde, was ihn betrifft. Aber dafür, dass er der Drakongott der Toten ist, verhält er sich wohl noch recht normal. Und wer bin ich schon, ihn zu verurteilen, wo ich selbst ... und mein Leben ... einfach sonderbar sind.

Während seine Wärme in meinen Körper strömt und ich erleichtert seufze, setzen wir uns wieder in Bewegung. »Glaubst du, dass wir tatsächlich ankommen werden?«, frage ich nach einer Weile und spreche damit meine Sorge aus, die mich seit Stunden im Stillen umtreibt.

»Warum sollten wir es nicht?«

»Nun ja – zum einen könnten wir uns verlaufen.«

»Ich kann die Spitze des Eisbergs erkennen«, antwortet Mortem, um mich zu beruhigen.

»Bloß weshalb erscheint es mir dann, als würden wir uns kaum vom Fleck bewegen?«

»Wir sind zu Fuß. Könnten wir fliegen, hätten wir ihn längst erreicht.«

Ich nicke. »Die Temperaturen und die Länge der Strecke sollen Reisende vermutlich mürbe machen oder zur Umkehr zwingen.« Ich nage an meiner Unterlippe, die sich aufgrund der Kälte spröde anfühlt. »Es könnte auch sein, dass die Hexen überhaupt nicht zulassen, dass wir sie finden. Dass sie uns mit ihrer Magie in die Irre leiten, sodass wir uns nur im Kreis drehen.« Ich seufze mutlos.

»Manchmal verstehe ich auch nicht ganz, weshalb ausgerechnet wir für diese Aufgabe ausgewählt wurden«, merkt Mortem nach einem Moment des Schweigens an.

»Tja, weil du ein Drakon bist und diesen Wärmetrick machen kannst und jeder andere bereits auf halber Strecke erfroren wäre.«

»Und das glaubst du, ist der einzige Grund? Es muss sich doch eine Geschichte dahinter verbergen.« Wir erklimmen einen leichten Hügel, was mich tatsächlich die Spitze des Eisbergs, unter welchem die Hexen leben sollen, erkennen lässt. Erleichterung löst einen Teil der Schwere, die sich in meiner Brust ausgebreitet hatte.

»Die Hexen sind nicht gut auf die Götter zu sprechen«, antworte ich. »Vor vielen Jahrhunderten wurden sie immer mächtiger, und die Götter sahen in ihnen – wie so oft in anderen Arten – eine Bedrohung.« Beim Sprechen bilden sich erneut weiße Wolken vor meinem Mund und Mortem umfasst meine Hand fester. Würde es nicht zu albern klingen, würde ich ihn am liebsten darum bitten, nur für einen Moment meine Füße zu halten, da die Wärme sie nicht erreicht. Oder zumindest nicht genügend. Weil meine Stiefel permanent mit Schnee bedeckt sind.

»Was unternahmen die Götter?«, fragt Mortem.

»Einige der Olympier säten unter den Menschen Geschichten von Männern und Frauen, die Gesandte des Teufels seien, um Sünde auf die Erde zu bringen. Von da an wurden die Hexen und Hexer, aber auch zahlreiche Unschuldige, verfolgt und getötet. Irgendwann nahm der Irrsinn ein solches Ausmaß an, dass sie vor den Menschen und Göttern in die Schneewälder Sibiriens flohen und ein Leben in vollkommener Abgeschiedenheit wählten, auch dann nicht zurückkehrten, als die Zeiten der Hexenverfolgungen längst vorüber waren.« Ich fluche stumm, als ich auf dem Eis, welches sich unter der Schneeschicht verbirgt, wegrutsche. Auch Mortem verliert kurz das Gleichgewicht, aber es gelingt ihm rechtzeitig, uns zu stabilisieren.

Grimmig verzieht er die Mundwinkel. »Es gab weder Eis noch Frost oder Schnee auf Elysion.«

Ich lächele, selbst wenn meine Wangen dabei brennen.

»Schon schwierig, sich an einem Ort zu befinden, der nicht gänzlich dem eigenen Willen folgt.«

»Ich denke, in dieser Sekunde wärst du froh, wenn es so wäre.«

»Vielleicht«, gebe ich zu.

»Aber in welchem Zusammenhang steht das Schicksal der Hexen mit uns?«, lenkt er zurück zum eigentlichen Thema.

»Es ist natürlich nur eine Vermutung«, erwidere ich, während ich darauf konzentriert bin, nicht noch einmal wegzurutschen. Dabei spanne ich die Muskeln in meinen Beinen so sehr an, dass ich bald nicht mehr einschätzen kann, ob sie vor Anstrengung oder Kälte zittern. »Aber zumindest denke ich, dass wir geschickt wurden, weil die Götter auch deiner Art und mir Schaden zugefügt haben.« Schließlich wurden die Drakon von Zeus zu einem Leben in Abgeschiedenheit gezwungen und ich von seiner Tochter Athene in eine Spinne verwandelt.

»Woher weißt du all das?«

»Ich habe in der Vergangenheit viele Wege gesucht, um Athenes Fluch zu entkommen, und dementsprechend einer Menge Geschichten gelauscht.« Ich schüttele den Kopf. »Natürlich hätte ich es in meiner damaligen Gestalt niemals hierhergeschafft.«

»Erinnerst du dich daran? Wie es war?«

Ein unangenehmer Schauer rinnt über mein Rückgrat. »Ich erinnere mich teilweise an meine Gedanken und an das, was ich empfunden habe. Trotzdem war alles immer ein wenig verschwommen. Als lebten mein Körper und mein Geist in einer unterschiedlichen Realität. Als wäre die Situation einfach nicht richtig. Als wäre *ich* nicht richtig.« Tief atme ich durch. »Aber auch jetzt fühlt sich mein Körper manchmal sonderbar an. Unbeholfen. Es gibt Momente, in denen ich überlegen muss, wie die einfachsten Bewegungen funktionieren, weil sie mir unnatürlich erscheinen.« Plötzlich verschwimmt mein Sichtfeld, als hätte ich es heraufbeschworen. Bestürzung überkommt mich, weil ich begreife, dass es Tränen sind. Schnell wende ich mein Gesicht ab und beschleunige meine Schritte. Er hätte diese Frage nicht stellen dürfen. Und ich hätte nicht derart ehrlich geantwortet, wäre mir vorher bewusst gewesen, dass es mich aufwühlen würde.

»Als ich im Sandpalast auf euch alle stieß, wirktest du nicht fehl am Platz«, sagt Mortem sanft. »Oder unbeholfen.«

Ich räuspere mich, ehe ich meiner Stimme wieder über den Weg traue. »Das ist das Gute daran, wenn alle um einen herum ein wenig sonderbar sind. Man fällt weniger auf.«

»Aber du magst Gesellschaft?«

Ich nicke. Es war angenehm, weil niemand es infrage stellte, dass es Tage gab, an denen ich mich nach Gesellschaft sehnte, und andere, an denen selbst einige Sätze zu viel für mich waren. »Ich hoffe, dass wir alle unbeschadet von unseren Missionen zurückkehren.«

»Was ist deine größte Angst?«

Überrascht ziehe ich die Brauen zusammen. »Wieder als Spinne zu enden, falls wir die Hexen verärgern. Sicherlich sind sie zu einem Wandlungszauber in der Lage.« Noch einmal denke ich über seine Worte nach, gelange aber zu dem Schluss, dass ich nicht noch eine tiefsinnige Antwort zustande bringe. Schließlich will ich nicht vor ihm in Tränen ausbrechen, ungeachtet der Tatsache, dass sie sowieso auf meinen Wangen gefrieren. »Oder einen Zeh zu verlieren«, sage ich deshalb.

»Ist dir noch immer –« Mortem bringt den Satz nicht zu

Ende, da ich ihn mit einem Schrei unterbreche. Ich keuche, weil mein rechtes Bein ohne Vorwarnung im Wasser versunken ist. Mit einem Ruck zieht Mortem mich wieder an seine Seite. Durch unsere Unterhaltung war ich abgelenkt, noch dazu sind die Risse zwischen den Eisschollen so fein, dass ich darunter niemals Wasser vermutet hätte.

Neben mir geht Mortem in die Knie, schiebt seine Hand unter eine der Schollen, ehe er sich wieder aufrichtet und überblickt, was vor uns liegt. »Es ist ein See«, teilt er mir dann mit. »Ich glaube, die Schollen gehen bis zu der Eiswand.« Ich nicke, weil auch ich erkenne, was sich in vielen Metern Entfernung erhebt. »Die Mauer muss den Eisberg eingrenzen.«

»Ich verstehe nicht, wie wir plötzlich so nah am Ziel sein können«, murmele ich.

»Womöglich ein Zauber.«

Ich nicke. »Also müssen wir die Eisschollen und diese Mauer überwinden, um zum Eisberg zu gelangen.«

»Scheint so.«

»Okay.« Eigentlich fürchte ich Wasser nicht. Die Vorstellung allerdings, unter die Eisplatten zu rutschen ... Eine Gänsehaut kriecht über meinen Körper, und zum ersten Mal während dieser Reise würde ich tatsächlich gern den Rückzug antreten. »R-rennen wir oder bewegen wir uns langsam fort?«

»Wäre man allein unterwegs, könnte man versuchen zu rennen«, überlegt Mortem. »Zu zweit allerdings ... Die Wellen, die der eine verursacht, könnten den Weg für den anderen erschweren.« Noch einmal suchen seine reptilienartigen Iriden, die – anders als bei den Drakon, die ich außer ihm kenne – nie eine gewöhnliche Form annehmen, unsere Umgebung ab. »Allerdings würde ich mich nicht auf den Abstand verlassen, den wir gerade sehen.«

»Du meinst, die Strecke ist weiter, als es erscheint?«

»Vielleicht. Das werden wir erst erfahren, sobald wir auf der Fläche sind.« Mortems Gesicht bleibt regungslos, während sich meine Sorge wie eine Faust um meine Kehle schlingt. In dieser Sekunde glaube ich, dass es tatsächlich töricht war, ausgerechnet mich hierherzuschicken. In meinem früheren Leben war ich eine Weberin, dann wurde ich zu einer Spinne und nun ... nun muss ich mich erst wieder finden. Aber eines weiß ich über mich: Unter den Bewohnern des Sandpalastes bin ich eine der wenigen, die überhaupt nicht kämpfen können. Keine besonderen Gaben besitzt. Diese Bedenken habe ich auch gegenüber Flame geäußert, die lediglich erwiderte, dass gegen Hexenmagie wohl keine Kampftechnik der Welt etwas bringt. Nicht unbedingt beruhigend.

»Es ist wichtig, immer in die Mitte zu treten«, sagt Mortem, dessen Blick kurz über meine Beine gleitet, als würde er abschätzen, ob das bei meiner Größe überhaupt möglich ist.

»Können wir nicht nebeneinander gehen?«

Er schüttelt den Kopf. »Es würde das Gleichgewicht der Scholle stören. Am besten läufst du voran, weil du leichter bist.«

Ich verziehe das Gesicht. »Damit du mich notfalls aus dem Wasser fischen kannst?«

»Auch deshalb«, gibt er nüchtern zurück.

Es ist nun unverkennbar Furcht, die mich durchströmt und mich stärker als die Kälte erstarren lässt. »Also können wir uns nicht mehr an den Händen halten.«

Mortem zögert, als hätte er daran nicht gedacht. Kurz jagt ein weiterer Schwall Wärme über seinen Griff in meinen Körper, ehe er seinen Arm zurückzieht. Nun bildet sich die Gänsehaut an meinem Bein, wo der Stoff meiner Hose trocknet.

Vorsichtig mache ich einen winzigen Schritt nach vorn, betrachte die erste Scholle, die trügerisch friedlich daliegt. Als wäre sie ein sicherer Hafen und wollte nicht, dass der See mich verschlingt. Ohne Mortems Wärme beginnen meine Zähne zu klappern, und ich bin versucht, mich zu dem Drakon umzudrehen und ihm zu sagen, dass ich nicht kann. Dass der Plan der Hexen aufgegangen ist und die Kälte mich tatsächlich mürbe gemacht hat – ich nicht mehr will. Mein Körper und mein Kopf sind an ihrer Grenze. Vor allem mein Kopf. Meine Füße weigern sich, mir zu gehorchen.

»Dir kann nichts passieren.« Meine Schultern verkrampfen sich. »Ich bin direkt hinter dir.«

Ein zittriges Lachen blubbert aus meinem Mund, weil es mir absurd erscheint, dass der Drakongott der Toten mit seiner sanften Stimme zu mir spricht, um mich zu ermutigen. All das hier ... ist komplett absurd. Mit Daumen und Zeigefinger kneife ich fest in meinen Oberschenkel, um mich zu vergewissern, dass ich nicht nach wie vor in dem Spinnenkörper stecke und von einem sonderbaren Traum heimgesucht werde. »Autsch«, fluche ich. »Kann man in Träumen Schmerzen haben?«, frage ich.

»Nur die Vorstellung von Schmerz«, antwortet Mortem gelassen, als stünden wir nicht unter Zeitdruck.

Ich runzele die Stirn. »Hast du jemals geträumt? Wo man doch auf Elysion nicht schlafen musste, meine ich.«

»Irgendwann erzähle ich dir davon. Aber zuerst müssen wir das Eis überqueren.«

Ich nicke heftig und meine Augen brennen. Dann mache ich den ersten richtigen Schritt. Obwohl es unüberlegt ist, kneife ich meine Lider fest zusammen, rechne beinahe damit, im nächsten Moment von Wassermassen verschlungen zu werden. Doch nichts dergleichen passiert.

»Nicht umdrehen«, höre ich Mortem hinter mir. »Einfach weitergehen.«

Gehen. Er kann vielleicht gehen. Mir allerdings erscheint der Abstand zur nächsten Platte so groß, dass ich wohl einen Sprung wagen muss. Da es der denkbar ungünstigste Zeitpunkt ist, über meine menschliche Gestalt und Bewegungsabläufe nachzudenken, versuche ich meinen Kopf auszuschalten. »Du kannst all das«, murmele ich. »So etwas verlernt man nicht.« Dann drücke ich mich ab und lande auf der nächsten Scholle. Dieses Mal kneife ich dabei nicht wie ein Feigling die Augen zu. Trotzdem rast mein Herz, und es erscheint mir, als würde mein Innerstes erzittern. Aber das Eis unter mir schwankt nicht. Langsam breitet sich ein triumphierendes Lächeln in meinem Gesicht aus. Ich konzentriere mich auf die Wand, welche wir erreichen wollen, und bewege mich mit mehr Selbstsicherheit fort. Es ist ein unfassbares Gefühl, ungeachtet der Umstände so sehr in der Kontrolle zu sein.

Ich kann es tatsächlich.

Dieser Körper gehört mir.

Ich bin ... *ich.*

Die unterschiedlichsten Empfindungen breiten sich in meiner Brust aus, und ich schlucke einen dicken Kloß herunter. Götter, ich darf jetzt wirklich nicht emotional werden. »Arachne.« Mortems Stimme lässt mich heftig zusammenzucken. In den vergangenen Minuten habe ich seine Anwesenheit vergessen. Vermutlich, weil es mir erschien, als hätte ich meine Ängste ganz allein bewältigt. Dabei war er wirklich hinter mir.

»Was ist los?«

»Wir haben Besuch.«

»Besuch«, echoe ich verständnislos, ehe ich meinen Blick wandern lasse. Im selben Moment bringt ein Knurren das Eis unter meinen Füßen zum Vibrieren. »Was –«, setze ich an – doch dann sehe ich sie. Aus jeder Himmelsrichtung kommt ein Wolf auf uns zu. Sie besitzen kein Fell, werden stattdessen von Eiszacken überzogen, die so spitz sind, dass ich nicht an den Verletzungen zweifle, welche sie ihrem Gegner damit zufügen können. Die sie *uns* damit zufügen können. Die Wesen fixieren uns mit ihren stechend blauen Augen, verdeutlichen, dass wir ihre Beute sind. Ihre Bewegungen sind raubtierhaft, lauernd, elegant – und Furcht einflößend. Auf ihren Stirnen prangen blutrote Male. Hexenmale. »Sieht so aus, als wären wir nicht willkommen«, wispere ich.

»Lauf.« Ich schnelle zu Mortem herum, verliere beinahe das Gleichgewicht.

»A-aber ... ich dachte ...«

»Lauf«, grollt der Drakon. Der Befehl, der keinen Widerspruch duldet, jagt einen Schock durch meinen Körper und sorgt dafür, dass ich herumwirbele und renne. Wenngleich ich mich weiterhin konzentrieren muss, auf die Mitte der Schollen zu treten, verschwimmt mein Sichtfeld immer wieder vor meinen Augen. In meinen Ohren rauscht es, trotzdem höre ich die Tatzen der Wölfe auf dem Eis.

»Du kannst dich nicht wandeln?«, rufe ich, auch wenn ich die Antwort bereits kenne.

»Nein. Nicht, seit ich den Schutzbereich in dieser Form betreten habe.«

Ein Wimmern entweicht meiner Kehle, weil mir der Abstand zur Mauer – zu unserem Ziel – plötzlich viel größer erscheint.

»Stopp.« Alles in mir schreit weiterzulaufen, aber ich bleibe stehen. Ich schaffe es, mich erneut zu Mortem umzudrehen, obwohl die Schollen durch unseren Sprint nun in Bewegung sind. Wasser spritzt an meine Beine und Übelkeit trifft mich genauso wie die aufgebrachten Wellen. »Wir schaffen es nicht vor ihnen bis zur Eiswand«, spricht Mortem rasch und eindringlich. »Du könntest vorlaufen, aber zwei der Wölfe würden dich erreichen.«

Meine Lippen beben. »Was schlägst du vor?«

»Zwar kann ich meine Drakongestalt nicht annehmen, doch über mein Feuer verfüge ich trotzdem.« Meine Gedanken rasen, als ich daran denke, wie er in seinem menschlichen Körper Feuer gespuckt hat. Ich weiß auch, dass aus seinen Fingern Klauen werden können, ohne dass er sich wandeln muss. Hunter hatte mir davon erzählt. Allerdings ist es etwas anderes, es bei Mortem zu sehen.

Krallen brechen aus seiner Haut hervor, und die reptilienartige Verformung seiner Pupillen verstärkt sich. Gleichzeitig zückt er zwei Dolche und reicht sie mir. Ich nehme sie, wobei er meine Handgelenke umschließt. Erst jetzt registriere ich, wie sehr ich zittere. Mortems Blick trifft auf meinen, und es ist, als würde er mich stumm beschwören, nicht die Nerven zu verlieren. Zweimal atme ich tief ein und wieder aus. Dann nicke ich. Als Nächstes umfasst er die Klingen der Dolche, die wenige Sekunden später glühen. Ich spüre die Hitze über die Griffe, aber es tut nicht weh. »Wirf nicht leichtfertig«, erinnert er mich. »Du musst genau zielen.«

Die Scholle, auf der wir stehen, schwankt inzwischen so unkontrolliert, dass ich die Dolche panisch fester packe. Einige Male hat mich Lavea, die Partnerin des Gotts der Träume, überredet, mit ihren Wurfsternen zu üben, allerdings kann ich nicht behaupten, ich hätte den Dreh damit raus. Meist verfehlte ich mein Ziel, woraufhin Phia, Chaos' Partnerin, nur kommentierte, dass es mit Dolchen leichter funktioniere. Das Dumme ist nur, dass ich es nie ausprobiert habe.

Töricht. Ich war töricht zu glauben, wir hätten alle Gefahren überwunden.

»Arachne«, ruft Mortem mich zur Konzentration, als hätte er bemerkt, dass meine Gedanken schon wieder an einen anderen Ort geglitten sind. Er hat einen breiten Stand eingenommen, wodurch er unser beider Gewicht ausbalanciert. »Stell dich an meinen Rücken.« Ich folge seiner Anweisung. Die Wärme, die von ihm ausgeht, spendet mir Trost. »Wir müssen sie heranlassen, aber nicht zu nah, sonst landen wir im Wasser. Außerdem will ich nicht, dass mein Feuer unsere Eisplatten schmilzt.« Ich nicke, obwohl er es nicht sehen kann. Dann richte ich meine Aufmerksamkeit auf die beiden Wölfe, die diagonal von links und rechts auf mich zukommen. Ihre Bewegungen sind mittlerweile noch lauernder – und langsamer, weil sie wissen, dass wir in dieser Sekunde nirgendwo hinkönnen. Der rechte fletscht seine Zähne. Ich erschauere, als ich erkenne, dass das mit Blut gezeichnete Mal auf seiner Stirn zwischen den Eiszacken verläuft. Die Augen des Tieres leuchten, und als ich direkt hineinschaue, tanzen Punkte vor meinen Augen. Der linke Wolf nimmt eine geduckte Haltung ein, jeden Moment dazu bereit, zum Sprung anzusetzen.

»Jetzt«, sagt Mortem. Ich spüre, wie sein Brustkorb sich hinter mir weitet, ehe er ausatmet. Sehr lange ausatmet. Die Hitze, welche Mortems Feuer auslöst, brennt trotz meiner Kleidung auf meiner Haut. Ein lautes Heulen ertönt, aber der Drakon holt erneut Luft. Währenddessen leuchten die Augen des linken Wolfes auf, dabei stößt er ein wildes Knurren aus. Doch etwas weckt mein Misstrauen.

Mein Blick schnellt nach rechts, wo das andere Tier sich nun duckt. Ich ziele – und schleudere, ohne zu zögern, meinen Dolch. Mein Mund wird trocken, und für eine Millisekunde halte ich es für das Unwahrscheinlichste der Welt zu treffen. Nicht nur, weil es nicht meine Stärke ist, sondern auch, weil ich damit rechne, dass die Waffe an dem Eisfell abprallt. Ein Laut, der eine Mischung aus Überraschung und Horror ist, dringt aus meiner Kehle, als die glühende Klinge sich in die Schulter des Wolfes gräbt. Er jault, rote Adern breiten sich über seinem Körper aus. Plötzlich wird seine Gestalt durchscheinend und er verschwindet gemeinsam mit seiner Eisplatte. Mein Puls rast und hinter meinen Schläfen pocht es, gleichzeitig werde ich von Schuld überrollt. Es hilft auch nichts, mir einzureden, dass die Kreaturen womöglich lediglich von den Hexen erschaffen und nicht richtig lebendig sind.

»Vorsicht!« Ich fahre herum, erwarte, dass ein anderes Tier sich auf mich stürzt, doch Mortems Warnung betraf wohl das Verlassen der Eisscholle, auf der wir uns gemeinsam befanden und auf der ich nun allein stehe. Kalter Wind umfährt meinen Körper und meine Zähne schlagen aufeinander. Meine Fingerknöchel treten weiß hervor, weil ich das Heft meines verbleibenden Dolches derart fest umklammere. Gleichzeitig bebt jeder Muskelstrang in meinen Beinen, weil ich Mortems Sprung ausgleichen muss. Der Drakon ist zwei Eisplatten entfernt von mir gelandet. Mühelos federt er sich mit den Knien ab, die Bewegungen so geschmeidig wie bei einem Tanz. Seine Klauen glühen, als er mit ihnen ausholt, bevor er sie in den Hals des Wolfes rammt, der seine Zähne fletscht, während das Blut seines Symbols aufleuchtet und er – genau wie meine Kreatur – verschwindet.

Es gelingt mir, mich von Mortems Anblick loszureißen. Vielleicht habe ich erst jetzt begriffen, dass auch dem Drakon ein Tier innewohnt.

Den dritten Wolf kann ich nirgendwo entdecken, weshalb ich annehme, dass er Mortems Feuer zu Beginn zum Opfer gefallen ist. Dann finden meine Augen das Biest, dem es vorhin gelungen ist, mich zu täuschen. Es hat seine Position verändert, dennoch erkenne ich es an seinem hungrigen Blick. Kurz weicht der Wolf zurück, Überraschung flutet mich, weil mein erster Gedanke ist, er würde fliehen. Aber dann macht er einen Satz. Und noch einen. Genau auf mich zu, bis uns nur noch anderthalb Meter voneinander trennen. Ich erweitere meinen Stand und hebe den Arm, der zu sehr zittert. Es ist, als würde mein Atem in meiner Lunge gefrieren, so sehr brennt meine Brust. Ich hole aus und schleudere den Dolch auf den letzten Wolf. Er durchschneidet die Luft mit einem zornigen Zischen, mit mehr Kraft, als ich mir zugetraut habe. Allerdings trifft er nicht, gräbt sich bloß viel zu weit entfernt von seinem Ziel ins Eis.

»Zur Seite!«, brüllt Mortem mir zu, als der Wolf zu seinem finalen Sprung ansetzt. Ich hechte auf die Scholle links von mir, schaffe es sogar, mich auf eine weitere zu retten, bevor der See derart tobt, dass ich auf die Knie falle. Hektisch tasten meine Hände nach Halt, doch mich umgibt nur glatt geschliffenes Eis. Bei einer weiteren Welle lande ich schmerzhaft auf der Seite. Als es mir gelingt, mich zu drehen, ragt der Wolf auf der Platte direkt vor mir auf. Das Grollen, welches er ausstößt, ist so kehlig, dass es bis in meine Knochen vibriert und meine Zähne noch heftiger aufeinanderschlagen. Furcht kriecht durch meine Adern, und ich robbe zurück, stoppe jedoch sofort, als meine Eisscholle kippt. Wasser schwappt über meine Finger, und ich beiße auf meine Unterlippe, weil die Kälte meine Haut brennen lässt. Als das Tier, das plötzlich noch viel größer erscheint, mit seiner mit Eiszacken besetzten Pranke ausholt, rolle ich mich instinktiv nach rechts. Meine Augen weiten sich, als ich Mortem sehe, der auf den Rücken des Wolfes springt. In der nächsten Sekunde werde ich vom See verschlungen. Meine Lippen öffnen sich zu einem Schrei. Die Kälte dringt in jede meiner Poren. Doch statt eines Lautes flutet nur Frost meine Kehle.

21

EIN NEUES RÄTSEL

JUNA

Mikos stößt ein rumpelndes Lachen aus, als ich die Decke höher ziehe und die Enden neben seinen Schultern feststecke. Trotz seiner Belustigung fahre ich konzentriert mit meiner Arbeit fort, ehe ich drei Holzscheite in den Kamin werfe. Die Flammen darin knistern schwach, als könnten sie sich nicht mit den vorherrschenden Temperaturen messen. Manchmal zweifle ich an unserer Entscheidung, ausgerechnet Delphi als unsere vorübergehende Heimat auszuwählen. Selbst mein Innerstes fühlt sich an, als wäre es zu Eis erstarrt. Andererseits schütze ich mich auf diese Weise. Ohne die Kälte könnte ich all das vielleicht nicht ertragen.

Automatisch wandern meine Gedanken zu Nero, und ich spüre, wie meine Lippen sich zu einem verbitterten Lächeln verziehen. Weil er mich erneut im Stich gelassen hat, auch wenn er diesen Weg zumindest beim ersten Mal nicht freiwillig gewählt hat. Doch dieses Mal ist er gegangen – hat mir wissentlich den Rücken zugekehrt. Mir stumm die Verantwortung übertragen. Und nun stehe ich vor den Scherben, den zerbrochenen Teilen, die einst eine Einheit waren.

Es ist, als würde die Gemeinschaft der Halbgötter – meine Familie – auseinanderfallen. Nie zuvor in meinem Leben habe ich mich hilfloser und einer Aufgabe weniger gewachsen gefühlt.

»Juna.« Ich stütze meine Hände auf den Oberschenkeln ab und erhebe mich, ignoriere, dass sich dabei ein Holzsplitter in meine Haut gräbt. Ich gehe zurück zu Mikos' Pritsche und setze mich daneben auf den Schemel. Aufmerksam mustert er mich. Sein Tonfall hat mir bereits verraten, dass er meinen Namen mehrmals gesagt hat, bevor ich reagiert habe.

Geräuschvoll atme ich aus. »Ja?«

Meine Proteste ignorierend, zieht Mikos seine Hand unter der Decke hervor. Schweißperlen stehen auf seiner Stirn, und als ich sehe, wie seine Finger zittern, könnte ich in Tränen ausbrechen.

Ich komme seiner stummen Aufforderung nach und lege meine Hand in seine. Seine Haut ist so kalt wie der Frost, der die Hütte bedeckt. Schwer schlucke ich, weil es … Was hier geschieht, ergibt keinen Sinn für mich. Wir sind stark. Unsterblich. Und nun bereitet es dem Sohn des Hephaistos die größte Anstrengung, meine Hand zu drücken.

Als würde er lesen, was in meinem Kopf vor sich geht, schenkt er mir ein Lächeln. Meine Lippen beginnen zu beben, weil seine Tapferkeit und die Tatsache, dass er mir in seiner Lage Trost spenden will, mir das Herz brechen.

»Du bist nicht allein, Juna«, sagt er leise.

Ich nicke heftig. »Natürlich.«

»Alles wird gut«, versichert er mir.

Ich nicke erneut, obwohl ich ihm nicht glaube. Wieder spüre ich den zaghaften Druck seiner Hand und erwidere die Geste, ehe ich mich räuspere. Meine Kehle brennt. Es kostet mich alle Kräfte, die ich noch in mir trage, nicht die Fassung zu verlieren. Nero … Ich *brauche* Nero. Ohne ihn schaffe ich es nicht. Und dennoch muss ich.

Instinktiv straffe ich die Schultern, löse mich sanft von Mikos und greife zu dem kleinen Tisch. Von dort nehme ich ein Glas und führe es vorsichtig zu seinem Mund. Er verzieht das Gesicht, nimmt aber kommentarlos zwei Schlucke von seiner Medizin. Mutlosigkeit drückt dabei schwer auf meine Schultern, weil wir nicht einmal wissen, was wir überhaupt behandeln.

Kurz darauf schläft Mikos ein. Ich harre neben seiner Pritsche aus, bis ein Knarzen ertönt. Meine Muskeln fühlen sich steif an, als ich mich schließlich aufrichte und zur Tür laufe, durch welche Cadmus, ein Sohn des Hermes, eben getreten ist. »Irgendwelche Vorkommnisse?«, erkundige ich mich bei ihm.

»Zumindest nicht auf meinem Weg hierher«, erwidert er und streift seinen Mantel ab. Er nickt zu Mikos, der so reglos ist, dass ich ihn für tot halten würde, könnte ich nicht seine flachen Atemzüge vernehmen. »Wie geht es ihm?«

»Unverändert«, erwidere ich und frage mich, weshalb ich lüge. In Wahrheit ist er noch schwächer als vor wenigen Tagen. Ich ziehe Mütze und Handschuhe über, bei meiner Jacke hatte ich mir nicht die Mühe gemacht, sie abzulegen. »Morgen kommt Apollo, um nach ihm zu sehen.« Ich deute zum Feuer. »Gib acht, dass es nicht zu sehr herunterbrennt.«

Nachdem ich einen letzten Blick zu Mikos geworfen habe und ins Freie getreten bin, atme ich mehrmals tief ein und wieder aus, schließe für wenige Sekunden die Augen. Ein Teil der Anspannung fällt von mir ab, wenngleich nach wie vor Hoffnungslosigkeit und Schwere auf mir lasten. Mikos war von Anfang an da – seit wir im Dschungel die Halbgottsiedlung gegründet haben. Allein die Vorstellung, dass es eines Tages anders sein wird ... Ich bin nicht bereit für diesen Verlust.

Hektisch reibe ich mir über die Nase, aus welcher der Kräuter- und Medizingeruch einfach nicht verschwinden will. Er hat sich unwiderruflich festgesetzt, bringt Erinnerungen zurück, die ich mit unserer sterbenden Mutter in der Vergangenheit gelassen habe. Es ist zu lange her, als dass ich mich an ihren Duft erinnern könnte, aber da ist nach wie vor der intensive Geruch der Medizin, welche sie nicht retten konnte. Weil sie nur ein Mensch gewesen ist. Vermutlich sollte ich dankbar sein, dass Nero und ich Zeit mit ihr bekommen haben. Nicht viele Halbgötter haben dieses Privileg, weil die Sterblichen mit Göttern gezeugte Kinder häufig zurücklassen. Wenngleich ich mich mehrmals gefragt habe, ob Neros und meine Erfahrung – dieses kurze Glück gerechnet auf unsere Lebensspanne – eine Strafe ist. Denn wie soll etwas schmerzen, wie soll man etwas – jemanden – vermissen, den man nie gekannt hat?

Ich blinzele, als ein riesiger Schatten über mich hinwegfegt. Am Nachthimmel erkenne ich die Silhouette Ladons, einem der Drakon, der uns ebenso wie seine Gefährtin Fayna geschickt wurde. Mehrmals am Tag macht er Kontrollflüge. Auch Dark und Flame sind zu unserer Verstärkung in Delphi eingetroffen, falls die Urgötter einen Angriff auf die Halbgötter wagen. Allerdings erscheint es mir in diesem Moment, als würde uns etwas von innen heraus zerstören. Dafür muss keine Macht von außen einwirken.

Einige von uns, welche von der Todesfee in den Schlaf gezwungen wurden, haben seit ihrem Erwachen noch immer mit den Nachwirkungen des Fluchs zu kämpfen. Sie sind vollkommen entkräftet, es scheint, als würden ihre göttlichen Fähigkeiten schwinden. Ich kann es mir nicht richtig erklären, weil es ihnen direkt nach ihrem Erwachen gut ging. Die

Probleme begannen erst Wochen später. Trotzdem bin ich mir sicher, dass es mit der Todesfee zusammenhängt. Schließlich hat auch Nero sich verändert, bloß hat er seine Gaben nicht verloren.

Erst vor zwei Tagen hat Silka, eine Tochter des Ares, ohne Vorwarnung beim Wasserholen das Bewusstsein verloren und ist erst nach einer Stunde wieder zu sich gekommen. Es ist ... einfach merkwürdig. Aufgrund unseres göttlichen Blutes können wir an nichts erkranken. Außerdem verfügen wir über Selbstheilungskräfte und sind selbst nach Verletzungen rasch wieder auf den Beinen.

Apollo, mit dem ich darüber gesprochen habe, erinnerte mich daran, dass die Todesfee eine magische Kreatur ist und die Verletzungen, die sie verursacht, aus diesem Grund nicht sichtbar sein müssen. Und obwohl sich mir die Logik seiner Worte durchaus erschließt, sind da nach wie vor so viele Fragen. Dinge, die ich nicht verstehe.

Früher konnte ich die Ängste, die ich in mir trug, an einer Hand abzählen. Mittlerweile bestehe ich fast nur noch aus ihnen. Ich habe Angst, dass sich die betroffenen Halbgötter nicht erholen werden. Ich habe Angst, Nero zu verlieren. Ich habe Angst, in den Fokus der Urgötter zu geraten. Ich habe Angst, dass ein weiterer Kampf die Erde endgültig zerstört. Und irgendwie habe ich auch Angst vor dem Ende selbst. Vor dem großen Nichts. Am meisten vor der Einsamkeit, die ich schon jetzt verspüre. Vielleicht drehe ich durch, weil ich von meinem Zwilling getrennt bin.

Mit wackeligen Beinen stapfe ich los. Der Schnee unter meinen Stiefeln knirscht, während ich die Hütten passiere, die sich aneinanderreihen. Die Unterkünfte haben wir innerhalb der vergangenen drei Monate errichtet. Sie bilden eine neue

Halbgottsiedlung, die an den Tempel von Delphi, wo einst die Seherinnen lebten, sowie das große Archiv grenzt. Das Kolosseum mit den eingefallenen Rängen ragt in einiger Entfernung in den Nachthimmel, und ich beobachte, wie der Drakon auf einem der vier Türme landet, welche die Arena eingrenzen. Es ist ohne Frage eine eindrucksvolle Kulisse. Eine düstere – aber eine eindrucksvolle. Nach allem, was an diesem Ort bereits geschehen ist. In dieser Sekunde ist es, als würde Frost unter meine Kleidung und über meine nackte Haut kriechen. Instinktiv ziehe ich die Schultern an, schlage den Kragen meiner Jacke um und beschleunige meine Schritte. Die Müdigkeit steckt mir tief in den Knochen, gleichzeitig ist in mir eine Ruhelosigkeit, die mich in kaum einer Nacht in den Schlaf finden lässt.

Da ich kein Verlangen verspüre, die Hütte aufzusuchen, welche ich mir mit Nero geteilt habe, schlage ich den Weg zum Tempel und zum Archiv ein. Mein Kopf ruckt herum, als ich ein Kichern vernehme. In derselben Sekunde wird mir klar, dass ich besser nicht hingesehen hätte, weil ich William, der ein Sohn des Helios ist, erkenne. Den Lauten nach zu urteilen, die seine Gespielin für diese Nacht von sich gibt, hätten sie ihre Aktivitäten längst in ein Bett verlegen sollen. Ein Bett, das er vergangene Nacht noch mit mir geteilt hat. Obwohl es mich nichts angeht, wollen meine Füße sich nicht vorwärtsbewegen. Stattdessen verfolgen meine Augen das Geschehen. Es versetzt mir einen Stich, als sich die Nägel des Mädchens, von dem ich nun mitbekommen habe, dass es Nadia, eine Tochter der Hera, ist, in seine Schultern graben. Ich hätte nicht gedacht, dass es mich verletzt, schließlich ist William dafür bekannt, dass er nichts anbrennen lässt.

Als Nadias Stöhnen lauter wird, schaffe ich es endlich,

mich von ihrem Anblick loszureißen, stolpere einige Schritte vorwärts, ehe ich mich wieder fange. »Was stimmt nicht mit dir?«, murmele ich, während mir zum ersten Mal an diesem Tag Hitze in die Wangen schießt und mir nicht mehr kalt ist. Scham breitet sich in mir aus, gefolgt von Traurigkeit. »Götter«, schimpfe ich, weil ausgerechnet Will gelungen ist, das in mir auszulösen. Ich befinde mich wirklich an einem Tiefpunkt. Trotzdem kann ich nicht bestreiten, dass seine Berührungen sich gut angefühlt haben. In seinen Armen habe ich Wärme, Zuflucht und Geborgenheit gefunden. Gleichzeitig waren es die lebendigsten Stunden seit Langem, in denen meine Ängste verstummt sind. Vielleicht habe ich erst nach Neros Aufbruch realisiert, dass es niemanden auf der Erde gibt, der mir so nah ist wie er. Und dass ich deshalb nun so verloren bin.

Erneut reibe ich mir über die Nase. Nach wie vor rieche ich die Kräuter und die Medizin und wünschte, meiner eigenen Haut zu entkommen. Wenngleich ich früher nie andere für meine Probleme verantwortlich gemacht habe, ist da ein Teil in mir, der Nero die Schuld für mein Unglück geben will. Dafür, dass ich mich so mit Furcht gefüllt und rastlos fühle.

»Hey.«

Gerade so gelingt es mir, einen Schrei herunterzuschlucken, als ich auf den Stufen zum Archiv beinahe mit Flame zusammenstoße. Meine rechte Hand presse ich auf meine linke Brust. »Hey«, erwidere ich mit einiger Verzögerung.

Ihre Mundwinkel zucken. »Alles in Ordnung? Du wirkst, als könntest du ein wenig Schlaf vertragen.«

»Ja.« Seufzend vergrabe ich meine Hände in den Taschen meiner Jacke. »Ich verspüre lediglich die Einsamkeit

der Unsterblichkeit und die Last meiner schlechten Entscheidungen.«

Flame mustert mich mitfühlend. »Du bist auch an Will
vorbeigekommen ...«

Ich verdrehe die Augen. »Woher weißt du davon?«

»Nun ja ... Es ist schwer wegzuhören, wenn die Töchter
der Aphrodite tratschen ...« Flame schlingt ihren Mantel
enger um sich. Unter ihrem Blick, der nun durchdringender
wird, erscheint es mir, als würde ich schrumpfen, obwohl sie
deutlich kleiner ist als ich. Vielleicht, weil es kein Geheimnis
ist, welche Macht in ihr schlummert, von der auch ihr linkes
Auge spricht, welches die Farbe von Ambrosia besitzt. »Oder
ist es wegen Nero? Persephone und Hale müssen mittlerweile
in der Unterwelt eingetroffen sein. Ich bin mir sicher, dass sie
ihn bereits gefunden haben. Und dass er wohlauf ist.«

»Ich wünschte, sie könnten eine Nachricht schicken.«

»Das verstehe ich.« Bei ihren Worten verändert sich ihr
Tonfall und mir wird klar, dass sie sehr genau nachempfinden
kann, wie ich mich fühle. Sie hat in der Vergangenheit
dasselbe durchgemacht – war von jenen getrennt, die sie
liebt. »Aber auch wenn es in diesem Moment ist, als hätte
das Schicksal dir die schlechtesten Karten gelegt, kann alles
gut werden.«

Kann. Ich lächele, denn immerhin ist sie ehrlich.

»Ihr werdet eine Lösung finden«, fügt sie hinzu und meint
damit die Halbgötter, deren Kräfte schwinden.

»Wir geben nicht auf«, erwidere ich. Tatsächlich erblühen
dabei zaghaft Hoffnung und Mut in mir.

Flame nickt zufrieden, bevor sie hinter sich deutet. »Willst
du Gesellschaft?«

Am liebsten würde ich mit Ja antworten, doch mir ist

klar, dass Dark auf sie wartet, und ehrlich – dem Gott der Finsternis will ich nicht in die Quere kommen. Ich schüttele den Kopf. »Danke, aber nein.«

»In Ordnung.« Sie knöpft ihren Mantel zu, bevor sie die Stufen hinabläuft, an deren Ende sich Kerberos materialisiert hat und auf sie wartet. »Gib auf dich acht, Juna.«

»Immer«, antworte ich.

Schnee wirbelt durch die Luft, als er freudig mit seinem schlangenartigen Schweif wedelt, während einer seiner drei Köpfe nach vorn schnellt, um Flames Hand abzulecken. Ich für meinen Teil habe noch nicht entschieden, ob ich Kerberos auf eine verdrehte Art niedlich oder schaurig finde. Kurz beobachte ich die Szene, dann wende ich mich ab und betrete das Archiv.

Etwas von der inneren Unruhe schwindet, als ich den verwaisten Gang hinabschreite. Ich nehme eine der Kerzen, von denen zahlreiche vor einem kleinen Altar stehen – warum dieser in einem Archiv nötig ist, verstehe ich auch nicht –, und entzünde sie. Ich hoffe schwer, dass ich mit dieser Handlung nicht die Götter beleidige und in den nächsten Minuten kein weiteres Unglück geschieht.

Während mich der Geruch von Staub, Tinte und Pergament empfängt, wage ich mich tiefer vor. Es ist ein angenehmer Duft, ungeachtet der Tatsache, dass sich ein wenig Feuchtigkeit daruntermischt. Wenn wir uns tagsüber im Archiv aufhalten, entzünden wir stets alle Fackeln an den Wänden, in der Hoffnung, dass sie dem kühlen Gemäuer etwas Wärme schenken. Zwar wurden viele der Aufzeichnungen und Prophezeiungen, die hier aufbewahrt wurden, fortgebracht, aber es sind noch immer genug Schriftstücke hier. Und es wäre eine Schande, sollten sie aufgrund der Bedingungen auseinanderfallen. Ich halte es nicht für unwahrscheinlich, dass man hier noch etwas Nützliches finden kann. Derselben Meinung ist vermutlich auch Flame, die das Archiv seit ihrer Ankunft regelmäßig aufsucht.

Ich biege in die Reihe ein, in der ich mit meinen Recherchen geendet hatte, und stelle lautlos die Kerze auf einem der beiden Tische ab, welche sich in diesem Gang befinden. Anschließend ziehe ich meine Jacke aus, hänge sie über die Stuhllehne und reibe meine Hände aneinander, bevor ich mit den Fingerspitzen über die Rollen und Beschriftungen der einzelnen Regale gleite.

Seit wir von der potenziellen Bedrohung durch Nyx erfahren haben, lese ich meist über die Urgötter. Ich bin der Meinung, dass man sich über seine Feinde das größtmögliche Wissen aneignen sollte. Obwohl Gaia meine Großmutter ist, habe ich mich bisher kaum mit der Geschichte der Urgötter befasst, was in Anbetracht unserer aktuellen Lage fatal ist.

In dem Großteil der Schriftstücke werden die Urgötter als Erstgeborene bezeichnet, wobei es mittlerweile kein Geheimnis mehr ist, dass die Drakon diesen Planeten noch vor ihnen bevölkerten. Dennoch verkörpern die Urgötter die Grundbausteine. Gaia ist die Erde, Uranos der Himmel, Pontos das Meer, Thalassa die See, Aither das Licht und Hemera der Tag. Nyx und ihr Gatte Erebos bilden ihr Gegenstück und sind die Nacht und die Finsternis. Sie alle wurden einst – genau wie ihre Kräfte – aus ihren Elementen geboren.

Ich habe auch erfahren, dass Gaia vor vielen Hundert Jahren – nachdem bereits Kronos und dann Zeus an der Macht waren – versucht hatte, die Herrschaft an sich zu reißen. Damals war es Chaos, der sie mithilfe einer Magierin aufhielt und sie in einen Schlaf versetzte. So richtig kann ich nicht einordnen, was ich gegenüber Gaia empfinde. Es vervollständigt mich, auf ihre Macht zurückzugreifen. Erdmagie ist ein Teil von mir. Aber durch die Geschichten, die man über sie erzählt und welche die Überlieferungen in diesem Archiv bestätigen, habe ich erfahren, dass sie nicht unbedingt eine ehrenhafte Göttin gewesen ist.

Trotzdem beschäftigt mich die Frage, ob sie mich – ihre Enkelin – und jene, die mir wichtig sind, opfern würde. Doch ganz gleich, wie viel ich grübele – zu einem Ergebnis komme ich nicht. Schließlich bin ich ihr nie begegnet. Und bloß, weil mir ihre Macht vertraut ist, kenne ich sie noch lange nicht.

Nach einer Weile entscheide ich mich für ein dickes in braunes Leder eingeschlagenes Buch, das ich zum Tisch trage und aufklappe. Die Seiten wellen sich bereits, doch die Schrift ist gut lesbar. Als ich mich setze, spüre ich, dass meine Augen schwer werden. Für einen Moment sehne ich mich doch nach meinem Bett, aber dann reibe ich entschlossen meine Lider. Diese Recherchen sind sinnvoller, als mich mit William zu vergnügen.

Erschrocken fahre ich hoch, als etwas Heißes über meine Hand rinnt. »Bei allen Gorgonen«, fluche ich. Die Stuhlbeine schaben geräuschvoll über den Boden, weil ich so sehr zusammenzucke. Hektisch sehe ich mich um, bis ich realisiere, dass ich im Archiv bin – und über dem zweiten Buch, das ich ausgewählt habe, eingeschlafen bin. Außerdem habe ich eine Kerze umgestoßen, die zum Glück erloschen ist, anstatt das Papier in Brand zu stecken. Nur ihr Wachs ist über meine Hand gelaufen.

Stöhnend sinke ich zurück und fahre mit meinen Fingern über mein Haar, bereue den festen Dutt, den ich trage, weil er mir Kopfschmerzen bereitet. Vielleicht ist es an der Zeit, mir einzugestehen, dass der Schlafmangel mir ernsthaft zu schaffen macht. Ich funktioniere, rede und bewege mich, obwohl ich eigentlich keinen klaren Gedanken fassen kann. Wie Nero, der seit seinem Erwachen vom Fluch der Fee kaum noch ein Auge zugemacht hat. Und ich habe hautnah miterlebt, was es bei ihm angerichtet hat.

Kurz massiere ich meine Schläfen. Dann sichte ich die Aufzeichnungen, die ich gemacht habe, ehe ich eingeschlafen bin. Mein Ziel ist es, mir durch die Informationen aus der Vergangenheit die Ziele der Urgötter herzuleiten. Herauszufinden, wie sie vorgehen werden. Ob sie tatsächlich kommen werden, um in den Reihen der Halbgötter nach den Erben zu suchen, von denen die Prophezeiung berichtet. In den letzten Jahrhunderten haben die meisten Urgötter vollkommen zurückgezogen gelebt, und ich überlege, ob es die Ruhe vor dem Sturm gewesen ist.

Nachdenklich betrachte ich eine Seite mit Zeichen und Symbolen, die zu Hemera, dem Tag, gehören, als ich aus der Ferne einen Schrei vernehme. Meine erste Vermutung ist, dass die Söhne und Töchter des Dionysos wieder jemandem einen Streich gespielt haben. Doch dann ertönt der Schrei erneut.

Lauter.

Mit Grauen erfüllt.

Jegliche Müdigkeit fällt von mir ab. Ich springe auf, aus einem der Kerzenständer schauen mir meine eisblauen Augen entgegen, in denen ein sonderbarer – fremder – Glanz steht. Für eine Sekunde zögere ich, bis ich auf dem Absatz kehrtmache und lossprinte. Die Reihen des Archivs fliegen an mir vorbei, dann eile ich bereits die Stufen hinab.

Die Türen der Hütten, die ich passiere, werden aufgestoßen, verschlafene Stimmen fragen, was los ist. Ich folge dem Schluchzen und dem Schreien, bahne mir meinen Weg zwischen den anderen Halbgöttern hindurch und weiche gerade rechtzeitig aus, als Flame und Dark, die den Nebel genutzt haben, neben mir erscheinen. Zu dritt erreichen wir die Stelle, an der ich vorhin kurz gestoppt habe.

Mein Herz setzt für einen Schlag aus, als ich William am Boden sehe. Meine Knie geben unter mir nach und ich sinke in den Schnee. Nadia kauert weinend an seinem Kopf. »I-ihr müsst ihm helfen«, bringt sie mühsam hervor.

»Will«, wispere ich, aber er reagiert nicht. Seine Augen sind geschlossen. Er trägt lediglich eine Hose, nicht einmal Stiefel. Wie viel Zeit ist vergangen, seit ich an ihnen vorbeigekommen war? Ich schaue in Richtung Himmel, realisiere, dass bald der Morgen graut.

Flame kniet sich auf Wills andere Seite »Was ist passiert?«

»W-wir haben den Abend zusammen verbracht«, schluchzt Nadia. »Dann sind wir schlafen gegangen. Bei mir. Als ich aufwachte, war er nicht mehr neben mir. Aber seine Sachen waren noch da. Ich habe die Tür geöffnet ...« Sie bricht ab und ich versuche krampfhaft zu schlucken. Mein Hals ist so eng, dass ich kaum Luft bekomme. Will, dessen Haut für gewöhnlich gebräunt ist, wirkt aschfahl. Sein Gesicht ist vollkommen ausdruckslos, obwohl um seinen Mund sonst stets ein herausfordernder spöttischer Zug liegt.

Ich registriere, wie Flame sich erhebt, vermutlich, um sich einen Überblick zu verschaffen. Übelkeit steigt in mir auf, als mein Blick an Will hinabwandert. Seine Brust ziert ein tiefer Schnitt, vom Schlüsselbein bis zum Bauchnabel. Blut läuft über beide Seiten, sickert neben ihm in die Erde. Wenngleich ich mich lieber wie Nadia zusammenkauern und schluchzen würde, beuge ich mich näher zu Will, erkenne, dass sonderbarerweise keine Menge aus ihm herausfließt, die ihn verbluten lassen würde. An seinem restlichen Körper sehe ich keine Verletzungen. Mit zitternden Fingern taste ich nach seinem Puls, berühre seine Haut.

»Er ist nicht ausgekühlt«, stelle ich fest. Stattdessen fühlt er sich überraschend warm an.

»Er strahlt ein Glimmen aus«, bemerkt Flame. »Als wäre seine Sonnenkraft unterschwellig aktiv.«

Erleichterung flutet mich. Bei genauerem Hinsehen erkenne ich auch, dass seine Brust sich hebt und senkt.

»Wir bringen ihn in den Sandpalast«, sagt Dark.

»Und holen Apollo«, stimmt Flame zu. Er ist der Gott der Heilkunde, der in den vergangenen Tagen schon nach Mikos und Silka gesehen hat.

Meine Augen schweifen über die nähere Umgebung. Der Boden wirkt ebenmäßig und kein bisschen aufgewühlt. Es vermittelt nicht das Bild, als hätte hier ein Kampf stattgefunden.

»Aber weshalb verschließt sich die Wunde nicht?« Nadia reibt sich über ihre verquollenen Augen.

»Magie«, antwortet Dark.

Langsam sinke ich zurück, meine Finger verharren an Wills Puls. Innerlich gehe ich all meine Vermutungen durch, die ich aufgrund der schwindenden Kräfte der Halbgötter hatte. Die plötzlichen Zusammenbrüche. Mikos und Silkas Schwäche, obwohl sie äußerlich unversehrt waren. Ich suche Flames Blick, als mir etwas bewusst wird. »Es passt nicht«,

hauche ich. »Ich dachte, all das hängt mit der Todesfee zusammen. Aber Will wurde nie von der Todesfee geküsst.«

Wir haben es hier mit etwas gänzlich anderem zu tun.

22

MEIN PLATZ BIST DU

ARACHNE

Jemand sagt mir, dass ich atmen muss. Allerdings ist das keine gute Idee, wenn man sich unter Wasser befindet. Deshalb presse ich wild entschlossen meine Lippen zusammen, an denen die Kälte kitzelt, als wollte sie mich überreden nachzugeben. Ich dachte immer, dass man sich schwerelos fühlt, wenn man zum Grund eines Gewässers sinkt, stattdessen ist es, als würde sich etwas Spitzes in meinen Rücken bohren. Während ich versuche, die Lider zu öffnen, um das Funkeln des Sees, der womöglich ebenso mein Grab sein wird, zu betrachten, kann ich allein das Aufblitzen der Reißzähne des Wolfes vor mir sehen. Ein Wimmern steigt in meiner Kehle auf, das ich sogleich herunterschlucke.

Mein Kopf ruckt zur Seite, als etwas Druck auf meinen Kiefer ausübt. Im selben Moment knackt es in meinen Ohren, und plötzlich ist das Rauschen fort, das ich dem Wasser um mich herum zugeordnet hatte. Erschrocken reiße ich die Augen auf. Anders als erwartet, blicke ich nicht in das funkelnde Blau, sondern in Iriden, in denen ein wilder Glanz steht. Mortem wirkt nicht beherrscht, so wie sonst. »Atme«, befiehlt er mir, drückt erneut gegen meinen Kiefer. Es knirscht leise, aber schließlich öffne ich meinen Mund, hole zögerlich

Luft, als wäre das hier ein Traum. Sobald ich begreife, dass nichts Schlimmes geschieht, nehme ich drei weitere gierige Züge. Meine Lunge brennt und mein sich weitender Brustkorb schmerzt.

Mortem gibt ein Geräusch von sich, das ich nicht deuten kann, und lässt sich neben mir auf die Fersen sinken. Ich blinzele einige Male, bis mein Sichtfeld sich gänzlich schärft. Meine Augen huschen umher, nehmen meine Umgebung auf. Wir befinden uns am Ufer des Sees, links von mir stößt immer wieder eine Scholle gegen die Fläche, auf der ich liege. Etwa zwei Meter rechts von mir erkenne ich die Mauer, die einzige Hürde, die uns noch von dem Eisberg trennt. »Bin ich wirklich hier?«, frage ich Mortem.

Er runzelt die Stirn. Ich erkenne Blut an seinem Mundwinkel, das in einem Rinnsal über sein Kinn läuft. »Wo solltest du sonst sein?«

»Tot«, stelle ich nüchtern fest. »Es könnte meine Fantasie in einer … einer Art Zwischenwelt sein.« Ich erschauere. »Vielleicht treibt meine Seele mit den anderen Verlorenen bereits im Styx.«

Mortem hebt beide Brauen. »Es ehrt mich sehr, dass ausgerechnet ich in dieser Fantasie vorkomme, allerdings halte ich dich für relativ lebendig.«

»Oh.«

»Dein Herz schlägt. Das habe ich überprüft.«

»Und ich atme.«

»Offensichtlich.«

Unwillkürlich teste ich, ob ich meine Arme und Beine bewegen kann. Mit den Fingern und Zehen versuche ich es gar nicht erst, weil sie sowieso hoffnungslos erfroren sind. Alles schmerzt, was ich ehrlich gesagt als gutes Zeichen werte. Ich denke nicht, dass mir im Tod noch besonders viel wehtun würde. Ächzend stütze ich mich auf meinem Ellenbogen ab und Mortem hilft mir in eine aufrechte Position. Sterne tanzen vor meinem Sichtfeld, auf der Suche nach Linderung reibe ich mir über meine Schläfen.

»Wie fühlst du dich?«

»Als hätte ich unfreiwillig in Eiswasser gebadet, nachdem ich von Wölfen gejagt wurde.« Meine Stimme klingt plötzlich schleppend. Ich sehne mich danach, zurück auf meine Schneedecke zu sinken.

»Klingt nach einem unerfreulichen Tag«, kommentiert Mortem. »Kannst du aufstehen, Arachne?«

»Nein«, murmele ich. »Liegen.«

»Im Liegen kann ich deine Kleidung nicht trocken, weil der Schnee sie sofort wieder durchtränkt.« Hände schieben sich unter meine Achseln, dann werde ich hochgehoben. Mein Kopf rollt zurück, und es erscheint mir nicht, als hätte ich noch die Kontrolle über meinen Körper. Meine Lider flattern, wobei ich angestrengt versuche, meinen Fokus zurückzugewinnen, während alles um mich herum immer mehr verschwimmt.

»Ich wärme dich jetzt«, informiert mich Mortem. Die Worte klingen dumpf in meinen Ohren. »Ich gebe mir Mühe, es langsam zu machen. Vermutlich befindet dein Körper sich in einem Schockzustand. Deine Lippen sind dunkelblau und deine Haut ist stellenweise sehr gerötet.« Wenn ich könnte, würde ich lachen, weil er mir so sachlich erklärt, dass ich aussehe, als hätte mich ein Zyklop erwischt. Stattdessen murmele ich etwas Unverständliches, gleichzeitig sinkt meine Wange an seine Schulter, über der offenbar auch meine Arme liegen. Ich kann mich nicht erinnern, wie sie dorthin gekommen sind.

Eine ganze Weile spüre ich nichts, bis meine Hände und

Füße zu kribbeln beginnen. Dazu gesellt sich ein schmerzhaftes Stechen. Ich winde mich, um von Mortem loszukommen, doch er hält mich fest. »Es tut weh«, nuschele ich. »Und Wärme spüre ich auch nicht.«

»Weil die Kälte deine Gliedmaßen betäubt«, erwidert er ruhig.

Ich stöhne, als die Nadelstiche sich auf meine Beine ausweiten. Erneut zappele ich, woraufhin sein Griff noch fester wird. »Jetzt weiß ich, weshalb du der Totengott bist«, lasse ich ihn wissen und bemerke überrascht, dass meine Zunge sich schon nicht mehr so schwer anfühlt. »Ein Gott wie du muss Qualen bringen.«

Mortem versteift sich. »Es ist nicht meine Absicht, dir wehzutun. Ich helfe nur.«

»Ich helfe nur«, wiederhole ich und die Worte schmecken bitter auf meiner Zunge. »Das hat sie auch gesagt. Athene. Bevor sie mich in eine Spinne verwandelte.« Erinnerungen, noch schmerzhafter als die Nadelstiche, fluten meinen Kopf. »Ich helfe nur. Damit du deinen Hochmut ablegen kannst, Arachne.« Das Kribbeln ist in meinem Oberkörper angelangt, und ich presse mein Gesicht in die Kuhle von Mortems Hals, als ich realisiere, wie angenehm warm es dort ist. Die Berührung hinterlässt lediglich ein leichtes Brennen auf meiner Haut, und ich atme ganz tief ein. »Hältst du mich für hochmütig, Mortem? Selbst nach all der Zeit?«

»Wir kennen uns erst seit einigen Tagen«, erwidert er nach einem Augenblick des Zögerns. Ich höre deutlich heraus, dass er sich fragt, ob etwas von dem Frost in meinem Gehirn angekommen ist und für Probleme sorgt. »Ich habe keinen Vergleich zu früher. Aber ich denke nicht, dass du hochmütig bist.«

»Hm«, seufze ich erleichtert, ehe ich mich enger an ihn schmiege. Beinahe bilde ich mir ein, an meinen Lippen das Rauschen seines Blutes zu vernehmen. *So ... warm.*

»Du wirkst, als hättest du ein gutes Herz, Arachne.«

»Auch ich habe getötet. In meiner anderen Gestalt. Niemand hat ein gutes Herz, der bereits den Tod berührte.« Sobald die Bedeutung des Gesagten in mich sickert, verzieht sich mein Mund zu einem Lächeln. »Deshalb kann es meinem Herz auch nichts anhaben, wenn ich *dich* berühre.« In dieser Sekunde bemerke ich, dass er nach einer Mischung aus Beeren und Thymian schmeckt. Frisch und herb. Kein bisschen wie der Tod.

Als ich das nächste Mal zu mir komme, fühle ich mich, als wäre alles nur eine Täuschung gewesen. Als hätte ich in der Sonne statt in Eiswasser gebadet. Außerdem stelle ich fest, dass ich mich nach wie vor in derselben Position befinde. Zögerlich ziehe ich meine Arme zurück und stütze mich auf Mortems Schultern ab, um ein wenig Abstand zwischen uns zu bringen. Er ist vollkommen erstarrt, als hätten wir die Rollen getauscht. Lediglich seine schwarzen Iriden mustern mich, doch lebendig wirken sie nicht.

Ich erinnere mich, auch bei Hunter einmal beobachtet zu haben, wir er sich stundenlang keinen Millimeter rührte. Ob Drakon womöglich mit offenen Augen schlafen? Testweise bewege ich Finger und Zehen, strecke meine Füße. Mortems Hände spüre ich an meinen Schenkeln. »Wie lange hältst du mich schon so?«

Für einige weitere Sekunden starrt er mich an, und eine Gänsehaut bildet sich in meinem Nacken, ehe ein Ruck durch ihn geht und er blinzelt. »Nicht lange.« Er klingt rauer als sonst. Als hätte ich ihn tatsächlich aus einem Traum gerissen. Trotzdem wette ich, dass seine Antwort gelogen ist. »Dein Körper musste sich erholen.«

»Ich hoffe, wir haben nicht zu viel Zeit verloren«, erwidere ich und werfe einen Blick zum dunkler werdenden Himmel. »Du darfst mich jetzt loslassen. Ich kann bestimmt allein stehen.« Langsam setzt Mortem erst das eine und dann mein anderes Bein ab.

»Alles in Ordnung?«

Ich nicke. »Bloß Kopfschmerzen, aber das halte ich aus.« Als die Kälte durch meine Stiefel dringt, würde ich am liebsten zurück in seine warmen Arme springen. Gleichzeitig fällt mir wieder ein, was ich so von mir gegeben habe. *Deshalb kann es meinem Herz auch nichts anhaben, wenn ich dich berühre.*

Ugh. Was war nur los mit mir? »Das war ein ganz schöner ... Kälteschock«, versuche ich mein sonderbares Verhalten zu erklären und schaue betreten zu Boden. Gerade habe ich diese Reise sehr, sehr unangenehm gemacht. Allerdings bin ich nicht absichtlich in diesem Wasser gelandet. »Danke«, ich zwinge mich dazu, Mortem wieder anzusehen, »dass du mich gerettet hast.«

Ernst schaut er auf mich hinab. »Wir sind zu zweit auf dieser Reise. Ich würde dich niemals zurücklassen.«

Unbehaglich verschränke ich meine Arme hinter meinem Rücken. Vielleicht, weil er so ehrlich klingt und ich mich nach wie vor nicht daran gewöhnt habe, dass sich jemand um mich kümmert. Dass mich jemand ansieht, als wäre ich ein Wesen mit Gefühlen. Ich räuspere mich und schlucke den Kloß, der sich in meinem Hals gebildet hat, herunter. »Was genau ist denn passiert?«

»Du warst stark unterkühlt.« Er sagt es ohne Ironie.

Das habe ich tatsächlich bemerkt. Allerdings verkneife ich mir, es laut auszusprechen. »Nachdem ich von der Eisscholle gerutscht bin«, präzisiere ich.

»Ich habe den letzten Wolf getötet. Dann bin ich dir nachgetaucht und habe dich ans Ufer gebracht. Es dauerte ein wenig, bis du wieder zu dir kamst.«

»Und noch ein wenig länger, bis du die Unterkühlung ausgeglichen hattest.« Ich verziehe das Gesicht. »Tut mir leid, dass ich uns so viel Zeit gekostet habe.« Kurz schließe ich die Augen. Ich bin nicht hierauf vorbereitet. Ich bin ... unfähig. Innerlich seufze ich. Okay, das war womöglich eine zu große Portion Selbstmitleid. »Hat es dir denn gar nichts ausgemacht, in diesen See zu springen?«

Leicht neigt er den Kopf zur Seite. »Die Haut der Drakon ist dicker, selbst in menschlicher Gestalt.«

»Oh«, bringe ich hervor. »Wirklich praktisch, so ein Drakon zu sein.«

Er hebt einen Mundwinkel, aber es erscheint nicht unbedingt wie ein Lächeln, sondern eher wie eine Geste, von der er denkt, dass sie in dieser Situation angemessen ist. Es stimmt zwar, dass er in meiner Gegenwart nun etwas gelassener ist, nicht mehr darauf wartet, dass ich als Erstes spreche oder mich bewege. Dennoch ist es ... Er ist eben Mortem. Und das ist okay.

»Du bist gar kein so schlechter Reisebegleiter, Drakongott der Toten«, sage ich und bin überrascht, wie ehrlich ich es meine. Vor unserem Aufbruch hätte ich es nicht für möglich gehalten.

Mortem nickt. »Wir sollten uns an den Aufstieg machen.« Er deutet zur Mauer. »Um den Gipfel des Eisbergs zu erreichen.«

»Bevor die Dunkelheit hereinbricht«, ergänze ich. »Auch

wenn du in der Finsternis sehen kannst, würde ich lieber vermeiden, einem Hindernis der Hexen bei Nacht zu begegnen.« Ich nage an meiner Unterlippe und blicke zu der Wand aus Eis. Von Weitem sah sie nicht derart hoch aus. »Wie bei allen Gorgonen sollen wir es bis nach oben schaffen?« Ein Hauch von Verzweiflung schleicht sich in meine Stimme. »Du kannst nicht deine Drakongestalt annehmen. Wir können nicht fliegen.« Als wir auf diese Mission angesetzt wurden, hat offenbar niemand mit den Schutzzaubern der Hexen gerechnet.

»Wir können nicht fliegen«, bestätigt Mortem. »Und ich kann nicht gänzlich in die Haut meines Drakons. Aber ich bin in der Lage, mich teilweise zu wandeln.« Er hebt seine Hand. Erneut sehe ich die Klauen an seinen Fingern. »Du steigst auf meinen Rücken und ich klettere die Mauer empor.«

Ich ziehe meinen Zopf ein wenig fester. »Die gesamte Mauer?«

»Es wäre wohl ungünstig, bei der Hälfte aufzuhören.« Ich suche sein Gesicht ab, wieder zeigt sich keine Regung.

»Ich wollte eher wissen, ob deine Kräfte es zulassen. Nach dem Kampf mit den Wölfen, dem Tauchgang im See und weil es dich bestimmt Energie gekostet hat, meinen Körper aufzuwärmen.«

»Natürlich.«

»Natürlich«, wiederhole ich und stapfe auf ihn zu. »Du bist ein unsterblicher Drakongott, weshalb frage ich bloß?«

Mortems Augen weiten sich ein wenig. »Du klingst verärgert.«

»Ich bin nicht verärgert, das ist Ironie.«

»Ironie«, überlegt Mortem, während ich den Rucksack von seinen Schultern nehme und mir überstreife. Anschließend stelle ich die Schlaufen enger und schaue ihn erwartungsvoll an. »Du musst dich sehr gut festhalten, Arachne.«

»Das schaffe ich.« Noch einmal wandert mein Blick an der Mauer hinauf. Glaube ich. Der Aufstieg könnte Stunden dauern. »Vielleicht ist es wieder eine Täuschung«, überlege ich hoffnungsvoll. »Und die Entfernung gar nicht so groß.«

»Wir werden es herausfinden.« Dann greift Mortem in einer raschen Bewegung unter meine rechte Achsel, hebt mich hoch und packt gleichzeitig meine linke Kniekehle, sodass ich kurz darauf auf seinem Rücken sitze. Meine Arme schlingen sich um seinen Hals.

»Auch mit den Beinen«, fordert Mortem. »Verschränke deine Fußknöchel vor meinem Bauch. Wir können nicht riskieren, dass du herunterfällst, sollte Wind aufkommen.«

Ich rümpfe die Nase. »Ich bin keine Blume, deren Stängel sich beim winzigsten Lufthauch biegt.« Trotzdem tue ich, wie mir geheißen.

»Bereit?«

Ich nicke, bis mir einfällt, dass er es nicht sehen kann. »Ja.«

Seine Muskeln spannen sich unter mir an, dann macht er einen Satz. Ich stoße einen leisen Schrei aus, als seine Klauen sich in das Eis graben. Sofort klammere ich mich noch fester an ihn. *Deshalb* hat er gefragt, ob ich bereit bin. Unmittelbar darauf beginnt Mortem zu klettern. Nach einigen Metern, die mir auf der glatten weißen Fläche endlos erscheinen, kommt tatsächlich ein kalter Wind auf. Instinktiv ziehe ich die Schultern an und presse mich – wenn überhaupt möglich – noch enger an ihn. Seine schwarzen Haare, die an den Spitzen aussehen wie der Schnee, berühren meine Wange und ich lehne meine Stirn an seinen Hinterkopf. Sein Geruch nach dunklen Beeren und Thymian steigt mir zum zweiten Mal in die Nase. Es ist ein angenehmer Duft. Und irgendwie ergibt es Sinn, dass er auch ein wenig betörend wirkt. Schließlich muss der Tod verführerisch sein – warum sonst sollten die Drakon sich für die Insel der Seligen entscheiden?

Als hätte er meine Gedanken belauscht, dringt seine Wärme in diesem Moment noch ein bisschen stärker in mich. Erneut bewirkt sie, dass ich schläfrig werde, allerdings sorgt das Heulen des Windes gleichzeitig dafür, dass ich nicht davondrifte. Noch immer kommt es mir vor, als würde ich jede Bewegung von Mortems Muskeln spüren. Wie sonderbar es ist, ihm so nah zu sein, ohne dass es mich stört.

Der helle Wein schmeckt mir zwar nicht, trotzdem trinke ich noch einen Schluck – einfach, weil ich es nun kann. Die Seherin und ich sitzen auf dem Sofa im kleinen Salon des Sandpalastes, während Lavea eine sanfte Melodie auf dem Klavier spielt. Ich habe die Beine angezogen und meine rechte Seite schmiegt sich an den weichen Stoff des Kissens. Die Männer sind unten in der Trainingshalle, während wir den Tag hier ausklingen lassen. Es ist der letzte Abend, bevor wir nach und nach gruppenweise aufbrechen, um die Erfüllung der Prophezeiung voranzutreiben. Trotz der geschlossenen Fenster höre ich von draußen das Übereinanderschlagen der Wellen, während uns im Inneren des Palastes die Fackeln an den Wänden wärmen. Es ist so … friedlich, dass ich manchmal denke, ich hätte von den Geschehnissen der vergangenen Tage lediglich geträumt.

Wir blicken auf, als Flame und Phia durch die Tür kommen. Zusammen mit ihren Partnern, Dark und Chaos, hatten sie eine Besprechung mit Herakles und Iason.

»Was habt ihr noch beredet?«, erkundigt sich Ava.

»Hauptsächlich Dinge über Gaia und unser Vorgehen bezüglich der Urgötter.« Phia kräuselt die Nase. »Mal ehrlich, ich bin gar

nicht scharf darauf, zu Gaias Grab unter dem Roraima-Berg zu reisen.«

»Verständlich«, wirft Flame ein, wobei sie ein bisschen wehmütig klingt. Es ist verrückt, doch beinahe macht es den Eindruck, als hätte sie sich eine gefährlichere Aufgabe gewünscht. Dark und sie werden nach Delphi geschickt. »Ansonsten haben wir die Schutzmaßnahmen für die Halbgötter besprochen«, fügt sie hinzu. »Und sind mit Herakles unseren Besuch bei den Gorgonen durchgegangen.«

»Glaubst du, dass Stheno wirklich helfen wird?«, frage ich.

Flame hebt eine Schulter. »Dark kann sehr charmant sein, wenn er will. Herakles allerdings ...« Sie seufzt. »Ich hoffe, dass er es nicht versaut. Manchmal denke ich, dass er gar nicht anders kann, als unhöflich zu sein.«

Dann wendet sie sich an mich. »Und – wie geht es dir damit, dass du mit Mortem zu den Hexen reist?«

»Tut mir wirklich leid, dass Chaos und ich dir Hunter weggenommen haben«, entschuldigt sich Phia. Der Drakon wird die beiden auf ihrer Gaia-Mission begleiten.

Bei ihrer Formulierung erröten meine Wangen. »Ihr habt ihn mir nicht weggenommen.« Ich hebe eine Schulter. Im Leben kann man sich nicht jede Aufgabe aussuchen. Flames Begeisterung, bei den Halbgöttern zu wachen, hält sich ebenfalls in Grenzen, trotzdem wird sie es machen. Weil man hier Teil eines Puzzles ist, von dem wir am Ende alle hoffen, dass es aufgehen wird. »Es ist in Ordnung für mich, mit Mortem zu reisen«, antworte ich deshalb.

»Er ist schon ein wenig unheimlich«, kommentiert Lavea, die aufgehört hat zu spielen und zu uns gekommen ist. »Vor allem seine Augen.«

»Wie Pechstein«, bestätigt Ava. »Mir wird ganz schwindelig, wenn ich ihn ansehe.«

»Ich finde auch, dass er ein gruseliger Kerl ist.« Phia, die nun mit Flame auf ihrem Schoß auf dem zweiten Sessel sitzt, streckt ihre Beine aus. »Ich kann nicht nachvollziehen, wie du die sechs Monate auf Elysion mit ihm ausgehalten hast.«

Flame hebt eine Schulter und richtet ihre Aufmerksamkeit erneut auf mich. »Mir ist nicht entgangen, dass du heute beim Abendessen die Plätze getauscht hast, um nicht direkt neben Mortem speisen zu müssen. Auf eurer Reise wirst du ihm nicht so leicht ausweichen können.«

Eine Gänsehaut kriecht über meinen Körper und ich bin froh, lange Kleidung zu tragen. Die Vorstellung, über mehrere Tage mit ihm allein zu sein, löst Unbehagen – vielleicht sogar Furcht – in mir aus. Immer, wenn ich ihn anschaue, wirkt er, als sei er nicht von dieser Welt. Was irgendwie auch stimmt. Und manchmal ist es sonderbar, sich auszumalen, wie viele Geheimnisse die Erde außer ihm noch hat. »Ich werde mich an Mortem gewöhnen«, versichere ich, wenngleich mein Nacken bei dieser vermeintlichen Lüge juckt.

Flame nickt. »Falls du Fragen hast, nur zu«, sagt sie dennoch.

»Kannst du noch?«, reißt Mortems Stimme mich aus meiner Erinnerung. Sein tiefer melodischer Akzent ist mir vertraut. Ich lächele, weil ich mich tatsächlich an seine Gegenwart gewöhnt habe. »Arachne?«

»Tut mir leid, ich habe geträumt.« Ich blinzele. »Ja, ich kann noch.«

Mortem gibt etwas von sich, das wie ein Schnauben klingt. Rasch wende ich mein Gesicht ab, als dabei ein paar Feuerfunken fliegen. Was ein Fehler ist, weil ich dadurch nach unten schaue. Der Boden ist wirklich sehr ... *sehr* weit entfernt. »In mehreren Metern Höhe zu träumen, ist keine gute Idee.«

»Das sehe ich jetzt auch«, piepse ich zurück und klammere mich fester an den Drakongott. »Autsch«, entfährt es mir, weil gleichzeitig ein stechender Schmerz meinen Oberschenkel durchfährt. »Ich habe einen Krampf im Bein.«

»Deshalb habe ich gefragt, ob du noch kannst«, antwortet Mortem ruhig, als würde es ihn überhaupt keine Anstrengung kosten, die Eiswand emporzuklettern. Unermüdlich graben sich seine Klauen hinein. »Verzeihung übrigens, wegen der Feuerfunken.«

»Solange du die Mauer nicht schmilzt«, erwidere ich, während mein Herzschlag sich langsam beruhigt. »Ich bin mir nämlich sicher, dass es ein sehr unangenehmer Aufprall wäre.« Als ich seine Hände genauer mustere, erkenne ich, dass sie bluten. Zwar heilt die Haut, aber durch das Eis reißt sie immer wieder auf. Meine Lippen verziehen sich bei der Vorstellung, wie weh das tut. »Brauchst du denn eine Pause?«, frage ich, obwohl mir klar ist, dass es kaum möglich ist und ich nicht helfen kann. In dieser Sekunde fühle ich mich so nutzlos, dass meine Augen brennen. Ich fürchte Schmerz, dennoch würde ich ihn Mortem am liebsten abnehmen – irgendetwas tun.

»Nein – wir haben es bald geschafft.«

Zum ersten Mal schaue ich nach oben und entdecke, dass er recht hat. Gleichzeitig heult der Wind stärker, als wäre es sein Ziel, uns zurückzudrängen. »Die Hexen wollen uns wirklich nicht bei sich haben«, murmele ich. Sofort schleicht sich das Szenario in meinen Kopf, in welchem ich zum zweiten Mal verwandelt werde. In eine Spinne oder eine andere abstoßende Kreatur.

Zu meiner Überraschung antwortet Mortem. »Ich würde es mir nicht zu Herzen nehmen.« Ich hatte angenommen, dass er mich aufgrund des Windes und weil ich so leise gesprochen hatte, nicht hören kann. »Die Abwehrmechanismen richten sich gegen jeden. Nicht speziell gegen uns.«

»Interessante Sichtweise.« Aber ob das unsere Lage verbessert?

Mortem siegt tatsächlich gegen den Wind, als sich seine Klauen in den oberen Rand der Mauer graben. »Festhalten«, befiehlt er mir, und dieses Mal verstärke ich die Umklammerung. Seine Schultern spannen sich an, sein Rücken wölbt sich leicht, ehe er einen Satz macht und wir auf der Mauer landen.

»Heilige …« Der Rest meines Fluchs bleibt mir in der Kehle stecken.

»Nicht nach unten schauen«, warnt Mortem. Natürlich ist es bereits zu spät. In dieser Sekunde stelle ich fest, dass ich für diese Art von Höhe definitiv nicht gemacht bin. Übelkeit steigt in mir auf und ich schlucke mehrmals, atme angestrengt durch die Nase ein und durch den Mund wieder aus. Nicht nur hinter uns befindet sich ein Abgrund, sondern auch vor uns. Dieser geht sogar so weit in die Tiefe, dass ich nicht einmal den Boden erkenne. Zudem ist die Schlucht etwa vier Meter breit, erst dann beginnt eine Art Weg, der in dem Eisberg, welcher uns zu den Hexen führen soll, verläuft.

»Du bist nicht hochmütig, Arachne«, sagt Mortem unvermittelt.

Ich brauche einen Moment, bis ich begreife, wovon er spricht. »Darüber willst du *jetzt* reden?« Meine Stimme klingt schrill und man hört deutlich meine Panik heraus.

»Vorhin schien dir meine Antwort wichtig zu sein.« Er klingt gelassen, als würde er nicht auf dieser verfluchten

Eisfläche stehen, welche derart schmal ist, dass selbst seine Füße darüberragen.

»Mortem, ich glaube wirklich nicht, dass –«

»In der kurzen Zeit, die wir im Sandpalast hatten, wirktest du schüchtern. Nicht ablehnend, vielmehr so, als wüsstest du nicht so recht, wie du dich in meiner Nähe verhalten sollst. So war es auch zu Beginn unserer Reise.«

»Kommt mir vor, als wären wir schon eine Ewigkeit unterwegs«, flüstere ich, versuche gleichzeitig, meine Übelkeit unter Kontrolle zu bringen. Das hier ist nicht der richtige Augenblick, um meinen Magen zu entleeren, in dem kaum etwas sein kann.

»Nun ist es anders«, fährt Mortem fort, und ich frage mich, ob er mich von dem Unausweichlichen ablenken will. »Bei meiner Ankunft in dieser Welt erschien es mir, als sei ich fehl am Platz. Aber hier mit dir ... hier mit dir fühlt es sich an, als wäre es mein Platz.«

Seine Worte machen etwas Sonderbares mit meiner Brust. Dennoch nehme ich sie eher wie durch einen Schleier wahr. Vermutlich, weil ich wirklich, wirklich Angst vor dieser Schlucht habe. »Mortem, ich ... Das sagst du aber nicht zum Abschied, oder? I-ich kann dein Gesicht nicht sehen und s-selbst wenn ... Ich denke nicht, dass ich darin lesen könnte.«

»Alles ist gut, Arachne. Ich werde jetzt springen.«

»Die Entfernung ist verflucht weit – und du bist gerade kein Drakon. Lass uns ... lass uns einfach wieder ...« Ich breche ab. Was sollte ich auch vorschlagen? Dass er wieder herunterklettert? »Das ist keine gute Idee«, wispere ich schließlich. Wir haben gegen die Eiswölfe gekämpft und Mortem hat diese Mauer bezwungen – aber was ist, wenn der Abgrund nun *uns* bezwingt?

»Festhalten«, befiehlt Mortem zum dritten Mal. Ich klammere mich so fest an ihn, als hinge mein Leben davon ab – und tatsächlich ... tut es das. Mein eigenes Herz klopft wild und ungestüm und meine Hände fühlen sich trotz der eisigen Kälte klamm an, während mein Blut wie ein Fluss der Hölle in meinen Ohren rauscht. Dann geht der Drakon in die Knie – und springt. Ich vergrabe mein Gesicht an Mortems Hals, ersticke damit den Laut, der über meine Lippen rollt. Ich weiß, dass wir uns direkt über dem Abgrund befinden. Aber ich habe keine Ahnung, ob wir die andere Seite jemals erreichen werden.

SPIEL DES MONDES

STHENO

»Manchmal sondere ich versehentlich Schlangengift ab.«

Herakles reagiert nicht auf meine Aussage, hakt lediglich meinen Arm bei sich unter. Zwei meiner Schlangen züngeln in seine Richtung, aber er reagiert nicht einmal. Enttäuschend. Keine Ahnung, weshalb ich das Bedürfnis hatte, ihm diese Lüge zu erzählen. Schließlich sind meine Schlangen nicht giftig. Lediglich meine Augen sind eine Gefahr – wenn ich es will.

Ich stoße ein schweres und lang gezogenes Seufzen aus, während er mich zum Treppenabsatz führt. Ich weiß schon gar nicht mehr, wie viele Tanzveranstaltungen wir bereits besucht haben – ohne dass es uns näher an unser Ziel gebracht hat. Im Palast der Titanen hat man das Gefühl, das Leben würde allein aus den Vorbereitungen für die abendlichen Feierlichkeiten bestehen. Die Bewohner schlafen teilweise bis in die Mittagsstunden, ehe sie ein verspätetes Frühstück in den Pavillons einnehmen, welche sich auf der Lagune befinden, und auf der großen Terrasse flanieren. Nur um sich anschließend zurückziehen und für das nächste Fest herauszuputzen. Einzig die sogenannten Helden – zu denen auch Herakles gehört – verbringen obendrein einige Zeit in einem Trainingsraum, welcher allerdings nicht einmal annähernd so groß wie dieser Saal ist. Ich nehme sowieso stark an, dass viele von ihnen nicht mehr in der Lage wären, in einem richtigen Kampf zu bestehen.

Der Saum meines roten Kleides raschelt, als wir die Stufen der nach unten hin breiter werdenden Marmortreppe hinabschreiten. Von hier aus kann man den gesamten Saal überblicken, welcher von goldenen Tönen geprägt wird. Er besitzt eine runde Form, und in die Wände wurden Logen gebaut, deren prunkvolle Geländer im Schein der Lichter funkeln. Die mit Stuck ausstaffierte Decke ist derart hoch, dass sie so weit entfernt wie der Himmel wirkt. Aus diesem Grund muss ich meinen Kopf weit nach hinten neigen, um die Malereien zu betrachten, welche diese schmücken.

Auf der Tanzfläche drehen sich bereits einige Paare, andere stehen in Grüppchen am Rand und nippen geziert an ihren Gläsern. Wie immer ist ein üppiges Buffet aufgebaut, doch ich habe bereits gemerkt, dass die meisten es kaum anrühren. »Welches Ziel verfolgen wir heute?«, erkundige ich mich bei Herakles. Es klingt ein wenig schnippisch, weil ich die Antwort bereits kenne. *Wir halten Augen und Ohren offen.* Ich schnaube, obwohl er noch nichts gesagt hat. Sollte ich meine Augen noch weiter offen halten, werde ich aufgrund des Goldrauschs, der hier vorherrscht, vermutlich erblinden. Und meine Ohren können auch nicht viel mehr belanglosen Tratsch ertragen. »Ich hätte mit Ava nach Atlantis reisen sollen«, grummele ich kaum hörbar vor mich hin. Die Seherin, der Halbgott und Iason mussten nur einen Tanzabend ertragen, bevor sie wieder aufbrachen. Das ist schon einige Tage her, vermutlich sind sie Poseidons Dreizack und dem Erben bereits auf der Spur, während wir uns eher zurück als vorwärts bewegen.

Herakles scheint einen seiner schweigsamen Momente zu haben, denn er bleibt mir nach wie vor eine Antwort schuldig. Stumm führt er mich auf die freie Fläche in eine Drehung, dann beginnen wir, uns ebenfalls zur Musik zu wiegen. *Sehen und gesehen werden – darum geht es bei diesen Abenden,* hatte er mir einmal erklärt. Was ich definitiv nicht sehe, ist einen der vier Winde. Wobei ich weiß, dass sie – genau wie ich – die Fähigkeit besitzen, sich unsichtbar zu machen. Allerdings sollen sich die Winde noch immer außerhalb der Palastmauern aufhalten. Niemand scheint Genaueres zu wissen – es wäre auch zu auffällig gewesen, weiter nachzubohren –, und keiner der Bewohner von Othrys vermittelt den Eindruck, über ihre Abwesenheit sonderlich traurig zu sein. Von dem, was ich mitbekommen habe, treiben die Winde im Palast gern ihr Unwesen – was manchmal für Belustigung und sehr oft für Ärger sorgt.

»Wenn du weiterhin so steif bist, glauben die anderen, ich hätte dich zu diesem Tanz gezwungen«, informiere ich Herakles, der mich daraufhin enger an sich zieht. Eigentlich hatte ich gemeint, dass er vielleicht ab und an lächeln oder Konversation betreiben könnte ...

»Oh, Verzeihung!« Ich werfe einen Blick über die Schulter, als sich ein Ellenbogen zwischen meine Rippen gräbt. Es ist Klio, eine der neun Musen, die überrascht zurückweicht und ungeschickt gegen ihren Partner prallt, als sie realisiert, dass ich es bin. Herakles vergrößert durch zwei Drehungen den Abstand zwischen uns, sodass wir uns am Rand der Menge, an einem der Rundbögen, die auf das violette Wasser der Lagune ausgerichtet sind, wiederfinden. Ich ärgere mich darüber, dass es mir einen Stich versetzt. Weshalb soll ich ihr Platz machen, wo sie doch in meinen Bereich eingedrungen ist? Es ist nicht das erste Mal, dass mir deutlich gemacht wird, dass ich nicht willkommen bin.

Die Anwesenden beäugen mich stets mit einer Mischung aus Furcht, Faszination und Abscheu. Irgendwer hat es sich zur Aufgabe gemacht, die lächerlichsten Schauergeschichten über meine Schwestern und mich zu verbreiten. Klio ist wohl eine von vielen, die unter anderem glauben, dass wir unsere Schlangen mit Menschenfleisch füttern und es auf unserem Anwesen einen separaten Raum gibt, in welchem wir die versteinerten Kinder aufbewahren. Dazu kann ich nur sagen, dass ich noch nie ein Kind versteinert habe und unsere Schlangen Teil unseres Körpers sind. Wie unsinnig wäre es, sie separat füttern zu müssen? Lediglich Helios, der Gott der Sonne und Herrscher über den Palast der Titanen, sowie seine Schwestern Selene und Eos und einige der Krieger verhalten sich mir gegenüber neutral. Vor allem Selene, die Titanengöttin des Mondes, war überraschend freundlich. Ich will nicht undankbar sein, dennoch wäre es mir lieber, Eos wäre ebenso aufgeschlossen, da sie die Mutter der vier Winde ist.

Dann gibt es noch solche, die für diese kurze Zeit einen regelrechten Hass auf mich entwickelt haben. Trotz Herakles' fraglicher Manieren scheint es doch einige Frauen zu geben, die nur zu gerne an seiner Seite wären. An meiner Stelle. Und da einige unverhohlene Eifersucht zeigen, scheint unser Schauspiel nicht so schlecht zu sein, wie es mir in vielen Momenten erscheint.

»Ich brauche eine Pause und wir brauchen einen Plan«, informiere ich Herakles nach zwei weiteren Tänzen.

»Deine Füße?«

Verblüfft hebe ich die Brauen. Es sind die ersten beiden

Worte, die er gesprochen hat, seit er mir am Nachmittag von einer der kleinen Inseln der Lagune aufs Ruderboot geholfen hat. »Ja«, bestätige ich mit einiger Verspätung, weil ich erst noch verdauen muss, dass er aufmerksam war. Ich bin das Schuhwerk, das hier getragen wird, nicht gewohnt, und heute wäre ich am liebsten in meine Stiefel geschlüpft. Was in Kombination mit dem Kleid einfach nur lächerlich ausgesehen hätte.

Herakles wartet, bis ein neues Lied angestimmt wird, ehe er mich direkt unter den Rundbogen führt. Er verschwindet durch den Nebel und taucht kurz darauf mit zwei Gläsern wieder auf. Ich hoffe, dass es kein Honigwasser ist, und nehme dankend einen Schluck. Es scheint ein alkoholisches Getränk zu sein, das ein Prickeln auf meiner Zunge hinterlässt. Weil ich durstig bin, trinke ich zwei weitere Schlucke, ignoriere die Stimme in meinem Kopf, die mich daran erinnert, dass ich all meine Sinne beisammenhaben muss. Allerdings ... Sollte der Abend wie die vorherigen verlaufen, wird mir nichts entgehen. Es könnte höchstens passieren, dass eine von Herakles' Verehrerinnen mich mit einem Obstspieß attackiert. Hinter vorgehaltener Hand nennt man es wohl einen Skandal, dass der sagenumwobene Held mich in den Palast der Titanen gebracht hat, wo sich doch so viele reizende Damen seit Jahrzehnten um ihn bemühen. Kichernd trinke ich noch mehr, bevor Herakles mir mein Getränk entschieden abnimmt.

»Verzeihung, dass ich nicht grazil daran genippt habe.« Ich halte mir die Hand vor den Mund, wie ich es bei den anderen Frauen hier beobachtet habe. »Ich verspreche, dass ich vor dem Spiegel üben werde. Viel mehr scheint es für mich ja sowieso nicht zu tun zu geben.« Herakles' Brauen ziehen sich zusammen. Ich lasse meine Hand sinken, um ihn ganz ungeniert breit anzugrinsen. Dann stütze ich mich mit den Unterarmen auf dem Geländer ab, verlagere einen Teil meines Gewichtes darauf, sodass ich meine geschundenen Füße entlaste. Ich neige meinen Kopf zurück und stöhne erleichtert auf. Für eine Weile verharre ich so, bis ich mich wieder aufrecht hinstelle und erneut nach meinem Glas greifen will. Herakles ist jedoch schneller und rückt es ein Stück beiseite. Dabei stellt er sich hinter mich und platziert seine Hände rechts und links von mir auf der Ballustrade. »Du solltest nicht so viel trinken, Stheno«, raunt er an mein Ohr.

»Und du solltest womöglich dafür sorgen, dass ich mich nicht derart langweile.«

»Dafür, dass du dich in unseren Gemächern so gern über Othrys und seine Bewohner lustig machst, triffst du ihren Ton erstaunlich gut.«

Trotzig greife ich über seinen Arm hinweg nach meinem Glas. Dieses Mal hält er mich nicht auf. Testweise trinke ich davon. Mittlerweile empfinde ich das kühle Prickeln als angenehm. Ein wenig bin ich trotzdem enttäuscht darüber, dass er so leicht aufgibt. »Oh«, sage ich gespielt traurig, als ich beim nächsten Schluck registriere, dass es leer ist.

»Ja – *oh*«, brummt Herakles.

Die Flüssigkeit, welche in meiner Kehle kühl war, bereitet mir nun ein wohlig warmes Gefühl im Bauch. Mit dem Rücken lehne ich mich an Herakles' Brust und kann meine Augen nur noch mit Mühe offen halten. Mir entgeht nicht, dass er einen überraschten Laut von sich gibt. »Sag jetzt nicht, ich sei zu schwer.«

»Nein«, erwidert er. »Was ist heute Nacht los mit dir?«

»Du hast mir das Getränk gebracht. Und es ist lediglich ein Glas. Ich finde, du übertreibst ein wenig.«

»Ich meine nicht allein das. Du wirkst ein wenig ... bissig.«

»Du hast den halben Tag nicht mit mir gesprochen, ich habe jedes Recht, bissig zu sein. Und auch auf die Gefahr hin, dass ich mich wiederhole: Unserem Ziel sind wir noch keinen Schritt näher gekommen.«

»Ich war in Gedanken, Stheno. Ich wollte nicht unhöflich sein.« Nun überrascht er mich, indem er sein Kinn auf meinem Kopf abstützt. Meine Schlangen schweigen zu dieser Geste. »Und was das andere betrifft: Manchmal braucht es Zeit. Im Palast der Titanen muss man geduldig sein. Die Spielregeln sind anders.«

Es kostet mich die größte Überwindung, nicht zu ihm herumzuschnellen und erneut etwas ... *Bissiges* zu sagen, wie er es bezeichnen würde. »Vielleicht haben wir aber keine Zeit«, bringe ich so neutral wie möglich hervor. »Weshalb lässt du mich nicht an deinen Gedanken teilhaben? Wie soll ich dir helfen, wenn du mir die angeblichen Spielregeln nicht erklärst?«

»Weil ich es nicht gewohnt bin«, antwortet Herakles schlicht. »Ich bin es nicht gewohnt, mit jemandem zusammenzuarbeiten, der nicht Iason ist. Ihn kenne ich seit einer Ewigkeit.«

»Also vertraust du mir nicht«, stelle ich fest. »Dann hätte wohl besser er dir behilflich sein sollen.«

»Iason wird in Atlantis gebraucht.«

Mir entgeht nicht, dass er mir in der Vertrauenssache nicht widerspricht. »Und was unternehmen wir dann? Was soll die Lösung sein?«

Er atmet geräuschvoll aus, und ich spüre, wie einige meiner

Schlangen sich winden. »Gib mir noch ... heute Abend. Und wenn ich nicht vorankomme, überlegen wir uns eine andere Strategie.«

»Du meinst wohl, unsere erste gemeinsame Strategie«, korrigiere ich und überlege fieberhaft, auf welcher Spur er sein könnte. Für mich waren in den vergangenen Tagen keinerlei Anzeichen erkennbar. Wenn er tatsächlich dabei wäre, etwas herauszufinden – warum hat er dann nicht meine Fähigkeiten genutzt? Ich bin in der Lage, mich unsichtbar zu machen. Was auch immer er in Erfahrung bringen will, mit meiner Hilfe ginge es schneller.

Seit unserer Ankunft habe ich unzählige Vorschläge zu unserem Vorgehen gemacht, habe angeboten, die Räumlichkeiten der Winde zu durchsuchen, während die anderen mit den Feierlichkeiten beschäftigt sind, gefragt, wie wir aufdecken könnten, wohin die Winde gehen, wenn sie den Palast der Titanen verlassen, und sogar angefangen, eine Liste mit Zeus' Nachkommen anzufertigen, was ein sinnloses Unterfangen ist. Der alte Sohn eines Höllenzyklopen ist einfach zu viel herumgekommen. Dabei ist mir unangenehm aufgefallen, dass die neun Musen, darunter Klio, ebenfalls Töchter des Zeus sind. Doch ich kann mir beim besten Willen nicht vorstellen, dass eine der Musen mit der Prophezeiung gemeint sein könnte. Zumindest hoffe ich es. Tatsächlich habe ich mehr als einmal mit dem Gedanken gespielt, ob der Erbe oder die Erbin sich nicht im Palast aufhalten könnte. Hier leben derart viele Götter – wie unwahrscheinlich wäre es? Um mir dahingehend einen Überblick zu verschaffen, wäre ich allerdings auf Herakles angewiesen, und weil er sich in den vergangenen Tagen so zurückgezogen hatte, war mir nicht danach, ihn zu fragen.

»Unsere *zweite* gemeinsame Strategie«, widerspricht
Herakles. »Unsere erste gemeinsame Strategie«, an dieser
Stelle fährt er mit den Fingern von meinem Handgelenk
hinauf zu meiner Schulter, welche von meinem Kleid
ausgespart wird, und presst seine Lippen auf meine Haut,
»ist das hier.«

Mein Mund klappt auf, schließt sich zum Glück aber
wieder, weil vermutlich nichts Sinnvolles herausgekommen
wäre. Wenn mich jemand gefragt hätte, zu wem diese Geste
am wenigsten passt, hätte ich geantwortet: Herakles.

»Herakles.«

Kurz nehme ich an, ich hätte versehentlich seinen Namen
ausgesprochen. Aber im nächsten Moment verschwindet
die Wärme, welche ich an meinem Rücken verspürt habe.
Stirnrunzelnd drehe ich mich um – und schlucke ein
entnervtes Stöhnen herunter. In drei Schritten Entfernung
steht Amethyst, eine Göttin aus der Blutlinie der Demeter,
und schenkt Herakles einen Augenaufschlag, der wohl
verführerisch sein soll. Allerdings wirkt sie auf mich eher
verzweifelt. Trotzdem verstehe ich, warum ihr die Männer
im Palast der Titanen zu Füßen liegen. Sie hat weizenblondes
Haar, welches ihr in glatten seidigen Strähnen bis zur Hüfte
fällt, und veilchenblaue Augen. Bereits am ersten Abend hat
sie sich förmlich auf den Helden gestürzt, und durch Iason
erfuhr ich, dass Amethyst und Herakles in der Vergangenheit
das Bett teilten und sie sich mehr erhofft hatte. Während
eines Nachmittags an der Lagune habe ich Kalliope reden
gehört, was es doch für eine Schmach für Amethyst sei, dass
eine Gorgone mehr bekommen hat als sie. Dennoch ist mir
nicht entgangen, dass sie dabei ein wenig schadenfroh klang.
Vermutlich sehen viele Frauen Amethysts Schönheit als Ideal,

und es ist nicht schwer, darauf zu kommen, dass sie ihr diese neiden.

»Wirst du mir heute den Tanz gewähren, um den ich dich seit Tagen bitte?« Sie schenkt ihm ein schüchternes Lächeln, das ich ihr nicht abkaufe. Ich würde meine Fähigkeiten darauf verwetten, dass Herakles im Speziellen ihr gar nicht so wichtig ist. An den Blicken der anderen Götter, Titanen und Helden erkennt man, dass sie nahezu freie Wahl hätte. Ihr Antrieb ist ihr verletzter Stolz. Sie fühlt sich gezwungen zu beweisen, dass sie ihn haben kann. Ich verkneife es mir, die Augen zu verdrehen und ihr zu sagen, dass sie sich nicht so abmühen muss, weil es gar nicht echt ist.

»Es macht dir doch nichts aus, oder?«, wendet Herakles sich an mich.

Für einige Sekunden schweige ich. Ist das sein Ernst? Dafür hat er Zeit? Am liebsten würde ich erwidern, dass er sich mit ihr amüsieren kann, sobald wir den Erben und den verfluchten Donnerkeil gefunden haben. Stattdessen lächele ich lieblich. »Du hast noch heute Abend«, erinnere ich ihn an unsere Abmachung. Er ist selbst schuld, wenn er ihn an Amethyst verschenkt und nicht der Spur folgt, die er angeblich hat.

Er nickt knapp, ehe er auf die Göttin zugeht und ihr seinen Arm reicht. In einer einstudierten Geste wirft sie ihr Haar über die Schulter, das sich wie ein seidiger Vorhang über ihren Rücken ergießt. Zeitgleich hakt sie sich bei ihm unter. Herakles schaut kein einziges Mal zurück, dabei spüre ich überdeutlich die Blicke, welche von dem attraktiven Paar zu mir schweifen. Meine verdammten Füße sind wie festgefroren, sodass es mir erscheint, als könnte ich mich minutenlang nicht rühren.

Natürlich führt Herakles Amethyst in die Mitte der

Tanzfläche, nicht an den Rand, wo sie niemand sehen kann. Ein unangenehmes Stechen löst die Wärme in meinem Bauch ab, und endlich gelingt es mir, mich in Bewegung zu setzen. Im Vorbeilaufen greife ich nach einem neuen Glas und steuere die Terrasse an. Dabei merke ich, dass mein erstes Getränk mir tatsächlich ein wenig zu Kopf gestiegen ist. Ich fühle mich unsicher auf den Beinen und die Ursache liegt nicht bei meinen Schuhen. Meine Umgebung wirkt etwas verzerrt. Irgendwie passt es, weil es mir erscheint, als würden sich die Zeiger auf Othrys langsamer als in der Welt dort draußen bewegen.

Wo ich herkomme.

Wohin ich zurückwill.

Denn hier herrscht die unerträgliche Ruhe der Unsterblichkeit, welche das Blut in meinen Adern vor Nervosität wie das Getränk an meinen Lippen prickeln lässt.

Dieses Mal nippe ich lediglich an der Flüssigkeit, denn ich glaube nicht, dass ich viel mehr vertrage. Keine Ahnung, ob es wirklich daran liegt, dass ich es nicht gewohnt bin, oder der Alkohol, der hier ausgeschenkt wird, besonders stark ist. Die Absätze meiner Sandalen klappern auf dem Gestein der Terrasse, die ich überquere. An den Stufen zur Lagune streife ich sie ab und laufe barfuß weiter. Ein leises Seufzen entweicht mir, sobald das Wasser über meine Haut schwappt. Der Saum meines Kleides wird dabei nass, doch es kümmert mich nicht. Ich sehe hinauf zum Himmel, der heute dunkel ist. Nur der Mond erhellt die Nacht, wirkt unnatürlich groß und nah. Drei Wolken umgeben ihn, die aussehen wie aus Watte geformt.

»Das kann dort drinnen manchmal ein bisschen viel werden, oder?«

Ich zucke zusammen. Meine Augen huschen umher, bis ich

Selene auf einem der Ruderboote, die am Anlieger befestigt sind, entdecke. Sie trägt ein dunkelblaues Gewand und ihr langes weißblondes Haar in einer aufwendigen Flechtfrisur. Auf ihrer Stirn zeigt sich das Mal eines Halbmondes, der ihre Kräfte offenbart. »Ich dachte, du wärst daran gewöhnt«, erwidere ich, sobald mein Puls nicht mehr rast. Sie wirkt vollkommen entspannt, als wüsste sie nicht, dass es gefährlich ist, eine Gorgone zu erschrecken. Wäre ich in Alarmbereitschaft und nicht halb berauscht gewesen, hätte ich sie womöglich versteinert.

Kaum merklich hebt sie ihre schmalen Schultern. »Manchmal dauert die Ewigkeit sehr lange an. Zumindest erscheint es mir so, weil dieser Ort sich nie verändert.«

»Und die ehemaligen Bewohner Viridis haben nicht für frischen Wind gesorgt?«

»Sie haben sich nahtlos eingefügt«, antwortet Selene lächelnd.

»Ah«, antworte ich, und für einen Moment schweigen wir, ehe ich wieder das Wort ergreife. »Wiederholt sich dieses ... Abendprogramm wirklich an jedem Tag?«

»An jedem Tag«, bestätigt Selene.

Es muss der Horror sein. Obwohl ich den Palast der Titanen bei meiner Ankunft beeindruckend fand – es nach wie vor tue – und die Annehmlichkeiten nicht von der Hand zu weisen sind, würde ich mittlerweile unser Anwesen, selbst wenn ich vor Kälte einen Zeh verliere, vorziehen. Dieser Ort ist einfach zu perfekt und das komplette Gegenteil von mir. Trotzdem verwundert es mich, dass es Selene ähnlich ergeht, wo sie doch offensichtlich dazugehört. Ihr Platz ist im Palast. Aber vielleicht ist es genau das: Als Schwester des Herrschers von Othrys kann sie nicht einfach weg von hier.

»Und wenn es dir zu viel wird, sitzt du am Ufer der Lagune und spielst mit dem Mond?«, erkundige ich mich. Gleichzeitig denke ich darüber nach, wie ich durch sie noch etwas mehr über die vier Winde in Erfahrung bringen könnte.

Selene wendet mir ihr Gesicht zu, ihre feinen Züge werden durch das Licht erhellt und lassen sie so zerbrechlich wie Porzellan wirken. »Manchmal«, sagt sie schließlich. »An anderen Tagen vertreibe ich mir die Zeit mit der Kunst und bleibe den abendlichen Festen gänzlich fern. Ungefähr zweimal im Monat kann ich es mir erlauben, ohne dass es als Merkwürdigkeit angesehen wird.«

»Warum sollte Kunst etwas Ungewöhnliches sein?«

»Merkwürdig ist an diesem Ort alles, was vom Verhalten und den Vorlieben der Mehrheit abweicht. Sicherlich ist dir das bereits aufgefallen, Stheno.«

»Hm«, mache ich unschlüssig, behalte für mich, dass sie es sich in ihrer Position leisten könnte. Ich glaube eher weniger, dass man über Selene tuscheln würde.

»Wenn du möchtest, zeige ich dir, woran ich jüngst gearbeitet habe.«

Mein Blick wandert über die friedlich daliegende Lagune, das Wasser, welches in einem sanften Rhythmus gegen die Mauer der Terrasse brandet. Die Musik und die Stimmen sind hier draußen gedämpft, und kurz verspüre ich ein Ziehen in der Brust – die Sehnsucht, allein zu sein. Doch ich weiß auch, dass ich in der Zukunft womöglich noch einen Nutzen aus Selene ziehen kann. Vielleicht sollte ich ein schlechtes Gewissen haben, weil ich auf diese Weise über eine der wenigen denke, die mir an diesem Ort Freundlichkeit entgegenbringt. »Sehr gerne«, antworte ich und versuche mich an einem Lächeln.

Selene nickt und wirkt erfreut über meine Reaktion, als

wäre es tatsächlich keine Last für sie, den Abend in meiner Gesellschaft zu verbringen. Leichtfüßig springt sie vom Boot, und gemeinsam laufen wir über die apricotfarbenen Steine der Terrasse, welche sich noch warm vom Tag anfühlen. Ich mache mir nicht die Mühe, meine Schuhe wieder überzustreifen, als wir den Saal durchqueren, wo nach wie vor gefeiert wird. Als jene, die an den Seiten und am Buffet stehen, erkennen, dass ich neben der Mondgöttin gehe, wenden sie rasch den Blick ab. Wenngleich ich, was das betrifft, nicht empfindlich bin, so ist es trotzdem ein angenehmes Gefühl, einmal nicht begafft zu werden.

Innerlich schnaube ich bei der Erinnerung daran, wie Herakles auf dem Weg hierher zu mir sagte, dass im Palast der Titanen eigentlich jeder willkommen ist. Vielleicht ist er in Bezug auf die Bewohner Othrys' voreingenommen. Oder ich hatte einfach Pech, dass ich mit ihm angereist bin – als hätte ich ihnen ihren liebsten Helden weggenommen. Allerdings macht es in dieser Sekunde nicht den Eindruck, als würde er noch einen Gedanken an mich verschwenden, denn meine Augen finden ihn mit Amethyst in der Mitte des Saals. Ihre Arme hat sie um seinen Hals geschlungen, während seine Hände an ihrer Hüfte liegen. Sie stehen vollkommen still und sie flüstert ihm etwas zu, das ihn tatsächlich lächeln lässt. Zorn brodelt in mir, weil ihm unsere eigentliche Aufgabe offenbar überhaupt nicht wichtig ist. In dieser Sekunde beschließe ich, die Sache selbst in die Hand zu nehmen. In den vergangenen Tagen habe ich genug auf Herakles gewartet.

An Selenes Seite schreite ich hoch erhobenen Hauptes die Treppe hinauf, gleite mit den Fingerspitzen über die goldenen Verzierungen des Geländers.

»Soll ich uns durch den Nebel tragen?«, bietet die

Mondgöttin mir an, als wir die Feierlichkeiten hinter uns gelassen haben.

»Mir wäre es lieber, meine eigenen Beine zu benutzen.«

Kurz überlege ich, ob meine Worte zu schroff gewesen sind, doch Selene lacht und nickt. »Diese Art der Fortbewegung ist nicht für jeden etwas.« Sie deutet auf einen abzweigenden Korridor. »Hier entlang.«

Sie führt mich durch mehrere Gänge. Dabei kommt mir mein ursprüngliches Vorhaben, mir den Weg zu merken, wie ein lächerliches Unterfangen vor. Schließlich erreichen wir eine Treppe, welche der im Empfangsbereich gleicht, nur ein wenig schmaler ist. Ich folge Selene die kaum enden wollenden Stufen hinauf, bis ich das Gefühl habe, an der Spitze des Palastes angelangt zu sein. Ich weiß nicht, ob es die Nachwirkungen meines Getränks sind, doch mir ist unerträglich warm. Schweiß perlt über mein Rückgrat, während Selene von dem Marsch gänzlich unbeeindruckt ist. Ein wenig peinlich, dass diese zerbrechlich wirkende Frau über eine bessere Kondition verfügt. Andererseits ist sie eine Titanengöttin – und ich bin nichts. Lediglich etwas, das vor langer Zeit von einem Fluch erschaffen wurde.

Am Ende der Treppe unterdrücke ich ein erleichtertes Seufzen. Selene führt mich in einen weiteren Korridor, der von zahlreichen kunstvoll bestickten Wandbehängen geschmückt wird. Ein nachtblauer Teppich verschluckt das Geräusch unserer Schritte, und hin und wieder passieren wir Statuen, die verschiedene Götter und Helden zeigen.

»Wir sind da«, informiert mich Selene. Kronos' Knochen sei Dank! Ich hatte bereits befürchtet, dass diese Wanderung bis zum Morgengrauen andauern würde.

Dieser Flur ist deutlich breiter als jene, die ich bisher

gesehen habe. Selene deutet auf eine Flügeltür. Ihrer Geste folgend, beginnen mehrere verzierte Riegel, welche die Tür verschlossen hielten, sich zu bewegen. Nacheinander rasten sie mit einem Klicken aus, ehe eine Hälfte der Pforte aufschwingt. »Nach dir.« Selene lächelt mich an. Ich betrete das Gemach, stelle meine Schuhe ab und sehe mich um. Auch der Empfangsbereich ist größer als in Herakles' Räumlichkeiten, und auf die Schnelle zähle ich sechzehn Durchgänge, die von hier abzweigen. Es ist riesig … Mehrere Familien würden hier Platz finden.

»Meine Geschwister und ich teilen uns den Flügel«, sagt Selene, die meine Blicke gespürt zu haben scheint. »Aber das hier ist mein Rückzugsort.« Sie läuft vor und ich folge ihr erneut, in etwas, das wohl der Wohnbereich ist, jedoch an einen Salon erinnert. Mehrere Tische und Chaiselongues mit goldenem Überzug und verspielten Ornamenten bilden die Einrichtung, zusammen mit einer Standuhr aus dunklem Holz, um die sich Blumen ranken, sowie Kommoden mit Vasen aus Kristall, die exotische Pflanzen beinhalten und einen intensiven Duft verströmen.

»Darf ich dir etwas zu trinken anbieten?«, holt Selenes sanfte Stimme mich aus meinen Beobachtungen.

»Gerne Wasser«, erwidere ich. Es gelingt mir sogar, nicht die Mundwinkel zu verziehen, obwohl ich jetzt schon weiß, dass es Honigwasser sein wird. Das Problem daran ist nicht nur der Geschmack, sondern auch die Tatsache, dass es den Durst, den ich verspüre, kein bisschen zu stillen vermag.

Selene füllt mir ein Glas, das ich dankend entgegennehme. Nach einigen Schlucken sage ich mir, dass es gar nicht so schlimm schmeckt. Gleichzeitig frage ich mich, weshalb Selene mich mit in ihre Räumlichkeiten genommen hat. Und während ich mich weiter in dem riesigen Salon umschaue, erscheint es mir nicht abwegig, dass sie womöglich einfach einsam ist. Dieser Palast ist voller Bewohner und sie lebt hier gänzlich abgeschieden gemeinsam mit ihrem Bruder und ihrer Schwester. Andererseits ... habe auch ich mein gesamtes Leben mit meinen Schwestern verbracht und mich nie daran gestört. Doch bei Selene wundert es mich.

»Hattest du jemals einen Gemahl?«, erkundige ich mich und betrachte eine Zeichnung, welche eine verwilderte Landschaft zeigt, die nicht so recht in den Salon passt. »Falls die Frage nicht zu persönlich ist.«

»Es gab jemanden, den ich einst geliebt habe«, antwortet sie nach einigen Sekunden. »Aber einen Gemahl hatte ich nie.«

Da es nicht den Eindruck macht, als wollte sie darüber reden, hake ich nicht weiter nach. Stattdessen nehme ich noch einen Schluck vom Honigwasser, welches einen zu süßen Geschmack auf meiner Zunge hinterlässt.

»Und du? Gab es jemals jemanden für dich?«

Beinahe hätte ich laut aufgelacht. Romantik ist etwas, das in meinem Leben – offensichtlich – stets an letzter Stelle kam. »Ich war neunzehn, als meine Schwestern und ich verflucht wurden«, antworte ich schlicht. »Ich hatte wenig Gelegenheit ...« Da ich nicht weiß, was ich noch sagen soll, lasse ich den Satz unvollendet. Doch selbst bevor ich dieses Antlitz hatte, war eher meine Schwester Medusa der Grund, aus dem Männer unsere Nähe suchten.

»Was ist mit Herakles?« Selene betrachtet mich mit schräg geneigtem Kopf. »Liebst du ihn?«

Ugh. Wäre ich dazu fähig, würde ich die Zeit zurückdrehen, damit sie die Frage nicht stellen kann. Tatsächlich hatte ich Herakles für einen Moment vergessen. »Herakles ... hat mich ... überrascht«, erwidere ich vage. »Er ist in mein Leben gekommen, als ich am wenigsten mit ihm gerechnet habe.« Ich zwinge ein verträumtes Lächeln auf meine Lippen und hoffe, dass die Mondgöttin es mir abkauft, mich nicht als Lügnerin enttarnt.

Ein wehmütiger Ausdruck zeichnet nun Selenes Gesicht. »Für gewöhnlich sind diese Art von Begegnungen die alles entscheidenden.« Ich überlege, ob sie das wirklich glaubt, wo ich mit ihr hier oben bin, während Herakles sich unten mit Amethyst vergnügt. Aber ihre Augen wirken in dieser Sekunde so weit entfernt, dass sie es vermutlich auf ihre Vergangenheit bezieht, was mir nur recht sein soll.

Ich stelle mein Glas auf einem der Tische ab und hole die Mondgöttin auf diese Weise aus ihren Träumereien. »Möchtest du mir nun deine Kunst zeigen?«

Ihre Miene hellt sich auf. »Ja – ja, natürlich. Bitte folge mir.« Ich hefte mich an ihre Fersen und denke gleichzeitig darüber nach, wie ich anschließend das Gespräch geschickt auf die Winde lenken könnte.

Über den Flur gelangen wir in einen weiteren Raum, der stockfinster ist, ehe der Mond und ein Sternenhimmel ihn erhellen. Zögerlich mache ich einige Schritte hinein und blinzele, damit meine Augen sich an die Lichtverhältnisse gewöhnen. »Ich arbeite an einem Spiegelkabinett«, teilt Selene mir mit. »Ich sammele sie, einige von ihnen sind mehrere Jahrhunderte alt.«

»Das ist ... sehr beeindruckend.« Und ein wenig unheimlich. Es umgeben uns tatsächlich Spiegel – in den unterschiedlichsten Formen und Größen. Manche von ihnen sind mit Flecken der Zeit übersät, andere besitzen mit Edelsteinen verzierte Ränder, die wirken, als hätte man sie gestern erst poliert. Scheinbar endlos reihen sie sich aneinander wie die Wellen im Meer. Selbst der Boden ist verspiegelt, sodass mir nach kurzer Zeit ganz schwindelig wird.

»Es ist gewöhnungsbedürftig – aber ich mag es, meinen Verstand herauszufordern«, erklärt Selene. »Sieh dich in aller Ruhe um. Deine Meinung interessiert mich.«

Ich will sie gerade fragen, warum, doch ihre Stimme klingt weiter entfernt als zuvor. Ich drehe mich um die eigene Achse – von der Mondgöttin fehlt jede Spur. Auch den Durchgang, der uns in diesen Raum geführt hat, erkenne ich nicht mehr. Trotzdem kann ich nicht aufhören, mich zu drehen. Mein Blick huscht wild umher, bis Übelkeit auf meinen Magen drückt. Als ich das Gefühl habe, mein Bewusstsein zu verlieren, halte ich abrupt inne und schließe meine Lider. Mehrmals atme ich ein und aus. Dränge meine Panik zurück. *Du reagierst über,* sage ich mir im Stillen. Wiederhole den Satz, bis ich selbst ein bisschen daran glaube. Sobald sich mein Herzschlag, der kurz ins Stolpern geraten ist, wieder beruhigt hat, öffne ich die Augen. Ich werde mich ein wenig umsehen, wie es Selenes Wunsch war, und dann aus diesem albtraumhaften Raum verschwinden. Wobei das vielleicht ein wenig übertrieben ist. Immerhin ist es nur ein Spiegelkabinett, das die Sammlerstücke einer Titanengöttin beinhaltet. Ich schätze, so hat eben jeder seine Marotte.

Langsam setze ich einen Fuß vor den anderen, muss mich zugleich mit meinen Händen vorantasten. Das Glas einiger Spiegel ist nämlich derart verzerrt, dass sie den Eindruck vermitteln, die Umgebung und der Boden würden sich bewegen. Es dauert nicht lange, bis sich ein pochender Schmerz hinter meinen Schläfen ausbreitet, trotzdem gelingt es mir nach einer Weile, einen Teil der Illusion zu durchschauen, sodass ich zumindest den Gang erkenne. Woran ich mich vermutlich nicht gewöhnen werde, sind die unzähligen Abbilder, die mir aus jedem Winkel entgegenschauen.

Meine Schlangen, die dunkelgrüne und silberne Schuppen besitzen, winden sich auf meinem Kopf. Die Farbe meines roten Kleides strahlt im Schein des Mondes unnatürlich hell, nur der Saum, noch nass vom Wasser der Lagune, bildet einen Kontrast. Der Stoff an meinen Brüsten ist ein wenig verrutscht und ich rücke ihn zurecht, als würde es in diesem Moment eine Rolle spielen. Meine Haut, die für gewöhnlich einen bronzefarbenen Ton aufweist, wirkt unnatürlich blass und meine Augen riesig, weil mein Fluchtinstinkt und meine Gabe sich hervorkämpfen wollen. In einem der Spiegel beschwöre ich meine Iriden, keinen Unsinn zu machen. Das Problem ist nur, dass ich nicht weiß, ob ich es wirklich bin. Schließlich sehe ich unzählige Versionen von mir.

Eine Hand lege ich an meine Brust, weil ich mich selbst spüren muss. Sie hebt und senkt sich viel zu schnell, und je mehr ich darauf achte, desto stärker kommt die Panik zurück. Die beruhigende Stimme der Vernunft wird von dem unerträglichen Rauschen in meinen Ohren verschluckt. Meine Füße setzen sich wie von selbst in Bewegung, mein Knöchel stößt gegen die spitze Verzierung eines Spiegels. Ich fluche, als ich spüre, wie meine Haut aufreißt. Kurz darauf fallen die ersten blutroten Tropfen auf den Boden. Für gewöhnlich bin ich nicht empfindlich, doch das Kabinett hat bereits ganze Arbeit geleistet, sodass ich würgen muss. Vielleicht liegt es auch daran, dass ich seit dem Vormittag keine feste Nahrung mehr zu mir genommen habe. In dieser Sekunde wünschte ich, auf Herakles gehört zu haben, anstatt mein Glas aus Trotz zu leeren.

Ich schlucke mehrmals, versuche angestrengt, die Fassung zu bewahren. »Ich muss hier raus«, murmele ich.

Entschlossen setze ich einen Fuß vor den anderen, stütze mich links und rechts an den Spiegeln ab, bis ich zu rennen beginne. Mein keuchender Atem steigert meine Nervosität, weshalb ich meinen Mund schließe und nur noch durch die Nase atme, bis schwarze Punkte vor meinen Augen tanzen. Für einen absurden Moment glaube ich, dass es sogar angenehmer gewesen wäre, Amethyst und Herakles zuzusehen, als hier zu sein. Meine Lippen kräuseln sich vor Verärgerung über meine eigene Schwäche.

Durch meine Unaufmerksamkeit pralle ich erneut gegen einen der Spiegel – dieses Mal mit der Schulter. Instinktiv stoppe ich und begreife den Fehler, welchen ich begangen habe, als ich mich zum ersten Mal im Kreis drehte. Ich hätte einfach zurückgehen können. Doch nun habe ich die Orientierung verloren. Der Ausgang könnte überall sein, denn jeder Winkel hier sieht gleich aus. *Ich* blicke mir aus jedem Winkel entgegen. Vielleicht sollte ich mich auf dem Boden zusammenkauern und darauf hoffen, dass Herakles mich findet. Doch weshalb sollte er nach mir suchen? Vermutlich wird er die gesamte Nacht beschäftigt sein, keinen Gedanken an mich oder unsere Aufgabe verschwenden.

Ich nehme einen tiefen Atemzug, doch es erscheint mir nicht, als würde ausreichend Luft in meine Lunge dringen. Fest beiße ich auf meine Unterlippe, kann mich nicht daran erinnern, wann ich mich zuletzt derart verloren fühlte. Als würde ich jeden Moment die Kontrolle verlieren. Ist Selenes Kunst womöglich ... Angst? Die Erinnerung an die Mondgöttin sorgt dafür, dass ich mich etwas beruhige. Das hier sollte keine gefährliche Situation für mich sein. *Sieh dich nur in aller Ruhe um. Deine Meinung interessiert mich.*

Oh, ich habe mich genug umgesehen. Instinktiv straffe ich die Schultern. »Selene?«, frage ich. Meine Stimme klingt leise, weshalb ich ihren Namen lauter ausspreche. Ihn sogar ein drittes Mal rufe, weil es nicht den Anschein macht, als würde sie mich hier rausholen. Ich warte mehrere Minuten, die sich anfühlen wie Stunden, ehe ich frustriert meinen Kopf in den Nacken sinken lasse – und den Mond über mir entdecke. Bei der Erkenntnis, die mich daraufhin durchzuckt, beginnt mein Herz schneller zu schlagen.

Es gibt unzählige Versionen von mir, aber nur einen Mond. Was ist, wenn ich mit seiner Hilfe den Ausgang finde? Konzentriert schließe ich die Lider, überlege, wie er stand, als ich hereinkam. Sobald ich es mir ungefähr in Erinnerung gerufen habe, entscheide ich mich für die Richtung, welche ich als Erstes ausprobieren will. Dann laufe ich los, muss mich bremsen, nicht zu euphorisch zu sein. Ich habe mein Ziel so sehr vor Augen, dass ich erst mit einiger Verspätung die lauter werdenden Schritte höre. Erleichterung flutet mich. »Selene?« Ich biege um eine Ecke, in der Erwartung, auf die Mondgöttin zu treffen. Abrupt halte ich inne, als ich stattdessen ein Mädchen erblicke. Sie trägt ein pastellfarbenes Kleid und in ihr Haar sind Blumen eingeflochten. In ihrer linken Hand schwingt sie einen Korb hin und her. Ich blinzele, überzeugt zu halluzinieren. Dann dreht sich das Mädchen um – und zeigt das Gesicht einer alten Frau.

Vergessene Titanen, Götter, Helden und andere Wesen leben im Palast der Titanen, hatte Iason mir erklärt. Und wenn ich mich nicht täusche, ist das Mädchen vor mir eine der Graien, die das personifizierte Alter sind. Sie schenkt mir ein zahnloses Lächeln und ich weiche zurück. Nicht, weil ich mich vor ihrem Aussehen fürchte. Sondern wegen des Geruchs, der mir aus ihrem Korb entgegensteigt.

Wermutkraut.

Für uns Gorgonen ist es gefährlich – sogar tödlich, würden wir es essen.

Meine Schlangen fauchen, winden sich heftig, zerren an mir, als hätten sie ihren eigenen Willen. Ich halte die Luft an, trotzdem dringt der Duft unaufhörlich in mich. Kälte und Hitze fließen durch meine Adern. Dieses Mal verliere ich die Kontrolle. Ich erkenne es in meinen eigenen Spiegelbildern, in denen meine Iriden beginnen zu rotieren.

Dieser Raum ist keine Kunst – sondern eine sorgfältig ausgelegte Falle.

HERAKLES

»Und du kommst wirklich nach?«, versichert sich Amethyst und streicht mit ihren Fingern über meine Brust.

»Natürlich«, lüge ich. »Gib mir nur ein paar Minuten.«

Ich weiß, dass ich sie kaum anders loswerden würde – zumindest, wenn ich eine hässliche Szene vermeiden will. Ich zwinge mich zu einem Lächeln, das sie strahlend erwidert, ehe sie herumwirbelt und hoch erhobenen Hauptes auf die Treppe zuhält, den Anwesenden dabei vielsagende Blicke zuwirft. Nur mit Mühe gelingt es mir, eine neutrale Miene beizubehalten und meinen Missmut darüber zu unterdrücken, dass ich nicht die Informationen aus ihr herausbekommen habe, die ich so dringend erfahren wollte.

Weshalb sollten wir über Notos reden? Das ist bereits Jahrzehnte her.

Das wiederum war ihre Lüge. Es ist ein eher offenes

Geheimnis, dass sie für eine Weile mit Notos, dem Gott der Südwinde und des Sommerregens, zusammen war. Und dass seitdem mitnichten Jahrzehnte vergangen sind. Normalerweise bleiben die vier Winde für sich, und er ist der Einzige, der sich jemals auf einen Bewohner oder eine Bewohnerin von Othrys eingelassen hat. Dementsprechend hat außer ihrer Mutter Eos, die sowieso nichts preisgibt, und Amethyst niemand Kenntnis darüber, wo die Räumlichkeiten der Winde liegen, oder besser gesagt: wie man sie findet. Denn mit irgendeinem Trick sorgen die Brüder dafür, dass ihre Gemächer den Ort wechseln – nach einem System, das ich nicht verstehe – und stets woanders im Palast auftauchen.

Ich habe wirklich gedacht, dass ich es Amethyst entlocken könnte, doch offensichtlich habe ich mich überschätzt. Sie schien beinahe beleidigt darüber zu sein, dass ich Notos' Namen überhaupt in den Mund genommen habe. Ein paar Tänze und schöne Worte scheinen ihr nicht zu genügen. Und weiter wollte ich nicht gehen. Schließlich würde es meine Tarnung mit Stheno unglaubwürdig machen, obendrein hatte ich nie vor, sie bloßzustellen, wenngleich mir nicht entgangen ist, dass ich die Gorgone verärgert habe.

Mit einer Hand reibe ich mir übers Gesicht und laufe durch einen der Rundbögen auf die Terrasse. Vorhin habe ich beobachtet, wie Stheno nach draußen verschwunden ist, und ich rechne damit, dass ich sie barfuß auf den Treppen entdecke, die Sandalen vermutlich längst im Wasser versenkt. Als die angenehme Nachtluft mich umschmeichelt, fehlt von ihr allerdings jede Spur. Stirnrunzelnd laufe ich über die Stufen zur Lagune und suche aus der Ferne die Pavillons ab. Zwar kann ich auf den hinteren nicht erkennen, ob darin jemand sitzt, doch zumindest müsste ein Boot davor ankern. Sie wird kaum dorthin geschwommen sein, und durch den Nebel kann sie nicht gehen.

Frustriert drehe ich um. Sobald ich den Saal betrete, höre ich, wie Aeneas, ein Held aus den Zeiten von Troja, nach mir ruft und in großen Schritten auf mich zukommt. Als er mir die Hand auf die Schulter legt und mich in Richtung Treppe schiebt, runzele ich die Stirn. »Ich bin gerade beschäftigt«, informiere ich ihn, ohne zu wissen, was er will.

»Ja«, antwortet dieser. »Ich habe dich vorhin mit Amethyst gesehen – übrigens hätte ich nicht gedacht, dass du diesen Fehler wiederholst.« Er verzieht die Mundwinkel. Es ist nichts Neues für mich, dass er nicht viel für die Göttin übrig hat. Allerdings habe ich auch nicht das Bett mit ihr geteilt, weil ich ihren Charakter so wahnsinnig gerne mag. Und das ist nichts, wofür mich jemand wie Aeneas, der so etwas wie der Frauenheld in diesem Palast ist, verurteilen kann. »Dabei hättest du wohl besser deine eigentliche Begleiterin im Auge behalten.«

Mit dem letzten Satz gewinnt er meine Aufmerksamkeit zurück, und ich bleibe abrupt stehen. »Was ist mit Stheno?«

Seine Hand weiterhin an meinem Rücken bringt Aeneas mich dazu weiterzugehen. »Nur noch über die Treppe«, sagt er eindringlich und erinnert mich damit an unsere Beobachter.

Während ich eine Stufe nach der anderen nehme, rasen meine Gedanken. Ich kann nicht einordnen, was Aeneas mir mitteilen will. Ist Stheno etwas zugestoßen? Gleich darauf verwerfe ich diese Überlegung wieder. Mit ihren Fähigkeiten kann sie sich problemlos verteidigen. Mich beschleicht eher das Gefühl, dass sie womöglich etwas angerichtet hat. Trotzdem erscheint es mir wie eine Ewigkeit, bis wir endlich nicht mehr in Sichtweite des Saals sind und Aeneas uns durch den Nebel an ein mir unbekanntes Ziel bringt. Als er mich loslässt und ich die Lider aufschlage, brauche ich aufgrund des gedimmten Lichts kurz, bis ich erkenne, dass wir uns im Foyer befinden. Es ist vollkommen verlassen, nur in einiger Entfernung nehme ich eine Gestalt wahr. Ich brauche einige Sekunden, um zu begreifen, was genau ich sehe. Dann setzen meine Füße sich in Bewegung. Als ich vor ihr stehen bleibe, gehe ich beinahe in die Knie.

Das Blut in meinen Ohren rauscht und ich strecke eine Hand nach ihr aus, berühre kühles Gestein. Ihre Schlangen sind mitten in der Bewegung erstarrt und ihre Augen weit aufgerissen. Ihre Lippen sind leicht geöffnet, als hätte sie versucht zu schreien. Ich schlucke angestrengt. Meine Finger gleiten über ihr Schlüsselbein und ihre linke Schulter, an der eine Stelle aussieht, als wäre sie verletzt – als hätte sie geblutet. Mein Kinn sinkt auf meine Brust, wobei ich etwas entdecke, das unter dem Saum ihres Kleides hervorlugt. Ich hocke mich hin, brauche zwei Anläufe, bis es mir gelingt, das Pergament zu greifen. Es ist nicht versteinert und ich rolle es auseinander.

Die stärksten Mächte,
geboren vom Schicksal,
geteilt durch drei –
dazu bestimmt,
diesem Planeten zu dienen.

Doch eine von drei
wird von Rache getrieben,
mit dem Ziel,
den jüngsten Blitz zu besiegen.

Immer wieder lese ich die Zeilen, als könnte ich ihnen so einen Sinn entnehmen. Schließlich lasse ich das Papier sinken. Stheno ... ist eine von drei Schwestern. Und Athene, die sie versteinerte, war eine Tochter des einstigen Göttervaters. Was ist, wenn der Gorgone die Rache an Athene nicht genügte und sie auch Zeus' Erben bestrafen will?

Ich schaue in Sthenos starre Augen, die mich vor wenigen Stunden noch trotzig angefunkelt und die irgendetwas ...

Verflucht.

Die *irgendetwas* mit mir gemacht haben, seit sie dieses halb zerfallene Herrenhaus betreten hat. Etwas, das ich nicht verstehe. Das einfach keinen Sinn ergibt. Doch die Worte, von wem auch immer geschrieben, führen mich zu der Überlegung, ob all das nur Berechnung war – Dark und Flame sich täuschten – und Stheno uns hintergehen wollte.

24

KLINGE DES VERGESSENS

ATROPOS

Obwohl in der Unterwelt stets Dämmerung herrscht, erscheint es mir zum ersten Mal so, als wäre es tatsächlich Nacht. Schließlich sind Nächte doch dafür da, um etwas Verbotenes zu tun. In der Finsternis, wo niemand das Unerlaubte sehen kann. Aufregung züngelt wie kleine Flammen in meinen Adern und ich hole immer wieder tief Luft. Seltsamerweise hilft es nicht, stattdessen wird mir schwindelig und ich wanke leicht.

Eine Hand schließt sich um meinen Arm. »Was tust du da?«, fragt Arym.

»Mich beruhigen«, antworte ich und mache Anstalten, ihm meinen Arm zu entziehen. Nach wie vor habe ich unser Gespräch nicht vergessen, das wir vor der Schattenburg geführt haben. Allerdings lässt er nicht los.

»Dann solltest du dich womöglich nicht direkt neben einer Schlucht beruhigen«, erwidert er trocken und zieht mich auf die Mitte des Weges. Mein Kopf ruckt nach rechts und mir wird flau im Magen. Ich stand tatsächlich verflucht nah am Abgrund.

»Danke«, murmele ich und neige mich automatisch ein wenig mehr in Aryms Richtung, bis meine Schulter seinen

Oberarm berührt. Warum muss er nett sein, wenn ich sauer auf ihn bin?

Unsere Reise zum Lebensbaum hat sich um drei Tage verzögert, weil Nyx Wachen vor Persephones Garten postiert hat. Natürlich hat sie keine Ahnung, was genau wir an diesem Ort wollen, aber sie weiß durchaus, dass dort irgendetwas von Belang existiert. Da wir ein Blutvergießen vermeiden wollen und auch nicht scharf darauf sind, bei unserer Rückkehr von ihr in Empfang genommen zu werden, haben wir einen Plan, um die Wachen abzulenken. Nun warten wir lediglich auf Alectos Zeichen, damit meine Schwestern und ich uns durch den Nebel direkt vor das Tor des Gartens bringen können. Einlass kann uns lediglich Persephone gewähren, sodass es nicht möglich wäre, die Statuen direkt anzusteuern.

Während die anderen vor mir ebenfalls eine gewisse Anspannung ausstrahlen, aber dennoch gefasst wirken, kann ich kaum Herrin über die nervöse Energie werden, die mich in dieser Sekunde flutet. Hastig wische ich meine Hände an meinem Rock ab und konzentriere mich wieder auf meine Atmung. Fast gleichzeitig beginnt Arym, durch die Nase Luft zu holen und durch den Mund auszuatmen, und bedeutet mir, es ihm gleichzutun. Als mein Herz sich beruhigt, von dem ich nicht einmal bemerkt habe, dass es schneller schlägt, lasse ich meine Schläfe erleichtert an den Stoff seiner Montur sinken. Er versteift sich, doch überraschenderweise kümmert es mich in diesem Moment nicht, was er denkt – was irgendwer denkt. Schließlich kann niemand von uns mit Sicherheit voraussagen, dass es uns tatsächlich gelingen wird, diese Knochenflut zu passieren.

Es ist vielmehr ein Kampf gegen dich selbst. Weil sie deine dunkelsten Seiten spiegeln. Die Stellen, von denen du selbst glaubst, dass sie makelbehaftet und schlecht sind.

»Was, glaubst du, ist an dir schlecht?«, frage ich Arym.

»Alles«, erwidert er, ohne zu zögern.

»Hm«, mache ich, unzufrieden mit seiner Antwort. »Das stimmt nicht.«

»Es geht los.« Klotho hat sich zu uns umgedreht, und erst jetzt vernehme ich das Flügelschlagen, welches von Alecto ausgeht. Sie landet vor Persephone und Grave, tauscht einige Worte mit ihnen, die ich nicht verstehen kann, bevor sie sich an uns alle wendet. »Ihr habt kein großes Zeitfenster.«

Automatisch nicke ich. Nun bin ich diejenige, die Aryms Arm umfasst, gleichzeitig nehme ich Hypnos' Hand, der Arym daraufhin breit angrinst. Stirnrunzelnd schaue ich zwischen den beiden hin und her und registriere, dass der ehemalige Daimon aus Nyx' Garde die Augen zusammengekniffen hat. »Was auch immer das Problem ist«, merke ich deshalb an, »hebt es euch bis nach unserer Rückkehr auf.« Dann hülle ich uns in den Nebel der Unterwelt.

Einen Wimpernschlag später landen wir direkt vor dem Gartentor. Arym scheint die Art der Fortbewegung aufs Neue mitgenommen zu haben, denn er greift nach dem Tor, nur, um seine Hand im nächsten Augenblick wieder zurückzuziehen und leise zu fluchen. Ich schlinge einen Arm um seine Taille, als könnte ich ihn so stützen, falls seine Knie unter ihm nachgeben.

»Was ist mit ihm?«, erkundigt sich Klotho, die mit Grave und Nero neben uns landet, bevor sich auch Lachesis mit Hale und Persephone materialisiert.

»Er mag das Durch-den-Nebel-Gehen nicht«, informiere ich meine Schwester.

»Alles okay?«, raune ich Arym zu und drücke leicht gegen seine Taille, damit er einen Schritt zur Seite macht.

Seine Iriden, die heute die Farbe von einem dichten Nadelwald haben, funkeln auf mich hinab. Seine Lippen hat er zu einer schmalen Linie zusammengepresst. Währenddessen tritt Persephone an das Tor, und kaum, dass sie es berührt, schwingt es auf. Nacheinander treten wir ein, ehe sie es wieder verschließt. Ich lasse den anderen den Vortritt, um erneut mit Arym die Nachhut zu bilden. Dabei bemerke ich, dass Klotho und Lachesis sich beide noch einmal zu uns umdrehen, allerdings stehen in Klothos Augen wesentlich mehr Fragen. »Du kannst mich jetzt loslassen, Atropos«, sagt Arym. »Wir werden die anderen aufhalten, solltest du vorhaben, mich die gesamte Reise über zu umklammern.«

Wie so oft spüre ich die Wärme in meinen Wangen. »Ich *umklammere* dich nicht«, gebe ich so energisch wie möglich zurück. »Ich stütze dich.«

Arym stößt einen belustigten Laut aus. »Mein Gewicht würde dich erdrücken.«

»Ich bin stärker, als du denkst. Außerdem bin ich nun an der Reihe, dich zu retten. Ich will keine Schulden bei dir haben.«

»Hast du das bei Nero und Grave aufgeschnappt?«

»Natürlich nicht«, piepse ich und setze mich rasch in Bewegung. Leider ist es nicht möglich, Arym, der sich erstaunlich schnell erholt hat, abzuschütteln. Mühelos hält er mit mir Schritt.

»Es ist schon irgendwie ein romantischer Ort«, flüstert Lissy, die mit Hypnos vor uns geht.

»Du meinst einen Ort, der von einem Typ erschaffen wurde, der besessen von einem Mädchen in der Oberwelt war und es zwang, in der Hölle zu leben?« Bei Hypnos' Worten wirft Grave einen Blick über die Schulter, den ich nicht ganz deuten kann. Vielleicht, weil er sich wünscht, dass Nero ebenfalls in der Unterwelt bleibt? Seit der Begegnung mit ihm in Hades' Gemächern weiß ich, dass er nicht gut auf seinen Vater zu sprechen ist. Er will keine Gemeinsamkeiten zwischen ihm und sich.

»Sie will seine Macht ... und das Problem ist, dass ich spürte, wie sie – oder zumindest ein Teil davon – in mich floss, als er ging. Ich besitze also etwas, das die Urgöttin will.«

»Aber was möchtest du von uns?«

»Ich will, dass ihr mir helft, es wieder loszuwerden. Meine Aufgabe ist der Styx. Das andere ... will ich nicht.«

Lissy streicht eine Strähne ihres Haars zurück. »Wenn du die Erinnerung, welche der Manschettenknopf mir zeigte, ebenfalls gesehen hättest, würdest du die Romantik dieses Ortes verstehen. Ich meine: Er hat ihr sein Herz geschenkt.«

»Sein Herz gehörte der Unterwelt. Ich wüsste nicht, was daran romantisch ist.«

»Nun, aber symbolisch gehörte es ihr«, hält meine Schwester dagegen.

»Ich glaube, das war genug Geplauder über meine Vergangenheit«, mischt Persephone sich von der Spitze ein, und wir zucken alle ein wenig zusammen. »Ich kann euch versichern, dass in meiner Ehe nicht viel Raum für Romantik war – lediglich für den Anspruch, jemanden zu besitzen, und zwar ganz und gar.« Ihre Stimme klingt so gleichgültig, dass es mir in Anbetracht dessen, was sie durchgemacht hat, einen Schauer über den Rücken jagt.

»Verzeihung«, murmelt Lissy betreten, woraufhin wir schweigend unseren Weg fortsetzen.

Während wir laufen, zieht sich das dichte Gestrüpp, welches seit Hades' Tod überall wuchert, vor Persephone zurück, doch auch ohne mich umzudrehen, höre ich, wie es hinter uns wieder zuwächst. Wenngleich es vielleicht falsch ist, denke ich zum ersten Mal darüber nach, wie bei allen Harpyien wir wieder herauskommen, sollte Persephone etwas zustoßen. Ich schlucke schwer, konzentriere mich auf den Geruch, welcher über dem Garten liegt und mehr eine weit entfernte Erinnerung an die einstige Blumenpracht ist. Krokusse, Narzissen, Tulpen, Primeln und Schneeglöckchen. Aber auch das saftige Obst kann ich riechen – Kirschen, Mirabellen, Aprikosen. Ebenso wie einen Hauch von Orange. Es beschwört Bilder vor meinem inneren Auge herauf, die eigentlich in der Vergangenheit liegen. Ich gebe Lissy recht, dass es einst ein schöner Ort gewesen ist, dennoch ist es unmöglich, die Geschichte und die damit einhergehende Finsternis zu ignorieren, die ihr anhaftet.

Wir gelangen stetig tiefer in den Garten, und irgendwann habe ich nicht mehr nur das Gefühl von Nacht – es herrscht Nacht. Es dauert eine Weile, bis ich mich daran gewöhnt habe. Einige Male stolpere ich über Steine und Wurzeln, sodass Arym entnervt seufzt und seine Finger erneut meinen Arm umfassen. Als meine Füße bereits schmerzen und ich fürchte, dass wir uns womöglich verirrt haben, weil die Pfade, die wir beschreiten, immer verschlungener werden, erkenne ich in der Ferne ein Leuchten. »Wir sind gleich da«, informiert uns Grave, der schon mit Persephone und Lissy hier gewesen ist. Erleichterung durchströmt mich, gleichwohl ist mir bewusst, dass das hier erst der Anfang ist.

Kurz darauf versammeln wir uns um die beiden Statuen, welche Persephone und Hades zeigen. Sie sind diejenigen, die dieses silberne Leuchten ausstrahlen. Ihre Gesichtszüge und Körper sind so detailreich gestaltet, dass sie nahezu lebendig erscheinen. Für mehrere Sekunden herrscht eine gespenstische Stille, weil jeder von uns die beiden mustert. Es hat etwas Unheimliches, das ehemalige Königspaar zu betrachten. Und ein wenig sonderbar ist es auch, dass Persephone mit uns hier ist. Gut – aber sonderbar. Schließlich hat sie diese Reise schon einmal unternommen. Allerdings zu Zeiten, in denen sie noch mit Hades vermählt war.

Es ist Hale, der das Schweigen durchbricht. »Seht nur – Hades hält das Langzepter in der Hand.«

Lissy stöhnt. »Erinnere mich nicht daran, dass wir das auch noch beschaffen müssen.«

»Genau wie diese Leichname«, ergänzt Klotho. »Ist das eigentlich Grabraub?«

»Grabplünderung«, korrigiert Hypnos. »Und nein – sie sind ja nicht begraben. Ergo gibt es nichts zu plündern.«

»Außerdem retten wir sie eher vor Nyx. Das macht es zu einer guten Tat«, überlege ich.

»Hmpf«, meint Klotho skeptisch. »Ich hoffe, dass sich der Gestank ein wenig gebessert hat.«

»Leute«, mischt Hale sich wieder ein. »Was ist, wenn sich das Zepter innerhalb des Steins befindet?« Er schiebt Grave direkt vor die Statue. »Fass es mal an – vielleicht ist es wie Excalibur.«

»Was weißt du denn von Excalibur?«, erkundigt sich Persephone.

Hale hebt eine Schulter. »Nach unserer Ankunft auf der Erde hat Yasar jegliches Wissen aufgesaugt. Und an einem Abend erzählte er uns von Excalibur.«

»Aber dabei handelte es sich um ein Schwert, das in einem

Stein steckte«, merkt Nero an. »Das Heft schaute heraus, sodass man daran ziehen konnte.«

»Egal«, wiegelt Hale ab. »Los, fass es an.«

Irritiert schüttelt Grave den Kopf und legt seine Handfläche auf die Nachbildung des Zepters. Gespannt halten wir den Atem an. Mehrere Sekunden verstreichen, aber das Zepter wird nicht auf magische Weise vom Stein ausgespuckt.

»Na ja, so kann man sich täuschen«, gibt Hale zu.

Nero lacht. Mir fällt auf, dass ich ihn noch nie zuvor habe lachen hören.

»Hey, es wäre durchaus möglich gewesen«, verteidigt sich der Gott der Hoffnung. »Ich habe schon wesentlich verrücktere Dinge gesehen.«

»Aber vielleicht ist das Zepter in der Spiegelstadt«, überlegt Hypnos.

»Vielleicht«, bestätigt Persephone.

»Wie genau läuft das jetzt ab?«, erkundigt sich Hypnos.

»Ich öffne das Portal«, erwidert die ehemalige Königin. »Ihr geht vor mir hindurch, ich bilde das Schlusslicht.« Es folgen Laute der Zustimmung, und ich rufe mir in Erinnerung, was Persephone uns außerdem erzählt hatte. Hinter dem Portal erwartet uns der Weg, der uns zur Knochenflut führt, welche wir überwinden müssen, um zur Spiegelstadt zu gelangen.

Mit angehaltenem Atem beobachte ich, wie Persephone ihre Hand auf Hades' steinerne Brust legt, an die Stelle, wo das Herz schlagen sollte. Das Leuchten, welches von den beiden Statuen ausgeht, verstärkt sich, bis Persephones Abbild nahezu durchscheinend wird. Grave geht als Erstes. Er streckt seine Hand aus, und plötzlich ist sein gesamter Körper wie vom Tartaros verschluckt. Seinem Verschwinden folgt ein kurzer Sog, und ich spüre, wie meine Haare mein

Gesicht umschweben. Gebannt beobachte ich, wie Nero, Hale, Lissy und Hypnos folgen. Klotho zwinkert mir zu, ehe sie sich rückwärts in das Portal fallen lässt. Ich stoße einen erschrockenen Schrei aus und presse im selben Moment eine Hand auf den Mund. Es ist noch nichts passiert, dennoch bin ich jetzt schon ängstlich. Wie soll das bloß werden, wenn wir die Knochenflut erreichen?

Die Muskeln in meinen Beinen zittern, als ich an das Portal trete. Aus den Augenwinkeln erkenne ich, dass Persephones Hand bebt. Offenbar kostet es sie eine Menge Kraft, die Öffnung für uns so lange aufrechtzuerhalten. Trotzdem wollen meine Füße mir einfach nicht gehorchen. Als wären sie auf dem Boden festgewachsen. Was erwartet mich, wenn ich durch dieses Tor gehe? Manchmal wünschte ich, so furchtlos wie Klotho zu sein. Zaghaft wandern meine Finger zu dem anderweltlichen Licht, zucken jedoch im letzten Moment wieder zurück. Enttäuscht lasse ich meine Hand sinken, will mich zu Arym umdrehen und ihn bitten, vor mir hindurchzutreten. Doch da schlingt sich ein Arm um meine Mitte und ich stürze nach vorn. Der Laut des Entsetzens bleibt in meiner Kehle stecken und ich rechne damit, endlos zu fallen. Stattdessen fühlt es sich an, als würde ich schweben – wie von Wolken umgeben. Und ein bisschen, als würde die Zeit stillstehen.

»Sie muss nicht von dir getragen werden.«

Es ist Klothos Stimme, die dafür sorgt, dass ich die Lider aufschlage. Orientierungslos blinzele ich, bis ich die anderen in wenigen Metern Entfernung entdecke. Ich zupfe am Kragen von Aryms Montur, damit er mich runterlässt. Er bleibt stehen und setzt mich ab, während Klotho uns ein paar Schritte entgegenkommt und den Daimon mit zu Schlitzen verengten Augen mustert. Sie streckt ihre Hand nach mir aus und ich ergreife sie, lasse zu, dass sie mich von ihm wegzieht, wenngleich mich dabei ein schlechtes Gewissen überkommt. »Du meintest doch, ihr hättet vor drei Tagen einen Streit gehabt«, zischt sie mir zu. Es ist wahr, dass ich ihm seit unserer Unterhaltung vor der Schattenburg und unserer anschließenden Begegnung in der Küche aus dem Weg gegangen bin. Exakt bis zu dem Zeitpunkt, als er mich davor bewahrte, in die Schlucht zu stürzen. Und gerade eben ... gerade eben hat er mir auch geholfen.

»Wir haben nicht gestritten«, behaupte ich.

»Atropos«, sagt Klotho warnend, gefolgt von einem Seufzen. »Zumindest hast du uns erzählt, dass er gemein zu dir war, obwohl du dich bei ihm bedankt hast.« Eindringlich schaut sie mich an. »Er ist ein daimonischer Arsch, ausgebildet in Nyx' Garde.« Sie schüttelt den Kopf. »Ich nahm immer an, wenn du dich irgendwann aus deinem Schneckenhaus herauswagen und verlieben würdest, wäre es jemand wie Charon.«

»Charon?!«, echoe ich.

»Ich glaube, er ist ein netter Kerl. Ganz harmlos.«

Ich liebe dich nicht. Ugh, weshalb versetzen mir diese Worte einen Stich? Ich lasse mein Haar wie einen Vorhang vor meine linke Gesichtshälfte fallen und werfe einen Blick über die Schulter. Sofort bohren sich Aryms Augen in meine. Klotho hat geflüstert, aber er hat trotzdem jedes Wort gehört, da bin ich mir sicher. Rasch schaue ich wieder nach vorn, und die ruckartige Bewegung sorgt dafür, dass mein Nacken schmerzt. »Ich bin nicht verliebt, Klotho. Und auch so solltest du dich nicht einmischen. Schließlich machen wir das bei Hypnos und Lachesis auch nicht.« Natürlich kann Klotho sich ihnen gegenüber ebenfalls nicht jeden Kommentar verkneifen, aber immerhin zerrt sie Lissy nicht von ihm weg.

»Mit Hypnos ist es anders. Wir kennen ihn. Und Lachesis ist ihm wichtig.«

»So wichtig, dass er sie seit Jahren versteckt?«, wispere ich zurück, was sie zum Schweigen bringt. Gerade rechtzeitig, weil wir in diesem Moment die anderen erreichen. Zum ersten Mal nehme ich mir die Zeit, unsere Umgebung zu betrachten. Mir wird bewusst, dass wir eine Welt unter der Unterwelt betreten haben. Ergibt das überhaupt einen Sinn? Ich höre in mich hinein und spüre, dass meine Angst verflogen ist. Aryms Nähe und Klothos Reaktion darauf haben mich so sehr abgelenkt, dass ich vergessen habe, in Panik zu geraten.

Wir befinden uns auf einem Weg, welcher dem zum Schattenreich nicht unähnlich ist, weil es links und rechts davon in die Tiefe geht. Ich schaue hinab und stelle überrascht fest, dass es ist, als würde man eine Wasseroberfläche betrachten. Darunter kann man etwas verschwommen die Dächer verschiedener Bauten erahnen. »Haben die Flüsse in der Spiegelstadt dieselben Kräfte? Also lässt der Lethe dort beispielsweise ebenso vergessen?«, spreche ich meinen nächsten Gedanken laut aus.

»Das habe ich bei meinem ersten und einzigen Besuch in der Spiegelstadt nicht überprüft«, antwortet Persephone.

»Aber es wäre bestimmt hilfreich«, überlegt Hale und legt einen Arm um Persephone. »Dann würde der Styx sicherlich auch Graves Kräfte verstärken, um den Lebensbaum zu heilen.«

Grave gibt daraufhin ein undefinierbares Geräusch von sich. Er sorgt sich nach wie vor, dass er wie Hades sein Herz geben muss, wenngleich Persephone ihm versichert hat, dass erstens, niemand auf die Idee kommen würde, es ihm einfach herauszuschneiden, und zweitens, sie absolut ahnungslos ist, mit welchem Zauber Hades das überhaupt bewerkstelligt hat. Offenbar hat er dazu nie konkrete Details preisgegeben. Außerdem glaube ich, vielleicht, weil ich eine Göttin des Schicksals bin, dass die Verbindung zwischen Styx und Hades sowie Graves Gabe kein Zufall sind. Er besitzt außergewöhnliche Kräfte der Heilung. Wer, wenn nicht er, sollte fähig sein, den Lebensbaum zu retten?

»Sind alle bereit für die Weiterreise?«, erkundigt sich die ehemalige Königin mit einem Blick in die Runde. Sobald alle bestätigend genickt haben, fährt sie fort: »Es dauert eine Weile, bis wir die Knochenflut erreichen. Vermutlich werden wir eine Rast einlegen müssen.«

Während die anderen sich in Bewegung setzen, lasse ich mich absichtlich ein Stück zurückfallen und nehme die Umgebung in mich auf. Die Mitte des Weges, den wir beschreiten, erinnert an geschliffenen Citrin. Glatt und glänzend, weder Ruß noch Staub kann ich auf ihm entdecken. Der Boden links und rechts davon ist leicht erhöht, wie eine Treppenstufe, und hat die Farbe eines blutroten Rubins. Mosaikartige Muster sind darin erkennbar. Ich halte inne, um sie zu betrachten, bis ich Aryms Hand an meinem unteren Rücken spüre.

»Wir verlieren den Anschluss.«

Stumm lasse ich mich von ihm vorwärtsschieben, widme mich nun der Decke, die es nicht zu geben scheint. Stattdessen wirkt es, als würden Felsen verkehrt herum in unsere Richtung wachsen. Bei dem Versuch, nach oben zu schauen, um einen Sinn darin zu erkennen, wird mir schwummrig. Obwohl ich mich nicht eingeengt fühle, merke ich noch stärker, wie abgeschnitten wir hier sind. »Wie kehren wir überhaupt zurück? Hier sind keine Statuen.«

Hypnos dreht sich im Gehen halb zu mir um. »Das ist eine sehr gute Frage. Darüber hätten wir wohl ein bisschen eher nachdenken sollen.« Klotho kichert unbekümmert, während mein Magen sich zusammenzieht.

»Das hier ist der Weg zur Knochenflut, um in die Spiegelstadt zu gelangen. Dort befindet sich ein Abbild des Gartens«, ruft Persephone von ganz vorn.

»Ah«, macht Klotho und klingt beinahe ein wenig enttäuscht, als wäre diese Lösung zu einfach. Mich hingegen flutet Erleichterung, gleichzeitig wird mir erneut Aryms Nähe bewusst. Um etwas zu tun zu haben, binde ich meinen Zopf neu, aus dem sich einige Strähnen gelöst haben. Eine Beschäftigung, die nicht sonderlich lang anhält, wie ich nach ungefähr drei Sekunden feststelle. Plötzlich fühle ich mich so befangen wie nie zuvor. Warum bleibt Arym immer bei mir?

Ich denke nicht, dass ich dich auch noch vor den verirrten Seelen in der Knochenflut retten kann.

Er sagt das eine und tut das andere. »Ich verstehe dich nicht, Arym. Ich werde einfach nicht schlau aus dir.«

Ich nahm immer an, wenn du dich irgendwann aus deinem Schneckenhaus herauswagen und verlieben würdest, wäre es jemand wie Charon.

Ja, Arym hat dafür gesorgt, dass ich aus mir herauskomme, aber das heißt nicht ... es bedeutet noch lange nicht ... Ich unterbreche meine eigenen Gedanken. Wohin sollten sie auch führen?

Mag ich es, wenn Arym auf mich aufpasst?

Ja.

Gefällt es mir, wenn er mich berührt?

Ja.

Aber kann ich einschätzen, in welchen Momenten sein Verhalten mir gegenüber wieder umschlägt?

Nein.

Will ich, dass er mich verletzt?

Nein.

Und das Schlimme ist, dass ich weiß, dass er dazu fähig ist.

Schmerz oder Lust. Was wählst du?

Zittrig atme ich aus, dabei fühlt sich meine Kehle viel zu eng an. Auf meine Aussage kam keine Erwiderung, allerdings hatte ich es auch nicht als Frage formuliert. Verärgert verschränke ich die Arme vor meiner Brust und beschleunige meine Schritte. Natürlich kann ich ihn damit nicht abschütteln. Und ich hasse es, dass er heute so schweigsam ist – ihn die Stille nicht stört. Dass ihn das zwischen *uns* nicht stört, es ihn innerlich nicht bis in die Feuergruben treibt.

»Du behauptest, dass es dir bei allem, was du tust, hauptsächlich um deinen eigenen Vorteil geht. Aber mittlerweile frage ich mich, ob du das einfach nur selbst glauben magst, weil es dir dein bisheriges Überleben gesichert hat.«

Opalgrüne Iriden mustern mich. Ich überlege, ob die Farbe seiner Augen so häufig wechselt, weil auch er unendlich viele verschiedene Seiten besitzt, von denen er mir am liebsten nur eine zeigen würde. Mit einem leisen Seufzen richte ich meinen Blick wieder nach vorn. Vielleicht bin ich auf der Suche nach Antworten, die er mir niemals geben wird.

Aus irgendeinem Grund dachte ich, der Weg würde beschwerlicher sein. Dass uns Monster auflauern und angreifen würden. Die letzten Nächte vor unserem Aufbruch konnte ich kaum schlafen, auch deshalb nicht, weil meine

Schwestern nicht wussten, ob wir an diesem Ort in der Lage sind, durch den Nebel zu reisen – was wir tatsächlich nicht können.

Stattdessen wirkt der Pfad friedlich, und bis auf die leisen Gespräche der anderen herrscht eine Stille, die einen glauben lässt, dass wir vollkommen allein sind. Irgendwann, als es mir bereits schwerfällt, meine Augen offen zu halten und einen Fuß vor den anderen zu setzen, nimmt die Brücke zum ersten Mal eine Biegung. »Dort vorne erreichen wir eine Art Tempel«, informiert uns Persephone, die im Gegensatz zu mir kein bisschen müde wirkt. »Wir ruhen für einige Stunden, bis wir uns der Knochenflut stellen.«

Ich lege eine Hand über die Stirn und blinzele, meine Augen sind so trocken, dass ich ein wenig verschwommen sehe. Doch schließlich erkenne ich in einigen Metern Entfernung einen imposanten Bau. Zwei Plattformen, die leicht über unserem Pfad schweben und über eine Treppe miteinander verbunden sind, führen zu einem tränenförmigen Eingangsportal, das beinahe bis zu den Felsen hinaufragt. Links und rechts davon befinden sich die für Tempelbauten typischen Säulen, Streben und Rundbögen. Über dem Eingang sind drei große Edelsteine eingefasst – schwarzer Turmalin.

»Das sind starke Schutzsteine«, murmele ich.

»Vermutlich halten sie die Toten von dieser Seite fern«, erwidert Grave, der ein wenig zurückgefallen ist. Sein Blick ist auf Nero gerichtet, der eine Unterhaltung mit Hale führt.

Kurz darauf erreichen wir die Treppe, wobei die einzelnen Stufen von Nahem wirken, als hätte man sie für Zyklopen gebaut. Grave reicht mir eine Hand und ich ergreife sie, raffe mit der anderen meinen Rock und lasse mir von ihm zum Eingang helfen. Drinnen angekommen, mustere ich die hohe gewölbte Decke und lausche für einige Sekunden unseren Schritten, die von den Wänden widerhallen. Das Innere wirkt kühl, es gibt keine Einrichtung, als wäre dieser Ort nicht zum Verweilen gedacht. Wir reden noch einmal über morgen – die Knochenflut –, ehe sich alle verstreuen. Persephone verschwindet mit Hale, Hypnos nimmt Lachesis' Hand und Nero folgt Grave. Als ich mich nach Klotho umsehe, kann ich sie nirgendwo entdecken – vermutlich ist sie auf eine Erkundungstour gegangen. Ich hoffe, dass sie nichts Leichtsinniges anstellt.

Ich straffe die Schultern und entscheide mich für eine Richtung, die bisher noch niemand gewählt hat – schließlich habe ich keine Lust, meine Schwester und Hypnos bei ... nun ja ... zu erwischen. Links und rechts von mir entzünden sich Fackeln, während ich den Gang entlangschreite. Irgendwie ist es Verschwendung, dass der Tempel leer steht. Andererseits: Wer würde hier schon leben wollen, direkt am Tor zur Knochenflut und gänzlich abgeschnitten von der Außenwelt?

Obwohl ich mich relativ weit entfernt habe, will ich trotzdem noch hören, wenn die anderen zum Aufbruch rufen. Daher entscheide ich mich für einen der kleinen Räume, der wie ein Salon erscheint. Er besitzt keine Fenster, dafür Säulen, und als ich sie erreiche, stelle ich fest, dass ich nun viel näher an der Wasseroberfläche bin, über welcher die tempelartige Anlage liegt. Beinahe vermittelt es die trügerische Illusion, die Dächer der Bauten, die unter Wasser liegen, berühren zu können, wenn ich mich weit genug nach vorn beuge.

Einer Eingebung folgend sinke ich auf die Knie und strecke meine Hand aus. Das Wasser wirkt klar und einladend. Ich kann gar nicht abwarten, wie es sich anfühlt. Als meine Fingerspitzen ganz nah sind, verschwimmt das Bild und ich registriere einen Umriss. Doch meine Position ist so ungünstig, dass ich mich nicht sofort aufrichten kann. Ich sehe bereits zwei Reihen schwarzer spitz zulaufender Zähne aufblitzen, als ich plötzlich zurückgerissen werde. Ich keuche, lande auf meinem Steißbein und Arym stellt sich blitzschnell vor mich. Die Klinge seines Schwertes zischt durch die Luft, woraufhin ein helles Kreischen ertönt. Ein mit Stacheln besetzter länglicher Körper fällt zurück ins Wasser und einige Tropfen schwarzen Bluts regnen hinab. Als Arym sich zu mir umdreht, leuchten seine Iriden jadegrün.

»Tut mir leid«, wispere ich. Er schüttelt nur leicht den Kopf, bevor er mir auf die Füße hilft und mich in die andere Ecke des Raumes lotst, wo wir nebeneinander auf den Boden sinken. »Es tut mir leid«, wiederhole ich, lauter dieses Mal, nachdem wir eine Weile geschwiegen haben. »Ich weiß nicht, warum ich immer ... warum ich in diese Situationen gerate.« Ich ziehe die Schultern an. »Vor Zeus' Tod und Nyx' Ansprache ist meinen Schwestern und mir nie etwas zugestoßen. Ich war nie jemand, der Probleme oder Schwierigkeiten anzog.« Plötzlich brennen meine Augen und ich reibe mit dem Handrücken über meine Nase. »Ich weiß nicht, was los ist, Arym. Ich habe keine Ahnung, was hier passiert. Es ist, als würde ich die Kontrolle verlieren.«

Ich erwarte nicht wirklich eine Antwort, weshalb mein Kopf überrascht in seine Richtung ruckt, als er spricht. »Manchmal ändert sich das Leben. Und dann muss man das Beste daraus machen. Du als Schicksalsgöttin müsstest das kennen.«

»Es ist etwas anderes, weil es zum ersten Mal mich betrifft.«

»Außerdem fing es nicht erst mit Zeus', sondern bereits mit Hades' Tod an.« Er hebt eine Braue. »Es waren doch du und deine Schwestern, die Nyx' Söhnen geholfen haben, den Leichnam des Königs aufzubereiten, um ihn vor der Urgöttin zu verbergen.«

»Ja, aber ...«

»Ihr wurdet zwar zu diesem Zeitpunkt noch nicht erwischt, trotzdem habt ihr eine Entscheidung getroffen, welche den Weg für alles Weitere ebnete.«

»Hm«, mache ich, wenngleich seine Aussage Sinn ergibt. Denn irgendwie stimmt es: Ich habe das hier gewählt. Die Gefahr und die Ungewissheit. Diese Reise. Und das mit ihm. Was auch immer es sein mag.

Arym lässt seinen Hinterkopf an die steinerne Wand sinken, und ich beobachte, wie sein Kiefer mahlt. Ich erkenne, dass er etwas sagen will und es doch nicht über seine Lippen bringt. Er schluckt und sein Hals bewegt sich, bevor er mit dem Handrücken über seine Stirn wischt. »Mir ... mir tut es auch ... *leid.*« Es klingt, als würde er das Wort zum ersten Mal aussprechen. Er definiert nicht, was genau ihm alles leidtut. Aber ich hake auch nicht nach, weil ich spüre, wie viel Überwindung es ihn gekostet hat.

»Vielleicht gerate ich in letzter Zeit so häufig in Schwierigkeiten, weil du mein Schatten bist«, sage ich, um die Stimmung aufzulockern.

»Ah – all das, nur um von mir gerettet zu werden?«

»Klar«, erwidere ich. »Du bist schön, unnahbar und strahlst gleichzeitig Gefahr aus – wer würde nicht von dir gerettet werden wollen?«

»Schön?« Ungläubig mustert er mich.

»Nahezu jeder Daimon besitzt eine anziehende äußere Erscheinung.« Ich strecke meine Hand aus und streiche mit den Fingerspitzen über seine dunklen Locken. Er hält ganz still, nur seine Augen folgen mir. Sein Haar ist weich und es kostet mich die größte Überwindung, meinen Arm wieder zu senken. Trotzdem lassen unsere Blicke sich nicht los. Wir verharren in unserer Position – nebeneinandersitzend, unsere Oberkörper dem jeweils anderen zugewandt.

»Du solltest mich weder mögen noch mir vertrauen. Ich bin niemand, den du dir an deiner Seite wünschst.«

»Ich habe mir nie jemanden wie dich gewünscht«, bestätige ich, weil es die Wahrheit ist. »Aber das ändert nichts daran … es ändert rein gar nichts daran …« Kurz schließe ich die Lider und unterbreche mich selbst, erinnere mich an all die Male, bei denen er mich direkt oder indirekt zurückgewiesen hat. Halt suchend taste ich nach dem Anhänger mit dem Mondstein. Die anderen beiden Ketten habe ich nach unserer Ankunft im Schattenreich meinen Schwestern überreicht, sodass wir nun alle einen Mondstein tragen. Vielleicht ist es Einbildung, aber mir erscheint es, als hätte er uns Kraft gegeben. Gleichzeitig erinnert mich das Zeichen des Lebensbaumes daran, dass nicht alles in Ordnung ist. Ich drehe mich wieder nach vorn und mein Rücken schabt über das Gestein. Zischend atme ich ein.

»Hat es sich weiter ausgebreitet?«, fragt Arym.

»Ich habe nicht nachgesehen.«

»Tut es weh?«

»Nicht sehr. Es brennt ein wenig.«

Arym rutscht ein Stück zurück. »Setz dich vor mich.«

Ich zögere, ehe ich gehorche. Seine Finger greifen den Saum meines Oberteils und ziehen es nach oben, bis ich ihm helfe, es abzustreifen. Ich rede mir ein, dass es keine Rolle spielt, weil er all das schon gesehen hat. Er untersucht mein Schulterblatt, ohne es wirklich zu berühren.

»Ein wenig gerötet. Wie eine leichte Entzündung«, kommentiert er schließlich. »Aber die Linien sind noch genauso wie beim letzten Mal.«

»Vielleicht erholt es sich, wenn Grave den Lebensbaum heilt.«

Arym schweigt, und ich frage mich, ob er auch darüber nachdenkt, dass Grave den Baum heilt, es aber womöglich keinen Einfluss auf uns nehmen wird ... dass wir vielleicht dennoch ... sterben. Sein Atem streift meinen Nacken. Ich versteife mich, um nicht zu erschauern. »Wenn du möchtest, kann ich es kühlen.«

»O-okay«, bringe ich hervor, obwohl ich keine Ahnung habe, was genau er damit meint. Ich drehe ihm mein Gesicht zu und beobachte, wie er seinen Dolch zieht, der die Farbe der Lethe hat. Kurz treffen sich unsere Augen, was mich rasch wieder nach vorn schauen lässt. Als er die Klinge auf mein Schulterblatt legt, biegt sich meine Wirbelsäule und ich stöhne leise. Das Material ist kalt auf meiner erhitzten Haut und schenkt mir tatsächlich Linderung. Für mehrere Minuten verweilt er mit der Klinge an derselben Stelle, ehe er mit ihr über meinen gesamten Rücken wandert, die Adern nachfährt, von denen ich weiß, dass sie schwarz und abstoßend sind. Doch das Brennen lässt nach und ich sinke automatisch zurück, bis ich an ihm lehne. Ich drücke meine Schläfe gegen seinen Oberarm, während seine Hand mit dem Dolch weiterhin über meine Haut gleitet.

»Stellst du dir manchmal vor, wie dein Leben verlaufen wäre, wenn du nicht Mitglied in Nyx' Garde geworden wärst?«

»Du meinst, ob ich mir ein Leben in Armut vorstelle?«

»Wäre das wirklich so schlimm ...«, wispere ich. Meine Lider flattern, als seine Arme sich von hinten um mich legen und die Klinge plötzlich über meinen Bauch gleitet, »... wenn man dafür andere Dinge hat?«

»Was für andere Dinge, Atropos?«

Ich schlucke schwer, bringe keinen Satz mehr zustande, weil seine rechte Hand überdeutlich auf meiner Taille ruht und die Spitze des Dolches meinen Bauchnabel umkreist, sodass mein Oberkörper zittert. Heftig beiße ich mir auf die Unterlippe, um keinen Ton von mir zu geben, als sie von dort zwischen meine Brüste wandert und sich Aryms Griff um meine Taille verstärkt. Es fühlt sich intensiv und trotzdem wie eine außerkörperliche Erfahrung an, weil ich nicht glauben kann, dass das hier gerade passiert. Er zieht mich gänzlich an sich, sodass er mich das letzte Stück mühelos auf seinen Schoß heben kann und mein Rücken seine Brust berührt. Seine Lippen fahren federleicht über den Muskelstrang an meinem Hals, bevor er sie auf die Stelle presst, unter der mein Puls rast. Meine Lider flattern, als seine rechte Hand sich von meiner Taille über meinen Bauch schiebt und er seine Finger darauf spreizt. Kurz darauf setzt sich der Dolch wieder in Bewegung, beginnt, immer enger werdende Kreise über meine Brüste zu zeichnen.

»Solche Dinge?«, fragt er, doch ich bringe lediglich ein Wimmern zustande, während er mit der Klinge nun meine Brustwarze streift. Ich keuche, spüre es bis in meinen Unterleib, als hätte er eine unsichtbare Verbindung erschaffen. Er wiederholt es so oft, bis ich Blitze und Sterne sehe und elektrisierende Wellen sich durch meinen Körper bewegen. Meine Nägel krallen sich in seinen Unterarm, suchen an ihm Halt. Gleichzeitig winde ich mich, weil mir das mit ihm zu viel erscheint. Doch seine gespreizten Finger verhindern mein Entkommen, weshalb ich ihm – und dieser alles einnehmenden

Lust – ausgeliefert bin. Obwohl er mich nur an drei Stellen berührt, kann ich ihn auf jedem Zentimeter meines Körpers spüren. Immer wieder fährt er mit seiner Zunge über die empfindliche Stelle hinter meinem Ohr, und sobald er die Klinge loslässt, meine Brust stattdessen mit seiner rauen Handinnenfläche umfasst, ist es tatsächlich, als würde ich in den Fluss des Vergessens fallen. Denn in dieser Sekunde sind da nur noch wir. Dieser eine Moment, der allein uns gehört, bevor morgen womöglich alles anders wird.

Irgendwann bebt mein Körper nicht mehr, dafür liegt wohlige Schwere über mir. »Ich wollte dir einen Gefallen tun«, flüstert Arym. »Dir begreiflich machen, dass du dich nicht auf mich verlassen kannst – ich dich nicht bis zum Ende beschützen werde.«

Ich wende ihm mein Gesicht zu. »Ich vertraue dir, Arym. Auch wenn du mir manchmal keinen Grund dafür gegeben hast.« Meine Fingerspitzen wandern über seine Hand, und ich erschauere in der Erinnerung daran, was sie in mir ausgelöst hat.

»Dein Vertrauen ändert nichts«, erwidert er, seine Iriden von einem so dunklen Grün, dass sie beinahe schwarz wirken. »Denn ich habe Verrat begangen. Und irgendwann werde ich dafür bezahlen.«

25

STUMME UND
LAUTE GESTÄNDNISSE

GRAVE

Stille umgibt mich. Eine Stille, die dafür sorgt, dass mir meine eigenen Gedanken unnatürlich laut erscheinen. Außerdem kommt es mir vor, als würde ich seit zwei Wochen zum ersten Mal innehalten. Irgendwie ergibt es keinen Sinn – wie viel sich in so kurzer Zeit verändert hat, auf welchem Pfad ich mich nun bewege.

Ich starre auf die wasserartige Oberfläche, unter der man die Umrisse der Bauten der Spiegelstadt erkennt. Gleichzeitig spüre ich die Anwesenheit der daimonischen Wesen, die versuchen, sich im Wasser vor mir zu verbergen. Ich bin gekommen, um die Unterwelt, das Erbe meines Vaters, zu retten. Etwas, das ich niemals tun wollte. Und dennoch stehe ich hier. Vielleicht muss ich lernen, die Hölle endgültig von Hades zu trennen. Trotz ihm ist die Unterwelt meine Heimat, die ich heilen will. Selbst die ehemalige Königin ist zurückgekehrt. An den Ort, an welchem sie misshandelt und gedemütigt wurde. An dem Hades ihre Schönheit mit unzähligen Narben übersäte.

»Auch schlaflos?« Kaum merklich zucke ich zusammen, als Persephone neben mich tritt. Sie ist barfuß, weshalb es ihr gelungen ist, sich lautlos über die Fliesen zu nähern.

Ihr weizenblondes Haar trägt sie zum ersten Mal offen, die einzelnen Strähnen wehen in der leichten Brise.

Ich nicke. »Zu viele Gedanken in meinem Kopf.«

»Wegen der Knochenflut, dem Lebensbaum oder ... Nero?«

Meine Brauen schnellen in die Höhe. Ich hätte nicht damit gerechnet, dass sie ... »Wie hast du es gemerkt?«, frage ich leise.

»Wer hat es nicht bemerkt?« Sie schaut mich aus ihren dunkelgrauen Augen an. »Oder sollte es ein Geheimnis sein?«

Ich vergrabe beide Hände in den Hosentaschen. »Zumindest ist es nichts, das von Dauer ist«, erwidere ich nach einem Moment des Schweigens. Bei meiner Aussage zieht sich mein Magen zusammen, weil ich mich gleichzeitig an jeden Blick, jedes Wort und jede Berührung erinnere. In dieser Sekunde kommt es mir vor, als hätte ich es nicht genügend ausgekostet, als hätte ich noch mehr davon nehmen müssen – von diesem Gefühl, das ich mit Nero verbinde, damit es sich auf ewig in mein Innerstes brennt.

Auf ewig.

Ich schlucke schwer.

Das ist kein Begriff, den man in der Unsterblichkeit leichtfertig verwendet.

»Ich kenne Nero ein bisschen«, holt Persephone mich aus meinen Gedanken. Schnaubend schaue ich nach vorn, weil ich glaube, dass es eine Untertreibung ist. Wenn ich beobachte, wie Nero sich mit Hale und ihr unterhält, wirken die drei stets vertraut. Und ich denke nicht, dass das auf viele in Neros Umfeld zutrifft. Dem, was er preisgegeben hat, konnte ich entnehmen, dass es neben seinen Pflichten als Anführer der Halbgötter eigentlich nur seine Schwester Juna gibt. »In der Oberwelt habe ich ihn nie so erlebt. Entweder du oder die

Reise in die Hölle haben etwas mit ihm gemacht – ich tippe auf Ersteres.«

»Was hat sich denn an ihm verändert?« Meine Stimme klingt leise und rau.

»Nun – er spricht.« Sie lacht. »Es war nie leicht, mit ihm zu reden. Es war kaum etwas aus ihm herauszubekommen. Außerdem wirkt er klar und wach, nicht abwesend wie nach der Begegnung mit der Todesfee. Und weniger … schwermütig.« Sie klickt ihre Zunge gegen ihre Zähne. »Schon absurd, dass die Unterwelt ihn lebendiger macht.«

»Wir haben hier mehr als den Tod zu bieten.«

»Hm«, macht Persephone. Es ist deutlich, dass sie anderer Ansicht ist.

»Wie auch immer – er wird nicht bleiben«, stelle ich nüchtern fest. Ich habe das Thema mehrmals angeschnitten, ihm ausreichend Vorlagen gegeben, mir zu widersprechen. Aber das hat er nicht getan. Wenn wir aus der Spiegelstadt zurückkehren, wird er gehen. Noch dazu ist mir bewusst, dass er seinen Aufenthalt, nachdem ich ihm gesagt habe, dass er mir nichts schuldet, nur verlängert hat, um Persephone zu helfen. Nicht mir.

»Und du?« Mit der Schulter lehne ich mich gegen die hohe Säule. »Was machst du, sobald der Lebensbaum geheilt ist? Willst du den Thron der Unterwelt?«

»Wer, der noch bei Verstand ist, will das schon?«, kommt es umgehend zurück. Meine Mundwinkel zucken. Für einige Sekunden herrscht Stille, bis Persephone ein abgrundtiefes Seufzen ausstößt. »Zum einen ist da ja noch die Sache mit dem Zepter, das beschafft werden muss und das uns signalisieren wird, ob du tatsächlich Hades' Erbe bist.« Nachdenklich musterte sie mich, wie unter einem Vergrößerungsglas. »Wovon wohl auszugehen ist – Lachesis deutete an, dass bereits ein Teil seiner Kräfte in dir ist.«

»Klar hat sie das angedeutet«, murmele ich.

»Und wenn die Erben von Poseidon und Zeus gefunden wurden, werde ich dich überreden, gemeinsam mit ihnen deinen rechtmäßigen Platz einzunehmen, damit die Prophezeiung erfüllt wird und wir nicht alle sterben müssen.« Das ›überreden‹ klingt in meinen Ohren nicht unbedingt so, als würde sie nicht auch zu anderen Mitteln greifen.

»Genau in dieser Reihenfolge?«

Persephone hebt eine Schulter.

»Mir wird tatsächlich ganz schwindelig, bei dem Versuch, das große Ganze zu betrachten.« Hales Schritte nähern sich, ehe er seine Arme um die ehemalige Königin schlingt. »Und nein, wir haben nicht vor zu bleiben«, wendet er sich an mich. »Ich habe einen recht netten Palast am Meer, der ...« Er verzieht das Gesicht. »Nicht böse gemeint, aber da kann die Unterwelt einfach nicht mithalten.« Persephone kichert, ein Laut, den ich noch nie zuvor von ihr gehört habe.

»Guuut«, sage ich gedehnt und entferne mich, weil es mir plötzlich erscheint, als sollte ich die beiden ganz schnell allein lassen.

»Weck schon mal Nero. Wir brechen bald auf«, ruft Persephone mir hinterher.

Ich mache eine Handbewegung, dass ich verstanden habe, blicke aber nicht noch einmal zurück. »Machen Mama und Papa wieder rum?«, erkundigt sich Klotho, gegen die ich beinahe laufe, als ich um die Ecke biege.

Ich verdrehe die Augen. »Geh doch nachschauen.«

Sie grinst. »Ich denke, ich wecke zuerst meine Schwestern.«

»Ob das so viel besser ist?«, sage ich trocken, weil mir nicht entgangen ist, dass Arym Atropos wie ein Schatten gefolgt ist. Daraufhin grummelt Klotho etwas Unverständliches und huscht an mir vorbei. Kurz frage ich mich, ob es sie stört, dass ihre Schwestern jemanden haben und sie nicht. Andererseits vermittelt Klotho nicht den Eindruck, als würde ihr das etwas ausmachen.

Ich folge dem Gang zu dem Raum, den Nero und ich uns ausgesucht haben. Es ist der einzige, in welchem wir ein Bett vorgefunden haben. Meine Mundwinkel verziehen sich zu einem Lächeln, weil er noch immer in voller Montur auf dem Laken liegt. Kurz bleibe ich stehen, um ihn zu betrachten, ehe ich auf der Kante der Matratze Platz nehme. Da sich unser Aufbruch zum Lebensbaum verzögert hat, sind uns drei statt einer Nacht geblieben. Eigentlich vier, wobei ich das hier nicht unbedingt mitzählen würde. Und trotzdem war es nicht genug. Ich strecke die Hand aus, lege sie sachte auf Neros Oberschenkel. Dabei runzele ich die Stirn, weil ich nicht verstehe, wie ich mich nach jemandem sehnen kann, der direkt neben mir liegt.

Seine Züge wirken vollkommen entspannt, als wäre all das hier keine große Sache. Ich frage mich, wie es möglich ist, dass sich in so wenigen Tagen derart viel verändert – dass es sich anfühlt, als hätte man mein komplettes Leben auf den Kopf gestellt. Es hängt nicht einmal damit zusammen, dass Hades' Kräfte in mich geflossen sind und eine Prophezeiung existiert, mit der vermutlich ich gemeint bin.

Nein.

Dieses Chaos in mir ist Nero geschuldet.

Ich beuge mich nach vorn, stütze mich mit meinem linken Ellenbogen auf meinem Knie ab und fahre mit meiner freien Hand durch mein Haar. Immer wieder wandert mein Blick zu ihm. Ich habe keine Ahnung, was ich hier mache. Mir ist klar, dass ich ihn aufwecken sollte. Allerdings erscheint mir dieser Moment wie ein Abschied. Die vermutlich letzte ruhige Minute unserer Reise. Deshalb sitze ich einfach nur da und präge mir sein Gesicht ein, von dem ich weiß, dass es eines Tages nur noch eine verblasste Erinnerung sein wird.

Irgendwann dringen die Stimmen der anderen zu uns. Nero regt sich, bevor er die Augen aufschlägt und mich mit seinen eisblauen Iriden fixiert. Er richtet sich auf, wodurch meine Hand zu seiner Hüfte gleitet, während sich seine Finger um die Innenseite meines Oberschenkels schlingen. Trotz des Stoffs kann ich die Berührung überdeutlich spüren, und in meiner Mitte baut sich das vertraute Pochen auf, mit dem er mich in den vergangenen Nächten gefoltert hat. Er grinst, als wüsste er es. Schließlich beugt er sich vor und küsst mich, beansprucht mit einer Selbstverständlichkeit meinen Mund, dass mir von der Vertrautheit schwummrig wird.

Als ich höre, wie Klotho nach uns ruft, lösen wir uns voneinander. Noch zwei Mal streift Nero meine Lippen. Die Geste ist so zärtlich, dass ich meine Zähne fest aufeinanderbeiße, um nicht zu sagen … Ja, um was zu sagen? Etwas, das noch mehr verdeutlicht, dass ich tiefer in dieser Sache stecke als er? Gestern habe ich sogar gehört, wie er mit Hale über die Halbgötter sprach, und es klang für mich sehr danach, als hätte er seine Rückkehr schon genau geplant.

Während wir stumm dicht voreinander verharren, schreit mich alles in mir an, ihn zu fragen, was mit uns ist – wie es mit uns weitergeht. Dabei ist die Wahrheit, dass es überhaupt kein Uns gibt. Es ist vorüber, bevor es überhaupt angefangen hat. Und ich selbst habe mich in diese Lage gebracht. *Dein Auftauchen war eine nette Abwechslung in meinem Dasein ewiger*

Dämmerung. Doch ich werde nach dir auch jemand anderen zum Spielen finden.

Lüge.

Ich habe gelogen. Schließlich bin ich nie zuvor jemandem wie Nero begegnet. Jemandem, der diese Dinge in mir auslöst. Jemandem, für den ich im Staub kriechen würde, damit er bei mir bleibt.

»Klotho wird gleich an der Schwelle stehen, wenn wir ihrem Ruf nicht folgen.«

»Mhm«, brumme ich, lasse meine Stirn an seine sinken. Gleichzeitig graben sich meine Finger fester in seine Taille, als könnte ich so die verdammte Zeit anhalten.

Neros Hand gleitet in meinen Nacken, neigt meinen Kopf leicht zurück, sodass er mich ansehen kann. »Was ist los?« Er wirkt vollkommen gefasst, während ich mir sicher bin, dass in meinem Blick eintausend Emotionen schwimmen.

Mein Mund öffnet sich, doch nach wenigen Sekunden schließe ich ihn wieder. All die Worte liegen mir auf der Zunge. Aber es gelingt mir nicht, sie auszusprechen. Wir sind Fremde, die aus unterschiedlichen Welten kommen. Daran ändern auch ein paar Nächte nichts. »Du hast recht. Wir sollten aufbrechen«, sage ich, meine Stimme so kühl wie das eisige Blau seiner Augen. Ich ziehe mich zurück und stehe auf.

LACHESIS

Das Mal an meinem Schulterblatt pulsiert stärker und es kostet mich die größte Überwindung, nicht mit meinen Fingernägeln darüberzufahren und meine Haut aufzukratzen. Unbehaglich verlagere ich mein Gewicht von einem Fuß auf den anderen, finde gleichzeitig Klothos Blick. In ihren Augen erkenne ich, dass sie das Gleiche fühlt. Ich vermute, dass wir dem Lebensbaum – unserem Ziel – ganz nahe sind.

»Du bleibst an meiner Seite, wenn wir die Knochenflut durchqueren«, raunt Hypnos in mein Ohr und unterbricht damit den Blickkontakt zwischen mir und meiner Schwester. Er lehnt hinter mir an der Wand, umfasst dabei mein Handgelenk. Seit dem Reich der Schatten hält er mich nicht auf Abstand, auch nicht vor den anderen. Es ist das erste Mal, dass es mir nicht erscheint, als würde er mich verstecken.

Ich weiß, dass ich mich daran gewöhnen könnte.

Und ich weiß auch, dass ich mit dem Feuer spiele.

Schließlich ist das hier trotzdem nicht die Realität. Unsere Leben finden für gewöhnlich weder in der Spiegelstadt noch im Schattenreich statt.

»Lachesis?«, hakt Hypnos nach und verdeutlicht mit der Nennung meines vollen Namens, wie ernst es ihm ist.

»Natürlich bleibe ich an deiner Seite.« Ich drehe mich zu ihm um. »Eine nette Abwechslung, nicht ein paar Schritte hinter dir gehen zu müssen.«

»Autsch«, glaube ich Arym murmeln zu hören, den Atropos daraufhin wegzieht. Klotho hingegen stößt ein anerkennendes Pfeifen aus und macht natürlich keine Anstalten, uns ein bisschen Raum zu geben. Hitze kriecht meinen Hals hinauf, weil mein Mund normalerweise nicht dazu neigt, sich zu verselbstständigen. Eigentlich liegt es in meiner Natur, sehr genau nachzudenken, bevor ich spreche.

»Ich dachte, zwischen uns wäre alles gut«, raunt Hypnos mit gesenkter Stimme.

»Weil ich mit dir geschlafen habe?« Trotz der Hitze, die ich nun auch in meinen Wangen spüre, fühlt es sich gut an.

Es fühlt sich gut an, das, was ich sagen will, auszusprechen, anstatt es herunterzuschlucken.

Hypnos' zitronengelbe Iriden bohren sich in meine. »Lachesis?« Vermutlich überlegt er gerade, ob ein Daimon von mir Besitz ergriffen hat. Sofort ist in mir der Drang, mich für meine schroffe Art zu entschuldigen, doch ich zwinge mich, es nicht zu tun. Ich bin nicht im Unrecht.

»Zwischen uns ist schon seit sehr langer Zeit nicht alles gut«, erwidere ich. »Ich will nicht nur in den Schatten und in meinem Haus nahe den Feuergruben mit dir zusammen sein.« In dieser Sekunde frage ich mich, wie viel von unserem Heim noch übrig ist, nachdem der Feuerskorpion dort gewütet hat, von dem Atropos mir berichtet hat. »Ich möchte kein Geheimnis sein. Ich will mehr als ein paar gestohlene Momente.« Ich schlucke schwer. »Du tust mir damit weh.«

Hypnos hat seine Hände zu beiden Seiten zu Fäusten geballt und ... schweigt.

»Trotzdem nimmst du immer mehr.« Meine Augen brennen und ich blinzele heftig. Ich darf jetzt nicht zusammenbrechen. »Vielleicht glaubst du wirklich, dass diese gestohlenen Momente genügen, weil es bei dir so ist. Aber für mich ... für mich genügt es nicht.«

Er macht einen Schritt auf mich zu. Sein Kiefer mahlt, doch er berührt mich nicht. »Weshalb lässt du es dann zu? Warum ... warum sagst du mir das erst jetzt – nach all der Zeit?«

»Weil ich dich liebe, Hypnos. Und weil ich dich mit meiner Ehrlichkeit verlieren werde.«

Er zuckt zurück, als hätte ich ihn geschlagen. Sobald ich sehe, dass Grave und Nero zu uns stoßen, wende ich mich von ihm ab und gehe. »Gib ihr Zeit«, vernehme ich Klothos

Stimme durch das Rauschen in meinen Ohren. »Ich mag dich, Hypnos. Meine Schwester hätte in der Unterwelt eine weitaus schlechtere Wahl treffen können als dich. Und trotzdem warst du ihr gegenüber egoistisch. Ich denke, ein bisschen wusstest du es.«

Benommen streiche ich mein Shirt glatt und atme tief durch. Atropos reibt mitfühlend über meinen Arm. »Wie lange hat das schon in dir gebrodelt?«, erkundigt sich Klotho, als sie an meine andere Seite tritt. »Aber mir war schon immer klar, dass du es in dir hast, Schwesterherz.« Sie zwinkert mir zu. »Ich bin stolz auf dich. Nun kannst du getrost als starke unabhängige Frau sterben – genau wie ich.«

»Bis sie ihm vergibt«, murmelt Hale.

»Niemand wird sterben«, sagt Atropos sofort. Ich schätze, dass sie sich wohl niemals an Klothos Humor gewöhnen wird. Manchmal verblüfft es mich selbst, wie verschieden wir alle sind. »Brauchst du irgendetwas, Lissy?«, flüstert sie mir zu.

Ich schüttele den Kopf. »Ich habe keine Ahnung, was da gerade in mich gefahren ist.« Ja – ich hätte es nicht auf ewig in mich hineinfressen können. Allerdings war das jetzt nicht unbedingt der beste Moment.

»Kann ich kurz eure Aufmerksamkeit haben?« Atropos, die noch etwas hatte sagen wollen, dreht sich sofort zu Persephone, als wäre sie nach wie vor die Königin der Unterwelt. »Nach Verlassen des Tempels wird es nicht lange dauern, bis wir die Knochenflut erreichen. Vermutlich wird es die größte Hürde unserer Reise sein.«

»Klar, keine große Sache, den Lebensbaum zu heilen«, murmelt Grave.

»Ich fühle mich nicht gut vorbereitet«, wirft Klotho derweil ein.

»Man kann sich darauf nicht vorbereiten. In der Knochenflut geht es hauptsächlich darum, nicht den Verstand zu
verlieren.«

Hale grinst. »Du bist richtig gut darin, die Leute zu
ermutigen.«

Persephone seufzt. »Was soll ich sagen? Niemand von uns
hat sich das freiwillig ausgesucht.«

»Und trotzdem sind wir hier und ziehen das durch«, kommt
es überraschenderweise von Nero. Aus Klothos Kehle dringt
so etwas wie Kampfgeheul.

»Wir bleiben alle dicht zusammen«, spricht Persephone
weiter. »Sobald wir die Knochenflut bewältigt haben, betreten
wir die Spiegelstadt, wo keine größeren Gefahren zu erwarten
sind.«

»Ich wette, das ist gelogen«, brummt Arym, woraufhin
Atropos ihm ihren Ellenbogen in die Rippen stößt.

»Dann mal los«, sagt Hale und macht den ersten Schritt
aus dem Tempel auf die Stufen. Die anderen folgen ihm. Bloß
ich zögere.

Während ich Grave von hinten betrachte, muss ich unwillkürlich daran denken, wie er meine Schwestern und mich
in Hades' Gemach erwischte. Wie wir diesen Handel mit
ihm eingingen, obwohl irgendwie alles anders gekommen
ist.

Und trotzdem sind wir hier und ziehen das durch.

Wir haben es tatsächlich bis an den Rand der Knochenflut geschafft, wenngleich wir anfangs nicht einmal wussten,
dass die Spiegelstadt unser Ziel sein würde. Ich bin eine
Göttin des Schicksals, weshalb es mich nicht überraschen
sollte, wie die einzelnen Bruchstücke ineinanderfallen und ein
Bild ergeben. Dennoch erscheint mir dieses Dasein mehr als

verrückt, und vielleicht ist das der Grund, weshalb ich selten innehalte, um darüber nachzudenken.

Der Geruch von Minze, Rauch und Höllenfeuer steigt mir in die Nase, als Hypnos neben mich tritt. »Mir war nicht klar, dass dich die Situation – das mit uns – so sehr quält.«

»Ich hätte deutlicher und ehrlicher sein müssen«, gebe ich zu.

»Ich habe einfach immer angenommen, dass wir uns in der Unterwelt gegenseitig lebendig halten.«

»Für mich war es mehr«, antworte ich schlicht. »Ich habe das Recht darauf, mehr zu wollen. Ich warte schon so lange, Hypnos.« Kurz presse ich die Lippen zusammen, um mich selbst zu bremsen. »Aber das hier ist nicht der richtige Zeitpunkt.« Ich wende ihm halb mein Gesicht zu und schlucke ein Keuchen herunter, weil es wehtut, ihn anzusehen. Es tut weh zu begreifen, dass es mit uns vermutlich vorbei ist, weil er seine Bedingungen stets deutlich gemacht – und meine Bedürfnisse dabei übersehen hat. Und jetzt vermisse ich ihn, obwohl er nur wenige Zentimeter entfernt von mir steht.

»Die anderen warten.« Geräuschvoll atmet er aus, ehe er eine Handbewegung macht, die mir bedeutet loszulaufen. Als dürfte er mich nicht mehr berühren – genau wie im Zentrum der Hölle.

Ich folge seiner stummen Aufforderung, und der erste Schritt aus dem Tempel fühlt sich an, als würde man jegliche Luft aus meiner Lunge pressen. Ich spüre sofort, dass auf dieser Seite etwas anders ist. Auch wirkt es, als hätte man einen Grauschleier über die Umgebung geworfen. Ich fröstele, ungeachtet der Tatsache, dass es nicht kalt ist. Da die anderen stehen geblieben sind, um auf uns zu warten, beeile ich mich. »Ich verstehe, dass du aufgebracht bist«, setzt Hypnos an, doch ich unterbreche ihn.

»Ich bin nicht aufgebracht.« Schließlich habe ich ihn nicht angeschrien oder Ähnliches.

»Für deine Verhältnisse schon.« Aus dem Augenwinkel erkenne ich, dass seine Mundwinkel sich heben. Meint er das ernst?

»*Jetzt* bin ich aufgebracht«, informiere ich ihn.

»In Ordnung«, antwortet er, fast so, als würde er dadurch ruhiger werden. »Trotzdem möchte ich nach wie vor, dass du an meiner Seite bleibst.«

Ich werfe die Arme in die Luft. »Wo soll ich auch hin? Wir haben das gleiche Ziel.«

Hypnos greift meinen Ellenbogen und stoppt mich. Widerwillig wende ich mich ihm zu. »Lachesis – du bist das Wichtigste in meinem Leben. Ich gebe auf dich acht, auch wenn du sauer auf mich bist.«

26

KNOCHENFLUT

LACHESIS

Du bist das Wichtigste in meinem Leben. Ich gebe auf dich acht, auch wenn du sauer auf mich bist.

Mehrere Sekunden vergehen, in denen ich nur benommen blinzeln kann. Ein wenig zweifle ich an mir, weil ich mich frage, ob seine Worte meiner Fantasie entsprungen sind.

Als die anderen nach uns rufen, räuspere ich mich. »Ich wünschte, du hättest mir das ein wenig eher gezeigt«, bringe ich schließlich hervor.

»Wir reden, wenn wir zurück sind«, verspricht Hypnos, ehe wir die anderen erreichen.

»Es ist wichtig, dass wir jetzt zusammenbleiben«, mahnt Persephone.

Als wir uns abermals in Bewegung setzen, verändert sich unsere Umgebung erneut. Es ist, als würde sich das Bild vor meinen Augen kurz verzerren und dann wieder schärfen. Ich werfe einen Blick über die Schulter, der Tempel ist verschwunden. Außerdem ist der Weg nun breiter, statt glattem Gestein knirschen schwarze Kiesel unter unseren Füßen. Die Luft erscheint dünner, und als ich dagegen ankämpfe, ganz tief einatme, wird mir schwindelig. Leicht taumele ich, erkenne, dass es meiner Schwester Atropos ähnlich geht, weil Arym eine Hand an ihren Rücken gelegt hat und ihr vormacht, wie sie atmen soll. Trotz der Situation zupft ein Lächeln an meinen Lippen. Atropos hat das reinste Herz, das man sich nur vorstellen kann. Es macht Sinn, dass es ihr damit gelungen ist, einen Daimon aus Nyx' Garde zu verzaubern.

Links und rechts des Pfades biegen sich weiße Knochen in die Höhe, als würden sie zu einem riesigen Geschöpf gehören. Ein wenig fühle ich mich wie in einem großen Käfig, der nach oben hin geöffnet ist. Der Himmel ist blutrot, und ich hoffe, dass er keine Prophezeiung in sich trägt. Gleichzeitig vernehme ich ein Schaben. Hypnos hat sein Schwert gezückt. Aus den Augenwinkeln erscheint es mir zudem, als würden Schatten an mir vorbeihuschen, doch jedes Mal, wenn ich direkt hinschaue, verschwinden sie. Instinktiv reibe ich mir über die Oberarme, an welchen sich eine Gänsehaut gebildet hat, während ich an Persephones Worte denke. Daran, dass die verlorenen Seelen an diesem Ort nicht mehr körperlos sind.

»Offensichtlich wird uns keine Flut aus Knochen von den Füßen reißen«, kommentiert Klotho, die skeptisch unsere Umgebung mustert. Auch sie trägt nun einen Dolch in ihren Händen. Ich habe keine Waffe bei mir, stattdessen wandern meine Finger zu dem Mondstein um meinen Hals. Ich weiß nicht, ob ich es mir einbilde, doch ich glaube, ein leichtes Pulsieren zu verspüren. »Was, glaubst du, meinte Persephone damit, dass es hauptsächlich darum ginge, nicht den Verstand –«

Ein knurrender Laut unterbricht Klotho. Ich zucke zusammen, rechne beinahe damit, von einem Tier angegriffen zu werden, als ich sehe, wie Nero sich krümmt. Dabei stolpert er zur Seite und prallt mit der Schulter gegen einen der hohen Knochen. Wieder gibt er einen Ton von sich, der mir bis ins Mark geht. Hektisch schaue ich mich um, erkenne allerdings nicht die Ursache seiner Qualen. Grave sagt seinen Namen und versucht, sich ihm zu nähern, doch der Halbgott streckt die Hand aus und ein Schwall Erde türmt sich auf, der kurz darauf gefriert. Frost kriecht über seine Arme, ehe sich eine Frau vor ihm materialisiert, die seine Augen besitzt.

NERO

Die Kälte brennt auf meiner Haut, als hätte ich meinen Arm in Feuer getaucht. Ich winde mich, um ihr auf diese Weise zu entkommen, stattdessen kriecht noch mehr Frost über meinen Körper.

»Was ist nur los mit dir, Nero?« Ruckartig hebe ich meinen Kopf. »Manchmal weiß ich gar nicht, wie ich überhaupt noch zu dir durchdringen soll.« Vor mir steht Juna und streckt eine Hand nach mir aus.

»Nicht.« Ich weiche vor ihr zurück.

»Wir sind Zwillinge. Wir teilen alles miteinander. Weshalb verschließt du dich vor mir?«

Ihre Worte verursachen ein Rauschen in meinen Ohren, unter das sich noch etwas anderes mischt.

Du musst das in Ordnung bringen, Nero.

Was will die Todesfee von uns?

Bald ist keiner mehr übrig und die Götter bekommen ihren Willen.

Du besitzt die Kräfte – übernimm ihren Körper.

Ich habe Angst, dass sie mich als Nächstes küsst.

Der dritte Gong ertönt.

Die Jagd beginnt.

Ein Schrei bleibt in meiner Kehle stecken, als die Stimmen der anderen Halbgötter lauter werden. Ein eisiger Luftzug streift mich und ich fahre herum. Grauen erfasst mich, als weiße Haarsträhnen mein Gesicht berühren und die Lippen der Todesfee direkt auf meinen sind. Ein Summen erklingt in meinem Kopf, ehe Schwärze meinen Geist verschlingt.

Diese Finsternis ist bereits seit einer Ewigkeit mein Begleiter. Immer wieder versuche ich, sie abzuschütteln, einen Weg aus ihr herauszufinden. Aber die unsichtbaren Klauen halten mich unerbittlich fest, während ich nach wie vor den Kuss auf meinen Lippen spüre. Es ist, als hätte ich meine Augen weit aufgerissen, und trotzdem bin ich in einer Dunkelheit gefangen, die keinen Funken Licht gestattet. Im selben Zug drückt unerlässlich Schwere auf mich, als wären meine Adern mit Gestein gefüllt. Egal, wie sehr ich versuche, meine Arme und Beine zu bewegen – es gelingt mir nicht.

»Ich schaffe das nicht ohne dich.« Juna kniet vor einer Pritsche, drückt den Handrücken eines Mannes gegen ihre Stirn. Es dauert einen Moment, bis ich begreife, dass ich es bin, der dort liegt. »Ich *brauche* dich.« Ein Wimmern dringt aus ihrer Kehle und sie presst ihre freie Hand auf ihren Mund. »*Wir* brauchen dich. Du musst zurückkehren, Nero. Ich weiß, dass du stark genug bist.« Tränen rinnen über ihre Wangen und meine Brust zieht sich zusammen. Ich will auf sie zugehen, mich neben sie knien. Einen Arm um sie legen und ihr sagen, dass alles gut wird. Doch als ich den ersten Schritt mache, schiebt Grave sich in mein Sichtfeld. Der rote Kreis um seine Iriden glüht und er mustert mich mit schräg geneigtem Kopf.

»So kalt und verschlossen«, murmelt er. »Und trotzdem schwach – schließlich haben sich die noch schlafenden

Halbgötter zu Unrecht auf dich verlassen.« Er legt eine Hand an meine Wange, streicht mit dem Daumen über meine Haut. »Die Wahrheit ist, dass du viel lieber bei mir sein willst, weil du deinen Pflichten in der Oberwelt nicht gewachsen bist.« Er beugt sich vor und küsst meine Schläfe, bekämpft mit seinen Lippen die Erinnerungen an die Todesfee. *So kalt, verschlossen und schwach,* hallt es immer wieder in meinen Gedanken.

PERSEPHONE

Mein Körper zittert und ich balle meine Hände zu Fäusten. Es ist, als würde das Blut in mir brodeln, selbst wenn ich keine Flammen in mir trage. Da ist diese Wut, die niemand außer mir sehen oder fühlen kann. Die Gesichter zweier Männer, die ich einst liebte, blitzen vor meinem inneren Auge auf, ehe Hades plötzlich vor mir steht. Seine roten Augen fixieren mich und er hält mir galant seine Hand entgegen, wie damals, bevor er mich dazu brachte, die Kerne des Granatapfels zu schlucken.

»Ich habe dich zu der meinen gemacht«, raunt er mir zu. Seine Lippen verziehen sich zu einem Lächeln. Ich will vor ihm zurückweichen, doch er umfasst mein Kinn. »Todbringerin.« Er neigt sich ein wenig näher. »Nun bist du genauso wie ich.« Seine freie Hand lässt er durch mein Haar gleiten. »So schön. So tödlich.« Liebevoll streicht er über eine der zahlreichen Narben, die er mir zugefügt hat. Die Berührung ist sanft, und trotzdem spüre ich das unerträgliche Brennen des magischen Salzes, welches er in meine offenen Wunden rieb, damit die Erinnerung an ihn und die Schmerzen mich auf ewig begleiten. »Und mir dennoch nicht ebenbürtig.« Er neigt sich so weit zu mir, dass sein Atem meine Haut streift und Übelkeit in mir aufsteigt. »Meine Dunkelheit ist nun ein Teil von dir – hat deine zarten Blumen und den Frühling vertrieben.« Ich schließe die Augen. Eine einzelne Träne rollt meine Wange hinab, während ich einen leblosen Körper vor mir sehe. *Todbringerin.*

»Persephone.«

Ich schüttele den Kopf. Meine Brust bebt unkontrolliert, weil ich jeden einzelnen Schluchzer herunterschlucke, dem Schmerz nicht gestatte, nach außen zu dringen. Es reicht, dass jeder meine Narben betrachten kann. Sie verraten bereits zu viel von mir.

»Persephone.«

Hände, die keinen Widerwillen in mir auslösen, umfassen meine Schultern. Instinktiv schlage ich die Lider auf, schaue in leuchtend grüne Iriden.

»Hale«, wispere ich.

»Da bist du ja«, erwidert er schlicht. Mein Hale. Der Licht und Hoffnung ist. Das Gegenteil von mir. Bitter lache ich auf. Weil ich tatsächlich wie Hades geworden bin. Auch er wählte mich damals aus Sehnsucht nach meinem Licht. Und da ich das meine verloren habe, muss ich es nun von jemand anderem nehmen.

Auf einen Schlag ist die Wut zurück. Ebenso wie der Hass. Der Ekel vor dem, was aus mir geworden ist. »Fass mich nicht an«, zische ich.

»Es ist die Knochenflut«, spricht Hale beruhigend. »Das hier ist die Knochenflut und nicht deine Realität.«

Ich lache. »Das hier ... das hier bin sehr wohl ich.« Schwerfällig stehe ich auf, realisiere erst in diesem Moment, dass Hades mich in die Knie gezwungen hat. Dabei hatte ich mir selbst geschworen, nie wieder vor dem Mann zu knien, der für mein Leid verantwortlich ist. »Ich bin eine von ihnen. Eine von den verlorenen Seelen.«

Ich will Hale von mir stoßen, doch er lässt nicht los. »Du bist nicht verloren, Persephone. Und selbst wenn du es wärst, würde ich dich zurückholen.«

Meine Brust bebt erneut, doch nicht mehr aus Schmerz, sondern weil etwas – die Dunkelheit – aus mir hervorbrechen will. »Damals, in der Halbgottsiedlung im Dschungel, hast du davon gesprochen, dass die Klauen der Finsternis in mir lauern«, höhne ich. »Und du hattest recht.« Meine schwarzen Schlingpflanzen kriechen über seine Hände an seinen Armen hinauf, zwingen ihn dazu, mich loszulassen.

»Ich verstehe die Schwärze in dir. Dein Verlangen nach Zerstörung. Aber es ist *nicht* alles, was du bist. Und deshalb gehörst du nicht an diesen Ort«, beschwört mich Hale.

»Du verstehst nichts«, flüstere ich, während sich die erste Ranke um seinen Hals schlingt. »Ich kann mich nicht dagegen wehren. Denn jeder, der von mir geliebt wird, stirbt.« Nun mache ich einen Schritt auf ihn zu, sorge dafür, dass meine Pflanzen sich enger um ihn winden. »Du hast einen Fehler begangen. Die törichte Hoffnung hat dich dazu verleitet. Doch nach jedem, der bereits vor dir kam, hättest du es besser wissen müssen. Du hättest niemals zulassen sollen, dass ich dich liebe.«

HYPNOS

Der helle Schrei erschüttert jede meiner Zellen, zwingt mich, stehen zu bleiben und tief einzuatmen, obwohl ich beinahe an der Schuld ersticke. Schweiß rinnt meinen Nacken hinab und ich schmecke saure Galle, als der Schrei ein weiteres Mal ertönt. Wieder laufe ich los, das Klagen des

Kokytos begleitet jeden meiner Schritte. Irgendwann renne ich, ohne jegliche Orientierung, da jedes der grauen Gräber gleich aussieht. Immer wieder pralle ich mit der Schulter gegen Gestein, das meine Kleidung aufreißt.

Als ich bereits denke, in dem Labyrinth, das der Friedhof ist, meinen Verstand zu verlieren, vernehme ich ein nahes Schluchzen. Hinter dem nächsten Grab entdecke ich Lachesis. Wortlos stürze ich zu ihr, in ihren kornblumenblauen Augen schwimmen Tränen – für die ich verantwortlich bin. Ich bin für all das verantwortlich. Auch ihre Kleidung ist zerrissen und ihre Arme und Hände mit Spuren schwarzer Erde bedeckt. Eisenringe liegen um ihren Hals und ihre Handgelenke, ketten sie an einen der Grabsteine, auf dem ... auf dem ihr Name steht.

»Lissy.« Meine Stimme bricht und dafür hasse ich mich. Ich löse mich aus meiner Starre, knie mich vor sie und umfasse ihr Gesicht. Ihre Lippen beben und ich presse meinen Mund auf ihren, als könnte ich auf diese Weise ihre Furcht verschlingen. Dann greife ich nach ihren Fesseln, teste ihre Stärke, indem ich daran ziehe, ehe ich meinen Dolch zücke und mit der Spitze den Ring an ihrem Handgelenk aufbrechen will. »Es tut mir leid«, flüstere ich ihr durch die Nebelschwaden, die uns umgeben, zu. »Ich verspreche, dass dir nichts passieren wird.« Eintausend Empfindungen zerren an meiner Brust, weil sie das Eine ist, das ich niemals verlieren darf. Das mir kostbarer als alles andere ist.

»Ich dachte, ich hätte dich zu Besserem erzogen, als ein Versprechen zu geben, das du niemals halten kannst.« Abfällig schnalzt Mutter mit ihrer Zunge und ich richte mich langsam auf. Neben mir stößt Lachesis ein kaum hörbares Wimmern aus. Meine Kehle ist wie zugeschnürt, als ich die roten

Rinnsale erkenne, die über ihre Unterarme fließen. Dennoch zwinge ich mich zu einer ausdruckslosen Miene und wende mich Nyx zu. Sie ist nicht allein, sondern in Begleitung von fünf Daimonen aus ihrer Garde, die uns umzingeln. Mutter lächelt. Sie macht einen Schritt auf uns zu. Ich ziehe mein Schwert, richte die Waffe gegen sie.

»Es ist Zeit, Abschied von deinem Spielzeug zu nehmen und erwachsen zu werden.« Meine Augen analysieren die Situation, während ich überlege, in welcher Reihenfolge ich die Wächterdaimonen ausschalten muss und wie ich ausreichend Zeit gewinne, um Lachesis von ihren Fesseln zu befreien. »Du hast ihr Schicksal besiegelt, als du sie ausgewählt hast. Dachtest du wirklich, du könntest sie vor mir verbergen?«

In dieser Sekunde attackiert mich der erste Wächterdaimon von rechts und ich ducke mich weg, wirbele nach links, um den Angriff abzuwehren, von welchem sie mich ablenken wollten. Für mehrere Minuten wird die Luft vom Aufeinanderschlagen der Klingen und unserem keuchenden Atem durchschnitten. Es gelingt mir, drei Daimonen zu erledigen, bis ich sehe, wie einer von ihnen sich Lachesis nähert, die aufgrund der Fesseln kaum vor ihm zurückweichen kann. Instinktiv schleudere ich den Dolch, durchtrenne die Kette, die ihre Handgelenke mit dem Grabstein verband. Aber da ist nach wie vor die Fessel um ihren Hals.

Ich will auf ihren Angreifer zustürmen, achte dabei kaum auf meinen eigenen Gegner. Den Preis dafür zahle ich sofort, als eine Klinge sich in meinen Unterschenkel bohrt und mein rechtes Bein unter mir einknickt. Wütend reiße ich sie heraus und steche sie in die Brust des vierten Daimons. Aber als ich mich wieder Lachesis zuwende, ist es Nyx, die einen Arm um sie geschlungen hat, während sie mit der freien Hand einen Dolch an ihren Hals presst. Blut fließt bereits aus einer Wunde.

»Schon als Junge war dein Laster deine Gier. Du konntest dich nie von etwas fernhalten, das du nicht haben durftest. Das Verbotene lockt dich, bringt dich in Versuchung und dein Verderben.«

Lissys kornblumenblaue Augen bohren sich in meine. Als wollte sie mir stumm mitteilen, dass sie mir vergibt – und nichts bereut.

»Du wusstest doch, dass es so enden würde«, verkündet Nyx, bevor sie den Dolch in Lachesis' weicher Haut vergräbt.

ATROPOS

»Ich bin doch hier. Ich bin hier und es geht mir gut.« Lachesis rüttelt an Hypnos' Schultern, und ich versuche, die Übelkeit und das Grauen zu verdrängen, das mich beim Anblick der Illusion meiner toten Schwester überkommt. Immer mehr Blut fließt aus ihrem Körper, der nun verdreht am Boden liegt – und nicht real ist. *Weil sie deine dunkelsten Seiten spiegeln. Die Stellen, von denen du selbst glaubst, dass sie makelbehaftet und schlecht sind.* Hypnos denkt, die schlechteste Seite an ihm sei Gier und dass er Lissy will, obwohl er es nicht sollte – sie damit in Gefahr bringt.

Meine Schwester redet weiter auf ihn ein, will zu ihm durchdringen, während Tränen über ihr Gesicht strömen. Gleichzeitig dringt ein Klagen an mein Ohr, als stünden wir im Nebelreich direkt neben dem Kokytos. Eine Gänsehaut kriecht über meinen Körper und ich beobachte, wie Grave Nero auf die Füße hilft. Die Zähne des Halbgotts schlagen unkontrolliert aufeinander, doch der Frost, der seinen Körper bedeckt hat, verschwindet. Seine Stirn sinkt gegen die von

Grave, sein Hals bewegt sich, weil er so heftig schluckt. Hale ringt noch immer mit Persephones schwarzen Pflanzen, und Klotho ist ihm zu Hilfe geeilt, während es mir einfach nicht gelingt, Arym zu stoppen, der unaufhörlich gegen immer mehr auftauchende Versionen seiner selbst kämpft. Er tötet sie alle, ohne zu zögern. Und ich glaube, um in der Unterwelt zu überleben, es aus den Feuergruben herauszuschaffen, musste er einen Teil von sich selbst umbringen. Das ist die Dunkelheit und das Schlechte an ihm – zumindest aus seinem Blickwinkel.

Auf meinen und den Verstand meiner Schwestern hatte die Knochenflut keinerlei Einfluss. Ebenso wenig wie auf Grave und Hale, vielleicht weil Ersterer Hades' Erbe ist und Letzterer von einem fernen Planeten stammt. Der Mondstein pulsiert heftig an meiner Brust, als würde er eine Energie aussenden, die mich schützt. Abermals rufe ich Aryms Namen, der sich in einer Art Trance befindet. Fieberhaft suche ich nach einer Lösung, dränge gleichzeitig das Gefühl der Hilflosigkeit zurück. Irgendetwas ... es *muss irgendetwas* geben, das wir tun können. Ich darf nicht zulassen, dass Arym, Hypnos und Persephone sich derart quälen. Ich will mir nicht ausmalen, was es mit ihnen macht, wenn sie dem hier stundenlang ausgesetzt sind. Unwillkürlich denke ich an den Incubus, in dessen Gegenwart ich nicht einmal eine Nacht durchgehalten habe.

Meine Augen richten sich erneut auf Nero, der wieder einigermaßen bei sich zu sein scheint. Er wirkt nun vollkommen ruhig, als hätte er ... losgelassen. Als hätte sich der Sturm seiner Emotionen gelegt und wäre durch Frieden ersetzt worden. Im selben Moment erinnere ich mich an ein kurzes Gespräch, das ich mit Hale über seine Fähigkeiten geführt habe. In der nächsten Sekunde rufe ich laut seinen Namen. »Ist gerade ungünstig«, keucht er. Eine der Ranken windet sich um sein Knie und wirft ihn zu Boden. »Die Monsterschlingpflanzen meiner Freundin versuchen nämlich, mich umzubringen.«

»Du kannst Gefühle beeinflussen. Du musst *ihre* Gefühle beeinflussen, um das hier zu beenden.«

27

BLUTENDES HERZ

GRAVE

Etwas Nasses schwappt über meine Hand und mein Kopf dröhnt, als wäre ich mit einem Zyklopen zusammengestoßen. Meine Lunge brennt. Bei dem Versuch einzuatmen, muss ich husten. Ruckartig richte ich mich auf, sodass ich mich auf allen vieren wiederfinde und eine Ladung schwarzen Sand ausspucke.

»Fuck.« Mein Blick zuckt nach rechts, wo Nero neben mir auf die Fersen sinkt.

Mit dem Handrücken wische ich mir über den Mund. »Alles okay?«

Er nickt, bevor er den Kopf schüttelt. Sehr aufschlussreich. Ich rutsche zu ihm und untersuche seinen Hals und seine Arme, über welche der Frost gekrochen war. Man sieht einige rote Striemen, ansonsten scheint seine Haut unversehrt. Dann nehme ich sein Gesicht in meine Hände, mustere ihn und seine eisblauen Augen. Ohne zu zögern, beugt er sich zu mir. Seine Lippen pressen sich auf meine und mein Herz macht einen Satz, ehe es unbeholfen weiterstolpert, als hätte es verlernt, wie es schlagen muss. Was wirklich ungünstig ist – schließlich will ich gerade in dieser Sekunde verflucht gerne leben.

»Uns geht es auch gut, danke der Nachfrage«, brummt jemand links von uns. Natürlich ist es Klotho, die ebenfalls ein wenig Sand hervorwürgt. Rasch suchen meine Augen das Ufer ab und ich entdecke ihre beiden Schwestern, Arym und Hypnos. Ein Stück entfernt von uns kniet Hale vor Persephone. Sie sprechen so leise miteinander, dass ich nichts davon hören kann.

»Tja«, kommentiert Hypnos. »Wir haben die Knochenflut überlebt.« Mit einem schiefen Lächeln wendet er sich an Lachesis. »Offenbar brauchtest du meinen Schutz gar nicht, weil du mich gerettet hast.«

»Eigentlich war es Atropos' Einfall, der uns gerettet hat«, wirft Nero ein und kommt auf die Füße, bevor er mir die Hand reicht und mich hochzieht. Atropos errötet und murmelt etwas Unverständliches, was Arym, in dessen Gesicht zuvor ein angespannter Zug lag, grinsen lässt. Er sieht dabei eher Furcht einflößend als glücklich aus, doch Atropos' Wangen verfärben sich noch mehr und sie schenkt ihm einen verträumten Blick.

Nachdem wir aufgestanden sind und den schwarzen Sand von unserer Kleidung geklopft haben, kommen Hale und Persephone zu uns. Mir entgeht nicht, dass die Finger der ehemaligen Königin, die sie mit Hale verschränkt hat, kaum merklich zittern. »Sind alle unversehrt?«, fragt der Gott der Hoffnung.

Nero bejaht.

»Irgendwie hätte ich es mir schlimmer vorgestellt«, teilt Klotho uns mit.

»Klar, weil die verlorenen Seelen es nicht auf dich abgesehen hatten«, brummt Arym, woraufhin Atropos über seinen Arm reibt.

»Mich würde interessieren, wie viel Zeit in der Knochenflut vergangen ist«, überlegt Hypnos.

»Kam mir vor wie eine Ewigkeit«, murmelt Nero.

»Nun, vermutlich ist es auch für die Ewigkeit gedacht. Immerhin ist die Knochenflut das Hindernis, welches Eindringlingen den Eintritt in die Spiegelstadt verwehren soll«, antwortet Lachesis und betrachtet den Fluss, an dem wir stehen. »Aber wir sind tatsächlich hier, oder? Und das ist der Styx.«

»Ja«, bestätigt Persephone und sieht mich fragend an. Als sich unsere Blicke treffen, erscheint es mir für einen Moment absurd, dass ich mich tatsächlich mit der Frau verbündet habe, für die meine Mutter sterben musste. Und gleichzeitig ist es ein sonderbares Gefühl, Schuld gegenüber einer Frau zu empfinden, die ich nie kennenlernen durfte.

Nach einigen Sekunden räuspere ich mich und unterbreche den Blickkontakt, sinke auf ein Knie und halte meine Hand in das schwarze Wasser. Ich warte darauf, die vertraute Verbindung zu spüren, doch nichts geschieht. »Der Fluss mag ein Abbild des Styx' in der Unterwelt sein, aber er trägt nicht seine Macht in sich«, informiere ich die anderen.

Hale flucht leise. »Werden deine Kräfte allein genügen, um den Lebensbaum zu heilen?«

»Ich bin nicht auf den Styx angewiesen, um meine Fähigkeiten zu nutzen«, erkläre ich. »Allerdings habe ich noch nie einen Lebensbaum geheilt – von daher ...«

Klotho klatscht in die Hände. »Lassen wir uns überraschen.« Furchtlos watet sie ins Wasser. »Kommt ihr, oder was?«

Lachesis schaut ihr kopfschüttelnd nach. »Was hast du vor?«

»Wir können den Nebel nicht rufen. Deswegen schwimmen

wir zum Anleger.« Klotho schaut auffordernd über die Schulter, bevor sie zu den drei Gondeln deutet, die wirken, als hätten sie auf uns gewartet. Es ist beinahe zu einladend.

»Ich an deiner Stelle wäre etwas vorsichtiger«, kommentiert Arym und tritt nah an den Styx. »Schon im Wasser unter dem Tempel trieben sich daimonische Wesen herum. Das schwarze Gewässer bietet ein gutes Versteck.«

Klotho ist bereits bis zu den Oberschenkeln im Fluss. »So ein Unsi–« In dieser Sekunde springt etwa einen Meter entfernt ein schlangenartiger Körper aus dem Wasser in ihre Richtung. Ich hechte mit einem Satz nach vorn, packe sie und drehe mich mit ihr in der Luft, sodass etwas Spitzes über meinen Rücken schrammt, ehe wir wieder im Styx landen. Ich vergeude keine Zeit und bringe die Schicksalsgöttin zurück ans Ufer. Als ich mich umdrehe, zieht Persephone das Biest mithilfe einiger ihrer Schlingpflanzen zu uns auf den Sand. Der Kopf wird von einem Dolch durchbohrt.

»Guter Wurf«, sagt Hale an Arym gewandt.

»Eigentlich wollte ich Klotho treffen«, erwidert er trocken.

»Haha«, keucht diese, während sie sich aufrichtet und Atropos Arym zum wiederholten Male ihren Ellenbogen in die Rippen rammt. Er reibt sich die Seite, als hätte es tatsächlich wehgetan, und ich gebe ein Schnauben von mir. Dann betrachte ich den Flussdaimon. Er ähnelt wirklich einer Schlange, nur ist er wesentlich breiter, mit einem stachelbesetzten Rücken und einem großen Kopf, der von den Proportionen her nicht zu seinem Körper passt. Außerdem erkenne ich keine Augen, dafür Kiemen und zwei Reihen äußerst spitzer schwarzer Zähne.

»Wie viele von denen sich dort wohl tummeln?«, überlegt Hale. »Vermutlich kommt nicht so oft etwas zu essen vorbei.«

»Was ist mit deinem Rücken?«, fragt Lachesis und dreht mich zu sich.

»Schon verheilt«, stellt Hypnos fest. »Also scheinen sie nicht giftig zu sein.«

»Darauf würde ich mich nicht verlassen«, wirft Atropos ein. »Schließlich fließt Styx' Blut in ihm, was ihn sozusagen unverwundbar macht.«

»Dann geht wohl besser er die Gondeln holen«, stellt Arym fest und zieht mit einem unschönen Geräusch seinen Dolch aus dem Kopf des schlangenartigen Daimons.

Ich verdrehe die Augen, obwohl ich weiß, dass er recht hat. Klotho klopft mir auf die Schulter. »So weit ist es gar nicht.«

»Du hast heute ja eine Menge schlauer Dinge zu sagen«, erwidere ich.

Sie grinst verschmitzt. »Immer.«

»Nero und ich helfen dir«, mischt Persephone sich ein. Bei ihren Worten schaue ich zu dem Halbgott, der konzentriert die Augen geschlossen hat. »Du fühlst sie, oder?«, fragt sie ihn.

Nach einigen Sekunden schlägt er die Lider auf. »Ja – aber ich weiß nicht, ob ich sie kontrollieren kann.«

»Nun, wir werden es gleich erfahren.« Dann wate ich, begleitet von Persephones schwarzen Ranken, in den Styx. Einige Male registriere ich, wie sie Widerstand leisten, und sobald ich hüfttief im Wasser bin, tauche ich unter. Es ist besser, als an der Oberfläche zu schwimmen, weil ich in der Schwärze sehen kann. Allerdings habe ich nicht mit einer solchen Unmenge an Flussdaimonen gerechnet. Ich zücke die beiden Messer, die ich bei mir trage, und ramme sie in den Hals meines Angreifers von rechts, während eine von Persephones Schlingpflanzen einen Daimon links von mir aufhält, dabei wild zuckt, als er seine Zähne in ihr vergräbt. Drei weitere schießen auf mich zu, erstarren jedoch, einen Meter bevor sie mich erreichen.

Nero.

Ein warmes Gefühl breitet sich in meiner Brust aus, und ich beginne mich in kräftigen Zügen fortzubewegen.

Ich fluche, weil einer der schlangenartigen Daimonen kurz vor dem Ziel meinen Arm erwischt. Mit der freien Hand hole ich aus und grabe mein Messer in seine Seite, doch in dem Moment, in welchem er von mir ablässt, bohren sich bereits die nächsten Zähne in mein Bein. Es besteht keinerlei Zweifel daran, dass es ihr gemeinsames Ziel ist, mich auf den Grund zu ziehen. Ich winde mich, tauche mit dem Oberkörper freiwillig tiefer hinab, sodass ich verkehrt herum das Gesicht des Flussdaimons vor mir habe. In dieser Sekunde bemerke ich, dass er sehr wohl Augen hat – zwei schmale schwarze Schlitze, die wie leblose Abgründe wirken. Ich hole aus und attackiere ihn mit meinem Messer, doch er schwingt mich von einer zur anderen Seite, sodass ich drei Anläufe für einen Treffer brauche. Kurz wird mir schwummrig, bis es mir endlich gelingt, ihn abzuschütteln und mich unter Wasser aufzurichten.

Gerade will ich zurück zur Oberfläche – kann sogar schon die Unterseite der Gondeln erkennen, als ich erneut attackiert werde. Ich hebe meinen Arm zur Abwehr und meine Muskeln beben. Doch in der letzten Sekunde schlingt sich eine Ranke um das Daimonenbiest, hält es auf, während sich eine zweite um meine Hüfte windet und mich in Richtung Anleger zieht. Obwohl ich kräftige Züge nehme, erscheinen mir meine Bewegungen schwerfällig, als würde das Wasser mich aufhalten wollen, was ich vom Styx nicht gewohnt bin.

Weitere angreifende Daimonen erstarren durch Neros Gabe, doch mir wird klar, dass ich noch mehr tun muss, um die Gondeln zu erreichen.

Wenngleich sich alles in mir dagegen sträubt, beschwöre ich Hades' Macht, das Höllenfeuer, welches sich seit seinem Tod in mir befindet. Ein Kreischen vibriert durch das Wasser, als ich es erhitze. Aus den Augenwinkeln erkenne ich, wie die Daimonen sich winden, und dränge die Muskeln in meinen Armen und Beinen dazu, mich an die Oberfläche zu bringen. Ich habe mich selten so frei gefühlt wie in der Sekunde, in welcher ich sie durchbreche. Keuchend hieve ich mich auf das mittlere Gefährt und greife in den Fluss, um je eine von Persephones Ranken um den jeweiligen Bug der drei Gondeln zu wickeln. Kurz darauf setzen sie sich mit einem Ruck in Bewegung. Ich sinke auf die Bank, wische mir mit beiden Händen über mein Gesicht.

Als ich das Ufer erreiche, stehen Schweißperlen auf Neros und Persephones Stirn, während Klotho sich über die Brust reibt. »Das war irgendwie spannend, obwohl ich außer Persephones peitschenden Pflanzensträngen gar nichts sehen konnte«, stellt sie fest.

»Wie schön, dass wir dich unterhalten konnten.«

»Ja, ja«, erwidert sie und klettert zu mir auf die Gondel, ebenso wie Nero. Hale, Persephone und Hypnos nehmen die linke, Lachesis, Atropos und Arym steigen auf die rechte.

Nero, der direkt hinter mir ist, streicht mit dem Daumen über meinen Handrücken, und ich bin froh, dass er die Gänsehaut unter meiner Kleidung nicht erkennen kann. Einerseits flutet mich Erleichterung, weil wir uns nun auf direktem Weg zum Lebensbaum befinden, andererseits ist der Abschied von ihm damit noch näher gerückt. Ich neige meinen Kopf zurück, sodass meine Wange seine berührt. Gleichzeitig legt seine Hand sich an meine Hüfte, weckt in mir den Wunsch, mit ihm allein zu sein. »Es war zu wenig Zeit«, flüstere ich kaum hörbar. Das ist alles, was ich über die Lippen bringe, weil mein Stolz verhindert, ihn zum Bleiben zu bitten. Und spätestens seit der Knochenflut ist mir bewusst, dass ihn nichts – am wenigsten ich – dazu bewegen könnte, in der Unterwelt zu bleiben. Schließlich habe auch ich das Flehen seiner Zwillingsschwester vernommen, auch wenn es ihm entsprungen ist. Sie ist seine Familie. Mir war klar, dass sein Leben an einem anderen Ort ist, doch nun wurde es realer, weil ich es gesehen habe.

»Warum fahren die Gondeln nicht?«, beschwert sich Klotho und reißt mich aus meinen Überlegungen.

»Auf den Gondeln der Unterwelt liegt ein Zauber«, wirft Hypnos ein. »In der Spiegelstadt ist das offensichtlich nicht der Fall.« Er steht auf und greift sich das Ruder, Nero und Hale folgen seinem Beispiel, wobei Hypnos' Gondel die Führung übernimmt. »Ins Zentrum?«, versichert er sich an Persephone gewandt, die zustimmend nickt. Ein wenig misstrauisch betrachte ich den Fluss, rechne beinahe damit, dass die schaurigen Köpfe die Oberfläche durchbrechen und ihre Zähne sich in unsere Gefährte graben, damit sie sinken. Stattdessen liegt die Wasseroberfläche trügerisch friedlich da, als würde sich nichts darunter verbergen.

»Weißt du, mittlerweile sind mir die Toten in den Flüssen bei uns in der Unterwelt mit ihren nahezu durchscheinenden Gliedmaßen viel lieber«, sagt Klotho, die meinem Blick gefolgt war. Sie wirkt nachdenklich, dreht immer wieder an dem Mondstein, der sich an einer Kette um ihren Hals befindet und ein sanftes Glühen aussendet.

»Was macht das Mal auf deinem Schulterblatt?«, erkundige ich mich.

»Brennt wie Feuer.« Sie runzelt die Stirn. »Ich frage mich, ob es jemals wieder aussehen wird wie früher.«

Ich hebe eine Schulter. »Dinge ändern sich. Aber wenn ich den Lebensbaum heile und ihr mit ihm verbunden seid ...« Ich lasse den Satz unvollendet, weil es Spekulationen sind, wir nichts mit absoluter Gewissheit voraussagen können.

»Wir werden sehen«, murmelt Klotho. »Wenngleich ich mir tatsächlich wünsche, dass du der Unterwelt, meinen Schwestern und mir den Hintern rettest, bin ich nicht scharf darauf, gleich zweimal in deiner Schuld zu stehen.«

Ich verdrehe die Augen und sie deutet anklagend auf mein Gesicht. »Die gruseligen roten Kreise um deine Pupillen bewegen sich mit, wenn du das tust! Das ist wirklich nicht normal.«

»Hier ist niemand normal«, kommentiert Hale von seiner Gondel aus.

»Und du stehst nicht in meiner Schuld«, erwidere ich. »Aber ich werde deine Schwestern an unseren Handel erinnern. Ich habe nicht vergessen, dass ihr mir helfen wollt, Hades' Kräfte loszuwerden.«

»Mhhmm«, macht Klotho und schaut in eine andere Richtung.

»Weißt du«, mischt sich Lachesis ein und schlägt dabei einen so diplomatischen Tonfall an, dass meine Mundwinkel zucken. »Bis dahin ist es noch ein weiter Weg. Aber natürlich haben auch wir es nicht vergessen, solltest du –«

»Es noch wollen«, beende ich ihren Satz. »Schon klar.«

»Nyx, das Langzepter, die anderen Erben und Königswaffen sowie die Prophezeiung ...«, zählt Klotho auf. »Das braucht alles noch einen Moment.«

»Und war nicht Bestandteil der ursprünglichen Vereinbarung«, knurre ich.

»Erst einmal kümmern wir uns um den Lebensbaum«, sagt Atropos sanft, und ich frage mich, ob sie auf die Entfernung erkennen konnte, wie die Ader auf meiner Stirn zu pochen beginnt.

»Irgendwie komisch, dass es wirklich genauso aussieht wie in der Unterwelt«, bemerkt Hypnos. Zum ersten Mal sehe ich mich um. Die zahlreichen Stege und hohen Bauten, die hinter der Kaimauer in die Höhe ragen. Der blutrote Himmel, welcher von der Dämmerung überschattet wird.

Atropos gibt einen unschlüssigen Laut von sich. »Aber hier fehlt ... das Leben. Die dunklen Klänge, die Rufe und das Flügelschlagen der Harpyien, die besetzten Gondeln, der Geruch nach Feuer und Rauch.«

»Du meinst, es fehlt der Tod«, meint Hypnos belustigt. »Die meisten Gondeln sind schwarz und mit den Toten besetzt, die in die verschiedenen Reiche einkehren.«

Atropos seufzt, als wäre bei ihm schon alles verloren. Ich rolle meine Schultern zurück. Jeder einzelne Muskel in meinem Körper schmerzt, ist wie zum Zerreißen gespannt. Erst in dieser Sekunde begreife ich, dass Erschöpfung wie ein schwerer Mantel auf mir liegt. Die ganze Zeit über war ich so abgelenkt, dass ich nicht realisiert habe, wie sehr die Reise – und die Tage zuvor – an meinen Kräften gezehrt haben.

Instinktiv setze ich mich aufrechter hin und werfe einen Blick auf meinen Unterschenkel, wo einer der Daimonen mich erwischt hat. Die Wunde ist längst verschlossen, trotzdem verspüre ich nach wie vor ein Stechen und weiß, dass mich auch die Heilung angestrengt hat. Ich muss an Hales Worte denken, und vielleicht macht es in der Unterwelt doch einen Unterschied, dass der Styx immer ganz in der Nähe ist.

Tief atme ich durch, schiebe meine Gedanken, die dabei waren, in die Düsternis zu driften, beiseite und konzentriere mich auf den Weg, der vor uns liegt. Mittlerweile befinden wir uns auf dem Acheron, weshalb es nicht mehr weit bis zum Knochenpalast ist, beziehungsweise dem Lebensbaum, der laut Persephone an seiner statt auf dem Platz steht. Dabei wird mir klar, dass ich mich zudem aus einem anderen Grund ein wenig sonderbar fühle – schließlich sitze ich auf diesem Gefährt und gleite nicht wie üblich durch den Fluss. Da ist nicht der Zwang, mich unsichtbar zu machen – mich zu verstecken, während ich den leisen Gesprächen meiner Begleiter lausche. All diese Leute umgeben mich und es ist ... als ... als würde ich dazugehören. Der Moment, in welchem ich mich unter dem Steg festhielt und durch eine Lücke zwischen den Holzbohlen in die Augen der Schicksalsgöttin sah, scheint eine Ewigkeit entfernt.

»Wow«, murmelt Klotho, als wir die Flussgabelung passieren, bevor das letzte gerade Stück zu den Stufen des Zentrums beginnt. Sie erhebt sich vor mir, um bessere Sicht zu haben. Automatisch greife ich an einen Zipfel ihres Oberteils und lasse auch nicht los, als sie abgelenkt meine Hand wegschlagen will. Mir ist absolut nicht danach, noch einmal wegen ihr in den Fluss zu springen. Trotzdem registriere ich, dass auch die anderen neugierig oder unruhig werden und ebenfalls aufstehen.

In meinem Magen kribbelt es. Wir sind an einem Ort, von dem niemand etwas ahnt, kurz davor, dem Lebensbaum gegenüberzutreten, der als Symbol der Unterwelt gilt. Aus dem man die Essenz der Hölle schöpfte. Der ein Herz in sich trägt, selbst wenn es das meines Vaters ist, welches für die dunklen Rhythmen und die tiefen Klänge verantwortlich war, die mein Gefühl von Heimat ausmachen. Mir erscheint es, als würde eine fremde Macht der Dämmerung noch mehr Licht entziehen, während uns einige Nebelschwaden über dem Fluss wie Geister begegnen. Je mehr wir uns dem Ziel nähern, desto langsamer scheinen wir uns fortzubewegen.

Hinter mir gibt Nero ein Ächzen von sich, und als ich mich zu ihm umdrehe, registriere ich, dass sein gesamter Oberkörper schweißgetränkt ist, er beim Rudern offensichtlich auf großen Widerstand stößt. Ich erhebe mich und gehe zu ihm. Meine Augen bohren sich in seine eisblauen, und wieder überkommt mich der Drang zu erfahren, wie die Flüsse und Seen in seiner Welt aussehen.

Neben ihm angelangt, greife ich unter ihm ans Ruder und gemeinsam schieben wir das Gefährt an. Klotho steht ganz vorn, reibt sich über ihre Arme, als wolle sie eine Gänsehaut verstecken. Und auch mir stockt beim Anblick des Mittelpunkts der Spiegelstadt der Atem. Die Stufen, welche nach oben führen, sind von dunkelbrauner aufgewühlter Erde und von groben sowie zarten Wurzeln bedeckt. An den Seiten kriechen wilde Sträucher den Weg hinauf und die Szenerie vermittelt den Eindruck, als wäre ein Fragment aus einem Wald herausgebrochen. Was hinter den Stufen liegt, ist kaum erkennbar, denn der Nebel der Spiegelstadt scheint Geheimnisse vor uns zu haben. Der Versuch, hinter die grauen Schwaden zu sehen, nimmt mich so gefangen, dass ein Ruck durch meine Wirbelsäule fährt, als der Bug gegen die unterste Stufe prallt und die Gondel wieder einen halben Meter zurückgleitet.

»An den Wurzeln festhalten«, ruft Hale von links. Ich laufe zu Klotho, während Nero uns abermals zu der Stufe bringt.

Sobald ich nah genug bin, packe ich eine breitere Wurzel. Kurz darauf schlingt sich eine von Persephones Ranken um die drei Gondeln und unseren provisorischen Anleger. Ich springe an Land und reiche der Moire die Hand, die zögerlich einen Schritt von unserem Gefährt macht. Nero folgt. Schließlich stehen wir gemeinsam mit den anderen auf der untersten Stufe. Ich atme ein und stelle fest, dass der Duft, welcher in der Luft liegt, eine holzige Note aufweist und es intensiv nach der aufgewühlten Erde riecht.

»Bereit?«, fragt Hypnos. Nun ist es Nero, der als Erstes reagiert und beginnt, die Treppe zu besteigen. Es folgen die drei Moiren. Als sie an mir vorbeigehen, stelle ich fest, dass der Mondstein inzwischen noch stärker leuchtet und ihre Augen glasig wirken. Ihnen schließen sich Arym, Hale und Hypnos an. Ich schaue nach links zu Persephone, die noch immer reglos an der Stelle verharrt, an welcher sie ausgestiegen ist. Ihr Blick bewegt sich umher, während einige der schmaleren Wurzeln sich um ihre Füße schlängeln.

Ich überlege, ob es schwer für sie ist, weil sie zuletzt vor einer Ewigkeit in Begleitung von Hades hier war. In dieser Sekunde wird mir bewusst, dass er uns beiden etwas genommen hat – mir meine Mutter und ihr die Freiheit sowie einen Teil von sich selbst, den sie nie zurückbekommen wird. Ich würde nicht so weit gehen, Persephone meine Hand zu reichen, doch ich mache eine Geste mit meinem Kinn in Richtung der Treppe. Mehrere Herzschläge verstreichen, bis sie sich in Bewegung setzt. Ich gehe neben ihr, nicht dahinter, weil ich weder unsichtbar noch ein Geist bin.

Die Luft erscheint mir schwer, vielleicht liegt es auch daran, dass ich mit meinen Stiefeln bei jedem Schritt ein Stück in der tiefen Erde versinke. Gleichzeitig verbirgt sie einige der zahlreichen Wurzeln, was unser Vorankommen ebenso verlangsamt. Trotzdem nähern wir uns unserem Ziel, denn der Nebel lichtet sich. Und als wir die oberste Stufe erreichen, kann ich die Umrisse eines mächtigen Baumes erkennen, wo für gewöhnlich der Palast der Hölle steht. Meine Schritte beschleunigen sich. Dann ist es, als würden wir durch den letzten Schleier treten.

Der Stamm des Baumes ist so breit, dass wir nur eine Chance hätten, ihn zu umfassen, wenn wir uns alle mit ausgestreckten Armen nebeneinanderstellen. Außerdem reicht er so weit in das dunkelrote Firmament, als würde er versuchen, aus der Unterwelt den wahren Himmel zu berühren. Seine Äste bestehen aus Knochen, an denen Reste der ursprünglichen Rinde hängen, als hätte er sich gehäutet. Auch das Holz an seinem Stamm löst sich an mehreren Stellen, worunter ebenfalls weiße Knochen hervorblitzen. Stellenweise ist er mit Dornen besetzt, von denen eine Flüssigkeit tropft. Genau in seiner Mitte, wo am meisten Rinde fehlt, entdecke ich Hades' Herz. Zumindest vermute ich, dass es seines ist – auch wenn es von der Größe her weder in eine menschliche noch göttliche Brust passen würde. Es bewegt sich nicht, ist verstummt und wird lediglich von den Knochen an Ort und Stelle gehalten.

Persephone gibt einen sonderbaren Laut von sich, und ich folge ihrem Blick, der auf ihre Stiefel gerichtet ist. Erst da registriere ich, dass Hades' Herz blutet. Das Blut fließt über den Stamm und die Wurzeln, bis es in die Erde sickert. Doch einige Rinnsale haben sich zu einem Bach vereint, der nun die Sohlen der ehemaligen Königin tränkt. Daneben liegen verteilt goldene Blätter, die wohl einst von den Ästen getragen wurden.

Die anderen befinden sich vor uns, bereits inmitten des Meers von Wurzeln, nur Persephone scheint sich nicht überwinden zu können, einen weiteren Schritt zu gehen. Wieder huscht ihr Blick umher. Ohne Vorwarnung kniet sie sich hin und gräbt eine Hand in den Boden, ballt sie zur Faust, ehe sie sich mit der Erde, die sie aufgesammelt hat, wieder aufrichtet. Sie wirkt ein wenig weggetreten, und innerlich beschwöre ich Hale, sich umzudrehen. Allerdings ist er wie die anderen zu fasziniert vom Baum des Lebens. Beinahe wirkt es, als würden sie sich wie Traumwandler darauf zu bewegen, angesteckt von den Schicksalsgöttinnen mit ihren glasigen Augen.

»Persephone«, raune ich leise, um sie nicht zu erschrecken. »Hades und sein Herz sind tot, aber der Lebensbaum nicht. Wir müssen weitergehen.« Ich atme tief durch, kann selbst kaum glauben, dass ich das sage. »Die Unterwelt kann gerettet werden. Wir dürfen nur nicht stehen bleiben.«

Ich warte mehrere Sekunden, doch sie schaut immer wieder zum Baum, zur Erde in ihrer Hand und wieder zurück zur Treppe, an dessen Ende wir unsere Gondeln angeleint haben. Mir wird klar, dass sie sich womöglich in einer Art Schock befindet. Ich kenne sie nicht gut genug, um ihr zu helfen – es ist auch nicht meine Pflicht, sondern Hales. Außerdem hat sie ihre Aufgabe bereits erfüllt. Sie hat für uns den Garten geöffnet – uns in die Spiegelstadt und zum Lebensbaum geführt. Ab hier können die Moiren und ich übernehmen.

»Ich gebe Hale Bescheid – warte einfach hier«, sage ich zu ihr, obwohl sie derart abwesend ist, dass sie mich vermutlich nicht hört. Ihre grauen Iriden wirken fieberhaft, als sie die Erde zurück auf den aufgewühlten Boden fallen lässt, ihre Handinnenfläche dreht und wendet, die leicht gerötet ist.

»Er ist gleich bei dir«, murmele ich, dann laufe ich los, um zu den anderen aufzuschließen.

»Stopp!«

Persephones Tonfall ist so kalt, dass man damit Eis durchschneiden könnte. Ich war nicht darauf vorbereitet, dass sie spricht, weshalb ich ruckartig anhalte.

»Stopp!«

Ihre Stimme fegt wie ein Sturm durch das Zentrum der Spiegelstadt, lässt auch die anderen zum Stehen kommen. Lediglich Nero läuft weiter. Ich drehe mich halb um, sodass ich die ehemalige Königin und unsere Mitreisenden im Blick habe.

»Was ist?«, fragt Hale, der stirnrunzelnd einen Schritt auf uns zumacht, als Persephones schwarze Schlingpflanzen beginnen, über den Untergrund zu kriechen. Gleichzeitig habe ich das Gefühl, auch die Wurzeln würden sich stärker bewegen, während der Boden zu meinen Füßen bebt. »Was tust du da?«, verlangt Hypnos zu wissen, der Lachesis packt, die kurz aus dem Gleichgewicht geraten war.

»Das bin nicht ich«, erwidert Persephone. Etwas an ihren Worten veranlasst Hale und mich, unsere Waffen zu ziehen. »Gaia ist hier.«

»Gaia«, wiederholt Arym skeptisch und sieht sich um.

»Wie ist Hades gestorben, Lachesis?«, ruft Persephone.

Die Schicksalsgöttin blinzelt einige Male, ihre Augen werden kaum klarer. »Er wurde immer schwächer, halluzinierte und alterte, bis schließlich sein Herz versagte.«

»Aber das Warum wurde nie geklärt«, stelle ich fest. Das Warum konnten mir die Moiren ebenso wenig an jenem Morgen im Königsgemach erklären. Ich schaue auf die Erde, das Blut, von dort zu Persephones geröteter Handinnenfläche und schließlich zum Herz der Unterwelt, das nicht mehr schlägt. »Gaia hat die Erde vergiftet, aus welcher die Wurzeln ihre Nahrung ziehen«, begreife ich. »Sie trugen es bis in den Baum zu Hades' Herz. Der König der Unterwelt starb an dem vergifteten Herz.«

»Ich spüre ihre Anwesenheit«, murmelt Persephone. »Wie vor knapp vier Monaten im Kolosseum, als Juna die Erde öffnete.« Ich folge ihrem Blick, der sich auf Nero richtet, der erst jetzt, kurz vor dem Baum, innehält und sich uns zuwendet. *Jeder Halbgott erbt einen Bruchteil der Kräfte der göttlichen Linie, von der er abstammt. Ich kann das Element meiner Großmutter beeinflussen.*

In den wenigen Momenten, in denen Nero für mich gelächelt hat, war es stets, als könnten einige Sonnenstrahlen die Barriere zwischen Himmel und Hölle durchbrechen. Es war wie Wärme und Freiheit – wie die Aussicht auf unbegrenzte Möglichkeiten. Doch als er nun lächelt, ist es wie der ewige Winter, der seine eisige Faust um meine Kehle legt. Wie Dolche aus Eis, die meine Brust durchdringen. »Ich spüre sie auch.« Die Worte, die der Wind zu uns trägt, sind nicht mehr als ein Raunen. Dann bäumt sich die Erde um ihn auf.

Epilog

DIE KUNST DES VERRATS

GRAVE

Einst fragte ich Megaira, woher sie den Mut nahm, sich Hades' Befehl zu widersetzen und mich am Leben zu lassen. Ob sie fürchtet, irgendwann aufzufliegen. Sie antwortete, dass Verrat eine besondere Form der Kunst und die Maske, die ein Verräter zu tragen wählt, wie ein Gemälde ist.

Als ich Neros Gesicht und seine Augen am See der Todesfeen zum ersten Mal sah, konnte ich an nichts anderes denken als an das Begehren, sie auf einer der Leinwände im höchsten Turm der Schattenburg zu zeichnen. Seine schöne Maske, die bei unserem Aufeinandertreffen derart zerbrechlich wirkte, war der wahre Grund, aus dem ich ihm Einlass gewährte.

Ein anderes Mal wollte ich von Megaira erfahren, woran man einen Verräter erkennt, wenn er das Element der Täuschung wie kein anderer beherrscht. Sie erklärte, dass es beinahe unmöglich sei, weil die Maske zu einer zweiten Haut wird, sie nicht nur das Äußere, sondern auch das Innere, die Gedanken und Empfindungen, bestimmt. Und dass derjenige nie all seine Karten zeigt. Nicht, um Misstrauen – sondern um Neugierde und den unstillbaren Wunsch nach mehr zu wecken.

»Außerdem stehst du in meiner Schuld. Du hast meine

Schlangen getötet und ich habe für dich die Todesfee und deine Bisswunden geheilt. Ich fürchte, dass ich dich nicht so leicht gehen lassen kann.«

In manchen Momenten war ich kurz davor, Nero anzuflehen. Als hätte er mir die Bitten, das Verlangen, dass er die Hölle nicht verlässt, durch sein Handeln, seine Blicke und Berührungen in den Mund gelegt. Dabei war es von Anfang an seine Absicht gewesen zu bleiben. Für Gaia, deren Blut in seinen Adern fließt, und nicht wegen mir.

»Ist es wirklich so schlimm für dich? Im Schattenreich zu sein? In dieser Sekunde keine Verantwortung für die Halbgötter zu tragen?«

Neros Kiefer mahlt, und wie immer macht er einen Schritt zurück, vergisst den Abgrund. Ich packe ihn rechtzeitig und ziehe ihn in meine Richtung, stolpere dabei, sodass wir beide im großen Saal landen. Meine Finger umschließen seine Hüfte, während er sich auf den Unterarmen neben meinem Gesicht abstützt, als könnte sein Gewicht mir etwas anhaben. Es nützt auch nichts, weil ich ihn nun tatsächlich an jeder Stelle meines Körpers spüren kann. Langsam lasse ich meine Hände auf den Boden und meinen Kopf in den Nacken sinken.

»Es ist nicht schlimm«, raunt er schließlich, »hier zu sein.« Bei jedem Wort streift sein Atem mein Kinn und an meinem Hals bildet sich eine Gänsehaut. Ich schlucke ein Stöhnen hinunter, als sich ein Ziehen in meinen Leisten ausbreitet. »Und in manchen Momenten würde ich mir gern erlauben, die Oberwelt zu vergessen.«

»Was würde passieren?«, bringe ich gepresst hervor. »Wenn du die Oberwelt vergisst?«

»Dann würde ich dich küssen.«

Megaira erklärte außerdem, dass der Verräter stark sein

und über eine besondere Begabung verfügen muss, damit man ihn respektiert. Im selben Zuge sollte er aber Schwäche zeigen, damit man seine Gegenwart nicht als Bedrohung empfindet. Dabei darf diese Schwäche nicht sein Können untergraben, sodass man dennoch seinen Wert erkennt.

»Und wer soll – außer mir und dir, da du den Weg kennst – in diese Spiegelstadt reisen?«

Die ehemalige Königin schaut in die Runde. »Nun, die Schicksalsgöttinnen, weil sie mit dem Lebensbaum verbunden sind. Hale, denn er lässt sich nicht abschütteln. Der Daimon, weil ich ihn nicht aus den Augen lassen werde und man aus Atropos' Erzählungen schließen konnte, dass er ein guter Kämpfer ist. Und Nero – sollte er sich bereit erklären. Er hat Fähigkeiten, die uns von großem Nutzen sein können.«

Meine letzte Frage an die Rachegöttin war, ob der Verräter seine Maske auf Lebenszeit trägt. Sie erwiderte, dass er sich nur offenbart, wenn das Erreichen seiner Ziele in greifbarer Nähe ist.

»Hör auf damit«, knurrt Nero mich an.

»Aufhören womit?«

»Vorzugeben, mir überlegen zu sein.«

»Ich bin dir nicht überlegen, mein Herz. Schließlich lag ich vor dir im Staub und du bist fortgegangen.«

Meine Hände ballen sich zu Fäusten, während die Macht meines Vaters, der Teil, der Zerstörung statt Heilung bringt, sich in mir regt. Dann trete ich Nero entgegen. Vielleicht sollte ich ihm gratulieren. Ich kenne keinen Künstler wie ihn.

FIGURENVERZEICHNIS

Aeneas – ein Held aus den Zeiten von Troja

Alecto – Rachegöttin, »die Unerbittliche«

Amethyst – Göttin aus dem Palast der Titanen, die ein Auge auf Herakles geworfen hat

Apollo – Gott der Heilkunde und Wahrsagekunst

Arachne – ehemalige Weberin, war früher aufgrund eines Fluchs der Athene eine Spinne

Arym – Daimon aus der Garde des Nebelreichs

Asklepios – Gott der Heilkunst

Athene – Göttin der Weisheit, die von den Gorgonen versteinert wurde

Atropos – eine der drei Moiren, »die Unabwendbare«

Ava – Seherin von Delphi und Catos Partnerin

Boreas – Gott des Winters und der Nordwinde

Cadmus – Halbgott und Sohn des Hermes

Cato – Avas Partner und Sohn des Okeanos

Charon – wurde vom Fährmann der Toten zum Herrscher über das Reich der Schatten befördert

Chaos – war für zwei Jahrhunderte im Unterwasserverlies gefangen, ehe er entkam, Phias Partner

Dark – einer der neuen Götter, die von Viridi auf die Erde kamen, Gott der Angst und der Finsternis, Flames Partner

Demeter – Persephones Mutter, eine der zwölf olympischen Gottheiten

Dionysos – Gott des Weines

Erebos – Urgott, Herrscher über das Reich des Nebels und der Nacht, Nyx' Gemahl

Eos – Titanengöttin des Morgens

Euryale – Gorgone, Sthenos Schwester

Fayna – Drakon, Ladons Gefährtin

Fergus – Hales Berater

Flame – befreite einst die Erde von der Hitze und ist mit Dark, dem Gott der Angst und der Finsternis, verbunden

Gaia – Urgöttin, die das Element Erde verkörpert

Grave – Sohn von Hades und Styx

Hades – verstorbener König der Unterwelt

Hale – Gott der Hoffnung und des Lichts, stammt wie die anderen neuen Götter von dem fernen Planeten Viridi

Hekate – verstorbene Göttin der Zauberei

Helena – Magierin, die von Hekates Blutlinie abstammt, steht im Dienste von Nyx

Helios – Titanengott der Sonne, Herrscher über den Palast der Titanen, Bruder von Eos und Selene

Hera – Zeus' Gemahlin und ehemalige Königin der Götter

Herakles – Halbgott und Held der Antike, der gemeinsam mit Stheno versucht, Zeus' Erben zu finden

Hermes – Götterbote und einer der zwölf olympischen Gottheiten

Hunter – Drakon

Hypnos – Gott und Daimon des ewigen Schlafes

Iason – ehemaliger Anführer der Argonauten, der mit Cato und Ava nach Atlantis reist

Juna – Halbgöttin, Kronos' Tochter und Enkelin der Gaia, Neros Zwillingsschwester

Kalliope – eine der neun Musen, die im Palast der Titanen leben

Klio – eine der neun Musen

Klotho – eine der drei Moiren, »die Spinnerin«

Kronos – ehemaliger Anführer der Titanen, Vater von Juna und Nero

Lachesis – eine der drei Moiren, »die Zuteilerin«

Ladon – Drakon

Lavea – Halbgöttin, Dreams Partnerin

Lost – Gott der Vergangenheit und des Vergessens, einer der neuen Götter

Medusa – Gorgone, Sthenos Schwester

Megaira – Rachegöttin, »die Zornige«

Mikos – Halbgott und Sohn des Hephaistos

Mortem – Drakongott der Toten

Nadia – Halbgöttin und Tochter der Hera

Nero – Halbgott und Anführer der Halbgötter, Kronos' Sohn und Enkel der Gaia, Junas Zwillingsbruder

Notos – Gott der Südwinde und des Sommerregens

Nyx – Urgöttin der Nacht, Herrscherin über das Reich des Nebels und der Nacht, Mutter von Thanatos und Hypnos

Okeanos – Titan des Urstroms, Sohn des Uranos und Catos Vater; starb im heißen Krieg vor über zweihundert Jahren, als er an der Seite von Poseidon kämpfte

Persephone – ehemalige Königin der Unterwelt, Göttin des Frühlings, auch genannt »Kore«, Flames Mutter und Hales Partnerin

Phia – »Saphira«, Chaos' Partnerin

Phyllis – verstorbene Halbgöttin, Tochter des Asklepios
Selene – Titanengöttin des Mondes
Silka – Halbgöttin und Tochter von Ares
Stheno – Gorgone, die sich gemeinsam mit Herakles auf die Suche nach Zeus' Erben und den Donnerkeil begibt
Tartaros – Herrscher über das Reich des grausamen Todes
Thanatos – Gott und Daimon des friedlichen Todes, der eine Schwäche für die Rachegöttin Alecto hat
Tisiphone – Rachegöttin, »die Vergeltende«
William – »Will«, Halbgott, Sohn des Helios
Zephyros – Gott der Westwinde und der Frühlingsbrise
Zeus – ehemaliger König der Götter
Ziva – stammte wie die neuen Götter vom Planeten Viridi, wollte gewaltsam über diese Welt herrschen, bevor sie besiegt wurde

WESEN

Harpyien – Mischwesen aus Mensch und Vogel; leben in der Unterwelt
Kerberos – »Kerbi«, der Höllenhund und Flames treuer Gefährte
Pegalux – geflügeltes Lichtpferd, das zwischen den Planeten reisen kann
Todesfee – ihr Kuss ist für Sterbliche tödlich

URGÖTTER

Gaia – Urgöttin der Erde
Uranos – Urgott des Himmels
Nyx – Urgöttin der Nacht
Erebos – Urgott der Finsternis
Pontos – Urgott des Meeres
Thalassa – Urgöttin der See
Aither – Urgott des Lichts
Hemera – Urgöttin des Tages

GLOSSAR

Acheron – der schwarze Fluss
Der Alte Olymp – Palast in den Wolken
Delos – Heimat der Irrlichter und verfluchte Insel
Delphi – Mittelpunkt der Welt
Kokytos – Fluss des Wehklagens
Lethe – Fluss des Vergessens
Elysion – das Paradies, die Insel der Seligen, über die
Mortem herrschte
Die Erinnyen – Rachegöttinnen
Die Graien – das personifizierte Alter in Gestalt von
drei Mädchen
Die Knochenflut – Ort, an dem die verlorenen Seelen,
die in den Flüssen der Unterwelt körperlos treiben, eine
Gestalt bekommen

Die Moiren – Göttinnen des Schicksals
Der Neue Olymp – gläserner Unterwasserpalast im Pazifik
Pyriphlegethon – Fluss der Unterwelt, gefüllt mit Flammen und Blut
Die Spiegelstadt – exaktes Abbild der Unterwelt, beherbergt den Lebensbaum
Styx – Fluss der Unterwelt und Wasser des Grauens
Tartaros – der dunkelste und gefürchtetste Ort der Unterwelt, der im Reich des grausamen Todes liegt
Viridi – Heimatplanet der neuen Götter

GEOGRAFIE DER UNTERWELT

Reich des ewigen Schlafes – im Süden der Unterwelt, Herrscher: Hypnos
Reich des friedlichen Todes – im Nordwesten der Unterwelt, Herrscher: Thanatos
Reich des grausamen Todes – im Südwesten der Unterwelt, Herrscher: Tartaros
Reich des Nebels und der Nacht – im Nordosten der Unterwelt, Herrscher: Nyx und Erebos
Reich der Schatten – im Südosten der Unterwelt, Herrscher: Charon

NACHWORT

Ach ja. Das waren viele böse Cliffhanger. Aber deshalb lesen wir uns in Band 2. Ich beeile mich auch mit dem Schreiben – versprochen :D

Tatsächlich ist es schon ein Jahr her, dass ich Grave 1 beendet habe und ich bin sehr glücklich, dass ich die Geschichte nun endlich mit euch teilen kann. Natürlich gibt es ein paar Leute, die mir dabei geholfen haben, das hier möglich zu machen:

Tausend Dank an meinem Mann, der nach wie vor mein größter Cheerleader ist und die weltbesten Pep Talks gibt. Danke, dass du mich mit Unmengen von Mangos und Vanilleeis versorgt und mir jeden Tag gesagt hast, dass ich alles schaffen kann, wenn ich es nur genug will.

Danke, an meine Tochter, die meine geheime Co-Autorin war. Vielleicht liest du das hier irgendwann – dieser Schreibprozess war so besonders wegen dir und ich werde nie die Schmetterlinge vergessen, die du in meinem Bauch verursacht hast.

Meiner Mama danke ich wie immer fürs Testlesen und ihre Ratschläge, die mich oft zum Lachen bringen.

Einen riesigen Dank schicke ich auch an meine wundervollen Bloggerinnen: Mandy, Jessi, Michelle, Lena,

Lena und Henriette. Eure Unterstützung und dass ihr mich schon so lange begleitet, macht mich sehr glücklich.

Danke an Christin von Giessel Design für die beiden wundervollen Cover und an Cristina Haslinger, die mich mit ihrer Illustration von Grave und Nero komplett verzaubert hat.

Ein ganz großer Dank geht selbstverständlich an meinen Verlag – dafür, dass ich auch mit Grave bei euch unterschlüpfen durfte und danke an das gesamte Team von Loomlight, das diese Veröffentlichung ermöglicht hat. Und an meine Lektorin Ute: Ich freue mich so so sehr, dass wir nach Flame auch dieses neue Abenteuer zusammen beginnen.

An alle Leserinnen und Leser: Tausend Dank, dass ihr (wieder) ins Flame-Universum eingetaucht seid. Das bedeutet mir die Welt. Fühlt euch (wie immer) fest gedrückt.

Noch mehr sexy Götter, heiße Fehden und dunkle Liebschaften aus der Feder von **Henriette Dzeik** findet ihr in der 5-teiligen »Flame«-Serie im Loomlight-Verlag.

Leseprobe zu »Flame – Feuermond und Aschenacht«:

Prolog – Erde und Feuer

Mein Name ist Flame. Ich lebe im Jahr 2999. Ich fürchte mich vor Feuer und Hitze und davor, was mein Name bedeutet. Vor 200 Jahren hat die Erde gebrannt. Es gab nichts als rote und orangene Flammen, die alles verschlangen, den Menschen die Luft zum Atmen nahmen. Wir bezahlen bis heute dafür, was damals geschah und auch davor. Was die Menschen der Erde antaten, dass sie schlussendlich so brennen musste.

Es grenzt an ein Wunder, dass es uns überhaupt noch gibt. Es stand so schlimm um uns, dass die Götter vom Olymp hinabstiegen, um einzugreifen. Bis zu diesem Zeitpunkt waren sie immer nur Mythen und Legenden gewesen, die man den Kindern als Gutenachtgeschichte zum Einschlafen erzählte. Doch an diesem Tag, vor 200 Jahren, da wurden sie alle wahr.

Nicht jeder Gott kam, um zu helfen. Zeus tat sich mit Chaos und einigen niederen Gottheiten zusammen, um uns endgültig zu vernichten. Die Menschheit war ihm ein Dorn im Auge, seit Prometheus uns das Feuer gebracht hatte. Poseidon hingegen kämpfte gemeinsam mit Okeanos. Sie vereinten ihre Kräfte und löschten die Brände, kühlten die Erde und das Klima ab.

Doch tief im Inneren, da bin ich mir sicher, dass sie noch existiert, diese unsagbare Hitze. Deshalb leben die Menschen seit diesem Tag in ständiger Angst, dass die Flammen zurückkehren, um zu beenden, was sie einst begannen.

Kurze Zeit nach dem heißen Krieg kamen neue Gottheiten auf unsere Erde, von einem anderen, fernen Planeten. Bis heute ist es für uns ein ungelüftetes Geheimnis, warum sie sich gerade für diese Welt entschieden. Warum sie ihre Heimat verließen und sich auf die Seite von Okeanos und Poseidon stellten, deren Unsterblichkeit noch in diesem Krieg erlosch. Gemeinsam mit einigen menschlichen Kriegern kämpften die neuen Götter gegen Zeus und das Chaos und besiegten sie. Noch immer werden die beiden an einem Ort gefangen gehalten, der für keine sterbliche Seele erreichbar ist.

Die Menschenkrieger, die an ihrer Seite kämpften, erhielten das Geschenk des ewigen Lebens und werden bis heute als »Donati« bezeichnet. Sie sind nicht übermäßig stark oder mit besonderen Fähigkeiten gesegnet. Doch uns gewöhnlichen Menschen sind sie trotzdem um Welten überlegen.

Nach der Schlacht nahmen die neuen Götter die Erde ein und teilten sie unter sich in sechs Länder auf. Sie sind nicht unsere Feinde, aber auch nicht unsere Freunde. Sie herrschen über uns, wir sind nicht frei. Sie lassen uns in Ruhe, solange wir nach ihren Vorschriften leben. Diese werden uns eingebläut, seit ich denken kann. Die oberste Regel lautet: kein Feuer.

Kapitel 1 – Wölfisches Vergnügen

Ich stehe auf dem Marktplatz und merke, wie die Sonnenstrahlen mir langsam Nacken und Schultern versengen. Ein

Schweißtropfen löst sich von meinem Haaransatz und rinnt mir über die Stirn bis zur Nasenspitze, wo ich ihn entnervt wegwische.

Es ist die mittägliche Hitze, die mir so zu schaffen macht. Heute ist sie besonders schlimm. Trotzdem verharre ich reglos, weil ich muss. Es ist meine Aufgabe. Die einzige, die ich verrichten kann. Jeder muss seinen Teil zu unserem Überleben beitragen.

Eine ältere Frau kommt an meinen Stand und betrachtet die ledernen Häute. Mein Gesicht verzerrt sich zu einer Grimasse, als ich versuche zu lächeln. Der Trick ist es, freundlich zu wirken und die Menschen an den Stand zu locken. Aber nicht zu sehr, sonst denken sie, man sei leicht über den Tisch zu ziehen.

Miriam hat auf der Jagd ganze Arbeit geleistet, sodass wir eine große Auswahl zu bieten haben. Eine Weile feilsche ich mit der Frau, bevor sie sich für zwei Häute entscheidet und mir einige Taler in die ausgestreckte Hand drückt. Als sie geht, lasse ich erleichtert die Schultern sinken und fahre mit der Zunge über meine spröden Lippen. Mein Hals ist so trocken, dass ich nicht einmal schlucken kann.

Ich verspüre Durst.

Brennenden, alles verzehrenden Durst.

Eine schwere Hand legt sich auf meine Taille und ich quietsche erschrocken auf. »Cato«, keuche ich, halb belustigt, halb verärgert. Ich lege den Kopf nach hinten, um in seine Augen sehen zu können, die blaugrau sind, wie die stürmische See. Grinsend fährt er sich durch sein kurz geschorenes dunkelblondes Haar, während er meinen Blick erwidert.

»Du träumst. Schon wieder«, stellt er fest.

Ich zucke mit den Achseln und wende mich erneut dem regen

Treiben auf dem Markt zu. »Sie wissen, dass ich zu euch gehöre. Sie würden es nicht wagen, etwas von diesem Stand zu stehlen.«

»Trotzdem solltest du aufmerksamer sein.«

Ich höre ein Rascheln, und als ich aufsehe, hält er mir einen Wasserschlauch unter die Nase. »Den hast du heute Morgen vergessen.«

Ich seufze schuldbewusst. Dann trinke ich gierig und genieße, wie das kühle Nass meine Kehle hinabfließt. Schlagartig fühle ich mich wieder wacher, meine Sinne sind geschärft. »Was würde ich nur ohne dich machen?«

»Verhungern und verdursten.«

Ich nicke, denn er sagt die Wahrheit. Es ist kein Geheimnis, dass ich definitiv der nutzlose Part unserer Gruppe bin. Bis heute verstehe ich nicht, warum sie mich bei sich behalten und versorgen. Den Verkauf auf dem Markt kann auch jeder andere übernehmen. Doch ich bin ihnen dankbar und möchte mich nicht beklagen. Außerdem habe ich Pläne. Große Pläne, von denen Cato noch nichts weiß, und bei denen ich mir nicht sicher bin, ob sie ihm gefallen werden.

Mein Leben lang schon bin ich ruhig und zurückhaltend, eben die ängstliche Art von Mensch. In genau sechs Monaten werde ich zwanzig Jahre alt und mir wird immer mehr bewusst, wie kostbar und kurz meine Zeit auf dieser Erde ist. Ich möchte mich verändern. Vielleicht habe ich die letzten zwei Jahrzehnte verschenkt, weil ich mich in meinem Schneckenhaus versteckt habe, doch damit ist nun Schluss. Ich möchte eine andere werden. Ich möchte zu einer Frau werden, die stark ist und mutig. Ich möchte alles entdecken, was die Welt noch zu bieten hat, all die schönen und schrecklichen Seiten des Lebens, weit weg von zu Hause. Denn jedes Abenteuer ist nur eine Entscheidung von mir entfernt, und ich will endlich herausfinden, wer ich wirklich bin. Alles, was ich tun muss, ist, mich zu trauen. Doch ich weiß nicht, wie es weitergehen soll, wenn Cato mich nicht begleiten will. Oder ob es genau das ist, was ich in Wahrheit brauche.

In letzter Zeit habe ich mich mehr und mehr gefragt, ob ich nur mit ihm zusammen sein will, weil Jules, Miriam und Amanda es erwarten. Schon immer mache ich mir zu viele Gedanken darüber, was andere denken, und zu wenig darüber, was ich selbst für das Richtige halte.

»Du sollst nicht grübeln«, mahnt Cato mich. Er fährt sanft über meinen Rücken und ich lehne mich, trotz der Hitze, an ihn. Ich bin mir nicht sicher, was zwischen uns ist. Cato ist stark und gut aussehend, auf eine etwas grobe Art. Die neidischen Blicke der anderen Mädchen im Dorf entgehen mir nicht. Neben ihm sehe ich mit einer Größe von anderthalb Metern aus wie eine Puppe, und jeder, einschließlich ihm, hat das Bedürfnis, mich zu beschützen. Das kann lästig sein, doch in Zeiten wie diesen ist es wohl eher praktisch.

Als ich neun Jahre alt war, hat er mich aus einem heißen Erdkrater gezogen und mich so vor schlimmen Verbrennungen bewahrt. Die Haut an meiner rechten Seite ist bis zum unteren Rippenbogen etwas dunkler und fleckig, doch ich bin am Leben und allein das zählt. Wo ich herkam und wer ich davor gewesen bin, weiß ich nicht, denn es gibt keine Erinnerung. Einzig meine Angst vor Feuer und Flammen hat sich unwiderruflich in meine Seele und mein ganzes Sein eingebrannt. Cato sagt, es ist das Trauma, das mich vergessen ließ und dass es so vielleicht besser sei. Zu meinem eigenen Schutz. Doch ich denke an vielen Tagen, dass ich mich gern erinnern würde. An davor.

Dzeik, Henriette
Grave – Höllenschwur und Knochenflut
ISBN 978 3 522 50857 5

Umschlaggestaltung: Giessel Design unter Verwendung von Bildern von
Shutterstock.com: Peyker / Remigiusz Gora / Alena Ivochkina / Yeti studio / Ensuper /
Denis Torkhov / remuhin / BokehStore
Innengestaltung und Satz: Julia Astrup
Reproduktion: DIGIZWO GbR, Stuttgart
Druck und Bindung: CPI Books GmbH, Leck